DARK DARK DARK

CATALINA CUDD

DARK DARK DARK

Catalina Cudd

Covergestaltung: Catalina Cudd
Lektorat/Korrektorat: Evelyn Haaf
Vertrieb: Amazon EU S.a.r.L.

Herausgeber:
Catalina Cudd
Kesklinna linnaosa 12
10151 Tallinn
Estonia

VORWORT

Ich will nicht lange um den heißen Brei herumreden:

Dies ist ein moderner Urban Fantasy Roman mit lässigen bis bösartigen Nackenbeißern, mit viel Düsternis und Intrigen, mit einer gefährlichen Romanze sowie einer satten Portion Humor. Auch einige spicy Szenen sind enthalten (extra Knoblauch gibt es nur auf Anfrage). Es handelt sich um eine eigenständige, in sich abgeschlossene Geschichte, für die keinerlei Vorkenntnisse nötig sind.

Du musst nur bereit sein, mir vertrauensvoll in die dunklen Gassen dieser dreckigen Großstadt zu folgen. Mit etwas Glück kehren wir beide bei Sonnenaufgang heil zurück (aber ich würde darauf keine Wette abschließen).

Kleiner Tipp: Pack ein paar angespitzte Pflöcke ein!

Viel Spaß beim Lesen!

Deine Cat

PROLOG

Agnetha

Ich bin einem unglaublichen Skandal auf der Spur!

1

Damien

Etwas stupst sanft gegen meine Stirn.

Ich reiße die Augen auf und sehe RoboCop direkt vor mir. Er gibt ein surrendes Geräusch von sich und rempelt mich noch einmal an, bevor er wendet und sich einen anderen Weg sucht.

RoboCop ist unser Staubsaugerroboter. Ich bin sicher, dass er nicht gelernt hat, ins Bett zu klettern, also muss ich auf dem Boden liegen.

»Was zum …?« Ich schrecke hoch und stoße mir den Kopf. »Fuckscheißdreckigerhurensohn«, murre ich und reibe mir die schmerzende Stelle.

Normalerweise fluche ich nie, das schwöre ich. Ich weiß nicht, woher dieser unflätige Wortschwall kommt.

Das heißt: Natürlich weiß ich es. Aus meinem Mund. Aber ich bin anständig erzogen worden. Sogar als ich schon volljährig war, haben meine Eltern mir höchstens mal ein *Verflixt und zugenäht!* durchgehen lassen. Mein Vater stammt aus einem alten Adelsgeschlecht, er legte großen Wert auf tadelloses Benehmen. Es ist meiner Mutter zu verdanken, dass ich nicht in Anzug und Krawatte zur Schule gehen musste, aber fluchen war verboten. Wenn ich einmal sterbe, wird auf meinem Grabstein stehen: *Immerhin hatte er Manieren.*

Ich taste umher. Staub. Noch mehr Staub. Eine einzelne Socke. Ein paar verstaubte Heftchen. Wollmäuse. Ein Sack mit Schmutzwäsche.

Meine schmutzige Wäsche, denn ich erkenne den vertrauten muffigen Geruch.

Ich hätte den Sack längst schon zum Wasch-O-Mat bringen sollen. Aber ich bin Single. Ich nehme die anderthalb Kilometer Fußweg zum Waschsalon erst dann auf mich, wenn ich absolut kein halbwegs sauberes Shirt mehr zwischen meinen überall verstreuten Klamotten finde. Den Sack mit der Schmutzwäsche verstaue ich solange unter dem Bett, nur für den Fall, dass eine Frau bei mir übernachtet. Was ich zu vermeiden weiß, denn erstens sind die Modellschiffe, die überall in meinem Zimmer herumstehen, ein bisschen peinlich für einen Typen wie mich, und zweitens ist mein Mitbewohner Lennart noch viel peinlicher.

Um aber zur wichtigsten Frage zurückzukommen: Warum liege ich unter meinem eigenen Bett und atme alten Staub ein?

Zweite Frage: Wann habe ich das letzte Mal hier saubergemacht?

Auf beide Fragen finde ich keine befriedigende Antwort. Die letzte interessiert mich auch nicht wirklich. Putzen und Aufräumen sind Tätigkeiten, auf die ich keine Lust habe. Punkt. RoboCop darf trotzdem nicht in mein Zimmer, weil … Na ja, Lennart hat mich da verunsichert. Er ist überzeugt, dass der Staubsaugerroboter uns ausspioniert. »Er wird über eine App gesteuert, die mit dem Internet verbunden ist«, hat er gesagt. »Er saugt immer da, wo wir gerade sind. Das ist kein Zufall! Wir dürfen RoboCop nicht trauen.«

Warum also werde ich jetzt von RoboCop geweckt? Wann habe ich ihn in mein Zimmer gelassen?

Ich rutsche unter dem Bett hervor und hinterlasse einen sauberen Streifen auf dem Laminatboden. Obwohl es im Raum stockdunkel ist, kann ich erstaunlich gut sehen. Die Zimmertür steht sperrangelweit offen. Meine Jacke liegt zwischen anderen Kleidungsstücken auf dem Boden und ist mit Flecken übersät. Die unzähligen kleinen Segelschiffe auf den Regalen sind wie üblich mit einer feinen Staubschicht überzogen. Wenn ich ein Modell fertig gestellt habe, kommt es ins Regal und wird von mir vergessen. Ich werde den Teufel tun und die filigranen Galeeren und Viermaster abstauben. Im Grunde will ich sie nicht einmal anschauen. Ich hasse Segelschiffe.

Lennart ist übrigens mein Mitbewohner. Falls ihr zufällig auf Youtube unterwegs seid und euch für Verschwörungstheorien interessiert, kommt ihr an Lennart nicht vorbei. Er ist nämlich *Der Durchblicker*. Er kennt die perfiden Pläne von *denen da oben* und lässt sich nichts vormachen. Sagt er. Und damit verdient er sein Geld. Also … indem er es laut sagt.

Ich werde mich auf keinen Fall über ihn lustig machen. Denn dummerweise verdient er ungefähr fünfmal so viel wie ich, indem er mit ernstem Blick in die Kamera raunt: »Es ist ein trockener, sonniger Tag, keine Wolke ist am Himmel zu sehen. Doch dann zieht ein Flugzeug am Himmel einen Kondensstreifen hinter sich her, der sich eigentlich sofort auflösen müsste. Tut er aber nicht. Im Gegenteil: Er breitet sich aus. Und warum?« Nach einer dramatischen Pause kommt die Auflösung: »Es sind keine Wolken und es sind auch keine Kondensstreifen. Das sind Chemtrails!«

Das ist also Lennart. Ihm gehört die geräumige Altbauwohnung, in der wir beide wohnen. Seine Eltern haben sie ihm geschenkt, bevor sie zwei Wochen nach seinem 18. Geburtstag das Land verließen. Er war ein *Unfall*, kein Wunschkind und sie konnten es kaum erwarten, ihre Verantwortung abzuschütteln.

Und ich … Nun, dazu kommen wir später. Ich bin nämlich gerade damit beschäftigt, vor Schreck zu erstarren. Die roten Ziffern des Digitalweckers zeigen 03:13 Uhr in der Nacht. In weniger als drei Stunden beginnt meine Schicht.

»Bullfuckmistkackenscheiß«, grummele ich und klopfe mir den Schmutz von der Jeans.

Erst letzte Woche hat mir Frau Schlegel, meine Teamleiterin, gesagt, dass ich auf der Abschussliste stehe. Wenn ich meinen Score auch diesen Monat nicht erreiche, bin ich raus.

Der Score ist eine komplizierte Zahl, die sich aus den Kaufabschlüssen errechnet, zu denen ich unbedarfte Kunden am Telefon überrede, kombiniert mit der Bewertung eben jener Kunden und der Zeit, die ich benötige, um ihnen ein Schnitzel an die Backe zu labern.

Ich arbeite in der Morgenschicht im Inbound Callcenter von *Shopping TV*. Ihr wisst schon: *Zum 16-teiligen Topfset für nur 299,-€ erhalten Sie nur hier und heute einen Silikon-Pfannenwender und ein 200-seitiges exklusives Rezeptbuch gratis dazu. Rufen Sie jetzt an und sichern Sie sich Ihr persönliches Set, denn das Angebot ist begrenzt!*

Mein Problem ist, dass ich es nicht übers Herz bringe, einsamen alten Ömmchen diesen überteuerten China-Schrott aufzuschwatzen, bei dem nach zweimaligem Gebrauch der Stiel abbricht (Das exklusive Rezeptbuch ist aus dem Internet zusammengeklickt und billig gedruckt worden). Stattdessen höre ich mir geduldig ihre Lebensgeschichte an, ihre Klagen über die Enkelkinder, die sich nie blicken lassen, und gebe ihnen abschließend den Tipp, am nächsten Samstag zum Flohmarkt am Innenhafen zu gehen und dort für einen Appel und ein Ei ein qualitativ besseres gebrauchtes Set zu erstehen (und die Händler vollzuquatschen).

Dummerweise werden alle Kundengespräche aufgezeichnet und ausgewertet.

Die Schlegel mag mich sowieso nicht, weil ich mich *für was*

Besseres halte. Ihre Worte, nicht meine. Sie kennt mich nicht besonders gut, sie kennt halt nur meinen Familiennamen und sie glaubt, dass ich nur aus Jux im Callcenter jobbe, um mich unter das einfache Volk zu mischen. Sie denkt, ich hätte es nicht nötig zu arbeiten.

Theoretisch hat sie recht. Ich müsste nur meinen Stolz und meine Wut überwinden und ich könnte auf das fette Treuhandkonto zugreifen, das mein Vater mir hinterlassen hat.

Ich will sein scheiß Geld nicht. Möge er in der Hölle schmoren. Ich kann für mich selbst sorgen. So hat er es doch gewollt.

Mein Magen gibt ein Grummeln von sich. Ich schlurfe aus dem Raum und umrunde, ohne das Licht anzuschalten, im Flur ein paar Kartons, die mitten im Weg stehen. Wow, ich wusste echt gar nicht, dass ich so großartige Nachtsichtaugen habe! In der Küche öffne ich den Kühlschrank und starre den Inhalt an.

Ein Blumenkohlkopf, den Lennart vor zwei Wochen in einem Anfall von Ich-muss-endlich-gesünder-leben gekauft hat. Ein halber Gouda, der kurz davor steht, ein eigenes Bewusstsein zu entwickeln. Ein Karton mit Resten einer vegetarischen Pizza Diavolo mit extra Knoblauch. Ein paar Dosen Bier, ein paar Flaschen Wein. Schokoladenpudding.

Plötzlicher Ekel steigt in mir auf und ich werfe die Tür zu. Seltsam, eigentlich bin ich verrückt nach Pizza, egal ob kalt oder warm. Aber jetzt dreht mir schon der Anblick den Magen um. Ich öffne den Kühlschrank erneut und schaue in das Gefrierfach. Pommes, Pommes und Pommes. Wieder krampfen sich meine Eingeweide unangenehm zusammen. *Sehr* komisch, denn Pommes sind ein fester Bestandteil meiner zugegebenermaßen nicht sonderlich ausgewogenen Ernährung. Pommes gehen immer. In der Rangliste meiner

Lieblingsspeisen kommen knusprige Pommes Rot-Weiß gleich nach der Veggie-Pizza Diavolo von *Immer Pizza* am Hauptbahnhof. In einer gerechten Welt wäre ich fett und unsportlich. Aber ich habe anscheinend gute Gene; mein Körper ist durchaus ansehnlich. Das sage nicht ich, das sagen die Frauen, mit denen ich ins Bett steige.

Hungrig öffne ich noch einmal den Kühlschrank und entdecke hinter dem Blumenkohl ein Pfund Gehacktes halb und halb vom Discounter. Das Mindesthaltbarkeitsdatum ist seit zwei Wochen überschritten, die rote Flüssigkeit in der Schale zu einer dunklen Kruste getrocknet. Vage erinnere ich mich, dass Lennart etwas von einem Low Carb-Blumenkohlauflauf mit Hackfleisch gesagt hat. Für sich, nicht für mich. Wenn ich Hunger habe, könne ich ja auf die Weide gehen, sagt Lennart.

Ich bin Vegetarier. Schon als Kind hatte ich Mitleid mit den hilflosen Tieren, die monatelang eingepfercht und gemästet werden, nur um dann als mittelmäßige Bolognese mit Fertigwürze aus der Tüte in einer Männer-WG zu enden.

Weil ich weiß, dass es Lennart auf die Palme bringt, kaufe ich manchmal künstlichen Fleischersatz von der perfiden Lebensmittelindustrie: Soja-Bratwürste, Chicken-Nuggets aus Erbsenprotein und so weiter. Schmeckt hin und wieder sogar richtig gut. Lennart behauptet, dass die Elite das Zeug nur auf den Markt gebracht hat, um die Bürger zu willenlosen Konsumenten abzurichten, die sich über die Ernährung ruhigstellen, fernsteuern, vergiften lassen. Oder so ähnlich. Mir ist es egal, ob er mich für ein Schlafschaf hält. Ich esse keine traurige Kuh und kein verzweifeltes Schwein. Basta.

Aber jetzt starre ich auf dieses stinkende Hackfleisch in seiner Plastikschale, als hätte ich nie etwas Köstlicheres gesehen. Ich beginne zu sabbern. Mein Magen knurrt laut bei der Vorstellung, wie ich meine Zähne in diesen matschigen rohen Fleischklumpen schlage. Mein Kopf dröhnt, als würde in meinem Schädel eine Marschkapelle für den nächsten Auftritt proben. Meine Finger zucken und zittern.

Hat Lennart womöglich recht mit seinen Theorien und ich habe einen Chemtrail eingeatmet?

Die Konturen der Einbauküche tanzen vor meinen Augen. Ich drehe den Wasserhahn auf (der mit Lennarts selbstgebautem Filter versehen ist), fülle ein Glas mit Leitungswasser, trinke es – und spucke es in hohem Bogen gegen die Wand.

Schmerzhafte Krämpfe pressen meinen Magen zusammen, ich muss mich an der Arbeitsplatte festhalten, kalter Schweiß läuft über meine Stirn. Habe ich mir in dem Staub unter meinem Bett irgendeine tödliche Krankheit eingefangen?

Will ich das überhaupt wissen?

Richtig krank war ich noch nie, abgesehen von Kopfschmerzen nach einem Kater. Gut, manchmal wache ich in einem fremden Bett auf – mit Betonung auf *in* dem Bett. Nicht darunter. Üblicherweise neben einer Frau, an deren Haut noch mein Geruch samt einiger Körperflüssigkeiten klebt. Vielleicht kann ich mich nicht mehr an ihren Namen erinnern, aber ich weiß immer, wie ich in diesem Bett gelandet bin. Auch, was wir in welcher Stellung getrieben haben, habe ich noch sehr detailliert im Gedächtnis.

Egal. Sobald die Praxis öffnet, gehe ich zum Arzt und lasse mich krankschreiben. Die Schlegel sollte mir dankbar sein, dass ich nicht mit einer ansteckenden Krankheit ins Callcenter komme.

Erst jetzt fällt mir auf, dass meine Hände schmutzig sind. Meine Klamotten sehen aus, als hätte ich mit einem Stier gekämpft und verloren. Die schwarze Jeans ist an den Knien zerrissen, das T-Shirt kaputt und fleckig. Ich schnuppere an meiner Achselhöhle und rümpfe die Nase. Habe ich mich im Dreck gewälzt? Man könnte meinen, dass ich seit Tagen nicht geduscht hätte.

Mir geht es eindeutig gar nicht gut. Ich wanke zurück in mein Zimmer und suche mein Handy. Es liegt unter dem Kopfkissen und der Akku ist leer. Ich weiß genau, dass ich es erst gestern Abend aufgeladen habe.

Verwirrt stöpsele ich es ans Ladekabel und schlurfe ins Wohnzimmer, wo ich mich schwer auf das Sofa fallen lasse und nach der

Fernbedienung für den altmodischen Röhrenfernseher greife. Flatscreens sind laut Lennart des Teufels willige Werkzeuge. Sie geben angeblich Strahlung ab und machen das Gehirn matschig. Ich würde ja behaupten, dass das an der Qualität der Sendungen liegen könnte, aber was weiß ich schon? Zu meiner Erleichterung liegt die Fernbedienung dort, wo sie sein soll, nämlich auf der umgedrehten Weinkiste, die uns als Beistelltisch dient. Kurz lausche ich in die stille Wohnung und höre Lennarts leises Schnarchen aus seinem Zimmer. Aber so leise kann es doch gar nicht sein, wenn ich es durch die dicken Altbauwände und die geschlossene Tür hören kann, oder? Jetzt dringen auch andere Geräusche an mein Ohr, die ich vorher nie wahrgenommen habe. Sie kommen aus den Wohnungen über und unter uns. Das Rascheln von Stroh in einem Hamsterkäfig, schläfriges Murmeln aus einem Ehebett, ein Hund, der sich in seinem Körbchen umdreht. Mir ist bisher nie aufgefallen, wie hellhörig unser Haus ist.

Ich schalte den Fernseher ein und regle die Lautstärke herunter. Die Moderatorin von *Steenport TV* sagt fröhlich: » …steht zurzeit noch nicht fest, ob es sich bei dem gesichteten Tier um einen streunenden Hund oder einen echten Wolf handelt. Es kommt äußerst selten vor, dass Wölfe sich in Städte wagen. Normalerweise halten sie sich von Menschen fern, es sei denn, sie sind mit Tollwut infiziert. Halten Sie also beim Gassigehen Ihren Hund an der Leine, bis das Tier eingefangen wurde!« Gleich darauf wird ihre Miene todernst. »Und nun zu einem schrecklichen Thema: Der Schlächter von Steenport hat wieder zugeschlagen.«

Ein Video wird eingeblendet. *BRUTALER MORD IM VERGNÜGUNGSVIERTEL!* steht in dicken Lettern am unteren Bildschirmrand. Rotweißes Flatterband vor einer Häuserzeile, flackerndes Blaulicht. Trotz der frühen Morgenstunde drängen sich Neugierige an der Absperrung; Clubgänger und graugesichtige Menschen auf dem Weg zur Arbeit. Die Kamera zoomt auf unregelmäßige Markierungen auf den Asphalt, wo dunkle Flecken zu sehen sind. Mein Magen grollt schmerzhaft. Eine verrückte Vorstellung blitzt in mir auf, wie ich mit der Zunge über den schmutzigen Boden fahre und salziges Kupfer schmecke.

Du hast akuten Eisenmangel, sagt der nüchterne Teil meines Verstandes. Ein anderer Teil schreit: *Hilfe, ich werde verrückt!*

»Gestern Morgen machten Passanten eine furchtbare Entdeckung«, sagt die Moderatorin mit angemessen düsterem Tonfall. »Wieder ist in unserer Stadt eine junge Frau einem grausamen Mord zum Opfer gefallen. Und noch immer ist die Polizei nicht bereit, von einem Serienmörder zu sprechen. Bisher weise nichts auf einen Einzeltäter hin, hieß es auf der letzten Pressekonferenz. Der Sprecher der Organisation *Freie Allianz des Nordens* bezichtigte die Polizei in einem Statement öffentlich der Untätigkeit und beklagte, dass die Sicherheit der Bürger offenbar keine Priorität mehr habe.«

Ich starre wie hypnotisiert auf den Bildschirm und wünsche mir, dass sie noch einmal, nur noch ein einziges Mal bitte, die getrocknete Blutpfütze zeigen.

Steenport ist berühmt für einen der größten Frachthäfen der Welt, für das schillernde Vergnügungsviertel und den malerischen historischen Hafen, aber auch für seine Gewalt. Hier toben Bandenkriege, hier werden Kneipengänger mit der Bierflasche erschlagen oder Touristen von verzweifelten Junkies für einen Zwanziger ermordet. Hin und wieder zieht ein Fischer eine Leiche aus dem Wasser oder jemand stolpert auf dem Heimweg über einen kalten Körper.

Mein Leben lang habe ich es geschafft, die gefährliche Seite von Steenport auszublenden. Ich liebe die Großstadt mit all ihren Abenteuern und Möglichkeiten. Vor allem liebe ich die hübschen jungen Frauen, die Lust auf einen heißen One-Night-Stand mit einem leichtlebigen Typen haben.

Mein Geschichtsstudium habe ich nach drei Semestern geschmissen. Als mein Vater mir kurz nach dem Tod meiner Mutter eröffnete, dass er Steenport verlassen wird, sah ich keine Veranlassung mehr, ihn stolz zu machen. Ich war vollends damit beschäftigt, um meine Mutter zu trauern und mich von ihm im Stich gelassen zu fühlen. Mein Vater hat mich mit seiner Leidenschaft für Geschichte angesteckt, als ich noch ein kleiner Junge war, und er hat diese Leidenschaft wieder mitgenommen.

Der Job im Callcenter wird nicht gut bezahlt und auf Partys kann man damit auch keinen Eindruck schinden, aber ich komme zurecht, vielen Dank. Die Mädels gehen wegen meines Familiennamens automatisch davon aus, dass ich reich bin. Ich werde den Teufel tun und den Irrtum aufklären; ich will bloß Sex haben. Wir verbringen eine wilde Nacht miteinander, dann mache ich mich aus dem Staub, bevor es kompliziert wird. Längere Beziehungen kommen für mich nicht infrage. Mein Leben ist gut so, wie es ist. Ich will keiner Frau erklären müssen, warum ich mein Treuhandvermögen nicht anrühre, um sie zum Luxusurlaub auf Bali einzuladen, oder warum ich mit meiner mächtigen adligen Familie nichts zu tun haben möchte.

Ich will nur meine Ruhe haben und ab und zu eine Veggie-Pizza Diavolo von *Immer Pizza* am Hauptbahnhof. Ich nehme sie immer mit extra Knoblauch.

Jetzt aber zieht sich mein Magen schon beim Gedanken an Pizza krampfartig zusammen. Habe ich gestern auf dem Heimweg etwas Schlechtes gegessen, vielleicht diese komische Kohlsuppe beim Vietnamesen, von der ich genau weiß, dass ich davon Bauchschmerzen bekomme?

Nein, es war ein Falafel-Döner mit scharfer Sauce in dem neuen Laden zwei Straßen weiter. Hat ganz gut geschmeckt, war aber keine Offenbarung. Eine solide 6 von 10 auf meiner persönlichen Imbiss-Rangliste.

Trotzdem habe ich jetzt Hunger. Einen quälenden Mordshunger, der meine Muskeln weich werden lässt und meine Gedanken vernebelt. Wie hypnotisiert starre ich auf den Bildschirm, wo die Kamera noch einmal in Zeitlupe all die dunklen Flecken auf dem Asphalt zeigt, bevor sie auf zwei Männer im Overall zoomt, die gerade eine Bahre mit einem Leichensack in das Heck des Transporters der Gerichtsmedizin heben.

»Die Sicherheit in unserer Stadt wird auch eines der Hauptthemen auf dem ersten Parteitag der *Freien Allianz des Nordens* sein«, sagt die Moderatorin jetzt. »Die neu gegründete Partei hat bereits durch ihr radikales Auftreten und ihre provokanten Äußerungen von sich reden gemacht …«

Ich zappe mich durch die Programme, bis ich eine angenehm langweilige Sitcom aus den Neunzigern gefunden habe. Begleitet vom blechernen Lachen eines unsichtbaren Publikums schlafe ich ein.

2

Agnetha

Wenn man in Steenport lebt, dann schnappt man zwangsläufig einige verstörende Geschichten über diese Stadt auf, die vor langer, langer Zeit mal ein Fischerdorf gewesen ist. Eines Tages, so lautet die Legende, legten Segelschiffe an der Küste an und grausame Fremde fielen über die Dorfbewohner her. In einem wahren Blutrausch sollen sie fast alle niedergemetzelt haben. Sie ließen sich in den leeren Hütten nieder, versklavten die Überlebenden und errichteten mithilfe ihrer erbeuteten Schätze ein imposantes Anwesen in den Hügeln. Steenport wurde auf blutgetränktem Boden errichtet.

Heutzutage geistern unzählige urbane Legenden durch die Stadt. Vielleicht habt ihr ja schon von dem riesigen Alligator gehört, der im Hafenbecken herumschwimmen soll (auf den angeblichen Beweisfotos im Internet sieht man immer nur einen verschwommenen dunklen Fleck im Wasser), oder von dem illegalen Nachtmarkt auf dem Gelände einer stillgelegten Stahlfabrik, wo man alles kaufen kann, was für Geld zu haben ist, von verbotenen Substanzen aller Art bis hin zum Auftragsmörder. Es gibt jede Menge Schauergeschichten über eine brutale Gang, die über Steenports Unterwelt herrscht, und natürlich über die Bestie, die nachts ihr Unwesen in der Stadt treibt. Wahlweise handelt es sich um einen sadistischen Psychopathen oder eine Kreatur aus der Hölle, die von einer Horde dummer Kids beschworen wurde. Die Gerüchte sind sich in dieser Hinsicht nicht ganz einig.

Ein junger Verschwörungstheoretiker hat letztens auf seinem Youtube-Kanal sogar die These aufgestellt, dass diese neue Spinner-Organisation, die *Allianz,* von geheimnisvollen finsteren Mächten gegründet wurde, um die Stadt zu unterjochen und das ganze Land ins Chaos zu stürzen. Gut, der Typ ist ein allseits bekannter Spinner und wird nur von anderen Spinnern ernst genommen.

Aber niemand kann leugnen, dass Steenport kein sicherer Ort ist. Man redet nicht darüber, man tut so, als wäre alles in bester Ordnung. Die Stadt wächst und gedeiht seit Jahrhunderten; sie besitzt einen der größten Frachthäfen der Welt, eine lebhafte Kulturszene und sie lockt große ausländische Unternehmen an, sich hier niederzulassen. Nicht schlecht für ein einstmals popeliges Fischerdorf, was?

Wir alle wissen, welcher Familie wir den Aufstieg und Reichtum unserer Stadt zu verdanken haben. Darum ist auch niemand bereit, genauer hinzuschauen auf das, was direkt vor unseren Augen geschieht. Lieber verbreitet man alberne Geschichten.

Doch die Wahrheit kommt immer ans Licht. Es braucht nur eine mutige Person, die sie enthüllt.

Diese Person werde ich sein – sobald ich alle Beweise zusammengetragen habe. Dann werde ich mit einem Paukenschlag zurückkehren, mit einem echten Knüller, der meinen Namen landesweit bekannt macht. Ich werde ein Buch schreiben, in Expertenrunden sitzen und meinem widerlichen Ex-Chef lächelnd den Mittelfinger zeigen.

Das ist der Plan.

Bis dahin texte, korrigiere und gestalte ich Todesanzeigen, Vereinsanzeigen, Stellenanzeigen, Verkaufsanzeigen von Autohändlern, Möbelgeschäften, Supersonderangebote von Elektrofachmärkten … blablabla.

Anzeigen, Anzeigen, Anzeigen.

Wenn ich morgens das Gebäude der *Steenporter Post* betrete, muss ich an den Großraumbüros der richtigen Journalisten vorbeigehen, muss das Klappern der Tastaturen hören, die Flüche, das Gelächter und die lauten Telefonate – und mein Herz krampft sich zusammen. Ich war mal eine von ihnen, wenn auch nur für kurze Zeit und in einer anderen Stadt. Mein Ex-Chef hat seine Drohung wahr gemacht und dafür gesorgt, dass mich niemand mehr einstellen will. Die großen Nachrichtenmagazine haben sich nicht einmal die Mühe gemacht, mir eine Absage auf meine Bewerbung zu schicken. Als mein Erspartes zur Neige ging und ich die Miete für mein Apartment nicht mehr zahlen konnte, blieb mir nichts anderes übrig, als mit eingezogenem Schwanz nach Steenport zurückzukriechen und bei meinen Eltern anzuklopfen. In der Medienbranche bin ich erledigt – es sei denn, ich decke einen echten Skandal auf.

Um die Zeit bis dahin zu überbrücken, habe ich einen schlecht bezahlten Hilfsjob als Setzerin in der Anzeigenabteilung der *Steenporter Post* angenommen. So habe ich zumindest einen Fuß in der Tür. Dort steckt mein Fuß jetzt seit mittlerweile zwei Jahren. Ich habe recherchiert, gezweifelt und verworfen. Seit dem spektakulären Rauswurf beim *AKUT* ist mein Selbstbewusstsein praktisch nicht mehr vorhanden. Nächtelang habe ich mich herumgewälzt und mich gefragt, ob ich nicht doch lieber aufgeben soll. Noch bin ich jung genug, einen anderen Beruf zu ergreifen.

Die *Steenporter Post* ist genau das, wonach sie klingt: eine Regionalzeitung mit wahnsinnig aufregenden Schlagzeilen wie *Auto kracht in Straßenbahn* oder *Bürgermeister stellt neues Innenstadt-Konzept vor.* Der wahre Enthüllungsjournalismus findet anderswo statt, aber auch ein Käseblatt kann die Augen nicht vor der Wahrheit verschließen, die ich ihnen unter die Nase halten werde – und zwar heute.

Heute wird sich mein Leben ändern. Ich werde Fakten auf den Tisch knallen, ich werde für Aufruhr sorgen und mein Name wird für journalistischen Mut stehen.

So weit die Theorie.

Ich bin heute extra früher zur Arbeit gekommen, vor lauter kribbeliger Vorfreude konnte ich sowieso die ganze Nacht nicht schlafen. Statt wie üblich mit zusammengepressten Lippen an den Redaktionen vorbeizuschleichen, öffne ich jetzt die Tür zum Ressort *Lokales* und schlängele mich zwischen den mit Papieren überladenen Schreibtischen hindurch, die um diese Zeit noch verwaist sind. Auch im gläsernen Büro der Ressortleiterin hält sich niemand auf, genau wie ich es erwartet habe. Ich schlüpfe hinein, hole den dreiseitigen Ausdruck aus meiner Umhängetasche und lege ihn mit zittrigen Fingern mitten auf den Schreibtisch, so dass er nicht übersehen werden kann. Die Überschrift springt einem förmlich ins Gesicht:

DIE MÄCHTIGSTE FAMILIE VON STEENPORT DECKT EINEN MÖRDER!

Okay, an dem Titel muss ich noch feilen, aber es handelt sich auch nur um einen vorläufigen Entwurf.

Zufrieden eile ich zur Anzeigenabteilung. Ausnahmsweise bin ich pünktlich, was von meinem Vorgesetzten mit einem verkniffenen Nicken registriert wird. Er weiß natürlich von meinem beruflichen Absturz, aber die wahren Hintergründe kennt er nicht. Er würde sie sowieso nicht glauben. Das tut niemand. Ist auch egal, denn heute wird mein letzter Tag in der Tretmühle des Anzeigensatzes sein. In ein paar Stunden wird man mich in einen Konferenzraum rufen, um über mein Exposé zu sprechen.

Ohne mich selbst loben zu wollen: Es ist großartig geworden, auf den Punkt gebracht und eloquent formuliert. Ein absoluter Kracher. Die Lokalredakteurin wird es mit in die tägliche Konferenz … Ach was, sie wird damit direkt zum Chefredakteur eilen und es ihm unter die Nase halten. »Lies das! Es ist der Wahnsinn!«

»Von wem kommt das?«, wird er elektrisiert fragen.

»Von einer engagierten jungen Journalistin, die vorübergehend im Anzeigensatz arbeitet. Sie kann uns einen mehrteiligen Leitartikel liefern.«

Äußerlich ruhig koche ich Kaffee für die Abteilung, sortiere die Post und ertränke die Topfpflanzen, bevor ich mich an meinen Arbeitsplatz setze und das Grafikprogramm öffne. Innerlich hüpft mein Herz wie ein Jojo in der Brust. Ständig schiele ich zum Telefon, das ums Verrecken nicht klingeln will, und merke gar nicht, dass ich in die Annonce einer Apotheke, die heute Vitamin C-Brausetabletten im Angebot hat, aus Versehen das Bild einer Viagra-Packung gesetzt habe.

»Finden Sie das lustig?«, raunzt mich mein Vorgesetzter an. »Sie sollten die Arbeit ernster nehmen, Fräulein. Mit Ihrem Ruf finden Sie nämlich so schnell keinen neuen Job.«

»Was ist eigentlich das Äquivalent zu *Fräulein*?«, frage ich durchaus ernst. »Männlein? Darf ich Sie so nennen?«

Er wird puterrot und setzt zu einem Anschiss an.

Genau jetzt klingelt das Telefon. Ich rupfe den Hörer von der Gabel und drehe meinem entrüsteten Chef den Rücken zu.

»Anzeigenabteilung, Agnetha Valentin«, sage ich atemlos.

»Haben Sie mir dieses Exposé auf den Schreibtisch gelegt?«

Die Frau am anderen Ende nennt ihren Namen nicht, das ist auch nicht nötig. Jedoch klingt sie nicht so freudig erregt, wie ich es erwartet habe. Genau genommen hört sie sich verärgert an.

»Ja, der Entwurf ist von mir«, lege ich los. »Ich stecke bereits mitten in den Recherchen und ich …«

»Sie arbeiten also in der Anzeigenabteilung.«

»Vorher war ich als Volontärin beim *AKUT* in Sothom und …«

»Ich weiß Bescheid über Sie.«

Hm, das klingt nicht gut.

»Mutig sind Sie ja, Frau Valentin. Aber Sie wissen schon, dass wir hier die *Steenporter Post* sind, ja? Eine Lokalzeitung. Nicht das *AKUT*, nicht der *Argus*, und schon gar nicht beschäftigen wir uns mit kruden Vorwürfen, die sich gegen die wichtigste und älteste Familie von Steenport richten.«

Gar nicht gut.

»Ich kann alles beweisen«, sage ich hastig. »Also … Noch nicht jetzt, aber ich bin an der Sache dran. Es gibt da einige Punkte, die ich noch nicht …«

»Sie legen es offenbar darauf an, Ihren ohnehin beschädigten Namen komplett zu ruinieren«, sagt die Chefredakteurin hart. »Anders kann ich mir nicht erklären, warum Sie ausgerechnet unseren Inhaber auf solch perfide Weise angreifen.«

»Bitte was?«

»Die *Steenporter Post* gehört einer Verlags-Holding, die sich wiederum im Besitz der Familie von Baro befindet, also jener Familie, der Sie und ich unsere Arbeitsplätze zu verdanken haben. Ohne das Geld derer von Baro wäre die *Post* vor drei Jahren in Konkurs gegangen. Obendrein entbehren Ihre lächerlichen Behauptungen jeder Grundlage.«

Ich spüre, wie alles Blut aus meinem Gesicht weicht. »Das sind keine lächerlichen …«

»Moment, ich lese kurz vor.« Sie räuspert sich. »*Im Germanischen Nationalmuseum in Nürnberg hängt ein Gemälde aus der Hochrenaissance des 16. Jahrhunderts mit dem Titel* Il Diavolo. *Es zeigt einen für seine exzessive Brutalität berüchtigten Adligen, der dem Reichsfreiherrn Berald von Baro verblüffend ähnlich sieht.* Weiter unten schreiben Sie: *Benedict von Baro ist für sein ausschweifendes Nachtleben in den Steenporter Clubs und seine wechselnden Liebschaften bekannt. Viele seiner Gespielinnen verschwanden anschließend spurlos.«* Sie macht eine Pause. »Ist das Ihr Ernst?«

»Das sind alles Fakten.«

»Ein paar Frauen, die von Benedict von Baro flachgelegt wurden, weigern sich, mit Ihnen zu reden und Sie stricken daraus die ungeheuerliche Beschuldigung, dass er … was? Diese Frauen umgebracht haben soll?«

»N-Nicht direkt.«

»Ich weiß, dass Sie erst seit zwei Jahren wieder in der Stadt sind. Ihnen scheint nicht bewusst zu sein, mit wem Sie sich anlegen. Die von Baros haben Steenport über Jahrhunderte aufgebaut und mitgestaltet und …« Wieder macht sie eine Pause, »… und sie mussten letzte Woche ihr Oberhaupt beerdigen. Sie haben es verdient, in Ruhe gelassen zu werden.«

»Bei allem Respekt, aber die Wahrheit darf nicht …«

»So wie bei Ihrem ehemaligen Chef, ja? Haben Sie sich da auch die Wahrheit zurechtgestrickt, wie es Ihnen passt?«

»Nein!«, schreie ich.

»Sie wären nicht die Erste, die versucht hat, die Karriere eines Mannes mit einer Falschbeschuldigung zu torpedieren. Ein ernst gemeinter Tipp: Bleiben Sie bei Ihren Werbeanzeigen.«

Klick, aufgelegt.

Vor meinen Augen verschwimmt der Bildschirm mit dem Anzeigentext: *10% Rabatt auf alle Kurzhaarschnitte beim Friseursalon Director's Cut!*

Ja, vielleicht klingt mein Exposé beim ersten Durchlesen ziemlich weit hergeholt. Beim zweiten auch. Aber ich weiß genau, dass die Familie von Baro ein blutiges Geheimnis vertuscht und dass sie dabei Hilfe von anderen mächtigen Leuten bekommt. Oder warum weigert sich der Polizeipräsident, das Wort *Serienmörder* auch nur in den Mund zu nehmen? Steenport gehört ihnen; sie haben überall ihre adligen Finger drin und viele Menschen sind von ihrem Wohlwollen und ihrem Geld abhängig.

Mein Rauswurf beim *AKUT* hatte rein gar nichts mit meinem Können als angehende Journalistin zu tun. Sie haben mir sogar ein richtig gutes Arbeitszeugnis ausgestellt, in dem ich für meine sauber recherchierten Artikel gelobt werde. Die meisten wurden zwar nicht veröffentlicht, weil das *AKUT* nur ein Skandalblatt ist und kein echtes Nachrichtenmagazin, aber das spielt keine Rolle. Ich bin gut. Ich weiß, was ich tue.

Doch vielleicht hat die Redakteurin recht. Vielleicht sollte ich mir für mein Comeback ein weniger brisantes Thema suchen. Einen koksenden Fussballtrainer oder einen sexistischen Politiker beispielsweise. Einen ganz normalen handfesten, glaubhaften Skandal.

Doch alles in mir sträubt sich dagegen.

Ich habe uralte Dokumente ausfindig gemacht, die keinen Zweifel daran lassen, dass jene blutrünstigen Piraten, die damals die Küste von Steenport überfielen, zur Familie von Baro gehörten. Ihre Freibeuter-Vergangenheit ist zwar kein Geheimnis, wird aber als romantische Anekdote schön gefärbt. Über das brutale Abschlachten der Fischerfamilien wurde geflissentlich der Mantel des Schweigens gebreitet. Es scheint ein unausgesprochenes Gesetz zu geben, nicht allzu tief in der Vergangenheit der Familie von Baro herumzuwühlen.

Das uralte schlossähnliche Anwesen vor den Toren der Stadt – Haus Istrigo –, das sie mit ihren erbeuteten Schätzen errichtet haben, gehört längst zu den Wahrzeichen der Region. Die Familie lebt bis heute dort, abgeschottet von der Öffentlichkeit. Im Laufe der Jahrhunderte haben sie unruhige Zeiten über die Region gebracht, haben Aufstände und Rebellionen geschürt, haben Fabriken gegründet und Schulen eröffnet. Sie haben mächtige Männer gegeneinander ausgespielt. Dann traten sie einen Schritt zurück und schauten mit verschränkten Armen dabei zu, wie sich alle gegenseitig an die Kehle gingen. Anschließend sammelten sie die verwaisten Besitztümer ein und vergrößerten Steenports Stadtgrenzen. Sie manipulieren, beeinflussen, spenden Unsummen an alle möglichen Institutionen, werden dennoch immer reicher und ziehen die Fäden, an denen Richter, Politiker, Juristen und Großunternehmer hängen.

Sie sind die Könige in den Schatten dieser Stadt. Sie können tun und lassen, was sie wollen, solange nach außen hin der Schein gewahrt bleibt. Und nun kommen sie sogar mit mehrfachem Mord durch. Ich könnte heulen vor Wut.

Der letzte Zeitungsartikel über die Familie ist sechs Jahre alt. Damals ist ein gewisser Bertin von Baro auf einem Segeltörn mit einem historischen Clipper über Bord gegangen. Es gab nur einen kurzen einspaltigen Artikel zu dem Vorfall und das war's. Kein Wort von einer hektischen Suchaktion, keine Spekulationen, wie es zu dem Vorfall kam. Wenn ich ein stinkreicher Adliger wäre und ich müsste erfahren, dass mein Sohn hilflos im Meer herumdümpelt, dann würde ich doch Himmel und Hölle in Bewegung setzen, um zumindest seine Leiche zu bergen.

Die bürgerliche Frau des Verschollenen starb übrigens einige Monate vorher bei einem Autounfall mit Fahrerflucht. Auch hier wurde nicht gerade beeindruckende Ermittlungsarbeit geleistet. Der Unfallverursacher wurde nie gefasst, die Trauer des Familienclans hielt sich in Grenzen. Sie war ja keine Adlige.

Der Familienclan der von Baros ist über den ganzen Kontinent verzweigt und ihr Stammbaum lässt sich nur in Fragmenten zurückverfolgen, was für eine uralte Adelsfamilie recht seltsam ist. In der Öffentlichkeit lassen sie sich fast nie blicken, sieht man einmal von Benedict von Baro ab: elegant und kühl und trotz seiner jungen Jahre schon Partner der Familienkanzlei. Benedict ist regelmäßig im Steenporter Nachtleben unterwegs, wobei er stets darauf achtet, nicht fotografiert zu werden. In Social Media habe ich nur ein paar Bilder mit einer verschwommenen, schwarz gekleideten Gestalt im Hintergrund entdeckt.

Benedict verbirgt ein finsteres Geheimnis, davon bin ich überzeugt. Noch kann ich keine stichhaltigen Beweise vorlegen, aber alles passt zusammen.

Entschlossen schiebe ich das Kinn vor. Ich werde nicht lautlos vor Benedict und seiner Familie einknicken. Ich werde die Wahrheit ans Licht holen.

Kaum habe ich die Haustür aufgeschlossen, schallt mir *Waterloo* entgegen. Meine Mutter singt laut mit und klappert mit Töpfen. Das ganze Haus riecht nach Sauerbraten und Putzmitteln.

Nachdem ich meine Jacke und Schuhe losgeworden bin, will ich unauffällig die Treppe hinaufflitzen.

Denkste.

Meine Mutter fängt mich noch vor der ersten Stufe ab. »Die Herrmanns kommen heute zum Abendessen. Und stell dir vor: Sie bringen Mike mit!«

»Wen?«

»Der Junge, mit dem du früher in der Schule befreundet warst. Er hat gehört, dass du wieder in Steenport bist und …«

»Wir waren nie befreundet. Er hat mal meine Haare in Brand gesetzt, weil sie ihm nicht rot genug waren.«

»Ach, du weißt doch, dass Jungen sich schwer tun mit ihren Gefühlen. Eigentlich mag er dich ganz gern.«

»Inzwischen ist er ein Mann und ich hoffe, dass er gelernt hat, mit seinen Gefühlen umzugehen. Wenn nicht, ist es mir auch egal.«

Ich habe Mike seit dem Abitur nicht mehr gesehen und damals war er ein Kotzbrocken. Nur zu gut erinnere ich mich an seine wahnsinnig witzigen Sprüche wie zum Beispiel: *Je rostiger das Dach, desto feuchter der Keller.* Ständig hat er mich grinsend gefragt, ob ich untenrum auch so rot bin wie auf dem Kopf.

»Mike hat sich verändert. Er ist jetzt Geschäftsführer in der Autohausfiliale seiner Eltern und eines Tages …«

»Ich brauche keinen Versorger. Ich komme sehr gut allein klar.«

»Wohnst du deshalb wieder bei uns in deinem Mädchenzimmer? Weil du so gut klar kommst?«, fragt sie spitz. »Du kannst doch nicht ewig Single bleiben. Was ist falsch an einem Mann, der auf dich aufpasst? Oder willst du das nächste Opfer des irren Schlächters werden?«

»Vielleicht sorge ich ja dafür, dass er hinter Gitter kommt«, erwidere ich trotzig.

»Du? Wieso du? Ich dachte, du arbeitest in der Anzeigenabteilung.«

»Nicht mehr lange.«

Ich überlege, ob ich meiner Mutter von meinem Verdacht erzählen soll, dem ich seit Wochen hinterherjage, verwerfe es dann aber. Sie hat nie verstanden, warum ich Journalistik studiert habe. Ich will dabei sein, wenn Dinge passieren, ich will mitten aus dem Geschehen berichten und dafür sorgen, dass nichts verschwiegen oder vertuscht wird.

Mit einem Seufzer wischt meine Mutter ihre Hand an der Schürze ab, auf der die vier *ABBA*-Mitglieder mich anlächeln, und tippt gegen meine Stirn, wie sie es früher immer gemacht hat, als ich noch ein anstrengendes Kind gewesen bin. »Du solltest den Tatsachen ins Auge sehen und diese Reporter-Flausen aufgeben. Eine solide Ausbildung …«

»Ich habe mein Studium mit Auszeichnung abgeschlossen. Solider geht es nicht.«

»Wenn du erst mal Kinder hast, spielt das doch keine Rolle mehr.«

Ich winke ab und laufe nach oben, in mein früheres Mädchenzimmer. Es hat keinen Sinn, mit meiner Mutter zu diskutieren. In ihrer Welt arbeiten Frauen nur, um die Zeit bis zur Heirat und dem Kinderkriegen zu überbrücken, danach widmen sie sich voll und ganz ihrer Familie.

Mein Apartment in Sothom ist zwar viel zu teuer gewesen für eine Volontärin, aber ich habe es geliebt. Es bot einen wunderschönen Ausblick auf den Park mit seinen alten Villen und hatte sogar einen kleinen Balkon. Es war der Beweis, dass meine Zukunftspläne in Erfüllung gehen würden.

So kann man sich irren.

Als ich pleite und gedemütigt nach Steenport zurückkehrte, sagte mein Vater nur: »Endlich ist sie zur Vernunft gekommen.« Seiner Meinung nach schreckt meine Berufswahl nur die Männer ab und außerdem ist es kein Geheimnis, dass Journalisten allesamt kokainabhängig sind und eines Tages von einem Gangster erschossen werden. Ich bin das einzige Kind meiner Eltern und ich fürchte, ich bin auch eine einzige Enttäuschung für sie.

Falls ihr euch fragt, woher mein peinlicher Vorname Agnetha

stammt: Meine Eltern sind glühende *ABBA*-Fans. Sie können alle Songs textsicher mitsingen, haben signierte Schallplatten eingerahmt an der Wand hängen und nehmen regelmäßig in Kostümen, die meine Mutter selbst genäht hat, an *ABBA*-Revivals teil. Ihr wisst schon – Fönwellen und weiße Schlaghosen mit Glitzerborte.

Ich habe mich immer gewundert, warum meine Eltern mich nicht nach Frida benannt haben, dem weiblichen rothaarigen Mitglied von *ABBA*, bis sie mir verraten haben, dass meine Mutter ihr eigenes rotes Haar überhaupt nicht mag. Ich kann mich nicht erinnern, sie je mit ihrer Naturhaarfarbe gesehen zu haben.

Ich werfe meine Tasche auf das schmale Kiefernbett, das mit der Sonne-und-Mond-Bettwäsche meiner Kindheit bezogen ist, und lasse mich auf den Stuhl fallen, um meinen Laptop aufzuklappen. An der Wand über dem Schreibtisch hängt ein gerahmtes Foto, das mich als Neunjährige im *ABBA*-Glitzer-Outfit zeigt, schüchtern zwischen den Bandmitgliedern stehend, die sich lächelnd zu mir herabbeugen. Meine Mutter liebt dieses Foto. Sollte ich je wagen, es abzunehmen, wird eine von uns beiden sterben müssen, und ich ahne, dass nicht sie es sein wird.

Ich gehe in meine Cloud und klicke den Ordner mit dem raffinierten, total unauffälligen Namen *Geheim!!!* an. Darin ist alles enthalten, was ich über die Familie von Baro zusammentragen konnte: Reproduktionen von Gemälden in Provinzmuseen, Kopien aus dem Grundbuchamt, Auszüge aus dem Handelsregister, die spärlichen Zeitungsartikel, in denen die Familie für Spenden oder Stiftungen gelobhudelt wird und natürlich die Dossiers zu jedem einzelnen Familienmitglied, die nur wenige Informationen beinhalten. Zu Benedict habe ich jede Menge Mutmaßungen zusammengetragen, aber bislang keinen einzigen echten Beweis für seine Taten gefunden. Vielleicht habe ich mich ja wirklich in einen falschen Verdacht verrannt und er ist bloß ein arroganter Adelsspross, der es gern krachen lässt. Die einzige Verbindung zu den Opfern besteht darin, dass er zur gleichen Zeit in den Steenporter Clubs war wie sie und dort mit ihnen geflirtet hat, so wie wahrscheinlich andere

Männer auch. Die Frauen waren schön und sie hatten Zugang zu den VIP-Lounges, in denen sich Benedict bevorzugt aufhält. Ich kann nicht einmal logisch begründen, worauf sich mein Verdacht stützt. Es ist nur dieses Bauchgefühl …

Ich öffne die gespeicherte Todesanzeige des uralten Patriarchen Reichsfreiherr Berald Bernhelm von Baro, der mit stattlichen 117 Jahren vor acht Tagen verstarb. *Kein Auge sieht, was ich tief im Herzen trag,* lautet der knappe Trauerspruch. Darunter sind die trauernden Familienmitglieder aufgelistet. Sämtliche Vornamen beginnen mit einem B: Bardolf, Benedict, Berend, Benigna oder Bernulf. Selbstverständlich haben sie alle einen Zweit- und Drittnamen, die ebenfalls mit B beginnen.

Bis auf eine Ausnahme.

Auch jetzt bleibt mein Blick wieder an der Person hängen, die ganz zuletzt aufgeführt ist. Damien von Baro. Sein Vater Bertin ist derjenige, der auf einem Segelschiff über die Reling gefallen ist, seine bürgerliche Mutter Maria Lundberg starb bei dem mysteriösen Autounfall, der nie aufgeklärt wurde.

Alle anderen Familienmitglieder tragen einen angeberischen Adelstitel, sind Doktoren, Professoren oder Juristen mit Diplomen von altehrwürdigen Universitäten (obwohl ich bisher niemanden ausfindig machen konnte, der sich daran erinnert, im Hörsaal je neben einem von Baro gesessen zu haben). Sie besitzen Fabriken und Kanzleien, Aktien und Unternehmensanteile und kostbare Kunstsammlungen.

Die einzige Ausnahme ist Damien von Baro. In den teuren Clubs von Steenport hat man ihn nie gesehen, sein Name taucht in keinem einzigen Zeitungsartikel auf. Sein Dossier enthält lediglich eine (nicht ganz legal beschaffte) Kopie seiner Geburtsurkunde und einige wenig hilfreiche Notizen. Er ist 29 und hat sein Geschichtsstudium an der Steenporter Uni nach drei Semestern geschmissen. Er wohnt nicht einmal auf dem protzigen Anwesen.

Kurz gesagt: Er ist ein Niemand. Das schwarze Schaf der Familie. Sollte er je ein Verbrechen verüben, würde ihn niemand schützen.

Sein Cousin Benedict hingegen gilt als Prinz des von Baro-Clans. Jetzt, wo der alte Patriarch tot ist, wird dessen Vater Bardolf, ein schlauer und intriganter Strippenzieher, den Familienthron besteigen. Bardolf besitzt die Macht, die Untaten seines Sohnes und zukünftigen Erben zu vertuschen.

Benedict ist mein Mann.

Mit etwas Geschick und einem tiefen Ausschnitt werde ich ihm schon sein Geheimnis entlocken.

3

Damien

»Alter!«, brüllt mich Lennart an.

Ich schrecke hoch und benötige einen Moment der Orientierung. Jenseits der Fenster sehe ich trübgraue Wolken, die das Licht des nahenden Morgens angenehm abschwächen. Im Fernsehen läuft eine Verkaufssendung von *Shopping TV*, der zufällig auch mein Arbeitgeber ist: »Dieses zehnteilige formschöne Messerset mit echter Keramikklinge erhalten Sie nur heute zum absoluten Superpreis! Die ersten zehn Anrufer bekommen außerdem eine Tube mit Fußcreme gratis dazu, also zögern Sie nicht!«

»Musst du so schreien?«, nuschele ich.

»Alter, ich dachte, du wärst verschollen!« Lennart trägt trotz der frühen Tageszeit eine Strickmütze, eine zerfetzte Jeans und ein T-Shirt mit dem Aufdruck *WACH AUF!* »Ich dachte, sie hätten dich verschleppt, um dich über mich zu verhören.«

»Wer ist *sie?*«

»Na, die da oben.« Er deutet zur Decke. »Die Elite und der

Verfassungsschutz. Die haben mich seit Monaten im Visier. Wusstest du, dass mein vorletztes Youtube-Video gesperrt wurde?«

»Weiß ich. Weil du gegen das Urheberrecht verstoßen hast.«

»Das war doch bloß ein Vorwand! Die wollen nicht, dass die Wahrheit ans Licht kommt und die Bevölkerung sich gegen sie erhebt.«

»Du hattest einen Song von Taylor Swift in deinem Video. Ich glaube nicht, dass sie dir die Erlaubnis dazu gegeben hat.«

»Lenk nicht vom Thema ab. Ich wollte schon zu einer Suchaktion im Internet aufrufen. Wo hast du gesteckt?«

»Hier«, antworte ich verwirrt.

»Nein, dein Zimmer war eine Woche lang verwaist. Du bist auch nicht an dein Handy gegangen. Du hattest versprochen, mir beim nächsten Video zu helfen. Ich brauche dramatische Lichteffekte.«

Eine *Woche?* »Moment, ich bin letzte Nacht nach Hause gekommen und …« Ich reibe mir über das Gesicht und versuche vergeblich, mich zu erinnern. »Irgendwie muss ich unter mein eigenes Bett gerutscht sein.«

»Erst mal Kaffee«, entscheidet Lennart und verlässt das Wohnzimmer.

Ich stemme mich vom Sofa hoch, gähne ausgiebig und recke mich. Draußen reißt die Wolkendecke auf und goldenes Sonnenlicht fällt ins Wohnzimmer. Es trifft auf meine Augen, bohrt sich in meinen Schädel wie eine glühend heiße Lanze. Mit einem Schrei bringe ich mich im dunklen Flur in Sicherheit, wo ich mich mit geschlossenen Augen an die Wand lehne, bis der Schmerz in meinem Kopf nachlässt.

Lennart steckt den Kopf aus der Küche. »Was ist los?«

»Migräne«, brumme ich.

»Du hattest noch nie Migräne. Ich tippe eher auf einen Kater. Was hast du in den letzten Tagen getrieben?«

Ich denke nach. »Koks und Nutten?«, frage ich.

Er grinst. »Also bist du zur Vernunft gekommen und hast dein Treuhandvermögen auf den Kopf gehauen.«

»Eher verhungere ich.«

»Das Geld steht dir zu, Alter. Du könntest den idiotischen Job im Callcenter an den Nagel hängen, dir ein Motorrad kaufen und nach Italien düsen! Oder mich bei meinem Kampf um die Wahrheit unterstützen und mir einen Anwalt bezahlen. Meine Rechtsschutzversicherung hat mir gekündigt.«

»Schon wieder?«

Er zuckt mit den Schultern. »Ich werde trotzdem nicht verstummen. Also, wo warst du?«

Nach angestrengtem Nachdenken erinnere ich mich: »Ich bin zur Beerdigung gefahren …«

»Von deinem Urgroßvater.«

»Mh, mein Cousin Benedict hat mir eine Karte geschickt. Ich wusste nicht einmal, dass der olle Patriarch nicht mehr unter uns weilt.«

Ein kalter Hauch streicht über mein Genick, fast so, als stünde er genau hinter mir. Reichsfreiherr Berald Bernhelm von Baro hat mich Zeit seines Lebens nur mit abschätzigen Blicken bedacht. Ich war es ihm nicht wert, auch nur ein Wort an mich zu richten. Trotzdem bin ich zu der Trauerfeier gefahren, weil Familie nun mal Familie ist. Vielleicht auch, weil ich gehofft habe, ein paar Details über meinen Vater zu erfahren. Warum er seinen einzigen Sohn vor sechs Jahren im Stich gelassen hat zum Beispiel.

»Ich habe keine Ahnung, wie ich in die Stadt zurückgekommen bin«, sage ich.

Lennart verschwindet wieder in die Küche und klappert herum. »Ist dir ein grüner Van aufgefallen?«

»Was für ein Van?«, frage ich konfus zurück.

»Vom Verfassungsschutz. Ein Lieferwagen mit einem Blumenhändler-Logo auf den Seiten. So ein Fahrzeug steht nämlich auffällig oft in unserer Straße.«

»Ja, und zwar vor der Blumenhandlung gegenüber.«

»Das ist keine Blumenhandlung! Der Inhaber ist tätowiert und hat eine Statur wie eine Schrankwand. Wenn der auch nur in die Nähe einer Margerite kommt, verwelkt die doch sofort. Blumenhändler – von wegen!«

»Mitarbeiter vom Verfassungsschutz dürfen keine Tätowierungen tragen.« Ich folge ihm in die Küche und bleibe auf der Türschwelle stehen, weil das Morgenlicht durch die Fenster flutet und die Küche in warmes Licht taucht.

»Woher willst du das wissen? Haben sie dir das eingeflüstert, als sie dich sieben Tage festgehalten und einer Gehirnwäsche unterzogen haben? Du wurdest zurückgeschickt, um mich auszuspionieren, stimmt's?«

»Jetzt mach dich nicht … *Sieben Tage* lang?«

»So lange warst du verschwunden.« Er wirft mir einen Schulterblick zu. »Eine ganze Woche.«

Panik schwappt über meinen Verstand. »Welcher Tag ist heute?«

»Dienstag. Deine Teamleiterin hat telefonterrormäßig hier angerufen und dich in die Hölle verflucht. Ich habe dich gedeckt und behauptet, dass du wegen des familiären Todesfalls eine akute Depression bekommen hast und nun schwer medikamentenabhängig bist. Hab ihr erklärt, dass Antidepressiva auf Anweisung der Regierung systematisch mit Drogen versetzt werden, um die Bevölkerung gefügig zu machen.«

»Hat sie dir geglaubt?«

»Nö.«

Mein Blick fällt auf die gestapelten Kartons neben der Wohnungstür. Es sind mehr als ein Dutzend in verschiedenen Größen, alle mit Adressetiketten versehen, auf denen mein Name steht. »Was sind das für Pakete?«

»Die sind alle für dich«, antwortet Lennart. »Hatte keine Lust, sie in dein Zimmer zu schleppen. Ein paar von denen stinken übrigens übelst massiv. Was hast du bestellt? Eingeweide?«

Jetzt nehme ich ebenfalls einen unangenehmen Geruch wahr. Faulig und verdorben. Igitt. Ich weiß genau, dass ich nichts bestellt habe. Mit dem, was ich im Callcenter bei *Shopping TV* verdiene, komme ich gerade so über die Runden. Ich mache den Job nur vorübergehend, bis ich weiß, was ich mit meinem Leben anfangen will. *Vorübergehend* bedeutet in diesem Fall seit knapp vier Jahren. Zwei Jahre, bevor ich diesen glamourösen Job antrat, hat mein Vater der Stadt und mir den Rücken gekehrt, um auf See verloren zu gehen.

Ich stupse mit dem Fuß gegen einen Karton und stelle bei der Gelegenheit fest, dass ich immer noch vollständig bekleidet bin, bis hin zu meinen Schnürstiefeln. Meine Sachen sind schmutzig, kaputt und sie *riechen*. Nicht ganz so schlimm wie manche der Pakete, aber sie gehören dringend entsorgt.

»Diese Pakete habe ich nicht bestellt«, sage ich. »Jemand muss sich vertan haben.«

»Dreizehn Mal?«, ruft Lennart über das Röcheln der alten Kaffeemaschine hinweg. »Mach doch mal eines auf!«

Ich nehme den kleinsten Karton und betrachte ihn von allen Seiten. »Und wenn da was Explosives drin ist?«

»Dazu braucht man Feinde und die hast du nicht. Du hast nicht mal Freunde, abgesehen von mir.«

Da spricht er ein wahres Wort.

Ich setze mich im Schneidersitz auf den Boden und öffne das Paket. Es enthält Grabkerzen. Viele Grabkerzen. 36, um genau zu sein. »Äh …«, ist alles, was mir dazu einfällt.

Es piepst, eine sanfte Stimme sagt: »Reinigung wird gestartet.« RoboCop rollt rückwärts aus seiner Ladestation und schlängelt sich durch den Flur, eine Schneise der Sauberkeit auf den Dielen hinterlassend. Er stößt gegen mein Knie.

»Der Mann, den du suchst, ist in der Küche«, sage ich zu ihm, nur für den Fall, dass RoboCop tatsächlich ein Spionage-Roboter der Regierung ist. Wenn man eine Weile mit Lennart zusammenlebt, färbt seine Paranoia unweigerlich ab.

Das zweite Paket enthält einen langen schwarzen Mantel mit ausgestellten Rockschößen und einem beeindruckenden Kragen.

Innen ist er mit dunkelrotem Brokat gefüttert. Das Kleidungsstück stammt aus einem Online-Shop namens *Children of the Night – Dark and Gothic Wear* und hat meine Größe.

»Was ist das denn für ein Kackfuckmist?«, frage ich stirnrunzelnd.

Ich bin mit meinem Kleidungsstil ganz zufrieden, der hauptsächlich aus Jeans, Hoodies und grauen T-Shirts besteht. Sportliches Understatement. Andere würden *langweilig* dazu sagen, aber das ist kein Grund, mir so einen Schurkenmantel ins Haus zu schicken.

Der Duft von frisch aufgebrühtem Kaffee breitet sich aus, mein Magen reagiert mit schmerzhaften Krämpfen.

Ich öffne ein drittes Paket. Es enthält mehrere Flaschen Patchouli, 100% naturrein. Ich schnuppere daran und rümpfe die Nase. Beim zweiten Schnuppern riecht es nicht mehr ganz so schlimm, erklärt aber nicht, warum ich diesen Mist bestellt haben soll.

»Dein ominöser Feind verfolgt entweder einen sehr komplizierten Plan, oder er ist total plemplem«, bemerkt Lennart, der mit einer gefüllten Kaffeetasse im Türrahmen lehnt. »Aber der Mantel gefällt mir. Er hat was Nosferatu-mäßiges. Kann ich ihn mir mal ausleihen?«

»Dieser ganze Kram wird zurückgeschickt«, grolle ich und öffne das nächste Päckchen. Ein bestialischer Gestank schlägt mir entgegen. Im Innern liegen Dutzende eingeschweißter roher Steaks in einem Nest von längst geschmolzenen Kühlpacks. Der Kartonboden ist durchweicht. Ein grünlicher Film überzieht die Oberfläche der Fleischstücke.

»Wann wurde das geliefert?«

»Sagte ich doch: Vor ein paar Tagen.« Lennart nippt an seinem Kaffee und beugt sich vor. »Wow! Das sind … das waren Steaks vom Kobe-Rind. Wahnsinnig teuer.«

Ich werfe einen Blick auf die Absenderadresse, ein Delikatessengeschäft in der Steenporter City, acht Kilometer von hier entfernt. Mit spitzen Fingern fische ich die Rechnung heraus, die unter dem verdorbenen Fleisch liegt. Der Preis verschlägt mir den Atem.

»Ich find's ja grundsätzlich gut, dass du wieder Fleisch isst. Das menschliche Gehirn braucht Protein, um funktionieren zu kö…«

»Ich habe das nicht bestellt! Ich esse immer noch kein Fleisch!«, brülle ich, schnelle hoch und nehme ihm die Kaffeetasse ab, um einen Schluck zu trinken. Schlechte Idee. Das Zeug brennt wie Batteriesäure in meiner Kehle, ich spucke es würgend zurück in die Tasse.

Lennart protestiert nicht. Er starrt mich nur an. »Alter, bist du gerade tatsächlich wie Spiderman aus dem Schneidersitz fünf Meter durch die Luft gesprungen?«, fragt er ehrfürchtig. »Du hast nicht mal die Hände zur Hilfe genommen.«

Verblüfft starre ich zurück, dann auf meine magischen Beine.

Ich würde mich nicht als unsportlich bezeichnen. Nach der Arbeit gehe ich gern joggen, weil ich dabei ungestört laute Musik auf meinen Earpods hören kann, ohne dass sich jemand (Lennart) über meinen Musikgeschmack beschwert. Ich schaffe 100 Liegestütze, wenn ich gerade nichts Besseres zu tun habe, aber ich kann weder durch die Luft fliegen noch andere athletische Tricks. Ich bin einfach nur ein unauffälliger random Typ in einer Großstadt.

Was also ist hier los?

Ich drücke Lennart die Kaffeetasse in die Hand und marschiere zurück in mein dunkles Zimmer. Der Akku meines Handys ist aufgeladen, sodass ich es anschalten kann. Wie erwartet ploppen Dutzende verpasste Anrufe von Lennart und meiner Teamleiterin, der Schlegel, auf.

Wenn ich meinen Job verliere, habe ich ein Problem. Also – ein noch größeres Problem als jetzt schon. Viele Leute glauben, dass ich nur deshalb als Callcenter-Agent arbeite, weil mein adliges Dasein mich langweilt und ich tief im Herzen ein Masochist bin. Aber ich bin jung und brauche das Geld. Mein Familienname hat nichts zu bedeuten; ich bin keiner von ihnen. Ich sehe nicht mal so aus wie sie.

Ich checke meine E-Mails und stelle fest, dass ich letzte Woche tatsächlich jede Menge Zeugs im Internet bestellt habe. 5 Kilo rohe Steaks von verwöhnten Luxusrindern, Grabkerzen, 50 Meter dichten schwarzen Stoff, einen lässigen Mantel sowie ein paar DVDs. *30 Days of Night, From Dusk Till Dawn, So finster die Nacht.* Die komplette *Twilight*-Saga in der Deluxe-Edition. Ich habe den Dispo-Kredit meines Kontos bis zum Anschlag ausgereizt und bin jetzt offiziell pleite.

Und ich kann mich ums Verrecken nicht daran erinnern, wann und wo ich in einen idiotischen Kaufrausch geraten sein soll. Vor allem: warum?

»Hilfe, ich werde verrückt«, murmele ich und schaue mich hilfesuchend um. Durch die Jalousien dringt nur ein hauchdünner Streifen Tageslicht, trotzdem erwacht wieder der höllische Kopfschmerz. Auf dem Schreibtisch liegt die Karte, die mein Cousin Benedict mir geschickt hat: handgeschöpftes Bütten mit dem eingeprägten Familienwappen im traditionellen Kupferschwarz. Sie informiert mich in knappen Worten über den Tod des Urgroßvaters und den Termin der Beisetzung.

Im engsten Familienkreis, hat Benedict in eleganter Handschrift vermerkt. *Ich hoffe, du erweist unserem Patriarchen die letzte Ehre.*

Ich erinnere mich, dass ich gedacht habe: *Eine E-Mail hätte es auch getan, du Snob.* Außerdem habe ich mich gefragt, warum sie ausgerechnet mich dabei haben wollten, nachdem sie die letzten sechs Jahre kein Interesse an mir gezeigt haben. Seit mein Vater gleich nach dem Tod von Mutter zurück aufs Anwesen gezogen ist, habe ich weder zu ihm noch zu der Familie Kontakt gehabt. Er wollte es so. Er wollte mich nicht sehen. Bald darauf ging er bei einem Segeltörn über Bord, seine Leiche wurde nie geborgen. Sämtliche Formalitäten wurden über Anwälte und Treuhänder abgewickelt und ich habe bis heute nicht begriffen, dass er wahrhaftig tot ist. Ich hätte ihn gern noch einmal gesehen, um ihm ein paar schmerzhafte Wahrheiten ins Gesicht zu schreien. Aber er ist einfach aus meinem Leben verschwunden, als ich ihn am dringendsten gebraucht habe.

Die Familie meines Vaters gehört einem uralten Adelsgeschlecht an und lebt seit Jahrhunderten in Haus Istrigo vor den Toren von Steenport, ein ziemlich düsteres Anwesen, das mich als Kind immer an ein Gruselschloss erinnert hat. Von klein auf haben sie mich spüren lassen, dass ich keiner von ihnen bin. Meiner Mutter sind sie mit eisiger Ablehnung begegnet. Sie war eine Bürgerliche, was in den Augen derer von Baro gleichbedeutend ist mit *niederes Volk*.

Bei meinem letzten Besuch auf dem Anwesen lebte meine Mutter noch, ich hatte gerade mit dem dritten Semester begonnen und mein Vater erzählte auf der Fahrt nach Haus Istrigo eine Anekdote über Napoleon Bonaparte, der es wegen seiner geringen Körpergröße in jungen Jahren schwer hatte, sich in der Armee durchzusetzen. Als sich ein gewisser General Kleber weigerte, einem Befehl Napoleons umgehend Folge zu leisten, soll dieser gesagt haben: »General, Sie sind einen Kopf größer als ich. Aber sollten Sie noch einmal nicht meinen Befehlen folgen, wird dieser Unterschied verschwinden.« Wenn mein Vater erzählte, klang es so lebendig, als wäre er höchstpersönlich dabei gewesen.

Ich drehe die edle Karte, die mich über die Trauerfeier für den Patriarchen informiert, in den Fingern und erinnere mich, dass mein erster Impuls war, nicht daran teilzunehmen. Andererseits hat Benedict persönlich mir diese Karte geschickt. Vielleicht wollte er mir etwas über meinen Vater mitteilen.

Vielleicht war ich ein hoffnungsloser Idiot.

Egal, ich habe meine schwärzesten Klamotten herausgesucht – einen Anzug besitze ich nicht – und mir einen Tag frei genommen. Da mein altes Motorrad im letzten Jahr geklaut wurde und ich mir ein neues Bike momentan nicht leisten kann, musste ich mit dem Bus aus der Großstadt hinausjuckeln, zweimal umsteigen und den Rest des Weges hinauf zum Schloss zu Fuß gehen. (Mein geklautes Motorrad hat die Küstenwache übrigens vor ein paar Monaten aus dem Hafenbecken gefischt. Die Bergung und Entsorgung wurde mir netterweise in Rechnung gestellt. Ich kann von Glück sagen, dass mir nicht auch noch eine Anzeige wegen Umweltverschmutzung ins Haus geflattert ist.)

Als ich gegen Mittag beim Anwesen ankam, war das schmiedeeiserne Tor mit den scharfen Metallspitzen geschlossen. Der Wachmann in der Uniform eines Sicherheitsunternehmens wollte mich erst nicht hereinlassen. Ich musste ihm meinen Ausweis zeigen, er rief jemanden an, danach durfte ich passieren.

Haus Istrigo thront auf einer Anhöhe über der Landschaft wie ein geduckter Dämon, der auf eine arglose Seele lauert. Als ich noch klein war, hat es mich mächtig eingeschüchtert. Das imposante Eingangsportal aus geschnitzter Mooreiche war mir wie das Tor zur Ewigen Verdammnis vorgekommen und ich habe immer gezögert, über die Schwelle zu treten. Obwohl ich jetzt erwachsen war und mich für abgebrüht gehalten habe, kehrte die Beklemmung augenblicklich zurück. Vor dem Haus standen mehrere schwarze Limousinen mit getönten Scheiben und ausländischen Kennzeichen. Anscheinend waren von überall her entfernte Verwandte angereist, um dem verstorbenen Patriarchen die letzte Ehre zu erweisen.

Der knochige Butler – ja, sie haben einen Butler und ich schwöre, er sah noch genau so aus wie vor zwanzig Jahren – glotzte mich eine Ewigkeit an, bevor er mich endlich hineinließ. Im ganzen Haus waren wie üblich die Vorhänge zugezogen, weil Großmutter Brünhild an einer Krankheit namens kutaner Porphyrie litt und kein grelles Licht vertrug. Überall brannten Kronleuchter und kostbare kleine Tiffany-Lampen. Mit der monatlichen Stromrechnung für das Anwesen könnte man eine vierköpfige Familie ein ganzes Jahr lang ernähren.

Der Butler führte mich in den Salon, wo sich die Trauernden versammelt hatten. Sämtliche Köpfe drehten sich in meine Richtung, die leisen Gespräche verstummten wie in einem schlechten Western.

Mir wurde ein wenig mulmig, denn wenn die von Baros eines mit Bravour beherrschen, dann sind es kalte, tödliche Blicke. So tödlich, dass es mir die Luft abschnürte.

Als schwarzes Schaf hatte ich nichts zu verlieren, also straffte ich meine Schultern und suchte zwischen all den dunklen Anzügen, Kleidern und Roben nach meinem Cousin Benedict.

Benedict Berend von Baro: ein selbstbewusster Eisklotz, eloquent, gebildet, und wortgewandt, höllisch gutaussehend, wenn man auf den blassen Typen steht. Er trägt lässige Maßanzüge und rahmengenähte Lederschuhe, fährt einen kostspieligen nachtschwarzen Bugatti Chiron und hüllt sich in eine einschüchternde Aura, die jemand seines Alters gar nicht besitzen dürfte. Er ist nur wenige Jahre älter als ich, aber neben ihm habe ich mich immer winzig klein gefühlt. Zu allem Überfluss spricht er mindestens sieben Sprachen, spielt Geige wie ein junger Gott und besitzt eine Gemäldesammlung, mit deren Gegenwert man einen Militärputsch in einem Bananenstaat finanzieren könnte. Benedict weiß, wie man der Gräfin Dingsda von Sowieso einen korrekten Handkuss auf die Pfote haucht, und ist Gast in den angesagtesten Clubs von Steenport. Wenn er eine Frau will, dann bekommt er sie. Meist will er sie nur für eine Nacht, danach ritzt er eine Kerbe in seinen Bettpfosten und schickt die Frau zum Teufel. Eines Tages wird er das Oberhaupt einer der reichsten Familien des Landes sein.

Kurz gesagt: Ich kann ihn nicht ausstehen.

Die einzigen Personen, die mich freundlich begrüßten, waren die Familienanwälte, mit denen ich etwas Smalltalk hielt. Im Reden war ich schon immer gut; ich arbeite schließlich in einem Callcenter. Daher habe ich auch ein Gespür für Stimmungen und merkte bald, dass die Anwälte sich genau so unwohl fühlten wie ich. Also trank ich zu viel von dem unverschämt kostspieligen Cognac und hielt weiter Ausschau nach Benedict. Stunden vergingen, nichts geschah. Ich wurde immer nervöser und trank noch mehr Cognac, obwohl ich das Zeug nicht mochte. Wann begann denn endlich diese Trauerfeier?

Dann, als die Sonne unterging, setzten wie auf ein unsichtbares Zeichen hin die Familienmitglieder dunkle Brillen auf oder zogen schwarze Schleier über ihre Gesichter und verließen stumm das Haus. Ich folgte ihnen hinaus zur Kapelle, die abseits am Waldrand stand. Die Anwälte blieben diskret im Haus zurück.

In der Kapelle war es bitterkalt und dunkel, sämtliche Bänke waren mit schwarz gekleideten, bleichen Personen besetzt, von denen ich gerade mal eine Handvoll kannte. Sie alle besaßen die scharfe römische Nase, die helle Haut und das glatte schwarze Haar der von Baros. Einige waren altmodisch gekleidet, andere trugen moderne maßgeschneiderte Anzüge oder elegante Kleider.

Die Buntglasfenster in der Kapelle zeigten rot gefärbte Szenen von gefolterten Märtyrern und von Luzifer, der die Engel niedermetzelt. Einen Altar gab es ebenso wenig wie ein Kreuz oder andere christliche Symbole. Die von Baros hielten nicht viel von *solch albernem Firlefanz*; ihre Religion hieß Tradition.

Der offene Sarg des Patriarchen stand vorne aufgebahrt. Das Ding sah alt aus, mit reichhaltigen Schnitzereien verziert und an den Kanten ein wenig abgestoßen. Es sähe den von Baros ähnlich, dass sie ihre Särge gleich nach der Geburt in Auftrag geben und irgendwo im Keller verwahren, bis sie benötigt werden. Da ich ganz hinten stand, konnte ich nicht viel sehen und darüber war ich verdammt froh. Dieser Mann hat mir schon zu Lebzeiten eine Heidenangst eingejagt mit seinen hageren Zügen und den schmalen Lippen, die immer missbilligend zusammengepresst waren. Ich war echt nicht wild darauf, ihn als Leiche zu sehen.

Mein Onkel Bardolf, dessen langes Haar in einer Samtschleife im Nacken zusammengehalten wurde, hielt mit monotoner Stimme eine Rede über *Lebenswerk* und *Tradition* und *Familie*. Die Anwesenden lauschten stumm. Niemand schluchzte, niemand räusperte sich oder hustete. Nur die Stimme meines Onkels hallte in der Kapelle wider.

Das Ganze hatte den faden Beigeschmack einer Inszenierung.

Auf einmal lief mir eine Gänsehaut den Rücken hinab und mir brach Schweiß aus, obwohl es in der Kapelle eisig kalt war. Ich drehte den Kopf und sah, dass mein Cousin Benedict neben mir stand. Er beugte sich zu mir herüber und sagte leise: »Wie schön, dass du gekommen bist, Damien.«

Was danach geschah …

Verdammt, ich weiß es nicht!

Bin ich zum Friedhof mitgegangen, hinunter in die Familiengruft? Habe ich meiner Familie kondoliert? Gab es anschließend ein Buffet? Daran hätte ich mich bestimmt erinnert. Gratisessen schlage ich niemals aus.

Aber ich weiß es nicht. Ich weiß gar nichts mehr. In meiner Erinnerung klafft ein Loch. Mir fehlen sieben Tage meines Lebens!

Sieben.

Komplette.

Tage.

Es gibt nur eine Person, die weiß, was mit mir geschehen ist: mein Cousin Benedict.

4

Ich rufe die Schlegel, meine Teamleiterin, an und beginne mit einer wortreichen Erklärung, dass ich an einer rätselhaften Amnesie aufgrund des tragischen Verlustes eines geliebten Familienmitgliedes leide und außerdem an einer Magen-Darm-Migräne mit ominösen Online-Kaufzwang-Symptomen.

Sie unterbricht mich mitten im Satz. »Sie labern Scheiße, Adelssöhnchen. Ihnen ist klar, dass ich Sie feuern sollte, ja?«

»Ach, kommen Sie! Ich hatte nie einen Fehltag und ich brauche diesen verdammten Job.«

Was gelogen ist. Ich brauche nur das Geld; der Job kann mir gestohlen bleiben.

»Seit ich Sie kenne, haben Sie noch nie geflucht, Adelssöhnchen.«

»Das liegt an der … an der Trauer.«

»Ich würde Sie wirklich gern rausschmeißen, aber ich wurde von ganz oben angewiesen, Sie in die Nachtschicht zu versetzen.«

»Wollen Sie mich verar…?« Ich zügle mich und atme tief durch, um mit gefasster Stimme fortzufahren: »So grausam können nicht einmal Sie sein. In der Nachtschicht arbeiten nur Freaks.«

»Entweder das oder Sie sind raus. Ihre Entscheidung.«

Der Job als Callcenter-Agent bei *Shopping TV* ist tagsüber schon kein Zuckerschlecken. Aber nachts blickt man in die Abgründe der Menschlichkeit. *Unsere Hotlines sind rund um die Uhr für Sie besetzt. Rufen Sie jetzt an, halten Sie Ihre Kreditkartendaten bereit und Sie erhalten in wenigen Tagen Ihr persönliches Dingsbums!* Wer nachts um zwei Uhr eine Verkaufs-Hotline anruft, um ein exklusives Pediküre-Set mit Ringelblumensalbe im Supersonderangebot zu bestellen, hat entweder die Kontrolle über sein Leben verloren oder ist stockbetrunken.

Als ich schweige, sagt die Schlegel missmutig: »Sie erhalten einen Zuschlag und eine höhere Provision.«

»Hören Sie meinen begeisterten Jubelschrei?«

»Die Nachtschicht ist sehr wählerisch, Adelssöhnchen, die nehmen nicht jeden. Sie sollten dankbar sein, dass die Sie haben wollen.«

»Ich würde lieber mit normalen Menschen zusammenarbeiten.«

»Wollen Sie den Job oder nicht?«

»Mir bleibt wohl keine Wahl«, brumme ich.

Ehrlich gesagt klingt Nachtarbeit im Moment gar nicht so übel. Allein die Vorstellung, am helllichten Tag das Haus zu verlassen und mich dem grellen Tageslicht auszusetzen, löst einen neuerlichen Migräneanfall aus. Dabei ist es draußen nicht einmal richtig sonnig. Meine Wetter-App meldet bedeckten Himmel und Regen. Ein ausgedehntes Tiefdruckgebiet bewegt sich auf Steenport zu.

»Sie fangen morgen um halb zehn Uhr abends an. Ihr Teamleiter ist Jon«, sagt die Schlegel geschäftsmäßig. Dann: »Passen Sie gut auf sich auf, Adelssöhnchen.« Sie beendet den Anruf.

Mein Magen grummelt laut, als ich das Handy beiseite lege. Meine Beine sind puddingweich vor Hunger und meine Gedanken schweben federleicht durch meinen Verstand.

Lennart hat mir vor einer Stunde eine vegetarische Linsensuppe gekocht – genauer gesagt hat er den Inhalt einer Konservendose in einen Topf gekippt und erhitzt –, doch der Geruch hat mich fast kotzen lassen.

»Lebensmittelallergie«, hat Lennart diagnostiziert.

»Aber doch nicht gegen *alle* Lebensmittel!«

»Fertigmahlzeiten enthalten einen Wirkstoff, der dich dazu zwingt, nur noch die ungesunden, überteuerten Produkte eines Großkonzerns zu kaufen. Hast du zufällig Hunger auf eine bestimmte Schokocreme?«

»Geh mir weg mit Schokocreme.«

»Hm … Bist du geimpft?«

»Ja, und zwar gegen alles. Ich habe trotzdem Hunger. Ich weiß nur nicht, worauf.«

»Auf eine Veggie-Pizza Diavolo mit extra Knoblauch«, sagt Lennart fachmännisch. »Soll ich das Pizza-Taxi anrufen?«

Normalerweise würde ich schon bei der Erwähnung von *extra Knoblauch* sabbern, doch jetzt bringe ich nur ein Würgen heraus. »Keine Pizza«, krächze ich.

Lennart tritt hastig einen Schritt zurück. »Ich sag's nicht gern, aber du solltest echt zum Arzt gehen.«

Grundlos würde Lennart nie das Wort *Arzt* in den Mund nehmen. Er hält nicht viel von Schulmedizin.

Ich werfe das verdorbene Rindfleisch in den Müll und kämpfe gegen eine Gier an, die mir vollkommen fremd ist. Ständig male ich mir aus, wie ich meine Zähne in lebendiges, rosiges Fleisch schlage, wie ich pochende Adern zerreiße und …

Ich dränge die verstörenden Bilder zurück und schaue in meinem Handy nach, ob ich zufällig die Nummer meines Cousins Benedict habe. Fehlanzeige. Also google ich die Nummer der Kanzlei, in der er Juniorpartner ist. Doch als ich dort anrufe, teilt man mir mit, dass er nicht im Büro ist. Üblicherweise arbeite er von daheim. Die Sekretärin könne mir aus Datenschutzgründen leider nicht mitteilen, welche Telefonnummer sein Daheim hat.

Benedicts ältere Schwester heißt Benigna und ist mindestens so furchteinflößend wie er selbst. Ich habe sie niemals lächeln sehen. Sie trägt mit Vorliebe bodenlange dunkle Kleider und schweren Halsschmuck. Zusammen mit ihrem Vater, also meinem Onkel

Bardolf, besitzt sie ein Pharmaunternehmen, nebenher spekuliert sie mit Immobilien und näht in ihrer Freizeit Pelzmäntel aus niedlichen Hundewelpen.

Okay, das Letztere habe ich mir ausgedacht.

Natürlich besitze ich auch Benignas Telefonnummer nicht. Ich rufe in diesem Pharmaunternehmen an, werde bis zu der Vorzimmerdame in ihrer Firma durchgestellt und muss erfahren, dass Benigna heute nicht im Haus ist. Nein, auch morgen nicht. Sie hat Außentermine. Nein, ihre Mobilnummer könne man mir aus Datenschutzgründen …

»Ich bin ein Familienmitglied, verdammte Kackscheißenschnepfe!«, schnauze ich.

»Das kann ja jeder behaupten«, erwidert die Vorzimmerdame schnippisch und legt auf.

Heiße Scham überkommt mich. Ich gehöre nicht zu denen, die bei jeder Gelegenheit fluchen und schimpfen und andere Menschen beleidigen. Obwohl meine Mutter schon eine ganze Weile tot ist, habe ich immer noch das Bedürfnis, sie nicht zu enttäuschen. Sie war nicht so hochgeboren wie der Mann, den sie geheiratet hat, aber sie besaß ein edles, warmes Herz, das man mit keinem Adelstitel der Welt kaufen kann.

Für die Familie meines Vaters war sie trotzdem nicht gut genug. Kein Geld, kein Name, keine Macht. Nur zarte Schönheit und eine sanfte Seele. Ihre Eltern waren bereits tot, ihre unbedeutende Verwandtschaft in alle Winde verstreut. Die Heirat war ein Affront für die Familie, aber es kam noch schlimmer: Mein Vater kaufte eine Wohnung in der Stadt und lebte dort mit seiner großen Liebe, als wäre er ein ganz normaler Mann vom Volke. Meine Geburt hat dem Fass die Krone aufgesetzt, auch wenn meine Eltern nie darüber sprachen. Sie liebten mich einfach und der Rest des Familienclans konnte ihnen den Buckel runterrutschen.

Erst als ich sieben Jahre alt war, verziehen ihm seine Eltern, Großeltern und Urgroßeltern und bestellten uns zum Anwesen, um mich in Augenschein zu nehmen. Ich freute mich darauf, endlich meinen unbekannten Cousin und die Cousine kennenzulernen, aber meine Mutter war während der Fahrt unglaublich nervös. Sie versuchte, meinen Vater zu überreden, auf der Stelle zu wenden und zurück in die Stadt zu fahren.

»Mach dir keine Sorgen«, beruhigte er sie. »Ich werde niemals zulassen, dass euch etwas geschieht.«

Wir wurden in einen düsteren Salon geführt, in dem nur wenige Tiffany-Lampen etwas Licht verbreiteten. Der hagere Patriarch trat ein, gefolgt von Großvater Bernolf und Großmutter Brünhild. Sie alle musterten mich wie ein fremdartiges Insekt mit haarigen Beinen und stellten meinem Vater komische Fragen: *Zeigt er irgendwelche Symptome? Entwickelt er seltsame Eigenheiten? Wie kommt er mit Sonnenlicht zurecht?* Mein Vater hatte mir erzählt, dass es in seiner Familie einige Fälle von kutaner Porphyrie gab. Sie dachten wohl, ich könnte es geerbt haben.

Meine bleiche Cousine Benigna schwebte in den Salon, warf mir einen kühlen Blick zu und rauschte wieder davon. Obwohl ich noch ein Kind war, spürte ich, dass ich irgendeinen Test nicht bestanden hatte.

Benedict habe ich an diesem Tag nicht zu sehen bekommen.

In den folgenden Jahren fuhren wir alle ein bis zwei Monate hinaus zum Familiensitz, wo sich meine Cousine lautlos durch die Schatten bewegte und ich mich unter dem stechenden Blick meines Onkels Bardolf duckte. Den alten Patriarchen habe ich nur noch selten zu sehen bekommen. Jedes Mal schnürte mir seine bloße Gegenwart die Luft ab und die Temperatur im Salon schien um zehn Grad zu sinken. Er strahlte eine finstere Macht aus, die mit den Händen greifbar war.

Nun ist er tot.

Meine Großmutter Brünhild hielt sich wegen ihrer Lichtallergie nie lange im Salon auf, obwohl sämtliche schweren Brokatvorhänge zugezogen waren. Damals glaubte ich, dass es nur eine Ausrede war, um sich nicht mit uns abgeben zu müssen. Aber mein Vater versicherte mir, dass sie wirklich krank war.

Vielleicht habe ich ja doch diese Krankheit geerbt. In meinem Zimmer bleiben die Jalousien jedenfalls unten, bis es mir besser geht.

Zum Arzt möchte ich nicht gehen. Ich befürchte, dass er mich ohne Umwege in eine Nervenklinik einweisen lässt, wo ich im Stuhlkreis sitzen und sagen muss: »Hallo, ich bin der Damien und ich möchte Blutpfützen auflecken.«

Gedämpft höre ich Lennarts Stimme aus seinem Zimmer, das er hochtrabend als Studio bezeichnet. Dort stehen sein kostspieliges Kameraequipment mit Ringlichtern und der sauteure Apple-Computer, an dem er die Videos schneidet und mit Sound unterlegt. Die Wände hat er aus dramatischen Gründen schwarz angepinselt.

Aktuell beschäftigt er sich mit der neu gegründeten *Freien Allianz des Nordens* und ihrem radikalen Programm. Ich kann jedes Wort bestens verstehen, fast als wäre er hier bei mir im Zimmer. Vermutlich hat meine komische Krankheit meine Sinne übersensibilisiert, denn obwohl es stockdunkel in meinem Zimmer ist, sehe ich sogar die hauchfeine Holzmaserung meines aktuellen Schiffbaumodells überdeutlich.

Um mich von meiner schlechten Laune wegen der Versetzung in die Nachtschicht abzulenken, setze ich mich an den Schreibtisch, nehme die Pinzette und ein Stückchen dünner heller Kordel und befestige sachte eine Takelage am Hauptsegel der *HMS Bounty*. Als das erledigt ist, fällt mir auf, dass ich nicht einmal meine Schreibtischlampe angeschaltet habe. Normalerweise muss ich für solche Feinarbeit zusätzlich eine Lupe nehmen.

»Wow«, flüstere ich von mir selbst beeindruckt und beschließe, mit Lennart über meine Miete zu reden. Schließlich verbrauche ich ja jetzt weniger Strom.

Überall in meinem Zimmer und auch im Rest der Wohnung stehen Segelschiffe im Maßstab 1:48, die ich alle selbst zusammengebaut habe. Die meisten Menschen betreiben Modellbau, weil es ein entspannendes, fast schon meditatives Hobby ist. Ich aber mache es wegen meines Vaters. Ich will verstehen, was ihn plötzlich so sehr an historischen Segelschiffen fasziniert hat, das er auf eines steigen und über die Reling fallen musste. War es wegen der Legende, dass seine Vorfahren früher als Freibeuter über die Meere geschippert sind? So weit ich weiß, hat er nie Interesse an Wassersport jeglicher Art gezeigt. Im Sommer ist er nicht ein einziges Mal mit mir ins örtliche Schwimmbad gegangen, weil er die lärmenden Leute nicht mochte. Stattdessen hat er mit mir Nachtwanderungen an der Küste entlang unternommen und mir Geschichten aus der Zeit erzählt, als Steenport noch ein unbedeutendes Fischerdorf war.

Während seine Familie mächtig großen Wert auf klassische Eleganz legte, habe ich meinen Vater nie in einem Anzug gesehen. Er trug am liebsten Kapuzenpullover und Schnürstiefel und an jeder Hand mehrere gotische Silberringe, zwischen denen sich der goldene Siegelring seiner Familie fremd ausnahm. Er war ein hochgewachsener Mann mit vielen seltsamen Marotten und den geschmeidigen Bewegungen eines Jägers. Die Freundinnen meiner Mutter himmelten ihn an und behaupteten, dass er die sexy Ausstrahlung eines Mafia-Prinzen hätte. Eine ganze Weile lang war ich daher fest überzeugt, dass der Patriarch den Drogenhandel von Steenport beherrschte und seinen Feinden einen abgehackten Pferdekopf ins Bett legen ließ. Als ich erfuhr, dass mein Vater nicht zum organisierten Verbrechen gehörte, sondern hauptberuflich dicke mittelalterliche Romane schrieb, war ich furchtbar enttäuscht.

Er hatte eine Menge Fans, allesamt verschrobene Geschichtsfreaks, die sich auf Facebook tagelang darüber aufregten, dass in irgendeiner Wikinger-Serie die Kettenhemden aus Aluminiumringen gefertigt waren statt aus Eisen.

Mein Vater schrieb am liebsten nachts, weil er dann am kreativsten war. Er konnte Computer nicht ausstehen und bezeichnete das Internet als Untergang der Intelligenz. Seine Romane verfasste er auf einer dunkelgrünen Schreibmaschine, Modell *Mercedes Prima*. Das mechanische Klacken seiner Tastatur war mein Schlaflied.

Wenn er nicht schrieb, schaute er uralte Schwarzweißfilme oder führte meine Mutter in die Kino-Spätvorstellungen aus. Er liebte diese Frau mit einer Hingabe, die an Besessenheit grenzte, beschenkte sie mit schönen Kleidern oder Schmuckstücken und las ihr stundenlang aus Klassikern vor.

Wenn ich morgens aufstand, um mich für die Schule fertigzumachen, stand mein Frühstück immer schon auf dem Tisch. Er drückte mir einen Kuss auf den Scheitel und gab mir eine geschichtliche Anekdote mit auf den Weg. Zum Beispiel, dass Ludwig van Beethoven jeden Morgen exakt 60 Bohnen für seinen Kaffee abzählte, oder dass die alten Römer öffentliche Gemeinschaftsklos ohne Trennwände hatten, auf denen sie mit den Sitznachbarn plaudern konnten. Oder dass das Märchen von Rotkäppchen aus der Zeit der Inquisition stammte, als die Menschen noch an Werwölfe glaubten, und dass in der Originalversion das Rotkäppchen vom Wolf zerrissen wird. Einmal erklärte er mir die Regeln eines Duells: Der Beleidigte musste innerhalb von 24 Stunden seinen Widersacher herausfordern, um seine Ehre zu verteidigen, und zwar nicht persönlich, sondern durch einen Kartellträger, und das Duell musste in Beisein eines Arztes und der Sekundanten stattfinden, frühmorgens an einem abgelegenen Ort, weil Duelle gesetzlich verboten waren.

Er erzählte so lebhaft, dass man meinen könnte, er hätte persönlich im Morgennebel eine Duellpistole abgefeuert. Oft hatte ich das Gefühl, dass er geheimes Wissen mit mir teilte. Doch als meine Mutter starb, da starb auch er innerlich. Er war nur noch körperlich da – und dann nicht einmal mehr das, als er ein paar Wochen später zum Familiensitz zog und den Kontakt zu mir abbrach. Ich erinnere ihn zu sehr an meine Mutter, richtete mir Cousin Benedict am Telefon aus und legte auf.

Mein Vater hat das Leben in der Großstadt geliebt, mit all dem Lärm und den verrückten Begebenheiten. Wäre es nach seiner Familie gegangen, hätten wir draußen auf dem Anwesen gewohnt, aber er verabscheute das abgeschiedene Dasein mit den ganzen überkommenen Regeln und den familiären Traditionen. Ich sollte wie ein normales Kind aufwachsen, eine öffentliche Schule besuchen und Freunde haben.

Doch einmal habe ich gehört, wie er meiner Mutter zuflüsterte: »Ich werde euch immer vor ihnen beschützen, das verspreche ich.«

Ich bin mir ziemlich sicher, dass er damit seine Familie meinte.

5

Agnetha

Es ist Freitag, eine Stunde nach Mitternacht und ich stecke in meinem heißesten Kleid. Smaragdgrün, ärmellos und so kurz, dass ich mich tunlichst nicht bücken sollte. Smokey Eyes und ein passender Lippenstift vervollständigen meinen verruchten Auftritt. Um mich herum tanzt das Publikum zu *The Magick* von Witchz.

Das *Devil's Den* gehört zu den angesagten Clubs in Steenport und ich muss zugeben, dass das Innere spektakulär aussieht. Die rohen Betonwände stehen im spannenden Kontrast zu dem rot beleuchteten Spiegelboden und hoch oben über den Köpfen schweben unzählige farbige Glasblasen, in denen Lichter flirren. Die Drinks sind so teuer, dass man sich an einem einzigen Abend pleite trinken kann, und die tätowierten Türsteher lassen grundsätzlich keine Turnschuhträger rein. Die Luft ist zum Schneiden dick, gesättigt mit einem betäubenden Gemisch aus Parfum, Schweiß und Aftershave. Der Boden klebt unter meinen High Heels, in denen meine Waden außerordentlich sexy aussehen.

Ich habe bisher nicht herausfinden können, in welchen Clubs

sich Benedict von Baro herumtreibt. Alles, was ich von den Barkeepern oder Türstehern zu hören bekomme, ist: »Ja, der war mal hier, glaube ich …« Ganz sicher waren sie sich nie, aber jeder wusste, wer Benedict ist.

Seit Wochen grase ich jetzt sämtliche bekannten Läden ab, stehe stundenlang in der Einlassschlange, lasse mich wie eine Zuchtstute von den Doorkeepern mustern, um dann mein Erstgeborenes für den Eintritt zu opfern. Ich könnte meinen Presseausweis zücken, um schneller reinzukommen, aber ich bin in geheimer Mission unterwegs. Ich will einen adligen Killer entlarven.

Bisher hatte ich jedoch keinen Erfolg. Gut, ich habe ein paar Drinks spendiert und ein paar Telefonnummern zugesteckt bekommen – leider nicht von einem attraktiven jungen Millionär, der mich spontan auf seine Yacht nach Dubai eingeladen hat. In der *Engelsburg* habe ich einem Idioten fast seine Grabbelfinger gebrochen, woraufhin ich als frigide Schlampe beschimpft wurde, und im *Succession* wurde mir von einem Alpha-Männchen erklärt, dass die *Allianz* eine supergute Sache für Frauen ist: »Wenn die erst an der Macht sind, könnt ihr euch wieder ganz der Familie und dem Haushalt widmen, statt euch einreden zu lassen, dass ihr unbedingt Karriere machen müsst.«

»Aber ich liebe meine Arbeit«, habe ich treudoof erwidert. »Es wäre doch furchtbar egoistisch von mir, der Gesellschaft meine großartigen Talente vorzuenthalten.«

Woraufhin Alpha-Männchen schnaubte und unsere knospende Romanze ein jähes Ende fand. Schade aber auch.

Jetzt bin ich also im *Devil's Den* und nippe aufgeregt an meinem Virgin Mojito. Er ist tatsächlich leibhaftig hier!

Ich fing schon an zu glauben, dass Benedict von Baro nur eine urbane Legende ist, so wie das Krokodil im Hafenbecken oder der riesige Wolf, der nachts durch die Gassen streifen soll. Doch der Barkeeper hat mir bestätigt, dass der Mann in dem lässigen Anzug oben in der VIP-Lounge der echte, der wahre und einzige Benedict ist. Jetzt kehrt er noch einmal zu mir zurück, wischt nachlässig über das schwarze Granit der Theke und sagt: »Von dem solltest du dich lieber fernhalten, Schätzchen.«

»Was meinst du damit?«

»Nichts, nur …« Der Barkeeper schaut sich um und beugt sich zu mir. »Ich weiß lediglich, dass ich einige der Mädels, die mit ihm mitgegangen sind, nicht mehr wiedergesehen habe. Eine von ihnen kam regelmäßig hierher, sie war Stammkundin. Eines Abends flirtet sie heftig mit ihm herum, die beiden verlassen den Club und seitdem habe ich sie nicht mehr gesehen.«

»Was denkst du, ist geschehen?«

»Das Übliche, schätze ich. Er ist übergriffig geworden, hat das Wort *Nein* nicht akzeptiert, seine Anwälte haben dem Mädchen Schweigegeld gezahlt und ihr dringend geraten, die Stadt zu verlassen. Wenn du unverschämt reich bist, musst du keine Konsequenzen befürchten.«

»Hast du mit der Polizei gesprochen?«

»Das hätte ich getan, wenn die Bullen jemals hier aufgetaucht wären. Aber anscheinend gibt es kein Verbrechen und damit auch keine Ermittlungen. Sie ist eine erwachsene, alleinstehende Frau, die offenbar beschlossen hat, einen langen Urlaub anzutreten.« Er zuckt die Schultern. »Pass gut auf dich auf, okay?«

Die VIP-Lounge des *Devil's Den* schwebt auf halber Höhe über der Tanzfläche und besteht komplett aus rot beleuchtetem Glas, damit man die Promis gut sehen kann. Benedict von Baro fläzt sich, flankiert von zwei Schönheiten der Nacht, gelangweilt auf einem barock anmutenden Sofa. Vor ihnen stehen zwei Flaschen Champagner in einem Kühler, aus denen sich die Frauen großzügig bedienen. Er selbst trinkt keinen einzigen Schluck. Hin und wieder hebt er das Glas, prostet den Frauen zu, die die Brause hinunterkippen, als wäre es Wasser in der Wüste, und setzt es wieder ab. Die Frau zu seiner Rechten, eine rassige Brünette mit seidig schimmernder Haut, fährt mit ihren Händen über seinen Arm, flüstert ihm etwas ins Ohr und streift dabei rein zufällig mit den Lippen seine Wange. Sein Lächeln hat einen hochmütigen, verächtlichen Zug. Möglicherweise bilde ich es mir auch nur ein, weil ich voreingenommen bin. Die andere Frau will mit ihm ein Selfie machen, er nimmt ihr das Handy ab und wirft es achtlos hinter sich. Ein Gast wird am Kopf getroffen, er schaut sich zornig um, doch niemand reagiert. Der Security-Mann wendet den Blick ab, als wäre nichts geschehen. Die Frau, deren Handy weggeworfen wurde, schreit nicht empört herum oder verpasst Benedict eine Ohrfeige. Sie lächelt ihn verklärt an. Möglicherweise hat sie Drogen genommen.

Obwohl ich unten an der Bar stehe, glaube ich zu spüren, wie die Atmosphäre oben in der Lounge sich aufheizt und verdichtet. Auch die Blicke anderer Gäste schweifen immer wieder hinauf, als suchten sie nach dem Zentrum eines aufziehenden Sturms. Oder nach prominenten Gesichtern für ihre Insta-Story: *Abhängen mit Capital Bra #fashionista #goodvibes*

Die Temperatur im Club steigt an, ebenso die Stimmung. Die Tanzenden bewegen sich exzessiver, haben fiebrige Wangen und glasige Augen. Schweiß tropft auf die Tanzfläche, Hände wandern, Körper reiben sich aneinander. Alle sind hier, um eine wilde, erregende Nacht zu erleben. Auch mein Blut beginnt zu köcheln, es fällt mir schwer, an Ort und Stelle zu bleiben und nur dezent im Takt der Musik zu wippen. Der harte Bass der Musik kriecht in mich hinein, lässt mich meinen Herzschlag überdeutlich spüren, macht mir bewusst, wie jung und lebendig ich bin. Dabei mag ich diese Art von Musik nicht einmal besonders.

Und immer wieder schauen alle hinauf zu Benedict, als wäre er ein schwarzes Loch mit unwiderstehlicher Anziehungskraft. Wir blicken hinauf und sofort wieder weg, schauen wieder hin, nur um gleich darauf wegzusehen. Als hätten wir Angst, von ihm bemerkt zu werden, und gleichzeitig den innigen Wunsch, dass genau das geschieht. Subtile Erregung schwebt durch die Atmosphäre.

Benedict sitzt mit lässig gespreizten Beinen auf dem Sofa und lässt unter trägen Lidern den Blick schweifen. Die beiden Frauen zu seinen Seiten lachen lauter, trinken zu viel und fahren mit den Fingern über seine Brust. Er packt eine Hand und sagt nur ein

Wort; den Lippenbewegungen nach zu urteilen, könnte es *Verschwindet!* sein. Die beiden Grazien springen ernüchtert auf und eilen zur Treppe, als wären sie auf der Flucht. Kaum sind sie fort, bewegt sich eine Frau mit wiegenden Hüften auf ihn zu und strahlt dabei so viel Erotik aus, dass sogar mir der Mund trocken wird. Ich sehe, wie er interessiert eine Braue lüpft. Jäh fühle ich mich unzulänglich, blass und billig, nicht gut genug für ihn. Mit so einer schönen Jägerin kann ich nicht mithalten.

Du solltest lieber nicht seine Aufmerksamkeit erregen. Außerdem ist er *der Jäger und sie die Beute.*

Benedict ist unglaublich attraktiv, wenn man auf den unterkühlten, schurkischen Adelstyp mit dem herablassenden Lächeln steht. Der maßgeschneiderte Anzug betont seine perfekt proportionierte Gestalt. Darunter trägt er ein schwarzes Seidenhemd, dessen oberste Knöpfe offen stehen. Eine Kette mit einem Ankh-Anhänger blitzt hervor. Dieses Symbol wird auch *Crux Ansata* genannt und steht für das Ewige Leben. Bei jedem anderen Mann würde so eine Gothic-Kette lächerlich aussehen, genau wie der protzige goldene Siegelring mit dem Wappen derer von Baro. Aber an Benedict wirkt es überlegen und selbstbewusst.

Mein ursprünglicher Plan war es, mich an ihn heranzuwerfen wie Mata Hari. Ich hätte mich sogar auf seinen Schoß gesetzt, ihm meine beiden kleinen Agnethas ins Gesicht gedrückt und dazu einen Schmollmund gemacht. Das hätte hoffentlich ausgereicht, um ihm ein paar verräterische Details aus der Nase zu ziehen. Denn zu mehr bin ich nicht bereit. Ich steige nicht mit einem Mann ins Bett, um berufliche Vorteile daraus zu ziehen oder um an Informationen zu gelangen. Nicht einmal dann, wenn der Mann umwerfend aussieht. Sex ist für mich keine Währung.

Deswegen habe ich den Job beim *AKUT* verloren. Ich habe mich mehr als einmal gefragt, ob es nicht klüger gewesen wäre, das zu tun, was alle Frauen getan haben, nämlich der schmierigen Anmache des Chefredakteurs nachzugeben. Dann wäre mir der berufliche Aufstieg gewiss gewesen. Aber alle hätten gewusst, warum ich befördert worden bin, denn mit Leistung allein kommt eine Frau beim *AKUT* nicht weit. Wer sich vögeln lässt, wird befördert, auch wenn er keine Ahnung vom Metier hat. Wer nicht mitspielt, wird abserviert.

Trotzdem ist das schockierte Gesicht des Chefredakteurs, kurz bevor er sich um den Schmerz in seinen Eiern gekrümmt hat, einfach zu schön gewesen.

Die Treppe zur VIP-Lounge wird von einem grimmigen Security-Mann mit Stiernacken bewacht. Wer nicht zufällig reich oder prominent oder beides ist, kommt nicht an ihm vorbei. »Lass mich durch, ich bin Presse!«, wird mir auch nicht weiterhelfen. Davon abgesehen ist Benedicts gesamte Aufmerksamkeit jetzt auf die blonde Granate gerichtet, die sich elegant an seine Seite schmiegt und quasi in Neonblinkschrift *ICH BIN WILLIG!* auf der Stirn stehen hat.

Ich kann sie fast verstehen. Er ist der Inbegriff des eiskalten smarten Bad Guys, wie man ihn aus spicy-dunklen Romanen kennt; jene Sorte Mann mit flexibler Moral, der einer Frau erst mal ein halbes Dutzend bewusstseinserweiternder Orgasmen verschafft, bevor er seinen Männern den Befehl gibt, ein feindliches Drogenkartell auszuradieren. Ich könnte mir fast vorstellen, dass sein Cousin Damien, das schwarze Schaf des Familienclans, derjenige sein wird, der den konkurrierenden Drogenboss eigenhändig erwürgt, da Benedict sich bestimmt nicht die Finger schmutzig macht.

Seine adlige Attitüde, diese herablassende *Ihr alle seid nur*

Fußvolk-Ausstrahlung wirkt auf viele Frauen wie Honigpapier auf Fliegen. Wer diesen Mann erobert, kann sich was darauf einbilden, denn er wählt seine Opfer … seine One-Night-Stands offenbar sorgfältig aus.

Sein Blick wandert träge über die wippenden Köpfe auf der Tanzfläche – und bleibt an mir hängen. Ich verschlucke mich an meinem Virgin Mojito und wende mich hastig ab. Meine Wangen brennen. Fuck, ich wollte doch unsichtbar bleiben!

Ich warte hier nur auf meinen Freund, sage ich mir stumm vor. *Er hat sich versp …*

»Dich habe ich noch nie hier gesehen«, raunt eine dunkle Stimme in mein Ohr. »Das weiß ich deshalb, weil du mir aufgefallen wärst.«

Ich blinzele. Er hat doch eben noch oben in der Lounge gesessen. Wie konnte er so schnell zur Bar gelangen?

»Auf einer Skala von eins bis zehn der dämlichsten Anmachsprüche hast du gerade die zwölf erreicht.« Zu meinem Verdruss klingt meine Stimme kieksig.

(Hier meine Top drei der dümmsten Anbaggersprüche:

1. Hey Praline, Lust auf eine Füllung?

2. Hat es wehgetan, als du vom Himmel gefallen bist?

3. Ich habe meinen Haustürschlüssel vergessen. Kann ich deinen haben?)

»Du glaubst, ich will dich anmachen?« Er verzieht seine schmalen Lippen zu einem amüsierten Lächeln, während er mich von Kopf bis Fuß mustert. »Nein, so verzweifelt werde ich niemals sein.«

Meine Hand ist schneller als mein Verstand. Platsch – schon hat er den Rest meines Virgin Mojito im Gesicht. Das süße Zeug tropft von seinem Kinn herab.

Ich lächle. »Ups, ich bin aber auch ein ungeschicktes …«

Das letzte Wort wird mir in der Kehle abgewürgt. Mein Brustkorb zieht sich ruckartig zusammen und presst mir die Luft aus den Lungen. Der Schmerz ist unbeschreiblich grausam. Es fühlt sich an, als würden alle meine Organe in einer harten Faust zusammengepresst. Die Umgebung um mich herum verschwimmt, die Geräusche klingen gedämpft, als wären sie weit weg. Meine Hand umklammert das leere Glas so fest, dass es jeden Augenblick zerspringen muss. Mein Herz rast voller Todesangst. All meine Instinkte brüllen: *Hau ab!*

Danke für den Hinweis, aber leider bin ich wie gelähmt.

Benedict schaut aus halb geschlossenen Lidern auf mich herab. Seine Mimik ist vollkommen reglos. Im Gesicht jedes Menschen sieht man normalerweise winzige Bewegungen, sogenannte Mikroexpressionen. Ein leichtes Blähen der Nasenflügel, ein Zucken am Auge, ein angespannter Kiefermuskel. Doch bei Benedict bewegt sich gar nichts. Ich sterbe hier gerade und er sieht einfach nur zu.

Hilf mir doch jemand!, will ich kreischen, aber meine Zunge liegt wie ein toter Lappen in meinem Mund.

Ein Barkeeper reicht ihm eine Serviette, ohne mich zu beachten, und er tupft sich den Mojito ab. Etwas sehr Dunkles, Pulsierendes umgibt ihn wie einen hauchdünnen Schleier. Ich kann es sogar schmecken, bitter und eisig.

So schmeckt der Tod.

Er beugt sich vor, bis seine Lippen mein Ohr streifen. »Du beobachtest mich seit Stunden. Weißt du, wer ich bin?«

Angst krampft mein Herz zusammen. Nicht wegen seiner Worte, sondern weil ich eigentlich seinen Atem spüren sollte.

Doch er atmet nicht.

Von ihm geht keinerlei Körperwärme aus.

Er richtet sich auf und jäh dringt herrlich süßer Sauerstoff in meine Lungen. Mein verkrampftes Herz dehnt sich aus und ich habe wieder Gefühl in meinen Gliedmaßen.

»Ich habe dir eine Frage gestellt.«

»Hab dich mit einem Männermodel verwechselt«, krächze ich. »Jon Kortajarena … Sorry, mein Fehler.« Wenn man die Augen zukneift, sieht Benedict dem spanischen Model sogar etwas ähnlich, nur dass dieser weitaus heißblütiger – *lebendiger* – ist als der unheimliche Adlige.

»Wie heißt du?«

Das geht dich eine feuchte Presspappe an, will ich sagen, doch mein Mund spricht ohne mein Zutun: »Agnetha Valentin.«

»Was machst du hier, Agnetha Valentin?« Es gefällt mir gar nicht, wie er meinen Namen betont: Als sei er ein schlechter Witz.

Vergiss dein Script nicht! »Ich warte auf meinen Freund. Er hat sich verspätet und müsste jeden Augenblick hier sein.«

»Du lügst, Rotschopf«, erwidert er ruhig.

Seine alabasterweiße Haut schimmert dezent bläulich, er sieht aus wie eine Marmorstatue, die man unbedingt ablecken möchte. Meine Finger zucken in dem Verlangen, ihn zu berühren. Er lächelt nicht. Er blinzelt nicht einmal. Seine Augen wandern an meiner Kehle hinab und seine Lippen öffnen sich um eine Winzigkeit. Seine Zungenspitze schnellt hervor wie bei einem Reptil, das Beute wittert.

Noch nie war ich mir so sehr des Blutes bewusst, das durch meinen Körper gepumpt wird. Ich will mich umdrehen und von hier verschwinden, doch meine Beinmuskeln sind schwer wie Blei. Benedict riecht meine Angst, denn er verzieht den Mund zu einem Lächeln.

Ich starre auf zwei viel zu lange Eckzähne.

6

Damien

Ein sanftes Gurren an meinem Ohr weckt mich. Ich blinzele und beschließe, dass das, was ich sehe, nicht real sein kann.

Augen zu. Weiterschlafen.

Das Gurren hört nicht auf. Als Nächstes spüre ich einen Schnabel, der neugierig durch mein Haar fährt. Ein kurzes, scharfes Picken treibt mich endgültig hoch.

»Was soll der Scheiß?«

Hektisch flattert eine Stadttaube davon.

Habe ich etwa schon wieder auf hartem Boden geschlafen?, ist das erste, was ich denke. Dann: *Das ist kein normaler Fußboden.*

Kerzengerade sitze ich da und versuche, meine Umgebung zu begreifen. Ich befinde mich auf einem schmalen Sims. Schornsteine ragen über mir aus einem Hausdach auf, der Untergrund ist mit Taubenscheiße gesprenkelt. Über die anderen Dächer hinweg kann ich den Hafen in der Ferne sehen und dahinter einen hellgrauen Lichtstreifen am Horizont. Es muss sehr früh am Morgen sein, denn die Straßenlaternen brennen noch. Hinter hell erleuchteten Fenstern sehe ich Menschen, die sich für die Arbeit fertig machen.

Vorsichtig schiebe ich mich bis zum Rand und linse hinab. Dort unten, *sehr tief* unten, sehe ich unsere Straße. Offenbar hat mein innerer Damien vergessen, dass ich unter Höhenangst leide. Ich steige nicht mal auf Leitern. Was also mache ich hier oben über dem siebten Stockwerk auf dem umlaufenden Dachsims unseres Wohnhauses? Und warum macht mir die Höhe überhaupt nichts aus? Normalerweise würde mir der Angstschweiß in Strömen hinablaufen, aber ich fühle mich vollkommen sicher, fast schon unsterblich.

Es ist außerdem saukalt; Raureif glitzert auf den Dächern. Seltsamerweise friere ich nicht, obwohl ich nur T-Shirt und Jeans trage und überdies barfuß bin. Ich stoße meinen Atem aus und sehe ein kleines Wölkchen von meinen Lippen aufsteigen. Noch einmal atme ich ein und aus und dann ein weiteres Mal und stelle dabei fest, dass der Sauerstoff irgendwo in meiner Kehle hängen bleibt und anschließend einfach wieder aus meinem Mund entfleucht, ohne je meine Lungenflügel zu erreichen. Ich lege eine Hand auf meine Brust und versuche, so tief wie möglich einzuatmen. Es klappt nicht. Stattdessen verschlucke ich mich und huste mir die Seele aus dem Leib. Immerhin das funktioniert noch. Dort, wo mein Herz sitzt, spüre ich einen stetigen Schlag, … aber … sehr … langsam. Etwa alle fünf Sekunden macht es lautlos *Bumm* in meiner Brust.

Panisch taste ich nach meinem Puls.

Ich habe keinen.

Ich habe keinen verdammten Puls!

Ich bin tot.

»Was für eine Sauerei passiert hier?«, brülle ich über die Dächer von Steenport.

Und wie zum Teufel bin ich auf das Hausdach gekommen? Die Stahltür zur Dachtreppe ist seit jeher mit einem dicken Vorhängeschloss gesichert. Nur der Hausmeister besitzt einen Schlüssel, um den Schornsteinfeger hier rauf zu lassen.

Ich schaue zu der Tür, die direkt auf den Sims führt. Sie ist aus den Angeln gebrochen. Ich betrachte meine Hände. Die Finger sind aufgeschürft und zerkratzt. Ich spüre keinen Schmerz, obwohl ein Schnitt ziemlich tief aussieht.

Verdattert sitze ich in der frostigen Morgenluft. In meinem Gedächtnis blitzen Erinnerungsfragmente auf, in denen ich mich auf meinem Bett fläze und einen Film auf meinem Laptop schaue. *Tanz der Vampire.* Ich erinnere mich, dass der Film mich wütend gemacht hat, aber ich weiß nicht mehr genau, warum. Es ging um eine Szene, in der sich der Vampir in eine Fledermaus verwandelt.

»Wieso kann der Arsch fliegen?«, habe ich gerufen.

Lennart hat aus seinem Zimmer zurück gebrüllt: »Ruhe! Ich will schlafen!«

»Ich will das auch können!«

»RUHE!«

Danach … muss ich offenbar die Wohnung verlassen haben.

Diese Magen-Darm-Migräne ist schon gemein genug. Das Letzte, was ich gebrauchen kann, ist Schlafwandelei auf dem Hausdach. Und was kommt morgen? Fußpilz, der im Dunkeln leuchtet? Genitalherpes im Gesicht?

Ich rappele mich hoch und taste mich zur Dachtür, um die kaputten Angeln zu mustern. Wer auch immer das getan hat, besitzt Bärenkräfte. Damit kann ich mich selbst aus dem Kreis der Verdächtigen ausschließen. Ich bin zwar kein Spargeltarzan, aber auch kein Wolverine. Wenn ich eine Tür öffnen will, reiße ich sie nicht aus den Angeln, sondern benutze einen Schlüssel. Das nennt sich evolutionäre Intelligenz (folgt mir gern für weitere Live Hacks). Wenn ich keinen Schlüssel habe, drehe ich mich schulterzuckend um und kümmere mich um wichtigere Dinge. Beispielsweise um eine scharfe Veggie-Pizza Diavolo mit extra Knoblauch.

Örks.

Das denke nicht ich, sondern mein Magen, der offenbar immer noch krank ist.

Ich schleiche den stillen Hausflur hinab zu unserer Wohnung im zweiten Stock. Die Tür ist zu. Auch das noch. Genau jetzt beschließt die Sonne aufzugehen, und zwar so richtig, mit Pauken und Trompeten. Die Wolkendecke öffnet sich und gleißendes Licht sticht durch das Flurfenster direkt in meine Augen.

ICH STEHE IN FLAMMEN!

Brüllend quetsche ich mich auf der Fußmatte zusammen, berge meinen Kopf in den Händen und versuche, mich so klein wie möglich zu machen. Der Schmerz ist unbeschreiblich. Mein Fleisch verflüssigt sich, fällt dampfend von meinen Knochen, die sofort zu Asche verbrennen. Mein Herz schrumpft zu einem kokelnden Klumpen zusammen.

Die Wohnungstür wird aufgerissen, jemand packt mich am Arm und zerrt mich in die göttlich dunkle Wohnung.

»Bist du bescheuert, um diese Uhrzeit im Hausflur herumzuschreien?«, zischt Lennart. »Was machst du überhaupt da draußen?«

Ich starre auf meinen Unterarm. Keine Brandblasen, kein versengtes Fleisch. Die Haut ist völlig intakt. Der qualvolle Schmerz in meinem Leib ebbt so schnell ab, wie er gekommen ist. »Ich … Ich dachte, ich brenne.«

Lennart baut sich mit verschränkten Armen vor mir auf. Er trägt Bart Simpson-Boxershorts und ein grünes T-Shirt mit dem Aufdruck: *Gebt mir neue Verschwörungstheorien. Die alten sind alle wahr geworden!* Seine strohblonden Haare stehen wild in alle Richtungen ab. »Was hast du genommen?«, fragt er ernst.

»Gar nichts. Ich glaube, ich habe schlafgewandelt.« Ich taste mich nach Brandlöchern ab, die es nicht gibt. Kleinlaut füge ich hinzu: »Möglicherweise habe ich die Tür zum Dach aus den Angeln gerissen. Das wird teuer werden, oder?«

»Du hast eine tonnenschwere Stahltür aus den Angeln gerissen«, wiederholt Lennart skeptisch. »Na klar doch. Echt witzig. Nicht. Sag mal, hast du dir gestern Abend die Zähne geputzt?«

»Ich putze mir immer die Zähne. Was soll die bescheuerte Frage?«

»Kokain. Manche Hersteller fügen ihrer Zahnpasta winzige Mengen Kokain hinzu, um die Konsumenten heimlich von ihrer

Marke abhängig zu machen. Kokain macht euphorisch, größenwahnsinnig, erzeugt Halluzinationen und dämpft das Schmerzgefühl.« Er nickt zu meinen malträtierten Händen.

Ich halte wirklich nicht viel von Lennarts Verschwörungstheorien. Aber jetzt gerade bin ich sehr geneigt, ihm zu glauben. Eine verrückte Erklärung ist immer noch besser als gar keine Erklärung. »Aber ich kaufe immer eine andere Zahnpasta«, fällt mir ein. »Ich mag die verschiedenen Geschmäcker. Momentan habe ich Zitrone und Bergkräuter.«

Während ich rede, stelle ich fest, dass mein Oberkiefer schmerzt. Das tut er schon seit gestern, aber ich habe es auf die mysteriöse Migräne geschoben. Vorsichtig taste ich meine Wange ab. Wenn jetzt auch noch meine Weisheitszähne entzündet sind, dann gute Nacht. Doch ich ertaste keine Schwellung, keinen schmerzenden Zahn. Da ist nur dieser unerträgliche Druck auf beiden Seiten des Kieferknochens.

»Aber irgendwas musst du dir eingeworfen haben«, sagt Lennart. »Deine Pupillen sind riesig. Deswegen reagierst du auch so empfindlich auf Sonnenlicht.«

Ich zwinkere probehalber. Meine Pupillen fühlen sich ganz normal an … Okay, ich habe keine Ahnung, wie sich eine normale Pupille anfühlt. Fühlen Pupillen überhaupt etwas oder sind die einfach nur da? Ich gehe ins Bad, knipse das Licht über dem Waschtisch an und stelle fest, dass Kunstlicht mir überhaupt nichts ausmacht.

Mein Spiegelbild ist verschwommen. Ich wische über den Spiegel, doch es nützt nichts. Ich sehe mich selbst wie durch einen dunstigen Schleier. Als ich mich so weit vorbeuge, bis ich mit der Nasenspitze die Oberfläche berühre, verstehe ich, was Lennart meint. Meine Pupillen sind so geweitet, dass meine grauen Augen pechschwarz wirken. Wie Löcher, die mitten in meinen Kopf hineinführen. Ich schrecke vor mir selbst zurück.

Drogen, eindeutig. Ich hole meine Zahnpastatube aus dem Becher, schraube sie auf und schnuppere. Zitrone und Bergkräuter.

Falls darin wirklich so viel Kokain enthalten ist, dass ich Dachtüren aus den Angeln reißen kann und Pupillen so groß wie Unterteller bekomme, dürfte diese Tube ein kleines Vermögen wert sein.

Oder ist es möglich, dass der Falafel-Döner – die letzte normale Mahlzeit, an die mich erinnere – mit fein gemahlenen psychedelischen Pilzen gewürzt war?

Was auch immer es ist, es wird bald von selbst weggehen. Hoffe ich.

Ich öffne meinen Mund, um nach der Ursache des dumpfen Schmerzes zu suchen. Meine Zähne sind tiptop in Ordnung, ebenmäßig, weiß und ohne Löcher, wie ich nicht ohne Stolz anmerken möchte. Aber meine Eckzähne sehen irgendwie komisch aus. Länger und spitzer.

Können Zähne bei erwachsenen Menschen noch wachsen? Ich drücke dagegen und sage: »Autsch!« Verblüfft betrachte ich den winzigen Blutstropfen an meiner Daumenkuppe. Es hat eine blasse, wässrige Farbe, fast rosa. Ich lecke ihn ab, der Kupfergeschmack explodiert an meinem Gaumen. Ehe ich es mich versehe, sauge ich wie ein Baby an meinem eigenen Daumen. Übermächtige Gier vernebelt meinen Verstand. Ich will mehr davon. Mehr …

»Alter, hör auf, dir deine Extremitäten abzubeißen!« Lennart versetzt mir einen Schubs. »Echt, Mann, geh ins Bett und schlaf dich aus. Du bist blass wie eine Leiche.«

»Aber ich fühle mich nicht schlecht.« Eigentlich fühle ich mich sogar ziemlich lebendig. Kraftstrotzend. Energiegeladen. Als könnte ich Bäume ausreißen. Oder Stahltüren.

Nachdenklich betrachte ich meinen Daumen. Und dann gleitet mein Blick zu meinem Freund und Mitbewohner. Er sieht übermüdet aus, was kein Wunder ist, denn Lennart steht normalerweise nicht vor elf Uhr vormittags auf. Seine Wangen sind rosig. Aus seinen Poren strömt ein süßer, viriler Duft. Hauchfeine Äderchen durchziehen seine Haut, ich bilde mir ein, das Blut darin zirkulieren zu sehen. An der Halsseite pocht die Schlagader, fett und prall.

»Hör auf, mich so komisch anzustarren«, sagt er irritiert. »Ich schmuse nicht mit Männern.«

»Ich will nicht schmusen. Ich weiß hundertprozentig, dass ich nicht schwul bin. Ich …« Kurz zögere ich. »Kannibalismus ist eine Krankheit, oder?«

»Vergiss nicht, dass du Vegetarier bist.« Lennart tritt einen Schritt zurück. »Vielleicht bist du von einem Dämon besessen.«

»Red keinen Unsinn!« Ich spreche undeutlich, weil ich nicht aufhören kann, an meinen scharfen Zähnen herumzufummeln.

»Das ist kein Unsinn. In Italien, Spanien und Südamerika gibt es auch heute noch Exorzisten, und zwar aus gutem Grund. Du solltest zum Heilpraktiker gehen und dir ein paar Weihwasser-Globuli verschreiben lassen.« Er wendet sich ab und patscht eilig auf bloßen Füßen zurück in sein Zimmer.

Ich folge ihm. »Ich bin nicht krank! Mir tut bloß der Kiefer weh.«

Lennart kriecht auf sein Bett und lehnt sich an die Wand. Mir entgeht nicht, dass er größtmögliche Distanz zwischen uns zu bringen versucht. Die Rollos sind heruntergelassen, der Geruch von Schlaf und ungewaschenen Socken hängt in seiner Bude.

Lennart sieht mit seinem strohblondem Wuschelhaar wie ein dauerbekiffter Skater-Boy aus, aber sicher nicht wie ein professioneller Verschwörungstheoretiker, der eben erst einen lukrativen Kooperationsdeal mit der Firma *CloudBlaster* eingegangen ist. Neben dem Kamerastativ stapeln sich mehrere Kartons mit diesen Spraydosen, die man ihm zu Werbezwecken zugeschickt hat. Angeblich kann man damit die Wirkung von Chemtrails unschädlich machen. Einfach in die Luft sprühen und schon ist man geschützt vor Schlafschafigkeit. Kostenpunkt pro Dose: 49,90€. So viel sollte Ihnen Ihr gesunder Menschenverstand doch wert sein, nicht wahr?

»Betrachten wir einmal die Fakten.« Lennart legt die Fingerspitzen aneinander wie ein Oberlehrer. »Du hast neuerdings eine Allergie gegen Tageslicht. Du hast literweise Patchouli-Öl gekauft und dazu einen echt lässigen schwarzen Schurkenmantel – den du auf keinen Fall zurücksenden wirst. In dem Ding wirst du nämlich so verdammt heiß aussehen, dass ich vielleicht doch darüber nachdenke, mit dir zu schmusen. Tu ich aber nicht, das war nur ein Gedankenspiel. Du hast dich für teures Rindfleisch, das du eigentlich gar nicht magst, in den finanziellen Ruin gestürzt. Du hast einen Haufen bescheuerter Gruselfilme gekauft. Grabkerzen. Wozu zum Teufel brauchst du Grabkerzen? Du warst tagelang verschollen und kannst dich ums Verrecken nicht daran erinnern, was du in dieser Zeit getrieben hast. Du könntest einen Mord begangen haben.«

»Niemals. Ich bin Pazifist.«

»Erzähl das der Stahltür.« Lennart setzt sich auf und hebt einen Zeigefinger. »Internet!«

»Internet«, wiederhole ich dümmlich.

»Die Steenport-Gruppe auf Facebook!«

»Ich hasse Facebook. Da sind nur Krawallherberts und Verschwörungstheore… Ist auch egal.«

»Deine Verblendung wird eines Tages dein Tod sein, Alter.« Er langt zu seinem Nachttisch hinüber und zieht ein nagelneues MacBook auf seinen Schoß. Eigentlich ist es eine Frechheit, dass er Miete von mir verlangt. Ich kann mir höchstens ein altes klappbares Knäckebrot mit einem Sprung in der oberen Bildschirmecke leisten, aber bestimmt kein MacBook der neuesten Generation.

Lennart klappt den Laptop auf und öffnet den Browser. »*Unser Steenport* ist eine große Facebook-Gruppe, wo man unter anderem erfährt, an welcher Straßenecke ein Blitzer aufgestellt wurde oder wo Taschendiebe unterwegs sind. Wenn irgendwo in der Stadt jemand überfallen wurde, dann wissen die Gruppenmitglieder sofort, wer der Täter ist, ohne auch nur in der Nähe gewesen zu sein. Wenn ein Bäcker seine Brötchen zehn Cent billiger verkauft, kann er dank dieser Gruppe seinen Laden wegen Ausverkauf dicht machen – es sei denn, jemand behauptet, dass das Mehl mit Zementpulver gestreckt wurde. Dann kann er den Laden auch dicht machen. Wenn irgendein Promi schlechten Stuhlgang hat, dann bekommst du in dieser Gruppe einen Live-Stream aus seiner Kloschüssel. Und natürlich gibt es dort täglich neue Gerüchte über unseren Bürgermeister. Er wurde am Straßenstrich gesichtet, er hat einen kleinen Hund getreten … Blablabla.«

»Ich wiederhole: Ich hasse Facebook.« Ich lasse mich auf die Bettkante fallen, weit weg von ihm, damit er mich nicht als Bedrohung ansieht. Für mich ist das eine völlig neue Situation. Eine, die mir gar nicht gefällt. »Bitte sag jetzt nicht, dass du in dieser Gruppe Mitglied bist.«

»Die besten Gerüchte stammen selbstverständlich von mir«, sagt er würdevoll und scrollt durch die Beiträge. Es sind erschreckend viele und trotz der frühen Uhrzeit ploppen neue Posts auf. Schlafen die Verrückten in dieser Stadt eigentlich nie?

Lennart scrollt etwa eine Woche rückwärts durch die Beiträge. »Unglaublich, wie viele *Allianz*-Freunde hier neuerdings aktiv sind«, brummt er. »Werden die dafür bezahlt oder glauben die wirklich den Mist, der ihnen eingeflüstert wird?«

Ich beuge mich herüber und überfliege einen Post: *Der korrupte Bürgermeister will die Stadt auslöschen!!!!! Die ganzen Morde in der Stadt hat er zu verschulden!!!! Nur die Allianz kann ihn stoppen!!!!! Umsturz jetzt!!!!!*

»Ich dachte, so eine Anarchie-Bewegung wäre genau nach deinem Geschmack«, sage ich.

Lennart schnaubt. »Die *Allianz* will Chaos. Sie will alles zerschlagen und die Leute verunsichern, um dann als starker Führer aufzutreten. Die Serienmorde der letzten Zeit spielen ihnen in die Hände. Ehe wir es uns versehen, hat sie die Macht an sich gerissen. Sie will die Demokratie gegen Despotie austauschen.«

»Ehrgeizig sind sie ja, das muss man ihnen lassen. Die haben aber nicht den Hauch einer Chance.«

»Das hat man von Hitler auch geglaubt, als er noch Postkartenmotive gemalt hat.«

Ich verdrehe die Augen. »Wonach suchst du eigentlich?«

»Nach … ah, da!« Er dreht den Bildschirm und tippt auf einen

Post.

Leute ich hab den angeblichen Wolf gesehen!, schreibt jemand unter einen verwackelten Fotobeitrag, der eine nächtliche Straße zeigt. Im Hintergrund ist ein geduckter Schatten zu sehen. *Das ist bloß ein verrückter Typ. Ist an mir vorbeigerannt. War schnell wie der Blitz aber eindeutig ein Mensch.*

»Ich verstehe nicht …«, setze ich an.

»Lies weiter!«

Ich schwör, das war ein richtiger wolf, schreibt jemand in den Kommentaren. *Ich hab das Vieh im Vergnügungsviertel gesehen! Meine Freunde waren dabei die könnens bestätigen.*

Ich seufze. »Steenport ist voller Spinner, Lennart. Was soll …?

»Lies weiter!«, befiehlt er ungeduldig.

Finger weg von bunten Pillen!, schreibt ein gewisser Maverikkk und fügt ein halbes Dutzend lachender Emojis an.

also ich habe den wolf auch gesehen, meldet sich eine Natasha Loyzkie zu Wort. *er hat mich angeknurrt. seine augen haben voll unheimlich geleuchtet.*

Frauen gehören nachts ins Haus! Vor allem so hässliche wie du!, kommentiert Maverikkk, ganz der Gentleman. *Wird zeit das die Allianz auf den Straßen aufräumt und für sicherheit sorgt.*

Ich wurde von einem mann gebissen. Keine Lüge! Dieser Kommentar stammt von EzioCoy83. *Letzte nacht am alten hafen. junger typ in schwarzen klamotten. dunkle haare, irrer blick. hat sich auf mich gestürzt und zugebissen. tat voll weh.* Ezio hat ein Foto von einem Unterarm mit einer dramatischen Bisswunde hinzugefügt und schreibt dazu: *konnte abhauen. brauche ich tetanus?*

bestimmt war das der serienkiller, schreibt Natasha Loyzkie. *In den zeitungen steht dass das ein psycho sein soll.*

jedenfalls wars kein tier, erwidert EzioCoy83.

»Dunkle Haare, irrer Blick …« Lennart betrachtet meinen Kopf.

»Mach dich nicht lächerlich.« Ich nehme ihm den Laptop ab und scrolle weiter.

Jemand behauptet, den legendären Alligator im Hafenbecken gesichtet zu haben und drei weitere Gruppenmitglieder bestätigen die Sichtung (ich bin geneigt, ihnen zu glauben. Ich meine: Ein Krokodil in Steenport – wie geil ist das denn bitte?) Jemand anders will den Bürgermeister beim Verlassen eines schmierigen Bordells beobachtet haben. Der Abfalleimer vor dem Opernhaus sei in Wirklichkeit eine getarnte Radarfalle. Bei dem angeblichen Wolf handele es sich in Wahrheit um eine Gang namens *Die Wölfe*.

Der übliche Mumpitz.

Ein weiterer Post löst ein sehr ungutes Gefühl in mir aus.

Unter einem Foto des nächtlichen Vergnügungsviertels steht: *Mich hat letztens ein Mann verfolgt, als ich von ner Party kam. Der hat die Zähne gefletscht und nach mir geschnappt. Hab geschrien und bin abgehauen. Konnte in einen Bus springen. Ich schwöre, der Verrückte ist einen ganzen Kilometer neben dem Bus hergerannt!* Es folgt eine Beschreibung, die auf jeden zutreffen könnte.

Leider auch auf mich.

»Komm schon, Lennart, das ist Facebook«, sage ich.

»Du willst seriöse Quellen?« Lennart schnaubt bei dem Wort *seriös*. »Oh Mann, der Mainstream-Journalismus hat dich ja erfolgreich manipuliert. Aber bitte …«

Er zieht das Notebook wieder zu sich und tippt etwas in die Suchleiste. »Da hast du deinen Beweis«, sagt er und öffnet die Webseite der *Steenporter Post*. Ein Artikel ploppt auf.

Schlächter von Steenport schlägt wieder zu!

Hinter einem Müllcontainer machte ein Clubbesitzer eine grausige Entdeckung: eine übel zugerichtete Frauenleiche lag – offenbar schon längere Zeit – unter Abfallsäcken verborgen. Nach Angaben des Polizeisprechers wies die Leiche mehrere schwere Bissverletzungen auf, die augenscheinlich zu einem tödlichen Blutverlust geführt haben. »Der Obduktionsbefund steht noch aus. Vermutlich wurde das Opfer nach einem Clubbesuch überfallen und getötet«, sagte der Polizeisprecher. Dies ist nicht der erste Leichenfund dieser Art in Steenport. »Wir gehen von einem psychisch gestörten Nachahmungstäter aus. Solche furcht-

baren Morde verzeichnen wir schon seit vielen Jahrzehnten, also weitaus länger, als ein Täter aktiv sein kann«, lautet das offizielle Statement. »In einer Großstadt wie Steenport werden leider immer wieder Verbrechen verübt.«

Weiterhin teilte der Pressesprecher mit, dass man aktuell einen möglichen Zusammenhang mit ungewöhnlichen Körperverletzungen überprüfe, die in den letzten Tage bei der Polizei angezeigt worden sind. Mehrere Personen wurden auf dem nächtlichen Nachhauseweg von einem offenbar geistesgestörten jungen Mann angegriffen und gebissen. Die Verletzungen seien nicht besorgniserregend. Der Täter habe das Blut vom Boden geleckt, bevor er davongelaufen sei.

Den Beschreibungen nach handelt es sich bei dem Verdächtigen um einen athletisch gebauten Mann etwa Ende 20 bis Anfang 30 mit dunklen Haaren und dunkler Kleidung. Besondere Merkmale: keine.

Die Polizei ermittelt nun, ob der sogenannte Beißer möglicherweise für die brutalen Morde der jüngsten Zeit in Steenport verantwortlich sein könnte. »Wir halten diesen Mann für äußerst gefährlich und bitten die Bevölkerung vor allem nachts dringend um erhöhte Vorsicht.«

Eine Vision jagt durch mein Gedächtnis: Eine dunkle Gasse abseits der Vergnügungsmeile. Zwei lachende torkelnde Männer, das Klirren einer leeren Flasche. Weiche, warme Haut, die unter meinen Zähnen aufreißt. Panisches Geschrei. Kupfergeschmack. Flucht. Die Bilder sind so lebendig, als hätte ich das wirklich erlebt.

Mein Magen knurrt vernehmlich. Ich wische mir über die Lippen.

»Besondere Merkmale: keine«, wiederholt Lennart und betrachtet mich, als würden wir nicht schon seit sieben Jahren zusammenwohnen. »Besser kann man dich nicht beschreiben.«

»Willst du behaupten, dass ich nachts bellend durch die City laufe, Menschen anfalle und mich anschließend an nichts mehr erinnern kann? Das ist völlig absurd!« Ich springe auf und marschiere in mein Zimmer.

Zornig schmettere ich die Tür hinter mir zu. Sie zersplittert krachend und reißt den Rahmen aus der Wand. Große Holzstücke fallen zu Boden. Die Türklinke fliegt knapp an meinem Kopf vorbei. Risse ziehen sich durch den Putz.

Das war ich nicht, denke ich starr vor Schreck.

Lennart linst um die Ecke. Er ist nicht weniger bleich als ich. »Alter, jetzt ist es amtlich: Du hast ein Problem.«

7

Agnetha

Wildes Hupen ertönt. Ich schrecke zusammen und reiße die Augen auf.

Nach zwei Sekunden begreife ich, wo ich mich befinde: mitten auf der vierspurigen Straße, die an der Steenporter Partymeile vorbeiführt. Zwischen den Bürohochhäusern fällt das Licht der Morgensonne auf den Asphalt. Der Berufsverkehr rauscht so dicht an mir vorbei, dass ich fast vom Luftzug mitgerissen werde. Auf der anderen Straßenseite stehen Leute an der Ampel und schauen mich an, als wäre ich verrückt. An ihrer Stelle würde ich das Gleiche denken. Ich renne los, gerade als ein Lkw-Kühler auf mich zu rast, stolpere an der Bordsteinkante über meine High Heels und schaffe es gerade noch, nicht zu stürzen. Mir ist kalt, denn ich trage keine Jacke über meinem knappen grünen Kleid.

»Na, da hat aber jemand ordentlich durchgefeiert«, sagt ein halbglatziger Mann im schlecht sitzenden Kaufhaus-Anzug. Unter seinem Arm klemmt eine Aktentasche aus der Kollektion *Stulle-mit-Wurst*. »Und unsereins darf für euch faules Gesocks jeden Tag arbeiten gehen und Steuern zahlen.«

»Vielen Dank, dass Sie mein Lotterleben finanzieren. Ich weiß das sehr zu schätzen«, sage ich mit einem angestrengten Zuckerlächeln und stolziere davon.

Das Letzte, woran ich mich erinnern kann, ist das schmale Raubtierlächeln von Benedict von Baro. Sein Zähnefletschen und die lähmende Panik, die ich in seiner Gegenwart empfunden habe. Aber ich weiß nicht, wie ich aus dem *Devil's Den* gekommen bin, geschweige denn, wie lange ich anschließend durch die Straßen geirrt sein muss. Meine Beinmuskeln schmerzen, es müssen also Stunden gewesen sein. Mein Gedächtnis weist ein tiefes dunkles Loch auf. Hat dieser unheimliche Dreckskerl mir womöglich K.o.-Tropfen in den Drink gegeben? Nein, der Virgin Mojito klebte in Benedicts Gesicht, kaum dass er in meine Nähe gekommen ist.

Hastig überprüfe ich meine Kleidung. Ich trage noch meinen Slip und mein Oberteil ist auch nicht zerrissen. Nur mein Haar ist in Unordnung, was aber keinen großen Unterschied zum Normalzustand macht. Meine Locken sehen häufig so aus, als hätte ich mit feuchten Fingern in eine Steckdose gefasst. Sogar meine Handtasche hängt noch über der Schulter. Es ist eines dieser angesagten Vintage-Modelle mit gesticktem Blumenmuster und riesigem Klick-Verschluss, wobei niemand ahnt, dass ich diese Tasche tatsächlich von meiner Oma geerbt habe. Ich greife hinein und fische zwischen Bonbonpapier, Tampons, Kugelschreibern, einer Handvoll klebriger Gummibärchen, Kassenbons und Lippenstift nach meinem Handy, das es sich ganz unten in der Krümelschicht gemütlich gemacht hat. Mit der Selfie-Funktion vergewissere ich mich, dass nicht einmal meine Mascara verschmiert ist, was für sich genommen schon Anerkennung verdient. Ich neige nämlich dazu, mir oft unbewusst über die Augen zu reiben. Für diese unmenschlich frühe Uhrzeit sehe ich echt gut aus, sieht man einmal von dem diffusen Schock ab, der sich in meine Züge eingegraben hat

Unwillkürlich taste ich über meinen Hals. Keine Ahnung, was ich zu finden befürchte, aber meine Haut ist glatt und unbeschädigt.

»Haha, Vampire!«, sage ich erleichtert. In meinen Ohren klingt es jedoch hohl.

Nein, Benedict hat keine seltsamen Eckzähne gehabt. Er hat mich nur so angestarrt, weil ich nun mal verdammt heiß aussehe. Viele Männer wollen an mir herumknabbern. Möglicherweise habe ich eine Panikattacke bekommen, weil … weil …

Ich hatte im ganzen Leben noch keine Panikattacke.

Gedankenverloren suche ich nach einem vergessenen Gummibärchen in meiner Handtasche, wische die Krümel ab und stecke ihn mir in den Mund, während ich an der Straße entlanglaufe, zurück zum *Devil's Den*. Der Club ist jetzt natürlich geschlossen, die Außenbeleuchtung abgeschaltet. Bei Tageslicht sieht das Gebäude abweisend aus.

Mein alter Fiat steht einsam mitten auf dem Schotterparkplatz hinter dem Club. Trotzdem schaue ich mich um, als könnte Benedict von Baro plötzlich hinter mir stehen und »Buh!« machen.

Letzte Nacht hat er es irgendwie geschafft, sich innerhalb eines Augenzwinkerns aus der VIP-Lounge an die Bar zu beamen. Entweder hat er heimlich ein tragbares Teleportations-Dings erfunden wie in *Star Trek*, oder es gibt einen bösen Zwilling, von dessen Existenz niemand etwas weiß.

Wie sagt Sherlock Holmes sinngemäß: *Wenn man das Unmögliche ausgeschlossen hat, dann ist das, was übrig bleibt, die Wahrheit, und sei sie noch so bescheuert.*

Die Zwillings-These klingt gut. Gegen alles andere sperrt sich mein analytischer Verstand.

Eine halbe Stunde später schließe ich die Haustür auf, hinter der bereits meine Mutter mit dem Staubsauger lauert, natürlich rein zufällig. Im Wohnzimmer dudelt *Chiquitita.* Zu dem Song haben meine Eltern auf ihrer Hochzeit getanzt, er läuft immer dann, wenn meine Mutter romantische Anwandlungen hat.

»Du warst die ganze Nacht fort.« Sie versperrt mir den Weg zur Treppe, was bedeutet, dass ich erst ein peinliches Verhör überstehen muss, bevor ich unter die Dusche darf. »Müsstest du jetzt nicht auf der Arbeit sein?«

Oh Mist, ich habe total vergessen, dass ich eine deprimierte, schlecht bezahlte Anzeigensetzerin bin.

»Hab mir freigenommen«, murmele ich und streife die Schuhe von meinen schmerzenden Füßen.

»Er muss ja etwas ganz Besonderes sein. Hat er dir Frühstück ans Bett gebracht?« Ihre Augen leuchten. »Was für ein Auto fährt er denn? Wo wohnt er? Er ist doch hoffentlich kein Künstler.«

»Ich war allein aus.« Ich schiebe mich an ihr vorbei und schlurfe gähnend die Treppe hinauf.

»Du kannst ihn ruhig mal zum Essen mitbringen!«, ruft sie mir hinterher.

Oben auf der Treppe bleibe ich stehen und drehe mich um. »Normalerweise stellt man die männlichen Teilnehmer eines Gangbangs nicht seinen Eltern vor. Ich konnte mir ihre Namen sowieso nicht merken. Es waren zu viele.«

So, Thema erledigt. Ich schließe die Tür zu meinem Zimmer und lausche. *Chiquitita* verstummt mitten im Song, kurz darauf dröhnt *One Man, One Woman* durch das Haus, untermalt vom zornigen Heulen des Staubsaugers.

Ich hole Leggings und ein übergroßes Oberteil aus dem Schrank und trolle mich ins Bad, wo ich so lange unter der heißen Dusche stehe, bis die Kälte aus meinem Knochenmark gewichen ist. Immer, wenn ich die Augen schließe, sehe ich Benedicts aristokratische Gesichtszüge vor mir, sein kaltes, überhebliches Lächeln und diese langen Spinnenfinger mit dem Siegelring.

Gruselig beschreibt ihn nicht mal annähernd. Ich tendiere eher zu *furchteinflößend.* Oder lieber gleich *dämonisch?* Er hat eindeutig etwas an sich, das ich nicht mit normalen Männern in Verbindung bringen kann. Vor denen habe ich grundsätzlich keine Angst, sie machen mich höchstens sehr wütend. Axel Lehmann, mein ehemaliger Chefredakteur, kann davon ein Lied singen. Trotzdem klebt sein dicker Hintern weiterhin auf dem ledernen Chefsessel, während ich ins Reihenhäuschen meiner Eltern einziehen musste. Man glaubte lieber ihm als mir, weil man keine Lust auf einen *#Metoo*-Skandal hatte, darum ist meine Karriere ruiniert, noch bevor sie begonnen hat.

Gut, eine Ohrfeige hätte bestimmt ausgereicht, aber ich wollte sichergehen, dass die Botschaft auch wirklich bei ihm ankommt. Ich konnte doch nicht ahnen, dass ein Kniestoß in die Eier zu einer Hodenruptur führen kann. Zukünftig wird er seinen kleinen Axel hoffentlich nicht mehr jeder Praktikantin präsentieren mit den Worten: »Sei ein wenig nett zu dem Burschen, dann kann ich bestimmt auch etwas für dich tun.«

Mit einem Handtuchturban kehre ich zurück in mein Zimmer, vergewissere mich, dass die Tür verriegelt ist, dann öffne ich mein Notebook. Ich sollte zuerst auf der Arbeit anrufen und mir eine halbgare Entschuldigung aus dem Ärmel leiern, aber dieses Highlight des Tages hebe ich mir für später auf.

Ich ergänze meine Notizen zu Benedict von Baro mit einer genauen Beschreibung unseres Zusammentreffens. Während ich schreibe, fallen mir weitere Details ein, die keinen Sinn ergeben: die fehlenden Atemzüge, als er mir ins Ohr geflüstert hat. Diese bittere, lähmende Aura. Seine unheimlichen Augen – sind sie wirklich pechschwarz? Die Gedächtnislücke.

Er kennt jetzt meinen Namen, fällt es mir siedend heiß ein.

Wenn schon? Wer mich googelt, wird nur meinen alten Tiktok-Account finden. Dort heiße ich *moonowlgirl* – fragt bitte nicht – und habe früher Tanzvideos hochgeladen, für die ich mich absolut nicht schäme. Meine Videos liefen unter dem Motto: *Hauptsache, Agnetha hat Spaß und ist weg von der Straße.* Wenn ich Stress habe oder nachdenken muss, dann tanze ich immer noch (nicht zu *ABBA*-Songs), lade aber keine Videos mehr hoch. Ich bin kein Profi, aber ich habe ein paar beeindruckende Moves drauf.

Wer gründlicher nachforscht, wird früher oder später herausfinden, dass ich beim Journalistenverband registriert bin. Es geistern noch einige Artikel durch das Internet, die unter meinem Namen veröffentlicht worden sind, und auch das Online-Archiv vom *AKUT* ist nur ein paar Klicks entfernt.

Über die von Baros wurde bislang immer nur sehr spärlich berichtet. Hier eine Erwähnung wegen einer großzügigen Spende an die städtische Theaterbühne, dort ein Bericht über die Einweihung eines neuen Bibliotheksflügels, den Bardolf von Baro finanziert hat. Die Familienmitglieder lassen sich grundsätzlich nicht fotografieren. Es gibt nur eine Handvoll offizieller Porträtfotos, die meiner Meinung nach mit Photoshop bearbeitet wurden. Niemand findet es seltsam, dass sich eine komplette Milliardärsfamilie von der Öffentlichkeit abschottet. Erstens sind sie adlig und somit verschroben, und zweitens halten es andere Unternehmer genauso.

Aber die alten Gemälde, die ich aufgestöbert habe, sind real. Ebenso die klösterlichen Chroniken der vergangenen Jahrhunderte, in denen die Gräueltaten der von Baros vermerkt wurden. Es hat mich viel Telefoniererei, Herumfahrerei und Speichelleckerei gekostet, um Zugang zu den alten Dokumenten zu erhalten. Die Geschichte dieser Familie reicht weit, weit in die Vergangenheit zurück. So weit, dass der Ursprung dieses Adelsgeschlechts im Nebel der Zeiten verloren gegangen ist.

Zu Zeiten des Nationalsozialismus haben sie, wenn die Berichte stimmen, offenbar aktiv die Errichtung eines Konzentrationslagers unterstützt, haben das Grundstück zur Verfügung gestellt und Baumaterial geliefert. In diesem Lager starben viele Insassen auf ungeklärte Weise, bevor sie in den Gaskammern ermordet werden konnten. In einigen Dokumenten wurde massiver Blutverlust als Todesursache angegeben. Man schob es auf eine Plage hungriger Ratten.

Die von Baros wurden auch mit der *Organisation Werwolf* in Verbindung gebracht, einer NS-Gruppe, die Soldaten mit besonderen Fähigkeiten hinter die Reihen des Feindes schicken sollte. Um diese Gruppe ranken sich die wildesten Gerüchte. Es ist von okkulten Experimenten die Rede, von unsterblichen Soldaten, die in den Tunneln unter dem Berliner Teufelsberg gezüchtet worden sind. Aber einen konkreten Beweis habe ich nicht finden können. Es gibt nur Gerüchte, nur Hörensagen.

In der europäischen Geschichte stößt man früher oder später unweigerlich auf den Namen von Baro. Stets werden sie nur nebenbei erwähnt, als wären sie Zuschauer aus der hinteren Reihe, die interessiert beobachten, wie sich die Menschheit gegenseitig an die Gurgel geht.

Ich betrachte meine Chronik. Obwohl sie nur Bruchstücke und Spekulationen enthält, schnürt es mir die Kehle zu. Dieser Clan schwebt seit Jahrhunderten wie ein drohender Schatten über uns und spielt sein perfides Spiel.

Möglicherweise ist diese Sache ein paar Nummern zu groß für mich. Die von Baros sind so reich, dass sie jederzeit die *Steenporter Post* kaufen und mit einem Fingerschnippen einfach zerschlagen könnten. Ich habe ewig lange versucht, herauszufinden, wie groß das Vermögen des Clans ist. Vergeblich. Sie haben Beteiligungen an diesen und jenen Unternehmen, besitzen Immobilien und Reedereien und Kanzleien und Kunstsammlungen und kostbare Schmuckstücke und höllisch wertvolle Antiquitäten und haben wahrscheinlich zusätzlich noch ein paar Milliönchen hinter den Brokat-Tapeten ihres Anwesens gebunkert.

Wer bin dagegen schon ich?

Jemand, der nichts zu verlieren, aber alles zu gewinnen hat, denke ich schulterzuckend (Tipp am Rande: Geht die großen Dinge des Lebens immer mit einem Schulterzucken an. Dadurch wirken sie gleich viel kleiner).

Benedict kennt nun mein Gesicht und meinen Namen. Es ist unwahrscheinlich, dass ich nützliche Informationen aus ihm herauskitzeln kann. Zumal ich das Gefühl nicht loswerde, dass er mich durchschaut hat.

Und um ehrlich zu sein, möchte ich ihm höchst ungern noch einmal von Angesicht zu Angesicht gegenüberstehen.

Wieder gehe ich meine Liste mit den Steenporter Familienmitgliedern derer von Baro durch. Es sind insgesamt acht. Die einzige Angeheiratete, Damiens Mutter, lebt bedauerlicherweise nicht mehr. Die Zahl der Familienmitglieder ist im Laufe der Zeit immer gleich geblieben. Einer stirbt, ein entfernter osteuropäischer Verwandter wandert ein und lässt sich auf dem Familiensitz in Steenport nieder. Alte Namen mit B verschwinden, neue Namen tauchen auf. Ich wusste nicht, dass es so viele Vornamen gibt, die mit B beginnen. Manche klingen sehr altmodisch, andere fremdländisch.

Mein Blick bleibt an der letzten Person auf der Liste hängen: Damien von Baro. Sein Name schreit sichtbar heraus, dass er nicht dazugehört.

Ich gebe ihn in die Google-Suchleiste ein. Nicht, dass ich das nicht schon vorher getan hätte, wenn auch nur halbherzig. Bisher war er für mich das uninteressanteste Familienmitglied des Grusel-Clans. Jetzt schaue ich genauer hin, pflüge mich gründlicher durch die Sozialen Medien und finde einige Fotos, auf denen er getaggt wurde. Er selbst hat nirgendwo einen Account.

Ich gebe zu, er sieht gut aus. Richtig gut. Dunkles, zerwuscheltes Haar im Out-of-Bed-Look, der eher zufällig als gewollt zu sein scheint. Graue Augen und ein jungenhaftes Grinsen von der Sorte: *Mir doch egal, was ihr denkt.* Er hat die klassische Aristokraten-Nase seiner Familie geerbt sowie das kantige Kinn, doch seine Lippen sind voller und geschwungener, außerdem hat er Grübchen. Kein anderer von Baro hat Grübchen. Auf den wenigen Bildern, wo man mehr von ihm sieht als nur seinen Kopf, macht er einen nachlässig-sportlichen Eindruck. Keine Anzüge, aber auch keine Lederhosen oder Rüschenhemden. Für ein schwarzes Schaf kleidet er sich bemerkenswert unspektakulär.

Ich finde ein Youtube-Video, in dessen Beschreibung er erwähnt wird, weil er im Hintergrund in die Aufnahme platzt: *Sorry für meinen Mitbewohner @DamienvonBaro, der vergessen hat, dass man anklopft, bevor man ein fremdes Zimmer betritt.*

Das Video stammt vom *Durchblicker,* dessen Kanal ich rein zufällig abonniert habe. Ich bin kein Fan von ihm; ich folge auch tausend anderen Accounts, die entweder a) unterhaltsam, b) lehrreich oder c) vollkommen durchgeknallt sind.

Der Durchblicker fällt in die letzte Kategorie. Er verbreitet krude Verschwörungstheorien, an die er nicht ernsthaft glauben kann. Er sieht nämlich eher geschäftstüchtig als dumm aus; in seinen Videos deckt er nicht nur wilde Verschwörungen auf, sondern macht auch Werbung für Ausleitungs-Tropfen gegen die negativen Energien von Geimpften, für *CloudBlaster*-Spray und Zuckerpillen gegen G5-Strahlung.

Sein Markenzeichen ist die Strickmütze, unter der blonde Haare hervorlugen. Er ist ungefähr so alt wie Damien, scheint aber vergessen zu haben, dass jeder mal erwachsen werden muss, hat 400.000 Follower und heißt mit bürgerlichem Namen Lennart Bosse.

Mit diesem Spinner wohnt Damien von Baro also zusammen. Ich weiß nicht, was ich davon halten soll. Die Adresse habe ich schnell herausgefunden: Sie steht im Impressum. Laut Google Street View handelt es sich um ein Mehrfamilienhaus aus den Dreißigerjahren mit Simsen und Erkern am Rande der Innenstadt, nicht besonders mondän, aber auch nicht gerade die Slums von Steenport.

Ich schreibe über Youtube eine Direktnachricht an Lennart Bosse: *Hallo, ich bin Journalistin bei der Steenporter Post und möchte Sie gern interviewen. Sie haben sich eine beachtliche Fanbase erarbeitet und gelten mittlerweile als Experte in Sachen Aufdeckung und Aufklärung* (Honig ums Maul schmieren kann ich). *Mich interessiert, wie Ihr Freundes- und Familienkreis auf Ihre Tätigkeit reagiert, also inwieweit Ihr Privatleben von Ihrer Arbeit beeinflusst wird. Gerne möchte ich das Interview bei Ihnen zu Hause durchführen und vielleicht auch von einem Ihrer Freunde ein kurzes Statement erhalten. Selbstverständlich wird der fertige Artikel nicht ohne Ihr Einverständnis veröffentlicht.*

Ich füge meine Handynummer hinzu und schicke die Nachricht ab. Meiner Erfahrung nach wird er anbeißen. Kaum ein Mensch kann der Versuchung widerstehen, von sich selbst zu erzählen. Lennart würde keine Youtube-Videos drehen, wenn er nicht eine kleine Rampensau wäre.

Er antwortet nicht umgehend, was mich nicht wundert. Als Youtuber muss man nicht in aller Herrgottsfrühe aufstehen und sich von einem griesgrämigen Vorgesetzten anmaulen lassen. Wahrscheinlich verdient er auch dreimal so viel Geld als im Anzeigensatz eines Käseblatts. Ich sollte wirklich dringend über eine Umschulung nachdenken.

Um die Wartezeit zu überbrücken, starte ich *Holes in your Coffin* aus meiner Musikplaylist und übe ein paar neue Tanzmoves. Dabei achte ich darauf, nicht zu wild herumzuspringen, sonst steht meine Mutter gleich auf der Matte. Nur weil sie *ABBA*-Fan ist, heißt das noch lange nicht, dass sie mein infantiles Gehüpfe gutheißt. Seltsamerweise hat sie kein Problem damit, dass Mike Herrman, mit dem ich angeblich in der Schule so gut befreundet gewesen sein soll, am liebsten Deutschrap hört (aber nur die Sex-Geld-und-Gewalt-Version mit extra Frauenverachtung). Meine Mutter hat ihm sogar ernsthaft vorgeschlagen, mich mal zu einem Konzert mitzunehmen. »Agnetha mag das bestimmt auch hören.«

Bevor ich freiwillig Deutschrap höre, ramme ich mir lieber einen Bleistift ins Ohr. Unangespitzt.

Mein Notebook gibt ein *Pling* von sich. Lennart Bosse hat zurückgeschrieben.

Bin dabei!, schreibt er. *Mein Freund und Mitbewohner könnte Ihnen ein paar Fragen zu mir beantworten. Tagsüber ist es allerdings schlecht, weil Damien eine komische Allergie hat, und abends muss er zur Nachtschicht. Frühmorgens geht leider auch nicht.*

Allergie?

Ich schreibe zurück: *Ich kann Ihren Freund auch getrennt interviewen, wenn Ihnen das lieber ist. Vielleicht auf seiner Arbeit in der Pause. Wo arbeitet er denn?*

Fast umgehend erhalte ich eine Antwort: *Im Callcenter von Shopping-TV. Nein, ich will auf jeden Fall dabei sein! Ich will das Interview lesen und freigeben, bevor es in Druck geht!*

»Na klar willst du das«, murmele ich und schließe das Mailprogramm. Ich habe selbstverständlich nicht vor, einen Artikel über einen geschäftstüchtigen Wirrkopf zu schreiben. Lennart Bosse interessiert mich nicht, ich will nur an seinen mysteriösen Mitbewohner herankommen.

Damien von Baro arbeitet in einem Callcenter? Damit habe ich nicht gerechnet. Das ist ja noch unglamouröser als mein Job.

Shopping TV ist ein Relikt aus den goldenen Zeiten des Fernsehens, als es noch tausend Privatsender mit nächtlichen Verkaufsshows für einsame Zuschauer gab. Ein Moderator mit Fönfrisur preist überschwänglich ein hoffnungslos überteuertes Küchenhelfer-Set an und demonstriert, wie toll man damit ein Schnitzel aus der Pfanne heben kann. Dann wird eine Telefonnummer eingeblendet mit dem Hinweis: *Schon 120 Sets verkauft! Bestellen Sie jetzt oder Sie werden auf ewig unglücklich sein!* Manchmal findet das Ganze im Rahmen einer Kochshow statt oder irgendeines anderen inszenierten häuslichen Dramas.

Kaum vorstellbar, dass das Mitglied einer Adelsfamilie sein Geld damit verdient, arglose Anrufer um ihr Erspartes zu bringen. Es sei denn, er macht das aus reinem Sadismus. Adlige pflegten früher schließlich noch ganz andere Hobbys, zum Beispiel das sogenannte Recht der Ersten Nacht, *Ius primae noctis.* Es erlaubte dem Feudalherrn, nach der Hochzeit eines Untergebenen als erster mit der Braut zu schlafen, ob sie wollte oder nicht. Wenn seine Lordschaft großmütig verzichtete, musste der Bräutigam einen sogenannten Stechgroschen bezahlen.

Wieder öffne ich eines der Fotos von Damien, die ich auf Facebook gefunden habe, und suche nach einem teuflischen Lächeln. Nach böse glühenden Augen. Einer gespaltenen Zunge oder so. Aber ich sehe nur einen unverschämt gut aussehenden jungen Kerl mit Tattoos an den Armen. Tattoos? Wie unadelig. Ich zoome heran: eine Krähe im Flug, ein Totenschädel mit Efeu, ein Anker mit Stacheldraht. Die Fotos scheinen in Studentenkneipen aufgenommen worden zu sein; er hat eine Flasche Bier in der Hand und ist in weiblicher Gesellschaft.

Damien wirkt so normal, dass es nur eine Täuschung sein kann.

Ich rufe die Webseite von *Shopping TV* auf, ignoriere den Online-Shop und die penetrante Aufforderung, den Newsletter zu abonnieren, und klicke auf *Jobs*.

Na so ein Zufall:

Wir suchen Callcenter Agents (m/w/d) in Voll- und Teilzeit für unser Inbound Center in Steenport! Du bist kommunikationsfähig, kundenfreundlich und überzeugend? Du möchtest gern in einem tollen Team arbeiten und besitzt eine schnelle Auffassungsgabe? Wir bieten einen modernen Arbeitsplatz und professionelle Einarbeitung. Quereinsteiger willkommen!

»Ihr könnt die Suche einstellen. Hier bin ich«, murmele ich und klicke auf *Online-Bewerbung*. Zwanzig Minuten später habe ich das Formular ausgefüllt und beim Lebenslauf nur ein ganz klein wenig geschummelt. Ich gebe an, dass ich wahnsinnig gern in der Nachtschicht arbeiten würde, und schicke meine Bewerbung ab.

Erst danach frage ich mich, ob ich eigentlich noch alle Tassen im Schrank habe.

8

Damien

»Wie schön, dass Eure Lordschaft geruhen, sich zum niederen Volk zu gesellen«, begrüßt mich Jon, der Teamleiter der Nachtschicht, süffisant.

»Ich bin nur fünf Minuten zu spät.« Ich hänge meinen Schurkenmantel an der Garderobe auf und gehe zu meinem Platz.

Jon folgt mir. »Sieben«, korrigiert er. »Es mag ja sein, dass man es in der Tagschicht laxer handhabt, aber hier arbeiten wir als Team zusammen. Das heißt, jeder tut zuverlässig und pünktlich seinen Job. Verstehst du das, Eure Lordschaft?«

»Ich gebe es an meinen Zeremonienmeister weiter, Jon. Der ist nämlich für das Aufziehen der alten Standuhr im Ballsaal zuständig. Wenn ich zu spät bin, dann nur wegen ihm. Ich werde ihn köpfen lassen, okay?«

Jemand kichert leise und Jon lacht höflich mit.

Jon legt großen Wert darauf, mit seinem Vornamen und mit *Du* angeredet zu werden. Aber mich nennt er hartnäckig *Eure Lordschaft*. Vermutlich hat die Schlegel ihm zugeflüstert, dass ich mich für was Besonderes halte. Sein Verhalten mir gegenüber ist halb aggressiv, halb unterwürfig, als wäre ich tatsächlich etwas Besonderes.

Jon ist fast fünfzig, hat es aber versäumt, in Würde zu altern. Er trägt *Star Wars*-Shirts, einen dünnen Pferdeschwanz und eine verspiegelte John-Lennon-Lesebrille, in der irrigen Hoffnung, wie *Leon der Profi* auszusehen, dem Killer aus seinem Lieblingsfilm. Er wird nicht müde zu betonen, dass er sich aus eigener Kraft zum Teamleiter hochgearbeitet hat. Bei ihm klingt es so, als hätte er schon als Fünfjähriger im Steinbruch barfüßig Ziegel klopfen müssen, während ich mit einem eigenen Haussklaven und Kaviar in goldenen Schälchen groß geworden bin.

Seit fast zwei Wochen arbeite ich jetzt in der Nachtschicht und zu meiner Überraschung finde ich es gar nicht so schlimm. Die anderen Mitarbeiter beäugen mich zwar von der Seite, lassen mich aber ansonsten in Ruhe. Es sind Freaks, und das meine ich mit allem Respekt. Kein normaler Mensch hält es lange in einer Callcenter-Nachtschicht aus.

Seit ich unter meinem Bett aufgewacht bin mit einer Gedächtnislücke so groß wie der Grand Canyon, zähle ich mich offiziell zur Freak-Liga. Ja, ich hätte zum Arzt gehen und mich gründlich durchchecken lassen sollen. Ich kann nicht leugnen, dass mit mir so einiges nicht in Ordnung ist.

Es ist nur so: Ich fürchte, dass mir die Diagnose nicht gefallen könnte. Falls es überhaupt eine logische Diagnose gibt. Ich fühle mich nämlich überhaupt nicht krank. Nur … anders.

Hauptsächlich bin ich sehr hungrig, aber ich bekomme einfach nichts herunter. Alles Essbare löst bei mir akuten Ekel hervor. Gestern erst habe ich im 24-Stunden-Supermarkt Hähnchenfilet und ein Schnitzel gekauft und beides schön knusprig angebraten. Es war absolut widerlich! Mein Körper giert nach etwas anderem, über das ich mich nachzudenken weigere.

Tagsüber ist das Bedürfnis, mich an einem dunklen Ort zusammenzurollen, so übermächtig, dass ich unter mein Bett krabble und einfach dort liegen bleibe. Der Sack mit der

Schmutzwäsche hat sich als bequemes Kopfkissen erwiesen. Wenn ich mich auf den Bauch lege und den Kopf herausstrecke, kann ich sogar Filme auf meinem Laptop schauen. Mit Kunstlicht komme ich zurecht, auch wenn ich totale Finsternis bevorzuge. Meine Pupillen haben sich nicht zurückgebildet, also setze ich abends eine Sonnenbrille auf, bevor ich mit der U-Bahn zur Arbeit fahre. In Kombination mit dem Mantel sehe ich wahrscheinlich total bescheuert aus, vor allem, wenn ein Windstoß die Rockschöße so herrlich bedrohlich wehen lässt. In der U-Bahn werde ich natürlich angestarrt. Doch sobald ich zurückstarre, wenden die Leute hastig den Blick ab. Das würde ich an ihrer Stelle auch tun.

Aber der Mantel ist echt verdammt cool.

Nur der Hunger, der mich permanent quält, bereitet mir zunehmend Sorgen. In den letzten Tagen spüre ich eine rasant ansteigende Schwäche in meinem Körper, gegen die ich dringend etwas unternehmen muss.

Ich habe viele wilde Träume, die mir eine Scheißangst einjagen. Träume, in denen ich einen Menschen packe und meine Zähne in seine Haut schlage, sein Fleisch zerreiße, um an das warme, pulsierende Blut zu gelangen. Einmal habe ich mir vorgestellt, wie ich nachts Lennarts Zimmer betrete, wie ich den Geruch seiner Haut – und seiner miefenden Socken – einatme, seinen regelmäßigen Atemzügen lausche, während er ahnungslos schläft. Wie ich mich über ihn beuge und mir über die Lippen lecke …

Als ich die Augen aufschlug, stand ich vor seiner Zimmertür, die Hand auf der Klinke. Es war später Vormittag und der grelle Schmerz des Tageslichts stach in mein Gehirn und trieb mich zurück unter mein Bett.

Lennart ist mein Freund. Ich könnte ihm nie etwas antun.

Niemals.

Wirklich nicht.

Ohne mein bewusstes Zutun hat sich auch meine Sprache verändert. Ich rede unflätig. Unchristlich, würde meine Mutter sagen. Ich *denke* sogar in Flüchen und Schimpfwörtern. Es ist wie ein Zwang.

»Tourette-Syndrom«, hat Lennart gesagt und wir beide haben erleichtert genickt. Ja, das hört sich logisch an. Das erklärt auch meine blutrünstigen Visionen und meine seltsamen Gelüste. Denen ich übrigens bisher nicht nachgegeben habe. Ich bin schließlich kein Monster.

Bin ich nicht.

Absolut nicht.

Verglichen mit den anderen Freaks, die in der Nachtschicht arbeiten, sehe ich ziemlich normal aus. Ich trage normale Klamotten und ich verhalte mich auch normal. Ich grüße freundlich, wenn ich das Großraumbüro betrete, doch kaum einer von ihnen erwidert den Gruß oder hebt auch nur den Kopf. Sie kommen her, erledigen ihren Job mit einer bewundernswerten Effizienz, und gehen wieder. Sie stehen nicht in Grüppchen herum und halten auch kein Schwätzchen, sobald der Teamleiter den Raum verlassen hat. Sie stehen nur von ihrem Platz auf, um sich aus dem Kühlschrank in der Teeküche einen Energydrink zu holen. Ein bisschen unheimlich ist das schon. Die Typen, die hier nachts arbeiten, würden nirgendwo anders einen Job finden, nicht einmal als Gratis-Bibel-Verteiler. Aber am Telefon sind sie spitze, das habe ich schon an meinem ersten Tag … in meiner ersten Nacht bemerkt. Ganz anders als die Kollegen in der Tagschicht, die bloß gelangweilt ihr Sprüchlein herunterleiern und dabei ständig auf die Uhr schielen. Nachts spielt die Zeit keine Rolle. Mit leisen, freundlichen, einnehmenden Worten schwatzen meine neuen Kollegen den Anrufern noch ein zusätzliches Salz-und-Pfefferstreuer-Set auf: »Ich sag Ihnen was: Ich mag Sie. Deswegen mache ich Ihnen ein Superangebot, aber behalten Sie das um

Himmels Willen für sich, sonst bekomme ich Ärger mit meinem Boss.« Das sogenannte Superangebot liegt immer noch um 300% über dem normalen Ladenpreis. Aber es ist nicht das Angebot, das die Kunden dazu bringt, ihre Kreditkartendaten herauszurücken, sondern die einnehmende, gefühlvolle Art, wie die Callcenter-Freaks mit ihnen reden. Sie geben ihren Kunden das Gefühl, der wichtigste Mensch auf der Welt zu sein.

»Ich habe heute eine Extra-Aufgabe für Eure Lordschaft«, sagt Jon zu mir.

»Lass mich raten: Auf dem Klo ist ein scheißgroßes Malheur passiert und jemand muss es wegputzen«, brumme ich und logge mich ins Bestellsystem ein, bevor ich mein Headset aktiviere. Auf dem Dashboard leuchtet bereits der erste Anrufer.

»Ich liebe deinen noblen Humor.« Er zuckt nicht einmal mit dem Mundwinkel. »Wir haben eine neue Kollegin. Hat sich freiwillig für die Nachtschicht beworben.«

»Freiwillig?«, hake ich ungläubig nach.

Der Typ links von mir schaut herüber, ohne seinen sanften Redeschwall zu unterbrechen. Wegen seines zottigen Bartes kann ich seinen Ausdruck nicht deuten, aber ich ahne, dass er das Gleiche denkt wie ich. Er trägt ein rot kariertes Holzfällerhemd und schmutzige schwere Stiefel, als wäre er direkt aus dem Wald hierher gestampft. Ich bezweifle, dass er stolzer Besitzer eines Kamms ist; in seinem Zottelhaar könnten Eichhörnchen und Vögel nisten. Zu meiner Rechten arbeitet ein tätowierter Typ mit blank rasiertem Schädel, der grundsätzlich so tut, als wäre ich Luft.

»Freiwillig«, bestätigt Jon. »Sie hat noch nie in einem Callcenter gearbeitet, ist also blutige Anfängerin. Du darfst sie einarbeiten.«

Komisch, wie mein Verstand an dem Wort *blutig* hängenbleibt. Ich rufe mich wieder zur Ordnung. »Ich dachte, ihr seid wählerisch.«

»Schon, aber wenn sich jemand freiwillig auf Nachtarbeit bewirbt und wir ihn nicht wenigstens zur Probearbeit einladen, könnte es Gerüchte über diese Abteilung geben, verstehst du?«

Nein, tu ich nicht.

»Ich bin noch keine zwei Wochen hier. Frag jemand anderen.«

»Du weißt, wie der Job läuft und bei dir wird sie nicht gleich schreiend davonrennen. Du weißt schon …« Er macht eine vage Handbewegung, die sämtliche Mitarbeiter im Großraumbüro einschließt. »Sie wird sowieso nicht lange durchhalten.«

»Es sei denn, sie ist ein Freak«, brummt der tätowierte Kahlschädel am Nebenplatz so leise, dass ich fast glaube, es mir eingebildet zu haben. Fast schon liebevoll sagt er in sein Mikro: »Dann bräuchte ich jetzt nur noch Ihre Kreditkartenummer, Cecilia, und ich sorge persönlich dafür, dass Sie Ihren neuen Wasserkocher bald schon in den Händen halten.«

»Die Neue wartet unten am Empfang. Ich bringe sie zu dir.« Jon klopft mir auf die Schulter und ich sehe für einen Sekundenbruchteil vor mir, wie ich sein Handgelenk packe und es breche, bevor ich meine Lippen öffne und …

Jon geht davon. An der Glastür wirft er einen Blick über die Schulter und betrachtet mich nachdenklich. Mich überkommt das Gefühl, dass er genau weiß, was mir gerade durch den Kopf ging.

Das übliche Gemurmel und Tastaturklicken erfüllt das Großraumbüro. Ich lasse meinen Blick schweifen. Niemand schaut zu mir herüber, doch ich spüre, dass ich im Mittelpunkt der Aufmerksamkeit stehe.

Bislang hat es angeblich kein Neuzugang länger als zwei Tage … Nächte in der Nachtschicht ausgehalten. Ich weiß nicht genau, warum. Rückblickend fand ich die Tagschicht mit ihren ganzen sozialen Interaktionen – Schwätzchen in der Teeküche, jovialer Smalltalk am Pissoir, der hämische Austausch von Gerüchten – anstrengender.

Inzwischen stauen sich die Anrufer in der Warteschleife, aber ich sitze nur da und betrachte eine winzige Florfliege, die an der hinteren Wand des Raums klebt. Ich kann die hauchzarten Äderchen in ihren Flügeln sehen und sogar das Zittern ihrer Fühler. Meine Sinne werden mit jedem verstreichenden Tag empfindlicher.

Noch bevor sich die gläserne Doppeltür öffnet, nimmt mein Geruchssinn eine Duftnote wahr, die nicht hierher gehört.

Die junge Frau, die Jon ins Callcenter folgt, sieht auf den ersten Blick nicht freaky aus. Auf den zweiten auch nicht. Sie ist hübsch. Verdammt hübsch sogar. Ein paar Köpfe heben sich und mustern sie.

Als ich meine erste Nachtschicht angetreten habe, war das Interesse nicht annähernd so groß, was vielleicht damit zusammenhängt, dass hier fast nur Männer arbeiten. Und die jüngere der beiden einzigen Frauen hat eindeutig einen Adamsapfel.

»Willkommen bei den Kindern der Nacht!«, sagt Jon euphorisch zu der Neuen. »Damien hier wird dir alles erklären. Er macht den Job schon ewig.«

Die Neue mustert mich eine Spur zu neugierig. Sie trägt ihre rotblonden Locken zu einem komplizierten Zopf gebunden und hat Lippenstift aufgelegt. Ihre dunkel umrandeten, grünen Augen verleihen ihr einen verruchten Anstrich, der von den Sommersprossen abgeschwächt wird. Der figurbetonte rostrote Strickpullover reicht bis zu ihren Oberschenkeln, darunter trägt sie grüne Leggings und dunkelrote Lederstiefel. »Ich freue mich, dich kennenzulernen.« Sie hält mir die Hand entgegen.

Ich verdrehe die Augen. »Hol dir einen Stuhl und setz dich«, sage ich, die ausgestreckte Hand ignorierend.

»Willst du denn nicht wissen, wie ich heiße?« Ihre irritierte Stimme hat einen süßen, weichen Klang, in dem jedoch Argwohn mitschwingt.

»Lohnt sich nicht«, sage ich. »In ein paar Tagen schmeißt du den Job sowieso hin.«

»Jeder hat eine Chance verdient«, sagt Jon diplomatisch und trollt sich. Er mag ein Blödmann sein, aber er ist nicht grundlos der Teamleiter in der Nachtschicht. Er erkennt eine Niete, wenn er sie sieht. Und dieses Mädchen ist eine Niete.

Eine äußerst attraktive Niete mit einem etwas zu großzügigen Mund, dessen Lippen sie jetzt wütend zusammenpresst.

Mit zornigen Schritten stampft sie davon und schleift kurz darauf einen Stuhl heran.

»Ich bin Agnetha«, knurrt sie und lässt sich auf den Sitz fallen.

»Herzliches Beileid«, sage ich. »Erste Lektion: Ein Callcenter heißt Callcenter, weil die Leute hier anrufen. Das bedeutet, wir stehen ihnen nicht von Angesicht zu Angesicht gegenüber. Was wiederum bedeutet, dass du dich für diesen Job nicht herausputzen musst.« Ich mustere sie mit erhobenen Brauen von oben bis unten. »Du verkaufst nicht mit deinen hübschen langen Beinen und deinem Augenaufschlag, sondern nur mit deiner Stimme.«

»Du würdest meine Beine nicht mehr hübsch nennen, wenn sie in ausgeleierten Jogginghosen stecken würden«, sagt sie und schlägt ebenjene Beine übereinander. Ihr Tonfall ist forsch, aber sie weicht meinem Blick aus.

Mit ihr stimmt etwas nicht, schießt es mir durch den Kopf.

Ich betrachte sie mindestens eine Minute lang. Ihr Puls schlägt hektisch an ihrem Hals. Unter dem subtilen Duft von Honig und Zitronengras mischt sich eine scharfe Note.

Am ersten Arbeitstag ist man immer nervös, das ist ganz normal. Aber ich werde das komische Gefühl nicht los, dass bei ihr mehr dahinter steckt als gesunde Nervosität. Mir gefällt die verstohlene Art nicht, mit der sie mich mustert.

Ich räuspere mich. »Lektion Nummer zwei: Deine Laune sollte sich niemals auf deine Stimme übertragen. Du kannst mich nicht ausstehen? Ist okay. Aber ich will es nicht hören, vor allem dann nicht, wenn ich ein Kunde und gerade in Begriff bin, dir mein sauer verdientes Geld in den Rachen zu werfen.« Ich beginne, ihr die Eingabemaske auf dem Bildschirm zu erklären. »Dort steht die Nummer des Anrufers. Und hier trägst du Namen und Adresse ein. In der oberen linken Ecke läuft die Zeit mit. Je länger du brauchst, um deinen Kunden zu beschwatzen, desto schlechter für deinen Score, von dem wiederum deine Provision abhängig ist.«

»Provision?«, fragt sie.

»Äh, ja. Wir arbeiten hier für Geld. Du weißt schon – diese alberne Erfindung, mit der man Rechnungen bezahlt.«

Sie rümpft einen einzelnen Nasenflügel. Ich habe noch nie einen Menschen gesehen, der so etwas kann. »Nie gehört. Auf meinem Heimatplaneten bezahlen wir mit Karma. Je netter man ist, umso mehr kann man sich kaufen. Du würdest dort nicht überleben.«

Fuck, sie ist schlagfertig. Wovor hat sie dann Angst? Ich beiße doch ni…

»Sag mal, was ist mit deinen Augen los?«, fragt sie plötzlich. »Nimmst du Aufputschmittel?«

Oberfuck: Ich starre sie schon wieder an. »In der Nachtschicht arbeiten nur Drogenabhängige, wusstest du das nicht?«

»Das erklärt einiges.«

Ich gebe ihr ein zweites Headset und lasse sie zuhören, wie ich einem alten Mann drei Bettwäschesets im floralen Design andrehe, obwohl ich bezweifle, dass der arme Kerl seit dem letzten Kartoffelkrieg sein Bett neu bezogen hat. Wenn man den Job lange genug macht, bekommt man ein Gespür für die Menschen am anderen Ende der Leitung. Man weiß instinktiv, welchen Tonfall, welche Schlüsselwörter man benutzen muss. Dieser Mann ist verwitwet und dümpelt nun hilflos durch sein Restleben. Ich lege ihm noch zwei Flaschen Raumspray zum einmaligen Sonderpreis ans Herz – Duftrichtung *Wilder Frühling* – und schicke die Bestellung ab.

Seit ich in der Nachtschicht arbeite, hat sich mein Score sprunghaft erhöht. Ich habe mindestens viermal so viele Kaufabschlüsse wie vorher. Man könnte es damit begründen, dass ich nicht mehr unter der Fuchtel der ollen Schlegel arbeiten muss, aber das wäre zu einfach. Neuerdings bin ich in der Lage, meine Stimme gezielt einzusetzen, ihr exakt den richtigen Tonfall zu verleihen: mitfühlend, aufmunternd, schmeichelnd. Vorher habe ich lediglich mein Verkäufer-Sprüchlein aufgesagt. Die meisten Kunden brauchten eh nur jemanden zum Reden. Ich habe mir ihre Krankengeschichten angehört, ihre Beschwerden über den Ehemann, den Chef, die

Nachbarn, und dann haben sie auch schon aufgelegt, ohne dass ich ihnen wenigstens einen Schneebesen mit praktischem Silikongriff verkaufen konnte, und mich anschließend mit frechen 4 von 10 Punkten bewertet. Um ehrlich zu sein, war ich bisher nie der geborene Verkäufer. Von meinen Provisionen konnte ich mir maximal ein Sixpack Dosenbier und eine Veggie-Pizza Diavolo mit extra Knoblauch leisten.

Aber jetzt brauche ich nur zu säuseln: »Hallo, mein Name ist Damien und ich freue mich, dass Sie angerufen haben«, schon spüre ich diese seltsamen Vibes. Ich habe die Menschen in Nullkommanichts an der Angel. Ich krieche mit Worten durch ihr Ohr bis in ihren Verstand und flüstere ihnen zu: *Du* brauchst *diese Bettwäsche und zwar jetzt! Kauf sie! Werde glücklich!*

Und sie tun es.

Also – kaufen. Ob sie anschließend glücklich werden, wage ich zu bezweifeln. Aber immerhin haben sie hübsche neue Bettwäsche und bewerten das Gespräch mit überschwänglichen 10 von 10 Punkten.

»Du bist echt gut im Verkaufen«, sagt Agnetha. »Die Leute halten dich für aufrichtig. Sie vertrauen dir.« Aus ihrem Mund hört es sich wie ein Vorwurf an.

»Sie hören meine Stimme und machen sich ein Bild von mir, das nichts mit der Realität zu tun hat.« Noch während ich das sage, läuft ein Schauer über meinen Rücken. Meine neuen Fähigkeiten verstören mich mehr, als ich es mir eingestehen will. Ausgerechnet dieser Agnetha ist aufgefallen, was für ein skrupelloser Manipulator ich geworden bin.

Jon schaut mir über die Schulter. »Wie läuft's mit unserem Neuzugang, Eure Lordschaft?«

»Ich denke, sie schafft das jetzt allein.«

»Sicher?«

»Sicher.«

Je schneller sie das Handtuch schmeißt, umso besser für die gesamte Nachtschicht. Ihre Anwesenheit ist eine Dissonanz in unserem Chor aus Gemurmel, Gerede und Geklicke, eine Kerbe in einer makellos glatten Oberfläche. Von ihr gehen atmosphärische Störwellen aus, die bis in die hinterste Ecke des Großraumbüros schwappen.

Ich überlasse ihr meinen Platz und gehe zur Teeküche, wo ich ein Glas mit Wasser aus dem Spender fülle und es in die Spüle kippe, ohne einen Schluck zu trinken. Beide Kaffeevollautomaten blinken hysterisch: *Reinigung erforderlich!* Ich schaue durch die Trennscheibe ins Büro und bemerke, dass nur sehr wenige Kollegen eine Tasse mit Kaffee an ihrem Arbeitsplatz stehen haben. Die meisten bevorzugen einen wässrig roten Energydrink in einer kleinen Glasflasche. *Speed Demon* steht auf dem Etikett. Das Zeug muss gut sein, denn kaum jemand scheint eine Pause zu benötigen.

Zum ersten Mal, seit ich in der Nachtschicht bin, öffne ich den Kühlschrank. Statt Joghurts oder Tupperdosen mit Nudelgerichten und in Zellophan verpackten Sandwiches, wie ich es von der Tagschicht gewöhnt bin, entdecke ich ein Dutzend der *Speed Demon*-Flaschen. Jede wurde ordentlich mit dem Namen des Besitzers beschriftet. Ich nehme eine heraus und will gerade den Verschluss aufdrehen, da öffnet sich hinter mir die Tür.

Zwei Männer poltern in die Küche. Der eine ist Waldschrat, der andere der kahlschädelige Mann, der bis zu den Ohren tätowiert ist. Sogar seine Kehle, die Schläfen und seine Finger sind mit Tinte verziert. Er ist mir gleich in der ersten Nacht wegen seines wilden Kleidungsstils aufgefallen, eine Mischung aus Rockstar-Look und staubigem Brokat, kombiniert mit einer Wayfarer-Sonnenbrille. Der Mann kann nicht viel älter sein als ich, aber er betritt den Raum wie ein Star die Bühne. Falls er erwartet, dass ich vor Ehrfurcht die Luft anhalte, kann er lange warten.

Waldschrat schließt die Tür und lehnt sich mit verschränkten Armen dagegen. Seine Unterarme sind dick wie Baumstämme, sein Blick fällt auf die Flasche in meiner Hand, er hebt eine Braue. Eilig stelle ich den Energydrink zurück in den Kühlschrank.

Kahlschädel tritt an mich heran, eine Patchouli-Duftwolke geht von ihm aus, vermengt mit einer kaum wahrnehmbaren Note von … Fisch?

»Erst du, jetzt sie. Die reinste Invasion«, sagt er und seine Ohrringe klimpern zustimmend. »Aber sie ist keine von uns.«

»Jeder hat eine Chance verdient«, zitiere ich Jon.

»Bullshit! Sie ist nicht wie du oder ich. Oder wie Caine oder Sammy oder die anderen.«

»Sammy?«, frage ich. Ich kenne keinen meiner neuen Kollegen mit Namen.

»Samael. Der schmale Junge mit den schwarz lackierten Fingernägeln ganz hinten links, dessen Trinkflasche du gerade noch in den Fingern hattest. Der ist am längsten von uns allen hier. Von seinem Gesöff solltest du dringend die Pfoten lassen, das ist zu stark für dich.«

Ich runzele die Stirn. »Der Junge ist doch höchstens achtzehn.« Ein schmächtiger Gothic Boy mit betrübter Miene und stelzendünnen Beinen. Seine schwarze Kleidung wird von unzähligen Schnallen und Ketten zusammengehalten.

»Wir sind hier unter uns, Mann. Du musst dich nicht verstellen.« Der Kahlschädel fletscht die Zähne zu einem Grinsen. »Wir alle wissen, was du bist.«

9

Agnetha

Den ersten Anrufer werfe ich aus Versehen aus der Leitung. Der zweite ist stockbetrunken. Erst nach mehrmaligem Nachfragen verstehe ich, dass er Bami Goreng und Frühlingsrollen bestellen will.

Der bärtige Riese vom Nebenplatz ist aufgestanden und mit einem auffällig gekleideten, tätowierten, Sonnenbrille-tragenden Kahlkopf zur Personalküche gegangen, wohin Damien verschwunden ist. Ich kann mir vorstellen, worüber die drei tuscheln.

Die Deckenlichter sind heruntergedimmt, was ich von Großraumbüros nicht gewöhnt bin, aber vielleicht ist das so üblich in Nachtschichten. Vielleicht muss die Firma ja Strom sparen. Die Mitarbeiter reden in ihre Headset-Mikrofone, tippen auf die Tastaturen ein und bestätigen den nächsten Kaufabschluss mit *Enter*. Niemand beachtet mich. Nirgendwo stehen plaudernde Grüppchen beisammen, niemand ruft launige Bemerkungen durch den Raum. Alle hocken sie an ihren Plätzen, halb verdeckt von den Monitoren, und tun so, als wären sie ganz allein auf der Welt.

So weit, so unauffällig.

Doch es liegt Anspannung in der Luft. Seit ich das Callcenter betreten habe, hat sich mein Brustkorb unmerklich immer enger zusammengezogen. Ich spüre ihre verstohlenen Blicke wie kleine, heiße Nadelstiche, spüre eine latente Feindseligkeit. Ich bilde mir sogar ein, das Knistern von Ozon zu hören wie kurz vor dem Ausbruch eines Unwetters.

Als ich mich umschaue, trifft mein Blick auf den eines alten Mannes mit wallend weißem Haar. Er sieht mich so zornig an, dass ich dem Impuls widerstehen muss, hastig den Kopf abzuwenden. Seine Lippen leuchten rot von dem halb leeren Energydrink, der neben ihm steht. Das knallrote Zeug sieht sehr künstlich aus, bestimmt schmeckt es nach flüssigen Gummibärchen. Ich würde es gern mal probieren, denn ich mag Gummibärchen. Der alte Mann trägt einen sorgfältig geformten, schlohweißen Schnauzbart und eine altmodische Gardeuniform, die in dem Callcenter absolut fehl am Platz aussieht. Er erinnert mich an einen Zirkusdirektor. Es fehlt nur noch ein Zylinder auf dem Kopf.

Ganz hinten in der Ecke sitzt ein junger bleicher Bursche im Gothic-Look, der garantiert jedes Mal, wenn er ein Bier bestellt, seinen Ausweis vorzeigen muss. Sein schwarzes Haar hängt strähnig herab und auch die Mundwinkel zeigen nach unten, aber er redet sanft in sein Mikrofon. Dann ist da noch eine Frau, die sich ein Puppengesicht aufgemalt hat, mit kleinen herzförmigen Lippen und mit wimpernförmigen Strichen rund um die Augen. Über ihrem Rüschenkragen hüpft ein Adamsapfel.

Es arbeiten auch einige völlig normal aussehende Leute hier, doch trotz ihrer durchschnittlichen Straßenkleidung geht von ihnen allen eine nicht greifbare Andersartigkeit aus. Ihre Mienen sind wie in Stein gemeißelt, ihre Blicke ohne jede Gefühlsregung – das völlige Gegenteil zu ihren warmen, emotionalen Stimmen. Manche tragen dunkle Sonnenbrillen.

Sonnenbrillen.

Im Büro während der Nachtschicht.

Damiens unnatürlich geweitete Pupillen sind mir sofort aufgefallen. Jetzt, wo ich genauer hinschaue, sehe ich dies auch bei einigen anderen, die keine dunklen Gläser tragen. Die Bemerkung über die Drogenjunkies war vielleicht gar kein Witz.

Jon, der Teamleiter, hat mich gleich zu Beginn darauf hingewiesen, dass die Nachtschicht nicht für jedermann geeignet ist. Die meisten werfen nach wenigen Tagen das Handtuch. Er spricht es nicht aus, aber er bezweifelt, dass ich morgen wiederkommen werde.

Da kennt er mich schlecht.

Die einzige Qualifikation, die man für diesen Job benötigt, ist ein funktionierendes Mundwerk und ein gewisses Maß an Verzweiflung. Zufällig kann ich beides vorweisen. Ich bin hier, um an Damien heranzukommen. Leider wird es schwieriger werden als gedacht, sein Vertrauen zu erlangen. Ich kann ihn nicht einschätzen. Das beunruhigt mich, denn normalerweise bin ich gut darin, Menschen zu durchschauen. Bei seinem Cousin Benedict wusste ich sofort, woran ich bin: Er ist ein rücksichtsloses Raubtier. Ich traue ihm durchaus einen Mord zu.

Man stelle sich vor, ich könnte genau das beweisen, und er würde nur wegen mir hinter Gittern landen! Man würde mir mindestens eine Medaille und einen Chefredaktionsposten anbieten! Dann würde man mir auch glauben, warum ich wirklich beim *AKUT* rausgeflogen bin, und endlich würde die Gerechtigkeit siegen.

Ich erlaube mir einen kurzen Augenblick der Tagträumerei, die aber unerwartet zu Damien abdriftet, dem Mann mit den zwei Gesichtern.

Zu mir ist er rüpelhaft und abweisend, aber wenn er mit seinen Kunden spricht, verwandelt er sich in eine völlig andere Person. Seine Stimme bekommt einen hypnotischen Klang und sickert wie Honig in den Gehörgang, um einem den Verstand zu verkleben. Ich schwöre, sogar ich war drauf und dran, meine Brieftasche herauszuholen und ihm all mein Bargeld in die Hand zu drücken, weil er mich davon überzeugt hat, dass einzig diese kuschelweiche Badezimmergarnitur im frischen marineblauen Look meinem Leben einen Sinn verleihen würde.

Ich habe eine ältere Frau in der Leitung, die sich bitterlich beschwert, dass ihr Sohn ihr zum Geburtstag nur eine Karte geschickt hat. »Da zieht man einen Jungen groß, aber er wirft sich dieser fiesen Schlampe an den Hals und vergisst seine eigene Mutter. Zu meiner Zeit …«

»Äh, möchten Sie die moderne Badezimmergarnitur bestellen?«, frage ich lustlos und überfliege die Produktliste auf dem Bildschirm.

Der bärtige Riese und der Kahlschädel mit der Rockstar-Erscheinung kehren zu ihren Plätzen zurück und nehmen ihre Arbeit wieder auf, ohne mich zu beachten.

»Und ich sag noch zu meiner Schwägerin, *Ilse*, sag ich, *wenn der Junge nicht aufpasst, saugt ihn diese kleine Teufelin bis auf den letzten Tropfen aus*. Fein essen gehen, ins Kino, in Urlaub fahren ….«

»Vampire«, sage ich. »Nicht Teufel. Vampire saugen Menschen aus.«

Kahlschädel schnaubt, ohne mich anzuschauen.

»Um auf die Badezimmergarnitur zurückzukommen …«, fahre ich fort.

»Das wird kein gutes Ende nehmen, sag ich Ihnen«, plappert die Frau in der Leitung unbeirrt weiter. »Was soll ich mit einer dummen Geburtstagskarte? Ich bin seine Mutter!«

»Wer saugt wen aus?« Damien taucht so unerwartet neben mir auf, dass ich zusammenzucke. Er schaltet sein Headset ein und drängt mich beiseite. In ernstem und zugleich mitfühlendem Tonfall erklärt er der Kundin, dass der Weg zum Herzen eines Sohnes durch den Magen geht und dass ihr Sohn jedes Wochenende mit einem Strauß Blumen vor ihrer Tür stehen wird, wenn sie ihm einen wunderbaren Kuchen bäckt. Keine drei Minuten später hat er der Frau neben dem hochwertigen Backformen-Dreierset samt Schneebesen und repräsentativer Servierplatte auch noch eine festliche Tischdecke mit klassischer Bortenstickerei aufgeschwatzt.

Es fasziniert und verängstigt mich, wie schnell er die Bedürfnisse einer wildfremden Person erkennt und für seine Zwecke nutzt.

»Als Live-Coach könntest du ein Vermögen verdienen«, sage ich, nachdem er die Bestellung ins System gespeichert hat. »Warum arbeitest du ausgerechnet hier? Was sagt deine Familie dazu?«

Er runzelt die Stirn. »Wüsste nicht, was dich das angeht.«

»Aber du stammst aus einem uralten Adelsgeschlecht«, fahre ich fort. »Dir stehen doch sicher alle Türen offen. Du könntest Jura an einer Elite-Uni studieren oder Immobilien kaufen oder …«

Seine Brauen ziehen sich zusammen. »Du weißt, wer ich bin?«

Stumm verfluche ich mich. »Nicht wirklich. Ich will damit nur sagen, dass ich mich wundere, dass du …«

»Das geht dich nichts an!«, herrscht er mich an und deutet über die Schulter. »In der fünften Reihe ist ein Arbeitsplatz frei, setz dich da hin. Jon wird dir dein Passwort und deinen Benutzernamen geben.«

»Sag einfach, dass ich dich nerve und du mich loswerden willst.«

»Du nervst und ich will dich loswerden.«

»Aber du hast mich noch gar nicht richtig eingearbeitet.«

»Tu nicht so, als würdest du für den Job brennen. In ein paar Tagen bist du Geschichte, wozu soll ich also Zeit mit dir verschwenden?«

»Dein Benehmen ist unterirdisch«, zische ich, packe meine Tasche und springe auf.

Der mir zugewiesene Platz liegt zwei Reihen hinter Damien. Immerhin habe ich von hier aus einen guten Blick auf seinen dunklen Haarschopf und die breiten Schultern. Ich lasse mich auf dem Stuhl nieder, hole mein Notizbuch heraus und schreibe zornig: *DvR ist ein dämliches Arschloch!* Dann ergänze ich meine Notizen um sachlichere Details wie die geweiteten Pupillen, seine geschliffene Sprache und sein Talent, Menschen allein mit der Stimme zu beeinflussen. Hinzu kommt diese nicht greifbare prickelnde Aura und seine Launenhaftigkeit, die ihn so unberechenbar macht.

Ich habe nicht die geringste Ahnung, wie ich Damien

einordnen soll. Er könnte sowohl ein kiffender Herumtreiber sein, der keine Party auslässt, als auch ein raffinierter Serienkiller. Bestimmt ist er nicht grundlos das schwarze Schaf der Familie. Vielleicht verfasst er wütende Manifeste über das Ende der Welt oder beschwört in seiner Freizeit Dämonen herauf. Hat er als Kind süße Kätzchen gefoltert oder Bomben aus Putzmitteln selbst hergestellt? Wieso wohnt er als Einziger nicht auf dem Familiensitz der von Baros? Wie hat er den Tod seiner Eltern verkraftet? Hat es ihn womöglich in einen Psychopathen verwandelt?

Es ist vielleicht ein Fehler, Benedict zu verdächtigen. Damien passt viel besser ins Bild. Er wirkt auf mich wie ein Ausgestoßener und er besitzt die intensive körperliche Ausstrahlung eines Mannes, der nicht viel von Konventionen hält.

Okay, ich finde ihn interessant. Aber nur aus beruflichen Gründen. Romantische Gefühle trüben das Urteilsvermögen und gaukeln einem ein Trugbild vor. Ich weiß, wovon ich rede. Ich habe mich ein paar Mal in die falschen Typen verliebt. Beim ersten Mal wurde ich regelrecht überwältigt von all der Aufmerksamkeit, den Schmeicheleien, die ich für wahre Leidenschaft hielt. Als der Kerl mich im Sack hatte, ließ er die Maske fallen. Ein anderer Mann hatte ein dermaßen fragiles Ego, dass ich mir in seiner Gegenwart jedes Wort dreimal überlegte, bevor ich es aussprach. Ich wagte nicht einmal, andere Männer auch nur höflich zu grüßen, um ihn nicht zu verletzen. Mein letztes Beziehungsdesaster hatte ich mit einem besitzergreifenden Personal Trainer, der einen Airtag im Futter meiner Handtasche versteckt hat, um mich permanent zu überwachen. Ich habe das Ding nur zufällig entdeckt, weil die Batterie fast leer war und es ein dezentes Piepsen von sich gegeben hat. Es nahm ein unrühmliches Ende in der Mikrowelle meines Ex zusammen mit seinem Handy, als der Gute friedlich schlief. Der Rauchalarm ging los, noch bevor ich die Haustür hinter mir zugeknallt habe.

Seitdem bin ich endgültig geläutert, was Männer betrifft.

Seite um Seite fülle ich das Notizbuch mit meiner schludrigen Schrift, füge Spekulationen hinzu, von denen einige so verrückt sind, dass sie besser niemand je zu sehen bekommen sollte. Immer wieder hebe ich den Kopf und schaue in Damiens Richtung, versuche, hinter sein Geheimnis zu kommen. Denn dass er eines hat, steht für mich längst fest. Er spielt uns allen etwas vor.

Ted Bundy hielten auch alle für den netten Kerl von nebenan, bis sich herausstellte, dass er in seinem VW Käfer zahllose junge Frauen verschleppt hat, um sie umzubringen.

Jon kommt an meinen Tisch und legt mir einen Zettel mit den Zugangsdaten auf die Tastatur. »Deine Chipkarte bekommst du, wenn du die Probewoche überstanden hast«, sagt er. »Das ist allerdings in den letzten vier … nein, fünf Jahren nur einmal vorgekommen.« Er nickt zu Damien hinüber, dann sieht er mich mit väterlichem Ernst an. »Der Job hier ist nichts für dich, Kleine. Niemand wird schlecht über dich denken, wenn du jetzt aufstehst und gehst.«

»Jetzt ernsthaft: *Kleine?*« Ich lüpfe meine Brauen. »Sehe ich aus wie eine naive 15-Jährige mit Daddy Issues?«

Jons Wangen färben sich dunkel. Ich gehe jede Wette ein, dass er über dem Bett ein Poster von Carrie Fisher als Prinzessin Leia in ihrem berühmten *Star Wars*-Bikini hängen hat.

»Will hier tatsächlich niemand freiwillig arbeiten?«, frage ich ihn geradeheraus.

»Nachtschicht ist schlecht für den Biorhythmus. Beziehungen zerbrechen, man leidet unter Vitamin D-Mangel und das Sozialleben löst sich in Luft auf.«

Ich schaue mich bedeutsam um. Wenn auch nur eine dieser Gestalten hier ein richtiges Sozialleben hat, fresse ich mein Notizbuch. Bisher hat niemand angeboten, mir einen Kaffee zu besorgen, begleitet von dem Spruch: *Du trinkst ihn bestimmt mit viel Zucker, so süß, wie du bist*, zwinki-zwonki. Nicht einmal nach meinem Namen wurde gefragt, geschweige denn nach meiner Körbchengröße (letzteres gehörte beim *AKUT* zum Begrüßungsritual für Volontärinnen). Ich möchte noch einmal darauf hinweisen, dass ich nicht mit einer Papiertüte über dem Kopf aus dem Haus gehen muss. Ich finde mein Äußeres durchaus einen Hingucker wert, aber in diesem Callcenter arbeiten offenbar nur Blinde.

Jon sagt: »Schon komisch, dass du dich ausgerechnet hier beworben hast.«

»Ich habe die Stellenanzeige auf eurer Webseite gelesen.«

»Ach, die steht da schon, seit ich denken kann. Aber ein kluges Mädchen wie du kann woanders doch viel leichter Geld verdienen.«

Mein linker Nasenflügel zuckt. »Unter einer Straßenlaterne holt man sich so schnell einen Schnupfen.«

»So habe ich das nicht …« Sein Kopf sieht aus, als wollte er platzen. »Ich wollte dir bloß einen Rat geben. Geh lieber, solange du noch die Möglichkeit dazu hast.« Und schon eilt er davon.

Hat er mir gerade gedroht?

Ich löse ein leeres Blatt Papier aus meinem Notizbuch und zerreiße es in Streifen, aus denen ich kleine Kügelchen forme. Eines schnippe ich Damien an den Kopf. Er reagiert nicht. Das nächste Kügelchen fliegt durch die Luft, dann noch eines.

Der Arsch ignoriert mich einfach.

Nachdem mir meine Wurfgeschosse ausgegangen sind, seufze ich resigniert. Ich muss wohl den erwachsenen Weg wählen und ihm verbal auf die Nerven fallen. Doch gerade als ich aufstehen will, fällt ein Schatten auf mich.

»Was ist dein verdammtes Problem?«, knurrt Damien.

Ich fahre zusammen. »Du hast doch eben noch auf deinem Platz gesessen. Wie konntest du so schnell …?«

»Brokkoli.«

»Brokkoli?«

»Brokkoli«, bestätigt er mit regloser Miene. »Ist gut für die Muskeln.«

Will er mich verarschen? Oder verliere ich den Verstand?

»Hör auf, mich so anzustarren«, sagt er, als sich die Stille zwischen uns ausdehnt. Um die Pupillen sehe ich einen silbergrauen Kranz wie einen kleinen Heiligenschein.

»Ich kann nicht anders. Damien von Baro, du bist gruselig«, sage ich ehrlich.

Er verschränkt die Arme. »Woher kennst du meinen Familiennamen?«, fragt er so tief aus der Brust heraus, dass ich es bis ins Knochenmark spüre. Die Luft um ihn herum beginnt zu knistern.

»Jon, äh … Er hat ihn mir wohl gesagt.«

»Du lügst. Was willst du von mir, Ariana?«

»Agnetha«, korrigiere ich, während meine Gedanken rasen. »Nichts. Ich schwöre, ich kenne dich überhaupt nicht. Aber ich … ich kenne deinen Cousin. Vielleicht hat er mal erwähnt, dass du hier arbeitest.« Ich schiebe ein hysterisches Lachen hinterher und rücke unwillkürlich von ihm ab. »Es ist wirklich purer Zufall. Ihr seht euch ähnlich, daher …«

»Benedict?«, fragt er alarmiert. Ein Flimmern zieht durch seine Augen. »Du kennst ihn? Woher?«

»Aus dem *Devil's Den.*« Die Erinnerung an jene Nacht steckt mir tiefer in den Knochen, als ich mir eingestehen will. »Das ist ein angesagter Club im Vergnügungsviertel.«

»Ist Benedict öfter dort?«

»Frag ihn doch selbst.«

»Wir haben nicht viel miteinander zu tun«, sagt er unwirsch und schiebt hinterher: »Und überhaupt sehe ich ihm gar nicht ähnlich.«

Da mag er recht haben. Benedict ist der Inbegriff des eleganten … Das Wort *Dämon* geistert durch meinen Verstand. Damien hingegen wirkt viel lebendiger und unberechenbarer. Ich stelle ihn mir in einem Maßanzug vor, die Ärmel hochgekrempelt, ohne Krawatte, aber mit Lederbändern an den sehnigen Handgelenken statt einer kostspieligen Golduhr. Keine schweren Ringe an den Fingern wie Benedict. Er würde höllisch heiß aussehen, wie ein Rebell, der sich in die feine Gesellschaft eingeschlichen hat.

»Du treibst dich also mit meinem Cousin in Clubs herum«, sagt Damien. »Habt ihr …? Seid ihr …?«

»Um Gottes Willen, nein!«, stoße ich hervor. »Wir haben nur ein wenig geplaudert.«

»Benedict plaudert nicht. Auch nicht ein wenig. Ganz sicher nicht mit einer Person wie dir.« Damien schließt kurz die Augen, dann schaut er mich eindringlich an. »Was hat er im *Devil's Den* gemacht?«

»Na, was man halt in einem Club macht. Er hat sich amüsiert.«

Er lüpft eine Braue. »Er hat wild hüpfend seine Arme in die Luft geworfen und seinen Schritt am Hintern tanzender Frauen gerieben?«

»Er saß oben in der VIP-Lounge und hat sich Champagner servieren lassen. Zwei Flaschen *Dom Pérignon*«, sage ich und lasse es so klingen, als sei ich Stammgast im Promi-Bereich des *Devil's Den*. »Und er hat das Ambiente mit einer ordentlichen Portion Noblesse angereichert. Er ist wahnsinnig elegant.« Ungewollt erschauere ich.

Damiens Augen werden schmal. »Du hast Angst vor ihm.«

»Quatsch! Wir hatten einen echt aufregenden Abend.« Das ist keine Lüge.

»Also stehst du auf ihn?«

»Tja, er ist schon ziemlich …« Ich stocke.

»Reich?«, hakt er nach. »Gut angezogen? Spendabel? Mächtig?«

Furchteinflößend trifft es eher, aber das behalte ich für mich. Zwischen Damien und Benedict gibt es augenscheinlich Spannungen und das muss ich mir zunutze machen. »Wie auch immer. Er weiß, wie man eine Frau behandelt, was man von dir nicht gerade …«

Sein Auflachen unterbricht mich. »Du stehst also auf den unterkühlten, elitären Typ mit Attitüde. Gut zu wissen, dass ich bei dir keine Chancen habe.«

»Ich hoffe, du kommst darüber hinweg. Ich möchte ungern der Grund für wütende Tiraden in einem Männerforum sein.«

»Was für ein Forum?«

»Du weißt schon: Diese Gruppen, in denen sich einsame Incels darüber auskotzen, dass Frauen nicht mehr so leicht herumzukriegen sind, sondern neuerdings Ansprüche stellen.«

»Zum Beispiel Champagner«, sagt Damien trocken. »Wie überaus erfrischend, dass du so gar nicht oberflächlich bist.«

»Ich bin schon zufrieden, wenn ein Mann gut küssen kann.«

Sein Blick bleibt an meinen Lippen hängen und der silbergraue Heiligenschein in seinen Augen lodert auf. Man kann einen Mund nicht so anschauen, wie er es jetzt tun, ohne ihn küssen zu wollen.

Hitze steigt in mir auf, ich räuspere mich. »Dein Cousin ist eine interessante Persönlichkeit. Ich brenne darauf, ihn näher kennenzulernen.« In Wahrheit jagt mir allein die Vorstellung eine Wahnsinnsangst ein.

»Wenn du ihn das nächste Mal in diesem Club triffst, komme ich mit.«

»Was? Nein!«, schreie ich.

Köpfe rucken hoch. *Ein* von Baro ist schon gruselig genug. Zwei überlebe ich nicht.

»Doch. Ich muss mit ihm reden.«

»Dann ruf ihn an. Ich werde nicht mit dir ausgehen.«

»Um Missverständnisse auszuschließen: Ich will kein Date mit dir. Aber ich muss mit Benedict reden und ich habe seine Nummer nicht.«

»Ich würde dir meine Nummer auch nicht geben.«

»Und ich würde dir keinen Schampus spendieren, Agnetha.«

»Oh Gott, das trifft mich hart! Gebt mir einen Zwei-Liter-Eimer mit Schokoladeneis, das ich heulend in mich reinfuttern kann.«

Grübchen erscheinen neben seinen Mundwinkeln, als er grinst. »Du kriegst dein Schokoeis, wenn du mich mit meinem Cousin zusammenbringst.«

Ich starre noch immer auf seine Grübchen, die sich irgendwo in meiner Brust festgehakt haben. »So billig werde ich nicht zur Kupplerin. Was ist das Problem zwischen dir und deinem Cousin?«

Sein Grinsen erlischt. »Vergiss es. Blöde Idee, ausgerechnet dich zu fragen.« Er dreht sich um und geht zurück zu seinem Platz.

Ich starre auf seinen Rücken. Eine Stunde vergeht, noch eine. Ich lasse meinen Frust an unschuldigen Anrufern aus und bin wütend auf mich selbst.

Seien wir ehrlich: Ich weiß nicht weiter. Allein würde ich es nicht wagen, Benedict jemals wieder gegenüberzustehen. Ich möchte auch keine Freundin in die Sache hineinziehen, weil … Na ja, weil ich seit meiner Rückkehr nach Steenport keinen Freundeskreis mehr habe. Ich verzichte auf vertrauliche soziale Kontakte, solange mein Selbstbewusstsein noch in Trümmern liegt und die wildesten Gerüchte über mein berufliches Scheitern die Runde machen.

Damien darf ich nicht trauen, Grübchen hin oder her. Er ist interessant, ja. Faszinierend, okay. Geheimnisvoll und wahnsinnig attraktiv: Check.

Er ist verdammt noch mal gefährlich.

Ich sollte die Finger von ihm lassen.

Fünf Minuten, bevor meine Schicht endet, packe ich meine Sachen zusammen, logge mich aus und verlasse meinen Platz. Ich schlängele mich zu Damiens Tisch und bevor ich es mir anders überlegen kann, sage ich: »Du kannst mitkommen. Aber nicht in diesen Klamotten. Zieh dir was Anständiges an, dann bringe ich dich an den Türstehern vorbei.«

Er reckt mir den Mittelfinger entgegen, ohne sein Verkaufsgespräch zu unterbrechen.

»Wir treffen uns Samstag Abend um elf Uhr vor dem Club.« Ich warte seine Reaktion nicht ab, sondern beeile mich, aus seiner verstörenden Nähe zu kommen.

10

Damien

Zieh dir was Anständiges an.

Wofür hält sie sich? Die Steenporter Modepolizei?

Ich brauche sie nicht. Ich will sie nicht dabeihaben, wenn Benedict mir erklärt, was auf der Beerdigung geschehen ist. Ich traue ihr nicht.

Sie ist verdammt noch mal zu verrückt, um vertrauenswürdig zu sein. Sie blafft mich an, sie hat dieses grüne Feuerfunkeln in den Augen und diese unglaublich leckeren Lippen, die ich ganz bestimmt niemals schmecken möchte. Es kleben Lügen an ihnen.

Der tätowierte Kahlkopf, der neben mir arbeitet, traut ihr auch nicht. Er und der Waldschrat sind mir in die Küche gefolgt, um mir zu sagen: »Ich weiß, was du bist.«

Da weiß er mehr als ich.

Leider hat er es dabei belassen. Er hat mich nur abwartend angeschaut, und als ich nichts erwidert habe, einen Seufzer ausgestoßen und ist zu seinem Platz zurückgekehrt.

Keine Ahnung, was er von mir erwartet hat. Ich verspüre

absolut kein Bedürfnis, ihm schluchzend in die Arme zu fallen und zu stammeln: »Ja! Ich bin einer von euch! Ein Freak!«

Ich bin kein fucking Freak.

Sam, der schmächtige Gothic Boy, geht in die Küche und kehrt mit einem gekühlten Energydrink zurück zu seinem Platz. Ich beobachte, wie er den versiegelten Verschluss abschraubt und einen langen Schluck nimmt. Obwohl er am anderen Ende des Raums sitzt, nehme ich einen erregend metallischen Geruch wahr. Meine Nasenflügel blähen sich, mein Herz pumpt sich schmerzhaft auf, mein Magen gibt ein lautes Grollen von sich.

Der bärtige Waldschrat schaut zu mir herüber. »Wann hast du zuletzt etwas zu dir genommen?«

»Ich mache gerade Diät«, sage ich.

»Dein Körper wird kollabieren, wenn er keine Nahrung bekommt«, murmelt er. »Du siehst jetzt schon ziemlich bleich aus.«

Agnetha hat soeben ihren Mantel übergestreift und verlässt hoch erhobenen Hauptes das Callcenter. Wie hypnotisiert starre ich auf ihren straffen kleinen Hintern, mit dem sie vermutlich nur wegen mir so provokant wackelt. Sie ist ein Biest. Aber ihr Hintern verdient Anerkennung.

Gleich darauf verkündet Jon: »Feierabend! Die Sonne geht bald auf.«

Ich werfe einen Blick zu den Fenstern. Durch die Schlitze der Jalousien sehe ich, dass der Himmel nicht mehr nachtschwarz ist, sondern eine kobaltblaue Färbung angenommen hat.

Hektische Betriebsamkeit bricht aus. Ich beende mein Gespräch, nehme mein Headset ab und klicke auf *Verbindung beenden*, damit die Morgenschicht sich einloggen kann. Heute habe ich wieder einen unglaublich guten Score erreicht.

An der Garderobe streife ich meinen schwarzen Mantel über und setze die Sonnenbrille auf. Ich würde mich gern im Spiegel mustern, aber meine Konturen sind wieder mal verschwommen.

»Dieser Mantel steht dir gut, Junge«, sagt der weißhaarige Mann mit dem gezwirbelten Schnäuzer zu mir. »Es ist schön zu sehen, dass alte Traditionen noch hochgehalten werden.« Er streift ein dunkelrotes Jackett mit Goldbordüre über, zupft seinen Kragen zurecht, zieht seine Chipkarte durch das Lesegerät und trottet aus dem Gebäude.

Noch herrscht die Nacht über Steenport, doch die Luft schmeckt bereits nach dem nahenden Morgen. Aus den Gullys steigt Dampf auf, die parkenden Fahrzeuge sind mit Feuchtigkeit überzogen, eine schwarze Katze faucht mich mit angelegten Ohren an. Die U-Bahn-Station liegt nur eine Straße entfernt. Übermüdete Arbeiter schlurfen gemeinsam mit mir in die Bahn. In der Ecke sabbert ein Betrunkener das Polster voll. Mir ist schwindelig, ich muss mich an einem Griff festhalten. Das Ruckeln der U-Bahn geht mir durch und durch, meine Beine drohen, unter mir nachzugeben. Der Waldschrat hat recht: ich brauche dringend etwas zwischen die Kiemen.

Am Hauptbahnhof steige ich aus und steuere gewohnheitsmäßig *Immer Pizza* an. Der Inhaber Giuseppe heißt eigentlich Serdar und stammt aus der Türkei. Zusammen mit seinen Söhnen – es müssen ungefähr ein Dutzend sein, so genau weiß das niemand – hält er den kleinen Laden rund um die Uhr geöffnet. Bei ihm gibt es die weltbeste Veggie-Pizza Diavolo: knuspriger, dünner Boden, saftiger Belag mit Peperoni, brutal scharfe Chiliflocken und auf Wunsch eine Extraportion gerösteten Knoblauch.

»Lange nicht gesehen, mein Freund!«, begrüßt mich Giuseppe mit der überschwänglichen Freude des geschäftstüchtigen Imbissbesitzers. »Wie immer? Mit extra Knoblauch?«

»Äh, klar.« Ich nehme meine Sonnenbrille ab und falte sie zusammen.

Was mache ich hier? Ich will keine Pizza.

Will ich wohl! Verdammt, ich liebe Pizza.

Oh nein, Kumpel, du brauchst etwas anderes. Du musst es dir nur eingestehen. Schon vergessen? ICH WEISS, WAS DU BIST!

»Fick dich!«

»Wie bitte?« Giuseppe schaut mich konsterniert an.

»Ich liebe Pizza Diavolo!«, sage ich trotzig zu der Stimme in meinem Schädel. »Mit extra Knoblauch!«

»Du bekommst extra Knoblauch«, erwidert der Pizzabäcker vorsichtig. »Dauert nicht lange, ist gleich fertig. Zum Mitnehmen?«

Jäh knicken meine Beine ein. Mein Herz schlägt unregelmäßig in meiner Brust, mein Kopf fühlt sich leer an. Schwarze Punkte tanzen vor meinen Augen. »Ja … mitnehmen«, stoße ich hervor und lehne mich an einen Stehtisch.

Ein Kunde, der gerade das letzte Stück seiner Pizza Margharita verschlingt, hebt den Kopf. »Bist du krank, Bruder? Du siehst echt schlimm aus.«

Ich taste über mein Gesicht, ohne irgend etwas zu fühlen. Ich habe kein Gefühl mehr in meinen Fingern! Auch nicht im Rest meines Körpers. Nur mein Herz brennt in meiner Brust, als stünde es lichterloh in Flammen. Meine Finger krampfen sich in das Shirt. Der Schmerz ist kaum auszuhalten.

»Nicht in meinem Laden sterben, hörst du?«, sagt Giuseppe alarmiert. »Ist schlecht fürs Geschäft.« Hastig schaufelt er die dampfende Pizza aus dem Ofen in einen Karton und schneidet sie in Achtel. »Geh zum Arzt, Damien. Pizza zum Frühstück ist nicht gut für dich.« Er schiebt den Karton über die Theke.

Ich pule einen Geldschein aus meiner Börse. Meine schneeweißen Finger können kaum richtig zugreifen, der Schein segelt auf die Theke. »Stimmt so.« Die Worte kleben an meinem Gaumen. Ich grabsche den Pizzakarton und stolpere aus dem Laden.

Die Geräusche vom Hauptbahnhof sind überlaut und gleichzeitig gedämpft. Meine Sicht verschwimmt. Der Knoblauchgestank von der Pizza kriecht in meine Kehle und droht, mich zu ersticken. Ein trockenes Würgen kommt über meine Lippen, meine Eingeweide krampfen sich heftig zusammen.

Ich werfe den Karton einem Obdachlosen in den Schoß und taumele davon.

»Willst du mich vergiften?«, ruft mir der Penner hinterher. »Da ist gar keine Salami drauf!«

Ich stolpere in die nächstbeste dunkle Gasse, wo ich gegen die Wand taumele. Mein Herz bäumt sich verzweifelt auf. Ich taste nach meinem Puls und fühle nichts. Nichts. NICHTS! Kein Netzwerk von Adern durchzieht die Haut meines Handrückens. Meine Finger sehen totenbleich aus.

Panik schwappt durch meinen Verstand und verwandelt sich in blanke Todesangst.

»Oh Mann, du bist echt am Arsch.«

Ich drehe mich um. Ein Schemen steht am Ende der Gasse. Es ist der Pizza-Margharita-Typ aus dem Imbiss. Offenbar ist er mir gefolgt.

»Kran… ken… wagen…«, keuche ich.

»Sofort, sofort.« Er kommt auf mich zu und mustert mich fachmännisch. »Siehst übel aus, Bruder.«

Ich öffne den Mund und wäre vornübergekippt, wenn der Kerl mich nicht festgehalten hätte. Er schubst mich rückwärts gegen die Mauer. Seine Hand fährt unter meinen Mantel und tastet mich ab. »Wo hast du deine Börse hingesteckt?«

Mit einer immensen Kraftanstrengung schaffe ich es, ihn von mir zu stoßen. Gleich darauf macht es *Klack!* Die blitzende Spitze eines Springmessers wird gegen meine Rippen gedrückt

»Bleib locker, Bruder«, mahnt Pizza Margherita. »Ich will nur deine Kohle, aber wenn du den Helden spielst, werde ich dir ein Loch verpassen.«

Ich starre auf die Klinge, ohne sie wirklich zu sehen. Dann schaue ich den Typen an. Er ist um die Vierzig, mit kleinen, kalten Augen und kräftigem Körperbau. Ein warmer, süßer, appetitlicher Duft geht von seiner Haut aus.

Dann … geschieht etwas.

Brodelnde Energie strömt in mich hinein, pumpt meine Venen auf, erfüllt mich bis in die letzte Körperfaser. Eine Flut von Sinneseindrücken überwältigt mich. Mein Herz schlägt stark und regelmäßig, mein Verstand schärft sich, meine Muskeln strotzen vor Kraft. Ich fühle mich so stark, dass ich in den Himmel springen möchte.

Lachend lecke ich einen letzten Tropfen von meiner Daumenkuppe, dann wische ich über meine Lippen. Ein unbeschreiblich intensiver Geschmack erfüllt meine Mundhöhle, die pure Essenz des Lebens. Süß und salzig und heiß und noch so vieles mehr. Meine Finger strecken und krümmen sich und erwecken den Eindruck, als könnten sie armdicke Äste zu Staub zermalmen. Meine Haut sieht gesund aus, gut durchblutet und straff.

Ich schaue auf den Mann hinab, neben dem ich knie. Seine weit geöffneten Augen starren mich entsetzt an. Seine Hand zuckt hilflos, das Messer gleitet aus seinen schlaffen Fingern und fällt klirrend zu Boden, er bewegt die Lippen, aber es kommt kein Wort heraus. Ich sehe, wie das Leben aus seinem Blick weicht, wie seine Pupillen sich zusammenziehen und das Licht ausschließen. Ich sehe, wie das Leben ihn verlässt. Seine Seele steigt aus seinem blutleeren Körper auf, streift mich wie ein zarter Hauch und mischt sich mit dem morgendlichen Nebel in der Gasse.

Sein Hals und sein linker Unterarm sind zerfetzt, das Fleisch darunter ist bleich wie ein toter Fischbauch. Zuerst denke ich: *Oh mein Gott, ein tollwütiges Tier hat ihn angegriffen*!

Doch ich kenne die Wahrheit.

Ich war das.

Ich habe diesen Mann umgebracht. Ich habe seine Haut mit meinen Zähnen aufgerissen und das herausströmende Blut so gierig getrunken wie ein Verdurstender. An meinem Kinn kleben Reste seines Lebenssaftes, mein Shirt ist durchtränkt von Blut.

Ich springe auf und taumele rückwärts.

»Nein, nein, fucking nein«, stoße ich hervor. »Das war ich nicht. Niemals.«

Ich bin kein Mörder. Ich bin ja nicht einmal in der Lage, eine Fliege mit der Zeitung plattzuhauen. Schon als Kind habe ich mich vor Fleisch geekelt. Mein Vater hat verwundert gelächelt und mir über den Kopf gestreichelt, als wäre ich ein Wunderwesen, dessen Begabung seinen Horizont überstieg. Meine Mutter hat extra für mich vegetarische Blumenkohlschnitzel und Lasagne mit Soja-Hack zubereitet. Sie beide machten keine große Sache daraus, aber mein kindliche Entschlossenheit schien ihnen zu gefallen.

Trotz meines Entsetzens tanze ich auf einer Welle der Euphorie und Befriedigung. Körperlich geht es mir so gut wie noch nie. Meine Muskeln pumpen sich auf, strecken sich, sie strotzen vor Kraft. Die Flut der Sinneseindrücke ist so überwältigend, dass mein Verstand Mühe hat, alles zu verarbeiten. Ich kann das Parfum einer Frau riechen, die vor Stunden hier entlang gegangen ist. Ich höre das hohle Quieken einer Ratte unten in der Kanalisation. Ich sehe, wie sich die roten Blutkörperchen in der kleinen Pfütze unter dem Hals des Mannes dunkel verfärben, wie das Plasma verdunstet.

Scham und Schuld stürzen jäh auf mich herab, ersticken meine Gedanken bis auf einen: *Mörder. Mörder.*

MÖRDER!

Ich taumele rückwärts, werfe mich herum und stolpere aus der Gasse hinaus. Doch der grauenvolle Anblick meines Opfers verfolgt mich. Kaum bin ich um die Ecke gebogen, krampft sich mein Magen zusammen. Der Kupfergeschmack treibt mich in den Wahnsinn. Ich hasse, ich liebe – ich brauche es!

Aber ich will das nicht!

Mein Körper weigert sich, die Nahrung herzugeben. Er hat schon längst alles bis auf den letzten Tropfen absorbiert und jede einzelne Zelle gefüttert. Die Krämpfe lassen nicht nach, mein Magen schrumpft in schmerzhaften Schüben auf die Größe einer Walnuss.

Logisch. Du brauchst keinen normalen Verdauungstrakt mehr.

»Scheißedreckkackfuckmist«, keuche ich, als meine Eingeweide sich allmählich beruhigt haben. Ich schaue mich um. Eine grauhaarige Frau im Businesskostüm sieht mich und stockt mitten im Schritt. Ihr Mund öffnet sich, dann eilt sie weiter, wobei sie sich ständig umdreht.

»Das ist nicht, wonach es aussieht!«, rufe ich ihr hinterher.

Eine Stimme in meinem Hinterkopf lacht mich aus und flüstert: *Es ist verdammt noch mal viel schlimmer, du mordender Freak.*

Getrocknetes Blut ziept in meinem Gesicht, mein Blick flirrt umher und wahrscheinlich stinke ich wie eine Schlachterei.

Ich bin ein blutsaufendes Monster.

Benommen taste ich mich im Schatten der Ziegelwand entlang. Der Morgen ist nicht mehr fern, in den Straßen wird es allmählich heller.

»Oh Mann, du hast Mist gebaut, richtig?«

Ich blinzele und erkenne die breite Statur des bärtigen Waldschrats aus dem Callcenter. »Wa-was …?«

»Armand hat gesagt, ich soll dich im Auge behalten, aber ich habe dich am Hauptbahnhof verloren.« Er schaut sich schnell um, dann zerrt er mich in eine dunkle Einfahrt. »Du hast viel zu lange gehungert. Wie lange – drei Wochen? Vier? Das ist nicht gut, da verliert man schnell die Contenance. Wo ist es?«

»Was?«

»Dein Opfer?«

Ich glotze ihn an.

Unter seinem zottigen Haarschopf verdreht er die Augen. »Ich bin nicht hier, weil ich unbedingt dein neuer bester Freund werden will, sondern weil Armand es mir befohlen hat. Es gibt Gesetze! Also: wo ist es?«

Fahrig deute ich in die Richtung, aus der ich gekommen bin.

»Okay, ich kümmere mich darum. Du gehst jetzt nach Hause. Hast du eine Sonnenbrille?« Er wartet meine Antwort nicht ab, sondern durchsucht die Taschen meines Mantels, bis er die Brille gefunden hat. Behutsam setzt er sie mir auf. »Verschwinde von hier. Die Sonne geht gleich auf.«

»Wer ist Armand?«, bringe ich hervor.

»Der Mann mit dem Kahlschädel aus dem Callcenter. Mein Mentor.« Er dreht mich um und versetzt mir einen Schubs. »Hau ab, Mann! Wir sehen uns heute Abend bei der Arbeit.«

Ich laufe ein paar Schritte, drehe mich um und sehe noch, wie er in der Gasse verschwindet, aus der ich gekommen bin. Ich habe nicht die geringste Ahnung, wie viel Zeit vergangen ist, seit ich aus *Immer Pizza* gestolpert bin. Es können nicht mehr als 20 oder 30 Minuten gewesen sein. Mehr als genug Zeit, um ein Leben auf ewig zu verändern und ein anderes zu beenden.

Unschlüssig stehe ich da, bis ein erster zaghafter Sonnenstrahl zwischen den Hochhäusern hervorblitzt. Der Waldschrat kehrt nicht zurück.

Er weiß, was ich getan habe. Er wird zur Polizei gehen und ich werde den Rest meines Lebens hinter Gittern verbringen. Und zwar zu Recht. Ich bin unberechenbar, ich kenne mich ja selbst nicht mehr. Tief in meinem Innern ist eine dämonische Seele erwacht, die mir zuflüstert: *Du folgst nur deinem Instinkt. Ein starker Jäger kennt kein Gewissen, keine Schuld.*

Witzbold.

Ich warte noch ein Weilchen im Schatten der Einfahrt, nervös und unsicher. Schließlich gehe ich einfach davon. Entgegenkommende weichen mir aus, ohne mich anzuschauen. Ich habe das diffuse Gefühl, aus den Schatten heraus beobachtet zu werden, doch ich entdecke nichts Auffälliges. Je heller es wird, desto schneller wird mein Schritt, bis ich renne. So schnell, wie ich nie zuvor in meinem Leben gerannt bin. Die Umgebung verwischt zu einer Schliere. Ich schlängele mich in einem Wahnsinnstempo um Passanten herum, die gar keine Möglichkeit haben, mich richtig wahrzunehmen. Alles, was sie spüren, ist ein kurzer scharfer Luftzug.

In unserer Wohnung herrscht die Stille des frühen Morgens. Lennart schläft noch. Meine kaputte Tür lehnt an der rissigen Wand meines Zimmers. Ich vergewissere mich, dass die Vorhänge dicht zugezogen sind, bevor ich die Sonnenbrille abnehme und den Mantel über die Stuhllehne werfe.

Am klügsten wäre es, sich selbst zu stellen. Vor Gericht würde mir das als mildernder Umstand angerechnet werden, oder nicht? Vielleicht käme ich mit Notwehr durch, schließlich hat dieser Mann mich mit einem Messer bedroht.

Deswegen musstest du ihm nicht gleich die Pulsadern aufreißen und ihn aussaugen.

Ich krieche unter mein Bett und knautsche mir den Wäschesack zurecht, doch ich finde keinen Schlaf. Natürlich nicht. Das beste Ruhekissen ist schließlich immer noch ein reines Gewissen.

Durch meinen Kopf rasen Erinnerungsblitze und erlöschen sofort wieder. Ich sehe die vor Entsetzen weit aufgerissenen Augen des Straßengangsters, ich schmecke sein Blut auf meiner Zunge. Ich frage mich, ob er eine Frau hat. Kinder. Einen Goldfisch, den jetzt niemand füttert.

Stöhnend werfe ich mich herum und stoße mir heftig den Kopf am Lattenrost, aber es tut nicht weh. Ich ertaste keine Beule

Das Schlimme ist, dass ich nicht einmal mehr kotzen kann. Alles, was ich getrunken habe, wurde vollständig von meinem Körper absorbiert und in dringend benötigte Energie umgewandelt. Mein unnützer Magen schrumpft weiter zusammen, um Platz zu machen für den unbekannten Dämon, der in mir steckt.

Ich bin noch nicht bereit, mir einzugestehen, was das bedeutet, weil es … vollkommen irrwitzig ist.

Lieber denke ich über den Waldschrat nach, der vermutlich in diesem Augenblick bei der Polizei seine Aussage unterschreibt, während der Leiter eines Sondereinsatzkommandos seine Leute instruiert. »Seid vorsichtig, er hat messerscharfe Zähne. Am besten erschießt ihr ihn sofort, sobald er die Tür öffnet.«

Ich schiebe einen Finger in meinen Mund und taste meine

Eckzähne ab. Sie sind noch schärfer und spitzer geworden. Noch während ich sie untersuche, verspüre ich ein Ziehen im Kiefer; die Zähne ziehen sich zurück.

Vielleicht schieben sie sich nur heraus, wenn ich Nahrung brauche. Interessant …

»Nein, absolut wahnsinnig«, brumme ich und stelle mir im Geiste eine Liste der Dinge zusammen, die ich ins Gefängnis mitnehmen möchte. Darf man überhaupt persönliche Gegenstände haben? In einem orangefarbenen Overall werde ich blass aussehen – noch blasser als letzte Nacht, haha.

Ich warte auf ein Hämmern an der Wohnungstür, auf ein: »Hier ist die Polizei!« Auf schwarz uniformierte Männer, die mit Maschinenpistolen im Anschlag hereinstürmen und herrisch brüllen: »Auf den Boden, Mörder!« Doch der Morgen bleibt friedlich.

Stunden vergehen. Lennart schlurft ins Bad, kurz darauf röchelt die Kaffeemaschine los. Er hat keine Ahnung, dass er mit einem frisch gebackenen Mörder zusammenwohnt.

Du hast zu lange gehungert, hat der Waldschrat gesagt, und: *Es gibt Gesetze!*

Was zum Teufel geht hier ab?

11

Agnetha

Nach der Nachtschicht im Callcenter fahre ich direkt zur *Steenporter Post* weiter, halte nur an, um mir drei Coffee-to-go-Becher mit Karamellsirup zu holen und sie noch während der Fahrt zu leeren. Wer auch immer behauptet hat, dass Koffein ein wahres Wundermittel sei, der lügt. Ich kann kaum die Augen offen halten, als ich mich an meinem Platz in der Anzeigenabteilung niederlasse und mir die übliche Predigt meines Vorgesetzten anzuhören. Dabei bin ich nur 17 Minuten zu spät. Wie jeden Morgen hoffe ich stumm, dass sich mein Computer beim Hochfahren spontan selbst entzündet. Wie jeden Morgen werde ich enttäuscht.

Die erste Anzeige setze ich wie vom Kunden gewünscht im Format 30x45 und füge als einprägsame Überschrift hinzu: *Ich komme, wenn es feucht wird. Seit 30 Jahren Ihr Fachmann für Rohrbrüche …*

Ich unterdrücke ein Gähnen. Es muss an der Nachtschicht liegen, dass ich nur noch zweideutig denken kann. Oder an Damiens unerwartete Grübchen, die mir nicht mehr aus dem Kopf gehen. Sein Cousin Benedict hat definitiv keine Grübchen – falls er überhaupt lächeln kann. Also richtig normal lächeln wie jemand, der anderen Menschen ein gutes Gefühl geben will. Die Befindlichkeiten anderer Menschen gehen Benedict am Allerwertesten vorbei. Es macht mich jetzt noch wütend, wie sehr er mich eingeschüchtert hat allein durch seine Präsenz. Ein zweites Mal wird ihm das nicht gelingen.

Damien hingegen könnte nur mit seiner Stimme einer Frau ein feuchtes Höschen bescheren, wenn er es will. Stattdessen verkauft er Silikon-Backförmchen an einsame Rentnerinnen. Da er auf der dunklen Seite der Macht steht und außerdem ein arroganter Arsch ist, beschließe ich, ihn weiterhin nicht zu mögen. Ich bezweifle, dass er sich überhaupt noch an meinem Namen erinnert.

Ich habe nie viel von dunkler Ausstrahlung und ähnlichem Unsinn gehalten. Ich träume auch nicht von einem verruchten Mafiaboss, der zufällig wie ein männliches Unterwäschemodell aussieht und mir aus Dominanzgründen erst einmal den Hintern versohlen muss, bevor es zur Sache geht. Aus leidiger Erfahrung weiß ich, dass Männer, die permanent, also auch beim Sex, die Kontrolle behalten müssen, immer total unentspannt sind und obendrein ein massives Selbstbewusstseinsproblem haben. Die richtig coolen Typen können auch mal loslassen.

Hartnäckig rufe ich mir ins Gedächtnis, dass Damien nicht nur extrem undurchschaubar ist, sondern einem uralten, stinkreichen, intriganten Familienclan angehört, der schon zu Nazizeiten seine Strippen gezogen hat. Vielleicht reicht es den von Baros nicht mehr, aus dem Hintergrund heraus zu agieren, vielleicht streben sie danach, offen die Macht zu ergreifen.

Möglicherweise ist Damien der Vorbote einer großen, bösen Sache.

Möglicherweise ist vertuschter Serienmord erst der Anfang.

Oder aber ich jage einer fixen Idee hinterher.

Überfordert von meinen Gedankengängen, reibe ich mir über die Arme, auf denen Gänsehaut blüht.

»*Ich komme, wenn es feucht wird …*« Mein Chef ragt über mir auf, sein großzügig aufgetragenes Aftershave droht, mich zu ersticken. »Haben Sie das gedichtet?«

»Im Auftrag steht: *Bitte eine passende Headline einfügen.* Das habe ich getan«, sage ich.

»Sie legen es darauf an, Ärger zu bekommen, was? Ich gebe Ihnen einen gut gemeinten Rat, Fräulein … Frau Valentin«, seine Häme ist unüberhörbar, »machen Sie es sich hier nicht allzu gemütlich. Oben in der Chefetage ist man auf Sie aufmerksam geworden.« Er deutet zur Decke. »Sie sollen versucht haben, die von Baro-Familie zu verunglimpfen.«

»Ich habe nur ein Exposé vorgelegt, aber die Lokalredakteurin war nicht interessiert. Ich dachte, sie hätte es in die runde Ablage unter dem Schreibtisch entsorgt.« Ich habe ja nicht einmal konkrete Beweise vorgelegt, sondern lediglich die Idee eines Skandals.

»Nun, sie hat es nach oben weitergereicht. Sie sollten hoffen, dass die Familie nichts von Ihrer Verleumdung erfahren hat und Schritte gegen Sie unternehmen wird.«

»Das hört sich an wie eine Drohung.«

»Ich gebe nur weiter, was ich aus der Chefetage gehört habe.«

Offenbar habe ich schlafende Hunde geweckt.

Drei Anschisse und elf Kaffee später darf ich endlich Feierabend machen. *Mitarbeiterin des Monats* werde ich auch diesmal nicht. Meine Finger zittern von zu viel Koffein. Zu allem Überfluss will mein Auto nicht anspringen. Ich haue der Form halber auf das Lenkrad und lasse ein paar herzhafte Flüche vom Stapel, steige aus und mache mich auf den Weg zum Busbahnhof. Ich mag öffentliche Verkehrsmittel nicht, sie wurden meiner Meinung nur erfunden, um die Menschheit zu knechten. Ich weiß nie, an welcher Haltestelle ich aussteigen muss, ich habe nie passendes Kleingeld in der Tasche, oder aber der Bus fährt nur an geraden Tagen, wenn der Jupiter im Zeichen des Wassermanns steht. Wenn man dann endlich drin ist, sitzt man neben einem alten Mann, der Frikadellen mit Ei isst oder neben einer Frau, die auf polnisch in ihr Handy schreit, und der Typ gegenüber glotzt einen lüstern an, während er an seinem Schritt herumfummelt.

Der Abendhimmel wird schnell dunkel, es beginnt zu regnen. Am Busbahnhof brauche ich eine Ewigkeit, um herauszufinden, mit welcher Linie ich nach Hause komme. Zufällig ist es jener Bus, der vor meiner Nase davonfährt. Der nächste kommt in einer Stunde. Oder erst morgen, bei meinem Glück. Grummelnd stelle ich mich unter und studiere die kryptischen Schmierereien auf den Wänden. Eisiger Wind weht mir den Regen ins Gesicht, fröstelnd klappe ich den Kragen meiner Jacke hoch. Ich liebe diese Jacke; sie ist tailliert, passt farblich perfekt zu meinen Lederstiefeln und verleiht mir eine gewisse urbane *Sex-and-the-City*-Eleganz. Ich habe mich extra für meine erste Nachtschicht im Callcenter aufgebrezelt, aber nicht zu sehr, sondern genau das richtige Maß zwischen heiß und superprofessionell gewählt. Leider hat mein Äußeres Damien vollkommen kalt gelassen. Nicht, dass mich das verärgert … Und wenn, dann nur ein winziges Bisschen.

Inzwischen sehen sowohl mein Outfit als auch ich ziemlich zerknittert aus. Zwei Arbeitsschichten hintereinander waren wohl doch keine gute Idee. Ich kann es kaum erwarten, in mein Bett zu fallen und ein paar Stunden zu schlafen. Selbstverständlich werde ich heute Abend wieder im Callcenter antanzen. Schon aus Prinzip, um Damien zu zeigen, dass ich so schnell nicht aufgebe. Und weil ich Benedict am nächsten Samstag nicht allein im *Devil's Den* gegenübertreten möchte.

Ein Audi rast vorbei, spritzt mich nass. Bevor ich ihm eine Beleidigung hinterherschicken kann, leuchten die Bremslichter auf und das Fahrzeug rollt rückwärts. Das Beifahrerfenster gleitet herab, Rapmusik schallt heraus, Mike Herrmann grinst mich vom Fahrersitz aus an.

»Brauchst du eine Mitfahrgelegenheit?« Er muss fast schreien, um den Refrain des Songs zu übertönen, in dem es um Nutten, Schlampen, Bitches und Dollars geht.

»Nein, ich stehe gern bei Regen in der Gegend herum und friere mir die Ohren ab. Das ist gut für die Persönlichkeitsentwicklung.«

Er zieht die Brauen zusammen, während sich die Rädchen in seinem Verstand knirschend in Gang setzen. Dann wird sein Grinsen breiter. »Echt lustig. Steig ein.« Er stößt die Beifahrertür auf, ein Schwall Wärme strömt heraus.

Ich zögere. Der Bus ist vielleicht doch das kleinere Übel. Doch ein weiterer nasskalter Windstoß nimmt mir die Entscheidung ab. Ich springe ins Auto, knalle die Tür zu und atme durch. Sein Audi A Drölfzig sieht kostspielig aus, hat ein teuer klingendes sattes Motorengeräusch und riecht neu. Die Innenausstattung ist in Chrom und schwarzem Leder gehalten, am Rückspiegel hängen goldene Miniatur-Handschellen.

Mike dreht die Musik leiser. »Deine Mom hat meine Mom angerufen, weil du letzte Nacht nicht nach Hause gekommen bist.« Er legt den Gang ein und rast mit durchdrehenden Reifen los. Gischt spritzt hoch. »Sie dachte anscheinend, du wärst bei mir.« Er mustert meine Oberschenkel in der grünen Leggings. »Da hätte ich nichts gegen gehabt. Hast du einen Freund?«

»Nein, nur einen Zweitjob.«

»Nachts?«, fragt er schockiert.

»Es ist ein seriöser Job. Ich sitze am Telefon und …«

»Telefonsex, aha.«

»Mike!«

»Also doch ein Freund.«

»Ich wüsste nicht, was dich das angeht.« Der Regen wird immer stärker, die Scheibenwischer wischen hektisch hin und her.

»Du kannst es mir ruhig sagen.«

»Auf die Gefahr, mich zu wiederholen. Ich wüsste nicht, was dich das angeht.«

»Früher warst du weniger zickig.« Leise fügt er etwas an, dass sich nach *Scheiß Emanzipation* anhört. »Wie gefällt dir eigentlich mein Auto? Von Null auf Hundert in einem Fingerschnippen.« Er streichelt über das Lenkrad.

»Hundert Stundenkilometer schafft meine alte Kiste nur, wenn ich sie über eine Klippe stürzen lasse«, sage ich. »Falls sie überhaupt jemals wieder anspringt.«

Ich werde meinen Fiat abschleppen und reparieren lassen müssen, sobald ich es mir leisten kann. Meine Eltern würden mir Geld geben, wenn ich lieb frage – aber mein Selbstwertgefühl sperrt sich dagegen. Mein Stolz hat mir schon immer im Weg gestanden.

»Du weißt hoffentlich, dass ich der Geschäftsführer von unserem Autohaus am Indupark bin?« Er wirft mir einen Blick zu, um zu schauen, ob ich vor Ehrfurcht erblasse. Als das nicht geschieht, räuspert er sich. »Jedenfalls ... Wir haben einen schicken Beetle in der Flower-Edition reinbekommen. Pink und Gelb und Grün. Musst nur Bescheid sagen, ich mache dir einen guten Preis.«

»Wenn ich ihn für dreiundsechzig Euro haben kann, würde ich sogar über das pinke Design hinwegsehen. Mehr Geld habe ich nicht. Mein Lifestyle ist so verdammt teuer.« Seufzend betrachte ich meine Stiefel, die jetzt von Regenflecken verunziert sind.

Wieder grinst er. Mike hat schon immer gern gegrinst, auch damals in der Schule, wenn er mir nachgerufen hat: »Hey, Pippi Langstrumpf, wurdest du heute schon von deinem Pferd geritten?« Seitdem hat er sich zumindest körperlich weiterentwickelt; breite Schultern und mächtige Oberarme, die fast sein enges Oberteil zu sprengen drohen. Ich ahne, warum er keinen lässigen Kapuzenpullover trägt.

»Gefällt dir, was du siehst?«, fragt er prompt. »Ich gehe jeden Tag ins Studio pumpen, ohne Ausnahme. Weihnachten, Geburtstag – egal.«

»Klingt, als hättest du richtig viel Spaß.«

»Es geht um Disziplin, nicht um Spaß. Wenn man was im Leben erreichen will, muss man was darstellen.« Er spannt seinen Bizeps an. »Vor allem für euch Frauen.«

»Wenn du da vorn abbiegst, bin ich schneller zu Hause.«

»Ich war eigentlich auf dem Weg zur Bürgerhalle, als ich dich am Straßenrand gesehen habe. Da findet eine wichtige Veranstaltung statt, die ich nicht verpassen darf.«

»Mike, ich möchte …«

»Ich spendier dir auch einen Kaffee. Du siehst aus, als könntest du was Heißes gebrauchen.« Er zwinkert mir zu. »Du bist doch Reporterin, oder? Dann interessiert dich die Kundgebung bestimmt.«

Mich interessieren nur mein Bett und eine belebende Dusche und die bohrende Frage, was Damien zu verbergen hat. Nicht unbedingt in dieser Reihenfolge. »Was für eine Kundgebung?«, frage ich schicksalsergeben. Schließlich tropfe ich gerade sein schickes Auto nass

»Von der *Freien Allianz.*«

Ich stöhne auf. »Das sind doch nur Krawallbrüder.«

»Aber in manchen Sachen haben sie nicht unrecht. Die Polizei hat die ganzen Morde immer noch nicht aufgeklärt. Steenport ist total unsicher geworden. Und dann noch die Obdachlosen und die Junkies, die das Stadtbild versauen. Nenn mich radikal, aber den Vorschlag der *Allianz* mit den Resozialisierungscamps finde ich …«

»Extrem gruselig«, murmele ich, während mir die Augen zufallen. Mikes Audi hat eine Sitzheizung, meine feuchten Sachen dampfen. Aus weiter Ferne höre ich ihn reden und reden, während ich in einen Dämmerschlaf drifte. Ich träume von Badezimmergarnituren und einer samtigen Stimme, die mir ins Ohr säuselt.

Bis ich merke, dass diese Stimme gar nicht so samtig ist, sondern einen kieksigen Unterton hat, wie es häufig bei Männern der Fall ist, die ihrem Muskelwachstum mit Steroiden nachhelfen.

»Träumst du von mir, Pumuckl?«

Ich schlage die Augen auf und stelle fest, dass Mikes Grinsen nur wenige Zentimeter von meinem Gesicht entfernt ist. Hastig rücke ich von ihm ab und stelle fest, dass ich noch angeschnallt bin.

»Wir können gerne noch eine Weile hier … parken.« Grins, grins. »Dafür habe ich das Auto ja gekauft.«

»Fürs Parken?« Ich reibe mir die Augen und schaue mich um.

»Für Dates.«

Der Abend ist angebrochen. Wir stehen auf dem Parkplatz neben der hell erleuchteten Bürgerhalle. Banner mit dem Logo der *Allianz* – ein stilisiertes goldenes Flügelpaar, aus dem eine Flamme emporschlägt – hängen an der Fassade. Direkt vor den breiten Eingangsstufen parken Vans von TV-Sendern und eine dunkle Limousine. Die Veranstaltung hat trotz des Wetters eine Menge Neugierige angelockt, die mit eingezogenen Köpfen auf den Eingang zuströmen.

»Okay, von hier aus nehme ich den Bus«, sage ich.

»Quatsch, ich fahr dich nachher nach Hause. Mit dem Bus bist du ewig unterwegs.« Mike springt aus dem Wagen, ohne meine Erwiderung abzuwarten. Er spannt einen Schirm auf und eilt zur Beifahrerseite.

Ich habe wirklich keine Lust, mir die plumpen Aufwiegeleien der *Allianz* anzuhören. In einem Jahr wird sie sowieso wieder in der Versenkung verschwunden sein. Ich will in mein kuscheliges Bett.

»Ist das da drüben nicht dieser verrückte Youtuber?« Mike deutet über den Parkplatz. »Der Checker?«

»Der Durchblicker«, korrigiere ich.

Tatsächlich, dort läuft Damiens Mitbewohner Lennart Bosse die Stufen hinauf. Er trägt einen schlichten Rucksack über der Schulter und sein Markenzeichen, die Strickmütze, auf dem Kopf. Dass ein Verschwörungstheoretiker eine *Allianz*-Veranstaltung besucht, sollte mich nicht wundern. Vielleicht will er ein Support-Video drehen. Ob Damien auch hier ist?

Ich laufe durch den Regen zum Eingang, verfolgt von Mike mit seinem Schirm.

»Stehst du auf den Typen oder warum rennst du dem hinterher?«, fragt er vorwurfsvoll. »Der ist doch bekanntermaßen nicht ganz dicht.«

»Ich versuche nur, vor deinem Charme zu flüchten.«

Im Foyer wimmelt es von stiernackigen Sicherheitsleuten in schwarzen Armeeuniformen mit dem *Allianz*-Logo auf der Brust.

Sie sehen einschüchternd aus. Starke Männer für eine starke Partei. Ich beobachte, wie Lennart Bosse sämtliche Broschüren und Werbegeschenke einsammelt, die die Helfer den Leuten anbieten. Dass er unterhaltsame Verschwörungstheorien verbreitet, ist eine Sache, aber es verwundert mich, dass er sich von einem Haufen krakeelnder Stimmungsmacher verführen lässt. Ich weiß nicht, was ich davon halten soll, dass Damien mit diesem Verrückten zusammenwohnt.

Aus dem großen Saal brandet Applaus auf. Eine Lautsprecherstimme dröhnt: »Es ist Zeit für eine Revolutiooon, Freunde!«

»Komm, das hören wir uns an!« Mike zieht mich mit sich, seine Augen leuchten. Jemand drückt ihm einen Button in die Hand, den er sofort an seine Jacke heftet.

Der Saal ist proppenvoll. Ich sehe hauptsächlich junge und mittelalte Männer, dazu Fotografen, Journalisten und Kameraleute. Lennart entdecke ich weiter vorn, wo er eine Digitalkamera aus seinem Rucksack holt. Sein Gesichtsausdruck ist neutral, im Gegensatz zu all den anderen, die mit geröteten Wangen, halb geöffneten Mündern und geballten Fäusten zur Bühne starren, wo die überdimensionale Leinwand zum Leben erwacht und Bilder aus Steenport zeigt, die man selten in Tourismusbroschüren sieht. Jugendliche Drogendealer im Park, Huren am Hafen, Bettler am Bahnhof, Randalierer im Vergnügungsviertel. Müllhaufen, Schmuddelecken, Löcher im Asphalt. Doch dann erhebt sich ein goldener Vogel vom unteren Bildrand und zieht eine Flammenspur hinter sich her.

Die Lautsprecherstimme ruft euphorisch: »Begrüßen wir unser Gründungsmitglied: den Visionär Bardolf Brun von Barooooo!«

Ich blinzele verblüfft. Damit habe ich nicht gerechnet. Üblicherweise meidet die Familie von Baro öffentliche Auftritte.

Frenetischer Jubel bricht aus. Der Mann, der mit federnden Schritten die Bühne betritt, trägt einen perfekt sitzenden Anzug mit einer schwarzgoldenen Krawatte und eine verspiegelte runde Brille, die seine Augen verbirgt. Sein kurzes schwarzes Haar ist glatt zurückgekämmt, seine Miene ernst. Damiens Onkel strahlt die väterliche Souveränität eines Unternehmers aus, der das Leben in all seinen Facetten kennt und nur das Beste für seine Arbeiter will. Ein Mann, der Firmen errichtet und Schulen gebaut hat. Ein Gründer und Geldgeber. Ein besorgter König.

Ruhig wartet er ab, bis der Lärm verklungen ist, dann lässt er seinen Blick über die Menge schweifen, gibt jedem das Gefühl, gesehen zu werden. Erwartungsvolle Stille breitet sich aus. Sogar ich werde von einem seltsam feierlichen Gefühl ergriffen, als würde ich gerade Zeuge von etwas Großem werden. Die Leute starren Bardolf von Baro an wie einen Heiligen, der frohe Kunde bringt.

»Ich weiß, warum ihr hier seid.« Seine Stimme ist leise und sanft, beinahe vertraulich, und erreicht doch den letzten Winkel des Saals. »Euch allen geht es wie mir. Ihr habt es satt, zuzusehen, wie unsere Stadt vor die Hunde geht. Wie sie langsam von kriminellen, gierigen Subjekten zerstört wird und an Bedeutung verliert. Wie *wir* an Bedeutung verlieren! Jeder einzelne von uns! Aber *wir* waren es, die Steenport aufgebaut haben, ihr und wir, mit unseren eigenen Händen!«

Er hebt diese Hände wie der Messias höchstpersönlich, der die Gläubigen segnen will. Ringe funkeln an seinen eleganten blassen Fingern. Die Leute brechen in Jubel und »Jawohl!«-Schreie aus.

»Wir haben die Macht, etwas zu verändern, meine Freunde«, sagt Bardolf von Baro ruhig in das Mikrofon. »Denn diese Stadt gehört uns. Diese Stadt braucht starke, entschlossene Männer …«, kurze Pause, »und natürlich Frauen, die diesen Männern den Rücken stärken.«

Ich beschränke mich auf ein Augenverdrehen.

»Wahnsinn, oder?«, sagt Mike begeistert. »Der Mann weiß, wovon er redet. Der ist nicht irgend jemand.«

»Wenn ich mich hier umschaue, dann sehe ich die Gesichter von Menschen, deren Geduld am Ende ist.« Bardolfs Stimme steigt auf, schwingt sich über die Köpfe der Anwesenden empor und verkündet nichts Geringeres als die Wahrheit. »Menschen, die nicht mehr zusehen wollen, wie diese wunderbare Stadt im Dreck versinkt! Die bereit sind, für Steenport aufzustehen! Denn Steenport, meine Freunde, ist nur der ANFANG!«

Das letzte Wort donnert durch den Saal und die Menge dreht vor Begeisterung durch. Plakate werden geschwenkt, auf der Leinwand ist eine stürmende Armee zu sehen. Entschlossene Soldatengesichter werden von antreibender, basslastiger Musik begleitet. Lichtkegel streichen durch den Saal, die Leute fangen an, im Rhythmus zu klatschen und zu stampfen. Bardolf breitet seine Arme in Lasset-die-Kindlein-zu-mir-kommen-Pose aus.

»Wir sind keine Partei!«, skandiert er. »Wir sind eine Bewegung! Wir sind die ALLIANZ!«

»WIR SIND DIE ALLIANZ!«, skandiert das Publikum.

Mike fällt in den Sprechgesang ein und hüpft im Takt der Musik, seine Augen kleben an den Bildern auf der Leinwand, vor denen sich die hochgewachsene Gestalt des Redners als dunkle Silhouette abzeichnet. Die Fotografen versuchen, bestmögliche Bilder zu knipsen, Mikrofone werden hochgehalten.

Eine Gänsehaut kribbelt über meine Wirbelsäule.

Ich versuche, Ähnlichkeiten zwischen dem Mann auf der Bühne und Damien mit seinen Grübchen zu entdecken; es gelingt mir nicht. Doch es hilft mir, die hypnotisierende Szenerie mit etwas Abstand zu betrachten und mich nicht von den Worten einwickeln zu lassen. Ich glaube sogar, Häme oder Verachtung im Gesicht des Redners aufblitzen zu sehen. Bardolf ist kein normaler Bürger, er ist reicher als alle Menschen im Saal zusammen, er benutzt seine Worte wie Geschosse, die die Zuhörer dort treffen, wo ihre hilflose Wut sitzt. Er wiegelt sie gezielt auf, und niemandem ist es bewusst.

Nun, fast niemandem.

Lennart Bosse steht reglos vor der Bühne, ein Auge zugekniffen, und filmt die Show, die ihn offenbar kalt lässt. Jäh fällt mir das Video eines Youtubers ein, der behauptet hat, die Allianz wäre von einer bösen Elite gegründet worden und habe finstere Absichten. Lennart ist dieser Youtuber.

»Was genau will die *Allianz* eigentlich?«, frage ich Mike, als der Lärm ein wenig nachlässt.

Er schaut mich an, als wäre mir ein Horn aus der Stirn gewachsen. »Veränderung«, sagt er.

Ganz schön schwammig. Jeder kann sich sein eigenes Bild von dieser Veränderung machen, und wenn ich mich so umschaue, tun die Leute das auch. Ich hebe einen Flyer vom Boden auf und überfliege die Schlagwörter. Mehr Sicherheit auf Steenports Straßen, Stärkung von Tradition und bewährten gesellschaftlichen Rollenbildern (aha), Disziplinierung der aufmüpfigen Jugend (Erziehungslager? Feldarbeit?) und natürlich die mehrfach erwähnten Resozialisierungscamps für alle, die dem hart arbeitenden Bürger ein Dorn im Auge sind (darunter dürften auch Journalisten und Youtuber fallen). Dieses Programm ist nichts weiter als ein Pamphlet, aber es verfehlt seine Wirkung nicht. In jeder Großstadt gibt es einen satten Prozentsatz von Menschen, die aus den verschiedensten Gründen mit ihrem Leben unzufrieden sind und einen Schuldigen suchen. Die *Allianz* errichtet ihnen einen Scheiterhaufen und drückt ihnen eine brennende Fackel in die Hand. Den Rest erledigt der Mob dann von ganz allein.

Und hinter allem steckt Damiens Familie.

Mir wird das alles zu viel.

Ich drehe mich um und kämpfe mich durch das Gedränge zum Ausgang. Ich will nur noch fort von hier!

12

Damien

»Alter, ich habe in den Abgrund der Hölle geblickt!« Lennart trampelt in mein dunkles Zimmer, wirft seinen Rucksack zu Boden und sinkt auf die Knie. »Hey, ist jemand zuhause?« Er schaut unter das Bett. Auf seiner Mütze glitzern Regentropfen. Sein Gesicht hat diesen erregten Ausdruck, den er immer dann aufsetzt, wenn er wieder etwas *aufgedeckt* hat. »Ich hatte Recht! Steenport soll ins Chaos gestürzt werden!«

Ich liege bäuchlings quer unter meinem Bett und schaue auf meinen Laptop den fünften Teil einer Serie. Eigentlich sollte ich todmüde sein, aber ich habe keine Lust zu schlafen. »Mh«, brumme ich desinteressiert, schiebe Kopf und Schultern heraus und tippe auf das Display. »Schau dir das an. Die behaupten, dass ein Parasit die Menschen in Vampire verwandelt. Ein Wurm!«

Irritiert lehnt er sich neben mich an das Bett. »Was schaust du da?«

»*The Strain*. Eine Horror-Serie. Einem der Typen, der zum

Vampir gemacht wurde, ist der Schwanz abgefallen. Einfach so beim Pinkeln. Plopp, und das Ding fiel ins Klo.«

Lennart erschauert. »Gegen Parasiten gibt es Medikamente. Antibiotika, Bestrahlungen und so weiter.«

»Vielleicht habe ich ja auch so was.«

»Einen verlorenen Schwanz?«

»Einen Parasiten, du Idiot. Hoffentlich hat er sich nicht bis in mein Gehirn gefressen. Mit Gedächtnislücken könnte ich leben, aber ich möchte nicht zu denen gehören, die mit Stühlen reden und splitternackt mit der Straßenbahn fahren.«

Lennart betrachtet mich nachdenklich. »Ich sag's dir nur ungern, aber du schläfst neuerdings *unter* deinem Bett. Für mich sieht das schon jetzt nach einem kapitalen Hirnschaden aus. Musst du nicht zur Arbeit?«

»Hab noch etwas Zeit«, brumme ich und frage mich, ob Agnetha heute noch mal auftauchen wird. Wahrscheinlich nicht. Es ist mir egal. Ich werde sie nie wiedersehen und das ist auch gut so. Nein, ich werde mich auch nicht mit mir zu einem Clubbesuch treffen, ich bin ja nicht blöd. Sie bedeutet Schwierigkeiten.

Die Ereignisse der letzten Nacht toben permanent als blutrot gefärbte Bildfetzen durch meinen Verstand. Ich spüre immer noch die plötzliche körperliche Schwäche, habe den abstoßenden Gestank der Knoblauchpizza in der Nase, dann den süßen Duft von frischem Blut … Der heftige Energieschub, der durch mich hindurch jagte, begleitet von einer urtümlichen, animalischen Befriedigung. Das alles ist durchzogen von brennender Schuld. Ich versuche mir einzureden, dass ich bloß einen sehr lebendigen Traum hatte, aber diesmal lässt sich mein Verstand nicht betrügen. Ich habe einen Menschen bestialisch ermordet.

»Alles okay, Alter?«, fragt Lennart besorgt. »Du schaust aus, als wolltest du mich fressen.«

»Danke, ich bin satt.« Ich stoppe den Film und schiebe mich unter dem Bett hervor.

Mein Freund schnuppert. »Wonach riecht es hier?«

»Patchouli.« Ich recke mich und stelle bei der Gelegenheit fest, dass meine Bauchmuskeln ausgeprägter und straffer sind als noch Tage zuvor. Überhaupt hat sich mein gesamter Muskeltonus verändert, überflüssiges Fett ist komplett geschmolzen. »Neuerdings liebe ich den Geruch von Patchouli.«

Weil er den Geruch von Blut und Tod überdeckt?

»Patchouli ist Grufti-Parfum«, erwidert Lennart prompt. »Diese Flecken auf deinem Shirt … Willst du mir etwas mitteilen?«

Ich schaue an mir herab. Fuckscheißmist, mein Oberteil sieht aus, als hätte ich mich in einem sterbenden Tier gewälzt. Auch der Duft des Patchouli-Öls, das ich offenbar großzügig auf mir verteilt habe, kommt nicht gegen den Blutgestank in den Fasern an.

»Das Shirt ist ruiniert«, sagt Lennart fachmännisch. »Blutflecken muss man in kaltes Wasser einweichen, bevor sie eintrocknen.«

»Woher weißt du, dass das Blut ist?«.

»Ich bin nicht blöd, du Schlafschaf.« Er marschiert aus meinem Zimmer und ruft: »Übrigens, dein Onkel ist ein Brandstifter!«

Ich durchwühle meine Klamottenhaufen nach sauberen Sachen und folge ihm in die hell erleuchtete Küche. Im Internet habe ich zu Lichtallergien gegoogelt, ohne wirklich schlau zu werden. Würde ich an einer echten Porphyrie oder einer Lichtdermatose leiden, müsste sich meine Haut rot färben, sobald sie der Sonne ausgesetzt wird. Das tut sie aber nicht. Das Gefühl zu verbrennen ist reine Einbildung. Tut aber genau so weh, als stünde ich echt in Flammen. Die Krankheit ist auch nicht vererbbar und tritt außerdem schon im Kleinkindalter auf, nicht erst, wenn man erwachsen ist.

»Was ist mit meinem Onkel?«, frage ich.

Mit Bardolf, dem Bruder meines Vaters, habe ich Zeit meines Lebens herzlich wenig zu tun gehabt. Für ihn war ich quasi Luft, meinen höflichen Gruß quittierte er höchstens mit einem missbilligenden Brummen. Benedict und Benigna sind seine Kinder.

»Er mischt neuerdings in der Lokalpolitik mit.« Lennart füllt einen Kochtopf mit Wasser und stellt ihn auf den Herd.

»Das hat er schon immer getan. Er spendet Gelder und pflegt Kontakte zu allen möglichen Politikern. Und?«

»Wusstest du, dass er die *Allianz* mitbegründet hat?« Aus dem Schrank kramt er eine Packung Spaghetti und ein Glas mit selbst gemachter Tomatensauce von seiner Tante, die einzige Verwandtschaft, zu der er noch Kontakt hat. Sie ist ziemlich durchgeknallt (die Tante, nicht die Sauce), lebt in einem windschiefen Bauernhaus und besitzt eine Schar angriffslustiger Gänse, aber ihre Tomatensauce ist göttlich. Sie mischt großzügig Knoblauch … Verdammt.

»Die Fackel-und-Mistgabel-Partei?« Ich runzele die Stirn. »Dass passt doch gar nicht zu ihm.«

»Dein Onkel hat vorhin noch eine flammende Rede im Bürgerhaus gehalten. Ich habe ein Video gedreht. Er war so überzeugend, dass es mir eine höllische Angst gemacht hat. Der reinste Aufwiegler.« Er stellt eine Pfanne mit einem Klacks Butter auf den Herd. Seine Schultern sind angespannt. »Ich habe extra veganes Sojahack besorgt. Willst du es scharf oder mild angebraten?«

»Schieb dir dein Sojahack dorthin, wo die Sonne niemals scheint«, sage ich automatisch.

Er deutet mit dem Pfannenwender auf mich. »Siehst du?«

»Was sehe ich?«

»Die komplette Veränderung deiner Persönlichkeit. Du machst Türen kaputt, fluchst und beleidigst mich, erträgst kein Tageslicht und siehst plötzlich cool und gefährlich aus. Du bist …«, er senkt seine Stimme zu einem dramatischen Raunen, »… zu einer Kreatur der Nacht geworden.«

»Und du bist ein Arschloch.«

»Wenigstens sauge ich nachts auf dem Heimweg keine Menschen aus.« Das Fett zischt in der Pfanne.

Ich werde stocksteif. »Woher …?«

»Es kam vorhin in den Nachrichten. Man hat einen Mann aus dem Hafenbecken gezogen. Er hatte keinen einzigen Tropfen Blut mehr im Leib.« Er öffnet den Kühlschrank und murmelt: »Hatte ich nicht letztens erst Hackfleisch gekauft?«

»Das war vor mehreren Wochen«, erwidere ich betäubt. »Inzwischen dürfte es Beine bekommen und einfach fortgegangen sein. Zusammen mit seinem Freund, dem vergessenen Blumenkohl.«

»Dann muss ich mich wohl mit dem veganen Mist vergiften.« Mit spitzen Fingern nimmt er ein Päckchen Soja-Hack heraus.

Der Waldschrat war gar nicht bei der Polizei. Er hat im Gegenteil versucht, meine Tat zu verdecken. Er hat mein … mein Opfer zum Hafen geschafft und ins Wasser geworfen. Ich werde vorerst nicht verhaftet. Die Bestie bleibt auf freiem Fuß.

Warum hat er das getan?

Um mich zu erpressen. Er glaubt, ich wäre reich, weil ich mit Nachnamen von Baro heiße.

Stöhnend sacke ich am Türrahmen hinab. »Ich verstehe nicht, wie das alles geschehen konnte. Ich bin doch gar nicht so …«

»So böse?« Lennart pellt mehrere Knoblauchzehen, zerteilt sie und wirft sie in die Pfanne. Seine äußerliche Ruhe ist nur vorgetäuscht, er ist genau so aufgewühlt wie ich. »In dieser Stadt gehen unheimliche Dinge vor, Alter. Ich verstehe die Zusammenhänge noch nicht, aber vielleicht bist du ja ein Teil dieses Plans.«

Draußen wird der kobaltblaue Abendhimmel pechschwarz. Es donnert, Blitze zucken über die Dächer.

Lennart schubst das vegane Hack in der Pfanne hin und her. »Anscheinend bin ich wieder einmal der einzige, der die Wahrheit sieht, obwohl sie direkt vor unseren Nasen ist.«

»Na klar bist du das.« Der Geruch nach Butter, Knoblauch und Gewürzen erfüllt die Küche. »Und wie sieht diese Wahrheit aus?«

»Entscheide dich endlich, die rote Pille zu nehmen und abonnier meinen Kanal, Alter. Es ist ein Unding, dass du das nicht längst schon getan hast.«

»Welche rote Pille?«, frage ich dümmlich, dann fällt es mir wieder ein. »Ah, *Matrix!* Die blaue Pille gaukelt dir eine heile Welt vor, die rote Pille zeigt dir die brutale Realität.«

»Mit der Konsequenz, dass dein Leben nie wieder so sein wird, wie es war«, ergänzt Lennart. »Die *Allianz* ist gefährlich. Sie will die

Macht über ganz Steenport haben, und das ist erst der Anfang. Du wirst schon sehen. Mit ihren Aufwiegeleien bringen sie die Menschen dazu, sich gegenseitig zu bekämpfen. So müssen sie sich nicht selbst die Finger schmutzig machen.«

Er erschauert. Ich sehe, wie sich sein Puls beschleunigt, höre seinen wummernden Herzschlag.

»Das ist bloß ein Haufen Spinner, denen ein paar andere Spinner hinterherrennen«, sage ich und hole einen Teller, ein Glas und Besteck aus den Schränken. Ordentlich arrangiere ich alles auf dem Tisch und stelle sogar einen Becher Erdbeerjoghurt als Nachtisch dazu. Nur weil ich neuerdings Menschen aussauge, bedeutet das noch lange nicht, dass ich anderen nicht ihr Essen gönne.

Ob Lennarts Blut wohl nach Tomatensauce schmeckt?

Ich hämmere mir gegen den Kopf, um den Gedanken zu vertreiben.

»Dein Onkel ist einer dieser *Spinner*. Er weiß genau, was er tut. Ich habe sein dämonisches Lächeln gesehen.« Lennart schaut gebannt zu, wie das sprudelnde Nudelwasser auf die Herdplatte spritzt. »Erinnerst du dich an dieses Gefängnisexperiment aus den Achtzigerjahren?«

»Das *Stanford-Prison*-Experiment. Klar, und?«

»Was ist damals passiert?«

»Man hat Studenten für dieses Experiment in zwei Gruppen aufgeteilt: Gefängniswärter und Gefangene. Die Gefangenen bekamen Nummern und mussten auf ihre Grundrechte verzichten. Die Wärter bestimmten die Regeln und durften alle nötigen Maßnahmen ergreifen, um für Ruhe und Ordnung zu sorgen.« Ich muss kurz nachdenken. »Das Experiment musste vorzeitig abgebrochen werden, weil die Situation eskalierte und ein paar Gefangene zusammenbrachen. Die Wärter hatten ihre Macht missbraucht.«

»Genau das Gleiche plant die *Allianz*.« Er kippt die Nudelsauce in die Pfanne. Rote Tropfen spritzen umher. Einer landet auf meiner Wange, angeekelt wische ich ihn ab. Lennart fährt fort: »Sie will die eine Hälfte der Bevölkerung dazu benutzen, die andere Hälfte zu kontrollieren und zu drangsalieren.«

»Was für ein Unsinn!«

»Ach ja? Die *Allianz* macht gezielt Stimmung gegen all jene, die in den Augen der anständigen Bürger nutzlos oder sogar schädlich sind. Drogendealer, Penner, Herumtreiber und Künstler, Arbeitslose und Frauen, die keine Kinder in die Welt setzen wollen, Schulschwänzer und Randalierer und Unruhestifter. Leute wie mich.«

»Das klingt total bescheuert. Was hat die *Allianz* davon?«

»Ganz einfach: Niemand würde sich mehr darum scheren, was mit diesen unbeliebten Leuten geschieht. Falls doch, landet man selbst ganz schnell auf der falschen Seite und ist weg vom Fenster. Wie damals in der Schule: Entweder gehörst du zu den Gemobbten oder zu den Mobbern.«

»Ich verstehe nicht, wozu das gut sein soll.«

»Ich auch nicht. Noch nicht. Aber es ist offensichtlich, dass die *Allianz* die Gesellschaft in zwei Hälften spalten will: in willige Mitläufer, die nicht merken, dass sie manipuliert und benutzt werden, und … die anderen.«

»Puh«, sage ich, alles andere als überzeugt. »So viel Macht hat die *Allianz* aber nicht.«

»Bist du da sicher? Deine Familie ist unverschämt reich. Sie haben die finanziellen Mittel, die Kontakte und den Einfluss, um die *Allianz* an die Macht zu bringen. Das Ganze ist eine große, gefährliche Verschwörung.«

»Und was bringt diese Verschwörung meiner Familie? Sie haben jetzt schon mehr Geld, als sie ausgeben können, sie mischen bereits überall mit und haben Unternehmen, Beteiligungen, Immobilien. Im Grunde gehört die Stadt ihnen längst.«

»Die Stadt, ja. Aber nicht die Menschen«, erwidert Lennart düster.

Er macht mich wütend. »Noch einmal: Was hätten wir davon?« Zu spät wird mir bewusst, dass ich *wir* gesagt habe.

»Vielleicht ist das der Beginn, die Weltordnung zu verändern.«

»Du hast sie doch nicht alle!«

Ich marschiere ins Bad, wo ich eine sehr lange heiße Dusche nehme. Doch das Wasser kann meine befleckte, schwarze Mörderseele nicht reinwaschen, und auch mein wachsendes Unbehagen klebt wie Pech an meiner Haut.

Beim Abtrocknen spüre ich die harten, ausgeprägten Muskeln unter meiner Haut. Es fühlt sich beeindruckend an, aber kein Waschbrettbauch der Welt ist einen Mord wert. Ich wische den Dunst vom Spiegel, um zum ersten Mal in meinem Leben einem blutrünstigen Killer in die Augen zu schauen. Doch mein Spiegelbild ist verschwommen. Ich sehe nur eine helle ovale Fläche mit zwei dunklen Löchern.

»Und wie soll ich mich jetzt rasieren?«, grolle ich und streiche über mein Kinn. Ich spüre kurze Stoppeln, aber nicht in dem Ausmaß, wie es eigentlich sein sollte. Um genau zu sein, ist mein Bartschatten immer noch genau so lang – oder kurz – wie vor der Beerdigung des Patriarchen, als ich mich zum letzten Mal ordentlich rasiert habe.

Ich hole Lennarts Haarschneidemaschine aus dem Spiegelschränkchen, schalte sie ein und setze sie direkt über dem Ohr an. Entschlossen ziehe ich eine kahle Schneise bis zu meinem Hinterkopf. Dunkles Haar rieselt zu Boden. Mit kurzen, schroffen Bewegungen rasiere ich meinen Kopf kahl. »Nehmt dies, ihr … Wer auch immer.«

Anschließend streiche ich über meinen blanken Schädel. Ich sehe aus wie Jason Statham aus *The Transporter*, nur erheblich sexier. Doch noch während ich das ungewohnte Gefühl glatter Haut genieße, spüre ich an der Handfläche ein Kitzeln. Mein Haar wächst nach. Im Zeitraffer schiebt es sich aus der Kopfhaut, bis es wieder die ursprüngliche Länge erreicht hat.

»Unmöglich«, flüstere ich und zerre an den Strähnen. »Das ist nicht witzig!« Unbeherrscht schleudere ich die Haarschneidemaschine gegen den Spiegel.

»Hör auf, unsere Bude zu zertrümmern!«, ruft Lennart.

Ich ziehe mich hastig an und stürme in die Küche, wo er Tomatensauce über seine Spaghetti gibt.

»Meine Haare!«, fauche ich und reiße an meinem Schopf. »Ich werde den Rest meines Lebens mit diesem messy Look herumrennen, nur weil ich zu geizig war, vor der Beerdigung zum Friseur zu gehen.«

»Den Rest deines sehr, sehr langen Lebens«, fügt Lennart hinzu. »Na, zum Ausgleich hast du ordentlich Muskeln bekommen. Ich bin nicht neidisch, nein, überhaupt nicht.«

Ich spanne meinen Bizeps an und posiere mitten in der Küche. »Sehe ich heiß aus?«

»Mit einer ordentlichen Frisur würdest du heißer …« Er duckt sich. »Wag es ja nicht, mich zu beißen, sonst muss ich dir den Mietvertrag kündigen!«

»Ich beiße nicht«, sage ich mit erhobenen Händen.

»Natürlich nicht. Ich schmecke nämlich nach Knoblauch.« Hastig schaufelt er seine Spaghetti in sich hinein, ohne mich aus den Augen zu lassen. Mit vollem Mund sagt er: »Akzeptiere einfach die Fakten, Dracula.«

»Warum sollte ich? Du tust es doch auch nicht. Du bist ein verfluchter Verschwörungstheoretiker.«

»Verflucht ist hier nur einer von uns beiden. Aber mal im Ernst: Wenn man durch einen Fluch Superkräfte bekommt und so scharf aussieht wie du jetzt, dann wäre ich der Erste, der *Hier! Hier!* schreien würde.«

»Ich würde sofort mit dir tauschen.« Resigniert lasse ich mich zu Boden sinken, lehne mich mit dem Rücken gegen die Spülmaschine und stelle bei der Gelegenheit fest, dass der Boden auch mal wieder geputzt werden müsste. »Da war so ein Kerl von meiner Arbeit …«, beginne ich. »Walker. Sieht aus wie ein Hipster-Holzfäller. Der hat mir heute Nacht geholfen, glaube ich. Hat gesagt, er würde sich kümmern. Um … Um mein Opfer.«

»Oha«, murmelt mein Freund. »Der hat das bestimmt nicht aus reiner Nächstenliebe getan. Hat er schon Schweigegeld gefordert?«

»Er hat etwas von Gesetzen gesagt und dass es nicht gut ist, wenn ich zu lange hungere. Dass ich dann die Kontrolle über mich verliere. Womit er eindeutig richtig liegt.«

»Also kennt er sich aus.«

Ich hebe die Schultern. »Ich glaube nicht, dass er so wie ich ist … Ein … Du weißt schon.«

»Sprich es aus.«

»Ein Vampir«, brumme ich missmutig. »Scheiße, so was gibt es doch nur bei Netflix und in albernen Romanen.«

»Wer behauptet das?« Lennart reckt einen Finger in die Luft. »Natürlich andere Vampire, die nicht entlarvt werden wollen.«

»Ich glaube nicht, dass es noch welche von meiner Sorte gibt.«

»Ich schon. Irgend jemand muss dich zu dem gemacht haben, der du jetzt bist. Punkt zwei: All die Morde in Steenport haben nicht erst mit dir angefangen.«

»Also war ich das vielleicht gar nicht?«, frage ich hoffnungsvoll.

»Erinnerst du dich an diese irren Beißattacken, von denen die Leute auf Facebook berichtet haben? Ich glaube, da hast du noch geübt. Du warst noch nicht hungrig genug.« Er schiebt den leeren Teller von sich. »Auch nicht in jener Nacht, als du in mein Zimmer geschlichen bist und mich so hungrig angestarrt hast, während ich geschlafen habe.«

»Woher willst du das wissen, wenn du geschlafen hast?«

»Ich habe eine Kamera installiert, nur für den Fall, dass der Verfassungsschutz unsere Wohnung stürmt und mich verschleppt.«

»Ich würde dir nie etwas antun«, sage ich kraftlos. »Du bist mein bester Kumpel.«

Er nickt ernst. »Du hast der Versuchung widerstanden, das weiß ich echt zu schätzen. Aber vielleicht ist dein Hunger beim nächsten Mal größer als deine Selbstkontrolle.«

»Ich muss mit Walker reden, er weiß etwas. Und mit Benedict.«

»Dein Cousin?«

»Er war der einzige von der Familie, der auf der Beerdigung mit mir geredet hat. Das ist alles, woran ich mich erinnere.«

Eine Weile schauen wir beide uns stumm an. Schließlich springe ich mit einer fließenden Bewegung auf und verkünde: »Übrigens habe ich ein Date. Am Samstag, mit einer süßen Rothaarigen. Sie ist neu in der Nachtschicht.«

»Du?« Er lüpft seine Brauen. »Du bist überzeugter Single. Du nimmst Gelegenheiten mit, wenn sie sich bieten, aber du datest nicht.«

»Zufällig ist sie mit Benedict befreundet. Sie weiß, in welchen Clubs er sich herumtreibt.«

»Zufällig, ja? Und zufällig hat sie genau dann im Callcenter angefangen, als dein Leben aus den Fugen geriet.« Er leckt die Tomatensauce von der Gabel. »Lass die Finger von der Frau. Höchstwahrscheinlich wurde sie auf dich angesetzt, um dich in eine Falle zu locken.«

»Bullshit.«

Doch mir ist klar, dass mit Agnetha etwas nicht stimmt. Sie hat den Job in der Nachtschicht nicht angetreten, weil sie ihn braucht. Sie weiß über meine Familie Bescheid, sie kennt Benedict.

»Aber was will sie von mir?«, frage ich.

»Finde es heraus. Ist sie wirklich süß?«

»Süß und scharf wie rotes Curry. Ein bisschen verrückt. Schlagfertig, kein Zuckerpüppchen.«

Er grinst. »Du stehst auf sie.«

»Tu ich nicht. Ich möchte sie trotzdem flachlegen.«

Ein warmer Schauer der Erregung rauscht durch mich hindurch. In meiner Jeans wird es enger als je zuvor, in meinem Verstand setzt unerwartet ein überaus lebendiges Kopfkino ein. In allen Einzelheiten stelle ich mir vor, wie meine Lippen über ihre Kehle gleiten, wie ich die Knöpfe ihrer Bluse öffne – trägt sie überhaupt Blusen? –, wie ich mich zu ihrem Brustansatz hinab knabbere, zu ihrem kleinen, harten Nippel … Die Hitze in meinem Unterleib wird fast so unerträglich wie meine Erektion. Ich kann an nichts anderes mehr denken als daran, wie ihr nackter blasser Körper unter mir anfühlen wird, um mich herum. Wie sie mir ins

Ohr keucht, mich aus ihren großen grünen Augen anschaut, während ich sie mit meiner übermenschlichen Lust fülle.

Lennart räuspert sich. »Ich schwöre, Alter, ich kann gerade direkt in deinen Kopf schauen. Und was ich da sehe, ist nicht jugendfrei.« Sein Blick rutscht an mir herab und sofort wieder hinauf zu meinem Gesicht. »Bitte sag nicht, dass du jetzt nicht nur größere Muskeln, sondern auch einen größeren Schwanz bekommen hast.«

»Zu groß?«, frage ich beklommen. Die Vorstellung, dass Agnetha mich entsetzt anschaut und *Nein danke, ich möchte heute nicht von dir gepfählt werden* sagt, behagt mir gar nicht.

»Tja, mir persönlich fehlt die weibliche Expertise, aber man sagt ja, dass die Technik wichtiger ist als die Schwanzgröße. Andernfalls wären Männer wie ich verloren. Ich bin echt gut im Vorspiel.«

Ich bin besser. Der Gedanke kommt aus dem Nichts. *Ich bin der Gott der Verführung. Ich umgarne sie mit meiner Stimme und betäube sie mit meinen Berührungen, bevor ich mit meinem Schwanz, meinen Zähnen in sie eindringe. Sie gehört mir.*

»Scheiße, ich will das nicht!« Ich laufe durch die Küche und reibe mir wild über das Gesicht. »Das ist doch … Sie hat ja gar keine Chance!«

»Hey, sie ist der Feind, schon vergessen?« Lennart stellt sich mir in den Weg. Er legt die Hände auf meine Schultern und schaut mich eindringlich an. »Du kannst jetzt jede Frau haben. Megan Fox. Taylor Swift. Hugh Jackman.«

»Hugh Jackman?«

»In *Wolverine* sah er ganz schön heiß aus.«

»Ich will Hugh Jackman nicht! Ich will … Verdammt, ich will einfach nur normal sein.«

»Wenn du normal wärst, würde eine scharfe Rothaarige dir nicht auf den Fersen sein. Du bist … Du bist vom Teufel gesegnet.« Er tritt zurück, als ihm bewusst wird, wie nah er mir gekommen ist. »Du wirst sie nur vögeln, verstanden? Nicht beißen!«

13

In der U-Bahn lasse ich meinen Blick schweifen. Die Männer schauen sofort weg, die Frauen hingegen mustern mich verträumt. Eine atmet seufzend aus, eine andere leckt sich paralysiert über die Lippen. Sie strecken unbewusst ihre Brüste heraus. Die Temperatur steigt an. Unbehaglich wende ich mich ab. Diese Frauen sehen etwas in mir, das ich nicht bin, das ich gar nicht sein will. Kein Mann möchte auf seinen Schwanz reduziert …

Scheiße, ja, reduziert mich auf meinen Schwanz! Ich bin nämlich erregt. Es fühlt sich anders an als gewohnt, viel stärker, animalischer. Verschlingender. Der Hunger, der jetzt in mir erwacht, ist die pure Gier nach Sex.

Aber diese Frauen kennen mich gar nicht. Meine bloße Gegenwart stellt etwas mit ihnen an, auf das sie keinen Einfluss haben. Sie wissen nicht, dass ich gefährlich bin, aber ich lasse ihnen keine Wahl. Ich wirke auf sie wie ein Magnet. Das ist nicht richtig, es ist manipulativer Drecksmist.

Na und?

Der Gedanke kommt aus dem Nichts. Tief aus meinem Innern. Zwei Worte, die meine neues Ich beschreiben. Aber ich will kein rücksichtsloser *Na und?*-Typ sein.

Hör auf, deine wahre Natur zu verleugnen, höre ich eine spöttische Stimme. *Du bist nicht länger der nette Typ von nebenan. Du bist ein Raubtier, dem niemand gewachsen ist.*

Diese innere Stimme klingt wie meine, nur viel viel ruchloser und dunkler. Doch bevor ich darüber nachdenken kann, wird meine Haltestelle ausgerufen.

Jon registriert mein Zuspätkommen lediglich mit einem Zucken seiner Augenbraue. Bevor ich mich auf meinen Platz niederlasse, sehe ich mich um. Niemand nimmt mich zur Kenntnis. Niemand bis auf Agnetha.

Sie ist hier. Ich sollte überrascht sein, bin es aber nicht. Ich bin nicht einmal sauer. Tief im Innern habe ich geahnt, dass sie eine sture Person ist.

Unsere Blicke kollidieren, haken sich ineinander fest. Die unsichtbare Verbindung, die zwischen uns geknüpft wird, ist eine Kriegserklärung. Denn sie sieht erschreckend entschlossen aus. Ihr Haar hat sie zu einem dicken Zopf zurückgebunden und die Augen katzenförmig umrandet. Die dunklen Schatten der Müdigkeit entgehen mir jedoch ebenso wenig wie ihr hektisches Atmen. Hey, ich mache sie nervös. Das gefällt mir.

Ich bin mir nur nicht sicher, ob es die richtige Art von Nervosität ist.

Ich logge mich gerade ein und will den ersten Anruf entgegennehmen, da sagt der Waldschrat neben mir leise: »Sie wollen mit dir reden. Tiefgarage.« Er deutet mit dem Kopf zur Glastür, wo der tätowierte Kahlkopf – Armand – neben dem kleinen blassen Grufti-Jungen steht. Samael oder Sammy, wenn ich mich richtig erinnere. Der Bursche trägt eine Sonnenbrille, die lächerlich groß an ihm aussieht.

Eine Mischung aus Schrecken und Erleichterung durchflutet mich. Für einen kurzen Moment habe ich mir erlaubt zu glauben, dass ich mir die letzte Nacht nur eingebildet habe. Gleichzeitig hoffe ich auf Antworten.

»Ich heiße übrigens Walker«, sagt der Waldschrat, steht auf und verlässt das Büro. Die beiden anderen werfen mir einen auffordernden Blick zu, bevor sie ihm durch die Glastür folgen.

Ich schaue noch einmal zu Agnetha, ohne zu wissen, warum. Sie ist die einzige Normale in diesem Zirkus voller Freaks. Normaler sogar als ich. Und sie beobachtet mich.

Ich erledige mein Gespräch, heimse einen Score von 98 ein und werde vom Kunden mit 10 von 10 Punkten bewertet. Dann verlasse ich meinen Platz. Jon in seinem aquariumähnlichen Büro tut so, als würde er mich nicht bemerken. Ich habe den Verdacht, dass hier alle außer mir in etwas eingeweiht sind, das mir gar nicht gefällt. Aber da ich jetzt Superkräfte habe, kann mir nichts passieren.

Auf dem Weg zum Aufzug nehme ich Bewegung hinter mir wahr. Jemand folgt mir. Ich drehe mich nicht um. Statt den Aufzug zu nehmen, laufe ich die Treppen hinunter, freue mich über die Kraft in meinen Beinen, nehme drei bis vier Stufen auf einmal, ohne ins Stolpern zu geraten oder auf die Schnauze zu fallen. Ich bewege mich fließend und leise und absolut präzise. Ich liebe mein neues Ich!

Zumindest so lange, bis ich die Tiefgarage erreiche.

Um diese nächtliche Uhrzeit sind die meisten Stellplätze unbesetzt. Unauffällige Wagen mit getönten Scheiben, ein paar liebevoll gepflegte Oldtimer und ein altes Motorrad mit Beiwagen reihen sich an einer Seite auf. Ich verwette einen Monatslohn, dass es sich um die Fahrzeuge der Nachtschicht handelt, denn dort steht Walker neben den beiden anderen Kollegen. Seine Haltung drückt Ehrerbietung aus, die wahrscheinlich nicht mir gilt.

Hinter mir nähern sich dröhnend Schritte auf dem Beton. Ich bin umzingelt.

»Dies ist also der Zeitpunkt, wo der Neue eine saftige Abreibung bekommen soll.« Ich habe keine Angst, obwohl sie in der Überzahl sind. Ich fühle mich unbesiegbar. Damien, der Dunkle Krieger.

»Wir haben nicht vor, dich zu verprügeln.« Samael hat eine

unerwartet tiefe, weiche Stimme, die überhaupt nicht zu seiner schmächtigen Gestalt passt.

»Darfst du um diese Zeit überhaupt allein unterwegs sein, Kleiner? Was sagen deine Eltern dazu?«

»Ich bin volljährig.« Er nimmt die Sonnenbrille ab und kneift die Augen zu. »Seit 152 Jahren.«

Walker hüstelt. »Sam gehört zu den Ältesten unter den Wildlingen.«

»Er ist sogar älter als ich«, sagt eine kratzige Stimme hinter mir. Dort steht der schnauzbärtige alte Mann in seiner Gardeuniform. Er deutet eine Verbeugung an und eine Welle aus Fischgeruch schwappt zu mir herüber. »Caine Cody, ehemals Direktor von *Christmas & Cody*, der zweitsensationellsten Wandershow Europas.«

Als ich nicht reagiere, zieht er die buschigen Brauen zusammen. »Der Name Cody sagt dir nichts? William Frederick Cody, besser bekannt als Buffalo Bill, reiste 1890 mit seiner *Buffalo Bill's Wild West Show* nach Deutschland und trat in München auf. 30 Eisenbahnwaggons, hunderte Indianer, Pferde, Büffel und Soldaten … Kaum jemand erinnert sich heute noch daran.« Caine schließt kurz die Augen. »Meine Mutter saß im Publikum. Sie hat ihre Familie für diesen Mann verlassen.«

Ich ziehe eine Grimasse. »Buffalo Bill ist eine Erfindung von Hollywood.«

»Oh-oh«, höre ich Samael murmeln.

Im gleichen Augenblick springt der alte Mann mich an, packt mich und schleudert mich über die Autodächer hinweg gegen die

Wand. Noch bevor ich zu Boden krache, ist er über mir und reißt mich hoch. Sehr hoch. Knapp unter der Decke nagelt er mich gegen einen Betonpfeiler. Er hat übermenschliche Kräfte, gegen die ich gar nicht erst anzukämpfen versuche. Starr vor Schreck glotze ich ihn an. Seine hageren Züge sind wutverzerrt, seine Augen komplett schwarz. Nicht das kleinste bisschen Weiß ist mehr darin zu sehen. Sein Haar wabert wie schlohweiße Flammen um seinen Schädel.

»CAINE!«, donnert Samaels Stimme durch die Tiefgarage. »Lass ihn los.«

»Der Neue hat meinen Vater beleidigt.« Caines Worte klingen so tief und knurrend, dass sie kaum noch menschlich sind. Dann stößt er ein gereiztes Lachen aus und lässt mich fallen. »Du solltest mal dein Gesicht sehen, Adelssöhnchen.«

Ächzend überprüfe ich, ob er mir Knochen gebrochen hat, aber alles scheint heil zu sein. Der Schmerz verschwindet so schnell, wie er gekommen ist.

»Sei nachsichtig mit ihm, Caine«, sagt der Kahlschädel. »Er gehört zur Netflix-Generation. Alles vor *Tiger King* hat für ihn nie existiert. Ich bin übrigens Armand, aber das weißt du ja schon.«

Ich richte mich auf und klopfe mir den Dreck von der Jeans. »Du hast keinen französischen Akzent.«

»Ist so etwas wie ein Künstlername«, sagt er. Als ich ihn dümmlich anschaue, fügt er hinzu: »Anne Rice? *Interview mit einem Vampir*? Im Film wurde Armand von Antonia Banderas gespielt.«

»Armand liebt diesen Film«, sagt Walker. »Unser Armand, meine ich. Eigentlich heißt er Chris.«

Mein dümmlicher Gesichtsausdruck vertieft sich. »Fuck, ihr seid tatsächlich Freaks«, flüstere ich.

»Wir sind Wildlinge«, korrigiert der bleiche kleine Samael. »Und du bist jetzt einer von uns. Hast du dir schon einen Namen überlegt?«

»Seine Lordschaft hat bereits einen Namen!«, faucht Caine. »Oder soll er sich am Ende womöglich noch Lestat nennen?«

»Also, eigentlich hatte ich den Namen für mich reserviert«, sagt Walker vorsichtig. »Lestat.« Er lässt die Silben über seine Zunge rollen. »Ich finde, der passt richtig gut zu mir.«

Caine schnaubt. »Fozzy Bear wäre meiner Meinung nach passender. Rasier dir endlich dieses grässliche Gezottel um den Mund ab. Da hängt ja noch Frühstücksei drin!«

Walker tastet errötend seinen Bart ab. »Ihr solltet dem Neuen die Gesetze erklären. Er hat gestern Nacht richtig großen Mist gebaut.«

»Wieso wir? Das ist deine Aufgabe, Lakai.«

Walker wird noch röter, sein köstlicher menschlicher Blutgeruch intensiver. Nicht nur meine Nasenflügel blähen sich auf. »Ich mag es nicht, wenn ihr mich so nennt«, brummt er.

»Nichts für ungut, Leute.« Ich räuspere mich. »Aber ich will nicht in eurer Bande mitspielen. Ich habe auch so schon genug Ärger am Hals.«

»Du wirst bald noch mehr Ärger bekommen. Du magst vielleicht einen Namen haben, aber die Gesetze gelten auch für dich. Unsere bedauernswerte Aufgabe ist es, dafür zu sorgen, dass du sie einhältst.«

»Was hat mein Name damit zu tun?«

»Er ist *groß*«, sagt Caine verbittert. »Möglicherweise zu groß für dich. Es steht uns natürlich nicht zu, dir diese Frage zu stellen, aber … Warum wurdest du erweckt? Wer ist dein Meister?«

»Hä?«

Caine seufzt. »Wer hat dir sein Blut gegeben? Und vor allem: warum?«

»Auf die Gefahr hin, mich zu wiederholen: Hä?«

»Liebe Güte, der ist ja noch ahnungsloser, als ich befürchtet habe«, sagt der schmächtige Samael, der angeblich viermal älter als ich sein will.

»Darfst du dich überhaupt schon rasieren, Knirps?«, gebe ich der Form halber zurück.

Er zieht eine Schnute. »Ich würde auch lieber meinem Alter

angemessen aussehen und nicht mit diesem Babykinn herumlaufen. Aber es ist, wie es ist.« Jetzt fällt mir auch auf, dass er nicht atmet. Er tut nicht mal so, als ob. »Hör gut zu, Neuling: Wir hier …«, er deutet auf Caine, auf Armand und auf sich, »wir sind die junge Generation, auch Wildlinge genannt. Über uns stehen die Großen Alten. Dann gibt es noch die Proletarii: das Futter. Blutbeutel. Leute wie Walker beispielsweise.«

»Oh, bitte«, sagt Walker.

»Wobei Walker natürlich auf der Liste steht, sonst wäre er nicht Teil unseres Trupps. Er ist Anwärter. Bis er seine Erweckung erhält, macht er sich nützlich, indem er beispielsweise Botengänge für uns erledigt, Blut spendet oder auf Dummköpfe wie dich aufpasst.«

»Aha«, sage ich, absolut gar nichts kapierend. Unauffällig schiele ich zur Tür. Ich muss an meinen Score denken, der gerade den Bach runtergeht.

»Seine Lordschaft nimmt uns nicht ernst.« Caine bürstet seufzend ein Stäubchen von seinem Uniformärmel. »Er hat sich ja nicht mal gefragt, warum er in die Nachtschicht versetzt wurde, statt gefeuert zu werden.« Er nimmt mich ins Visier. »Wir hatten noch nie jemanden bei uns, der vorher in der Tagschicht war. Eigentlich müsstest du überhaupt nicht arbeiten – erst recht nicht mit uns Wildlingen –, wenn man bedenkt, wer du bist, aber jemand hat Jon kontaktiert und der musste nur deine alte Teamleiterin anrufen. Sie konnte dich nicht schnell genug loswerden.«

»Jemand hat Jon kontaktiert«, wiederhole ich, nur um etwas zu sagen.

»Ja. Es ist alles ein wenig mysteriös. Normalerweise ist es unsere Aufgabe, einen frisch gebackenen Wildling schnellstmöglich in einem geeigneten Job unterzubringen. Wir holen sie sozusagen direkt von der Straße.«

»Von der Straße.«

»Es ist wichtig, ein normales Leben zu führen, um nicht aufzufallen. Nachtschichten sind für unsereins naturgemäß ideal«, sagt

Samael. »Zwei von unseren Mitbewohnern treten in einem Mitternachtskabarett auf. Andere jobben in einem Reinigungstrupp, als Barkeeper oder als Lagermitarbeiter oder sie sind Türsteher. Ich hätte gern vor einem Club gearbeitet, aber angeblich passe ich optisch nicht ins Profil.« Missmutig betrachtet er seine dünnen Ärmchen. »Ich nenne das Bodyshaming.«

»Es ist uns jedoch verboten, als Krankenpfleger, Arzt oder Polizist zu arbeiten«, sagt Caine. »Der Grund dürfte auf der Hand liegen. Ach ja, die Gesetze: Sie gelten für jeden von uns, auch für dich.«

»Du meinst das Strafgesetzbuch«, sage ich. »Ja, das ist mir …«

»Schnickschnack!«, sagt Samael wegwerfend.

»Du hast letzte Nacht gegen das oberste Gesetz verstoßen«, sagt Walker zu mir. »Errege kein Aufsehen.«

»Davon hängt unser aller Überleben ab.« Armand reckt den Zeigefinger. »Wenn allgemein bekannt wird, dass Vampire existieren, können wir uns auf harte Zeiten gefasst machen. Ich sage nur: Pflöcke und Benzinkanister.«

»Diese Gesetze gelten seit dem ersten Unheiligen Konzil«, fügt Samael an. »Sie sind die Bedingung dafür, dass die Großen Alten uns in Ruhe lassen.«

»Wir müssen tun, was sie verlangen, sonst sind wir erledigt«, brummt Caine. »Sie haben die Macht.«

»Aha, und die Großen Alten sind wer?«, frage ich.

»Die wahrhaft mächtigen Vampire«, sagt Armand ehrfürchtig.

»Die Kinder Babylons«, fügt Walker salbungsvoll hinzu.

»Die Clans«, sagt Caine abschätzig. »Deine Familie.«

»Ja. Okay. Gut, dass wir darüber geredet haben.« Ich deute über die Schulter. »Ich müsste dann jetzt mal zurück an meinen Platz …«

»HÖR GEFÄLLIGST ZU!«, donnert der kleine, dürre Samael mit der Stimme eines Kriegsgottes. Putz rieselt von der Decke, der Boden bebt und irgendwo tönt eine Autoalarmanlage los. Ich spüre die Wucht seiner Worte bis ins Knochenmark.

»Wie alt warst du noch mal?«, frage ich überaus höflich. Es spricht für mich, dass ich nicht schreiend davonrenne. Oder es ist ein deutliches Zeichen, dass ich übergeschnappt bin. In meinem jetzigen Gemütszustand würde ich sogar ein rosafarbenes Einhorn achselzuckend zur Kenntnis nehmen.

Samael bedenkt mich mit einem Blick, der einen normalen Menschen in ein Aschehäuflein verwandeln würde. Aber ich bin ja nicht normal. Nicht mehr. Ich bin jetzt offizielles Mitglied der nächtlichen Freak-Show. Hurra.

»Regel Nummer eins«, wiederholt er mit der Geduld eines müden Lehrers. »Errege kein Aufsehen. Verhalte dich so menschlich wie nur irgend möglich. Regel Nummer zwei: Wir ernähren uns ausschließlich von der Blutbank. Es ist uns verboten, uns auf natürliche Weise zu ernähren. Wir jagen nicht.«

»Das gilt natürlich nur für uns Fußvolk«, sagt Caine missmutig. »Nicht für die Großen Alten.«

»Blutbank«, wiederhole ich brav und nicke, als wüsste ich, wovon die Rede ist.

»Ich rate dir dringend, dich schnellstmöglich dort zu bewerben«, sagt Armand. »Diesmal konnte Walker deine Jagd vertuschen, aber auf ein zweites Mal solltest du es nicht ankommen lassen. Für dich gelten die gleichen Regeln wie für uns, wurde uns gesagt. Dein hochtrabender Name spielt keine Rolle.«

»Walker spendet regelmäßig an die Blutbank«, sagt Samael. »Darum steht er auch auf der Anwärterliste.«

»Anwärter für was?«, frage ich.

Armand schaut mich an, als hätte ich etwas selten Dämliches gesagt. »Für den Club der Nackenbeißer«, sagt er mit aufreizendem Lächeln.

»Ah, ich verstehe«, sage ich. »Walker will auch ein Vampir werden. Etwa … freiwillig? Sorry, Walker, aber wie blöd kann man bitte sein? Faktisch bist du dann tot.«

»Quatsch! Es ist nur eine andere Art zu leben«, erwidert Armand. »Es gibt Schlimmeres.«

»Aber er wird nicht fliegen können. Die ganze Fledermaus-Sache ist eine beschissene Lüge.« Ich wedele mit den Armen. »Das Fliegen wäre das einzig Geile an der ganzen Geschichte gewesen. Oder gibt es einen Trick, um sich in Batman zu verwandeln?«

Samael lächelt milde. »Nein, gibt es nicht. Der Fledermaus-Mythos rührt von südamerikanischen Fledermausarten her, die nachts mit ihren Zähnchen die Haut von Kühen aufritzen und ihr Blut auflecken. Mit uns hat das nicht das Geringste zu tun.«

»Nun, die Kinder Babylons, also die großen Alten, können durchaus eine andere Gestalt annehmen«, sagt Caine. »Sie können sich beispielsweise in einen Nachtfalter, einen Wolf oder eine Rauchschliere verwandeln, aber es heißt, dass es eine immense Anstrengung erfordert. Sie tun das nur, wenn sie anschließend trinken können.«

»Du nicht?«

»Nein, ich nicht. Ich bin das, was deine Familie als *hergelaufenen Wald- und Wiesen-Vampir* bezeichnet«, sagt er verbittert. »Unsere Fähigkeiten sind eingeschränkt, und auch unsere Rechte. Wenn wir ein neues Mitglied in unsere illustre Freak-Show aufnehmen wollen, müssen wir einen Antrag beim Rat stellen und auf dessen Genehmigung warten.«

»Ich warte schon seit elf Jahren auf die Erlaubnis, erweckt zu werden«, murrt Walker.

»Elf Jahre sind gar nichts. Lavinia hat 37 Jahre warten müssen.«

»Aber ich stehe gerade in der Blüte meines Lebens! Jetzt wäre für mich der perfekte Zeitpunkt, um den Dunklen Kuss zu empfangen.«

»Es liegt an deinem Bart, Walker. Rasier dieses Gestrüpp um Himmels Willen ab!«

»Der Bart bleibt«, erwidert Walker kategorisch.

»Das ist unhygienisch. Das ganze Blut, das ständig in den Haaren …«

»Lass meinen Schützling in Ruhe, Caine.« Armands Ohrschmuck klingelt leise, als er sich wieder mir zuwendet. »Walker spendet seit elf Jahren regelmäßig seinen Saft für uns in der Blutbank. Ich habe ihn damals als Anwärter angeworben, damit ich dort Mitglied werden kann. Ich selbst bin erst seit der Jahrtausendwende auf der Nachtseite.«

»Welches Jahrtausend?«, frage ich höflich.

»Dieses, du Idiot. In zwei Jahren habe ich mein Vierteljahrhundert-Jubiläum. Ehrlich gesagt hatte ich nie geplant, ewig zu leben, aber es hat seine Vorteile. Du kannst jede Frau flachlegen, egal wie hochnäsig oder berühmt sie ist.« Er zieht eine Grimasse. »Solange du es ohne großes Aufsehen tust. Behalte es also lieber für dich, dass du Ariana Grande gevögelt hast.«

»Ich habe Ariana Grande nicht gevögelt«, sage ich irritiert.

»Aber ich.« Er grinst. »Leider darf ich nicht darüber reden.«

»Ich verstehe«, sage ich so ernst, wie es mir möglich ist. »Darf ich fragen, wie du zu einem … ?» Ich fletsche die Zähne und forme meine Hände zu Klauen.

»Irgend so ein Arsch hat mich auf einer Backstage-Party gebissen. Ich habe zurückgebissen, bevor er mich ganz aussaugen konnte. Ich war total high, weißt du?«, sagt er lässig. »Es war ganz schön eklig, sein Blut zu trinken, aber irgendwie muss ich geahnt haben, dass ich ansonsten tot wäre. Also tot-tot.«

»So etwas ist natürlich gegen das Gesetz«, sagt Caine.

»High sein?«

»Wilder Vampirismus. Ein Mann von der Legion hat Armand zu uns gebracht und sich um den anderen … gekümmert.«

»Was ist die Legion?«, frage ich.

Die Vier tauschen wissende Blicke.

»Bete, dass du sie nie kennenlernen wirst«, sagt Armand düster. »Sie sind nicht nett. Gar nicht nett. Ich hatte Glück, dass dieser Legions-Mann gnädig mit mir war.«

»Er hat es nicht ohne Hintergedanken getan«, merkt Caine düster an. »Eines Tages wird er dir die Quittung für seine Gnade präsentieren.«

»Hat er doch schon.« Armand wirft mir einen strafenden Blick zu.

»Neu-Vampire müssen sehr sorgfältig ausgewählt werden«, sagt Samael. »Wir prüfen sie gründlich auf ihre Eignung, anschließend geben wir eine Empfehlung an den Rat und der trifft die letzte Entscheidung. Das dauert ein wenig.«

»Elf Jahre.« Walker seufzt. »Danach bin ich ein Wildling wie die anderen hier. Alle, die nicht zu einem Clan der Großen Alten gehören, sind Wildlinge. Wald- und Wiesen-Vampire.«

»Ich dachte, Vampirkram wäre cool. Flatternde Umhänge und Orgien bei Kerzenschein«, sagte ich. »Bei euch hört es sich an wie ein Termin beim Grundbuchamt.«

»Wir sind eben nur niederes Fußvolk«, sagt Caine gereizt. Jäh horcht er auf. »Da kommt jemand.«

An meine Ohren dringt ein Geräusch, leise, verstohlen. Jemand schleicht durch den Hausflur zur Tiefgarage. Ich blähe meine Nasenflügel und nehme einen Geruch wahr, der mir nur zu bekannt ist.

»Agnetha«, knurre ich.

»Die Neue?«, fragt Armand. »Hab gleich gewusst, dass mit der etwas nicht stimmt.«

»Wir müssen sie loswerden«, bestätigt Caine.

»Wieso schleicht sie uns überhaupt hinterher?«, fragt Samael. »Weiß sie, was wir sind?«

»Ich glaube, sie ist hinter mir her«, sage ich.

»Aber ich sehe viel besser aus als du«, sagt Armand.

»Nur, wenn man auf Vin Diesel mit Ohrschmuck steht«, gebe ich zurück.

»Wetten, dass ich die Braut vor dir flachlege, eure Lordschaft?«

»Hört auf!«, zischt Samael.

»Du bist nur neidisch, weil die Frauen bei dir höchstens Milcheinschuss bekommen«, entgegnet Armand süffisant.

»Was will sie von dir?«, fragt mich Caine leise.

»Keine Ahnung«, sage ich. »Ich kümmere mich um sie.«

»Tu das, bevor die Legion es tut.«

»Was soll das …?« Meine Frage verhallt in der leeren Tiefgarage.

Die anderen sind verschwunden. Nur noch Walkers leise Schritte sind zu hören, bevor auch sie verhallen.

14

Agnetha

Damien steht mitten in der Tiefgarage unter einer flackernden Neonröhre. Ich bin überzeugt, dass ich Stimmen gehört habe, doch er ist allein. In dem grellen Kunstlicht sieht er düster und bedrohlich aus, ein hoch gewachsener Mann, der mich unverwandt anschaut. Mir war gar nicht bewusst, wie durchtrainiert er tatsächlich ist. Unter dem Shirt zeichnen sich ausgeprägte Muskeln ab, die Jeans umschmeichelt die kräftigen, schlanken Oberschenkel eines Sprinters, der auch mal kräftig zutritt, wenn ihm etwas nicht in den Kram passt. Schlagartig fallen mir sämtliche Warnungen bezüglich verlassener Tiefgaragen mitten in der Nacht ein. Ich sehe mich um; es gibt keine Überwachungskameras.

»Was machst du hier?«, frage ich und ärgere mich über den dünnen Klang meiner Stimme.

»Ich wollte nach meinem Auto schauen, bis mir einfiel, dass ich gar keines habe.« Er hebt das Kinn. »Und du?«

»Ich habe eines. Es ist kaputt.«

»Was machst du dann in der Tiefgarage?«

»Ich habe gesehen, wie ein paar andere Kollegen hier runtergegangen sind«, sage ich, »aber jetzt sind sie weg. Ich dachte, vielleicht findet hier ein inoffizielles Mitarbeitertreffen statt, bei dem ihr über mich lästert.«

»Hier ist niemand außer mir. Du solltest wieder nach oben gehen und dich um deinen Score kümmern.«

Damien sieht nicht verärgert aus, eher verstört. Überfordert. Und dennoch energiegeladen, als würde er jeden Moment vor Kraft bersten. Seit ich ihn vor 24 Stunden das letzte Mal gesehen habe, muss etwas Grundlegendes mit ihm geschehen sein. Seine Haut leuchtet vor Vitalität. Die Adern, Sehnen und Muskeln an seinen Unterarmen und Händen treten scharf hervor. Von ihm geht eine rätselhafte Anziehungskraft aus, wie ein unsichtbares Lasso, das um meine Kehle liegt und mich unerbittlich zu ihm hinzieht. Es wird mir die Kehle abschnüren, wenn ich diesem Sog zu widerstehen versuche.

Egal, ich will mich nicht manipulieren lassen. Angestrengt denke ich an Anzeigensatz, an *ABBA* und die *Allianz*. Ich konzentriere mich darauf, dass alle unschönen Dinge mit A anfangen, dass ich unglücklicherweise Agnetha heiße, doch es fällt mir schwer, meine Gedanken in der Spur zu halten. Viel lieber möchte ich mich Damien an den Hals werfen und »Nimm mich, ich bin dein!« brüllen.

Damien benötigt nur drei Schritte und einen Wimpernschlag, um die Distanz von über zehn Metern zwischen uns zu überwinden.

»Warum bist du hier, Agnetha?« Aus seinem Mund klingt mein Name wie ein Fluch, den man besser nicht dreimal laut aussprechen sollte. So wie bei *Beetlejuice*.

»Ich habe ein Faible für Tiefgaragen-Architektur.«

»Ich meine: Warum arbeitest du im Callcenter? Du willst den Job doch gar nicht.«

»Niemand will arbeiten, Damien. Aber ich mag Schuhe und die gibt es leider nicht umsonst.«

»Schuhe«, wiederholt er.

»Ja, ich stehe dazu, dass ich das Klischee lebe.«

Ich habe das sichere Gefühl, dass wir nicht allein sind, auch wenn ich niemanden sehe oder höre. Ich spüre die Anwesenheit von etwas sehr, sehr Finsterem. Oder ich drehe gerade durch. Schlafmangel soll ja die verrücktesten Dinge mit dem Verstand anstellen.

»Wir sollten von hier verschwinden.« Damien fasst mich am Oberarm und zieht mich mit sich fort, zurück in das Treppenhaus. Er steuert den Fahrstuhl an und ich lasse ihn gewähren, denn ehrlich gesagt, schüchtert er mich gehörig ein.

Er drückt den Knopf neben dem kleinen Schild mit der Aufschrift *Shopping TV – Inbound Sale Operators*. Hinter dem hochtrabenden Namen verbirgt sich das Callcenter.

»Hast du schon mal von einer Legion gehört?«, fragt er beiläufig, während sich die Türen schließen.

»Ist das eine neue Serie? Nein, ich glaube nicht.«

»Die Kinder Babylons? Proletarii?«

»Ich interessiere mich nicht für Geschichte.« In der Kabine ist nicht genug Sauerstoff. Ich starre auf die Anzeige über der Tür, die sich nicht zu bewegen scheint. »*Civis Romanus Sum* – Mehr ist bei mir nicht aus der Schulzeit hängen geblieben. Wieso fragst du ausgerechnet mich? Du hast doch Geschichte stud…« Ich breche ab, doch zu spät.

Er spießt mich mit seinen bodenlosen schwarzen Augen auf, bohrt sich durch meinen Schädel tief in meinen Verstand hinein, bringt Chaos in meine Gedanken. Unbewusst weiche ich vor ihm zurück, bis ich gegen die Wand stoße.

»Du weißt eine ganze Menge über mich, Agnetha.« Die Worte fließen in meinen Gehörgang, sanft und unheilvoll zugleich. »Mehr als gut für dich ist. Du solltest verschwinden, solange du noch die Möglichkeit dazu hast.«

»D-Drohst du mir gerade?« Diese Frage quetsche ich mit aller Kraft aus meiner Kehle. Ich bekomme jetzt wirklich keine Luft mehr. Vor meinen Augen bersten schwarze Punkte. Der Fahrstuhl rattert viel zu laut. Ich habe Angst. Eisige Todesangst, die mein

Herz zusammendrückt. Damiens Gestalt verschwimmt vor meinen Augen, dehnt sich aus, wird größer und breiter und erstickend schwer und droht, mich zu verschlingen.

»Ich gebe dir nur einen gut gemeinten Ratschlag.« Er tritt zurück und jäh kann ich wieder Sauerstoff in meine Lungen pumpen. »Es sieht nicht so aus, als hättest du Freunde in der Nachtschicht.«

»Das ist o-okay«, krächze ich. »Ich b-bin nicht hier, um Freundschaften zu schließen.« Meine Sicht schärft sich und Damien sieht wieder ganz normal aus. Nun, normaler als noch vor wenigen Sekunden. Unheimlich ist er immer noch. Ich frage mich, ob ihm seine Wirkung bewusst ist.

Natürlich. Er hat ja gerade live miterleben können, wie ich, das taffe Supergirl, vor ihm zurückgewichen bin und fast kein Wort mehr herausbekommen habe. Meine Augen müssen groß wie Suppenschüsseln sein.

»Du fällst jetzt aber nicht in Ohnmacht, ja?« Er reibt sich den Nacken, eine Geste, die ihn verletzlich erscheinen lässt.

»Wegen dir? Ganz sicher nicht.«

Der Aufzug stoppt, die Türen öffnen sich. Ich will hinaus auf den Gang treten, doch Damien versperrt mir den Weg.

Jeden anderen Mann hätte ich einfach mit meiner bewährten Waffe, dem spitzen Ellbogen, beiseite gerempelt. Aber etwas sagt mir, dass ich bei Damien damit keinen Erfolg haben werde.

»Ich muss zurück an meinen Platz«, sage ich überhöflich. »Wenn du so freundlich wärst, mich vorbeizulassen.«

Er denkt nicht daran. »Was auch immer dein Plan ist, ich werde es herausfinden, Agnetha. Ich traue dir nicht.«

»Dito«, presse ich zwischen zusammengebissenen Zähnen hervor. Kampflustig erwidere ich seinen Blick, der jetzt nicht mehr ganz so verschlingend ist wie noch zuvor.

Er ist kein Ungeheuer. Nur ein Mann, der mich nicht ausstehen kann und der Spaß daran hat, mich einzuschüchtern. Doch das erklärt nicht, warum es ihm gelungen ist. Und warum ich schnell aus seiner Nähe entkommen will, zugleich aber auch nicht.

Ich rühre mich nicht von der Stelle, lasse mich von einem aufregend gefährlichen Kribbeln erfüllen. Der glimmende silbergraue Kranz um seine große Pupille erinnert mich an die Aura einer Sonnenfinsternis, kurz bevor das letzte Licht ausgelöscht wird. Als würde noch einmal ein Hoffnungsfunken hell aufleuchten, bevor Damien in die ewige Finsternis stürzt.

Ich schüttle den Kopf und der Bann ist gebrochen.

»Unser Date am Samstag wird bestimmt spannend werden«, sagt er, spöttisch das Wort *Date* betonend. »Freust du dich schon, Agnetha?«

Es kommt selten vor, dass mir keine schlagfertige Antwort einfällt, aber Damien hat es geschafft. Ich presse die Lippen zusammen.

Endlich tritt er beiseite.

Beim Hinausgehen streife ich ihn mit dem Arm. Hitze brennt sich durch meine Kleidung und hinterlässt ein prickelndes Gefühl auf der Haut. Ich nehme einen eigenartigen Geruch an ihm wahr, für den ich keinen Namen habe. Fremdartig und erdig und brennend zugleich, mit einer Note von … Ist das Patchouli?

Ich eile zurück ins Großraumbüro, lasse mich auf meinen Platz fallen und senke den Kopf, damit ich Damien nicht anschauen muss. Der gesamte Raum ist von einer angespannten, bedrohlichen Atmosphäre erfüllt, die – da bin ich mir sicher – nur gegen mich gerichtet ist. Der weißhaarige Mann in seiner Zirkusdirektor-Uniform wirft mir einen Blick zu, bei dem mir das Blut in den Adern gefriert. Das meine ich wortwörtlich. Mein Herzschlag stockt und mein Puls erstarrt. Meine Finger schweben über der Tastatur, unfähig sich zu bewegen. Aus den Augenwinkeln nehme ich wahr, dass auch einige andere ihre Köpfe gehoben haben und mich anschauen. Damiens Platz bleibt leer. Ich weiß nicht, warum mir dieser Umstand größere Angst macht als alles andere. Er würde mir nicht helfen. Trotzdem fühle ich mich allein und ausgeliefert wie nie zuvor in meinem Leben. Kalter Schweiß rinnt meinen Rücken hinab. Meine Schläfen werden von einer unsichtbaren Kraft zusammengepresst, Kopfschmerz schwillt zu unerträglicher Qual an. Ich öffne den Mund zu einem hilflosen Schrei, bringe aber keinen Laut heraus. Eine Träne rinnt aus meinem Augenwinkel.

Die Tür zum Callcenter öffnet sich und Damien schlendert herein, ohne mich zu beachten. Er hält inne, schaut in Richtung des alten Mannes. Ein stummer Austausch findet zwischen ihnen statt. Verschwommen sehe ich, wie der alte Mann ein Schulterzucken andeutet.

Schlagartig endet die Pein. Meine Hände krachen auf die Tastatur hinab, ein dumpfes Pochen breitet sich hinter meiner Stirn aus. Alles in mir drängt danach, aufzuspringen und davonzulaufen. Doch meine Muskeln haben beschlossen, mir den Gehorsam zu verweigern. Ich hänge wie eine Lumpenpuppe auf dem Stuhl und zwinge mich, kontrolliert zu atmen, bis mein Herz wieder im normalen Rhythmus schlägt.

Irgendwie stehe ich die weiteren Stunden durch, obwohl ich keinen Anrufer länger als eine Minute in der Leitung halten kann. Meine Worte kommen schwerfällig aus meinem Mund und ergeben keinen Sinn. Die Kunden müssen denken, aus Versehen im Irrenhaus angerufen zu haben und mit einer Patientin zu sprechen. Meine Finger zittern, doch ich bin fest entschlossen, keine Schwäche zu zeigen. Ich bin überzeugt, dass jeder hier spürt, wie gern ich mich heulend unter dem Tisch zusammenrollen möchte.

Eine Viertelstunde vor Feierabend raffe ich meine Sachen zusammen und renne aus dem Callcenter, ohne mich auszuloggen. Erst draußen im Regen gelingt es mir, mich wieder zu sammeln. Ich habe Seitenstiche, weil ich stundenlang flach geatmet habe. Sämtliche Muskeln schmerzen, als wäre ich einen Marathon gelaufen. Das alles wäre nicht so schlimm, wenn ich nicht das grausige Gefühl hätte, dass man mich auseinandergerissen und meine verletzliche Seele herausgezerrt hätte. Ich war einer Bedrohung ausgeliefert, die ich nicht greifen, geschweige denn verstehen kann.

So muss es sich anfühlen, wenn man soeben der Hölle entkommen ist.

Zuhause stürme ich in mein Zimmer hinauf, ohne meinen Vater zu beachten, der aus der Küche irgendwas ruft, in dem das Wort *Frühstück* vorkommt. Der Duft von Kaffee und Spiegelei dreht mir den Magen um.

Ich sollte jetzt auf dem Weg zu meinem anderen Job in der Anzeigenabteilung sein, aber mein Körper bricht auf dem Bett zusammen, noch bevor ich die Jacke ausgezogen habe. Der letzte Rest an Energie fließt aus mir heraus. Ich wälze mich herum und starre zur Decke hinauf. Draußen schleicht sich ein nassgrauer Tag heran, Regenschlieren laufen die Fensterscheibe hinab. Garagentore öffnen und schließen sich quietschend, Fahrzeuge rollen aus Einfahrten, die Müllabfuhr rumpelt durch die Straße.

Meine Mutter klopft an die Tür. »Ist alles in Ordnung mit dir?«

»Ich glaube, ich bekomme eine Grippe«, antworte ich, just als sie eintritt.

»O je, du siehst furchtbar aus.« Meine Mutter trägt eine ihrer Baumwollhosen mit Bügelfalte und dazu eine gestärkte lachsfarbene Bluse. Ihr rotes Haar ist platinblond gefärbt und zu einer ordentlichen Welle geföhnt. »Du warst ja schon wieder die ganze Nacht fort.« Ihre Stimme hebt sich zu einem Trällern. »Ich will ja keine Einzelheiten wissen, aber …Mikes Mutter hat erzählt, dass ihr beide zusammen auf einer Kundgebung wart. Er ist ja politisch sehr interessiert, sagt sie, und dass er sich engagieren will.«

»Das Brüllen von wütenden Parolen ist kein Engagement.«

»Es ist mehr, als du tust, Fräulein Überheblich. Du bist seit fast zwei Jahren wieder hier, langsam solltest du dir Gedanken über deine Zukunft machen. Noch bist du jung und hübsch, aber das wird nicht ewig so bleiben. Mikes Mutter sagt, dass er sehr an dir interessiert ist, also …«

»Hör auf, ihn dir als Schwiegersohn vorzustellen!«, gebe ich zurück.

»Gib ihm wenigstens eine Chance. Er verdient gutes Geld, fährt ein schönes Auto und wird eines Tages …«

»Er wird eines Tages den passenden Deckel finden, der seine Kinder großzieht und seine Socken wäscht. Ich werde es nicht sein. Ich habe nämlich Wichtigeres zu tun.«

»Dein Leben vollends zu ruinieren?«, fragt sie scharf. »Liebes, wenn du jetzt auch noch den Job bei dem *Steenporter Boten* verlierst …«

»Der *Post*«, korrigiere ich automatisch.

»Ich will damit nur sagen, dass du dich zusammenreißen solltest. Du kannst nicht den Rest deines Leben bei deinen Eltern wohnen. Mike ist doch eine gute Partie. Nimm eine Ibuprofen und fahr zur Arbeit.«

»Geht leider nicht. Mein Auto steht mit Motorschaden auf dem Parkplatz der *Steenporter Post.*«

»Tut es nicht. Der Hausmeister hat angerufen, dass dein Wagen abgeschleppt wurde. Er steht jetzt irgendwo am Stadtrand auf dem Gelände einer Abschleppfirma. Sie akzeptieren auch Kartenzahlung.«

»Die Schikane hat begonnen«, murmele ich und drücke das Gesicht ins Kissen. »Dann dürfte die Kündigung auch bald eintrudeln.«

Sie schließt kurz die Augen. »Was hast du jetzt schon wieder angestellt, Agnetha?«

»Keine Sorge, ich habe bereits einen neuen Job.« Und mir graust davor, die nächste Nachtschicht anzutreten.

Meine Mutter schweigt eine Weile, dann sagt sie: »Heute Mittag gibt es Möhreneintopf. Was soll ich Mike sagen, wenn er wieder anr…?«

»Dass er nie wieder anrufen soll.«

Sie geht mit extra lauten Schritten davon.

Ich raffe mich auf, um meine Jacke und meine Stiefel abzuschütteln, nehme meinen Laptop mit ins Bett und klappe ihn auf. Ich bin hundemüde, aber meine Gedanken rotieren unablässig in meinem Kopf. Erst Benedict, jetzt Damien. Die Familie von Baro ist bedrohlicher, als ich es mir je hätte vorstellen können. Dabei hielt ich Damien anfangs für harmlos. Ein bisschen wild und verloren vielleicht, aber nicht annähernd so … so bösartig wie sein Cousin. Meine Menschenkenntnis hat mich vollkommen im Stich gelassen.

Ich denke intensiv darüber nach, die ganze Sache zu vergessen und mich einem völlig anderen Thema zu widmen. Vielleicht sollte ich ein Kochbuch schreiben: *99 Variationen von Nudeln mit Tomatensauce.* Oder ich könnte eine Umschulung zur Hundetrainerin machen. Hunde sind lieb. Für ein Leckerchen schließen sie dich auf ewig in ihr großes Hundeherz.

Seit ich denken kann, wollte ich Journalistin werden. Als Göre habe ich sämtliche Sendungen mit Kinderreportern im Fernsehen inhaliert, ich habe mir jedes Buch über Journalisten aus der Bücherei geholt, das ich finden konnte: Krimis, Sachbücher, Biografien. Während des Studiums habe ich freiberuflich Artikel für Jugendmagazine, Sportblättchen, Lifestylehefte geschrieben, während ich davon träumte, eines Tages für ein Nachrichtenmagazin wie dem *Argus* schmutzige Geheimnisse zutage zu fördern und die Welt zu einem besseren Ort zu machen. Ich wollte eine investigative Journalistin sein, die sich furchtlos in die Abgründe unserer Gesellschaft wagt. Kriminelle, korrupte Politiker, intrigante Richter, skrupellose Unternehmer – niemand, der Böses im Schilde führte, sollte sich sicher fühlen. Journalismus ist mehr als nur Berichterstattung. Journalismus macht Informationen und Geschehnisse öffentlich, die gewisse Menschen lieber verborgen halten möchten.

Meine Gedankengänge führen mich zu Lennart Bosse, Damiens Mitbewohner. Der glaubt bestimmt auch, dass er eine edle Aufgabe erfüllt. Mit dem feinen Unterschied, dass er einen Haufen Fans hat, während kein Hahn nach mir kräht. Ich bin eine gescheiterte Existenz.

Wenn es leicht wäre, dann wäre es die Mühe nicht wert. Denk doch mal nach! Diese Familie versucht dich einzuschüchtern, weil du einer ganz großen Sache auf der Spur bist.

Oder übersehe ich etwas?

Ich rufe Lennarts Youtube-Kanal auf und sehe, dass er ein neues Video hochgeladen hat.

»Leute, speichert dieses Video!«, sagt er zur Einleitung, »denn es wird nicht lange dauern, bis ich eine einstweilige Verfügung bekomme und es wieder löschen muss. Was ich jetzt zu sagen habe, macht mich zur Zielscheibe einer sehr gefährlichen Organisation, die bereits mitten unter uns ist.«

Er trägt eine dunkelblaue Strickmütze und hat violette Schatten unter den Augen, die seiner Botschaft die nötige Eindringlichkeit verleihen. Ich gähne. Verschwörungstheorien interessieren mich nicht; ich hatte bloß gehofft … gedacht, dass Damien durch das Bild laufen würde. Doch hinter Lennart ist nur eine schwarze Wand zu sehen.

»Viele glauben, dass die *Freie Allianz des Nordens* eine unbedeutende Kleinpartei ist, eine Ansammlung besorgter Bürger, die sich nach einer starken Hand sehnen, nach Zucht und Ordnung, nach einem Aufräumtrupp, der in den Straßen patrouilliert und jeden Querkopf fortschafft, der nicht in ihr Bild passt. Mit ihren Parolen stoßen sie bei vielen Leuten auf Belustigung, niemand nimmt sie so richtig ernst. Doch genau das ist der Fehler.« Lennart hebt einen mahnenden Zeigefinger. »Oder sollte ich besser sagen: der Plan?«

Auf dem Bildschirm erscheint ein Video von der gestrigen Versammlung im Bürgerhaus. Allianz-Anhänger schwenken Plakate und recken geballte Fäuste, während Bardolf von Baro – nicht mehr als eine dunkle Gestalt vor der hell erleuchteten, flimmernden Leinwand – gegen die lasche Justiz, gegen das geplante Obdachlosenheim, gegen Jugendliche, die im Einkaufszentrum herumlungern, gegen Frauenparkplätze und Street Art-Künstler und gegen den Bürgermeister wettert. Lennarts Kameralinse muss irgendwie kaputt sein, denn Bardolfs Gestalt ist nur verschwommen erkennbar, wohingegen alles andere gestochen scharf zu sehen ist.

»Weil ich neugierig auf diese Bürgerbewegung war, habe ich gestern eine ihrer Versammlungen besucht«, fährt Lennart fort. »Und was soll ich sagen? Es hat mir Angst eingejagt. Ginge es nach diesen Leuten, würden unsere Schüler ihre Freizeit in speziellen Jugendhäusern verbringen, wo ihnen Disziplin und Gehorsam beigebracht wird. Es soll Charter Schools geben für die Schwererziehbaren. Arme Menschen, unbequeme, unproduktive Menschen, Unruhestifter aller Art sollen in *Resozialisierungscamps*«, er setzt das Wort mit gekrümmten Fingern in unsichtbare Anführungszeichen, »ihren Beitrag für die Gesellschaft leisten. Doch wie sieht dieser Beitrag aus? Strafarbeit im Steinbruch? Oder will man sie einfach nur außer Sichtweite der braven Bürger schaffen? Warum? Wer hat etwas davon, wenn tausende Menschen in Camps und Lager und abgelegenen Häusern weggesperrt werden?«

Die Kamera schwenkt über die skandierende Menge und ich erhasche einen kurzen Blick auf Mike, der fleißig mitbrüllt. Mich selbst sehe ich nicht, also muss ich schon weg gewesen sein. Die aggressive Stimmung hat sich hochgeschaukelt und wirkt sogar auf dem kleinen Laptop-Bildschirm bedrohlich.

»Die *Allianz* hat einen Haufen unzufriedener Menschen um sich geschart, in der Absicht, unsere Gesellschaft zu spalten«, sagt Lennart. »Um sie in nützliche und überflüssige Individuen einzuteilen. Ihr könnt euch denken, wohin sie jemanden wie mich stecken würden.« Er grinst in die Kamera und wird sofort wieder ernst. »Die *Allianz* ist nicht daran interessiert, Steenport schöner, sauberer oder sicherer zu machen. Ihre Absichten sind weitaus dämonischer.« Er senkt die Stimme. »Sie wollen uns unterjochen.«

Ich stöhne. »Geht es nicht noch eine Nummer größer?«, brumme ich und schalte das Video aus.

Doch das Echo seiner Worte verfolgt mich bis in einen unruhigen Schlaf.

15

Damien

Na gut, vielleicht habe ich ihr im Fahrstuhl ein klitzekleines bisschen Angst eingejagt.

Ich kann nicht mal sagen, wie ich das gemacht habe. In mir pulsiert eine berauschende Macht, die ich mit meinen Gedanken steuern kann, etwa so wie man Laserstrahlen bündelt, um sie gegen eine Person zu richten. Nur dass man nichts sieht. Aber ich fühle es. Es durchdringt Kleidung und Haut und packt den freien Willen der Person an der Kehle, lähmt sie, nimmt ihr jede Möglichkeit zur Gegenwehr und löst Todespanik in ihrem Gehirn aus. Ich hätte Agnetha in die Knie zwingen, hätte ihr Herz anhalten können, ohne sie berühren zu müssen. Es ist unfair, es ist grausam, es ist … wie der magische Kuss einer dunklen Göttin. Es ist erotisch und höllisch dominant.

Und es macht mir eine Scheißangst.

Dumpfer Kopfschmerz pocht gegen meine Schläfen. Ich darf ihr nicht mehr zu nahe kommen. Mit ihrer provokanten Art lockt sie mich zielsicher aus der Reserve. Was ist, wenn ich die Kontrolle über diese unheimliche Kraft verliere? Niemand kann sagen, wozu ich fähig bin, immerhin habe ich schon ein Menschenleben auf dem Gewissen.

Ich will das nicht, verflucht! Ich will auch nicht ständig in verfickten, verdammten Fuck-Flüchen denken! Ich will einfach nur ich sein und eine scharfe Veggie-Pizza mit extra Knoblauch verschlingen.

Ich brauche ein, zwei oder drei Augenblicke für mich, bevor ich ihr zurück ins Callcenter folgen kann. Ich fürchte mich davor, erneute Angst in ihren Augen aufflackern zu sehen. Die bissige Agnetha mit dem erhobenen Kinn ist mir tausendmal lieber.

Daher gebe ich mich betont lässig, als ich die Glastür zum Center öffne. Doch sofort spüre ich die erstickenden, schwarzen Wellen der Bosheit, die von allen Seiten auf Agnetha einstürzen. Die Deckenlichter flackern. Natürlich, ich bin nicht der einzige, der über komische dunkle Kräfte verfügt. Caine und Samael und Armand sind damit viel vertrauter. Und wer weiß, was die anderen drauf haben? Sie sind alle Freaks.

Agnetha kann kaum atmen. Ihre Wangen sind bleich, ihr Blick flirrt unruhig umher. Walker hebt den Kopf, er schluckt sichtbar, dann kümmert er sich wieder um seinen Kram. Trotz seiner bärenhaften Gestalt wirkt er wie ein unterwürfiger Lakai.

Sie hat keine Chance.

Wut erfasst mich, ich nehme Caine ins Visier. Deutlich spüre ich den Druck, der von mir ausgeht und die Atmosphäre um ihn herum zusammenschnürt. Sein Schnurrbart zittert. Ich rechne mit Widerstand, mit einem Wettstreit unserer Kräfte.

Caine seufzt. Seine Schultern sinken um eine Winzigkeit herab. Sämtliche Anspannung im Raum löst sich in Nichts auf, die Schwere hebt sich fort und der bittere Geschmack auf meiner Zunge verschwindet.

Ich nehme meine Arbeit auf, jage meinem Score hinterher und hole ihn mühelos ein, spiele mit der Macht meiner Stimme und setze sie subtil, aber gezielt ein. Mit jedem Tag, jeder Stunde werde ich besser. Keine Ahnung, ob das zum normalen Repertoire eines Vampirs gehört.

Ich jedenfalls fühle mich nicht wirklich großartig. Stark und gefährlich, ja. Aber so richtig geil ist das nicht. Ich komme mir vor wie ein Wahnsinniger, der mit einer Panzerfaust auf einen fiepsenden Hamster anlegt.

Nicht, dass Agnetha auch nur die geringste Ähnlichkeit mit einem Hamster hätte. Eher ein … Eichhörnchen? Eine Füchsin?

Ich habe gerade beschlossen, mit ihr zu reden, mich … Ich weiß nicht … mich zu entschuldigen, da hastet sie schon aus dem Callcenter. Es ist noch eine Viertelstunde bis zum Feierabend.

»Sie hat länger durchgehalten, als ich dachte«, sagt Walker leise. »Wir werden sie nicht wiedersehen.«

Ich nicke, meine Laune sinkt noch tiefer.

An der Garderobe streife ich meinen schurkischen Mantel über und setze nach kurzem Zögern die Sonnenbrille auf, obwohl es draußen stockduster ist. Wie schnell man sich doch an manche Dinge gewöhnt.

Die sonnig-heißen, trägen Nachmittage am Wasser mit meinen Kumpels werden mir fehlen. Ein eiskaltes Bier aus der Kühlbox, ein mariniertes Blumenkohlsteak vom mitgebrachten Grill, stundenlange Gespräche über die vermurkste letzte Staffel von *Game of Thrones*, über Motorräder, die wir unbedingt mal fahren wollen … Bittere Wehmut überrollt mich.

»Was dagegen, wenn ich dich begleite?« Armand neben mir zieht sich eine lange dunkelrote Samtjacke mit Brokatstickerei über und setzt eine Basecap auf. In Kombination mit seiner engen Lederhose und den Stiefeln sieht sein Outfit zwar exzentrisch, aber gleichzeitig auch rockstarmäßig aus. Es würde mich nicht wundern, wenn er ein wildes Leben führt … geführt hat.

»Du sollst aufpassen, dass ich niemanden beiße, richtig?«, sage ich.

»Fürs Erste müsstest du satt sein. Aber bald wird dich die

nächste Heißhungerattacke überwältigen, wenn wir dich bis dahin nicht bei der Blutbank untergebracht haben.«

»Wo ist diese Blutbank?«

»Kannst ja versuchen, es zu googeln.« Lachend setzt er seine eigene Sonnenbrille auf, ein Retro-Modell von *Ray Ban* mit verspiegelten Gläsern. »Wenn die Neue morgen wider Erwarten doch wieder auftauchen sollte, gehört sie mir, verstanden? Ich stehe auf ihre Sommersprossen.«

»Aber sie steht nicht auf Glatzköpfe.« Das hoffe ich zumindest. »Ich würde zu gern miterleben, wie du zu ihr sagst: *Hey, Süße, du gehörst jetzt mir* – und sie dir eine scheuert.«

Caine, der seinen Zirkusdirektor-Mantel von der Garderobe pflückt, hüstelt.

»Das wird nicht passieren.« Armand klopft sich gegen die Brust und eine fischige Duftnote löst sich aus seiner Kleidung. »Weil wir die dunklen Herrscher der Nacht sind, mein Freund. Die Kleine ist zuckersüß, aber sie ist nur ein Mensch.«

»Herrscher der Nacht!« Schnaubend stopft Caine eine Flasche *Speed Demon* in eine ranzige Aktentasche. »Wir sind die zweite Liga und das werden wir auf ewig bleiben. Dafür werden die Großen Alten schon sorgen. Wir müssen dankbar sein, dass sie uns die Blutbank gestatten.« Er trottet zum Ausgang, wo er seine Chipkarte an das Lesegerät hält.

»Achte auf deine Worte!«, ruft ihm Armand hinterher.

Ohne sich umzudrehen, reckt Caine den Mittelfinger und trottet von dannen.

»Seine Laune wird in letzter Zeit immer explosiver«, brummt Armand. Dann strahlt er mich an. »Komm, ich bringe dich zur Blutbank.«

»Gibt es dort wirklich Blut?«, frage ich, während wir das Gebäude verlassen

»Nein, Grünkohl-Smoothies.«

Okay, das war eine blöde Frage. »*Speed Demon*, ja?«

»*Speed Demon*«, bestätigt er. »Eine Mischung aus natürlichem

Blut und künstlichen Bestandteilen wie Plasma, molekularen Sauerstoffträgern, angereichert mit Mineralien und Vitamine für einen strahlenden Teint und natürlich mit Geschmackszusätzen oder auf Wunsch einem Schuss Alkohol.«

»Du veräppelst mich.«

»Nope. Früher musste man einen Besoffenen anzapfen, um ein bisschen Party machen zu können. Heute rufst du in der Blutbank an und sagst: *Hey, mixt mir doch mal einen 69er Chateau Reibach rein*, und schon ist die Nacht nur noch halb so dunkel. Sie haben sogar einen Lieferservice.«

»Natürlich. Wer geht schon gern tagsüber vor die Tür?«

»Du könntest es wahrscheinlich tun. Du bist nicht wie wir.«

»Aber es tut weh.«

Er krempelt einen Ärmel hoch und zeigt mir eine breitflächige Narbe auf seiner Haut. »Sieht es bei dir genauso aus, wenn du dich UV-Strahlung aussetzt?«

»Autsch«, murmele ich.

»Es würde mich nicht wundern, wenn Tageslicht dir gar nichts anhaben kann, aber du wirst es trainieren müssen. Nach ein paar Wochen kannst du dich an bewölkten Tagen wieder unter die Normalos mischen. Und irgendwann macht dir auch gleißendes Sonnenlicht nichts mehr aus.«

»Aber ich dachte …«

»Bei mir wird es genau umgekehrt sein. Je älter ein Vampir wird, desto empfindlicher reagiert er auf Tageslicht. Wir werden zu wahrhaften Geschöpfen der Nacht. Aber du … Für dich gelten andere Regeln. Du Glücklicher.«

Aus dem Regen ist ein stattlicher Wolkenbruch geworden. Wir laufen im Schutz der Vordächer an den Hauswänden entlang in Richtung U-Bahn-Station. Unrat wird durch die Rinnsteine gespült, die Lichter spiegeln sich auf dem Asphalt. Noch ist vom Tagesanbruch nichts zu sehen, dicke Wolken verhängen den Himmel. In einer Bäckerei brennt bereits Licht und der Duft von frisch gebackenem Brot kitzelt meine Nase.

»Was gäbe ich jetzt für ein warmes Schokobrötchen mit Quarkfüllung«, sage ich sehnsüchtig.

Armand nickt versonnen. »Früher war ich verrückt nach dem saftigen Möhrenbrot von meiner Mutter. Es hatte eine unglaublich leckere Knusperkruste. Dazu gab es Käse und Bacon und Butter, die auf dem Brot schmolz.«

»Wo sind deine Eltern jetzt?«

»Tot«, sagt Armand nach einer langen Pause. »Ich schwöre, ich wollte das nicht. Es war ein Unfall.« Er zupft an den bestickten Manschetten seiner Jacke herum, die teilweise vom Regen durchweicht ist. »Gleich zu Beginn hat Caine mir erklärt, dass ich nie wieder zurück nach Hause dürfte, zu meiner Familie. Dass ich nicht mehr in die Welt der Menschen gehöre. Also habe ich brav *Speed Demon* getrunken – bis ich es vor Sehnsucht nach meinem alten Leben nicht mehr ausgehalten habe. Ich bin aus Steenport abgehauen, habe mich eine Weile versteckt gehalten, damit die Legion mich nicht aufspürt. Eines Nachts erreichte ich das Kaff, in dem ich aufgewachsen bin. Ich war so unglaublich hungrig, weil ich mich unterwegs nicht getraut hatte, jemanden anzuzapfen. Ich hab's mit Schafsblut versucht.« Er zieht eine angeekelte Grimasse. »Schmeckt wie ungewaschene Füße. Tja, und dann stand ich vor der Tür meines Elternhaus. Danach … habe ich Mist gebaut.« Armand zieht die Schultern hoch und richtet den Blick zu Boden. »Ich kann mich nicht an Details erinnern, aber ich habe ein Massaker angerichtet. Das war vor neunzehn Jahren, aber ich werde es niemals vergessen.«

Wie furchtbar muss es sein, wenn man in seiner hungrigen Raserei diejenigen tötet, die man liebt?

Unbehagen hängt zwischen uns, während wir eine Weile stumm durch die regennassen Straßen gehen. Wahrscheinlich ist es kalt, doch ich spüre nichts. Die Tropfen in meinem Gesicht stören mich nicht, der Wind, der an meinem Haar zerrt, vergeudet seine Kraft.

Ich möchte kein mordendes Monster sein, das in seiner Gier über Menschen herfällt, die ihm am Herzen liegen. Meinen Freund Lennart beispielsweise. Oder …

Ich darf Agnetha nicht einmal in meinen Gedanken an mich heranlassen. Ich muss sie unbedingt aus meinem Kopf bekommen. Es wäre für alle am besten, wenn sie Steenport verlässt und nie mehr zurückkehrt. Auch wenn ich mich dann den Rest meines langen, langen Lebens mit der Frage quälen werde, ob ihre Haut sich so weich anfühlt, wie sie aussieht. Wie ihre Lippen schmecken, wenn ich sie küssen würde.

Das wird niemals geschehen.

Wahrscheinlich bastelt sie gerade an einer Puppe, die verblüffende Ähnlichkeit mit mir hat, um sie dann in die Mikrowelle zu stecken und die Garfunktion einzuschalten.

»Das Schlimmste an der ganzen Sache ist«, fährt Armand mit gesenktem Kopf fort, »dass es wieder geschehen könnte. Wir haben diesen unmenschlichen, übermächtigen Trieb in uns, der uns vergessen lässt, wer wir als Menschen waren. Unser Hunger ist mächtiger als alles andere. Als ich damals neben den Leichen meiner Eltern wieder zu mir gekommen bin, habe ich versucht, mir etwas anzutun.« Er lacht freudlos. »Was sich als ziemlich schwierig herausstellte. Caine und Samael haben mich gefunden, mich zurück nach Steenport geschleppt und mir den Kopf zurechtgerückt. Jetzt bin ich Walkers Mentor. Das ist für mich Grund genug, mich zusammenzureißen. Walker ist in Ordnung.«

»Würdest du …?«, setze ich an.

»Ob ich es wieder tun würde? Oh ja, definitiv. Sperr mich in einer Gruft ein und lass mich ein paar Wochen hungern, und ich würde anschließend ohne zu zögern über meine eigenen Kinder herfallen.« Er räuspert sich. »Es ist nun mal so: Wir sind Monster.«

»Monster mit einem schlechten Gewissen«, ergänze ich.

Armand nickt. »Wir jungen Vampire haben noch einen menschlichen Teil in uns. Aber dieser Teil verschwindet nach und nach, deswegen versuchen wir, so lange wie möglich daran festzuhalten. Das ist wichtig.«

Um mein Gewissen mache ich mir keine Sorgen, denn das hält mich ununterbrochen wach. Diese Monster-Sache, die ich nicht im Griff habe, beschäftigt mich umso mehr. »Dann zählt Samael also zu den alten Vampiren.«

»Der Bengel hat noch keine 150 Jahre auf dem Buckel. Die Großen Alten sind wirklich sehr, sehr alt.«

Erst jetzt wird mir richtig bewusst, in welcher Misere ich stecke. Die Vorstellung, äußerlich immer gleich zu bleiben, während ich mich innerlich in eine übermenschliche Killerbestie mit spitzen Zähnen verwandle, ist alles andere als angenehm. Ich glaube nicht, dass ich mich dann noch gern im Spiegel anschauen möchte.

»Darum kann ein Vampir sein Spiegelbild nicht sehen«, murmele ich. »Wie praktisch.«

»Es ist nur verschwommen, aber unsichtbar sind wir nicht. Mit Fotos oder Videos ist es das Gleiche. Unsere Gesichter sehen darauf immer unscharf aus. Wirklich schade, auf Tiktok könnte ich viral gehen.«

»Was hast du gemacht, bevor du … Na ja, bevor du Callcenter Agent wurdest?«

Ein schöner Euphemismus für einen Blutsauger: Callcenter Agent.

»Ich war Sänger und Gitarrist in einer Band. *The Wasteland Warblers.* Vielleicht kennst du unser letztes Album.«

Ich betrachte ihn. Mit den Tattoos, dem ganzen Metallschmuck und seinem auffälligen Outfit könnte er definitiv der Frontmann einer Rockband sein, auf deren Konzerten die Frauen ihre Höschen auf die Bühne schleudern. Drogen, Orgien und Skandale. Ja, das passt zu Armand.

»Wow, du bist es wirklich!«, rufe ich übertrieben enthusiastisch. »Mann, das ist ja …! Ich kann es nicht fassen, dich …« Ich zucke die Schultern. »Sorry, hab nie von euch gehört.«

Er grinst. »Dachte ich mir. Wir haben nur aus einen einzigen Grund eine Band gegründet: um an die Mädchen ranzukommen. Unser letztes Album war ein Flop. Power Metal war damals schon nicht mehr angesagt. Im Grunde habe ich Glück gehabt.«

»Ach ja?«

»Yup. Ich bin am Höhepunkt meines Daseins erweckt worden … Na ja, ich habe mich selbst erweckt, wenn man ehrlich sein will. Der Typ, der mich gebissen hat, wusste nicht, dass ich mir alles Mögliche eingeworfen hatte und total breit war. Also war auch er anschließend breit. Sonst hätte ich im Leben nicht von seinem Blut trinken können. Ein Mensch hat normalerweise nicht die geringste Chance gegen einen Vampir.«

Wir laufen zur U-Bahn-Station hinab. Der Bahnsteig ist leer bis auf eine Katze, die bei unserem Anblick erstarrt. Sie macht einen Buckel, faucht und springt auf die Gleise, wo sie ins Dunkel rennt.

»Noch so eine blöde Sache«, sagt Armand. »Tiere mögen uns nicht. Falls du also darüber nachdenkst, dir einen Hund anzuschaffen – vergiss es. Na ja, zum Ausgleich kannst du so viele Frauen haben, wie du willst. Du bist jetzt ein Sexgott.«

Wir steigen in die Bahn und nach sechs Stationen am Vergnügungsviertel wieder aus. Die letzten Nachtschwärmer trotten nach Hause oder halten sich kotzend an Hauswänden fest. Außenbeleuchtungen werden abgeschaltet, Kneipengäste auf die Straße befördert und Eingangstüren verschlossen. Nur einige Rund-um-die-Uhr-Imbisse und die Puffs bleiben geöffnet. Letztere warten auf die Frühschicht-Freier, die der holden Gattin erzählen, dass sie heute eher zur Arbeit müssen. Dönerreste und Zigarettenkippen schwimmen in den Pfützen. Eine Polizeistreife fährt langsam die Meile hinunter und ein paar Gestalten mit Kapuze über dem Kopf verschwinden flink um die nächste Ecke. Armand biegt in eine schmale, schlecht beleuchtete Gasse mit schäbigen Kneipen ab.

»Ich kenne die Gegend. Hier gibt es keine Blutbank«, sage ich. Zur Erklärung schiebe ich hinterher: »Ich war fast jedes Wochenende hier, bevor … Du weißt schon. In den kleinen Kneipen ist das Bier billiger als in den angesagten Clubs. Wenn es hier eine Blutbank gäbe, wäre es mir aufgefallen.«

Armand wirft mir einen mitleidigen Blick zu.

Schweigend laufen wir tiefer in das nasse, vermüllte Labyrinth aus engen Gassen hinein, bis mir dämmert, dass ich meine eigene Stadt doch nicht so gut kenne, wie ich dachte. Die schmutzigen Ziegelfassaden sind mit Kreidezeichen markiert, die Fenster mit schwarzen Stoffen verhüllt, die zerkratzten Türen haben Spione. Hier und da stehen Motorräder mit dem Emblem eines berüchtigten MC ordentlich aufgereiht. Manchmal dringt gedämpfte Musik aus den Häusern, ein Schrei oder Gelächter. Nirgendwo weisen Schilder oder Beleuchtung darauf hin, was hinter diesen Türen geschieht.

»Das sind Flüsterkneipen, nicht wahr?«, flüstere ich und räuspere mich sofort. Dieses Viertel ist fast so legendär wie der Night Market und mindestens genauso gefährlich. In den illegalen Kneipen wird warmes Billigbier und selbst gebrannter Wodka ausgeschenkt, Diebe treffen dort ihre Hehler und Seeleute bieten ihre Schmuggelware an. Manche Kneipen dienen als Treffpunkt für Gangs, heißt es. Wer nicht zur Unterwelt gehört, hält sich von diesem Viertel fern.

Armand steuert auf eine schwarz lackierte Tür mit einer winzigen Klappe in der Mitte zu und stupst sanft mit dem Stiefel dagegen. Das Holz bebt im Rahmen. Die Klappe öffnet sich, ein Auge erscheint.

»Geschlossene Gesellschaft«, sagt jemand. »Zieh Leine.«

»*Damnatio*«, erwidert Armand.

Die Klappe fliegt zu, ein Schlüssel knirscht, die Tür öffnet sich. Lärm, Licht und Nikotingestank dringen heraus.

»Geht es nicht noch theatralischer?«, sage ich, bevor ich Armand in die illegale Kneipe folge. Der alte Damien wäre niemals so blöd gewesen, sich unbewaffnet unter Gesetzlose zu begeben (bewaffnet allerdings auch nicht).

Drinnen ist der Rauch so dicht, dass die Gäste nur schemenhaft zu sehen sind. Von der Decke hängen Glühbirnen in leeren Weinflaschen und verbreiten buntes Licht. Vor der Theke drängen sich Seeleute in Overalls von den Containerschiffen, Rocker in Lederwesten und abgerissene Gestalten. Aus nikotingelben Lautsprechern scheppert passenderweise *Darkness Settles In*. Ölfässer mit Holzplatten dienen als Tische. Männer stecken die Köpfe zusammen, schieben sich gefaltete Geldscheine zu oder drehen skeptisch glitzernden Schmuck in ihren Pranken. Niemand beachtet uns, als wir uns nach hinten durchdrängen und einen nach Urin stinkenden Durchgang betreten, der von einer flackernden Glühlampe nur spärlich beleuchtet wird.

»Das ist aber nicht sehr hygienisch für eine Blutbank«, sage ich.

Armand geht stur den Gang hinunter, vorbei an drei Türen, und stoppt an der vierten, die auf den ersten Blick nicht sehr eindrucksvoll aussieht. Sie hat weder Klinke noch Knauf. Armand schaut nach oben. Unter der Decke ist eine winzige Kamera angebracht. Nichts geschieht. Nur der Uringestank wird intensiver und Regennässe tropft von unseren Klamotten.

»Das ist doch …«, setze ich an, da öffnet sich die Tür. Sie hat einen Stahlkern; das Holz ist nur Tarnung.

Armand packt mich am Ärmel und zieht mich mit sich in totale Dunkelheit. »Bleib bei mir«, zischt er.

Hinter uns kracht die Tür ins Schloss, Licht flammt auf. Wir stehen in einer Art Schleuse; vor uns befindet sich eine weitere Tür und an der Wand daneben ein kleines Display. Armand presst seinen Daumen darauf, wieder warten wir, dann macht es *Klack!* Die Tür ist entriegelt.

Falls ich dahinter ein strahlend helles Labor erwartet habe, so werde ich enttäuscht. Uralte Steinstufen führen unter die Erde. In Nischen brennen kleine Lichter, die unseren Weg beleuchten.

»Ja, es ist etwas umständlich«, sagt Armand. »Aber Sicherheit geht vor.« Er steigt die Stufen hinab. »Um auf die Rothaarige zurückzukommen …«

»Sie heißt Agnetha«, unterbreche ich ihn. »Und ich habe ein Date mit ihr, also vergiss sie.«

Er wirft mir ein Grinsen über die Schulter zu. »Du fackelst nicht lange, was?«

»Es war ihre Idee.« Das stimmt zwar nicht ganz, hört sich aber besser an als: *Ich habe sie mit meinen dunklen Kräften willenlos gemacht.*

»Sie kann dich doch gar nicht leiden, Bruder.«

»Ich sie auch nicht.«

»Dann hast du sicher kein Problem, sie mit mir zu teilen.« Seine Stimme wird von den Steinwänden verschluckt. Am Ende der Treppe liegt ein enger Gang vor uns, der mindestens aus dem Mittelalter stammt. Über uns wölbt sich eine grobe Steindecke. Der Gang gabelt sich nach mehreren Meter, wir biegen nach links ab, dann nach rechts.

»Ich teile nicht mal meine Pizza«, sage ich und versuche, mir meine wachsende Beklemmung nicht anmerken zu lassen. Es war vielleicht nicht die beste Idee, einem Vampir, den ich kaum kenne, in die Unterwelt zu folgen, die ich noch viel weniger kenne.

Armand marschiert unbeirrt vorweg. Er biegt ein weiteres Mal ab und ich habe mich schon entschlossen, umzudrehen, als wir erneut vor einer Tür stehen, eine richtig altertümliche Pforte aus massiven Eichenholzbohlen und mit eisernen Beschlägen. Sie muss tonnenschwer sein – für normale Menschen.

»Bist du bereit?«, fragt er und öffnet die Tür.

16

Agnetha

Erst am Nachmittag quäle ich mich aus dem Bett und tappe unter die Dusche. Als ich zurückkehre und mein Handy checke, finde ich vier verpasste Anrufe von meinem Vorgesetzten in der Anzeigenabteilung. Ich ahne, was er mir mitzuteilen hat. Es interessiert mich nicht einmal, womit sie die fristlose Kündigung begründen. Juristisch werde ich keine Chance haben, das ist mir bewusst.

Dumm nur, dass ich das Geld brauche und mir absolut nicht vorstellen kann, heute Abend wieder im Callcenter zu arbeiten.

Eine weitere Nachricht stammt von Lennart Bosse:

Bist du noch an dem Interview interessiert? Gern heute! Bin den ganzen Tag verfügbar.

Darunter steht seine Adresse. Wenn ich dorthin fahre, werde ich auch Damien begegnen. War da nicht was mit einer Lichtallergie? Auf mich hat er unverschämt gesund gewirkt. Zu gesund, zu kraftstrotzend, zu … einschüchternd.

Ich weiß nicht, ob ich bereit bin, ihm gegenüberzutreten. Ich weiß aber, dass ich es muss. Wer vom Pferd fällt, sollte schnellstmöglich wieder in den Sattel steigen, oder er wird den Rest seines Lebens bei jedem Wiehern zusammenzucken.

Ich ziehe mein Bitchfight-Outfit an: schmal geschnittene Jeans, enges Oberteil, in dem meine Brüste aussehen wie kleine Bomben, dazu meine geliebten Lederstiefel mit dem flachen Absatz, falls ich die Flucht ergreifen muss. Zum Schluss binde ich mir, ohne darüber nachzudenken, ein Halstuch meiner Mutter um. Gleich darauf betrachte ich mich verstört im Spiegel. Ich trage keine geblümten Halstücher. Nasskaltes Wetter ist meiner Meinung nach kein Grund, sich wie seine eigene Mutter auszustaffieren, aber ich habe das unbestimmte Bedürfnis, meine Kehle zu schützen. Hoffentlich nur vor einer Mandelentzündung.

Ich krame meinen Presseausweis heraus, den ich längst hätte erneuern lassen müssen, packe einen Notizblock, meinen Glücks-Kugelschreiber, das Handy und eine angebrochene Tüte mit Gummibären in meine Umhängetasche und probiere vor dem Spiegel diverse professionelle Gesichtsausdrücke, bevor ich mich für die Variante *freundlich, aber knallhart* entscheide.

Um weitere Diskussionen bezüglich meines verpfuschten Lebens zu vermeiden, schleiche ich mich aus dem Haus. Eine anarchistische Stimmung macht sich in mir breit, als ich die verregnete Straße entlang trabe, in der ich aufgewachsen bin. Überall Doppelhaushälften mit ordentlich gepflegten Vorgärten. Hier eine Reihe Nelken, dort ein paar Buxbäumchen, vor dem nächsten Haus eine Schotterfläche mit einem leeren Blumenkübel in der Mitte. Gardinen bewegen sich. Niemand kommt unbemerkt in dieses Viertel hinein oder wieder hinaus.

Der Spielplatz an der Ecke ist von einem Jägerzaun umgeben, die leeren Bänke und Spielgeräte sehen im Regen trostlos aus. Die Schaukeln wurden kürzlich erst abmontiert, weil ein kleiner Kevin zu hoch geschaukelt ist und einen Salto durch die Luft gemacht hat. Jetzt prangen diverse *Achtung!*- und *Benutzung auf eigene Gefahr!*-Schilder am Zaun.

Im Bus versuche ich Lennarts letztes Video aufzurufen, doch es wurde gelöscht, so wie er es prophezeit hat. Wer hätte gedacht, dass die *Allianz* ihn ernst genug nimmt, um ihre Anwälte auf ihn zu hetzen? Er hat sich mit einem Feind angelegt, der weitaus mehr Geld, Macht und Unterstützer besitzt als er selbst. Entweder ist Lennart größenwahnsinnig oder sehr entschlossen, dass er dennoch versucht, es mit ihnen aufzunehmen.

Es kann nicht schaden, Lennart ein wenig auf den Zahn zu fühlen, auch wenn ich seine Meinung bezüglich der *Allianz* nicht teile. Für mich sind sie nur eine Ansammlung von Giftzwergen, die von einem gelangweilten Adligen angestachelt werden. Der letzte Punkt ist das einzig Interessante für mich. Damiens Onkel ist nicht grundlos in der Öffentlichkeit erschienen; er verfolgt einen Plan.

Die Adresse von Lennart Bosse liegt am Rand des Stadtzentrums nicht weit entfernt vom historischen Hafen. Die Gegend ist wie gemacht für WGs mit Studenten und Künstlern sowie für junge Familien, die sich nie ein Eigenheim werden leisten können. Vor den Häusern parken hauptsächlich Lastenräder, E-Bikes und Motorroller. Selbstgemalte Schilder weisen auf Ateliers und ominöse Lädchen in den Hinterhöfen hin. Die Gehwege sind mit selbst gezimmerten Hochbeeten vollgestellt und auf manchen Flachdächern kann ich das Grün von Dachgärten ausmachen. Haus Nummer 17 benötigt dringend einen Anstrich, die Sprossenfenster deuten auf großzügige Altbauwohnungen hin. Ich schaue an der Fassade hinauf. Im dritten Stock sind Jalousien heruntergelassen und die Vorhänge zugezogen.

Die Eingangstür ist nur angelehnt, wie es in dieser Gegend üblich zu sein scheint. Ich kann den Hausflur mit dem altmodischen Schachbrettboden betreten, ohne anklingeln zu müssen. Doch ich zögere. Ich habe Angst davor, Damien wiederzusehen. Und doch wieder nicht. Ein warmes flattriges Kribbeln erwacht in meinem Bauch. Es warnt mich vor schlechten Entscheidungen, die ich dann doch treffen werde.

Doch mein Instinkt sagt mir, dass mehr auf dem Spiel steht als nur mein verwirrtes Herz. Er sagt mir, dass ich einen Fehler begehe.

Dass ich mich umdrehen und weit fort laufen soll, so lange ich noch die Gelegenheit dazu habe. Dass ich auf keinen Fall etwas ins Rollen bringen darf, das sich nicht mehr aufhalten lässt.

Dass ich in Gefahr schwebe.

Ich mache einen Schritt rückwärts, fort von der Haustür. Ich werde mich jetzt auf den Heimweg machen, auf meiner Arbeit anrufen und meinen Vorgesetzten vergeblich anflehen, mich nicht zu feuern. Dann ich werde mich an den Computer setzen und schauen, ob es nicht doch irgendwo ein Stellenangebot für mich gibt, vielleicht bei einem zehnseitigen Käseblatt auf einer Nordseeinsel. Bei einem Haustiermagazin oder einem dieser Schmuddelblättchen, für das ich Interviews führen darf mit dem barbusigen Covergirl: *Vivian, süße 21, träumt von einem starken Mann, der sie auf Händen trägt.*

Jemand poltert lautstark durch das Treppenhaus, die Haustür wird weit aufgerissen.

»Ich habe dich vom Fenster aus gesehen«, sagt Lennart Bosse. Heute trägt er eine grob gestrickte hellblaue Mütze, mit der er wie ein Krabbenfischer aussieht. »Du stehst seit mindestens zehn Minuten im Regen. Bist du die Reporterin, die mich interviewen will?«

Nach kurzem Zögern nicke ich. »Agnetha Valentin. Ich war mir nicht sicher, ob ich hier richtig bin. Ist das die Nummer 17?«

Er dreht sich um und blickt zu der unübersehbar fetten Hausnummer neben der Tür. »Entweder das oder ich wohne seit Jahren im falschen Haus. Ist dir jemand gefolgt?« Er schaut die Straße hinauf und wieder hinunter.

»Wer sollte mir gefolgt sein?«

»Ich habe Feinde. Sie lesen meine E-Mails und hören mein Handy ab.« Skeptisch betrachtet er mich. »Bist du wirklich von der Presse?«

Ich ziehe meinen Ausweis heraus, den er kaum anschaut.

»So was kann man fälschen.«

»Okay, vergessen wir das Ganze«, sage ich und wende mich

erleichtert ab. Wenn ich mich beeile, erwische ich noch den Bus zurück nach Hause.

»Warte!« Lennart rennt mir hinterher und stellt sich mir in den Weg. »Ich muss vorsichtig sein, das verstehst du doch. Lass uns nach oben gehen.« Er wartet meine Erwiderung nicht ab und läuft wieder ins Haus.

Meine Füße sträuben sich und ich erkläre ihnen, dass uns keine Gefahr droht. Lennart wirkt verhältnismäßig normal und mit etwas Glück ist Damien gar nicht da. Ich werde ein harmloses Interview mit einem Youtuber führen und wer weiß, ob nicht doch ein unterhaltsamer Artikel dabei herausspringt, den ich anderen Zeitungen unter einem Pseudonym anbieten kann.

Ich folge Lennart ins Treppenhaus, in dem es nach frisch gebackenem Sauerteigbrot und nach alten Turnschuhen riecht. Das Geländer stammt noch aus der Blütezeit des Bürgertums, die Stufen sind abgewetzt und schmutzig. Die Tür zu seiner Wohnung im dritten Stock ist angelehnt, dahinter ist es dunkel, ein schwerer Duft wabert heraus. Ich schnuppere. Patchouli.

Lennart öffnet die Tür gänzlich und macht eine einladende Geste. »Willkommen in der Finsternis.« Er sagt es als Scherz, aber mein Verstand kreischt entsetzt auf.

Ich sollte dringend über einen Besuch beim Therapeuten nachdenken. Es könnte ja sein, dass ich an einer speziellen Form von Panikattacken leide. Seit dem Rauswurf beim *AKUT* vor zwei Jahren hüpft mein seelisches Gleichgewicht wie ein Gummiball auf und ab.

Entschlossen trete ich über die Schwelle. Am Ende des Flurs lehnt eine kaputte Zimmertür an der Wand. Von dort kommt der betäubende Patchouli-Geruch, dort sehe ich auch das Flackern von Kerzen. Ich höre den gedämpften Ton eines Films. *Twilight*, eindeutig. Ein Mädchenfilm, also gibt es hier offenbar auch eine Frau.

Er schließt die Tür hinter uns, führt mich in die Küche und öffnet eine Jalousie, um Tageslicht hereinzulassen. »Sorry für die

Umstände, mein Mitbewohner hat's nicht so mit UV-Bestrahlung. Wann kommt der Fotograf?«

»Mitbewohner?«, sage ich schrill. »Ist er etwa hier?«

Er runzelt die Stirn. »Er wohnt hier, darum heißt er Mitbewohner. Natürlich ist er hier.«

»Ich dachte … wegen *Twilight* … dass hier eine Frau wäre …«, stammele ich.

»Damien hat gerade eine etwas komische Phase. Kaffee?« Er hält eine Glaskanne unter den Wasserhahn, der mit einem klobigen selbst gebauten Filtern ausgestattet ist. »Ich filtere das Leitungswasser, bevor ich es verwende«, erklärt er auf meinen Blick hin. »Es ist ja kein Geheimnis, dass die Regierung Beruhigungsmittel ins Trinkwasser mischt, um die Bevölkerung unter Kontrolle zu halten. Das machen sie vor allem dann, wenn Gesetzesänderungen, Rentenkürzungen und andere kritische Regierungsentscheidungen anstehen. Sollen wir die Fotos nachher in meinem Studio machen? Da ist die Beleuchtung besser. Ich habe mich extra rasiert.«

»Der, äh, Fotograf verspätet sich. Er hatte noch einen Außentermin beim Verband der Hühnerzüchter und steht im Stau.« Ich lege meinen Notizblock und den Kuli auf den Tisch und setze meinen professionellen Gesichtsausdruck auf.

»Du bist von der *Steenporter Post*, ja?« Ich spüre sein Misstrauen, aber sein Influencer-Ego möchte unbedingt interviewt werden. Er gießt das gefilterte Wasser in eine Kaffeemaschine und schaltet sie ein. »Die Mainstream-Medien werden von der Elite dazu benutzt, um die Menschen zu manipulieren und ihnen das Denken abzugewöhnen.«

»Ich versichere dir, dass ich vollkommen frei und unabhängig berichte.«

»Warum berichtest du dann nicht mal über die neuen Mobilfunkmasten, die unbemerkt überall aufgestellt werden? Die 5G-Strahlung soll die Energie der Mikrochips aufladen, die unbequemen Leuten heimlich unter die Haut gepflanzt wurden.«

»Hast du auch einen Chip?«, frage ich höflich.

»Nope, bin ungeimpft. Milch? Zucker?«

»Milch bitte. Wer ist diese geheimnisvolle Elite?«

»Wenn ich dir das sage, landest du auf der Todesliste.« Er öffnet den Kühlschrank und nimmt einen geöffneten Tetrapak heraus, studiert das Mindesthaltbarkeitsdatum, schnuppert an der Öffnung und murmelt: »Mist, die Milch hat ein eigenes Bewusstsein entwickelt.« Angeekelt trägt er die Packung zum Mülleimer. Ein komplettes Fach im Kühlschrank ist mit kleinen Glasflaschen mit rotem Inhalt gefüllt. Ich habe diese Flaschen schon mal gesehen, auf der Nachtschicht im Callcenter.

»Dieser Energydrink scheint mächtig in Mode zu sein«, sage ich.

Lennart wirft schnell die Kühlschranktür zu. »Sorry, Milch ist leider aus.« Er füllt zwei Tassen mit Kaffee und setzt sich zu mir an den Tisch. »Ich bin bereit für deine Fragen.«

»Also, dein letztes Video über die *Allianz* wurde ja gesperrt …«, beginne ich.

»Ich bin der Wahrheit zu nahe gekommen. Das ist mir in diesem Jahr schon zum dritten Mal passiert. Ich sage dir, die da oben werden allmählich nervös.« Er deutet zur Decke.

»Deine Nachbarn?«

»Die *New World Order*. Die Elite. Die Leute in den Schatten. Wer auch immer. Sie bleiben im Verborgenen, aber sie existieren.« Er seufzt. »Sie haben dafür gesorgt, dass meine neue Rechtsschutzversicherung die Anwaltskosten wegen der einstweiligen Verfügung nicht übernimmt. Angeblich hätte ich vorsätzlich eine Organisation verunglimpft und damit gegen das Gesetz verstoßen.«

Das Ganze ist Zeitverschwendung. »Interessant«, sage ich höflich und kritzle sinnloses Zeug auf meinen Notizblock, während mein Blick umherschweift.

Die Küche ist mit zusammengewürfelten Mobiliar eingerichtet und überraschend ordentlich. Die Männerhaushalte, die ich bisher kennengelernt habe, zeichneten sich vor allem dadurch aus, dass in den Schränken keine einzige saubere Tasse zu finden war und der Mülleimer als Sammelkomposter diente. Hier jedoch wurde sogar die Spüle auf Hochglanz poliert. Eine Schale ist mit getrockneten Salbeiblättern gefüllt und von der Decke hängt ein frischer Knoblauchzopf, der seinen Geruch verbreitet. Auf der Fensterbank stehen drei wunderschöne Miniatur-Segelschiffe aufgereiht, komplett mit winzig kleinen Fässern auf Deck und verschnörkelten Galionsfiguren vorn am Bug. Grabkerzen runden das dekorative Ensemble ab.

»Du baust Modellschiffe?«, frage ich.

»Nein, mein Kumpel Damien. Meine Hände sind nicht ruhig genug für solche Feinarbeit.«

»Ein schönes Hobby«, murmele ich.

»Ach, er hasst die Dinger, aber er kann nicht aufhören, sie zu bauen. Es hat irgendwas mit seinem Vater zu tun.«

Die beiläufigen Worte lösen einen Hitzestoß in mir aus. Ich sehe Damiens schlanke, aber kräftige Finger vor mir, die klitzekleine Teile an winzigen Masten befestigen, höre sogar seine dunkle Stimme …

»Was macht die denn hier?«

Die Stimme ist keine Einbildung. Damien steht in der Küchentür, nur mit einer Jeans bekleidet, das Haar wie üblich zerzaust. Er sieht unfassbar wütend aus. Ich senke eilig den Blick auf seine ausgeprägten Bauchmuskeln. Großer Fehler. Automatisch stelle ich mir vor, wie sie sich anfühlen müssen; so hart und straff und … Die Hitze in meinem Leib nimmt höllische Ausmaße an. Zu allem Überfluss hat er nicht nur Tattoos auf den Unterarmen, sondern auch auf der Brust. Damien ist so schön und verführerisch und verrucht wie ein gefallener Engel.

Eigentlich habe ich für tätowierte Männer nicht viel übrig und ein halb nackter Mann bringt mich normalerweise auch nicht so schnell aus der Fassung. Aber bei Damien kommt zu vieles zusammen und verbündet sich gegen meinen analytischen Verstand: seine elektrisierende, finstere Aura. Der Klang seiner Stimme. Die unterschwellige Androhung von Gefahr, die von ihm ausgeht und, ja … seine Optik. Eine Mischung aus Rebell und Herumtreiber, aus athletischem Verführer und schlecht gelauntem Raubtier. Ich finde keine passende Bezeichnung für ihn. Chamäleon? Täuscher? Bestie?

Hastig trinke ich einen Schluck Kaffee und verbrühe mir den Mund. »Hallo«, sage ich unverbindlich und will mir sofort selbst in den Hintern beißen. *Hallo?*

Sein Körper lässt keine Zweifel, dass er mir – und nicht nur mir, sondern wahrscheinlich auch den meisten Männern, die ich kenne – physisch überlegen ist. Doch etwas an der Art, wie er sich bewegt und dann wieder verharrt, lässt in mir den Verdacht aufkeimen, dass er sich in seiner Haut nicht recht wohl fühlt. Vielleicht ist er schüchtern.

Nein, eindeutig nicht, so wie er mich aus seinen dunklen Augen anfunkelt.

»Gut, dass du hier bist, Alter«, sagt Lennart. »Sie will nämlich auch dir ein paar Fragen stellen.«

Damiens Brauen wandern herab und tauchen seinen Blick in Schatten. »Was zum verfickten Henker ist hier los?«

»Ich habe dir doch von dem Interview mit der *Steenporter Post* erzählt. Das findet jetzt statt.«

»Interview«, wiederholt Damien mit leiser, lauernder Stimme. Druck baut sich hinter meiner Stirn auf und presst meine Gedanken zusammen. »Das Miststück ist Reporterin?«

»Ja, klar.« Lennart blinzelt. »Du kennst sie?«

»Sie ist die Neue in der Nachtschicht. Ich wusste doch, dass mit ihr etwas nicht stimmt.«

Eine unsichtbare Kraft drückt mir die Kehle zu. Mein Verstand reagiert mit sofortiger Panik. Wie *macht* er das? Denn es ist offensichtlich, dass Damien mir das antut. Mein Körper schreit verzweifelt nach Sauerstoff.

In meinem Gesicht muss mein Entsetzen deutlich zu sehen sein, denn Lennart fragt: »Hat sie einen Anfall? Sie sieht irgendwie ganz blau aus.«

Die unsichtbare Schlinge um meinen Hals löst sich abrupt, ich pumpe Luft in meine Lungen.

»Ihr ist wohl eine Lüge im Hals stecken geblieben.« Damien verzieht den Mund. Er sieht enttäuscht aus und nun habe ich ein schlechtes Gewissen.

»Ich hätte sie nicht reinlassen dürfen, nicht wahr?« Lennart wischt sich nervös über die Lippen. »Es kam mir gleich komisch vor, dass eine piefige Lokalzeitung sich plötzlich für mich interessiert.« Er erhebt sich und nimmt mir die Kaffeetasse weg. »Du gehst jetzt besser, Frau Reporterin.«

Ich springe dankbar auf, grabsche meinen Notizblock, lasse ihn fallen, kümmere mich nicht darum, denn jetzt will ich wirklich weg. Leider versperrt Damien mir den Fluchtweg zur Wohnungstür. Auf dem glatten Fliesenboden gerate ich ins Rutschen und kollidiere mit seinem Körper, der so unnachgiebig ist wie ein Fels. Er denkt gar nicht daran, auch nur einen Millimeter zur Seite zu weichen.

»Oh nein, so leicht kommst du mir nicht davon«, sagt er und hält mich an den Armen fest. »Du schuldest mir Antworten.«

»Oder was? Wirst du mich dann auf magische Weise erwürgen? Mein Gehirn zerquetschen oder mich in den Wahnsinn treiben?« Die Worte sprudeln aus mir heraus.

Er zuckt kaum merklich zusammen und lässt mich los. »Fühlt sich das echt so schlimm an?«

Ich nicke verkrampft.

»Wow«, murmelt er und der Druck in meinem Schädel ist fort. Er mustert mich so gründlich, dass es mir unangenehm wird. »Ich habe keine Ahnung, ob es bleibende Schäden hinterlassen kann. Vielleicht erzeugt es … einen Hirntumor oder so. Fuckmist.« Er fährt sich durch sein Haar im vergeblichen Versuch, es halbwegs zu ordnen. »Es löst bei mir Kopfschmerzen aus, aber bestimmt nicht ansatzweise so schlimm wie bei dir.«

»Du beherrschst also eine Art Gedankentrick wie ein Jedi«, sage ich vorsichtig. Das ist natürlich absolut verrückt. Andererseits kann man ja nie wissen, ob es so etwas wie die Macht der Suggestion nicht doch gibt. Im Moment habe ich keine bessere Erklärung.

»Ich habe noch ganz andere Tricks auf Lager, und wenn du mir nicht sagst, welches Spiel du spielst, Agnetha, werde ich sie alle an dir ausprobieren. Einen nach dem anderen.«

Mein Name tropft wie warmer, süßer Honig von seinen Lippen. Noch nie hat *Agnetha* so verheißungsvoll, so geheimnisumwittert, so bedrohlich geklungen wie jetzt. Und überhaupt hat er außerordentlich schöne, volle Lippen. Mein Herzschlag beschleunigt sich zu einem aufgeregten Stakkato und mein Unterleib zieht sich höchst undamenhaft zusammen, weil ich mir vorstelle, wie er seine Hand in meinem Haar vergräbt, meinen Kopf in den Nacken zieht und über meinen Hals leckt.

Ich trete einen Schritt zurück, um den Bann abzuschütteln. »Du bist so gruselig wie dein Cousin Benedict. Ich weiß nicht, wer von euch beiden der gefährlichere ist.«

»Ähm, hallo, ich kann auch gruselig sein«, sagt Lennart hörbar eingeschnappt. »Vor allem, wenn man versucht, über mich an meinen Freund heranzukommen. Ich habe viele mächtige Feinde. Ich bin *gefährlich.*« Er klopft sich auf die Brust, die nicht ganz so beeindruckend ist wie die von Damien. »Denn ich kenne die Wahrheit. Darum bist du doch hier: um die Wahrheit zu erfahren.«

»Ehrlich gesagt bin ich mir nicht mehr so sicher«, sage ich.

»Du bist also ein Feigling.« Damien grinst süffisant. »Eine feige Lügnerin, die ein intrigantes Spielchen mit mir zu spielen versucht. Glaubst du wirklich, dass ich dich gehen lasse?«

17

Damien

Sie starrt mich aus ihren sattgrünen Augen an. »Du kannst mich nicht hier festhalten.«

»Ach nein?« Mein Grinsen wird breiter. »Wer sollte mich abhalten? Deine nicht vorhandenen Bodyguards? *Du?*«

»Dein moralischer Kompass.« Sie wendet den Blick nicht von mir ab.

Ich könnte erwidern, dass ich ein brutaler Mörder bin und noch einiges mehr. Dass rein gar nichts mich davon abhalten kann, zu tun, was ich will. Dass mein neues Ich weder Hemmungen noch Anstand besitzt.

Aber ich schweige.

Ich habe mich nie darum geschert, was andere Leute von mir halten. Das habe ich mir von meinem Vater abgeschaut, der vollkommen anders war als die Väter meiner Schulkameraden. Er lebte ein unkonventionelles Leben, ohne anderen Menschen auf die Füße zu treten. Mit großer Selbstverständlichkeit bezeichnete er sich selbst als Lebenskünstler und lächelte über das Getuschel der Nachbarn. Wir waren nicht arm, lebten aber auch nicht im Überfluss.

Alles war perfekt, meine Eltern die glücklichsten Menschen der Welt. *Wir existieren nicht, um fremde Erwartungen zu erfüllen*, lautete das Motto meines Vaters. *Das gilt auch für die Erwartungen deiner Familie, Damien. Höre immer auf dein Herz.*

Unschlüssig schaue ich auf Agnetha hinunter. Sie ist einen halben Kopf kleiner als ich, aber ihre Kampfeslust macht es doppelt wett. Es schmerzt, dass ich mich von ihr habe täuschen lassen. Es macht mich zornig und der neue Damien möchte sie dafür bezahlen lassen, doppelt und dreifach. Niemand spielt Spielchen mit mir.

»Du hast Lennart benutzt, um an Infos über mich heranzukommen«, sage ich und trete so nahe an sie heran, dass ich höre, wie die Härchen auf ihren Unterarmen knistern. »Warum? Was willst du von mir?«

»Von dir will ich gar nichts.« Die schnippischen Worte verbergen nicht ihre anwachsende Nervosität. Sie weicht nicht vor mir zurück, sie fordert mich heraus. »Ich recherchiere zur *Allianz*.«

Ich versuche, die Lüge herauszuhören, es gelingt mir nicht.

Ich wende mich ab und gehe zum Kühlschrank, um eine Flasche *Speed Demon* herauszunehmen. Dabei meide ich das Quadrat aus trübem Tageslicht, das durch das Fenster auf den Boden geworfen wird. Sie bemerkt es, ihre Brauen ziehen sich zusammen. Es kann nicht mehr lange dauern, bis bei ihr der Groschen fällt. Ob sie die Wahrheit über mich akzeptieren wird, steht auf einem anderen Blatt.

Komisch, dass es mir überhaupt wichtig ist. Schließlich ist sie jetzt meine Feindin.

Statt die Chance zur Flucht zu nutzen, beobachtet sie mich, wie ich meine Hand ausstrecke und in das regengraue Tageslicht halte. Fuckscheißekackmist, es brennt wie die Hölle! Ich beiße die Zähne zusammen und lasse den Schmerz durch mich hindurchfließen, stelle mir vor, wie sich flüssiges Feuer in mir ausbreitet und meine Nervenzellen entzündet. Es tut dermaßen weh, dass ich brüllen möchte. Armand hat mich angelogen!

Doch auf meiner Haut bilden sich keine Brandblasen.

Zischend ziehe ich die Hand zurück und betrachte sie von allen Seiten. »Jetzt schau sich das einer an. Es ist tatsächlich alles nur Einbildung.« Aber eine verdammt reale.

»Polymorphe Lichtdermatose«, sagt Agnetha überraschend, »ist eine Form von Photodermatose.«

Ich wende mich zu ihr um und sie fährt hastig fort: »Ich habe darüber gelesen. Zufällig.«

»Zufällig, ja?«

»Äh, dein Mitbewohner hat seiner Mail erwähnt, dass du eine Lichtallergie hast und ich wollte wissen, ob es das wirklich gibt. Eine normale Lichtdermatose äußert sich durch Rötungen und Juckreiz, tritt meist im Frühling auf und verschwindet wieder im Sommer.«

»Es juckt nicht und es ist auch nicht rot.« Wieder drehe ich meine Hand hin und her. »Meine Großmutter leidet an einer kutanen Porphyrie, aber die ist nicht vererbbar.« Weil sie diese Krankheit gar nicht hat.

»Das ist nur in deinem Kopf, Alter«, sagt Lennart.

»Es tut trotzdem weh.« Ich schraube den Deckel der Flasche ab und nehme einen langen Schluck. Das Zeug wirkt wie Löschwasser, die Qual lässt unmittelbar nach.

In der Blutbank haben sie mir einen Vorrat für einen Monat mitgegeben. Standardmischung ohne Geschmackszusatz. »Normalerweise treten wir nicht in Vorleistung«, hat der Leiter, ein spindeldürrer bleicher Kerl im schwarzen Arztkittel gesagt, als er mir den Karton mit den Fläschchen überreichte. »Aber in Ihrem Fall müssen wir wohl eine Ausnahme machen.«

Was genau er damit meinte, hat er nicht gesagt. Ich habe nicht nachgefragt, denn ich war zu abgelenkt von dem, was sich mir darbot.

Die Blutbank ist ein unterirdischer Laborkomplex mit schwarzen Bodenfliesen und dunkel gestrichenen Wänden – was Sinn macht, wenn man es mit Blut zu tun hat. Das Gleiche gilt für die schwarze Arbeitskleidung der … Nennen wir sie der Einfachheit halber *medizinische Fachkräfte*. Das Vorzimmer wurde von einem Tresen aus Granit dominiert, auf dem mehrere Flachbildschirme standen. Ein Kronleuchter mit künstlichen LED-Kerzen beleuchtete den Raum, an der hinteren Wand hing ein überdimensionales realistisches Gemälde vom Sonnenaufgang über Steenport. In einer Ecke war ein Wartebereich eingerichtet mit gemütlichen Sesseln und einem Tisch, auf dem True Crime-Heftchen und Splatter-Comics lagen. Seitlich sah ich drei weitere Türen, beschriftet mit *Spender* und *Labor* und *Lager*. Das karge, dunkle Ambiente erinnerte an das trendy Vorzimmer eines Schönheitschirurgen, nur dass hinter dem Empfangstresen keine aufwändig operierten Blondinen standen, sondern zwei blasse Gestalten mit pechschwarzen Augen.

Der Leiter der Blutbank nahm uns höchstpersönlich in Empfang und führte uns durch das Labor, wo das abgezapfte Blut mit künstlichem Plasma und Hämoglobin gestreckt und mit Mineralstoffen und anderen Zusätzen aufgepeppt wurde. Es sah so steril aus, wie ein schwarzes Labor nur aussehen kann. Aus einer kleinen Musikanlage dudelte das fröhliche *Vampir* von Castillo.

Stolz präsentierte mir der Leiter den großen, kameraüberwachten Kühlraum mit den Regalreihen, die sich bis ins Nichts zu erstrecken schienen. Dicht an dicht standen dort die *Speed Demon*-Flaschen, jede mit einem speziell für den Empfänger zusammengemischten Inhalt gefüllt und mit einem QR-Code versehen. Die Zahl der Wildlinge in Steenport ist offenkundig weitaus größer, als ich vermutet habe. Die Temperatur betrug vier Grad Celsius. Ich bemühte mich als Einziger, kleine Atemwölkchen zu erzeugen.

»Welche Blutgruppe bevorzugen Sie«, fragte mich der Leiter. »B negativ ist am seltensten und angenehm vollmundig im Abgang. A positiv eignet sich sehr gut für Geschmacksanreicherung. Wir können nahezu alle gewünschten Aromen hinzufügen.«

»Geht auch Veggie-Pizza Diavolo mit extra Knoblauch?«, fragte ich nur so aus Spaß.

»Davon rate ich ab. Knoblauch enthält die Schwefelverbindung Allicin, die normalerweise vom Magen-Darm-Trakt ins Blut wandert«, klärte mich der Leiter auf, ohne eine Miene zu verziehen. »Unser verändertes Verdauungssystem kann Allicin aber nicht mehr verarbeiten, daher reagieren wir auf den Geruch allergisch. Sie wollen keinen Schwefel in Ihrem Blut haben, glauben Sie mir.«

Ich glaubte ihm, auch wenn es schmerzte, sich für immer von Knoblauch-Pizza verabschieden zu müssen.

Der Leiter packte ein Dutzend Flaschen in einen flachen Karton mit der Aufschrift *SPEED DEMON – BOOST YOUR NIGHT* und überreichte ihn mir wie eine Kostbarkeit. »Das sollte für den ersten Monat reichen.«

Zurück im Empfangsbereich, musste ich den Empfang auf einem Pad quittieren, anschließend hielt der Mann mir einen Vortrag, was ich tun müsste, um Mitglied zu werden: Ich habe einen Monat lang Zeit, um einen Spender zu finden, dem man regelmäßig Blut abzapfen kann. Es muss nicht zwingend ein Freiwilliger sein, solange die Diskretion gewahrt bleibt. Genau so hat er es ausgedrückt.

Nun stehen diese Flaschen in unserem Kühlschrank, und ich muss sagen, das Zeug schmeckt nach … absolut gar nichts. Außerdem ist es kalt.

Armand hat mir geraten, es vor dem Verzehr auf Zimmertemperatur zu bringen, damit es seinen vollen Geschmack entfalten kann. »Nur echte Freaks trinken *Speed Demon* direkt aus dem Kühlschrank«, hat er gesagt. »Leute wie Samael und Caine – und natürlich Anfänger wie du.«

Jetzt wische ich mir über die rot gefärbten Lippen, ohne Agnetha aus den Augen zu lassen. Irgendwie hoffe ich, sie zu schockieren, damit sie abhaut und sich nie wieder in meine Nähe wagt.

Doch so leicht kann man Agnetha nicht verjagen.

»Schmeckt das?«, fragt sie. »Die anderen in der Nachtschicht trinken das auch. Darf ich mal probieren?«

»Das ist nichts für kleine Mädchen.« Schnell stelle ich das Getränk zurück in den Kühlschrank. »Man bekommt davon übergroße Pupillen.«

»Drogen also«, sagt sie abfällig. »Das erklärt einiges.«

Ich werfe die Kühlschranktür so fest zu, dass es im Innern scheppert. »Was willst du hier?«

»Lennarts Youtube-Kanal hat meine Aufmerksamkeit geweckt. Sein letztes Video wurde prompt gesperrt, also muss er jemandem auf die Füße getreten sein.« Sie schenkt ihm ein Lächeln, das mich wütend macht, weil es für ihn ist, und nicht für mich, obwohl ich bisher verflucht nachsichtig mit ihr war. »Ich bin zu der Überzeugung gelangt, dass Lennart der Welt etwas Wichtiges mitzuteilen hat.«

Lennart kratzt sich mit zufriedenem Grinsen unter der Mütze. Er nimmt ihr das Geschwätz ab.

»Mal sehen, ob du das immer noch denkst, wenn du von seiner aktuellen *Wahrheit* erfährst«, knurre ich. »Die *Allianz* will uns nämlich alle unterjochen. Ach ja, und …« ich recke einen Finger in die Luft, »unser gesamtes Land ist eine US-amerikanische Firma mit Sitz in Delaware. Immer, wenn du Geld an jemanden überweist, dessen IBAN mit DE beginnt, wird ein kleiner Betrag nach Delaware überwiesen, um die Elite noch reicher zu machen.«

»Stimmt doch«, murrt Lennart.

»Ich war auch auf der Kundgebung der *Allianz*«, sagt Agnetha. »Es sind bloß Spinner mit Machtfantasien und einem charismatischen Redner. Ich glaube nicht …«

»Wieso gehst du zu so einer Versammlung?«, unterbreche ich sie. »Du glaubst doch nicht etwa den Mist, den Lennart verbreitet?«

»Ich war mit einem Freund dort.« Sie fixiert mich. »Er weiß übrigens, dass ich hier bin. Wenn ich nicht bald zurückkehre, wird er mich suchen.«

Diesmal höre ich die Lüge deutlich heraus. Es stört mich nicht. Sie tut es, weil sie Angst vor mir hat. *Das* stört mich.

Ach ja, und auch, dass sie einen Freund hat.

Das stört mich sogar noch mehr.

»Es gibt tatsächlich jemanden, der es mit dir aushält?«, frage ich.

Ihre Lider flattern. »Ich kenne ihn seit der Schulzeit. Er ist nett, was man von dir nicht gerade behaupten kann.«

»*Nett* ist der kleine Bruder von *Scheiße!*«, schnauze ich so laut, dass die Tassen im Schrank klirren. »Hast du vergessen, dass wir beide morgen Abend ein Date haben?«

»Das ist kein Date!«, faucht sie mich an. »Das ist ein höfliches Entgegenkommen meinerseits, weil wir Arbeitskollegen sind und du im Leben nicht ins *Devil's Den* hereinkommen würdest!«

»Ex-Arbeitskollegen«, verbessere ich.

»Arbeitskollegen«, entgegnet sie wütend. »Ich habe nämlich nicht gekündigt.«

»Gestern konntest du nicht schnell genug fortkommen, du Heldin.« Hohn trieft von meinen Worten.

»Gestern war gestern.« Sie tritt auf mich zu und piekst mir den Zeigefinger in die Brust. »So schnell wirst du mich nicht los, Damien von Baro.«

»Vergiss das schlecht erzogene Adelssöhnchen«, mischt sich Lennart ein. »Glaub mir, du willst ihn nicht näher kennenlernen.«

Ich schicke einen zornigen Blick zu meinem Freund, der von einer schwarzen Druckwelle begleitet wird. Die Kraft schießt aus mir heraus wie ein Geschoss aus einem Pistolenlauf: rasend schnell und zielgenau.

Lennard keucht auf, klammert sich an der Küchenarbeitsplatte fest und fällt zu Boden, wo er sich mit bleichem Gesicht krümmt.

»Ich sterbe«, stößt er hervor.

»Oh Fuck!« Entsetzen lässt mir die Haare zu Berge stehen. Ich stürze auf ihn zu und helfe ihm hoch. »Das wollte ich nicht. Tut es sehr weh?«

»Alter, das … war echt unfair.« Seine Lippen zittern, Krämpfe schütteln seinen Leib. In seinen Augen sehe ich einen Anflug von Furcht. Mein bester Freund hat Angst vor mir. »Ich dachte, ich … werde von einer glühenden Kanonenkugel zerfetzt. Tu das nie-nie-niemals wieder, ja?« Er vermeidet es, mich anzuschauen.

Ich schlucke hart und trete zurück. Der einsetzende Kopfschmerz hinter meiner Stirn ist längst nicht Strafe genug. Agnethas Blick trifft auf meinen.

»Du kannst das wirklich«, flüstert sie. »Du kannst andere Menschen manipulieren und einschüchtern. Wie machst du das?«

»Hab so einen Onlinekurs besucht. *Hypnose für Dummies.*« Unbehaglich reibe ich über meinen Bauch und stelle bei der Gelegenheit fest, dass ich vergessen habe, mir ein Shirt überzuziehen. Ob sie mich sexy findet?

Jetzt gerade findet sie dich höchst gruselig, du Oberfreak, höhnt es in meinem Verstand.

»Er ist ein Vampir«, murmelt Lennart, während er sich nach Verletzungen abtastet.

Ich fahre zu ihm herum. »Halt die Klappe!« Wieder spüre ich den anwachsenden Druck, der aus mir herausbrechen will, doch diesmal gelingt es mir, ihn zurückzuhalten. »Halt einfach die Klappe«, wiederhole ich leiser.

»Oder was? Wirst du mich umbringen?« Mühsam richtet er sich auf und richtet den Finger auf mich. »Ich hab's schon mal gesagt und ich sag's noch einmal: Du hast ein Problem. Nein, warte: Du *bist* ein Problem.«

Ein Kichern lenkt unsere Aufmerksamkeit auf Agnetha.

»Ich habe schon einige schräge Vögel in meinem Leben getroffen, aber ihr beide seid einsame Spitze.« Sie kichert wieder. Es ist ein seltsamer Laut, hysterisch, fast schon verzweifelt. »Ein Vampir!«

Lennart und ich wechseln einen Blick.

Sie verstummt und schaut zwischen uns hin und her. »Kommt schon, Jungs. Langsam wird es albern.«

Die Stille in der Küche dehnt sich aus, bis es kaum noch zu ertragen ist.

Lennart lehnt sich zurück. »Das ist nur ein Insiderwitz zwischen Damien und mir. Weil er in der Nachtschicht arbeitet und süchtig nach diesem roten Getränk ist«, sagt er, ohne mich aus den Augen zu lassen. *Dank mir später, Blödmann*, lese ich in seinem Blick. »Es gibt keine Vampire. Das weiß doch jeder.«

»Natürlich.« Erleichtert grinst sie uns an. »Damiens seltsames Charisma kann einen wirklich umhauen, nicht wahr?«

»Aber hallo.« Lennart seufzt.

»Sorry, wenn ich euch Angst eingejagt habe«, sage ich. »Ein Vampir würde sich übrigens nie entschuldigen. Ach so, fliegen kann ich auch nicht. Nicht, dass ich es versucht hätte. Wozu auch? Ich weiß ja, dass ich kein Vampir bin.« Ich sollte die Klappe halten, bevor ich mich um Kopf und Kragen rede.

Sie kneift auf ihre spezielle Agnetha-Art die Augen zusammen. »Andererseits heißt es, dass Vampire eine starke erotische Anziehungskraft besitzen.« Dabei gleitet ihr Blick über meinen nackten Oberkörper.

»Die habe ich von Natur aus«, sage ich mit vibrierend dunklem Tonfall. »Wenn ich könnte, würde ich mich selbst von oben bis unten ablecken. Aber ich habe auch nichts dagegen …«, hier senke ich meine Stimme um eine weitere Nuance, »wenn andere es tun.«

Sie wird rot. Ihr Duft bekommt eine schwere, rauchige Note, die meinen Mund wässrig macht. Ihre Lippen öffnen sich ein wenig und ihre Zungenspitze blitzt hervor. Ich höre ihren beschleunigten Atem, spüre bis in die Fingerspitzen das wilde, erregende Rauschen ihres Pulses. Auf einmal kann ich an nichts anderes mehr denken als daran, mich auf sie zu stürzen, ihr die Kleidung vom Leib zu reißen und meinen Mund auf ihre Haut zu pressen, die unbeschreiblich süß schmecken wird.

In meiner Jeans wird es schmerzhaft eng. Der Bastard hinter dem Reißverschluss zuckt wie ein lebendes Tier, er will sich auf der Stelle in ihren warmen, weichen Leib versenken. In meinem Kopf setzt ein Brausen ein. Ich hefte meinen Blick auf ihre klopfende Halsschlagader und rieche die Feuchtigkeit zwischen ihren Beinen. Hitze durchflutet mich, eine so lebendige, intensive *menschliche* Hitze, dass mir ein leises Stöhnen über die Lippen kommt.

Sie ist verdammt noch mal wunderschön. Ihre Haare leuchten mit dem Grün ihrer Augen um die Wette; ich nehme jede kleinste Einzelheit ihres Körpers mit einer Klarheit wahr, die mich schwindelig macht. Um sie herum verblasst die Umgebung. Ich spüre ihre warme, menschliche Gegenwart so sehr, als wäre ich ein Teil von ihr.

»Aufhören!« Lennarts scharfe Stimme durchbricht den Bann. »Das ist kein Porno-Set, Alter, sondern eine unschuldige Küche. Ich werde hier nie wieder Stangensellerie essen können.«

»Du magst keinen Sellerie«, erwidere ich abwesend.

Agnetha glüht von innen, ihre Wangen haben einen sanften rosigen Ton angenommen, ihre Augen sind verschleiert. Sie verkörpert all das, was ich verloren habe, und noch so vieles mehr, das ich niemals besitzen werde.

Ich drehe ihr den Rücken zu und schaue direkt in das Licht des Tages. Der scharfe Schmerz hilft mir, wieder zu Verstand zu kommen. »Für welches Schmierblatt arbeitest du noch mal?«, frage ich rau.

»Sie schreibt für die *Steenporter Post*«, antwortet Lennart an ihrer Stelle. »Einen Presseausweis hat sie auch.«

»Welches Ressort? Gesellschaft? Politik?«

Ihre schnellen Atemzüge beruhigen sich. »Anzeigensatz«, sagt sie unbedacht und gleich darauf: »Ups«, doch zu spät.

Ich fahre herum. »Gibt es an dir irgend etwas, das keine Lüge ist, Agnetha?«

»Ich arbeite wirklich bei der *Steenporter Post*, und ich habe … Ich bin wirklich Journalistin. Ich, äh, lege nur gerade eine berufliche Orientierungsphase ein.«

»Gib es einfach zu: Du hast mich verarscht«, sagt Lennart zutiefst enttäuscht. »Dich interessiert es überhaupt nicht, was ich zu sagen habe.«

Ihre Augen flirren zu mir, ich sehe darin eine Haltlosigkeit, die mir nur zu bekannt vorkommt. Mein Zorn löst sich auf.

»Du gehst jetzt besser«, sage ich leise.

»Aber sie schuldet uns Antworten!«, begehrt Lennart auf.

Ich schüttle den Kopf. Ich will die Wahrheit nicht wissen. »Geh«, wiederhole ich an Agnetha gewandt.

Mehrere Sekunden lang steht sie wie angewurzelt da, dann wirbelt sie so schnell herum, dass ihr rotes Haar sie wie eine Fahne umweht. Im nächsten Augenblick höre ich, wie die Wohnungstür ins Schloss fällt.

Weg ist sie.

»Was stimmt mit der Braut nicht?« Lennart springt auf und versetzt dem Tisch einen Tritt. »Das ist doch alles Scheiße!« Eine Tasse kippt um, Kaffee ergießt sich auf den Boden. Ohne einen Blick zurück marschiert er aus der Küche. Diesmal ist es seine Zimmertür, die ins Schloss kracht.

Meine Schultern sacken herab. Ich fühle mich wie der Böse in einem Spiel, dessen Regeln ich nicht kenne. *Sie* ist schuld an dem ganzen Chaos. Wegen ihr habe ich meinen Freund beinahe verletzt. Vergesst das *Beinahe*. Ich hätte ihn umbringen können!

Vermutlich ist er jetzt gar nicht mehr mein Freund.

Warum musste sie in mein Leben platzen? Ich habe verdammt noch mal genug Probleme.

Ich setze mich auf den Boden und lehne mich an den Kühlschrank, während ich zuschaue, wie sich die Kaffeepfütze ausbreitet

Die Freaks in der Nachtschicht haben recht: Agnetha muss verschwinden, bevor sie noch mehr Schaden anrichtet.

Wie es der Zufall so will, benötige ich einen Spender für meine Mitgliedschaft bei der Blutbank.

Es muss nicht zwingend ein Freiwilliger sein, solange die Diskretion gewahrt wird.

18

Agnetha

Hört es in dieser Stadt denn niemals auf zu regnen?

Seit einer geschlagenen halben Stunde stehe ich fröstelnd vor dem *Devil's Den* und halte meinen Schirm umklammert, damit der Wind ihn mir nicht fortreißt. Kälte kriecht durch meinen grünen Mantel. Meine Lederstiefel sind echt schick, aber leider nicht regendicht. Hoffentlich bekomme ich die Wasserflecken wieder raus. Und wehe, ich bin morgen erkältet! Eine kluge Frau wäre längst auf dem Heimweg – ach, sie wäre gar nicht erst hierher gekommen. Ich stehe herum wie bestellt und nicht abgeholt und behalte die Schlange vor dem Clubeingang im Auge. Ein paar Typen schauen zu mir herüber, abwägend, ob es sich lohnt, die nasse rothaarige Katze anzuquatschen, die offensichtlich versetzt worden ist. Damien wird nicht kommen. Ich weiß nicht, ob ich erleichtert oder enttäuscht sein soll.

Gestern Abend bin ich mit Todesverachtung zur Nachtschicht gefahren, obwohl sich alles in mir dagegen gesträubt hat. Noch nie in meinem Leben habe ich so sehr mit mir gekämpft, eine Tür zu öffnen und über eine Schwelle zu treten. Ich konnte mir hundertmal einreden, dass das hier bloß ein Job ist und mir nichts geschehen würde – tief in meinem Innern kannte ich die Wahrheit. Ich wusste auch, dass das vermeintliche Interview mit Lennart ein Fehler war und trotzdem habe ich seine Wohnung betreten.

Wann lerne ich endlich, auf mein Bauchgefühl zu hören?

Andererseits hätte ich Damien dann nie halbnackt zu sehen bekommen. Es gab einen Augenblick, in dem ich fast die Kontrolle über mich verloren hätte. Mein gesamter Körper prickelte vor Hitze und meine Vagina zog sich zusammen, obwohl er nichts tat, als dazustehen und mich mit seinen schwarz glühenden Augen zu betrachten. Pure Begierde flutete durch meine Adern, all meine Sinne waren so weit geöffnet wie ein Scheunentor. Sogar der rote Tropfen von dem Energydrink in seinem Mundwinkel sah ungemein erotisch aus. Ich gierte danach, meine Hand auszustrecken und mit dem Finger über seine volle Unterlippe zu streichen … Mit meinem Mund seinen Körper zu erkunden. Mir die Klamotten vom Leib zu reißen und mich ihm darzubieten wie eine verliebte Idiotin. Und bitte mehr als nur das.

In meinem ganzen Leben habe ich körperlich noch nie so stark auf einen Mann reagiert. Lennarts Theorie, dass unser Trinkwasser mit Drogen angereichert wird, klingt mit einem Mal nicht mehr so verrückt. Definitiv plausibler als der Vampir-Unsinn.

Seitdem werde ich von verstörenden, verbotenen Bildern heimgesucht, die sogar für meine Verhältnisse ziemlich fantasievoll sind. Als hätte sich tief in mir ein Riss aufgetan, durch den verborgene Gelüste heraussickern und von meinem ganzen Leib Besitz ergreifen.

Das alles ist ein deutlicher Hinweis, dass ich mich dringend von Damien fernhalten soll, oder meine Seele und auch mein Herz werden großen Schaden nehmen.

Aber der Rest meines Körpers zeigt mir den gereckten Mittelfinger. Darum marschierte ich trotzig in das Callcenter, das ich nie wieder betreten wollte, und tat so, als gehörte ich hierher.

Eisige Ablehnung schlug mir entgegen, so kalt, dass sie mir den

Atem raubte wie ein Wintersturm in der Arktis. Niemand hob den Kopf, niemand sagte etwas, aber das war auch nicht nötig. Ich spürte bis ins Mark, dass ich nicht willkommen war. Jon war nirgends zu sehen, doch selbst wenn, wäre er mir keine Hilfe gewesen. Ich hatte das sichere Gefühl, dass er billigte, was hier geschah.

Damiens Blick streifte mich nur kurz. Sein Gesicht war völlig ausdruckslos und glatt wie bei einer Statue. Kein Zorn, keine Enttäuschung und natürlich auch keine Begeisterung über meine Anwesenheit. Fast schien es, als hätte er damit gerechnet, mich zu sehen. Wie ein unausweichliches Naturgesetz. Aus einem unerfindlichen Grund gab mir genau das die Kraft, zu meinem Platz zu stolzieren.

Ich weiß nicht, warum ich Damien unbedingt beeindrucken will. Ich habe seinen Respekt ja schon verloren. Er will mit mir nichts mehr zu schaffen haben, daran ändert auch das intensive Knistern nichts, das ich zwischen uns zu spüren glaube. Er hat das Charisma eines gefallenen Engels.

Ich blieb die gesamte Nachtschicht über wie angeklebt an meinem Platz, wagte nicht einmal, aufs Klo zu gehen, aus Angst, dass der große Kahlkopf oder der unheimliche bleiche Junge mir folgen würde. Meine Blase war sowieso total verkrampft trotz des Wassers, das ich aus meiner mitgebrachten Trinkflasche in mich hineinschüttete, weil mein Mund so trocken war.

Diese acht Stunden im Callcenter waren die nervenaufreibendsten, angespanntesten, quälendsten Stunden meines bisherigen Lebens. Bestimmt habe ich jetzt ein Magengeschwür so groß wie ein Kürbis. Ich konzentrierte mich mit aller Kraft auf meine Arbeit, säuselte in das Mikro und hörte, wie zittrig meine Stimme klang. Die wenigen Bestellungen, die ich abschicken konnte, habe ich wohl dem Mitleid der Kunden zu verdanken. Obwohl Damien zwei Reihen vor mir saß und sich nicht einmal zu mir umdrehte, spürte ich seine Gegenwart wie einen federleichten Umhang, an dem die Feindseligkeit der anderen Mitarbeiter abprallte.

Als ich ging – wieder mindestens zehn Minuten zu früh –

glaubte ich, ein winziges Nicken im Augenwinkel wahrzunehmen. Es kam von Damien. Vielleicht habe ich es mir nur eingebildet, weil ich ein Zeichen brauchte. Irgendeines.

Dieses klitzekleine, blöde Nicken ist schuld daran, dass ich jetzt vor dem *Devil's Den* stehe, statt zuhause Bewerbungen zu verfassen und mein verpfuschtes Leben zu bejammern. Allmählich fange ich an, ihn wegen der unheimlichen Macht zu hassen, die er über mich hat.

Ich schaue auf meine Armbanduhr. Fast vierzig Minuten sind vergangen. Es ist Zeit, sich einzugestehen, dass ich es vermasselt habe. Im Grunde bin ich froh, dass ich nicht in den Club gehen und mich dem Risiko aussetzen muss, Benedict noch einmal zu begegnen. Ich bin ja nur hergekommen, weil ich nicht mehr alle Tassen im Schrank habe. Und darum sollte ich jetzt nach Hause gehen. Damien wird nicht kommen. Ich bin eine Närrin, weil ich etwas anderes geglaubt habe.

Ich wende mich ab und schlage den Weg in Richtung Hauptbahnhof ein. Von hier aus sind es nur zehn Minuten, wenn man die Abkürzung durch die Seitenstraßen nimmt. Es ist Samstag, das Vergnügungsviertel trotz des miesen Wetters gut besucht. Die meisten Leute sind Touristen, sie besuchen die Travestieshows und die bekannten Clubs, in denen man Promis angaffen kann. Sie machen Selfies mit den blinkenden, flackernden Lichtern im Hintergrund und benehmen sich überdrehter als die Steenporter, die zielstrebig auf ihr Stammlokal zusteuern.

In den Seitenstraßen liegen die weniger bekannten Kneipen und Clubs. Hier besteht das Publikum hauptsächlich aus Studenten und aus Leuten, die *was mit Medien* machen. Ich meide diese Läden, denn die Gefahr, dort Freunde oder Bekannte von früher zu treffen, ist zu groß. Alle haben von meinem Rauswurf beim *AKUT* gehört und ein paar Jungs, die ich damals in der Schule habe abblitzen lassen, haben fleißig verbreitet, dass ich schon immer ein durchtriebenes Luder gewesen sei. Sollte ich ihnen auf einer Tanzfläche begegnen, könnte durchaus eine weitere juristisch relevante Situation in Form von gequetschten Hoden eintreten. Darum ist mein Sozialleben seit meiner Rückkehr nach Steenport kaum noch existent.

Mit gesenktem Kopf, den Schirm gegen den Wind stemmend, laufe ich durch die Straße. Hier ist es viel ruhiger und dunkler als an der Hauptmeile. Lichter fallen aus den Fenstern auf den nassen Asphalt. Ich biege nach links ab in eine dunkle schmale Hintergasse, in die brave Mädchen nicht gehen sollten. Aber es ist eine Abkürzung und ein braves Mädchen war ich noch nie. Mir ist kalt und ich fürchte, dass meine Stiefel nicht mehr zu retten sind, wenn ich nicht schnell ins Trockene komme.

Ein geduckter Schemen huscht an mir vorbei. Sofort bleibe ich stehen und schaue mich um. Aus einer Lüftung quillt Dampf in die Gasse und vernebelt meine Sicht. Weiter vorn sehe ich eine Bewegung.

Ein Hund. Nur ein verdammter Streuner, der sich jetzt zu mir umdreht.

Ich atme aus. Für einen Augenblick habe ich mich von den Gerüchten um einen Wolf in Steenport …

Das Vieh sprintet los, direkt auf mich zu. Es ist viel größer, als ich dachte. Pechschwarz, zottig und mit einem Glitzern in seinen Augen. Seine Zähne …

Um Himmels Willen, die Bestie greift mich an!

»Braves Hundchen …« bringe ich noch heraus, da reißt das Vieh mich schon zu Boden, springt über mich hinweg und wendet sich mit einem Knurren um. Ich liege in einer Pfütze, wälze mich auf den Bauch und taste nach meinem Regenschirm, den jedoch der Wind aus meiner Reichweite trägt.

Das Wolfsviech senkt den Kopf und schleicht langsam auf mich zu. Seine Reißer leuchten viel zu hell in der Dunkelheit. Ich könnte schwören, dass es meine Angst genießt, denn die Nase zuckt erwartungsfroh. Von den Lefzen tropft Geifer. Aus meinem Mund kommen kleine hektische Atemwolken. Ich wage nicht, mich zu bewegen. Die Bestie wird sich auf mich stürzen, noch bevor ich aufgesprungen bin.

»H-hör mal, es t-tut mir leid, d-dass ich keine Würstchen in der T-Tasche habe«, säusele ich mit zittriger Stimme, »aber k-könnten wir uns darauf einigen, d-dass ich k-kein Snack bin? Ich schmecke d-dir bestimmt n-nicht.«

Der Wolf – für einen Hund ist er zu furchteinflößend – gibt ein dumpfes Grollen von sich, das mir durch Mark und Bein geht. Er spannt seinen Körper an, macht sich bereit zum Sprung.

»FUCK!« Ein zweiter Schatten springt über mich hinweg, zwei Beine in Jeans ragen vor mir auf, umflattert von Mantelschößen, und versperren der Bestie den Weg. »Hau ab, du dreckiges, verflohtes Scheißviech!«

Der Wolf richtet sich auf und neigt den Kopf zur Seite. Können Tiere ungläubig gucken? Dieses hier kann es. Oder mein hysterischer Verstand bildet es sich nur ein.

Das Knurren wird lauter, das Vieh duckt sich, zögert.

»Troll dich, Bello, oder ich mache Hundegulasch aus dir.«

Die Stimme gehört Damien. Ich verrenke den Kopf, um zu ihm hinaufzuschauen. Furchtlos steht er da und klatscht jetzt sogar in die Hände. »Fort mit dir! Husch!«

Der Wolf gibt einen bedrohlichen Laut von sich. Er wirkt ganz und gar nicht eingeschüchtert. Ich rechne mit einem Angriff, mit reißendem Fleisch und Schmerzensschreien.

Da wirft sich das Tier herum und sprintet fort in die Dunkelheit. Es ist so schnell verschwunden, dass ich mich frage, ob ich es mir eingebildet habe. Dies ist eine zivilisierte Großstadt! Streuner werden hier eingefangen und ins Tierheim verfrachtet.

Damien dreht sich um, stemmt die Hände in die Seiten und schaut auf mich herab. Er trägt eine Sonnenbrille. »Da, wo ich herkomme, baden wir in Wannen mit heißem Wasser und Schaum.«

Wie er so da steht, mit dem wehenden Mantel, der dunklen Sonnenbrille und dem herablassenden Grinsen im Gesicht, könnte man ihn glatt für einen dunklen Ritter halten. Einen sehr arroganten Ritter.

»Da, wo ich herkomme, glaubt man, dass ein Bad in Regenwasser eine weiche Haut macht.« Das Pfützenwasser ist durch meinen Mantel gesickert, meine Haarspitzen hängen nass im Dreck. Ich rümpfe die Nase, als ich den Abfallgestank wahrnehme. »Puh, was stinkt denn hier so?«

Damien deutet mit dem Kinn zu einem Haufen vollgestopfter Müllsäcke, die an einer schmutzigen Ziegelfassade aufgestapelt wurden. »Der Döner-Imbiss vorn an der Ecke lädt seine Essensreste in deiner Wellness-Oase ab.«

»Igitt!« Ich schüttele mich und stemme mich auf die Unterarme.

Damien beugt sich herab, greift unter meine Achseln und zieht mich mit einer Leichtigkeit auf die Füße, als würde ich nichts wiegen. Für einen Sekundenbruchteil erlaube ich mir, mich wie ein stelzenbeiniges Topmodel zu fühlen.

»Was machst du hier?«, frage ich biestig, obwohl mir der Schreck noch tief in den Knochen sitzt.

»Mein Hund ist entlaufen und ich … Das war ein Scherz. Schau mich nicht so an, als wolltest du mir die Augen auskratzen.« Er dreht sich um und sucht die finstere Gasse mit den Augen ab. »Das war dieser Wolf, von dem alle reden, oder?«

Ich schlinge die Arme um den Oberkörper, um mich aufzuwärmen. »Wenn es ihn wirklich gibt, dann muss es auch das riesige Krokodil im Hafenbecken geben.«

»Und ich wette, du wärst die erste, die dem armen Tier über

den Weg läuft.« Er betrachtet mich von oben bis unten. »So kommen wir wohl nicht ins *Devil's Den.*«

»Ich war sowieso auf dem Heimweg, weil du nicht gekommen bist.«

»Ich war da, Agnetha. Ich war ganz in deiner Nähe.«

»Du veräppelst mich.«

»Ich wollte sehen, wie lange du auf mich wartest.« Seine Zähne blitzen auf. »Fast vierzig Minuten. Darauf kann ich mir was einbilden, hm?«

»Glaub ja nicht, dass ich dir in die Arme falle vor lauter Dankbarkeit, von dir gerettet worden zu sein.«

»Man darf ja noch hoffen.« Sein Grinsen verschwindet. »Wieso bist du so leichtsinnig?«

»Ich gehöre nicht zu den Frauen, die daheim bleiben, weil es draußen gefährlich ist. Ich halte es für wichtiger, auf diese Gefahren hinzuweisen, damit sie beseitigt werden.«

»Indem du in einer Pfütze ertrinkst? Seltsame Strategie.« Er schaut sich um, dann nimmt er meinen Arm und führt mich den Weg zurück, den ich gekommen bin. »Wir müssen dich ins Trockene bringen.«

»Ich mag es nicht, wenn du so tust, als wärst du nett und besorgt.« Trotzdem lasse ich mich von ihm führen.

Mir ist kalt, ich bin bis auf die Knochen durchweicht und sehe wahrscheinlich aus wie eine Hexe, die von der Inquisition im Dorfteich einer Wasserprobe unterzogen wurde – und versagt hat. Ein Scheiterhaufen hört sich mit einem Mal recht kuschelig an.

Damien öffnet die Tür zu einer verrauchten Studentenkneipe, aus der warme Luft mit Biergeruch strömt. Drinnen ist es voll und so laut, dass die Hintergrundmusik kaum zu hören ist. Das Klacken von Billardkugeln ist zu hören, das Gelächter von Frauen.

Er drängt sich durch die Menge, die sich vor ihm teilt wie das Rote Meer einst vor Moses. Die Leute gehen ihm instinktiv aus dem Weg, sie schauen ihn nicht einmal an. Niemand macht eine spöttische

Bemerkung über seine Sonnenbrille. Er baut sich vor einem Ecktisch auf, stumm, abwartend. Die drei Männer, die dort sitzen, unterbrechen ihre Diskussion, schnappen sich ihre Gläser und stehen auf. Einfach so.

Die Bedienung kommt angerauscht, fast, als hätte sie nur auf uns gewartet. Sie beachtet mich gar nicht, obwohl ich einen echt interessanten Anblick bieten muss. Mit glasigem Blick fragt sie Damien: »Was kann ich für dich tun, Hübscher?«

Liebe auf den ersten Blick, denke ich missmutig. *Mir doch egal.*

Er bestellt einen doppelten Grog und ich nutze die Gelegenheit, mich zu den Toiletten durchzukämpfen. Auf dem Damenklo entledige ich mich meines triefenden Mantels und wringe ihn über dem Waschbecken aus, so gut es geht. Mein schwarzes Kleid darunter ist bis auf einige Flecken trocken geblieben. Ich stecke meinen Kopf unter das Warmluftgebläse und lasse mein Haar trocken fönen. Ein paar Frauen schenken mir mitleidige Blicke, sind aber höflich genug, keine Fragen zu stellen. Ich wische meine verschmierte Mascara mit Papiertüchern ab. Die Agnetha, die mir aus dem abgestoßenen Spiegel entgegen schaut, sieht anschließend nur noch ein bisschen peinlich aus.

Ich gebe mir selbst einen Fistbump und kehre zurück in den Schankraum. Niemand weicht mir freiwillig aus; ich muss mich durch ignorante Männergruppen und hüpfende Frauen rempeln, bis ich unseren Tisch erreicht habe.

Damien hat sich so hingesetzt, dass er den ganzen Raum im Blick hat. Seine langen Beine sind ausgestreckt, die Augen liegen hinter der dunklen Brille verborgen. Stumm mustert er mich.

Ich hänge den Mantel über die Heizung direkt hinter uns und lasse mich erschöpft auf den Stuhl sinken. Vor mir dampft ein Henkelpott mit Grog. Dankbar nippe ich daran und spüre augenblicklich, wie der Alkohol eine angenehm heiße Spur bis in meinen Magen zieht.

»Unser Date hatte ich mir anders vorgestellt«, sagt er und beobachtet mich. Er selbst hat kein Getränk vor sich stehen.

»Das ist kein Date. Du hast mich hängenlassen, schon vergessen?«

Er streckt die Arme aus. »Ich habe dich vor einer monströsen Bestie gerettet.«

»Und ich möchte wetten, dass du eine ganze Weile grinsend zugeschaut hast, bevor es dir in den Sinn kam einzugreifen.«

»Du sahst echt süß aus, wie du in der Pfütze herumgestrampelt bist. Den Anblick wollte ich möglichst lange genießen.«

»Mistkerl«, brumme ich ins Glas und dann, weil ich anständig erzogen worden bin: »Danke.«

»Jederzeit wieder«, sagt er nonchalant.

Er macht mich nervös, obwohl er rein gar nichts tut, außer mir gegenüberzusitzen. Es ist unmöglich, sich seiner Ausstrahlung zu entziehen. Ich bin nicht die einzige, der es so geht, wie ich nach einem schnellen Rundumblick bemerke. Frauen schauen mehr oder weniger unauffällig in seine Richtung und auch Männer checken ihn ab. Ich kann mir nicht vorstellen, dass die alle schwul sind, es würde mich aber nicht wundern, wenn sie gerade ernsthaft erwägen, zum anderen Ufer zu wechseln.

Damien ist Erotik auf zwei Beinen. Sein Körper ist das lautlose Versprechen einer heißen, wilden Nacht mit ungewissem Ausgang. Dieser Mix aus Verheißung und Gefahr ist exakt das, wovor unsere Eltern uns immer gewarnt haben. Mein Unterleib reagiert bereits mit freudigem Pochen, seine Blicke knistern auf meinen bloßen Armen. Ich weiß genau, dass er anfangs nicht diese Wirkung auf mich hatte, oder ich war dafür bisher nie empfänglich. Ich steige nicht wahllos mit Männern ins Bett.

Aber bei ihm würde ich eine Ausnahme machen.

Ich räuspere mich zurück in die Realität. »Denkst du, dass ich wirklich von einem echten Wolf attackiert wurde? Mitten in der Großstadt?«

Damiens Aura bekommt Risse, der Bann aus hitziger Begierde lässt nach. Er lehnt sich nach vorn. »Ich verstehe nicht das geringste von Wölfen, aber ich könnte schwören, dass die normalerweise grau sind und nicht so riesig. Haben Wölfe nicht gelbe Augen?«

»Wusste ich's doch: Es war ein verwilderter Schäferhund.«

»Hm«, macht Damien.

»Du bist anderer Meinung?«

Er zuckt die Schultern. »Es spielt keine Rolle. Übrigens: Hut ab, dass du die Nachtschicht im Callcenter weiterhin durchziehst. Hätte ich dir nicht zugetraut.«

»Unterschätzt zu werden, ist eines meiner verborgenen Talente.« Der Grog steigt mir allmählich zu Kopf. Mir ist nur noch äußerlich kalt, in meinem Innern hat sich eine behagliche Schwere ausgebreitet.

Mein einstmals leuchtend grüner Mantel dampft auf der Heizung vor sich hin. Um uns herum wird gelacht, geplaudert, erregt diskutiert und die Musikanlage spielt *Bloody Future*. Ich sitze einem geheimnisvollen, höllisch heißen Mann gegenüber, den ich mal für einen Niemand gehalten habe.

Jetzt ist er so sehr ein Jemand, dass ich nicht mehr klar denken kann.

19

Damien

Es gefällt mir, einfach nur dazusitzen und sie anzuschauen. Es ist ein Fehler. Ich habe Dinge zu erledigen. Ich muss meinen Cousin ausfindig machen und mit ihm reden, und ich muss Agnetha zur Blutbank bringen. Es wird mich keine große Anstrengung kosten, ihren freien Willen zu brechen. Ohne sie auch nur zu berühren, kann ich sie innerlich zerbrechen, damit sie tut, was ich will.

Die Blutbank bevorzugt natürlich Freiwillige. Jemanden wie Walker, der sich als Scherge verpflichtet hat und als Belohnung eines Tages selbst Vampir werden darf. Manch andere zahlen einem verzweifelten Menschen, der richtig tief in der Klemme steckt, monatlich Geld. Diese Spender wissen nicht, wozu ihr Blut gebraucht wird. Sie glauben, dass es sich um ein medizinisches Projekt handelt.

In Ausnahmefällen nimmt die Blutbank auch Unfreiwillige an. Menschen, die niemand vermisst, oder solche, die zu viel wissen und zur Bedrohung für die Vampire werden können. Neugierige Personen wie Agnetha.

Sie werden in einem speziellen, abgesicherten Bereich der Blutbank untergebracht, wo man sie eine Weile melken kann, bis sie völlig ausgelutscht sind. Armands Worte, nicht meine. Solche *Spender* müssen jedoch erstens versorgt werden und stellen zweitens ein Sicherheitsrisiko dar, deshalb nimmt die Blutbank sie nur widerwillig an. Manche von ihnen müssen einen kalten Entzug durchmachen, andere werden extra mit bestimmten Drogen versorgt. Auch Vampire gönnen sich offenbar gern mal etwas weißes Zauberpulver.

Am unbeliebtesten sind mental beeinflusste Spender. Willenlose Menschen. Bei ihnen besteht die Gefahr, dass sie sich früher oder später doch erinnern können, und dann ist die Kacke am Dampfen. Außerdem schmeckt ihr Blut angeblich schal. Das Adrenalin gibt erst die richtige Würze, sagt Armand. Der Mann, den ich ausgesaugt habe, hat jedenfalls köstlich geschmeckt. Allerdings haben meine Schuldgefühle mir die Mahlzeit gründlich verdorben.

Von wegen, Vampire hätten kein Gewissen. Ich habe noch viel mehr als nur das und ich verstehe nicht, warum. Die anderen Freaks denken viel pragmatischer, nur ich plage mich mit mir selbst herum.

Ich bin sogar froh, dass es uns Wildlingen verboten ist, auf die altmodische Art Blut zu trinken. Wer jagen geht, muss auch töten können. Das dürfen aber nur die Großen Alten. Wir Vampire von den hinteren Rängen müssen uns von der Blutbank ernähren. Also werde ich Agnetha als unfreiwilligen Dauerspender zur Verfügung stellen.

Vorteil: Sie kann ihre neugierige Nase nicht mehr in fremde Angelegenheiten stecken und ich muss keine Menschen umbringen. Mein Leben wird erheblich friedlicher sein, wenn sie aus meinem Dasein verschwunden ist.

Nachteil: Ich will sie nicht ausliefern.

Das ist egoistisch und dumm, aber ich kann nichts dagegen tun.

Die Mitgliedschaft in der Blutbank ist leider auch nicht mit Geld zu erkaufen; sie haben ausreichend finanzielle Mittel zur Verfügung. Ein unbekannter Mäzen trägt sämtliche Kosten unter der Voraussetzung, dass die Wildlinge nicht gegen die Gesetze verstoßen und für Spender-Nachschub sorgen. Treuepunkte bekommt man übrigens auch nicht.

Die besagten Gesetze kenn ich inzwischen auswendig. Armand hat sie mir mehrmals vorgebetet, bis ich sie mir eingeprägt habe. Dazu muss man wahrlich keine intellektuelle Blitzbirne sein. Es befremdet mich, dass diese Regeln nur für uns junge wilde Nachtschwärmer gelten. Wir sind die Vasallen der Großen Alten, das niedere Volk. In jeder Großstadt gibt es eine unsichtbare kleine Armee von Wildlingen, die bloß überleben und vielleicht etwas Spaß haben wollen. Die Großen Alten hingegen sind ungemein mächtig. Wahrscheinlich können sie Blitze aus ihren Fingern schießen oder so. Sie dulden uns, wollen aber nichts mit uns zu tun haben. Verstößt einer von uns gegen ein Gesetz, kommt die mysteriöse Legion und … macht irgendwas Schlimmes. Mehr weiß ich auch nicht.

Ach ja, die Gesetze:

1. Wir dürfen keine Menschen zum Zwecke der Ernährung töten oder auch nur ein wenig anknabbern, sondern müssen die Blutbank nutzen (Hups – aber das konnte ich ja vorher nicht ahnen).

2. Wir dürfen ohne Erlaubnis des Rates keinen neuen Vampir erschaffen (ich weiß nicht einmal, wie das überhaupt geht. Es hat irgendwas mit einem *Dunklen Kuss* zu tun).

3. Wir haben den Großen Alten bedingungslosen Gehorsam zu leisten – oh, und natürlich Respekt. Viel Respekt.

4. Außenstehende Menschen dürfen niemals erfahren, dass Vampire unter ihnen leben. Wir dürfen ihnen auf keinen Fall unsere tollen neuen Gaben offenbaren (Noch einmal Hups).

5. Wir dürfen keinen anderen Vampir töten, auch nicht aus Notwehr.

6. Wir dürfen mit Menschen keine Nachkommen zeugen. Mischlinge sind gefährlich, unberechenbar und noch einiges mehr.

7. Wir dürfen keine Rockbands gründen. Ernsthaft. Es hat

irgendwas mit den Rolling Stones zu tun, aber Armand wollte nicht ins Detail gehen. Er hat lediglich angedeutet, dass die Stones allmählich unerwünschte Aufmerksamkeit auf sich ziehen. Jede andere Band aus ihrer Generation ist entweder weg vom Fenster oder zeigt deutliche Altersschwäche, nur die Stones gehen weiterhin unverdrossen auf Tour.

Armand ist vom siebten Gesetz überhaupt nicht begeistert. »Jetzt, wo ich das Charisma eines Sexgottes habe, darf ich nicht mehr auf die Bühne«, hat er gemurrt. »Das ist doch ungerecht.«

»Kannst du denn jetzt auch besser Musik machen als früher?«

»Das spielt doch keine Rolle. Um noch einmal auf Punkt sechs zurückzukommen: die Rothaarige.«

»Nur weil ich ein Date mit Agnetha habe, will ich sie weder heiraten noch der Vater ihrer Kinder werden«, habe ich sofort gesagt. »Aber Sex ist nicht verboten, oder? Weil ich mir ansonsten die ganze Vampir-Geschichte noch einmal überlegen würde.«

»Es gibt für dich kein Zurück mehr«, lautete seine düstere Erwiderung. »Du kannst jetzt jede haben, die du willst. Aber benutz um Himmels Willen ein Kondom!«

»Es dürfte schwer werden, welche in meiner Größe zu finden.« Ach, wie befriedigend es doch war, diesen Satz sagen zu können. Neuerdings bin ich ja mit einem sehr beeindruckenden Geschoss ausgestattet, das sogar mich einschüchtert.

»Und reiß die Kondomverpackung auf keinen Fall mit deinen spitzen Zähnen auf. Du möchtest nicht herausfinden, was passiert, wenn eines Tages kleine Damiens durch die Gegend wuseln.«

»Legion?«

»Legion«, bestätigte er mit Grabesstimme.

Armand und die anderen wissen, dass ich gegen das erste Gesetz verstoßen habe. Sie haben es nicht nach ganz oben weitergemeldet, dafür muss ich dankbar sein. Bin ich auch. Ich frage mich nur, warum sie das Adelssöhnchen decken. Caine macht keinen Hehl aus seiner Abneigung mir gegenüber.

Von dem zweiten Verstoß wissen sie nichts und das soll auch so bleiben. Es ist ja nicht meine Schuld, dass Lennart so verdammt scharfsinnig ist und außerdem jeden Unsinn für bare Münze nimmt. Zu allem Überfluss ist er ein Youtuber mit einer großen Follower-Zahl, das bedeutet wohl, dass ich ihn in Gefahr gebracht habe.

An all das und noch viel mehr muss ich denken, als ich Agnetha nun in dieser Kneipe gegenübersitze. Ich versuche, einen kühlen Verstand zu bewahren, doch die Sache mit dem Wolf hat mich stärker aufgewühlt, als ich es mir eingestehen möchte. Als sie am Boden lag und die Bestie zum Sprung ansetzte, da wurde ich von blankem Entsetzen gepackt. Ich hatte Angst um sie. Ich, der unsterbliche, abgebrühte Blutsauger. Ich sollte stinksauer auf sie sein wegen ihres falschen Spiels. Stattdessen spendiere ich ihr einen doppelten Grog.

Ich könnte mir einreden, dass ich sie nur gerettet habe, weil ich sie noch für die Blutbank brauche. Fakt ist jedoch, dass ich gehandelt habe, ohne nachzudenken. Weil ich sie nicht verlieren will.

Wenn ihr einer an die Kehle geht, dann bestimmt nicht irgendeine hergelaufene Bestie, sondern ich.

Ich möchte meine Lippen auf ihren Hals pressen und eine Kette von dunkelroten Flecken auf ihrer hellen Haut erzeugen. Ich möchte sie meine Zähne spüren lassen, sanft in ihr Ohrläppchen beißen und etwas weniger sanft in ihren Nippel.

Ob ich mit ihr Sex haben will?

Ich verstehe die Frage nicht.

Will ich ihr Blut trinken?

Gottverdammt, ja!

Ob es nach Grog schmeckt?

Eine interessante Frage – die ich heute nicht beantworten werde. Sie sieht verfroren aus. Der Schock über den Angriff hallt noch in ihr nach, auch wenn sie sich alle Mühe gibt, keine Schwäche zu zeigen. Das verärgert mich, denn es bedeutet, dass sie mir nicht traut.

»Ich rufe dir ein Taxi«, sage ich und verfluche mich gleich

darauf selbst. Meine Gentleman-Zeiten sollten doch vorbei sein.

»Warum?« Der doppelte Grog tut seine Wirkung. Ihre Worte klingen leicht verwaschen.

»Um einzusteigen und dich nach Hause fahren zu lassen. Dafür wurden Taxis erfunden. Du kannst natürlich auch nebenher laufen, auch wenn das etwas unkonventionell wäre.«

»Ich weiß, was ein Taxi ist, aber ich brauche keins.«

»Da draußen streunt ein hungriger Schäferhund herum.«

»Ein Wolf.«

»Du sagtest, es sei ein Schäferhund.«

»Papperlapapp.« Sie macht eine ausholende Handbewegung und hätte fast das Glas vom Tisch gefegt. »Was ist mit unserem Date?«

»Es ist kein Date und du bist in eine Pfütze gefallen.«

»Bin ich dir peinlich?«, fragt sie spitz.

Ich nehme die Sonnenbrille ab und mustere sie, obwohl ihr Äußeres sich bereits tief in meinen Verstand eingebrannt hat. Ihr Haar ist in totaler Unordnung, das Augen-Make-up verschwunden, der Lippenstift musste dem Grog weichen. Jetzt sieht sie sogar noch atemberaubender aus als vorher, als sie sich zurechtgemacht hatte. Verwegener und viel mehr sie selbst.

»Mach dir keine Sorgen. Mein Selbstbewusstsein ist groß genug, um deine Peinlichkeit zu überstrahlen«, sage ich leichthin. »Aber wir gehen heute nicht in den Club.«

»Heute oder nie«, sagt sie entschlossen. »Deine einzige Chance. Ich möchte nämlich eigentlich nicht dorthin gehen. Aber für dich mache ich … hicks … eine Ausnahme.«

»Das klang fast nett, aber da es aus deinem Mund kam, muss es eine andere Bedeutung haben.«

Sie zieht eine Schnute. »Deine einzige Chance«, wiederholt sie. »So leicht kommst du nie wieder an attraktive weibliche Begleitung.«

»Spricht der Alkohol aus dir?«

»Nur ein bisschen. Hauptsächlich aber der Wahnsinn.«

Ich lehne mich nach vorn und stütze die Ellbogen auf, um

meine Hände zu falten. »Was genau hast du mit Benedict zu schaffen? Du sagst, du kennst ihn.«

»Flüchtig.« Sie widmet sich dem Rest ihres Grogs. »Ich habe noch nicht entschieden, wer von euch beiden unheimlicher ist.«

»Ich bin nicht unheimlich. Nur … anders.«

»Unheimlich anders.« Sie grinst mich an und steht auf, um ihren Mantel von der Heizung zu nehmen. »Was ist dein dunkles Geheimnis, Damien von Baro?«

Das vierte Gesetz: Außenstehende Menschen dürfen niemals erfahren, dass Vampire unter ihnen leben.

»Ich baue Modellschiffe«, sage ich gedehnt. »So, jetzt ist es raus. Verurteile mich nicht dafür, es ist ein innerer Zwang.«

Sie kichert. »Hast du schon mal darüber nachgedacht, dir professionelle Hilfe zu suchen?«

»Dafür ist es zu spät. Ich bin ein hoffnungsloser Fall.« Ich hole einen Geldschein aus der Tasche und klemme ihn unter das leere Glas. Es ist vermutlich nicht sehr vampirmäßig, Kneipenrechnungen zu bezahlen, aber alte Gewohnheiten schüttelt man nicht so schnell ab.

Es hat aufgehört zu regnen, doch der Wind schneidet scharf wie eine Klinge durch die nächtlichen Straßen. Agnetha wird schnell wieder munter. Mit eingezogenem Kopf und langen Schritten läuft sie um gestrandete E-Roller herum. Ihre Entschlossenheit und ihr schräger Humor gefallen mir sehr, was alles nur noch schwieriger macht. Sie ist sterblich, ich werde bis in alle Ewigkeit leben. Ich werde alle überleben, die mir je etwas bedeutet haben oder noch bedeuten werden. Diese Vorstellung ist grauenvoll. Ich fühle mich unvermittelt einsam, abgeschnitten von allem. Ein Wesen, das zwischen Licht und Schatten wandelt und nirgendwo mehr einen richtigen Platz hat.

»Schau nicht so schlecht gelaunt«, sagt sie. »Ich kann auch nichts dafür, dass ich von einem Wolf … einem Schäferhund in eine Pfütze geschubst wurde.«

»Tja, ehrlich gesagt kann ich den Wolf verstehen.« Meine Hand drängt danach, ihre zu ergreifen, um der Welt zu zeigen, dass sie zu mir gehört und ich auf sie aufpasse. Aber ich bin kein Idiot. Ich muss in erster Linie an mich selbst denken.

Die Blutbank liegt näher als das *Devil's Den*. Ich muss nur in die nächste Gasse rechts einbiegen …

Stur laufe ich geradeaus weiter. *Bist du bescheuert?*, schreit mich der neue Damien an. *Sie ist ein Problem, dass schnellstmöglich verschwinden muss!*

Um meine innere Stimme zu übertönen, frage ich Agnetha: »Warum hast du zugesagt, mich ins *Devil's Den* zu begleiten?«

»Weibliche Neugier. Du hast kein gutes Verhältnis zu deinem Cousin, und ich möchte wissen, warum.«

»Das Wort *Privatsphäre* existiert in deinem Wortschatz offenbar nicht. Sagtest du nicht, dass du in der Anzeigenabteilung arbeitest?«

»Ich war vorher im Volontariat beim *AKUT*«, sagt sie widerstrebend.

Ich stöhne auf. Das *AKUT* ist das mit Abstand furchtbarste Schmierblatt der Republik.

»Aber jetzt nicht mehr«, fügt sie schnell hinzu. »Das Interview mit Lennart war sozusagen eine spontane Idee. Ich wollte nur hören, ob an seiner Theorie über die *Allianz* nicht doch etwas dran sein könnte. Sie haben sein Video ja nicht grundlos sperren lassen.«

»So was passiert ihm ständig. Du glaubst doch nicht etwa den Mist, den er verbreitet?«

»Ich glaube nur, was sich beweisen lässt. Aber es spielt auch keine Rolle. Es würde sowieso niemand meinen Artikel veröffentlichen, also war es vergeudete Zeit.« Sie wirkt so resigniert, dass meine Hand erneut danach strebt, sie zu berühren. »Ich habe Mist gebaut. Tut mir leid.«

Es klingt aufrichtig. Auf einmal ist die Nacht gar nicht mehr so dunkel, kalt und nass.

»Schon gut«, murmele ich, von meinen eigenen Schuldgefühlen niedergedrückt, weil ich selbst nicht ehrlich zu ihr sein kann. Ich hätte sie fast der Blutbank ausgeliefert.

»Wieso unterstützt dein Onkel die *Allianz?* Was verspricht sich deine Familie davon?«

Und schon ist die sich anbahnende Vertrautheit zwischen uns wieder verpufft. »Für eine offizielle Stellungnahme wende dich an meinen Pressesprecher.«

»Schon verstanden: Du hast nicht die geringste Ahnung.«

»Du kannst ja Benedict fragen«, knurre ich.

»Lieber nicht. Ich helfe dir nur, ihn wiederzusehen.«

»Man könnte meinen, dass du Angst vor ihm hast.«

Sie zieht die Schultern noch. »Dein Cousin ist einfach nicht mein Typ.«

Ich spreche nicht aus, was mir auf der Zunge liegt: *Und ich?* Denn ein Vampir stellt solche albernen Fragen nicht.

Das *Devil's Den* liegt nur wenige Straßen entfernt. Mittlerweile zieht sich die Schlange am Eingang bis zur nächsten Hausecke.

»Ich hatte nicht vor, die nächsten zwei Tage in einer Warteschlange zu verbringen«, sage ich mit einem Seufzer.

»Sei kein Frosch.« Sie packt mich am Ärmel und zieht mich an den Wartenden vorbei bis nach vorn. Murren und Meckern folgen uns.

Die beiden Türsteher mustern uns ausdruckslos. »Die Flüsterkneipen liegen auf der anderen Seite des Viertels, ihr putzigen Vögel«, sagt der eine und kaut auf einem Zahnstocher herum.

»Wir stehen auf der Gästeliste.« Agnetha lächelt zuckersüß. »Benedict erwartet uns in der VIP-Lounge. Ihr wisst schon: Benedict von Baro.«

»So so.« Der Türsteher kaut unbeirrt auf seinem Hölzchen. »Benedict von Baro lädt niemals Gäste ein. Falls er überhaupt hier ist.«

Ihr Lächeln bleibt unbeirrt. »Wir finden ihn auch ohne Liste. Wenn wir dann bitte in den Club dürften?«

»Stellt euch hinten an. In ein paar Stunden, wenn ihr dann hier vorn angelangt seid, erklär ich euch gern noch mal, dass ihr euch umdrehen und verschwinden sollt.«

»Das Kauen auf Zahnstochern kann tödlich sein«, sagt sie mit sturem Lächeln. »Schnell splittert das Holz und dann bleibt ein Span im Hals stecken. Das soll sehr qualvoll sein.«

Er spuckt den Zahnstocher aus und macht einen Schritt auf sie zu. »Hör mal, Mäuschen …«

Ihr Lächeln erlischt. »Mäuschen? Jetzt pass mal gut auf, du Rammbolzen …«

Schnell trete ich dazwischen. »Lass uns rein«, sage ich leise und lenke den Druck, der sich in meinem Innern rasant aufbaut, kraftvoll gegen ihn.

Er blinzelt, ein trüber Film legt sich über seine Augen. »Natürlich.« Benommen taumelt er beiseite und sagt zu seinem Kollegen: »Lass sie rein.«

So einfach ist das.

Die dunkelblaue Kordel wird aufgehakt, wir werden durchgewunken. Man gibt uns zwei Verzehrkarten und zwei Chips im Tausch für unsere Jacken. Basslastige Musik vibriert unter den Sohlen meiner Boots.

»Was war das gerade?«, fragt Agnetha kaum hörbar über den Krach, der uns entgegenwummert.

»Die Macht der Jedis.« Ich massiere meine schmerzenden Schläfen.

Sie schnaubt. »Hör auf mit dem Unsinn. Du hast nicht mal ein Laserschwert.«

»Und ob. Ich kann es dir gern zeigen. Es ist sehr groß und sehr mächtig.«

»Ein gut gemeinter Rat, Damien: Kauf deine Anmachsprüche niemals bei *Wish.*« Sie geht vorweg und ich bin froh, dass sie das Thema fallen lässt.

Schade nur, dass sie auch nicht mein Lichtschwert sehen will.

Das *Devil's Den* ist die Sorte Club, um die ich normalerweise einen großen Bogen mache. Schlechte Musik, überkandidelte Leute, horrende Preise und das Bier ist ein süßlicher Pale Ale Craft-Mist aus Indien. Der Krach schmerzt in meinen empfindsamen Ohren wie eine glühende Nadel. Die intensive Geruchsmischung aus Parfum, Aftershave, Schweiß und Alkohol droht, mich zu ersticken. Die flimmernden Lichter, der rote Spiegelboden blenden mich. Der Kopfschmerz hinter meiner Stirn lässt nicht nach, sondern wird im Gegenteil stärker. Ich ahne, dass er nicht allein von der Anstrengung meines mentalen Power-Tricks herrührt, und auch nicht von den überwältigenden Sinneseindrücken.

Irgendetwas stimmt nicht.

Agnetha deutet zur gläsernen VIP-Lounge hinauf, die auf Säulen über der Menge schwebt. »Letztes Mal war er dort oben.«

»Ist das wieder eines deiner Spiele? Der Türsteher da draußen sagt, er wäre gar nicht hier.«

»Beim letzten Mal war er es, das schwöre ich!« Suchend dreht sie sich um die eigene Achse. »Er wird kommen.«

Ich ziehe sie beiseite, als zwei wild tanzende, verschwitzte Männer sie mit sich zu reißen drohen. »Wieso bist du dir da so sicher?«

Sie hebt die Schultern und lässt sie fallen. »Ich habe hier mit ihm geredet. Dieser Ort ist perfekt für …«

»Für was?«, frage ich leise, aber mit einem drohenden Unterton, der ihr Trommelfell vibrieren lässt.

Als sie nicht antwortet, schüttle ich den Kopf. »Du hast mich angelogen, als du sagtest, du würdest ihn kennen.«

»Ich kenne ihn sehr wohl!«, schnappt sie. »Vielleicht sogar besser als du. Es sei denn natürlich, ihr beide steckt unter einer Decke.« Sie schlägt sich mit der flachen Hand gegen die Stirn. »Natürlich!

Deshalb wolltest du, dass ich dich zum *Devil's Den* begleite. Ihr wollt mich zum Schweigen bringen.«

Ich ziehe sie fort von Krach und Getümmel, in Richtung der Toiletten, wo es etwas ruhiger zugeht. »Was soll das bedeuten?«

Sie schweigt mich beharrlich an.

Ich schüttele sie durch. »Ich will verdammt noch wissen, was du damit gemeint hast, Agnetha!«

»Solange ich keine Beweise habe, werde ich schön den Mund halten, Damien von Baro.« Sie spricht meinen vollen Namen wie einen Fluch aus.

»Beweise wofür?«

Hilfesuchend schaut sie sich um. Ich kann die Gedanken hinter ihrer Stirn rasen sehen. Wird sie mir die Wahrheit sagen?

»Warum hast du dich an mich herangemacht, Agnetha?«

»Ich habe mich überhaupt nicht herangemacht.« Sie strafft sich und ein Lichtstrahl weckt ein giftgrünes Funkeln in ihren Augen. »Ich dachte, ich könnte über dich an ein paar Informationen kommen. Inzwischen habe ich aber entschieden, das Thema fallenzulassen. Es war nur eine alberne Schnapsidee, für die sich niemand außer mir interessiert.«

Sie lügt. Sie lügt.

»Was für ein Thema? Geht es etwa um meine Familie? Was willst du von ihnen? Du dachtest, über mich könntest du an sie herankommen.« Ich starre sie an. »Du hast mich benutzt.«

»Damien, ich weiß doch, dass du mit deiner Familie nicht viel zu tun hast«, sagt sie beschwichtigend. »Warum also sollte ich dich über sie aushorchen? Es ist doch so: Du jobbst in einem Callcenter, trägst keine eleganten Anzüge und … Im Grunde bist du ein Niemand. Zumindest habe ich das gedacht, aber nun …« Sie schaut zu Boden. »Ich sollte jetzt besser meine Klappe halten.«

Und da kapiere ich: Agnetha sucht den Serienmörder.

Und sie hat einen konkreten Verdacht.

Sie weiß, was ich bin. Sie ist zu einer Gefahr für mich geworden.

Ich bin so ein Idiot. Ich hätte mir niemals einbilden dürfen, dass Agnetha ernsthaft an mir interessiert ist. Sie will mich entlarven, mich bloßstellen und fertigmachen. Selbst ihre körperliche Begierde war nicht echt, sondern nur künstlich von mir hervorgerufen.

Als mein Vater mir damals eröffnet hat, dass er die Stadt verlassen und zurück auf den Familiensitz ziehen wird, zerbrach etwas in mir. Meine Trauer um meine Mutter war ihn egal; er ließ mich ganz allein darin ertrinken. Ich war ihm nicht länger wichtig, ich besaß keinen Platz mehr in seinem Leben.

Danach habe ich mühsam einen zentimeterdicken Schutzpanzer um mich herum errichtet, habe alle unerwünschten Emotionen dahinter eingesperrt. Doch jetzt durchzieht ein klaffender Riss meinen Panzer und Gift sickert heraus. Mein Zorn gilt meiner eigenen Dummheit. Aber Agnetha ist diejenige, die ich dafür bezahlen lassen möchte. Das Brodeln in mir ballt sich zu einer unsichtbaren, mächtigen Faust, die jeden Augenblick zuschlagen wird. Ich will Agnetha unerträgliche Qualen bereiten, will ihre schmerzverzerrten Züge genießen. Sie soll leiden. Schreien. Sich winden und bereuen, mir jemals über den Weg gelaufen zu sein. Die Leute um uns herum spüren meine glosende Wut und ziehen sich instinktiv zurück.

Ich muss sie auf der Stelle loswerden, oder ich werde einen schlimmen Fehler begehen, den ich bis in alle Ewigkeit bereuen werde.

Mit so viel Wut und Abscheu wie nur möglich sage ich leise: »Hau ab, solange ich dir noch die Möglichkeit dazu lassen. Vergiss mich und komm mir nie wieder unter die Augen.«

Agnetha schnappt nach Luft. Dann schüttelt sie den Kopf und wirbelt herum. Ihr feuerrotes Haar leuchtet in der Menge auf, als sie auf den Ausgang zustrebt. Dann ist sie fort.

Mein Zorn verdampft, zurück bleibt Leere. Trotzdem: So ist es das Beste für alle. Das Sicherste – vor allem für sie.

20

Ich kämpfe mit aller Macht dagegen an, mich wahllos auf Menschen zu stürzen und sie dafür büßen zu lassen, dass sie Menschen sind. Meine Eckzähne schieben sich aus dem Kiefer, dabei habe ich gar keinen Hunger. Kochende Wut und Gier verwandeln mich innerlich in ein Monster. Das, was mich einst ausgemacht hat, löst sich auf. Der alte Damien war ein Dummkopf, ein freundlicher Niemand.

Ich wünschte, ich könnte mich hemmungslos betrinken und einfach vergessen.

Ihr wollt mich zum Schweigen bringen.

Das Echo ihrer Worte hallt in meinem Kopf nach, füttert meinen Zorn, bis er zu einem animalischen Wesen mit eigenem Willen wird.

Sie weiß, dass ich weggesperrt gehöre.

Um mich herum riecht es nach Leben, nach Blut, das durch Adern pulsiert. Ich sehe die geröteten, verschwitzten Gesichter der Menschen, höre ihr Lachen. Sie stoßen mit Cocktails an, reiben sich auf der Tanzfläche aneinander, küssen sich, streiten sich.

Ich hasse sie alle. Ich beneide sie. ICH HASSE SIE!

»Hey, willst du tanzen?«

Ich fahre herum, eine äußerst heiße Blondine stolpert rückwärts, ihr Lächeln erlischt. Keine Ahnung, was sie in meinem Gesicht sieht, aber es kann nichts Gutes sein, denn sie ist fort, bevor ich ihre appetitlichen Kurven richtig in Augenschein nehmen konnte. Ich hätte diese Frau haben können.

Du kannst jede hier haben. Such dir eine aus, nimm sie mit, ficke sie, dann bestrafe sie dafür, dass sie so dumm war, dir zu vertrauen. Ihr Blut gehört dir. Du kannst ihr Herz zum Stillstand bringen, während sie dich anhimmelt. Du bist der Tod.

Diese Gedankenkette verleiht mir schwarze Schwingen. Ich fühle mich erhaben, übermächtig. Ich bin der Herrscher der Nacht und jede einzelne Person hier ist meine Beute.

Mein Blick schweift umher, sucht nach der schönsten Frau im Club. Einem Trophäenweibchen, gehüllt in teure Seide, ausgestattet mit einer Kreditkarte von ihrem zwanzig Jahre älteren Sugar Daddy und einem Sportwagen draußen vor dem Club. Eine, die für normale Männer unerreichbar ist. Die alles daran setzt, perfekt auszusehen. Umso befriedigender wird ihre Zerstörung sein.

Da sehe ich sie auch schon: Eine Göttin in goldener Seide mit wallendem rotblondem Haar und einem kreischpinkfarbenen Cocktail in der Hand. Sie lehnt mit der Hüfte an der Balustrade der VIP-Lounge und lächelt über die Menge hinweg ins Nichts. Männer starren zu ihr hinauf wie zu einem Engel, der feuchte Träume wahr werden lassen kann. Sie ist nur hier, um gesehen zu werden – und vielleicht einen neuen Gönner zu finden, der großzügiger und ansehnlicher ist als ihr jetziger CEO mit dem schütteren Haar und den Viagra-Pillen in der Brieftasche. Die Suche nach der großen Liebe hat sie längst an den Nagel gehängt. Aus leidiger Erfahrung weiß sie, dass Beta-Männchen sich nicht an sie heranwagen und Alphas in ihr ein Objekt sehen, dass es zu besitzen gilt.

All das erkenne ich, als ich sie dort oben stehen sehe: eine strahlende Erscheinung in einer Umgebung aus Trockeneisnebel, wabernden Lichtern, Glas und Beton. Eine verlorene Seele, die klug genug ist, mitzunehmen, was sie kriegen kann.

Meine Beute.

Die Treppe zur VIP-Lounge wird von einem weiteren halslosen Kleiderschrank bewacht, der seine Aufgabe überaus ernst nimmt: Wer sich ihm auch nur nähert, wird mit wortlosen Morddrohungen verscheucht. Dieser Mann wird sich später höchstens an einen Schemen erinnern, der ihn beim Hinaufgehen gestreift hat.

Die VIP-Lounge sieht exakt so aus, wie man sich eine Lounge vorstellt. Gemütliche lederne Sitzgruppen auf Podesten, silberne Gebilde, die Palmen darstellen sollen, viele Nischen und im Hintergrund eine Bar aus Glas und blauem Licht. Die Musik ist hier gedämpfter, das Lachen lauter, die Stimmung selbstgefälliger. Auf großen Wandbildschirmen wird das Treiben unten auf der Tanzfläche gezeigt. Nur etwa die Hälfte aller Tische sind besetzt; es ist ja noch früh in der Nacht. Die richtigen Promis tauchen nicht vor drei Uhr auf. Ein paar blutjunge Mädchen tanzen gelangweilt vor einer Gruppe Anzugträger mit Golduhren und weißen Pulverresten unter den Nasenlöchern.

Der rotblonde Engel lächelt einen Mann an, der irgendwas zu ihr sagt, dass sie eindeutig nicht interessiert. Er hat ein teigiges Gesicht von zu viel Arbeit, zu viel Alkohol und zu wenig Bewegung, aber er trägt einen faltenlosen Maßanzug und lässt beiläufig seine *Breguet*-Uhr am Handgelenk aufblitzen. Also lächelt sie weiter. Der Kerl schwankt zwischen überdrehtem Selbstbewusstsein und fickriger Nervosität. Er will diese schimmernde Schönheit besitzen – wenn auch nur für eine Weile –, um sich selbst und der Welt zu beweisen, dass er es drauf hat.

Schon krass, wie leicht es mir neuerdings fällt, Menschen zu lesen. Ihre Mimik, ihre unbewussten Signale in der Körpersprache, ihre Stimmlage spiegeln ihre Persönlichkeit wider. Ich erkenne ihre heimlichen Ängste und Gelüste.

Die Schönheit schaut an dem plappernden Mann vorbei und mir direkt in die Augen. Mehr brauche ich nicht. Ihr Gesichtsausdruck wird leer, während das Lächeln wie angekleistert auf ihren Lippen sitzt. Sie schiebt den armen Idioten beiseite und schwebt auf nadeldünnen Absätzen auf mich zu wie an einem unsichtbaren Draht hängend, mit dem ich sie zu mir ziehe. Ihre Haut hat einen luxuriösen Schimmer, ihr schweres Parfum überdeckt ihren natürlichen Geruch und ihr Gesicht ist so gekonnt geschminkt, das man das Make-up kaum bemerkt. Sie ist ein komplettes Kunstprodukt, das atmende Gegenstück zu veganem Steak aus Erbsenprotein. Hoffentlich haben die Cremes und Säuren und straffenden Injektionen nicht ihr Blut versaut. Aus der Nähe erkenne ich, dass ihre rötliche Haarfarbe nicht echt ist, sondern das Produkt einer geschickten Färbung aus verschiedenen Rot- und Blondtönen. Ich bin ein bisschen sauer, dass ich darauf hereingefallen bin.

»Dich habe ich gesucht«, sagt sie in einem halb verführerischen, halb automatisierten Tonfall. Ihr Verstand ist ein Klumpen Ton in meinen Händen. Ich könnte sie dazu bringen, dem Mann mit der *Breguet* die Nase abzubeißen. Oder nackt auf einen Tisch zu steigen und eine Arie zu schmettern. Oder einfach nur meiner gruseligen Verführungskunst zu erliegen, so wie es jetzt der Fall ist. Alle drehen die Köpfe in unsere Richtung. Sie betrachten mich mit einer Mischung aus Verwirrung, Neid und Begehren – ja, auch die Männer. Ich strahle pure Erotik aus.

Noch kann ich das Ausmaß meiner Macht nicht einschätzen. Bei Agnetha war es viel unkontrollierter. Zwischen ihr und mir herrschte ein seltsames Wechselspiel von Anziehung und Abstoßung, wie bei Magneten, deren Pole sich ständig ändern. Es war echt, es war beängstigend.

Dies hier wird komplett von mir gesteuert. Ich empfinde Verachtung für die schwachen Menschen, die so leicht zu manipulieren sind, aber auch für mich, weil es keine besondere Leistung ist, die ich meiner liebenswerten Persönlichkeit zu verdanken habe. Die Rotblonde hat sich nicht aus freien Stücken für mich entschieden.

Egal, ich habe keine Lust mehr, zu den Guten zu gehören. Jetzt, wo Agnetha mich durchschaut hat, muss ich meine wahre Natur nicht länger verbergen.

Ich nehme die Hand der Frau und drehe sie um, damit ich den

Puls unter ihrer zarten Haut betrachten kann. Meine Zungenspitze schnellt hervor, ich kann das warme Blut schon auf meinen Lippen schmecken.

»Lass uns gehen«, sage ich zu ihr und sie nickt, ohne zu wissen, dass sie damit ihrem Tod zugestimmt hat. Aber vorher werde ich noch ein wenig Spaß mit ihr haben. Vielleicht beiße ich dann zu, wenn sie ihren Orgasmus erlebt, dann schmeckt sie bestimmt noch viriler.

Eine Hand legt sich auf meine Schulter. Unwillig stoße ich sie fort und knurre: »Ich bin beschäftigt.«

»Zu beschäftigt, um deinen Cousin zu begrüßen?«

Ich drehe mich um und blicke in Benedicts aristokratisches Gesicht, das mich mehr denn je an eine kalte Marmorstatue erinnert.

»Wie ich sehe, versuchst du gerade, meine Begleiterin zu verführen. Wie unhöflich von dir.« Er streckt seine langen Finger mit dem Siegelring aus und die Rotblonde löst sich von mir, um ihre Hand in seine zu legen. Ich spüre, wie mein unsichtbarer Griff von ihr abgleitet. Ich kann sie nicht mehr erreichen. Sie schaut mich nicht einmal mehr an, sondern hat nur noch Augen für Benedict.

»Was für eine Überraschung, dir hier zu begegnen, Damien«, sagt er mit seiner feinen, leisen Stimme. Der nachtgraue Stoff seines Anzugs verschluckt das Licht, sobald es ihn berührt. Er trägt keine Krawatte, die beiden obersten Knöpfe seines Hemdes stehen offen und entblößen alabasterweiße Haut, auf der eine Kette glitzert. Den Ankh-Anhänger trägt er, seit ich mich erinnern kann. Angeblich ist es ein antikes Schmuckstück.

»Keine Überraschung«, erwidere ich. In seiner Gegenwart werde ich wieder zum kleinen Jungen, der keine Manieren besitzt. Er ist mir früher schon viel erwachsener und überlegener vorgekommen – war er überhaupt je ein Kind? – und auch jetzt strahlt er eine unerreichbare Erhabenheit aus. »Ich habe dich gesucht. Jemand sagte, dass du in diesem Club verkehrst, aber der Türsteher wusste nicht, ob du hier bist.«

Er lüpft seine pechschwarzen Brauen. »Ich habe nicht die Angewohnheit, mich jeder unterbezahlten Hilfskraft vorzustellen, die mir im Weg steht. Apropos unterbezahlt: Man munkelt, dass du jetzt Nachtarbeiter bist. Wie überaus beschämend für unsere Familie.«

»Ich muss mit dir reden.«

Seine Brauen wandern noch ein Stückchen höher. »Du hättest anrufen können.«

»Sehr witzig, Cousin. Ich will wissen, was bei der Beerdigung des Patriarchen geschehen ist.«

Ein listiges Lächeln umspielt seine schmalen Lippen. Er beugt sich zu der Rotblonden und flüstert ihr etwas ins Ohr. Sie erbleicht, dann nickt sie und geht davon, ohne mich eines weiteren Blickes zu würdigen.

»Was hast du zu ihr gesagt?«, will ich wissen.

»Dass ich sie bestrafen muss, weil sie mit dir geflirtet hat. Sie gehört mir, Damien. Such dir etwas, das eher deinem Niveau entspricht.« Er winkt mich zu einer Nische im hinteren Bereich. »Diese Frau, mit der du hergekommen bist, sah ganz schön zerrupft aus. Was hast du mit ihr angestellt? «

»Keine Ahnung, von wem du sprichst.«

»Die neugierige Füchsin mit den feuchten roten Locken. Sie kam mir bekannt vor.« Benedict lässt sich geschmeidig in einem Sessel nieder und winkt eine Kellnerin heran. »Was möchtest du trinken, Cousin? Ich lade dich ein.«

»Danke, aber ich mache gerade eine Detox-Kur.«

»Natürlich.« Sein Lächeln wird spöttisch. »Du hast diese Füchsin nicht zufällig auf mich gehetzt, Damien?«

»Im Gegenteil. Ich habe sie zum Teufel gejagt.« Ich beuge mich vor. »Die Beerdigung. Ich kann mich nicht erinnern, sie verlassen zu haben. Mir fehlen sieben verfickte Tage meines Lebens, Benedict! Das Letzte, woran ich mich erinnern kann, ist, dass du mit mir geredet hast.«

»Über deinen Vater.« Benedict faltet seine schlanken Pianisten-Finger und schlägt ein Bein über. »Du hast mir vorgeheult, wie sehr du ihn vermisst und all dieses sentimentale Blabla.« Trotz der wummernden Musik sind seine Worte erstaunlich deutlich.

»Wir haben uns also über meinen Vater unterhalten.« Ich lache auf. »Weil wir beide ja so gute Freunde sind.«

»Du warst stockbetrunken. Du hast ein Glas Cognac nach dem anderen hinuntergestürzt, bevor wir zur Trauerrede in die Kapelle gingen.«

An den Cognac erinnere ich mich: Irgendein extrem kostspieliges Zeug, an dem die Familienanwälte ehrfurchtsvoll nippten, während ich mir keine Hemmungen auferlegte. Gelegenheiten muss man beim Schopf packen, wenn sie sich bieten.

»Ich war also betrunken«, sage ich.

Er lächelt schmal. »Der Besuch in unserem Haus hat dich aufgewühlt. Oder war es die Beerdigungsfeier? Du hast dich gar nicht wohl gefühlt.«

Bilder aus meiner Kindheit blitzen auf, von unseren Besuchen im Haus Istrigo, als ich noch ein Junge war. Die Dunkelheit in dem schlossähnlichen Anwesen, die Lautlosigkeit, mit der sich die Familienmitglieder durch die Räume bewegten. Nie wurde die Stimme erhoben oder gelacht. Meine Mutter hielt mich an der Hand oder sie bestand darauf, dass ich in ihrer Nähe blieb. Wir gingen meist in den Park, der teilweise verwildert war. Sie spielte mit mir Verstecken oder wir suchten am Teich nach Fröschen und Molchen, während mein Vater in der Bibliothek mit dem Patriarchen sprach. Er hat nie gesagt, worüber sie sich unterhielten.

Meine Eltern fuhren nicht gern zum Anwesen hinaus, aber der Patriarch bestand darauf, uns einmal im Monat zu sehen. Als kleiner Junge habe ich mir oft ausgemalt, wie es wäre, für immer in dem riesigen, geheimnisvollen Haus zu leben, statt hier nur zu Besuch zu sein. Damals wusste ich noch nicht, dass mein Vater sich von seiner Familie losgesagt hatte, um mit einer bürgerlichen Frau zusammenleben zu können. Oder sie haben ihn verstoßen; jedenfalls soll es richtig gekracht haben. Erst mit meiner Geburt haben sie sich wieder halbwegs miteinander versöhnt.

»In der Kapelle musste ich dich stützen. Es war sehr unangenehm für alle Anwesenden.« Benedict lehnt sich zurück. »Ich hielt es für das Beste, dich an die frische Luft zu bringen.«

»So fürsorglich«, spotte ich. »Warum hast du mir die Karte geschickt?«

»Um ehrlich zu sein, habe ich nicht damit gerechnet, dass du kommen würdest. Ich hielt es für höflich, dich daran zu erinnern, dass du eine Familie hast, Damien. Seit mein Onkel Bertin – dein Vater – auf das Anwesen zurückgekehrt ist, hast du dich ja nicht gerade überschlagen mit Besuchen bei uns.«

»Mein Vater hat sehr deutlich gemacht, dass er mich nicht sehen wollte«, erwidere ich. Es schmerzt heute noch so sehr wie damals.

»Dein Vater hatte … Probleme.«

»Bullshit. Der Tod meiner Mutter hat ihn aus der Bahn geworfen.«

»Nein, ihr Tod hat ihn wieder zurück in alte Bahnen gelenkt. Er brauchte uns, um auf ihn aufzupassen. Er wollte nicht, dass du davon erfährst. Aber du hast geahnt, dass mit ihm etwas nicht in Ordnung war, richtig?«

»Bullshit«, wiederhole ich, jedoch mit unsicherem Unterton.

»Glaub, was du willst.« Mein Cousin schüttelt den Kopf. »Als du betrunken warst, hast du mir die Ohren vollgejammert, wie allein du dich fühlst, weil dein Vater dich im Stich gelassen hat. So hast du es bezeichnet. Du warst schon immer ein Egoist, hast nur an dich gedacht. Vielleicht wusstest du wirklich nicht, dass dein Vater krank war. Aber das bezweifle ich.« Benedict legt eine kunstvolle Pause ein. »Du hast mich nämlich auf der Beerdigung gefragt, ob es vererbbar sei.«

»Ich habe *was?*« Ich schnelle halb aus dem Sessel hoch und errege Aufmerksamkeit.

»Setz dich!«, zischt mein Cousin. »Dein Benehmen ist unziemlich.«

»Du hast keine Ahnung, wie unziemlich ich wirklich werden kann. Was soll der Scheiß? Mein Vater war kerngesund!«

»Körperlich ja.« Er wartet, bis die Umstehenden sich wieder ihren eigenen Angelegenheiten zuwenden, dann fährt er leise fort: »Er litt unter Wahnvorstellungen.«

Zum dritten Mal sage ich: »Bullshit«, diesmal aus vollster Überzeugung.

»Darum war Großvater so entsetzt, als er von der heimlichen Hochzeit deines Vaters erfahren hat«, sagt Benedict, ohne meinen Einwurf zu beachten. »Es hatte nichts damit zu tun, dass deine Mutter eine Gewöhnliche war.«

»Sie war alles andere als das!«

»Sondern weil die Familie fürchtete, dass er etwas Falsches tun könnte, wenn er wieder … einen seiner Anfälle hätte«, fährt er unbeirrt fort. »Bisher ist immer jemand da gewesen, um auf ihn aufzupassen. Aber dann zog er in die Stadt und bildete sich ein, ein normales Leben führen zu können. Meine Großeltern haben darauf bestanden, dass er wenigstens einmal im Monat mit euch zu Besuch kam, damit sie sich vergewissern konnten, dass es euch gut geht.«

Ich brauche eine Denkpause. Was Benedict mir da vor die Füße kippt, deckt sich nicht ansatzweise mit dem, was ich zu wissen glaube. Mein Vater war ein kluger und liebevoller Mann mit verschrobenen Angewohnheiten. Aber psychisch krank? No way!

Dennoch hat der Tod meiner Mutter unsere kleine heile Welt zerrissen. Mein Vater war nicht zerbrochen, er wurde zu Stein. In unbeteiligtem Tonfall hat er mir eröffnet, dass er die Stadt verlassen und in den Schoß seiner Familie zurückkehren werde. Damals war ich zu schockiert und wusste nicht, was ich davon halten sollte. Heute weiß ich es immer noch nicht.

Die Familie von Baro ist ein sehr altes Geschlecht, wo jeder seinen festen Platz und seine Aufgaben hat. Vielleicht hat er diesen Rückhalt wirklich gebraucht, nun, wo die Liebe seines Lebens nicht mehr da war. Ich war Student im dritten Semester und wohnte in einer WG mit Lennart. Mein Vater ließ mich mit meiner Trauer zurück. Er kapselte sich von mir ab, reagierte nicht einmal mehr auf meine Anrufe. Er schickte mir nur eine SMS, dass ich ihn zukünftig in Frieden lassen und auf keinen Fall wagen solle, zum Anwesen zu kommen.

Ich hab's natürlich trotzdem getan und wurde am geschlossenen Tor von Marius, dem Butler, abgewiesen. Es war demütigend. Einen Tag später rief mich Benedict an und erklärte mir, dass mein Vater mich nicht mehr sehen wolle.

Weil ich ein junger Idiot war, tat ich das, was alle jungen Idioten tun: Ich drehte durch. Ich schmiss das Studium und stürzte mich in alle möglichen Exzesse, trank bis zur Besinnungslosigkeit und vögelte mich quer durch Steenport. Es gab Hausverbote, ein paar Anzeigen wegen Prügeleien in Kneipen und vielleicht auch eine, weil ich einen Polizisten geschubst hatte.

Erst Lennart hat mich wieder Räson gebracht.

Und nun will mir mein Cousin weis machen, dass mein Vater psychisch krank war. So logisch das klingen mag, will ich es trotzdem nicht glauben. Mein Vater war verschroben, sonst nichts.

»Wenn das stimmt«, frage ich, »warum hat die Familie es mir nie gesagt? Heutzutage ist das doch kein Stigma.«

Benedict zuckt seine geraden Schultern. »Ich würde sagen: Frag deinen Vater, aber das ist ja leider nicht mehr möglich.« Seine Mimik lässt wie immer keine Rückschlüsse zu. In der Familie von Baro sind Gefühlsduseleien jeglicher Art verpönt.

»Was für eine Krankheit soll mein Vater angeblich gehabt haben?«

»Schizophrenie.« Benedict senkt die Stimme um eine weitere Nuance. »Er glaubte fest daran, ein Vampir zu sein. Ich weiß, wie albern sich das anhört, aber für ihn war es Realität. Schizophrenie ist eine grundlegende Störung des Denkens und der eigenen Wahrnehmung. Alles, was dein Vater dachte, erlebte oder sah, bestätigte ihn in seinem Wahn.«

Ich glotze ihn an wie ein Mondkalb. Wieder einmal fällt mir nur ein: »Bullshit! Das ist totaler, absoluter Bullshit.«

»Schizophrenie ist übrigens vererbbar.«

»Bullshit!« Ich springe auf, will nur noch fort von hier.

»SETZ DICH WIEDER HIN!« Benedicts Stimme zieht wie Donner durch den Club und wirft mich zurück in das Polster.

»Ich verstehe, dass diese Enthüllung etwas plötzlich kommt, aber du wolltest wissen, was auf der Beerdigung geschehen ist.« Er lehnt sich vor. Seine Gesichtshaut ist so glatt und makellos, dass ich die Verlockung verspüre, sie zu berühren, wie man eine delikate Statue anfassen will. »Du warst betrunken, sonst hättest du sicher nie die Sprache auf deinen Vater gebracht. Möglicherweise hast du es all die Jahre tief in deinem Innern geahnt, aber ich bezweifle, dass du den Mut hattest, der Wahrheit ins Gesicht zu sehen.« Man hört Benedict an, dass er die besten Schulen besucht hat.

In meinem Kopf wirbelt alles durcheinander. »Er ist tot«, murmele ich.

»Wir müssen in Betracht ziehen, dass er damals freiwillig von Bord des Segelschiffs gesprungen ist. Er wollte unbedingt die Jungfernfahrt auf der *Golden Hunter* mitmachen, einem Nachbau der Galeone von Sir Francis Drake, ein wahrhaft prächtiges Schiff. Er erzählte uns, dass er beabsichtige, ein Buch über die unrühmliche Geschichte unserer Vorfahren zu schreiben, daher ließ ihn der Patriarch gewähren.«

»Stimmt ja, ihr wart Piraten.«

»Wir waren Handelsreisende mit einem Kaperbrief«, erwidert Benedict belustigt.

»Der einzige Unterschied zwischen einem Piraten und einem Freibeuter ist der Kaperbrief Seiner Majestät«, zitiere ich dumpf meinen Vater.

»Du hörst dich genauso an wie er.«

Jetzt könnte ich einen Schnaps gebrauchen. Oder drei. Ich sitze da wie paralysiert. Die Musik klingt dumpf in meinen Ohren, das Treiben um mich herum ist unscharf.

»Wir müssen über deine Füchsin reden«, sagt Benedict nach langen Minuten des Schweigens. »Agnetha Valentin.«

Ihr Name holt mich zurück in die Gegenwart. »Müssen wir nicht. Sie ist fort.«

»Sie hat es auf unsere Familie abgesehen, Damien. Auch auf deinen Vater. Sie wird seinen Namen in den Schmutz ziehen.«

»Sie hat gesagt, dass sie das Thema fallen gelassen hat.«

»Und du glaubst ihr natürlich.« Ein Mundwinkel wandert spöttisch hoch. »Journalisten sind wie Terrier. Wenn sie sich einmal in eine Sache verbissen haben, lassen sie nicht locker, bis sie ihr Opfer zu Fall gebracht haben. Diese Frau hat nichts zu verlieren, Damien.«

»Was bedeutet das?«, bringe ich hervor.

»Agnetha Valentin wurde beim *AKUT* gefeuert. Sie hat versucht, den Chefredakteur zu verführen, um die Karriereleiter hinaufzuklettern. Als er nicht darauf einging, hat sie den Spieß umgedreht und ihn eines Übergriffes bezichtigt. Sie wäre nicht die erste Frau, die mit einer *Metoo*-Lügenkampagne ihre berufliche Unfähigkeit zu kaschieren versucht. In ihrem Fall hat sie jedoch nur sich selbst geschadet. Sie würde alles tun, um wieder Fuß in ihrer Branche zu fassen, sogar einen Skandal um eine alt eingesessene Familie erfinden, ohne die es diese Stadt gar nicht geben würde. Agnetha Valentin ist eine Gefahr, Damien. Sie muss gestoppt werden.«

Ich reibe hart über mein Gesicht, die Hitze dringt nicht unter meine Haut. »Ich weiß nicht … Sie ist nur eine junge Frau. Warum sollte sie eine solche Lüge erfinden? Das passt nicht zu ihr.«

»Dich hat sie auch getäuscht, Cousin.« Er kraust seine Lippen. »Du warst schon immer erschreckend naiv.«

Schizophrenie ist vererbbar. Mein Vater hat Selbstmord begangen. Agnetha ist eine Lügnerin. Und ich … Ich bilde mir ein, dass Sonnenlicht mich verbrennt, dass ich Superkräfte habe und meine neuen Mitarbeiter Vampire sind, so wie ich.

Mein Leben ist eine einzige Täuschung.

Knisternde Wut steigt in mir auf, schlägt hohe Flammen, leckt an meinem betrügerischen Verstand, züngelt an meiner Naivität und legt tausend Brandherde in meinem Innern. Meine Seele fängt Feuer, leuchtet lichterloh auf, um wie trockenes Papier zu verbrennen.

»Die Wahrheit tut weh. Aber du bist stark, du bist ein von Baro. Unsere Familie plant Großes für diese Stadt. In diesen Tagen empfangen wir besondere Gäste, die mit uns zusammenarbeiten wollen. Es ist von allergrößter Wichtigkeit, dass kein Schatten auf uns fällt, auch nicht in Form einer rothaarigen Verrückten.« Benedict erhebt sich geschmeidig und schaut auf mich herab. »Du wirst tun, was getan werden muss, um uns alle zu schützen. Du bist nicht wie dein Vater. Du bist einer von uns, vergiss das nicht.«

Seine Gestalt verschwimmt vor meinen Augen, als er zur Treppe schlendert. Frauen schauen ihm hinterher und lecken sich über die Lippen.

Tun, was getan werden muss.

21

Agnetha

Ich laufe durch die Straßen, wohlwissend, dass ich nicht vor mir selbst davonlaufen kann. Ich Idiotin!

Komm mir nie wieder unter die Augen. So viel Kälte, so viel verhaltener Zorn in seinen Worten. Seine abgrundtiefe Enttäuschung konnte ich nur erahnen.

Ich hab's vermasselt. Da gibt es nichts zu beschönigen. Das Gefühl kenne ich bereits. Was mir jedoch tief ins Herz schneidet, ist das Wissen, dass ich ihn verletzt habe. Ich habe ihm eine Wunde zugefügt, die so tief reicht, dass sie nie heilen wird. Wenn überhaupt, wird sie irgendwann zu einer harten Narbe werden, die ihn tagtäglich an den Verrat erinnert, den ich begangen habe.

An seiner Stelle würde mich auch verabscheuen. Habe ich ihn wirklich einen Niemand genannt?

Diesmal nehme ich keine Abkürzung durch dunkle Gassen, sondern halte mich auf der hell erleuchteten Meile, deren rechte Autospur traditionsgemäß zugeparkt ist. Eine Windböe fegt die Regenschauer über die Straße. Bettler sitzen unter den Vordächern der Imbisse, eine erschöpfte Frau im weißen Lederminirock wartet unter einem Schirm auf Kundschaft. Auf der anderen Straßenseite grölt ein Junggesellenabschied lautstark *Layla*. Aggressive Bassmusik wummert aus einem tiefergelegten Mercedes. Unter den Reifen eines vorbeirasenden Krankenwagens spritzt eine Wasserfontäne auf. Überall sind Menschen, ist Musik und Lärm, doch ich habe trotzdem das Gefühl, ganz allein zu sein. In jeder Hofeinfahrt glaube ich, eine schemenhafte Bewegung zu sehen, ein leises Knurren zu hören.

Der einzige Bus in das Vorortviertel meiner Eltern fährt samstags nur bis 18 Uhr. Ich könnte die U-Bahn nehmen und die letzten Kilometer zu Fuß durch den kleinen Park zurücklegen, der aus Sparsamkeitsgründen um diese Zeit nicht mehr beleuchtet ist. Ein Taxi kann ich mir nicht leisten. Wieso habe ich mir nie Gedanken darüber gemacht, dass man in einer Großstadt wie Steenport ohne Auto aufgeschmissen ist?

Ich ziehe mein Handy heraus und überlege, ob ich meinen Vater anrufen soll, damit er mich abholt. Meine Eltern werden bereits schlafen; sie sind grimmige Verfechter des frühen Aufstehens. Ich werde mir eine Predigt anhören müssen, von wegen, dass eine junge Frau um diese Zeit … Blabla.

Ich scrolle durch meine spärlichen Kontakte. Es ist niemand darunter, den ich nachts anrufen und um Abholung bitten kann. Bis auf einen.

»Zum Kotzen, das alles«, brumme ich und drücke auf *Anrufen*.

Das Ende vom Lied: Ich schulde Mike einen Kinobesuch mit Essengehen. Er hat darauf bestanden, es Date zu nennen. Dann sei er auch nicht mehr böse, weil ich ihn bei der *Allianz*-Versammlung einfach stehen gelassen habe.

Puh, Glück gehabt, ich hatte deswegen schon schlaflose Nächte, haha.

Auf dem Heck seines schicken Audis prangt neuerdings ein schwarzer Aufkleber mit den fetten Worten: *WEITER SO? NICHT MIT MIR!*, und etwas kleiner darunter: *Steenport braucht eine starke Führung!*

Jep, Mike ist jetzt voll auf dem *Allianz*-Trip. Er hat sich noch am gleichen Abend als Mitglied eintragen lassen und will sich engagieren. Damit ich nachts keine Angst mehr haben muss, obwohl er nicht verstehe, was ich um diese Zeit im Vergnügungsviertel … Noch mehr Blabla.

Ich höre ihm nur mit halbem Ohr zu, denn Damien beherrscht meine Gedanken mit einer Intensität, die mich erschüttert. Wieder und wieder denke ich: *Was habe ich nur getan?* Wieso denke ich nie nach, bevor ich etwas sage oder tu? Meine Impulsivität hat schon meine Karriere zerstört. Jetzt habe ich sogar einen Menschen vertrieben, der mir wenige Stunden zuvor das Leben gerettet hat.

Meine Instinkte haben mich vor ihm gewarnt, aber sie hatten Unrecht. Damien gehört zu den Guten. Er hat ein Recht auf seine persönlichen Geheimnisse. Sie machen ihn sogar noch faszinierender. Meinen ersten Eindruck, dass er keine interessante Geschichte zu erzählen hat, habe ich längst revidiert. Hinter seiner lässigen *Ich-nehme-das-Leben-wie-es-ist*-Fassade verbirgt sich ein zutiefst sensibler, verletzlicher Mann, der auf die harte Tour gelernt hat, sich zu schützen.

Ein Mann mit seltsamen Fähigkeiten, die mich ins Grübeln bringen.

Einer, der froh ist, dass ich aus seinem Leben verschwunden bin.

Mike setzt mich vor dem dunklen Haus meiner Eltern ab. »Ich hole dich morgen Abend um sechs Uhr ab, okay? Lecker italienisches Essen, danach Kino«, sagt er. »Im *Cineplex* läuft ein klasse Actionkracher.«

»Hört sich spannend an.« Ich seufze und will gerade die Beifahrertür öffnen, da legt er seine Hand in meinen Nacken und zieht mich zu sich, um seine feuchten Lippen auf meine zu pressen. Seine Finger bohren sich in mein Genick, seine Zunge dringt in meinen Mund ein. Sein Geschmack löst sofortigen Brechreiz aus.

Zornig stoße ich ihn von mir. »Was fällt dir ein?«

»Was denn? Du willst es doch auch!«

»Auf welchem Plakat steht das? Solange ich nicht *Ja, nimm mich!* schreie, will ich gar nichts.«

Er stellt den Motor ab. »Hör mal, wir können bis in alle Ewigkeit umeinander herumtanzen, aber Fakt ist, dass du zu mir gehörst. Es ist Bestimmung. Deine Eltern sehen das genau so. Du kannst doch nicht ewig Single bleiben …«

Ich merke, wie der ganze Frust des Abends in mir hochsteigt. »Wie konnte ich nur vergessen, dass ich ohne Mann völlig lebensunfähig bin? Es ist ein Wunder, dass ich selbstständig atmen kann.«

»Hast du deine Tage, oder was? Ich wollte dich küssen, weil ich dich geil finde. Ihr Frauen wollt doch unbedingt einen Typen, der weiß, was er will, und es sich auch nimmt, statt lange herumzulabern.«

»Woraus schließt du das?«

»Ich muss nur in die Buchhandlung gehen und mir anschauen, was bei euch Mädels gerade hoch im Kurs steht.«

Die Vorstellung von Mike in einem Buchladen ist dermaßen schräg, dass ich nur den Kopf schüttele. »Der Unterschied zwischen Fiktion und Realität ist dir aber schon bewusst, ja? Ich möchte ja auch nicht nicht von einem Psychopathen in Stücke gemetzelt werden, nur weil ich gern Thriller lese. Ein für alle Mal, Mike: Ich will nichts von dir.«

»Du wirst deine Meinung ändern, Aggi«, sagt er selbstsicher. »Du willst herausfinden, wie ernst ich es meine, deshalb zickst du ein bisschen herum. Das ist okay. Es geht ja schließlich darum, einen zuverlässigen Ernährer zu finden.«

»Hä?«, mache ich, weil ich bei *Aggi* hängengeblieben bin. Mein Vorname mag nicht der schönste sein, aber das ist kein Grund, ihn so zu verballhornen.

Geduldig sagt er: »Du bist eine Frau, du willst ein Nest bauen und dich um deine Kinder kümmern. Das liegt in deiner Natur, so wie es in meiner liegt, das Geld nach Hause zu bringen, Karriere zu machen und die Familie zu beschützen. Das ist ein bewährtes Modell, denn seien wir mal ehrlich: Frauen werden beruflich niemals das leisten können, was ein Mann schafft. Eure Hormone stehen euch da im Weg.«

»Hä?«, sage ich noch einmal. »Entschuldige, mein kleines Frauenköpfchen kann diese komplexe Botschaft nicht verarbeiten.« Eisiger Nachtwind schlägt mir ins Gesicht, als ich aus dem Auto springe. Ich beuge mich ins Innere und sage lächelnd: »Wenn dir das nächste Mal das Blut aus dem Gehirn sackt, um deinen Schwanz aufzupumpen, können wir uns gern noch einmal über Hormone unterhalten. Falls du dann noch in der Lage bist, einen klaren Gedanken zu fassen.«

»Wenn du dauernd die Emanze raushängen lässt, bekommst du gar keinen ab!«, ruft er.

Ich winke ab und knalle die Wagentür zu, die leider nicht knallt, sondern mit einem satten Klang ins Schloss fällt. Es hat keinen Sinn, mit Mike diskutieren zu wollen. Eine echte Diskussion könnte dazu führen, dass einer von uns beiden sagt: *Oh, diesen Standpunkt habe ich nie richtig beachtet. Möglicherweise habe ich also gar nicht recht.* Und das ist äußerst unwahrscheinlich.

»*Aggi*«, murre ich, kaum dass ich die Haustür hinter mir geschlossen habe, und schleudere meine Stiefel von mir. »Er nennt mich *Aggi*, ist das zu fassen? Wahrscheinlich muss ich dankbar sein, dass er mich nicht als *Baby* oder *Kleine* bezeichnet. Sein Einfamiliengehirn ist mit dreisilbigen Vornamen eindeutig massiv überfordert.« Ich werfe meine fleckige Jacke über einen Haken und marschiere auf Strümpfen die Treppe hinauf. Damien würde meinen Namen nie so dümmlich abkürzen. Er würde auch nicht solchen Mumpitz von sich geben oder gar *Allianz*-Aufkleber spazieren fahren. Damien ist ein Freigeist.

Und er hasst mich.

Ich schalte das Deckenlicht in meinem Zimmer an, die Wände sind noch enger zusammengerückt und drohen, mich zu erdrücken. Jenseits der Fenster lauert absolute Finsternis. Nur vereinzelt sind die fernen Lichter der City zu sehen. Da draußen ist es gefährlich. In der Dunkelheit kann sich alles und jeder verbergen, auch das Unmögliche.

Ich schließe meine Tür ab und tausche meine Kleidung gegen meinen Kuschelpyjama mit der trotzigen Aufschrift: *Queen of fucking everything*. Mit meinem Laptop ziehe ich mich ins Bett zurück, fest entschlossen, meinen Recherche-Ordner über die Familie von Baro aus der Cloud zu löschen. Doch meine Finger schweben unentschlossen über dem Trackpad. Schließlich öffne ich den Ordner und lese mich quer durch meine Notizen. Immer wieder bleibe ich an Damiens Namen hängen. An seinem vermeintlichen Status als schwarzes Schaf der Familie.

Seine Mutter starb bei einem Verkehrsunfall, dessen Verursacher nie gefunden wurde, sein Vater verließ die Stadt kurz nach der Beerdigung und ging später über Bord eines historischen Segelschiffes. Was macht das mit dem einzigen Kind? Warum ist er allein in Steenport zurückgeblieben?

Ich habe definitiv nicht die perfekten Eltern, aber sie hätten mich nie im Stich gelassen. Wäre ich an Damiens Stelle, könnte ich nie wieder einem anderen Menschen vertrauen.

Es schnürt mir die Kehle zu, wenn ich mir vorzustellen versuche, wie er sich gefühlt haben muss, als er erst seine Mutter verlor und ihm dann noch der Vater den Rücken zuwandte, statt dass beide sich gegenseitig in der Trauer Halt geben konnten.

Ich sitze da und versuche, Damien zu ergründen. Doch er gleitet mir immer wieder durch die Finger wie ein Schatten aus dunklem Rauch. Ja, er kann sehr unheimlich sein, und ja, er verdient seinen Lebensunterhalt auf moralisch fragwürdige Weise. Ich bin neugierig auf ihn, er macht mich kribbelig mit seiner Undurchschaubarkeit und seiner Fähigkeit, das Leben trotz allem nicht zu schwer zu nehmen. Auch wenn es Selbstschutz ist. Damien hat gelernt, alles mit sich allein auszumachen, und irgendwie hat er es trotzdem geschafft, kein gefühlskaltes Arschloch zu werden. Außerdem löst er in mir jede Menge Emotionen aus. Pure Begierde ist nur eine, aber eine äußerst mächtige. Fast schon zwanghaft male ich mir aus, wie es sich anfühlt, von ihm berührt zu werden. Ihn zu küssen wäre wie ein Spiel mit dem Feuer. Es wärmt dich und es hypnotisiert dich, es macht dich leichtsinnig, bis der Schmerz des Verbrennens einsetzt.

Die anderen Gefühle überfordern mich momentan zu sehr, um mich mit ihnen zu beschäftigen. Zumal sich das Thema sowieso erledigt hat.

»Agnetha!«

Die Tür fliegt auf, meine bleiche Mutter steht auf der Schwelle. Sie stößt einen Schrei aus, als sie mich im Bett entdeckt, den aufgeklappten Laptop immer noch im Schoß. Ich muss eingeschlafen sein. Der Sonntagmorgen trommelt als Platzregen gegen die Fensterscheibe. Mein Rücken schmerzt, weil ich in Fragezeichenposition über dem Notebook hänge. Es ist halb acht am Morgen.

»Wieso schreist du mich aus dem Bett?« Ich gähne und klappe den Rechner zu.

»Du lebst! Ich dachte … Ich …« Sie presst jetzt eine Hand auf ihre Brust. »Im Lokalradio wurde gerade berichtet, dass eine tote Frau in der Innenstadt gefunden wurde. Sie hat rote Haare.«

»Oh.« Mein Gehirn läuft noch nicht auf Betriebstemperatur. »Also, mir geht es gut. Mike hat mich nach Hause gefahren.«

Als hätte jemand einen Schalter umgelegt, leuchtet ihr Gesicht auf. »Ach, das freut mich aber, dass ihr beide doch noch zusammengefunden habt. Er war ja ganz geknickt, der Arme. So haben wir dich nicht erzogen, dass du deinen Freund einfach stehen lässt.«

»Können wir uns bitte darauf einigen, dass er nicht mein Freund ist? Danke.« Ich klettere aus dem Bett und suche im Schrank nach sauberer Wäsche, als ich innehalte. »Diese Frau … wo hat man sie gefunden?«

»Im Vergnügungsviertel«, antwortet sie verkniffen. »In der Nähe eines Clubs. *Devils* Irgendwas. Es wird wirklich Zeit, dass jemand etwas unternimmt. Man kann ja nicht einmal mehr vor die Tür gehen, ohne über ein Mordopfer zu stolpern!«

»War es ein Wolf?«

»Was?«

Ich hole ein knappes grünes Spitzenhöschen aus der Unterwäscheschublade und halte es hoch. Es muss Jahre her sein, seit ich das zuletzt getragen habe. »Wurde die Frau von einem Wolf oder wilden Hund angefallen?«

»Von einem Verrückten. Zeugen haben einen Mann im langen Mantel davonlaufen sehen. Als sie nachgeschaut haben, lag da die arme Frau. Sie ist verblutet. Ihre Unterarme …« Meine Mutter erschauert. »Offenbar hat er ihr die Pulsadern aufgebissen.«

Ich schlucke. »Soll das ein Scherz sein?«

Damien trägt einen langen Mantel, aber das tun viele andere Männer auch.

»Mike sagt, dass Steenport vor die Hunde gehen wird, wenn nicht bald etwas unternommen wird. Ich finde es großartig, dass er sich jetzt engagieren will. Es ist ja auch gut für seine Karriere, in der richtigen Organisation zu sein.«

»Die *Allianz* ist eine Horde von Brandstiftern.« Ich suche meine Lieblingsjeans heraus und einen kuscheligen Pullover, in dem ich mich vor der Welt verstecken kann. »Ich hätte Mike nicht anrufen sollen.«

»Wieso bist du nur so verbohrt? Mike ist ein anständiger Junge mit einer guten Zukunft. Du solltest deine Ansprüche herunterschrauben, oder du wirst als einsame Katzenlady enden. Du kannst ja auch nicht ewig bei uns wohnen bleiben. Was sollen denn die Leute denken? Dass dich keiner haben will?«

»Ich habe Standards und Frauen sind auch ohne Mann vollständige Lebewesen.« Ich schiebe mich mit dem Arm voller Klamotten an ihr vorbei und gehe ins Bad.

»Ach ja? Dann frage ich mich, wo du dich Nacht für Nacht herumtreibst!«, höre ich sie rufen.

»Ich tanze nackig an der Stange, um die Welt von meinen Qualitäten als Ehefrau zu überzeugen«, antworte ich und werfe die Tür hinter mir zu.

Man kann Erlebnisse und Gefühle nicht mit einer heißen Dusche abwaschen, aber ich gebe mein Bestes. Ich durchlebe die letzte Nacht noch einmal in allen Einzelheiten. Der Wolfshund, Damiens heldenhafte Rettung, sein Wortwitz, diese unglaublich starke Ausstrahlung, die ein Band zwischen uns geknüpft hat. Seine greifbare Enttäuschung, als ich ihm die Wahrheit gesagt habe. Der schwarze Zorn in seinen Gesichtszügen. Die plötzliche Kälte.

Meine irrationale Angst vor ihm.

Die tote rothaarige Frau.

Aufgebissene Pulsadern.

Ein Mann, der vom Tatort flüchtet.

Viele weitere merkwürdige Details, die ich nicht zu einem logischen Gesamtbild zusammensetzen kann.

»Wir sind doch nicht in Transsylvanien«, murmele ich unter dem dampfenden Wasserstrahl. Ich starre die Fliesen an, ohne eine Antwort auf meine Fragen zu entdecken. Nur die Angst kehrt zurück.

Ich bin einer ganz großen Sache auf der Spur. Viel zu groß für mich.

Hastig trockne ich mich ab, ziehe mich an und sitze ein paar Minuten später wieder an meinem Laptop. In die Suchleiste meines Browsers tippe ich: *Gibt es V*

Peinlich berührt lösche ich meine Eingabe, bevor ich das letzte

Wort beendet habe, schüttle über mich selbst den Kopf, dann schreibe ich erneut: *Gibt es Vampire?* Entschlossen hämmere ich auf die *Enter*-Taste.

Das sogenannte Renfield-Syndrom bezieht sich auf eine psychische Störung, auch Vampirismus genannt, bei der der Erkrankte sich einbildet, sich von Blut ernähren zu müssen. Auch die kutane Porphyrie, eine seltene Stoffwechselerkrankung mit Symptomen wie Lichtempfindlichkeit und Blutarmut, wird häufig als Vampirismus bezeichnet …

Ich scrolle weiter.

In nahezu allen Kulturen sind Vampire und vampirähnliche Wesen bekannt. Sowohl in Indien und China als auch im alten Babylon oder bei den Azteken finden sich Vampirgeschichten; sie sind in Südamerika ebenso verbreitet wie in Afrika oder auch bei den Aborigines in den Legenden um das rotäugige, blutsaugende Wesen Yara-ma-yha-who. Bram Stokers Dracula geht zwar auf den grausamen rumänischen Feldherrn Vlad Tepeç zurück, der seine Opfer zu pfählen pflegte; der Autor bediente sich jedoch auch an den Mythen um die Strigoi, wie die Vampire in Rumänien genannt werden. Dort glaubt man auch heute noch, dass Tote als Blutsauger wiederauferstehen und die Lebenden heimsuchen können.

Zu Beginn des 18. Jahrhunderts breitete sich der Vampirglaube vom Balkan über ganz Europa aus. Gelehrte, Offiziere, Abgesandte des Kaisers und Ärzte wurden damals ausgeschickt, um mysteriöse Mordserien in abgelegenen Dörfern zu untersuchen. Sie fertigten minutiöse Berichte an und verfassten wissenschaftliche Abhandlungen, die alle zu dem gleichen Schluss kamen: Vampire sind real.

Ich zwirble eine Haarsträhne zwischen den Fingern und frage mich, ob ich jetzt völlig bescheuert bin. Dabei weiß ich genau, was ich tue: Ich suche nach einem Beweis, dass Damien nicht psychisch krank ist. Renfield-Syndrom – Ha!

Nun, der Wolf ist real und er ist nicht Damien, so viel steht fest. Und der Mörder ist ein Mensch. Ein sehr wütender Mensch, der in der letzten Nacht das dringende Bedürfnis verspürt hat, eine Rothaarige zu killen, indem er sie ausbluten ließ.

Sie musste wegen mir sterben, weil ich Damien tief verletzt habe.

Ob er dabei mein Gesicht vor sich gesehen hat, als er es getan hat?

»Nein«, flüstere ich. »Er ist kein Mörder. Dazu ist er gar nicht fähig.«

Bist du dir sicher?

Ich öffne Damiens Recherche-Dokument und überfliege zum x-ten Mal die spärlichen Informationen, die ich über ihn zusammentragen konnte. Dann nehme ich mir Benedicts Dokument noch einmal vor. Einer von beiden ist der Schlächter von Steenport. Oder geht meine Fantasie mit mir durch? Ich wünschte, es wäre so, doch mein Bauchgefühl sagt mir seit Monaten, dass im Umfeld der von Baros etwas Schreckliches geschieht.

Benedict hat viel zu verlieren. Er ist Teil einer mächtigen Familie, er ist wohlhabend und beruflich erfolgreich. Man kennt seinen Namen.

Damien hingegen ist …

Für mich ist er zwar kein Niemand mehr, für den Rest der Welt aber schon. Perfekte Voraussetzungen für einen Mörder. Niemand würde ihn verdächtigen. Der Tod seiner Eltern hat ihn bestimmt tief getroffen. So tief, dass er jeglichen Halt verloren haben könnte.

Benedict hat kein Mordmotiv. Ich habe Damien letzte Nacht ein weiteres geliefert.

Last, but not least: Sein Verhältnis zu Benedict ist angespannt – also warum nicht den reichen Cousin zum Sündenbock machen?

Meine diffuse Furcht schwillt zu einer erstickenden Blase an. Ich weiß nicht, welche Möglichkeit ich schrecklicher finde: dass Damien sich für einen Blutsauger mit Lichtallergie hält oder ein mordender Psychopath ist.

Darum soll sich die Polizei kümmern. Es ist meine Pflicht, ihnen meine Unterlagen und Mutmaßungen vorzulegen, damit sie ihre Arbeit tun können.

»Die werden mich für verrückt erklären«, sage ich. »Niemals

würde die Justiz gegen die Baro-Familie ermitteln.« Selbstgespräche sind meine bewährte Methode, um eine Entscheidung zu treffen.

Doch diesmal weiß ich nicht, was ich tun soll. Zu viele Gefühle, zu viele Ängste blockieren meinen Verstand und machen es mir schwer, logisch zu denken.

Es gibt nur eine Person, mit der ich über meinen ungeheuerlichen Verdacht reden kann.

22

Damien

»Er hat geblinzelt«, flüstert eine unbekannte Stimme.

»Vorsicht, Leute! Kommt ihm nicht zu nahe!«

Schon wieder: Ich wache auf und habe keine Ahnung, was geschehen ist oder wo ich bin. Wieso werde ich überhaupt noch bei Tagesanbruch wach? Ist das nicht entgegen der vampirischen Natur?

Du bist kein Vampir, Trottel. Du bist geisteskrank.

Ich setze mich auf. Wasser plätschert, über mir wölbt sich ein mächtiger, breiter Schatten: eine Brücke, die einen Fluss überspannt. Ich trage meinen Mantel. Mein Handy, meine Brieftasche und die Sonnenbrille sind dort, wo sie sein sollen.

Ich drehe den Kopf und sehe mehrere Gesichter in verschiedenen Stadien der Verwahrlosung. Sie starren zurück, manche ängstlich, einige andere komplett jenseits von Gut und Böse.

»Wer seid ihr denn?« Ich klinge, als hätte ich die ganze Nacht durchgesoffen, was mal eine schöne Abwechslung wäre zu dem ganzen Chaos der letzten Zeit. Es könnte aber auch sein, dass ich stundenlang den Mond angeheult habe und bloß heiser bin.

»Das hier ist unser Platz, Junge«, sagt eine Frau, die ihre grauen Haare zu einem krausen Dutt hochgebunden hat. »Du bist hergekommen und hast dich hier hingelegt, als wärst du der König von Steenport.« Ihre Stimme klingt noch krasser als meine und ihre Augen haben mehr gesehen, als ein Mensch vertragen kann. Sie zieht einen Flachmann aus der Jackentasche und hält ihn mir mit zittriger Hand entgegen. »Siehst aus, als hättste nen Schluck nötig.«

»Danke, aber meine Religion verbietet mir den Genuss von Alkohol.«

»Dann ist es die falsche Religion.« Ein spindeldürrer Mann nimmt ihr den Flachmann ab und bedient sich mit einem langen Schluck.

Ich sitze in einem Nest aus Schlafsäcken, Plastiktüten und Kleidungsstücken. Um mich herum liegen Kartons, Zeitungen, leere Flaschen und noch mehr Schlafsäcke. Am Brückenpfeiler parkt ein vollgestopfter Einkaufswagen. Der Geruch, der mich umgibt, hat einen eigenen Namen verdient. Einige Meter über mir rauschen Autos dahin; rhythmisch rattern sie über die Dehnungsfugen im Asphalt. Ich kenne diesen Ort. Er liegt jenseits des Hafens. Die Straße über mir ist die Stadtautobahn, die die City mit den Vororten auf der anderen Seite des Flusses verbindet. Ein Kohlenschiff gleitet schwerfällig vorbei, die Wellen schwappen ans Ufer. Der Regen verwischt die Skyline von Steenport zu einem abstrakten Gemälde in Grau.

»Ich habe hier geschlafen?«, frage ich vorsichtshalber nach.

»Auf meinem Schlafsack«, brummt die Frau, deren Alter unmöglich zu bestimmen ist. Sie trägt einen alten Armeeparka über einen rostroten Pullover, dessen Farbe mich schlagartig an Agnetha erinnert. An meine bitterkalte Enttäuschung, den feurigen, alles verbrennenden Zorn. Sie hat mich als Niemand bezeichnet. Die Wahrheit ist grausam, aber das macht sie nicht weniger wahr.

Ein Mann mit Schlapphut räuspert sich. »Du hast Blut im Gesicht, Junge.«

Ich berühre meine Wangen, taste mein Kinn ab. Getrocknetes

Blut ziept in meinem Für-immer-und-ewig-Dreitagebart. Doch im Mund schmecke ich nichts. Ein schmierig-dunkler Abdruck ziert mein Shirt, als hätte ich mir daran die Hand abgewischt. Ich betrachte meine Finger. Sie sind sauber.

Das Gespräch mit Benedict fällt mir wieder ein, Wort für Wort.

Noch mehr grausame Wahrheiten. Mein Leben – eine Ansammlung von Lügen.

Ich betrachte die Penner, die sich vorsichtig ihren Schlaflagern nähern, ohne mich aus den Augen zu lassen, und erhebe mich schwerfällig.

»Was ist mit dir los?«, fragt die Frau. Vor ihren rissigen Lippen schweben Atemwölkchen. »Hast du Lungenkrebs oder so? Ich sehe dich nicht atmen.«

Bewusst atme ich durch und aus meinem Mund steigt ein graues Wölkchen auf. Aber ich spüre den Sauerstoff nicht in der Lunge. So sehr ich mich auch anstrenge, es fühlt sich nicht an, als würde die Luft in meinem Körper ankommen.

Schizophrenie. Das Gehirn arbeitet nicht rational. Es lebt in einer alternativen Realität. Ich darf meinen Empfindungen nicht trauen. Ich sollte mich schnurstracks in eine Klinik begeben und mir bunte Pillen verabreichen lassen, um die Chemie in meinem Kopf wieder ins Gleichgewicht zu bringen.

Da ich meinen Mantel trage, den ich an der Garderobe des *Devil's Den* abgegeben habe, muss ich den Club auf normalem Weg verlassen haben. Doch was danach geschehen ist, weiß ich nicht. Wieder einmal.

Sind Gedächtnislücken ein Symptom von Schizophrenie?

Ich bleibe im Schatten unter der Brücke, während die Leute um mich herum ihren Morgenschnaps trinken, ihre Habseligkeiten zusammensuchen und in den Regen hinaus schlurfen. Die alte Frau sagt zu mir: »An der St. Josefs-Kirche kriegste Gratis-Kaffee und ein belegtes Brötchen. Willste mit?«

Ich schüttele den Kopf.

Schulterzuckend schnappt sie sich den Einkaufswagen und wuchtet ihn mühselig die Böschung hinauf.

Ich kann mich nicht überwinden, aus dem breiten Schatten der Brücke hinaus ins Morgenlicht zu treten. Habe ich mir den Besuch in der Blutbank auch eingebildet? Hat Armand mich lediglich in eine Flüsterkneipe geschleppt und mich dort abgefüllt, bis ich die Englein singen hörte? Ist *Speed Demon* am Ende nichts weiter als ein überteuerter Energydrink mit Wodka?

Mein Handy meldet mehrere verpasste Anrufe von Lennart. Keinen einzigen von Agnetha. Das ist gut, rede ich mir ein. Sie hat mich getäuscht, sie ist raus aus meinem Leben. Das ist das Beste für alle, denn ich bin in jeder Hinsicht nicht zurechnungsfähig.

Ich scrolle durch meine Kontakte unter A. Natürlich habe ich Agnethas Nummer nicht, das wäre ja auch zu schön gewesen. Doch Armand ist in meinem Handy abgespeichert. Nach dem Blutbank-Besuch hat er gesagt, ich könne ihn jederzeit anrufen, wenn ich Fragen habe. Vielleicht ist er ja eigentlich mein Psychiater, und Walker mein Pfleger.

»Verrückt zu sein, macht absolut keinen Spaß«, brumme ich und drücke auf Anrufen. Es klingelt und klingelt.

»Du steckst in der Klemme«, ist das Erste, was er sagt, als er endlich abgenommen hat.

»Das weiß ich selber. Ich bin irgendwo am Fluss gestrandet und …«

»Nein, ich meine: *Du steckst in der Klemme*, und zwar so richtig.« Der Ernst in seiner Stimme macht mich nervös. »Wo genau bist du?«

Ich gebe ihm den Standort durch und er beschwört mich, dort zu bleiben und mich nicht blicken zu lassen. »Walker holt dich ab.«

»Sag Walker, er soll die Zwangsjacke nicht vergessen. Es kann nämlich sein, dass ich verrückt und gefährlich bin.«

»Gefährlich bist du auf jeden Fall. Weißt du denn nicht, was du heute Nacht angerichtet hast?«

Eine ungute Vorahnung steigt in mir auf. Ich zupfe an dem getrockneten Blutfleck auf meinem Shirt. »Nicht wirklich, nein.«

»Was immer dir gerade durch den Kopf geht: Es ist noch viel schlimmer.« Mit einem bitteren Lachen beendet er den Anruf.

Unruhig laufe ich im Schatten der Brücke auf und ab, während über mir der Verkehr rattert. Regenschleier ziehen über den Fluss, eine Schar Enten watschelt schnatternd an mir vorbei zum Ufer und gleitet ins Wasser.

Ich wünschte, ich könnte die Zeit zurückdrehen und Agnetha dabei beobachten, wie sie in dieser Kneipe an ihrem dampfenden Grog nippt. In ihrer Gegenwart wirkt alles viel heller und prickelnder. Ich mag die Entschlossenheit, mit der sie das Leben angeht. Sie ist eine Überraschungstüte mit kunterbunten Inhalt.

Bis man die schmutzige Wahrheit herausfischt.

Ich verfluche sie dafür, dass sie mich getäuscht hat. Noch mehr verfluche ich mich dafür, dass ich es zugelassen habe. Für einen Augenblick habe ich mir eingebildet, dass zwischen uns etwas Besonderes wäre. Dass sie in mich hineinschaut, so wie ich bis auf den Grund ihrer Seele geblickt habe. Funkelnde Magie und all der romantische Mist. Alles eine Täuschung.

Zornig kicke ich einen Stein fort. Er kracht gegen den mittleren Brückenpfeiler und schlägt ein Loch in den Beton.

Eine Viertelstunde später ertönt eine Hupe. Ich setze die Sonnenbrille auf und wage mich mit gesenktem Kopf aus dem Schatten. Trotz des Ledermantels steht sofort mein Körper in Flammen. *Das ist nur Einbildung*, rede ich mir zu und klettere die nasse Böschung hinauf. Am Straßenrand wartet ein dunkelroter, uralter Cadillac Seville mit dem typisch eckigen Kühlergrill, eingehüllt in eine Auspuffwolke. Sämtliche Fenster sind dunkel getönt. Aus dem Innern dröhnt *In The Blood.* Die Szenerie hat etwas von einem Achtzigerjahre-Gangsterfilm, zumal mein Mantel theatralisch im Wind flattert.

Das Fahrerfenster senkt sich um einige Zentimeter. »Steig ein, wir stehen hier auf dem Präsentierteller!«

Ich umrunde den Kühler, reiße die Beifahrertür auf und gleite auf das Polster. Walker gibt Gas, noch bevor ich die Tür wieder geschlossen habe. Im Wageninnern riecht es penetrant nach Fisch und alten Pommes. Walker legt einen rasanten U-Turn hin, ohne sich um den Verkehr zu kümmern. Ein Hupkonzert ertönt, ein entgegenkommendes Fahrzeug schlittert knapp an uns vorbei. Ich werde gegen die Tür geschleudert.

»Fahr langsamer!«, blaffe ich. »Ich bin zu jung, um in einem Feuerball zu sterben.«

»Man sucht nach dir«, entgegnet er und beschleunigt.

»Dann solltest du erst recht nicht mitten in Steenport *Grand Theft Auto* spielen. Wer sucht nach mir?« Irgendwie hoffe ich, dass er sagt: *Agnetha macht sich Sorgen um dich.*

Manchmal kann ich ein richtiger Dummkopf sein.

»Zuerst einmal die Polizei.« Er schaltet die CD-Musik aus und das Radio an.

»*… Zeugen einen Mann im langen Mantel davonlaufen*«, sagt ein Radiomoderator. *»Er wird als hochgewachsen beschrieben, von athletischer Statur und mit dunklen Haaren. Hinweise nimmt jede Polizeidienststelle entgegen. Noch einmal der Hinweis, dass der Mann sehr gefährlich ist. Er steht in dringendem Verdacht, auch andere Morde in Steenport …«*

»Was soll der Mist?«, frage ich.

Walker hebt die Hand, damit ich weiter zuhöre.

»Die Identität der rothaarigen Frauenleiche, die heute am frühen Morgen unweit des populären Clubs Devil's Den *aufgefunden wurde, ist noch nicht geklärt. Auch zur Todesursache gibt es bislang nur …«*

Den Rest höre ich nicht mehr. Eisiges Entsetzen lähmt meinen gesamten Körper, meinen Verstand.

»Die reden von mir«, stammele ich. »Ich habe … habe … Eine rothaarige Frau? Oh Fuckscheißehorror!«

»Die Beschreibung könnte auf dich passen. Armand sagte, dass du gestern ein Date mit unserer Rothaarigen hattest. Stimmt das?«

Ich presse das Gesicht in meine Hände. Mir steht noch sehr

genau vor Augen, wie sie aus dem Club geflüchtet ist. Vor mir. Wie mein Zorn rasant anschwoll.

Benedicts Worte: *Agnetha Valentin ist eine Gefahr. Du wirst tun, was getan werden muss, um uns alle zu schützen.*

»Fuckfuckfuck«, murmele ich, ohne mich selbst zu hören. »Fuckfuckfuck.«

Das kann ich nicht getan haben! Niemals. Ich würde ihr niemals ein Haar krümmen, ganz egal, welche Lügengeschichten sie mir auftischt.

Im Grunde hat sie auch gar nicht richtig gelogen, nur ein paar relevante Details verschwiegen.

Zum Beispiel, dass sie gar nicht an dir interessiert ist, Damien. Das kann einen Mann schon mal wütend machen.

Aber ich bin keiner von denen, die die Ablehnung einer Frau nicht verkraften. Ich ziehe dann schulterzuckend zur nächsten Gelegenheit weiter.

Nur dass Agnetha nie eine Gelegenheit war. Anfangs konnte ich sie nicht einmal ausstehen. Wann hat sich das geändert?

»War sie mit dir in dem Club?«, fragt Walker eindringlich. »Seid ihr zusammen von dort fortgegangen? Wohin?«

Ich zerre an meinem Haar, während ich mich zu erinnern versuche. »Nein … Ich habe sie weggeschickt. Ich war stinksauer auf sie.«

»Nur sauer?«

»Wahnsinnig wütend«, gebe ich zu. »Mein Cousin war dort. Er hat mir ein paar Dinge erzählt … über die ich nachdenken muss.«

»Dein Cousin, ja?« Walker biegt zum Hafen ab.

»Meine Wohnadresse ist in der anderen Richtung.«

»Dort kannst du nicht hin.«

»Hör mal, ich weiß, dass ich mir das alles nur einbilde. Wahrscheinlich bist auch du eine Ausgeburt meines Kurzschluss-Gehirns. Ich brauche … Ich weiß nicht, eine Therapie oder so. Medikamente. Einen Raum mit gepolsterten Wänden. Bitte sag mir, dass ich Agnetha kein Haar gekrümmt habe!«

Stumm rast Walker auf den Hafenbezirk mit seinen Kränen und Containern und Frachtschiffen zu.

Es kann nicht wahr sein, dass sie nie wieder spitze Bemerkungen macht, mich nie wieder auf die Palme bringt, nie wieder dieses herausfordernde Lächeln zeigt. Sie ist viel zu lebendig, um tot zu sein.

Mein Handy summt; ich schaue auf das Display: *Unbekannter Anrufer.* Sofort drücke ich den Anruf weg.

»Die Polizei klingelt nicht vorher durch, wenn sie dich verhaften will«, sagt Walker. »Die Legion übrigens auch nicht.«

Wir passieren den weitläufigen Frachthafen, den Yachtclub, die Werften und erreichen den alten Fischereihafen, der seit Jahren von der Schließung bedroht ist. Die niedrigen Hallen, in denen früher der Fang weiterverarbeitet wurde, sind baufällig und von Unkraut überwuchert. Ein leichter Fischgeruch hängt in der Luft, als Walker den Cadillac direkt am Pier zum Stehen bringt. Ein rostiger Kutter dümpelt einsam am Anleger, am Mast weht eine Flagge mit einer grinsenden Comic-Fledermaus.

»Willst du mich ins Hafenbecken werfen?«

»Man kann Vampire nicht ertränken.« Schwerfällig steigt er aus. Die Ringe unter seinen Augen rühren nicht nur vom Schlafmangel her.

Ich zögere, bevor ich die Autotür öffne. Tageslicht kann mir nichts anhaben, Schmerz ist nur eine Einbildung. Und außerdem habe ich es verdient, in der Hölle zu brennen. Dennoch trifft mich die Helligkeit wie eine Attacke mit dem Flammenwerfer. Diagnose: lebhafte Fantasie.

Ich klappe den Kragen hoch und folge Walker über einen wackeligen Steg zu dem Kahn. Außer uns sehe ich keine lebende oder tote Seele.

»Ich bin kein Vampir«, sage ich. »Weil es keine gibt. In meinem Kopf sind ein paar Gehirnstränge falsch gepolt. Ich bin bloß schizophren.«

»Ein Schizophrener, der weiß, dass er schizophren ist, ist nicht schizophren.« Walker springt auf das Deck des kleinen Schiffs, der ein Ächzen von sich gibt.

»Alles, was ich sehe, erlebe oder tue, interpretiert mein kranker Verstand als Beweis meiner eingebildeten Realität«, fahre ich unbeirrt fort. »Und mein Körper reagiert so, wie ich es erwarte. Ich bilde mir ein, Appetit auf Blut zu haben, Superkräfte zu besitzen und …«

»Halt einfach die Klappe.« Walker stemmt eine Eisentür auf, die sich knirschend wehrt, und deutet eine Verbeugung an. »Nach Ihnen, Euer Lordschaft.«

Die Treppe führt in eine umgebaute Kombüse mit einer modernen Küchenzeile, einem nagelneuen Kühlschrank und einem langen Esstisch. Es ist stockdunkel hier drin, aber ich erkenne trotzdem jede Einzelheit. An einer Wand hängt eine Art Putzplan, an diversen Haken sind altmodische Petroleumlampen, eine mumifizierte Fledermaus und eine pinkfarbene Federboa aufgehängt. Eine Girlande aus Rabenschädeln hängt über den schwarz angemalten Fenstern. Auf einer Seite zieht sich eine breite, gepolsterte Pritsche entlang, dekoriert mit kunterbunten Kissen, die nicht zueinander passen. Auf einem ist das Konterfei von Kiefer Sutherland aus The *Lost Boys* zu sehen. Das dumpfe Brummen eines Generators ist zu hören.

Walker quetscht sich an mir vorbei, schaltet das Deckenlicht an und hämmert gegen eine weitere Tür. »Wir sind's!«

Eine Weile geschieht gar nichts, dann höre ich Knarzen,

Rummsen, Poltern, schließlich wird ein Riegel zurückgezogen und die Tür einen Spalt geöffnet.

Armand blinzelt uns an. »Wurde auch Zeit. Kommt rein.« Er öffnet die Tür zur Gänze; Kerzenlicht flackert in der Tiefe. Eine salzige, modrige, fischige Geruchsmischung steigt zu mir auf.

»Ich geh da nicht runter«, sage ich.

»Nicht fein genug für Ihro Gnaden?«

»Das ist doch alles nur eine Illusion.«

»Er glaubt, er sei verrückt«, hilft Walker hinter mir aus.

»Ach, na ja, sind wir das nicht alle?« Armand dreht sich um und trampelt die Metalltreppe hinunter.

Natürlich steige ich doch hinab. Meine Neugierde war schon immer größer als meine Vernunft.

Der Raum unter Deck zieht sich über die gesamte Länge des Schiffsrumpfes und ist in Bordeauxrot gestrichen. Über mir befindet sich eine große Luke, mittels derer man früher die Netze mit dem Fischfang hier unten entleert hat. Der Geruch ist längst fester Bestandteil des spärlichen Inventars, daran ändern auch die orientalischen Teppiche nichts, die den Boden bedecken. In der Mitte des Raums steht ein niedriger marokkanischer Tisch, umgeben von bunten Sitzkissen, von der Decke hängen kunstvoll verzierte Laternen. Klamottenhaufen liegen herum, auf zwei fahrbaren Kleiderstangen hängen Dutzende rüschenbesetzte Kleider und Roben, Schals und Umhänge. Särge reihen sich ordentlich auf, daneben Nachttischchen und Truhen, auf denen Grabkerzen brennen.

Särge.

Fünf Särge.

Einer ist schneeweiß und mit Blumen und Schmetterlingen bemalt. Ein anderer pechschwarz mit knallroten Buchstaben auf dem Deckel: *NE INTRAVERITIS!* Was auch immer das heißen mag.

Vier Deckel sind einen Spalt breit geöffnet. Ladekabel führen hinein. Aus einem Sarg höre ich die leise, hypnotische Anweisung: »Schließen Sie jetzt die Augen und stellen Sie sich die aufgehende

Sonne am Horizont vor. Spüren Sie die Wärme des nahenden Tages?«

»Mach den Blödsinn aus, Sam!«, meckert jemand aus einem anderen Sarg. Ich erkenne die Stimme, sie gehört Caine Cody. »Ich will schlafen.«

»Wir haben Besuch!«, ruft Armand. »Das Adelssöhnchen ist da.«

»Hat der Bengel mal auf die Uhr geschaut?«, nörgelt Caine. »Es ist fast helllichter Tag! Anständige Vampire schlafen um diese Zeit.«

»Es ist ein Notfall und er braucht unsere Hilfe«, erwidert Armand, und zu mir gewandt: »Ich weiß, es sieht hier ein bisschen chaotisch aus. Wir haben einen Putzplan, aber niemand außer mir hält sich daran.«

»Der Staubsauger ist kaputt«, murrt eine unbekannte Stimme aus dem schwarzen Sarg.

»Zum letzten Mal: Wir haben keinen Staubsauger!«, gibt Armand zurück.

»Das erklärt einiges.« Der Deckel öffnet sich knarzend und ein junger Mann in einem bestickten Seidenmorgenmantel richtet sich auf, das Gesicht mit einer dicken grünen Paste eingeschmiert. »Du liebe Güte, warum hat niemand gesagt, dass unser Besuch so ein leckeres Schnittchen ist?« Er winkt mit den Fingern, Walker ergreift ehrerbietig seine Hand und hilft ihm aus dem Sarg. Er mustert mich mit schräg gelegtem Kopf, sein Haar ist millimeterkurz gestutzt. Bartstoppeln stechen durch die grüne Gesichtsmaske. »Hübsch, hübsch. Ich bin Kajus.« Er hält mir den Handrücken entgegen.

»Du sollst ihm die Hand küssen«, souffliert Walker.

»Ich küsse keine Wahnvorstellungen.« Ich reibe heftig über meine Augen, doch als ich wieder hinschaue, ist das Bild unverändert. Fünf Särge, in einem davon sitzt ein Typ mit Seidenmorgenmantel und Gesichtscreme und will, dass ich ihm die Hand küsse.

Armand grinst und klopft mir auf die Schulter. »Kajus spielt gern die Grande Dame. Setz dich. Walker, bring uns was zu trinken.«

Beflissen trabt der bärtige Hüne nach oben.

Drei weitere Sargdeckel werden von innen geöffnet. Samael richtet sich auf, sein schwarzes Haar hängt ihm strähnig ins Gesicht. Er tippt auf ein Smartphone und die hypnotisierende Stimme, die vom Sonnenaufgang säuselt, verstummt mitten im Wort. »Schick ihn fort«, sagt er zu Armand. »Wir haben genug eigene Probleme.«

Aus einem anderen Sarg klettert Caine, angetan mit einem karierten Flanellpyjama. Er schlüpft in Filzlatschen, die ordentlich vor seinem Schlafmöbel stehen, und schlurft zu uns herüber. Mit finsterem Blick sagt er zu mir: »Ich wusste von Anfang an, dass du Ärger bedeutest.«

»Oller Meckerfritze«, sagt eine weibliche Stimme. Aus dem weißen Sarg mit der Blumenbemalung erhebt sich eine wahrhafte Walküre mit wallendem blonden Haar und einem Busen, in dessen Spalt ein Mann ersticken kann. Ihr Nachthemd erinnert mich an eine Hochzeitstorte.

»Das ist Lavinia, unser Sonnenschein«, sagt Armand. »Du solltest sie mal singen hören.«

»Da blättert glatt der Lack vom Bootsrumpf«, trällert sie. »Ich trete im *Le Baiser Noir* als Madame Frikadelle auf. Kajus kennst du bestimmt unter seinem Künstlernamen Coco LaRue? Die schönste Drag Queen von Steenport?« Abwartend schaut sie mich an.

»Nie gehört«, sage ich ehrlich.

Lavinia stößt einen Seufzer aus. »Natürlich nicht. Wer interessiert sich schon für Mitternachtskabarett?«

»Er ist ein Kretin«, sagt Kajus und plumpst auf ein Sitzkissen.

»Nein, ich bin krank. Hier oben.« Ich klopfe mir gegen die Stirn. »Es gibt euch gar nicht. Ihr seid nur Teil meines Wahns.«

»Na, jetzt bin ich aber beleidigt.« Lavinia zieht ein durchsichtiges, spitzenbesetztes Jäckchen von den Ausmaßen eines Zeltes über und beginnt, sich die Haare zu bürsten.

»Jemand hat ihm eingeflüstert, er wäre schizophren.« Walker kehrt mit einem Tablett voller *Speed Demon*-Flaschen zurück. »Und nun sind alle hinter ihm her. Die Polizei …«

»Und die Legion«, ergänzt Armand düster.

»Und da bringst du ihn ausgerechnet hierher?«, schnauzt Caine. Sein Schnurrbart bebt.

»Er braucht Freunde. Wir Wildlinge halten zusammen, oder nicht?« Armand verschränkt die Arme.

»Der Bursche ist kein Wildling. Er gehört nicht zu uns!«

»Sondern zu den Verrückten«, ergänze ich und mache eine kreisende Bewegung an meiner Schläfe. »Ich bin außerdem gemeingefährlich.«

»Das Letztere glaube ich sofort.« Sam öffnet eine Flasche und stürzt den Inhalt hinunter. »Igitt, Himbeergeschmack. Ich wollte Cranberry, Walker!«

»Wer hat dir so erfolgreich eingeredet, dass du dir alles nur einbildest, Süßer?« Kajus wischt mit dem Finger etwas grüne Paste aus seinem Gesicht und leckt den Finger ab.

»Mein Cousin. Er hat gesagt, dass es vererblich ist. Offenbar litt bereits mein Vater an Wahnvorstellungen.« Ich lasse mich auf ein Sitzkissen fallen, das sich als überraschend bequem erweist. »Darum ist er über Bord gesprungen. Er hat die Bilder in seinem Kopf nicht mehr ausgehalten.«

Die anderen wechseln Blicke, die ich nicht deuten kann.

Sam räuspert sich. »Dein Vater war alles andere als verrückt. Er ist gewiss nicht freiwillig ins Meer gesprungen.«

23

Agnetha

»Ich muss mit dir reden! Mach die Tür auf!« Ich drücke wiederholt den Klingelknopf neben der Tür und höre das schrille Bimmeln durch die Wohnung schallen.

»Verschwinde, Verräterin!«, brüllt Lennart von drinnen.

Ich tue grundsätzlich nie das, was ich tun soll, also klingele ich weiter und klopfe gleichzeitig an die Tür, bis ich einen Rhythmus gefunden habe, den ich stundenlang durchhalten kann. Dazu summe ich *Dancing Queen*. Wenn man mit *ABBA*-Songs aufwächst, besteht das Leben aus einer Aneinanderreihung von Ohrwürmern, die man nie wieder los wird.

(Hier sind drei Fakten über *ABBA*:

1. Fast niemand darf ihre Songs samplen. Madonna hat ein Vermögen hingeblättert, um *Gimme! Gimme! Gimme!* als Intro zu ihrem 2005er-Hit *Hung Up* verwenden zu dürfen.

2. Die geschmacklosen Kostüme waren dem schwedischen Steuersystem zu verdanken. *ABBA* konnte die Sachen nur deswegen steuerlich absetzen, weil sie nicht für den täglichen Gebrauch geeignet waren. Privat wären sie nie so herumgelaufen.

3. Die Russen haben ABBA einst mit Öl bezahlt.)

Im Stockwerk unter mir wird eine Tür aufgerissen, jemand schreit: »Ruhe!« und wirft die Tür krachend wieder zu. Es ist kurz vor Sonnenuntergang. Ich habe den Großteil des Tages damit verbracht, Gründe zu finden, warum ich nicht zur Polizei gehen sollte. Sehr viele sind mir nicht eingefallen. Keiner, um ehrlich zu sein.

Doch statt meine Bürgerpflicht zu erfüllen, stehe ich nun hier und klingele mir den Finger wund.

»Kann ich wenigstens mit Damien reden?«, rufe ich und setze meine Lärmbelästigung im *Dancing Queen*-Takt fort.

Die Wohnungstür wird aufgerissen. Lennart, in T-Shirt und fransiger Jeans gekleidet, eine dunkelblaue Strickmütze auf dem Kopf und farblich passende Schatten unter den Augen, mustert mich abweisend.

»Er ist nicht hier.«

»Er steckt in Schwierigkeiten, stimmt's?«

»Vielleicht. Er ist nicht nach Hause gekommen.«

»Hast du versucht, ihn anzurufen?

»Danke, dass du mich für blöd hältst.« Lennart dreht sich um und schlurft in die Küche.

Ich nehme das als Einladung und schließe sachte die Tür hinter mir. Auf dem Küchentisch stehen eine halb leere Kaffeetasse und ein Laptop, auf dem die heutige Online-Schlagzeile der *Steenporter Post* verkündet: *SCHON WIEDER EIN MORDOPFER!*

Lennart holt eine Tasse aus dem Schrank und füllt sie mit Kaffee. »Die Tote hat rote Haare.«

»Bist du enttäuscht, dass ich noch lebe?« Ich halte meinen Blick auf ihn gerichtet, als ich hinzufüge: »Damien hat mich nicht gebissen und ausgesaugt.«

»Willst du einen Kaffee? Hab aber immer noch keine Milch.«

»Kaffee hört sich gut an.«

»Du bist die einzige Rothaarige, die Damien in Rage gebracht hat. Ihr beide wart gestern in diesem Club. Er ist nicht nach Hause gekommen.« Er knallt die Tasse auf den Tisch, Kaffee schwappt über den Rand. »Hast du eine Ahnung, was in meinem Kopf vor sich geht?«

»Das Gleiche wie in meinem.« Ich reiße ein Stück Küchenpapier von der Rolle an der Wand und wische die Pfütze auf. »Hoffe ich. Denn ich möchte mir ungern eingestehen, total plemplem zu sein.«

Er nimmt seine Mütze ab, zupft an einem Faden herum und zieht ihn heraus. »Bevor du geklingelt hast, war ich überzeugt, dass du …« Er lässt sich auf seinen Stuhl fallen und leert seine Tasse.

Ich tue es ihm gleich. Das Koffein rauscht wohltuend meine Kehle hinab und entfaltet seine magische Wirkung.

»Also weißt du Bescheid«, sagt er.

»Ich weiß gar nichts. Es gibt keine Vampire. Aber es gibt psychische Störungen, die …«

»Aber wie erklärst du dir, dass er plötzlich Türen aus den Angeln reißen und zertrümmern kann? Dass er nur atmet, wenn er sich daran erinnert, dass man das machen sollte, um nicht aufzufallen? Dass er neuerdings über mentale Fähigkeiten verfügt, mit denen er Menschen beeinflussen kann? Dass er eine gewaltige Gedächtnislücke hat und dass in der Stadt ein Irrer unterwegs ist, der Leute beißt? Dass er seit Wochen keine normale Nahrung mehr zu sich nimmt und trotzdem die Power eines griechischen Kriegsgottes hat?«

Er hat nicht nur die Kraft eines griechischen Gottes, sondern auch dessen Aussehen, denke ich mit leichtem Bedauern. »Nun, für all das ließe sich eine rationale Erklärung finden«, sage ich, weil ich nun mal eine vernünftig denkende Frau bin. Meistens.

»Wenn man angestrengt danach sucht, findet sich immer eine Erklärung, mit der man beruhigt einschlafen kann.« Lennart zieht den Laptop zu sich heran. »Du denkst, weil ich Verschwörungstheorien verbreite, würde ich leichtfertig jeden Mist glauben. Aber ich kann sehr wohl unterscheiden zwischen wirren Thesen, mit denen sich Geld verdienen lässt, und der Realität. Ich kenne Damien, ich sehe seine Veränderungen und ich kann Eins und Eins zusammenzählen.« Er klickt auf der Tastatur herum. »Außerdem habe ich Nachforschungen angestellt. Hier zum Beispiel:« Er dreht den Bildschirm zu mir, sodass ich ein geöffnetes PDF-Dokument sehen kann. »Vor knapp 300 Jahren untersuchten im heutigen Serbien zwei Kommissionen, bestehend aus Ärzten, Wissenschaftlern und anderen klugen Köpfen mehrere unheimliche Ereignisse in einem Dorf namens Medvegia. Die Bewohner waren überzeugt, dass Vampire dort ihr Unwesen trieben. Und die Experten kamen einhellig zu dem Schluss, dass das tatsächlich der Fall war. Das waren keine abergläubischen Spinner, sondern gebildete Männer. Die Berichte gingen an Universitäten und den Vatikan, und bis heute streitet man darüber, ob es Vampire gibt oder nicht. Das Gegenteil wurde nie bewiesen.«

Ich lege beide Hände um die Kaffeetasse, um meine klammen Finger zu wärmen. »Damien strahlt etwas sehr Unheimliches aus, das ich nicht greifen kann. Erst macht er mir eine Heidenangst, im nächsten Augenblick ist er total faszinierend. Ich weiß nicht, ob er eine Gefahr darstellt, aber er hat mir nie etwas getan. Im Gegenteil: Ohne ihn wäre ich als Hundefutter geendet.«

»Damien ist niemand, der leichtfertig anderen Menschen vertraut. Du hast sein Vertrauen missbraucht.«

Ich nicke beschämt.

»Trotzdem ist er mit dir in diesen Club gegangen.«

»Er wollte mit seinem Cousin reden.« Ich behalte meine weiteren Gedanken für mich, nämlich dass Damien vielleicht doch an mir interessiert war. Oder dass er noch einen anderen Plan verfolgte, um es mir heimzuzahlen. »Ich habe etwas Dummes gesagt und er hat mich fortgeschickt. Er war sehr, sehr wütend auf mich.« Sein Gesichtsausdruck verfolgt mich immer noch. »Ich habe großen Mist gebaut.«

»So groß, dass er losgezogen ist und sich an der erstbesten rothaarigen Frau gerächt hat, die ihm über den Weg lief?«

Widerstrebend sage ich: »Die Beschreibung des Täters trifft auf ihn zu.«

»Eine sehr vage Beschreibung. Damien ist vielleicht ein Vampir, aber eine gewissenlose Bestie?« Lennart schüttelt den Kopf. »Nein, das passt nicht zu ihm. Er trinkt dieses rote Zeug, damit er keine Menschen aussaugen muss. Eine Art Blutersatz oder so. Keine Ahnung, wie er an den Saft gekommen ist, aber er ist kein Killer.«

Was das angeht, bin ich mir nicht so sicher. Damien ist ein sehr entschlossener … Mensch? Und sehr emotional. Ich traue es ihm durchaus zu, unfassbare Taten zu begehen. Aber nicht aus Bosheit, sondern aus Notwendigkeit. Für seine Freunde würde er durchs Feuer gehen. Leider bin ich seine Feindin.

»Hat er seinen Mantel an der Garderobe des *Devil's Den* abgegeben?«, fragt Lennart.

Nach kurzem Nachdenken nicke ich.

»Also hätte jeder damit durch die dunklen Gassen laufen und Menschen ermorden können.«

»Aber warum?«

»Weil der Mantel cool aussieht.«

»Oder um den Verdacht auf Damien zu lenken. Man hat uns zusammen gesehen. Man hat sicher auch gesehen, dass wir uns gestritten haben«, murmele ich.

»Und nun ist er auf der Flucht«, ergänzt Lennart. »Du weißt nicht zufällig, wo er jetzt sein könnte?«

»Dann wäre ich nicht hier. Ich wollte mich entschuldigen. Möglicherweise wurde er festgenommen. Oder er ist im Sonnenlicht geschmolzen. Was ist eigentlich mit Knoblauch? Stirbt er daran?«

»Knoblauch hat auf ihn den gleichen Effekt wie Tageslicht: extrem unangenehm, aber mehr auch nicht. Früher hat er seine Pizza immer mit extra Knoblauch bestellt. Tagsüber liegt er meist unter dem Bett und schaut sich Trash-Vampirfilme an.« Lennart sieht sich wehmütig um. »Weihwasser und Kreuze funktionieren anscheinend auch nicht, um ihn fernzuhalten. Steht zumindest im Internet. Vampire sind viel älter als sämtliche Religionen der Welt.«

»Ich will ihn gar nicht fernhalten. Ich möchte ihm helfen.«

»Er will deine Hilfe nicht!« Lennart springt auf und läuft zum Fenster, um auf die abendliche Straße hinabzuschauen. »Und überhaupt geht dich die ganze Sache nichts an. Vergiss ihn einfach.«

Aber das kann ich nicht. Nicht wegen der Wahnsinnsstory, die mir sowieso niemand glauben würde. Auch nicht, weil ich etwas wiedergutzumachen habe. Sondern weil Damien tiefe Wurzeln in mir geschlagen hat. Einfach so, ohne dass wir uns wenigstens mal geküsst hätten. Ich weiß, es klingt kitschig, aber unsere Seelen haben die Hände nach einander ausgestreckt, bevor sich unsere Körper überhaupt berühren konnten. Da ist etwas zwischen uns, etwas Dringliches, Unausweichliches und sehr Dunkles, das sich nicht mit schlichten romantischen Gefühlen erklären lässt. Damien hat seinen brennenden Abdruck auf meinem Herzen hinterlassen. Es tut furchtbar weh.

»Damien wurde nicht von der Polizei geschnappt«, sagt Lennart. »Vor dem Haus hält nämlich gerade ein Streifenwagen an.«

»Das ist gut, oder nicht?«

Er ist schon aus der Küche gelaufen und ruft: »Es kann aber auch sein, dass die nach mir suchen!«

Irritiert leere ich meine Kaffeetasse.

»Komm schon, wir verschwinden!« Er ist wieder aufgetaucht, einen Rucksack in der Hand haltend und mit einem Parka bekleidet.

»Wir können doch nicht vor der Polizei flüchten!«

»Doch. Wir müssen Damien finden und ihn warnen.« Er packt mich am Arm und zieht mich vom Stuhl hoch. Ich folge ihm hinaus in den Hausflur. Wir poltern die Treppen hinab und reißen die Haustür auf, wo wir fast in zwei Streifenbeamte rennen.

»Nicht so eilig«, sagt der eine. »Wir suchen …«

»Keine Zeit! Mein Ehemann hat uns erwischt!«, stoße ich hervor und ziehe Lennart mit mir. Er übernimmt sofort die Führung und biegt in die nächste Seitenstraße ein. Die Polizisten folgen uns nicht.

»Mein Auto steht zwei Blocks entfernt«, sagt Lennart keuchend. »Wegen meiner Feinde parke ich immer woanders.«

Natürlich.

Sein Fahrzeug ist ein uralter schwarzer Volvo Kombi von den Ausmaßen eines Kriegsschiffes, die hinteren Scheiben sind mit Vorhängen verhüllt. Auf den Seiten kann man noch die Umrisse eines Kreuzes erkennen.

Ich stoppe. »Ist das …?«

»Ja, das ist ein ehemaliges Bestattungsfahrzeug. Der Wagen war spottbillig und er hat einen zuverlässigen Motor.« Er entriegelt die Türen. »Beerdigungsautos sind praktisch unsichtbar. Niemand schaut gern den Tod an, wenn der vorbei fährt.« Er wirft den Rucksack hinein.

Ich gleite auf den Beifahrersitz und drehe mich um. Eine weiße Stoffwand trennt den vorderen vom hinteren Bereich. »Ist da noch ein Sarg drin?«

»Quatsch. Nur eine Schlafmatratze, ein kleiner Gaskocher und ein mobiler WLAN-Router.« Der Wagen schüttelt sich, als Lennart den Dieselmotor startet. »Ich habe das Fahrzeug für Notfälle umgebaut, falls ich mal flüchten muss.« Er deutet auf den Rucksack zu meinen Füßen. »Das da ist mein Fluchtrucksack, vollgepackt mit allem, was bei einem schnellen Abgang hilfreich sein kann. Hätte nie gedacht, dass ich den tatsächlich mal brauchen würde. Damien mag mein Auto nicht, er steht auf Motorräder.«

Noch etwas, das ich nicht von Damien weiß. Im Grunde kenne ich ihn gar nicht. Ich kann mich nur auf mein Gefühl verlassen.

»Wohin fahren wir jetzt?«, frage ich.

»Ich dachte, du hättest einen Plan.« Lennart entsperrt sein Handy und wirft es mir zu. »Versuch du, Damien zu erreichen. Bisher hat er nicht auf meine Anrufe reagiert.«

Ich übertrage Damiens Nummer in mein eigenes Smartphone und rufe ihn von meinem Handy aus an. Meine Hoffnung, dass er auf eine unbekannte Nummer im Display reagieren wird, erfüllt sich nicht.

»Ob es noch weitere wie ihn gibt?«, sinniere ich. »Oder glaubst du, dass Damien der einzige Vampir in Steenport ist?«

Lennart knabbert an seiner Unterlippe, während er das wuchtige Gefährt durch die Straßen lenkt. »Ich glaube, wir sollten uns seine Familie mal näher anschauen.«

Ich lache auf. »Die von Baros gehören doch schon seit Ewigkeiten zu Steenport … Oh.«

»Und Damiens Verwandlung begann, nachdem er auf einer Beerdigung des Familienpatriarchen war.«

»Vampire werden nicht beerdigt, weil sie unsterblich sind.«

»Dann war Damien auf einer Inszenierung, ohne es zu wissen.«

Ich aktiviere erneut mein Handy. »Wie lautet das Passwort für dein WLAN?«

»Wozu?«

»Ich habe einen Recherche-Ordner über Damiens Familie angelegt und in meine Cloud hochgeladen. Vielleicht finde ich …«

»Du benutzt eine Cloud?«, kreischt Lennart und das Fahrzeug bricht zur Straßenmitte aus. »Bist du des Wahnsinns? Da kannst du auch gleich Flyer mit deinen Geheimnissen in der Stadt verteilen!«

»Meine Cloud ist sicher.«

»Das hat das Pentagon auch behauptet, bevor es gehackt wurde.«

»Ich bin nicht die US-Regierung, sondern nur eine unbekannte Möchtegern-Journalistin, der sowieso niemand zuhört.«

»Worum geht es in deinen Recherchen?« Er langt hinüber und öffnet das Handschuhfach. In der Klappe klebt ein Zettel mit dem WLAN-Passwort.

»Das klingt jetzt blöd, aber ich bin überzeugt, auf einen Vertuschungs-Skandal gestoßen zu sein, in dessen Mittelpunkt Damiens Cousin steht.« Ich tippe das Passwort ein und kann gleich darauf zu meinem Cloud-Ordner mit der total unverdächtigen Bezeichnung *Geheim!!!* navigieren. »Die von Baros sind die Schattenkönige von Steenport. Sie können tun und lassen, was sie wollen.«

»Und ich dachte immer, ich wäre der einzige Wirrkopf«, brummt Lennart. »Hast du jemandem von deiner These berichtet?«

»Nein … Ja. Ich habe der Lokalredakteurin der *Steenporter Post* ein Exposé vorgelegt. Sie hat nicht ganz so enthusiastisch reagiert, wie ich es mir gewünscht habe. Ihre genauen Worte waren: *Lächerliche Behauptung ohne jede Grundlage.* Inzwischen dürften sie mir gekündigt haben – wegen Verleumdung oder so.«

»Die *Post* wird wohl kaum ihrem Eigentümer ans Bein pinkeln. Geht es um Korruption?«

»Vermutlich habe ich in meinem Exposé angedeutet, dass Benedict von Baro … Dass er eventuell Frauen aus dem Weg räumt, die er in Clubs aufgerissen hat.« Augenblicklich denke ich an meine unheimliche Begegnung mit Benedict von Baro im *Devil's Den* zurück, als ich Damien noch nicht kannte. Benedict weiß, wie ich aussehe, und er kennt meinen Namen.

»Ach. Du. Scheiße.« Lennart umklammert fest das Lenkrad. Wir stecken jetzt mitten im Feierabendverkehr; es geht nur stockend vorwärts.

»Ich dachte, dass er übergriffig geworden ist und dass die Frauen mit Schweigegeld dazu bewegt wurden, aus der Stadt zu verschwinden. Ein Barkeeper, mit dem ich geredet habe, hat so etwas angedeutet.«

»Nur Frauen?«

»Keine Ahnung.« Ich hebe die Schultern. »Seine Familie ist leider reich und alteingesessen und ziemlich verschroben.«

»*Unantastbar* ist das Wort, nach dem du suchst«, sagt Lennart. »Damien hat mir erzählt, dass sie seit Generationen in diesem protzigen Anwesen wohnen.«

»Haus Istrigo. Es ist ein großes schlossähnliches …«

»Wie bitte?«

Ich wiederhole den Namen.

»Ach. Du. Oberscheiße.« Er tritt auf die Bremse und hinter uns ertönt ein Hupkonzert. Sofort gibt er wieder Gas. »An dem Namen ist dir gar nichts Seltsames aufgefallen?«

»Klingt lateinisch.« Ich versuche noch einmal, Damien telefonisch zu erreichen, wieder vergeblich.

»Es ist ein Anagramm. Aus den Buchstaben des Wortes *Istrigo* kannst du *Strigoi* bilden. Und *Strigoi* bedeutet …«

»Bei mir klingelt was …«

»Es ist das rumänische Wort für Blutsauger. Im Lateinischen heißen sie *Strigae*.«

»Nicht schlecht für einen Youtuber«, sage ich anerkennend, noch bevor ich begriffen habe, was er mir mitteilen will. »Ich fasse es nicht! Damiens Familie ist ein altes Vampirgeschlecht.« Ich lache los. Es ist ein hysterisches, überdrehtes Lachen, aber immerhin. »Okay, wir haben definitiv den Jackpot der abstrusen Theorien geknackt.«

Lennart zieht seine Mütze tiefer in die Stirn. »Aber nun ergibt alles einen Sinn.«

»Nein, wir bilden uns ein, dass es einen Sinn ergibt, aber eigentlich …« Ich verstumme, denn ich kann nicht mehr rational denken. Meine Sorge um Damien bringt mich zu sehr durcheinander. Erneut versuche ich, ihn anzurufen, aber er nimmt nicht ab. »Sogar wenn es die Wahrheit wäre – wer würde uns glauben?«

»Hoffentlich niemand«, murmelt Lennart. »Das wäre unser sicheres Todesurteil.«

»Jetzt halt mal die Luft an. Wenn wir Damien gefunden haben, wird sich alles klären, okay? Wir beide sind gerade sehr durcheinander …«

»Ich denke glasklar. Die Wahrheit ist mein Lebensinhalt und ich habe keine Angst, sie auszusprechen.«

»Deine alternative Wahrheit ist nicht die Wahrheit! Niemand, der einigermaßen bei Verstand ist, glaubt dir auch nur ein Wort.«

»Dann erklär mir mal, warum mir die *Allianz* ihre Anwälte auf den Hals gehetzt hat!«, gibt er erregt zurück. »Vielleicht mache ich ja doch einige wichtige Leute nervös.«

»Und wie soll uns das jetzt weiterhelfen?«, schreie ich.

»GAR NICHT! Ich wollte nur mal darauf hinweisen, dass

Verschwörungen nicht immer Hirngespinste sein müssen.« Er setzt den Blinker und fährt auf den Stadtring. »Wer auch immer die *Allianz* finanziert, hat Chaos und Anarchie zum Ziel. Die Spaltung der Gesellschaft, um die Nützlichen von den ...«

»Unnützen zu trennen«, ergänze ich.

»Du hast mein Video gesehen? Cool, dann ist bei dir ja doch noch nicht alles verloren.«

»Was hat die *Allianz* mit Damien zu tun?«

»Nicht mit ihm, aber mit seiner Familie.« Lennart fährt auf einen Supermarkt-Parkplatz, stellt den Motor ab und schaut sich um. »Wir müssen Damien finden, bevor sie es tun.«

»Ich glaube nicht, dass er diese Frau umgebracht hat. Ohne stichhaltige Beweise können sie nicht ...«

»Ich rede nicht von den Bullen!«, unterbricht er mich. Er wischt sich über die Stirn. »Agnetha, wir sind einer richtig finsteren Sache auf die Schliche gekommen.«

»Wie lustig, das Gleiche habe ich damals auch gedacht, als ich mit meinen Recherchen zum einflussreichsten Familienclan von Steenport angefangen habe.«

»Bis dir jemand Angst eingejagt hat.«

»Hm«, mache ich unbestimmt, während ich wieder Damiens Nummer wähle. »Ich bin bloß eine Ex-Volontärin, die von einem notgeilen Chefredakteur beruflich ruiniert wurde. Welche Chancen hätte ich wohl gegen einen mächtigen alten Familienclan?«

»Ohne Hilfe? Keine.«

»Ich könnte einfach so tun, als ginge mich das alles nichts an.«

»Ja, das könntest du. Ich an deiner Stelle würde sogar über einen Ortswechsel nachdenken. In Kuba regnet es beispielsweise viel weniger als hier.«

»Kuba ist auch viel sicherer als Steenport«, murmele ich. »Willst du drei Fakten über Kuba wissen?«

»Nicht wirklich, nein.«

Ich lege trotzdem los: »Man kann dort erstens offiziell keine Coca-Cola kaufen. Zweitens sind Geschlechtsumwandlungen kostenlos und drittens ist Internetzugang im eigenen Heim erst seit einigen Jahren möglich. Früher brauchte man sogar eine Sondergenehmigung, wenn man surfen wollte.«

»Steckt das alles in deinem Kopf drin?«

»Ich erstelle ständig unnütze Listen, ich kann nichts dafür.«

»Und da heißt es immer, ich hätte nicht alle Tassen im Schrank.«

»Eines Tages wird mir jemand eine Eine-Million-Euro-Frage stellen und dann werde ich triumphieren.« Meine Gedanken sind längst weitergewandert. »Könnte es sein, dass Damien zum Sündenbock gemacht werden soll?«

»Für was? Und von wem? Was ist, wenn Damien gar nicht so harmlos ist, sondern auf die dunkle Seite der Macht gewechselt ist? Als Vampir hat er gewisse Bedürfnisse.«

»Es heißt, Vampire wären wie Raubtiere. Sie brauchen die Jagd und sie sind absolut gewissenlos.« Ich kann mich eines kleinen Erschauerns nicht erwehren bei der Vorstellung, wie er meinen Hals entblößt und seinen Mund auf meine Schlagader presst, um von meinem Blut zu trinken. Ob es wehtut? »Die Verlockung, sich zum Herrscher über die Nacht aufzuschwingen und eine ganze Großstadt zu unterjochen, um gemütlich Menschen auszusaugen, wäre sicherlich sehr groß.«

»Du hörst dich schon an wie ich«, sagt Lennart. Sein Grinsen währt nur kurz. »Wir sind die einzigen, die von dieser blutrünstigen Gefahr wissen.«

»Kuba klingt immer verlockender.« Ich schaue hinaus auf den verregneten Supermarktparkplatz. »Du hast nicht zufällig Lust, dich mit einem mächtigen Vampirclan anzulegen?«

In diesem Moment meldet mein Handy einen eingehenden Anruf. Damiens Name leuchtet im Display.

24

Damien

Da sitze ich nun und weiß nicht weiter.

Die anderen haben sich in ihre Särge zurückgezogen und mich mit meinen düsteren Gedanken alleingelassen. Ich hocke oben in der Kombüse, lausche dem Trommeln des Regens auf dem Blechdach über mir und lasse mich von meinen Schuldgefühlen auffressen. Stunden vergehen, der Tag zieht draußen vorbei, ich fühle mich so einsam wie nie zuvor. Ist Agnetha auch nur eine Einbildung gewesen, ein Wunschtraum? Aber die Nachrichten sind real und ich bin ein Mörder. Eine blutrünstige Bestie.

Wieso hat sie nicht erkannt, dass ich eine Gefahr bin? Oder hat sie es gewusst und wollte mich aus der Reserve locken, um einen Aufhänger für ihren Artikel zu haben? *Damien von Baro, der psychopathische Killer! Lesen Sie jetzt die schockierenden Einzelheiten.*

Das Schiff schwankt auf dem Wasser. Die schwarz angemalten Fensterscheiben verwehren mir den Blick nach draußen. Ich trete hinaus auf das Deck, in das graue Tageslicht, das – wie ich jetzt ohne große Überraschung feststelle – mir überhaupt nichts mehr ausmacht. Meine innere Qual ist stärker als jeder eingebildete Schmerz.

Das Schiff schwankt auf dem Wasser. Ich versuche mir meinen Vater vorzustellen, an Bord eines stolzen Seglers stehend und stumm auf den schwarzen Ozean hinausblickend. Hat er wenigstens einen letzten Gedanken an mich verschwendet, bevor er über die Reling stieg und ins Wasser sprang?

Sams Bemerkung, mein Vater wäre nicht freiwillig über Bord gegangen, spukt in meinem Kopf herum. Er kannte meinen Vater überhaupt nicht und eine Begründung für seine Behauptung konnte oder wollte er mir auch nicht liefern. Ich brauche keine tröstenden Lügen. Natürlich war er mental nicht in Ordnung. Er hat seinem einzigen Kind den Rücken gekehrt und die Schriftstellerei aufgegeben, nur um bald darauf mit einer alten Galeone übers Meer zu schippern.

Von unten höre ich einen leisen Fluch, dann das Krachen eines sich öffnenden Sargdeckels. Ich höre außerdem das Bimmeln eines Handys. Mein Handy. Ich habe es unten liegen lassen und kann mich nicht aufraffen, es zu holen. Lennart wird die Nachrichten gehört und seine eigenen Schlüsse gezogen haben. Ich weiß nicht, was ich ihm sagen soll. Gemurmel dringt zu mir hinauf; es interessiert mich nicht, was sie zu flüstern haben.

Ich gehe zur Tür und werfe einen Blick hinaus. Die dichten Wolken über uns verhüllen den Sonnenuntergang, es ist ungewöhnlich dunkel für diese Uhrzeit. Walker sitzt auf dem Pier, angetan mit einer quietschgelben Regenjacke und ausgerüstet mit einer Thermoskanne voller Kaffee. Er soll aufpassen, dass ich mich nicht aus dem Staub mache. Wie er das anstellen will, ist mir schleierhaft, denn körperlich bin ich ihm haushoch überlegen. Aber ich will gar nicht abhauen. Erstens wüsste ich nicht, wohin und zweitens hätte ich nichts dagegen, tot umzufallen.

Nein, das wäre eine viel zu milde Strafe für das, was ich getan habe. Ich werde bis in alle Ewigkeit von Agnethas Gesicht verfolgt werden, und zwar zu Recht. Ich habe sie auf dem Gewissen.

»Sprich es aus, Feigling«, brumme ich und drücke die Tür ins Schloss. »Du hast sie getötet.« Die einzige Frau, die einen ganzen Katalog von Emotionen in mir zum Leben erweckt hat, von Genervtsein über Belustigung, von körperlicher Begierde bis hin zu Bewunderung und schlussendlich Zorn und Enttäuschung. Lebendiger als in Agnethas Gegenwart kann man sich nicht fühlen.

Nur, dass sie jetzt tot ist.

Ich bin ihr Mörder.

»Dein dreimal verfluchtes Handy hat mich geweckt. Es klingelt die ganze Zeit. Wieso musst du tagsüber nicht schlafen?« Sam schlurft in die Kombüse und öffnet den Kühlschrank. »Wir haben *Speed Demon* mit Koffein. Möchtest du eine Flasche?«

»Danke, aber ich bin nicht müde.«

»Anständige Vampire blinzeln um diese Zeit höchstens mit einem Auge, du Freak.« Sam klettert mit seinem Bluttrank auf den Tisch und faltet seine dünnen Beine zum Schneidersitz. Das schwarze Rüschenhemd unterstreicht die Blässe seiner Haut, an den Füßen trägt er neongrüne Udo Lindenberg-Stoppersocken, um seinen Hals hängen diverse Amulette an Lederschnüren und die dünnen Handgelenke sind mit Nietenarmbändern geschmückt. Genüsslich trinkt er das rote Zeug. »Sie zerbrechen sich auch nicht den Kopf wegen einer Frau. Was kümmert es dich, ob die rothaarige Nervensäge tot ist? Du konntest sie nicht mal leiden.«

»Deswegen hätte sie noch lange nicht sterben müssen.« Ich springe auf und tigere durch die Kombüse. »Agnetha war nicht ehrlich zu mir, okay. Sie hat mein Vertrauen missbraucht. Wenn schon? Ich bin ein großer Junge, ich komme damit klar.«

»Den Eindruck habe ich nicht.« Sam reibt sich die Nase und gähnt herzhaft. Seine Eckzähne leuchten hell im Licht der Deckenlampe. »Unsereins verliebt sich nicht. Dazu sind wir nicht mehr fähig.«

»Ich bin nicht verliebt!«

»Du bist auch keiner von uns. Du bist anders. In jeder Hinsicht. Hör auf meinen Rat: Lasse dich nie, niemals, unter keinen Umständen mit einer sterblichen Frau ein! Das endet selten gut. Sex ist okay, aber mehr auf keinen Fall.«

»Sprichst du aus Erfahrung?«

Er zieht eine Grimasse. »Ich bin viermal älter als du und werde auf ewig sechzehn Jahre alt sein. Bei den Frauen löse ich höchstens mütterliche Gefühle aus. Wenn ich Sex will, muss ich ihren Geist beeinflussen, und wenn sie dann wieder zu sich kommen, drehen sie fast durch. Sie fürchten, eine Anzeige wegen Verführung eines minderjährigen Goth-Teens zu bekommen. Ich kann ihnen schlecht sagen, dass ich geboren wurde, als Wilhelm der Erste zum deutschen Kaiser gekrönt wurde.« Er schließt die Augen. »Damals trugen die Frauen diese albernen Turnüren, die den Hintern betonten, und die Telegrafie war groß im Kommen.«

»Was ist dir zugestoßen?«

»Was wohl? Ich wurde gebissen. Ein perverser alter Baron, er gehörte zum engsten Kreis um Bismarck, hatte Gefallen an mir gefunden und wollte mich zu seinem ewigen Lustsklaven machen. Mein Glück, dass die Legion dazwischen platzte und ihm einen Strich durch die Rechnung machte. Oder sollte ich eher sagen: mein Pech? Jetzt bin ich hier.«

»Hast du schon mal eine Frau gebissen?«

»Ich halte mich an die Gesetze!«, faucht er. Kleinlaut fügt er hinzu: »Ich hätte es aber gern mal probiert. Angeblich schmeckt das Blut des Opfers auf dem Höhepunkt der Ekstase unbeschreiblich gut. Oder wenn es von dir durch die Nacht gejagt wird. Das Adrenalin, die Todespanik, der wummernde Herzschlag. Du trinkst das pure Leben!« Er leert seine Flasche und zieht eine Grimasse. »Besser als das Zeug hier, möchte ich wetten. Leider ist es verboten.«

»Du hast Angst vor der Legion.«

»Nur ein Dummkopf fürchtet die Legion nicht. Sie sind gnadenlos und sie sind überall.«

Instinktiv schauen wir uns um, als würde die Legion genau jetzt unter dem Tisch hocken.

»Ich weiß ja, dass ich mir das alles nur einbilde«, sage ich. »Wegen meiner Wahnvorstellungen und so weiter, aber ich dachte, Vampire sind unsterblich.«

»Und ich dachte, du hättest etwas Grips in deinem verwirrten Kopf. Ein Pflock durch dein Herz, um dich zu lähmen, ein Kanister Benzin und ein Streichholz, und du bist die längste Zeit der König der Verdammten gewesen.«

»Autsch«, murmele ich.

»Die Legion kümmert sich auch um Menschen, die unabsichtlich von unserer Existenz erfahren haben.«

»Mit *sich Kümmern* meinst du …«

»Genau das.« Er stockt. »Deine Rothaarige weiß hoffentlich nicht, was du bist?«

»Sie hat einen Namen und ich habe sie umgebracht!«

»Das ist bisher nur Spekulation, also hör auf mit deinem Selbstmitleid. Ich kann mir nicht vorstellen, dass du sie ermordet hast. Nicht du.«

»Im Wahn ist alles möglich. Ich habe Erinnerungslücken.«

»Die hat jeder frische Vampir zu Beginn, weil die Sauerstoffversorgung im Oberstübchen anfangs noch nicht ganz rund läuft. Aber was viel wichtiger ist …« Er legt zwei Finger an sein Kinn, zum ersten Mal sieht er wie ein richtig alter, kluger Mann aus. »Du hast dieses lästige Gewissen …«, er macht eine Pause, »… das du eigentlich gar nicht haben dürftest, wenn man deine Herkunft bedenkt.«

»Was soll das denn heißen?«

»An dir ist sehr vieles nicht normal, Damien.«

»Erzähl mir was Neues. Ich werde mich jetzt der Polizei stellen. Jemand wie ich darf nicht frei herumlaufen.« Mit diesen Worten wende ich mich zum Ausgang.

»Das wirst du nicht tun.«

»Versuch mich aufzuhalten, Jungchen.« Ich will die Tür öffnen, doch sie bewegt sich nicht. »Was zum …?« Mit aller Kraft zerre ich am Türgriff, trete schließlich hart zu. Doch statt zu zersplittern, fliegt die dämliche Tür nach innen auf und wirft mich zurück in den Raum.

Sam sitzt reglos auf dem Tisch. Hinter ihm stehen Armand und Lavinia.

»Zu dritt sind wir stärker als du«, sagt Armand. »Zumindest jetzt noch.«

»Wenn du dich der Polizei stellst, bist du erledigt«, fügt Lavinia an. »Die Legion wird davon erfahren, sie wird dich holen und hinrichten.«

»Das wäre das Beste für alle«, erwidere ich und frage mich, ob es wehtut, einen Pflock durch das schwarze Herz getrieben zu bekommen.

Sie hält mein Handy hoch. »Aber vielleicht möchtest du vorher endlich diesen unbekannten Anruf entgegennehmen, der uns aufgeweckt hat.«

Ich fange mein Telefon auf. Sieben verpasste Anrufe von einer fremden Nummer. Nicht von Lennart.

»Und wenn es mein Therapeut ist – was soll ich ihm sagen?«

»Geh endlich ran!«

Ich tippe auf Rückruf. Gleich darauf klickt es, ich höre jemanden atmen. Es ist ein Geräusch voller Anspannung, Furcht und verhaltener Hoffnung.

»Wer auch immer da ist: Ich kaufe keine Pflöcke im Abo«, sage ich.

Stille. Dann: »Damien?«

Das Smartphone fällt mir aus der Hand. Sam springt so schnell vom Tisch, dass die Bewegung nicht wahrnehmbar ist, und fängt es auf, bevor es auf den Boden kracht. Er schaltet auf Lautsprecher und fragt: »Wer ist da?«

»Wer ist *da?*«, kommt es zurück.

Er schaut mich an und hebt seine schmalen Brauen. »Weiß jemand, ob es Handyempfang im Jenseits gibt? Andernfalls ist die tote rothaarige Nervensäge nämlich gar nicht tot.«

»Ich kann dich hören, Blödmann!«, schallt Agnethas Stimme aus dem Lautsprecher. »Ist Damien bei dir?«

»Körperlich ja. Er schaut mich aus tellergroßen Augen an und macht nicht den Eindruck, einer intelligenten Spezies anzugehören.« Er schnippt mit den Fingern vor meinem Gesicht. »Sprich mit ihr.«

Blinzelnd nehme ich ihm das Handy ab und schalte den Lautsprecher aus. Ich drehe den anderen den Rücken zu. »Agnetha? Wieso lebst du noch?«

»Ich verstehe deine Enttäuschung, aber sieh es positiv«, sagt sie lässig. »Wenn ich nicht tot bin, kann mein Geist dich nicht heimsuchen.«

Am liebsten hätte ich aufgelacht, so froh bin ich, ihre Stimme zu hören. »Woher hast du meine Nummer?«

»Ich habe wahllos irgendeine Nummer eingetippt und gehofft, den netten Typen an der Strippe zu haben, der mich letzte Nacht nach Hause gefahren hat. Du weißt schon, nachdem ein anderer gewisser Jemand mich zum Teufel geschickt hat.«

Ich will sie um Verzeihung bitten, ihr eindringlich erklären, dass es nicht so gemeint war, und wie heilfroh ich bin, dass sie noch lebt. Doch aus meinem Mund kommt nur ein grollendes: »Welcher Typ?«

»Er heißt Mike und er hat mich ins Kino eingeladen.«

»Hat er dich zufällig auch vor einem schwarzen Wolf gerettet?«

»Nein, aber hoffentlich schützt er mich vor einem wütenden Vampir, der mich nicht ausstehen kann.« Das Wort *Vampir* fließt aus dem Lautsprecher und hallt durch die Kabine.

»Oh nein«, murmelt Armand.

Sam starrt mich zornig an. »Du hast es ihr gesagt?«, zischt er. »Bist du des Wahnsinns fette Beute?«

»Ich habe gar nichts getan«, gebe ich zurück. »Ich wollte sie aus der Sache raushalten.«

»Wer ist da bei dir, Damien?«, fragt sie misstrauisch.

»Nur meine eingebildeten Freunde. Neuerdings bin ich nämlich schizophren. Diese Vampir-Sache findet nur in meinem Kopf statt. Möglicherweise bist auch du nur ein Produkt meiner kranken Fantasie.«

»Bin ich zufällig nackt in dieser Fantasie? Sag mir, wo du bist und ich werde dir beweisen, wie real ich bin. Lennart ist übrigens bei mir. Er hat mich fast überredet, nach Kuba auszuwandern. Oh, noch etwas: Du bist nicht schizophren. Andernfalls wäre ich es auch. Ich weiß, was du wirklich bist.«

Ihre sprunghafte Art, ein Gespräch zu führen, löst die schwarze Wolke auf, in der mein Verstand zu ersticken droht. »Ein Mörder auf der Flucht. Das ist mir bekannt, Agnetha. Darum bin ich auch nicht dort, wo ich sein sollte. Der Sinn einer Flucht ist es, nicht erwischt zu werden.«

»Du bist zwar unglaublich begriffsstutzig und extrem unfreundlich, aber …« Sie macht eine Pause. »Du … Das hast du doch nicht wirklich getan, oder?«

Ich reibe mir das Genick. »Die Indizien sprechen gegen mich, auch wenn ich mich an gar nichts erinnern kann. Außerdem habe ich schon mal einen Mann umgebracht. Mit meinen eigenen Händen.«

»Ist das wahr?«, fragt sie vorsichtig

»Da war er kurz vorm Verhungern!«, ruft Armand. »Mildernde Umstände.«

»Das ist ein Privatgespräch«, schnauze ich ihn an.

»Vampire haben kein Privatleben«, erwidert er.

»Ha! Ich habe das V-Wort gehört!«, ruft Agnetha. »Siehst du? Du bist nicht verrückt. Du bist höchstens speziell.«

»Wie schön, dass du jetzt auch noch psychologische Ferndiagnosen stellen kannst.«

»Ich habe viele verborgene Talente. Damien, wo bist du jetzt?«

»An einem Ort, wo ein Niemand wie ich …«

»Du bist kein Niemand!«, schreit sie so laut, dass ich das Handy von meinem Ohr weghalten muss. »Und du steckst in der Patsche, also wirst du mir jetzt genau zuhören!«

»Wow«, sagt Armand grinsend. »Welcher Wolf war denn so bescheuert, sie anzugreifen? Armes Tier.«

»Moment, die Stimme kenne ich.« Agnetha beruhigt sich wieder. »Das ist dieser glatzköpfige, tätowierte Möchtegern-Rockstar aus dem Callcenter, richtig?«

»Jepp, und er ist nicht allein. Madame Frikadelle und Buffalo Bills Sohn sind auch hier. Sie halten mich auf einem alten Fischkutter gefangen, den sie zu einer Vampir-WG umfunktioniert haben. Sie schlafen in Särgen, die nach Fisch riechen.«

Sie gibt ein unterdrücktes Geräusch von sich und ich höre sie leise zu jemandem sagen: »Möglicherweise ist an seinen Wahnvorstellungen doch etwas dran.«

»Sie sollen herkommen«, befiehlt Sam und nimmt mir das Handy ab. »He, ihr, hört ihr mich? Kommt zum alten Fischereihafen. Sofort!«

»Bist du verrückt?«, schnauze ich. »Wir können sie nicht in die Sache reinziehen!«

»Welche Sache?«, fragt Agnetha.

»Das weiß ich auch nicht, aber ihr kommt NICHT her, kapiert?« Ich ringe mit Sam um mein Handy, der es Armand zuwirft, welcher es wiederum hinter seinem Rücken versteckt.

Sam legt eine Hand auf meine Brust, um mich zurückzuhalten. »Du hast anscheinend vergessen, was ich dir vorhin über die Legion gesagt habe«, faucht er. »Du hast deine Freunde in Gefahr gebracht.«

»Hab ich nicht! Sie sind von ganz allein darauf gekommen.

Wieso rede ich überhaupt mit euch? Ich bin verrückt und ihr seid bloß Einbildung.«

»Alter Fischereihafen, ja?«, schallt Agnethas Stimme hinter Armands Rücken hervor. »Das Batmobil ist schon unterwegs.« Sie legt auf, bevor ich etwas einwenden kann.

25

Ich bin wütend. Stinkwütend. Doch mein kleines schwarzes Vampirherz tanzt in meiner Brust wie bei einem Teenager, der bis über beide Ohren in die Klassenschönheit verknallt ist und ihr ein selbst geschriebenes Gedicht zustecken möchte.

Sie lebt.

Ich habe ihr nichts Unaussprechliches angetan. Ich habe bloß … habe bloß eine andere Frau umgebracht in meiner zornigen Raserei. Hey, alles super, oder nicht?

Agnetha hat lediglich Glück gehabt. In meiner Gegenwart ist niemand sicher, am wenigsten sie. Warum wollen die anderen das nicht kapieren?

Sie darf nicht hierherkommen. Ich muss sie umgehend loswerden. Sie auf ewig vergraulen, damit sie zukünftig einen kilometerweiten Bogen um mich schlägt statt sich Sorgen zu machen.

Ausgerechnet um mich. Ich komme ohne sie bestens zurecht, danke auch. Ich entreiße Armand mein Smartphone und werfe es hinaus aufs Wasser. Es platscht, weg ist es.

»Da, wo ich herkomme, blockieren wir Anrufer einfach«, sagt Armand. »Ist auf Dauer billiger, als sich ständig ein neues Smartphone zu kaufen.«

»Im Knast brauche ich kein Handy.«

»Sei nicht so eine Drama Queen. Du bist kein Durchschnitts-Mörder.«

»Wie beruhigend«, grolle ich.

»Ein Vampir verliert nur dann die Selbstkontrolle, wenn er sehr hungrig ist.« Lavinia schiebt sich zum Kühlschrank und holt eine Flasche *Speed Demon* heraus, auf der mit Glitzerstift ihr Name geschrieben steht. »Darum bekommen potentielle Vampire den Dunklen Kuss erst nach Genehmigung des Rates und stehen anfangs unter strengster Aufsicht. Bevor Walker einer von uns werden kann, muss er beweisen, dass er seine menschliche Natur überwunden hat und sich unter allen Umständen an die Gesetze halten wird.«

»Absolute Loyalität«, fügt Armand grummelnd hinzu. »Das alles nur, um uns unter strikter Kontrolle zu halten.«

»Und wenn Walker nicht besteht?«, frage ich. »Oder es sich anders überlegt?«

Armand schaut mich nur stumm an. Alles klar.

»Bei dir ist leider einiges schief gelaufen, Damien.« Lavinia nimmt einen Schluck von ihrem Blutmischgetränk und schüttelt sich. »Bah! Ich hätte es in der Mikrowelle aufwärmen sollen.«

»Dann schmeckt es auch nicht besser, nur wärmer«, sagt Samael. »Du kannst dir hundertmal einreden, dass es wie echtes Blut ist. Wir glauben es nur, weil wir es nicht besser wissen – von Armand und unserer Lordschaft einmal abgesehen.«

Lavinia ignoriert ihn. »Du wurdest unkontrolliert erschaffen, was eigentlich gar nicht sein dürfte, Damien. Dazu kommt noch deine Abstammung. Deine Mutter ist ein Mensch, nicht wahr?«

»Äh, na klar. So wie mein Vater auch. Sie waren ganz normale Leute.«

Alle schauen mich seltsam an.

»Was ist denn jetzt schon wieder?«, rufe ich.

»Hör auf, uns zu verarschen, Jungchen!« Caine drängelt sich zu mir durch und baut sich vor mir auf. »Jeder weiß, was du bist. Aber wir alle fragen uns, warum du hier bist und nicht dort, wo du hingehörst. Du sollst uns ausspionieren, nicht wahr?«

»Moment mal, *ich* bin der Schizophrene hier.«

»Lass es gut sein, Caine.« Kajus in seinem bestickten Morgenmantel flattert hinter ihm her. Er hat die grüne Gesichtsmaskenpampe abgewischt und dunkellilafarbenen Lidschatten sowie passenden Lippenstift aufgetragen, was ihn noch bleicher aussehen lässt als Samael. Kajus gehört offenbar zu jenen Menschen ... Vampiren, die ohne Make-up niemals das Bett ... den Sarg verlassen. Außerdem hat er eine wallende blonde Lockenperücke übergestülpt. Leider hat er nicht daran gedacht, sich zu rasieren (andererseits kann sich ein Vampir so gründlich rasieren wie er will: Fünf Minuten später sieht er sowieso wieder aus wie vorher). Sein mädchenhaftes Lachen klingt unheilvoll in meinen Ohren, als er mich umrundet. »Er weiß es nicht, Kinder. Er weiß es wirklich nicht.« Er kratzt mit seinen lackierten Fingernägeln an meiner Schulter.

»Doch, er weiß es.« Caine starrt mir eindringlich in die Augen. »Aber er tut so, als wäre er verrückt, um uns alle zu täuschen. So ist es doch, nicht wahr?«

Ich schüttele verwirrt den Kopf. »Wovon redest du?«

»Du bist keiner von uns, du bist einer von *ihnen.*« Die Enden seines Schnurrbarts beben. Strähnen seines weißen Haars wehen in einer kaum spürbaren Brise, hinter seinen Pupillen glüht mühsam zurückgehaltener Zorn.

Nein, kein Zorn. Es ist schlecht versteckter Hass. Ich habe ihm nichts getan, ich kenne ihn nicht einmal, aber er hasst mich.

»Ich verstehe nicht, worauf du hinaus willst, alter Mann.«

»Du bist ein Sohn Babylons!«, zischelt er mich an und stößt mit jedem Wort seinen Zeigefinger in meine Brust. Der Fingernagel ist spitz und lang und reißt Löcher in mein Shirt, bohrt sich in meine Haut.

Ich packe sein Handgelenk. Der alte Mann hat übermenschliche Kräfte, aber ich bin stärker. Bösartiger. Überlegener. Uralte Kraft durchflutet mich. Sie fühlt sich vertraut an und doch sehr fremd. Ich kenne keine Angst. Es spielt auch keine Rolle, ob ich verrückt bin oder gehasst werde, denn seit ich Agnethas sich überschlagende, quirlige Stimme gehört habe, schwebe ich auf einer Wolke aus Euphorie, die ein bisschen nach süßem Wahnsinn schmeckt.

Noch eine Wahrheit, die ich noch nicht recht begriffen habe. Aber eine, die mich unbesiegbar macht.

Agnetha lebt. Ich habe ihr kein Haar gekrümmt.

»Zum Mitschreiben: Ich bin ein verfickter Callcenter Agent, der unter seinem Bett schläft und Modellschiffe baut.« Meine Stimme ist flach und leise und dröhnt dennoch wie Donner durch die Kombüse. »Und ich möchte einfach nur mein Leben zurückhaben. Es war nicht perfekt, aber tausendmal besser als diese Scheiße hier.«

Ich könnte immer noch in der Tagschicht arbeiten und einen mittelmäßigen Score mit traurigen Provisionen erzielen. An den Wochenenden würde ich durch die Kneipen ziehen und Frauen aufreißen, an deren Namen ich mich am nächsten Morgen nicht mehr erinnern kann. Wenn ich mal wieder nicht schlafen könnte, würde ich eines meiner Segelschiffmodelle mit feinem Pinsel bemalen und meine Gedanken um die Frage kreisen lassen, aus welchem Grund ein Vater über eine Reling klettert und ins kalte, dunkle Meer springt. Ich würde mich von dieser Frage ablenken, indem ich Motorradkataloge durchblättere und die Vorteile einer *Fat Boy* gegen die einer *Indian Scout* abwägen.

Agnetha hätte ich niemals kennengelernt.

»Dein Leben, wie du es kanntest, hat nie existiert, Damien von Baro«, grollt Caine, ohne den Versuch zu unternehmen, sich aus meinem unbarmherzigen Griff zu befreien. »Es war nur eine Illusion. Eine Warteschleife.«

»Worauf warte ich denn?«, höhne ich.

»Wir alle spüren, dass die Dunkelheit wieder naht. Sie kriecht aus den Ecken und Löchern der Stadt und streckt ihre zerstörerischen Finger aus. Beim letzten Mal hat sie versagt, doch diesmal geht sie vorsichtiger zu Werke. Diesmal muss sie unbedingt erfolgreich sein.«

Ich lasse ihn los und trete einen Schritt zurück. »Ich habe nicht die geringste Ahnung, was …«

»Im Zweiten Weltkrieg hättet ihr es fast geschafft, nicht wahr? Überall Schutt und Asche und so viele verzweifelte, in Lager eingesperrte Menschen, an denen ihr euch laben konntet. Wenn ihr nicht die Kontrolle über eure grausamen Marionetten verloren hättet, wäre die Welt jetzt ein schwelender Trümmerhaufen und die Menschen würden euch als Vieh dienen.«

»Das ist doch blanker Unsinn«, sage ich irritiert. »Im Zweiten Weltkrieg war ich noch nicht einmal Quark im Schaufenster.«

»Aber ausgerechnet jetzt, wo wir alle spüren, dass etwas geschehen wird, tauchst ganz unerwartet du auf«, knurrt mich Caine an. »Dein Clan hat sich noch nie an geltendes Gesetz gehalten. Sie sind unangreifbar. Die Regeln gelten nur für uns!«

»No Offense, aber Caine hat schon ein bisschen recht.« Kajus inspiziert seine Fingernägel. »Es dürfte dich gar nicht geben.«

»Ganz genau!« Caine deutet mit vor Wut zitterndem Finger auf mich. »Warum hat die Legion ihn bis heute in Ruhe gelassen? Wer schützt ihn? Und warum?«

Mir reicht es jetzt. »Hey, wenn du ein Problem mit mir hast, dann gehe ich einfach, okay? Ich will sowieso gar nicht hier sein.«

Sofort versperrt mir Armand den Weg nach draußen. »Hör dir erst mal zu Ende an, was wir zu sagen haben.«

»Ich sage, wir sollten ihn der Legion ausliefern!«, ruft Caine.

Samael verdreht die Augen. »Sei jetzt einfach mal still, alter Mann. Du siehst doch, dass Damien absolut ahnungslos ist.«

Kajus sagt mit dramatischer Bühnenstimme: »Unwissenheit schützt vor Strafe nicht.«

»Na toll«, stöhne ich. »Soll ich jetzt tot umfallen oder was?«

»Das wäre die beste Lösung für uns alle, aber es wird wohl nicht funktionieren.« Bedauernd sagt er: »Du bist ein Dhampir.«

Kaum hat er das letzte Wort ausgesprochen, friert die Atmosphäre ein. Alle schauen mich reglos an, warten offenbar darauf, dass ich zusammenbreche und: *Nein, oh nein, wie schrecklich!* rufe oder ähnliches.

So langsam verliere ich die Geduld. »Was ist das jetzt wieder für ein Mist?«

»Du bist ein Mischling. Halb Mensch, halb Vampir. Und das, mein Lieber, ist ganz, ganz schlecht.« Kajus schürzt die Lippen. »Zumindest in den Augen der Großen Alten. Der Rat kennt da keine Gnade.«

»Normalerweise«, fügt Armand düster an. Er nimmt Lavinia die *Speed Demon*-Flasche ab und gönnt sich einen Schluck. »Es ist verboten, ein Kind mit einem Menschen zu zeugen. Mischlinge sind zwar keine Vampire, aber Menschen im engeren Sinne sind sie auch nicht. Sie balancieren auf dem schmalen Grat zwischen Tag und Nacht. Manche besitzen einige Vampir-Eigenschaften. In der Vergangenheit kam es häufiger vor, dass sie sie gegen uns verwendet haben, indem sie Vampirjäger wurden. Auch darum sind Mischlinge nicht erlaubt.«

»Ah, wie in dem Film *Blade*«, sage ich mit Kennermiene. »Ich mochte das coole Schwert von Wesley Snipes. So eines will ich auch haben.«

»Du sollst die Klappe halten und zuhören!«, schnauzt Armand. »Du bist ein Dhampir: ganz schlimme Sache. Aber jemand hat dich erweckt, hat dich zum Vampir gemacht. Und das, mein Lieber, verstößt gegen alle Naturgesetze. Das darf es nicht geben! Ein halber Mensch, aber gleichzeitig ein Vampir? So etwas kann nicht gut ausgehen!«

»Das Wort, das Armand sucht, heißt *monströs*«, sagt Lavinia.

»Du bist als verbotenes Halbwesen deines Clans zur Welt gekommen, mit dem Blut der Großen Alten *und* der Menschen in deinen Adern.«

»Deine Familie zählt zu den Kindern Babylons«, ergänzt Armand unheilvoll. »Zu den Großen Alten.«

»Mein Vater war Autor von historischen Romanen und meine Mutter Steuerberaterin«, sage ich tonlos. »Beide sind in Steenport zur Welt gekommen. Babylon – ihr habt eine Schraube locker.«

»Du weißt doch wohl, was Babylon ist?«, fragt Kajus mit erhobenen Brauen. »Hauptstadt des assyrischen Reiches am Euphrat? Die größte Stadt der Welt? Hängende Gärten und nadeldünne Türme, die den Himmel berührten? Dort lebten Krieger, Zauberer, Händler und Hexen. Dort wurden Tote zum Leben erweckt.«

»Babylon war eines der sieben Weltwunder der Antike«, sage ich.

Aus den Tiefen der Vergangenheit höre ich die leise, tiefe Stimme meines Vaters, wenn er abends an meinem Bett saß und mir Geschichten erzählte, die sich wie Märchen aus Tausendundeiner Nacht anhörten: Hundert prächtige Stadttore, vierstöckige Gebäude und eine Mauer, die bis zum Horizont reichte. Der lang gestreckte Thronsaal des Königs, die palmengesäumte Prozessionsstraße, die am Ischtar-Tor begann und zum heiligen Marduk-Tempel führte und von dort zum legendären Turm zu Babel.

Das Ischtar-Tor steht jetzt im Berliner Pergamon-Museum. Mein Vater hat mir immer versprochen, eines Tages mit mir dort hinzufahren, damit ich es mir anschauen kann.

Es ist nie etwas daraus geworden.

Aber ich weiß noch genau, wie lebendig seine Schilderungen klangen. Ich konnte die unbarmherzige Hitze der Sonne auf meiner Haut spüren, die Nadelstiche des Sandes, den der Wind durch die Stadt trug, die würzigen Gerüche vom Basar, konnte die Schreie der Esel hören, das Klirren der Schwerter, wenn die Palastwache ihr tägliches Training absolvierte.

»Könnten wir bitte noch mal auf meinen Geisteszustand zurückkommen?«, frage ich mit einem Hauch von Überforderung.

»Mit dem ist alles in Ordnung«, erwidert Armand. »Na ja, abgesehen von der Tatsache, dass er dich hierher gebracht hat, zu den Zweite-Klasse-Vampiren …«

»Ich muss doch sehr bitten«, murrt Kajus.

»… und letzte Nacht einige sehr unschöne Dinge geschehen sind, die dich in den Mittelpunkt der allgemeinen Aufmerksamkeit gerückt haben.«

»Nenne es beim Namen: Ich habe eine wildfremde Frau ermordet, weil mir ihre Haarfarbe nicht gefiel.«

»Wir müssen ihn an die Legion ausliefern!«, wiederholt Caine stur. »Wenn sie ihn bei uns finden, sind wir dran! Sie werden uns als Verräter hinrichten!«

Stille kehrt ein. Sie denken über Caines Worte nach. Ich schaue mich um. Es wäre ein Leichtes, hier herauszukommen. Tief in mir spüre ich das rasante Anwachsen einer Kraft, die mich nervös macht. Vielleicht kann ich sie bald nicht mehr beherrschen.

»Und du kannst dich wirklich nicht erinnern?«, fragt mich Armand.

Ich schüttele den Kopf.

»Seltsam. Normalerweise drehen wir zwar ein wenig durch, wenn wir hungrig sind …«

»Nette Umschreibung für einen brutalen Mord«, spöttele ich.

»Aber sobald der Hunger gestillt ist, sind wir wieder ganz wir selbst. So war es bei dir doch auch, als du dein erstes Opfer erlegt hast, nicht wahr?«

Seine Wortwahl kotzt mich an. Doch leider ist sie überaus passend. Kreaturen wie ich denken nicht in moralischen Begriffen, sondern streben danach, ihre Bedürfnisse zu befriedigen. Doch das Entsetzen, als ich auf den sterbenden Mann hinabgeschaut und realisiert habe, was ich getan habe, wird mich auf ewig begleiten. »Ja, ich weiß, dass ich ihn umgebracht habe.«

»Siehst du? Aber an die rothaarige Frau kannst du dich nicht erinnern.«

Ich fasse mir an den Kopf. »Moment: Im *Devil's Den* war eine Frau mit rotblondem Haar … Aber an mehr erinnere ich mich nicht.«

»Wurdest du betäubt?«, fragt Armand.

Ich zucke die Schultern. »Womit denn?«

Lavinia sagt: »Solange wir nicht wissen, auf welcher Seite Damien steht, sollten wir nichts überstürzen. Er ist ein von Baro, vergesst das nicht.«

Seite? Was für eine Seite? »Ich bin meiner Familie herzlich egal«, sage ich.

»Da wäre ich mir nicht so sicher«, sagt Armand. »Oder hat dein Vater ihnen deine Existenz verheimlicht?«

»Natürlich nicht. Früher waren wir häufig zu Besuch im Haus Istrigo. Der olle Patriarch hat mich zwar nie beachtet, aber er hat darauf bestanden, uns regelmäßig zu sehen.«

»Wäre dein Vater einer von uns gewesen, hätte der Patriarch keine Sekunde gezögert und ihn hinrichten lassen«, grollt Caine. »Und deine Mutter gleich mit, von dir ganz zu schweigen. Aber hier stehst du nun und bist eine Bedrohung.«

»Es heißt, der Patriarch höchstpersönlich habe deinen Vater vor langer, langer Zeit erweckt und große Hoffnungen in ihn gesetzt«, sagt Sam. »Aber dein Vater war aufmüpfig. Er wollte nicht den Traditionen eures Clans folgen, sondern ein freies Dasein führen. Der Patriarch hat ihm vieles durchgehen lassen und seine kleinen Rebellionen belächelt, was in eurem Clan – und nicht nur dort – für viel Unmut sorgte. Als er sich jedoch in eine sterbliche Frau verliebte, war das Maß voll. Dem Patriarchen blieb nichts anderes übrig, als an deinem Vater ein Exempel zu statuieren.«

»Wollt ihr damit sagen, dass der Patriarch meinen Vater ins Meer geschubst hat? Ihr spinnt doch!« Ich tippe mir an die Stirn. »Im Übrigen ist der alte Mann mausetot.«

Lachen bricht aus.

»Der Patriarch? Reichsfreiherr Berald Bernhelm von Baro? *Tot?* Nein, seine Beerdigung war nur eine Show.« Lavinia gluckst. »Er hockt noch immer auf Haus Istrigo und wird demnächst der Öffentlichkeit als irgendein entfernter Verwandter aus dem Ausland vorgestellt, der seinen Lebensabend in Steenport verbringen will.«

»Lebt mein Vater etwa auch noch?« Ich lege Spott in meine Frage, obwohl mir eher nach Schreien zumute ist. Wann hört dieser ganze Horror endlich auf?

»Unwahrscheinlich, denn sein Todesurteil wurde von der Legion vollstreckt«, sagt Lavinia. »Die Legion kennt keine Gnade und sie versagt nie.«

»Natürlich ist niemand so lebensmüde, bei der Legion anzuklopfen und nachzufragen, was auf dem Schiff passiert ist«, ergänzt Armand. »Es tut mir leid, was mit deinem Vater geschehen ist.«

»Er hat mich im Stich gelassen, also fick dich und dein Mitleid!« Eine schwarze Wolke explodiert in mir mit einer unerwarteten Wucht, die das Boot zum Erzittern bringt. Ich stoße Armand so hart beiseite, dass er durch die Luft fliegt. Sam springt freiwillig aus dem Weg. Ich reiße die Tür zum Deck aus den Angeln, schleudere sie weit fort und springe die Stufen hinauf. Ein scharfer Wind zerrt an meinen Haaren, Regen schlägt mir ins Gesicht.

Walker kommt mir in seiner gelben Regenjacke entgegen, die Hände erhoben. »Bitte tu jetzt nicht Unüberlegtes.«

Ich packe ihn mit einer Hand an der Kehle, hebe ihn hoch. »Du wusstest von alldem, richtig? Wieso hast du kein Wort gesagt?«

Er strampelt mit den Beinen. »Ich sollte … nur auf dich aufpassen«, röchelt er. »Bitte …« Er gibt gurgelnde Laute von sich.

»Walker hat nur Befehle befolgt!«, ruft Lavinia von der Decktür. Obwohl es bereits dunkel ist, wagt sie sich nicht hinaus. Möglicherweise bin ich der Grund. »Bitte tu ihm nichts.«

Ich ignoriere sie. Brennend vor urtümlicher, unmenschlicher Wut beobachte ich, wie Walkers Gesichtsfarbe wechselt, wie die Todespanik in seinen Blick kriecht. Angst strömt aus allen Poren. Es ist ein unglaublich erregender Duft. Dieses Menschlein zappelt in meinem Griff wie ein Insekt, dem ich ganz langsam das Leben nehmen werde. Weil ich es kann. Weil niemand in der Lage ist, mich davon abzuhalten. Weil ich sehen will, wie seine Seele den Körper verlässt, wie das Licht in seinen Augen erlischt.

»DAMIEN!«, kreischen Lavinia und Kajus im Chor.

Walker wehrt sich jetzt mit aller Kraft. Ein zappelndes Etwas, dessen Überlebensinstinkte sich gegen das unausweichliche Ende wehren. Ich werde ihm eine Lektion erteilen. Ich werde …

»Da kommt ein Auto!«, brüllt Sam aus der Kajüte.

Langsam wende ich den Kopf. Ein schwarzes Bestattungsfahrzeug rast über den leeren Kai auf uns zu und bremst schlitternd knapp vor dem Poller, an dem der Fischkutter vertäut liegt.

26

Agnetha

Im Licht der Scheinwerfer sehe ich Damien an Deck des alten, rostigen Kutters stehen. Er hält einen riesigen, bärtigen Holzfäller-Kerl am Kragen gepackt – mit einer Hand, als wöge er nichts. Der Mann versucht mit wachsender Verzweiflung, sich zu befreien. Ich kenne ihn aus dem Callcenter.

Hinter ihnen in der Kajütentür drängen sich Leute und schreien irgendwas. Damiens Mantel flattert im eisigen Wind, den Regen scheint er nicht zu spüren.

»Siehst du das auch?«, fragt Lennart erschüttert. »Bitte sag mir, dass wir in einer *Marvel*-Comic-Verfilmung gelandet sind und dass Damien nicht gerade einhändig einen Mann umbringt.«

Ich springe aus dem Fahrzeug und laufe zu dem Steg, neben dem der Kutter auf dem Wasser dümpelt. »Damien, hör auf!«

Damien schaut mich an, mit einem Gesichtsausdruck, der mich abrupt zum Stehen bringt. Ich sehe nichts Menschliches mehr darin. Seine Augen ähneln schwarzen Löchern, aus denen kalte Grausamkeit fließt. Entsetzen erfasst mich. Der Damien, den ich kenne, ist fort. Sein Platz wurde von einem fremdartigen, gefühllosen Monster eingenommen, einer Kreatur der Nacht. Diesem Wesen traue ich zu, einen schreienden Menschen zu zerreißen, sein Blut zu saufen und den leblosen Körper wie Müll in einer Gasse liegen zu lassen.

Doch jäh bricht seine starre, kühle Miene auf. Er lässt den bärtigen Kerl los und tritt hastig zwei Schritte zurück. Eine voluminöse Frau in der Tür zur hell erleuchteten Kajüte streckt dem Mann am Boden die Hand hin. »Komm hierher, Dummkopf!«, schreit sie. Der Bärtige krabbelt röchelnd und hustend von Damien fort.

Damien schaut zu mir herüber. Sein Blick findet meinen und lässt mich nicht mehr los. Ich sehe blanken Horror in seinem Gesicht. Sein Mund öffnet und schließt sich. Er sieht verstört aus, aufgewühlt bis ins Mark und zornig. Zornig auf wen? Ein Windstoß zerzaust sein Haar. Ich habe plötzlich das dringende Bedürfnis, meine Finger darin zu vergraben, ihn zu mir herabzuziehen und ihm zuzuflüstern, dass alles gut werden wird.

Da kann man mal sehen, wie naiv ich bin.

Das Schiff schaukelt auf den Wellen am Pier, Salzgeruch erfüllt die Luft und in der Ferne kreischt eine Möwe. Wir stehen da und schauen uns an und sind nicht fähig, uns zu bewegen.

Lennart tritt neben mich, den Kragen der Jacke bis zur Nasenspitze hochgezogen. »Offenbar kommen wir ungelegen«, sagt er leise. »Wer sind diese anderen Leute, die sich da in der Tür drängen? Glaubst du, die wollen uns auffressen? Die gucken so bedrohlich.«

Drei von ihnen kenne ich aus dem Callcenter. Es wäre übertrieben zu behaupten, dass ich ein kollegiales Verhältnis zu ihnen aufgebaut habe. Sie haben mich ihre Abneigung sehr deutlich spüren lassen und auch jetzt schlägt mir keine begeisterte Wiedersehensfreude entgegen.

Lennart zieht seine Mütze bis zu den Brauen hinab. »Wir sollten besser wieder verschwinden.«

»Wir werden ihn nicht im Stich lassen«, krächze ich.

»Hör mal, nur weil ich Verschwörungstheorien verbreite, bin ich noch lange nicht lebensmüde. Das da«, er deutet auf das Schiff, »ist echt zu viel des Guten.«

»*Das da* ist Damien.« Auf stocksteifen Beinen betrete ich den rutschigen Steg und bleibe in der Mitte stehen. Ich traue mich nicht, das Schiffsdeck zu betreten. Denn vielleicht ist der Mann in dem langen schwarzen Mantel eben doch nicht mehr Damien. Eine instinktive Angst kriecht unter meine Haut und greift nach meinem Herzen. Ich schmecke die tödliche Gefahr auf der Zunge, ich spüre sie mit jeder Faser meines Körpers. Ich bin wie gelähmt.

»Sagte ich nicht, dass du mir nie wieder unter die Augen kommen sollst?« Sogar seine Stimme klingt fremd und viel dunkler als sonst, doch dahinter höre ich den Mann, der mir nicht mehr aus dem Kopf geht. Dieser Mann ist verzweifelt und wütend, aber nicht auf mich.

Das hoffe ich jedenfalls.

»Ich tu grundsätzlich nie, was man mir sagt, das solltest du inzwischen wissen«, rufe ich gegen eine Böe an. »Machst du jetzt eine Umschulung zum Fischer?«

»Ich bin Vegetarier! Ich töte keine Fische.«

Ich drehe mich zu Lennart um. »Meint er das ernst?«

»Angesichts seiner jetzigen Lebensweise mag es absurd klingen, aber ja: Er rührt weder Fleisch noch Fisch an. Und das, obwohl ich ihm tausendfach gepredigt habe, dass dieses Fleischersatzzeug die Chemie in seinem Kopf durcheinander bringt. Wie man sieht, hatte ich recht.«

»Wollen wir jetzt eine Grundsatzdiskussion über meine Ernährungsgewohnheiten führen oder traut ihr euch näher?«, fragt Damien.

»Deine Ernährungsgewohnheiten sind der Hauptgrund, warum wir hier sind.« Tapfer marschiere ich geradewegs auf ihn zu, auf seine große dunkle Gestalt mit den flatternden Mantelschößen, die mit beiden Beinen fest am schwankenden Deck steht.

»Also …«, sage ich zögerlich, als ich direkt vor ihm stehe.

»Ja?« Seine Stimme ist wie verhaltenes Donnergrollen. In seinen Augen spiegelt sich graues Tageslicht und lässt ihn etwas normaler erscheinen.

Widersprüchliche Gefühle toben durch mich hindurch. Einerseits möchte ich schreiend wegrennen, andererseits will ich mich ihm an den Hals werfen. Ein unerwarteter Hitzestoß jagt durch meinen Unterleib, ich presse die Schenkel zusammen.

»Wenn ich mich entschuldige, dann sagst du bitte: *Schon gut*«, sage ich. »Weil, ich bin nicht begabt im Entschuldigen, aber ich arbeite daran. Bitte lass es nicht zu peinlich werden, aber du darfst mir natürlich ein paar böse Worte an den Kopf werfen und …«

»Schon gut.« Um seine Mundwinkel bricht unerwartet ein Lächeln aus und tanzt bis hinunter in meine Eingeweide. »Du bist hier, verdammt. Du lebst und wirst mir weiterhin auf die Nerven fallen.«

»Sorry«, fiepse ich. »Ich kann auch wieder gehen …«

»Du bleibst hier.« Er hebt die Hände, zögert, dann legt er sie um mein Gesicht. »Du lebst«, flüstert er.

Meine Wangen prickeln. Unter seinen Fingern pulsiert ein mächtiger Rhythmus, viel stärker als alles, was ein menschliches Herz erzeugen kann. Meine Angst vermischt sich mit unfassbar köstlicher Begierde. Sehr langsam neigt er sein Gesicht hinab zu mir, seine Lippen öffnen sich um eine Winzigkeit.

Mein Mund heißt seinen willkommen, als hätten sich verlorene Zwillinge wiedergefunden. Wir werden zueinander hingezogen und … Oh, er schmeckt nach Feuer, Sonne, Rauch und Asche! Sein Kuss ist zart und doch besitzergreifend, als wollte er mich genüsslich auskosten, bevor er mich verschlingt. Seine Zungenspitze kitzelt die meine, die freudig reagiert. Durch meinen Leib rast eine Schockwelle, als hätte ich in eine Starkstromleitung gefasst. Das betäubende Tosen in meinem Kopf übertönt jeden klaren Gedanken. Er küsst mich hitziger, seine Hände rutschen zu meinem Hals hinab. Ich habe keine Angst, ich will mehr von ihm. Ich will in diesem Kuss ertrinken, will ihm alles geben, was ich habe.

Er vergräbt seine Hand in meinem Haar, zieht mich mit der anderen fest an seinen Körper und taucht ungestüm in meinen Mund ein. Die Zeit kommt zum Stillstand. Nichts existiert mehr außer uns beiden, gefangen in einer Blase, die wir selbst erschaffen haben. Sein Herz wummert überaus menschlich in seiner Brust und auch die harte Beule in seiner Jeans ist weiß Gott alles andere als untot. Ein leises Stöhnen kommt aus meiner Kehle. Dieser Kuss sprüht vor Erotik und Begierde. Damien mag kein normaler Mensch sein, aber ich glaube fest daran, dass er eine große, mitfühlende Seele besitzt. Und einen höllisch heißen Körper.

»Ähm …« Ein Räuspern dringt durch den Nebel meiner köchelnden Lust. »Ich störe die Romanze wirklich ungern, aber ich werde klitschnass und diese Leute auf dem Schiff sehen jetzt wirklich sehr ungeduldig aus«, ruft Lennart. »Die haben hoffentlich schon gefrühstückt?« Er hebt seine Stimme. »Mein Blut schmeckt nach Ingwer und Zitrone! Ich wollte es nur erwähnt haben.«

»Verdammt, Damien, was haben wir dir vorhin noch über Gesetze gesagt?«, ruft ein Mann in meinen Gefühlsstrudel hinein. »Mach nicht den gleichen Fehler wie dein Vater!«

»Fuck«, murmelt Damien an meinem Mund. Er löst sich in Zeitlupe von mir und leckt sich über die Lippen. Das sieht so ungemein erotisch aus, dass meine Beine butterweich werden. »Ich hatte nicht vor, dich zu küssen.«

»Ich hatte nicht vor, mich küssen zu lassen«, krächze ich. Meine Finger berühren sein Kinn und streichen über die Bartstoppeln. »Ich weiß nicht, warum ich dir keine gescheuert habe.«

Ernüchtert zieht er meine Hand fort. »Weil ich Kontrolle über deinen Geist ausgeübt habe. Ich könnte dich hier im Regen vor

Publikum vögeln und du würdest nichts dagegen tun.« Seinem eindringlichen Blick nach zu urteilen, glaubt er das tatsächlich.

Ich lache auf. »Versuch es nur und du wirst meinen Geist auf eine Weise zu spüren bekommen, die dich einen schmerzhaften Sopran singen lässt. Fürs Protokoll: Ich weiß ziemlich genau, warum ich den Kuss zugelassen habe, aber ich wollte nicht gleich mit der Tür ins Haus fallen. Verstehst du?«

»Nein«, erwidert er finster. »Alles, was ich weiß, ist, dass wir uns nicht ausstehen können.«

»*Du* kannst mich nicht ausstehen, Damien. Ich halte dich zwar für höchst arrogant, unhöflich und undurchschaubar, aber trotzdem brauchst du dringend Freunde. Und ich habe etwas wiedergutzumachen.«

»Nur deswegen hast du dich von mir küssen lassen? Aus Wiedergutmachung?« Er lässt meine Hand los.

Ich versetze ihm einen Schubs gegen die Brust. »Wie kannst du es wagen?«

»Oder weil ich dir keine andere Wahl gelassen habe?«

Er lässt sich nicht davon abbringen, dass er meinen Verstand manipuliert hat, aber das kann ich ausschließen. Es war mein Körper, der ihm nicht widerstehen kann. Und, ja, vielleicht auch mein Herz. Mit meinem Verstand hingegen ist alles in bester Ordnung, denn der flüstert unablässig: *RENNE!*

»Du überschätzt deine Anziehungskraft, Damien.« Mein Haar hängt regennass herab, es ist kalt, doch in meinem Innern tanzen glühende Funken und halten mich warm.

»Damien, du musst eine Entscheidung treffen«, sagt der Glatzkopf beunruhigt. »Sie weiß, was du bist. Sie bringt uns alle in Gefahr.«

»Ich tu gar nichts außer nass werden!«, rufe ich. »Und ich bin total ungefährlich.«

»Sie wird die Legion direkt hierher führen!«, faucht der weißhaarige alte Mann. »Wieso hast du dich mit ihr eingelassen? Wieso ist sie überhaupt hier? Schick sie fort!«

»Jetzt warte doch mal …«, setzt der Glatzkopf an.

»Worauf soll ich warten?« Der alte Mann schubst seinen Freund in die Kombüse. »Diese Sache geht uns nichts an, aber sie kann uns alle in den Abgrund reißen. Du hättest Damien niemals hierher holen dürfen.«

Die beiden brechen in eine hitzige Diskussion aus, von der ich nur die Hälfte mitbekomme, weil ich nicht aufhören kann, Damien anzustarren.

»Er hat recht.« Damien schaut auf mich hinab. Seine Miene verwandelt sich in eine glatte, schöne Maske. »Du darfst nicht hier sein. Lennart auch nicht. Dies ist nicht eure Angelegenheit. Es ist gefährlich.«

»Eventuell sollten wir auf ihn hören.« Lennart trippelt von einem Fuß auf den anderen und schaut sich nervös um. Immer wieder bleibt sein Blick an Damien hängen und man sieht ihm an, dass er denkt: *Wer ist der Kerl, den ich für meinen Freund gehalten habe?* Er hat Angst vor Damien. »Die Polizei sucht nach dir.«

»Nach mir? Nicht nach dir?«, fragt er belustigt. »All die Jahre harter Verschwörungsarbeit, aber niemand hält dich für eine Bedrohung? Wie ärgerlich.«

»Offenbar muss man erst zum Mörder werden, um ernst genommen zu werden«, schnappt Lennart zurück.

»Hör jetzt auf!«, schnauze ich. »Das ist Damien!«

»Ist er eben nicht! Er hätte gerade beinahe einen Mann mit den bloßen Händen erwürgt. Vor unseren Augen! Nur weil ihr zwei gerade hemmungslos geknutscht habt, kannst du ihm noch lange nicht vertrauen. Beim nächsten Mal verfällt er in einen mörderischen Blutrausch und reißt dir die Halsschlagader raus!«

»Hör auf«, wiederhole ich, jetzt weniger entschieden. Unschlüssig schaue ich Damien an, der vorhin noch ausgesehen hat wie ein Dämon. Sein kaltes, klinisches Interesse, als er den bärtigen Mann an der Kehle gepackt hielt, werde ich so schnell nicht vergessen.

Aber er küsst so unglaublich gut. Und er sieht wahnsinnig männlich aus, wenn er jemanden umbringen will.

Hurra, ich bin in die weibliche Hormonfalle getappt. Jetzt entschuldige ich sogar Mord und Bluttrinkerei, nur weil der Täter ein Hottie ist.

»Mist«, brumme ich und weiß nicht, was ich nun tun soll. Denn Damien berührt mein Herz, sobald er mich nur anschaut – aus seinen unmenschlichen Augen.

»Er benutzt seine dunkle Macht bei dir, merkst du das nicht?«, ruft Lennart.

Ein Sturm zieht durch Damiens Gesichtszüge, doch er widerspricht nicht. Er trägt eine finstere Seite in sich und ich möchte so gern hoffen, dass er dagegen ankämpfen kann. Doch eventuell ist das nur eine romantische Vorstellung von mir. Warum sollte er sein altes Leben zurückhaben wollen, wenn er jetzt so viel stärker und skrupelloser ist?

»Sollten wir nicht lieber über mörderische Intrigen, Bedrohungen und Kreaturen der Finsternis reden?«, entgegne ich fröstelnd. »Möglichst irgendwo im Trockenen. Es regnet nämlich in Strömen.«

»Oh, tatsächlich.« Er sieht zum Himmel hinauf, wo die Wolken kurz aufreißen und abendliches Sonnenlicht zur Erde schicken. »Schau mal: Ich verbrenne nicht! Aber es fühlt sich nicht angenehm an.«

»Du bist nun mal nicht normal«, ruft jemand aus der Kombüse, der vermutlich ein Mann ist. Er trägt Make-up und hat langes wallendes blondes Haar, einen Bartschatten und eine melodiöse Stimme. »Nicht so wie wir. Ich denke, Caine hat recht: Sieh zu, dass du deine Freunde loswirst.« Er tritt auf die Türschwelle, sorgsam darauf achtend, nicht den Schatten zu verlassen, und mustert mich. »Schätzchen, ich würde morden für deine roten Locken.«

»Da bist du nicht der einzige«, erwidere ich nonchalant. »Letzte Nacht musste bereits eine rothaarige Frau sterben.«

Damien zieht ein Gesicht, als hätte er auf einen Knoblauch gebissen. »Der Mörder …«

»Der Mörder bist nicht du, Damien.«

»Du darfst mir nicht vertrauen, Agnetha. Ich vertraue mir nicht einmal selbst. Ich habe keine Ahnung, wozu ich fähig bin.«

»Du wirst mir nichts antun.«

»Ich war überzeugt, dass ich dich umgebracht habe. Du hast mich sehr wütend gemacht. Mein Shirt ist mit Blut verschmiert.« Er schaut an sich herab.

»Trotzdem würdest du keinen Mord begehen.«

Er verdreht nur die Augen und tritt von mir zurück.

»Agnetha, lass uns bitte von hier verschwinden«, sagt Lennart. »Reptiloiden und radikale Bürgerbewegungen gehen klar, aber mörderische Vampir-Verschwörungen sind mir eine Nummer zu groß. Ich bin raus.«

Ich fahre zu ihm herum. »Du kannst deinen Freund nicht im Stich lassen!«

»Er will unsere Hilfe doch gar nicht. Was sollen wir auch schon ausrichten? Er ist tausendmal stärker als wir, und er hat sich entschieden, auf die böse Seite zu wechseln.«

»Wenigstens einer zeigt etwas Verstand«, sagt der alte Mann. »Haut lieber ab, bevor die Legion hier auftaucht.«

Das lässt sich Lennart nicht zweimal sagen. Er dreht sich um und marschiert zu seinem Wagen.

Ich springe auf den wackeligen Steg und renne ihm hinterher. »Du kannst jetzt nicht kneifen!«

»Das ist eine Bestie in Menschengestalt, die uns jederzeit verschlingen kann!« Er zeigt auf das Schiff, auf dessen Deck der dunkelhaarige Mann, der mein Leben auf den Kopf gestellt hat, reglos im Wind steht. »Dieser Krieg findet in einer Parallelwelt statt, deren Regeln wir nicht beherrschen, Agnetha. Das hat überhaupt nichts mit uns zu tun.«

»Das wissen wir doch gar nicht.«

Er schiebt mich beiseite und steigt ein. »Ich will es auch nicht wissen! Kommst du mit?«

Ich schüttele den Kopf.

»Deine Entscheidung.« Er knallt die Tür zu und startet den Motor. Die Abgaswolke wird vom Regen zerrissen, als er rückwärts setzt, wendet und davonrast.

Hilflos drehe ich mich zu Damien um, der seinem Freund mit maskenhafter Miene hinterherschaut.

»Was soll der Unsinn?« Der alte Mann fixiert mich unmutig. »Wieso fährst du nicht mit? Es wäre besser für uns alle gewesen, wenn Damien dich letzte Nacht erlegt hätte.«

»HÖR AUF!«, blafft Damien so zornig, dass nicht nur ich vor Schreck erstarre.

Der alte Mann fängt sich schnell wieder. »Sieh zu, dass du die da loswirst, Adelssöhnchen.«

»*Die da* hat zu Damiens Familie recherchiert«, erwidere ich katzenfreundlich. »Dabei sind mir einige Besonderheiten …«

»Zu meiner Zeit kannten Frauen noch ihren Platz!«, faucht er mich an.

»Sie mochten diesen doofen Platz aber nicht. Darum haben sie das Kevlar, die Solarenergie und die Geschirrspülmaschine erfunden, sowie die DNA-Doppelhelix und die Radioaktivität entdeckt. Der erste Programmierer der Welt war auch eine Frau, die ihren Platz nicht kannte. Falls Ihre fragile Männlichkeit darunter leidet, besprechen Sie das mit Ihrem Friseur.«

Der alte Mann erdolcht mich fast mit seinem Blick. Schnaubend verschwindet er in der dunklen Kombüse und poltert eine Treppe hinab. Ich höre Knarzen, Quietschen, Rumpeln.

Ich balanciere über den Steg zurück aufs Schiff. »Was hat es mit dem grantigen Opa auf sich?«

»Er heißt Caine und ist ein illegitimer Sohn von Buffalo Bill – ja, *der* Buffalo Bill. Er hat ein Problem mit meiner Familie. Mich kann er nicht ausstehen, weil ich wohl so etwas wie ein Mischling bin, halb Mensch, halb Vampir, aber nicht wirklich ein Vampir. Das heißt, jetzt bin ich es schon, aber irgendwie auch nicht. Jemand hat mich gebissen und mich zu einer Anomalie gemacht.«

»Dieser Jemand …«

»Könnte mein Cousin Benedict gewesen sein.«

»Du hast keine Bissspuren am Hals«, sage ich und lege eine Hand an sein Kinn, um sanft seinen Kopf zu drehen. Ich tue das aus rein sachlichen Gründen, ich schwöre. Nicht, weil sein Hals mit den kräftigen Sehnen und Muskeln so unwiderstehlich erotisch aussieht.

»Aber warum sollte mein Cousin mich beißen?«, murmelt er. »Denn jetzt bin ich unsterblich. Meine Familie möchte mich aber lieber tot sehen.«

»Bist du sicher?«

»Jemand wie ich darf gar nicht existieren. Es gibt Gesetze, weißt du? Die Legion sucht bereits nach mir, und wenn die mich finden, bist auch du geliefert.«

»Was ist die Legion?«

»So etwas wie die apokalyptischen Reiter der Hölle. Eventuell haben sie meinen Vater auf dem Gewissen.« Er erzählt das alles mit solcher Emotionslosigkeit, dass ich mir gar nicht vorstellen möchte, wie es in seinem Innern aussieht.

»Und deine Freunde aus der Nachtschicht …«, frage ich leise. »Was genau sind sie?«

»Es sind Vampire.«

»Ah, natürlich.« Ich habe also gemeinsam mit Vampiren in einem Büro gearbeitet: Das muss ich erst mal sacken lassen. »Schlafen sie echt in Särgen?«

»Yup«, sagt Damien.

»Wie schön, dass alte Traditionen nicht aussterben. Und du? Was ist mit dir?«

»Keine zehn Pferde bekommen mich in eine Holzkiste. Da drin kriege ich Klaustrophobie.«

Neugierig spähe ich in die Kombüse. Die Ausstattung ist modern und gemütlich und erinnert definitiv nicht an eine Vampir-

WG. Es gibt nicht mal Spinnweben oder barocke Kerzenleuchter. Die Küchenanrichte sieht verdächtig nach IKEA aus, an der Wand hängten ein paar Bilder von Sonnenaufgängen und grünen Blumenwiesen an einem wolkenlosen Sommertag. Eine schmale Treppe führt nach unten, wo eine leise, aber erregte Diskussion im Gang ist.

»Es gibt da ein paar interessante Dinge im Zusammenhang mit deinem Cousin, über die du Bescheid wissen solltest.« Ich ziehe mein Handy heraus und finde ein ungeschütztes WLAN-Netz namens *DarkShip*. Gleich darauf öffne ich das Benedict-Dossier in meiner Cloud.

»Es wird bald dunkel. Wir müssen fort von hier und einen sicheren Ort finden.«

»Nur noch eine Sekunde.«

»Agnetha, uns bleibt nicht mehr viel Zeit.«

»Warte, das wird dich interess… Oh.«

Verblüfft sehe ich, wie mein Dokument wie von Zauberhand verschwindet. *Inhalt nicht vorhanden* steht da. Ich klicke zurück zu Benedicts Ordner und sehe, dass er leer ist. Komplett leer. Sämtliche Fotos und Screenshots sind weg, alle gespeicherten Zeitungsartikel, meine zusammengetragenen Informationen und Spekulationen. Dasselbe gilt für alle anderen Ordner, die ich zu jedem einzelnen Familienmitglied und zu den Unternehmen und Tätigkeiten des Clans angelegt habe. Es ist nichts mehr da.

Monatelange Arbeit: futsch.

»Das kann nicht sein!«

»Was ist los?«, fragt Damien.

Ich zeige ihm das Display. »Jemand hat sich in meine Cloud gehackt und alles gelöscht, was ich über deine Familie zusammengetragen ha…«

Er hebt die Hand und ich verstumme. Jetzt höre ich es auch.

Motorengeräusch. Es nähert sich mit hoher Geschwindigkeit.

27

Damien packt mich am Handgelenk und zieht mich von Bord. Der Steg dröhnt unter seinen Schritten. Er steuert auf die alten Fischhallen zu, Pfützenwasser platscht auf. Der Regen wird heftiger, der Wind wühlt sich durch das Meer.

»Wo willst du denn hin?«, rufe ich, verzweifelt bemüht, mit ihm Schritt zu halten. Er hat so viel mehr Kraft und Energie und muss sich sichtlich zügeln. Ich bin für ihn nur ein Bremsklotz, aber er lässt meine Hand nicht los.

»Erst einmal weg von hier. Wir müssen sie vom Schiff ablenken!«

»Wer ist *sie?*«

»Das werden wir bald erfahren.«

Er lenkt mich an einer maroden Mauer entlang, wo uns ein Dachvorsprung vor dem ärgsten Unwetter schützt. Schatten breiten sich aus wie schwarze Lachen; hier gibt es keine funktionierende Straßenbeleuchtung, keine bewohnten Häuser. Nasses Unkraut wuchert aus allen Ritzen und schlägt gegen unsere Beine.

Damien bleibt so abrupt stehen, dass ich gegen ihn stolpere. Er neigt leicht den Kopf, um zu lauschen. Ich spitze ebenfalls die Ohren, doch höre nur das Heulen des Windes an den Hausecken, das Pladdern des Regens auf den Blechdächern und dahinter die Wellen, die gegen das Ufer schlagen.

»Das war bestimmt nur …«, setze ich an.

Jäh zieht er mich in eine dunkle Ecke.

Ein Fahrzeug nähert sich langsam und ohne Licht; eine mächtige, leise Limousine, die wie ein Schemen an uns vorbei gleitet. Der Kühlergrill erinnert an gefletschte Zähne. Der Wagen bremst lautlos, ich sehe keine roten Lichter aufleuchten. Als wäre das Gefährt nur eine Illusion.

Beklemmung kriecht durch meine Gliedmaßen. »Wer ist das?«

»Ich frage mal nach«, flüstert Damien zurück. »Warte hier.«

Schon ist er fort. Verschwunden. Weg.

Ich presse mich an die nasskalte Wand und weiß nicht, was ich nun tun soll. *Wegrennen, du dumme Nuss!*, schreien meine Instinkte, doch ich bleibe wie angewurzelt an Ort und Stelle, erfüllt von Angst, Enttäuschung und Verwirrung.

Autotüren werden geräuschlos geöffnet und geschlossen. Mehrere Gestalten in dunkler Kleidung verteilen sich. In meinem Versteck kann ich die lähmende Kälte spüren, die von ihnen ausgeht, obwohl sie mindestens vierzig Meter entfernt sind. Sämtliche Geräusche in der Umgebung verstummen, als würde jedes Insekt, jedes Nagetier die Luft anhalten. Sogar die fernen Wellen sind nur noch gedämpft zu hören. Ein Schemen bleibt stehen und hebt den Kopf, als wittere er etwas. Er trägt einen Mantel ähnlich wie der von Damien, aber aus schwerem Material, von dem der Regen abperlt. Ein Schlächter-Mantel.

Sehr langsam dreht er sich um. Lange schwarze Haarsträhnen wehen im Wind. Er schaut direkt in meine Richtung. Dort, wo die Augen sein sollten, glitzern zwei silbrige Funken.

Ich wage nicht, mich zu bewegen. Mein Herz wummert in meiner Brust; ich bin überzeugt, dass der Schemen es hören kann. Schwindel erfasst mich, als er sich in Bewegung setzt und mit lautlosen, lauernden Schritten auf mich zu kommt. Ein Jäger, der Beute gewittert hat.

Meine Muskeln sind zu Stein geworden, doch selbst wenn ich mich hätte regen können, weiß ich genau, dass ich gegen diese finstere Gestalt keine Chance habe. Sie ist nicht menschlich.

Ich höre ein leises Knurren, einen tierischen Laut der Vorfreude. Die Gestalt fletscht die Zähne. Oh Gott! Sie hat eine Reihe richtig langer spitzer Reißer. Eine Böe weht mir einen staubigen bitteren Geruch von jahrhundertealter Asche entgegen. So riecht der Tod.

Ein ohrenbetäubendes Krachen bricht die Stille auf. Irgendwo stürzt das Dach eines Lagerhauses ein. Blech scheppert. Dahinter höre ich das Tuckern eines Dieselmotors. Von meinem Versteck aus kann ich nichts sehen, aber ich ahne, dass der Fischkutter abgelegt hat und aufs Wasser hinaus steuert.

Die dunkle Gestalt hält inne, wendet sich ab. Sie sprintet los, so schnell wie ein Geschoss.

Im gleichen Augenblick werde ich gepackt, über eine Schulter geworfen und die Dunkelheit um mich herum verwandelt sich in einen Wirbelsturm. Oder so ähnlich. Oben und Unten verdrehen sich.

Ich ächze, als ich losgelassen werde, und verliere das Gleichgewicht. Sofort hält mich eine starke Hand fest

»Keinen Laut«, zischt Damien in mein Ohr. Er drückt mich hinab und legt sich neben mich. »Sie sind in der Nähe.«

Wir befinden uns auf einem Flachdach am äußersten Rand des Hafens, ein gutes Stück entfernt von der Stelle, wo ich eben noch gewesen bin, und ziemlich weit über dem Boden.

»Wie …? Was …?« Dämliche Frage, aber ich habe den plötzlichen Ortswechsel noch nicht verarbeitet.

Damien legt eine Hand auf meinen Mund. Sein großer, straffer Körper so dicht an meinem beruhigt mich ein wenig und irritiert mich zugleich. Ich kann spüren, wie seine hochsensiblen Sinne jedes noch so kleine Signal aufnehmen. Ich konzentriere mich auf seine Finger an meinen Lippen und stelle mir vor, was er mit diesen Fingern noch so alles anstellen könnte. In meiner Vagina setzt ein erwartungsfreudiges Pochen ein, meine Angst verblasst, auch wenn sie nicht völlig verschwindet. Körperliche Lust ist eine großartige Ablenkung bei Todesgefahr (folgt mir gerne für weitere nützliche Tipps).

Nach Ewigkeiten zieht er seine Hand fort und ich empfinde einen Anflug von Enttäuschung. Ich mag seine Berührungen weit mehr, als gut für mich ist.

Ich hebe den Kopf. In der Ferne blinken die Lichter der City. Das rote Positionslicht des Kutters ist jetzt weit draußen und entfernt sich immer weiter vom Kai. Von den unheimlichen Gestalten ist nichts zu sehen.

»Sind sie fort?«, flüstere ich.

»Der Wagen ist weg. Sie glauben, dass wir auf dem Schiff sind.«

»Wer war das? Wie konnten sie uns finden?«

»Ich hatte leider keine Zeit für ein Interview.« Er schiebt sich zur Dachkante und lässt sich hinunterfallen.

Wieder höre ich kein Laut, als hätte er sich in der Abenddämmerung aufgelöst. Vorsichtig rutsche ich über das nasse, schmierige Blechdach. Meine Klamotten sind sowieso schon versaut, mir ist fast alles egal.

»Komm schon«, höre ich Damien leise von unten sagen. »Spring. Ich fang dich auf.«

Ich spähe über die Kante. Es geht tiefer hinab, als ich dachte. Knochenbrechend tief. Ich kann den Grund nicht richtig erkennen, aber ich nehme Damiens Gestalt wahr.

»Vertraust du mir nicht?«

»Das könnte dir so passen«, zische ich und stürze hinab. Woher ich den Mut nehme? Fragt mich etwas Leichteres.

Damien fängt mich so weich und elegant auf, als würde ich in einen Kissenhaufen fallen. Er hält mich einen Moment länger fest als nötig.

»Caine hatte recht: Ich bin eine Gefahr«, sagt er bedrückt. »Du darfst nicht in meiner Nähe sein, aber …«

»Aber was?«

»Du bist meine letzte Verbindung zur Normalität.« Er lässt mich stehen und läuft davon.

Ich hasse Joggen, erst recht in nassen Stiefeln und schmutzigen Sachen. Aber was bleibt mir anderes übrig? Ich kann mir nicht mal ein Taxi rufen. Also renne ich ihm hinterher, sehr laut und sehr keuchend. Wenn diese unheimlichen Gestalten in der Nähe sind, werden sie mich im Handumdrehen erwischen.

Damien wartet an der nächsten Ecke, bis ich ihn eingeholt habe, dann läuft er weiter, leise wie ein Windhauch. Ich spüre schon die ersten Seitenstiche, halte aber tapfer mit. Wer hätte gedacht, dass ich mal einem Vampir hinterherrenne? Das Leben steckt voller Überraschungen.

Wir erreichen den maroden Maschendrahtzaun, der das Hafengelände von der Straße trennt. Bevor ich protestieren kann, hebt er mich hoch und wirft mich hinüber. Hart falle ich auf der anderen Seite ins Gestrüpp.

»Hast du sie noch …?«

Geschmeidig landet er neben mir, zieht mich hoch und gibt mir einen sanften Schubs. Mein Knie tut weh, ein paar Dornen haben sich durch meine Hose gebohrt. Der stetige Regen trägt nicht unbedingt zur Verbesserung meiner Laune bei. Inzwischen ist mir bitterkalt und alles egal. In der Hölle schmoren? Super, da kann ich mich wenigstens aufwärmen.

Der alte Fischereihafen liegt in einem Industriegebiet, das seine besten Zeiten lange hinter sich hat. Die meisten Firmen sind weggezogen oder insolvent. Nur noch vereinzelt brennen Straßenlaternen.

Wir überqueren einen verlassenen Schrottplatz, springen über eine umgestürzte Mauer, passieren schmale Durchgänge und umrunden leer stehende Werkstätten und Bürocontainer. In der Dunkelheit kann ich kaum etwas erkennen und muss mich dicht an Damien halten, der sich immer wieder abbremst, damit ich nicht verloren gehe. Als er stoppt, bin ich so erschöpft, dass ich weinen möchte. Meine Beine zittern, mein Herz rast, ich japse nach Luft. Wir haben eine Bushaltestelle an einer Hauptstraße erreicht. Dankbar lasse ich mich auf den Plastiksitz unter dem Wartehäuschen fallen.

»Wir flüchten nicht ernsthaft mit einem öffentlichen Verkehrsmittel«, keuche ich. »Kannst du nicht fliegen, wie es sich für einen anständigen Vampir gehört?«

»Nein, aber ich kann dich werfen, wenn du nicht endlich die Klappe hältst.« Er studiert den Fahrplan mit der Routine eines erfahrenen Pendlers.

»Sei nett zu mir, ich bin deine einzige Freundin.«

Er lehnt sich an die Wand, die Arme verschränkt, ein Bein über das andere gekreuzt. Lässige Gesten beherrscht er ungemein gut. »Im Moment bist du hauptsächlich ein Klotz am Bein, Agnetha.«

Und ehrlich ist er leider auch.

»Der nächste Bus kommt in ein paar Minuten. Sie haben dich jetzt im Visier, sie wissen, dass du Material über meine Familie zusammengetragen hast.«

»Wer sind *sie?*«

»Ich habe so eine Ahnung, aber ich will die Antwort von meiner Familie hören. Ich werde zum Anwesen rausfahren.«

»Ist das klug? Vorhin hast du noch gesagt, dass sie dich tot sehen wollen.«

Er zuckt mit den Schultern. »Sie hätten mich jederzeit seit meiner Geburt aus dem Weg räumen können. Stattdessen bin ich jetzt stärker als je zuvor. Entweder ist etwas gewaltig schief gelaufen oder …«

»Jemand hält seine schützende Hand über dich.«

»Vermutlich der Patriarch.«

»Aber der wurde doch beerdigt.« Ich wische mir den brennenden Schweiß aus den Augen. »Okay, das war nur eine Show für die Öffentlichkeit. Wie kommst du mit alldem zurecht? Hast du nie geahnt, dass mit deiner Familie etwas nicht … ganz normal ist?«

Er lehnt sich an einen Pfosten. »Gemessen woran? Sie sind reich und wohnen in einem riesigen alten Kasten und konnten meine Mutter nicht leiden. Mich haben sie kaum beachtet. Mein Vater war Autor und schrieb am liebsten nachts, weil er dann in Ruhe nachdenken konnte. Wenn ich aus der Schule kam, schlief er. Ich habe nie ausgefahrene Reißzähne oder ähnliches gesehen …« Er hält inne. »Ich habe unser Leben nie als ungewöhnlich empfunden. Meine Eltern waren die besten Eltern der Welt.«

Er klingt so traurig, dass ich von einer Woge des Mitgefühls ergriffen werde. Ich erhebe mich und stakse steifbeinig auf ihn zu. »Sie haben dich geliebt«, flüstere ich.

»Meine Mutter starb viel zu früh auf grausame Weise. Mein Vater ließ mich im Stich und starb kurz darauf ebenfalls. Ich will wissen, was geschehen ist.«

»Du glaubst …«

Er packt mich an den Schultern und schaut mich eindringlich an. »Mein ganzes Leben ist eine einzige Lüge, Agnetha! Ich weiß nicht mehr, was ich glauben soll.« Sachte schüttelt er mich. »Sie sollen es wieder rückgängig machen!«

Ich höre die Verlorenheit, die tiefe Verzweiflung in seiner Stimme. Er hat seine Identität verloren und wurde zu einem Wesen geformt, das überhaupt nicht seiner Natur entspricht. Zudem wurde er mit einer Macht ausgestattet, die er nie gewollt hat. Er will leben, nicht töten. Sein jetziges Dasein wird ihn verschlingen. Es wird ihn zu einer gewissenlosen Kreatur machen.

»Aber was, wenn es kein Heilmittel gibt?«, frage ich bange.

»Es muss!« Er lässt mich los und dreht mir den Rücken zu. »Meine Familie muss mir helfen.«

»Ich weiß nicht … Deine Familie verfolgt einen Plan. Vielleicht bist du ein Teil davon.«

»Was für einen Plan?«, fragt er ohne großes Interesse.

»Das weiß ich noch nicht. Deine Familie denkt nicht wie wir Menschen in Fünf- oder Zehnjahresschritten, sondern in Generationen. Eure Geschichte reicht unglaublich weit zurück in die Vergangenheit, und irgendwie hattet ihr immer eure Finger mit drin, wenn eine Herrschaft blutig endete oder ein Krieg begann. Im zweiten Weltkrieg gab es einige unschöne Vorfälle in Konzentrationslagern, über die der Mantel des Schweigens gedeckt wurde. Das Gleiche gilt für Benedicts Machenschaften. Und jetzt tritt dein Onkel als Vorsitzender der *Allianz* ins Rampenlicht und wiegelt die Menschen gegeneinander auf.«

»Du glaubst also, dass meine Familie die Weltherrschaft erlangen will.« Er lacht ungläubig.

»Aus deinem Mund hört es sich albern an.«

»Weil es albern ist, Agnetha. Du hast zu viel Zeit mit Lennart verbracht. Wozu soll dieser tolle große Plan überhaupt gut sein? Die von Baros sind längst reich und mächtig.«

»Und sie müssen seit Jahrhunderten im Verborgenen leben. Ziemlich unangenehm, wenn man sich den Menschen überlegen fühlt, nicht wahr? Vampire wurden schon immer bekämpft, es gibt historische Aufzeichnungen aus allen Jahrhunderten, allen Kulturen. Bislang hat das Gute immer gesiegt.«

»Ich gehöre also zu den Bösen«, sagt er eisig. »Gut zu wissen.«

»So habe ich das doch gar nicht …«

»Da kommt der Bus.«

Er wendet sich ab und tritt an den Straßenrand. Seine spürbare Verärgerung ist nur Selbstschutz. Früher oder später wird er die Realität akzeptieren müssen: Seine persönliche Welt existiert nicht mehr. Aber ich werde da sein, wenn er mich braucht.

Falls er mich braucht. Im Moment hat er andere Prioritäten und ich bin mir nicht sicher, ob ich die Sache zwischen ihm und mir richtig verstehe. Vielleicht gibt es gar keine Sache, nur meine dumme romantische Fantasie, die in simple körperliche Anziehung zu viel hineininterpretiert.

Er steigt ein, beugt sich zum Fahrer hinab und sagt etwas. Der Busfahrer nickt mit einem paralysierten Gesichtsausdruck.

Unschlüssig stehe ich da, bis Damien sich zu mir umdreht. »Willst du wieder Wellness im Regen machen oder kommst du endlich?«

Ich springe in den Bus und folge Damien nach hinten, erleichtert, dass er mich immer noch bei sich haben will. Die wenigen Fahrgäste schauen ihm hinterher. Neben ihm bin ich faktisch unsichtbar.

Kaum dass wir uns auf die hintere Bank gesetzt haben, sagt er: »Was fange ich nur mit dir an?«

»Das ist hoffentlich eine rhetorische Frage, weil mir gerade ein paar Antworten durch den Kopf schießen, die etwas peinlich sein könnten.«

Seine Grübchen vertiefen sich ganz kurz, was bei mir zu sofortiger Hormonausschüttung führt. Ich stelle mir vor, wie ich auf seinen Schoß klettere und ihn ablecke, und das hat nichts damit zu tun, dass er ein heißer Vampir ist. Nun, ein bisschen vielleicht. Sobald ich ihn nur ansehe, habe ich schmutzige Bilder im Kopf. Und ich bin absolut nicht der promiskuitive Typ. Ein wenig untervögelt vielleicht, aber daran ist noch niemand gestorben. Doch Damien löst in mir einen unbändigen Hunger nach seinem Körper aus, der absolut nicht normal ist. So gierig war ich noch nie auf einen Mann. Ich will unter seinen Berührungen verbrennen und ihn so tief in mir spüren, dass ich nicht mehr weiß, wo ich aufhöre und er beginnt. Sobald ich ihn nur ansehe, habe ich schmutzige Bilder im Kopf.

Mit seiner innerlichen Zerrissenheit, seiner Verlorenheit jedoch hat er sich in mein ungeschütztes Herz geschlichen. Ich konnte nichts dagegen tun, ich habe es erst bemerkt, als es zu spät war. Ich werde ihn nicht im Stich lassen, und wenn er sich auf den Kopf stellt.

Ich bin keineswegs sicher, dass ich die richtige Entscheidung getroffen habe. Es gibt definitiv unkompliziertere Männer als Damien. Und ungefährlichere.

Ich rutsche auf dem Polster hin und her. Es ist qualvoll, neben ihm zu sitzen und so zu tun, als ließe er mich kalt. Er selbst sagt kein Wort, schaut aus dem Fenster und scheint vergessen zu haben, dass ich auch noch da bin. Draußen rauschen die Lichter der Stadt an uns vorbei. Die Nacht ist über das Meer nach Steenport gekommen und breitet sich in den Straßen aus. Mit ihr kommen die Kreaturen der Finsternis über uns.

»Wohin fahren wir überhaupt?«, frage ich.

»Keine Ahnung, wohin *du* willst«, sagt er, ohne mich anzuschauen. »Ich hingegen habe einen Plan. Zu deiner Beruhigung: Er hat nichts mit Weltherrschaft zu tun.«

»Oh, schade. Es wurde gerade interessant. Ich kann übrigens nicht zurück nach Hause. Wer auch immer meine Cloud gehackt hat, weiß garantiert auch, wo ich wohne. Ich bin jetzt eine Gejagte.« Das letzte Wort lasse ich genüsslich auf der Zunge zergehen.

»Dann solltest du dich von deinem Mike einsammeln lassen und ihm sagen, dass er auf dich aufpassen soll.«

»Ich möchte ungern einen meiner zahllosen Verehrer in diese Sache hineinziehen. Sie sind immer so neugierig. Und wer passt dann bitte schön auf dich auf?«

Nun sieht er mich doch an. »Von wie vielen Verehrern reden wir?«

»Überhaupt bin ich noch nie mit einem echten Vampir im Bus gefahren. Das werde ich gnadenlos genießen. Ach so – viele Verehrer. Ich habe den Überblick verloren.«

»Du bist ein schräger Vogel, Agnetha.«

»Sehr gut erkannt. Ohne mich wäre dein Leben auf der Flucht total langweilig.«

Er nickt nachdenklich. »Mich würde interessieren, ob dein Blut auch so aufregend ist wie dessen Besitzerin.«

Ich glotze ihn an.

Er zuckt die Schultern. »Auf einer Flucht verbraucht man viele Kalorien. Da ist es doch praktisch, einen leckeren Snack mit Beinen dabei zu haben.«

Ein älterer Mann vor uns dreht sich zu uns um und betrachtet Damien. »Sie kommen mir bekannt vor.«

»Das liegt sicher daran, dass ich ein gesuchter Serienmörder bin.«

Die Augen des alten Mannes weiten sich, dann schnauft er. »Sehr komisch.«

Ich senke die Stimme. »Was ist mit dem roten Zeug in den Flaschen?«

»Mein Vorrat steht im WG-Kühlschrank. Dorthin kann ich vorläufig nicht zurück. Zur Blutbank kann ich auch nicht, weil ich noch nicht Mitglied bin.«

»Warum nicht?«

»Ich muss erst die Aufnahmebedingung erfüllen«, antwortet er kryptisch und schaut mich dabei so seltsam an, dass ich nervös werde. Ich sollte diese ganze Vampir-Sache ernster nehmen und mein romantisches Bauchflattern ignorieren.

Jäh schlingert der Bus zur Seite. Ich werde gegen Damien geworfen. Wildes Hupen ertönt.

»Ist der denn verrückt?«, brüllt der Busfahrer, dann kracht es laut. Metall knirscht, jemand schreit entsetzt (ich), ein harter Ruck geht durch den Bus.

Ich werde vom Sitz geschleudert, Damien fängt mich auf. »Sie haben uns gefunden.«

Ich erhasche einen Blick auf die unbeleuchtete schwarze Limousine mit den getönten Scheiben, die ich vorhin am Hafen gesehen habe. Das Fahrzeug zieht erneut hart nach links und rammt den Linienbus. Der Busfahrer verliert auf der regennassen Straße die Kontrolle über sein Fahrzeug, schleudert zur Seite und kracht gegen einen Laternenpfahl. Menschen purzeln durch die Gegend, nur ich werde sicher von Damien gehalten.

Noch bevor ich die Situation richtig erfasst habe, zerrt er mich hoch und hämmert seine Faust gegen die Seitenscheibe, zweimal, dreimal, bis das Sicherheitsglas zerspringt. Er drückt es aus dem Rahmen, packt mich unter den Achseln und hebt mich nach draußen. Meine Jacke bleibt an einer Scherbe hängen und reißt ein. Verdammt, das ist meine Lieblingsjacke!

»Lauf!«, schreit er.

Natürlich. Wir sind auf der Flucht. Todesgefahr und so. Ich renne los und werde gleich darauf herumgerissen.

»Falsche Richtung! Wir müssen vor dem Feind weglaufen, nicht auf ihn zu.« Damien schubst mich in eine Seitenstraße. Ich werfe einen Blick zurück und sehe ineinander verkeilte, zerstörte Fahrzeuge. Die schwarze Limousine steht mitten auf der Straße, die Türen sind geöffnet. Schattenhafte Gestalten strömen in den Bus. Eine Frau kreischt.

Ich kann nicht fassen, dass diese Fremden einfach so einen Verkehrsunfall verursacht haben, nur um uns zu kriegen. Sie müssen uns für höchst gefährlich halten. Wenn ich *uns* sage, meine ich natürlich Damien. Ich bin keine echte Bedrohung, ich bin höchstens ein Steinchen im Schuh.

»Sie werden uns immer und überall finden«, sagt Damien, während wir durch den Regen die Straße hinunter hasten. Er könnte sich in Sicherheit bringen, indem er mich zurücklässt, aber er bleibt bei mir. Von seiner Faust tropft Blut – das ist schlecht. Er wird Hunger bekommen und dann muss ich als Snack herhalten. Noch während ich auf seine Hand schaue, schließen sich die Schnitte – das ist schon viel besser. Ich bin neidisch auf seine körperlichen Fähigkeiten, weil ich nämlich wieder höllische Seitenstiche bekomme.

Wir biegen zweimal ab und ich bin überzeugt, dass unsere unbekannten Häscher uns jeden Augenblick erwischen. Damien hat anscheinend ein Ziel. Als wir ein drittes Mal abbiegen, sehe ich es vor mir.

28

Damien

Wir müssen schnellstens runter von der Straße. Unsere Verfolger wissen, dass wir aus dem Bus entkommen sind, wahrscheinlich haben sie schon unsere Fährte aufgenommen. Wenn sie die sind, für die ich sie halte, können wir ihnen zu Fuß niemals entkommen.

Ich steuere auf die Türen des *Krueger Palace* zu, dem teuersten Hotel in Steenport. Ein edel gekleidetes Pärchen wird vom Portier mit einem Schirm ins Innere geleitet, während Pagen das Gepäck aus dem Kofferraum eines Bentleys heben.

Ich fasse Agnethas klamme Hand und ziehe sie über die Straße. Auch wenn das unheimliche große Auto keinen Lärm macht, kann ich doch spüren, wie es sich schnell nähert. Es schiebt die Luft vor sich her. Gott sei Dank verstopft der Feierabendverkehr die Straßen.

Der Hotelportier mit dem Schirm schaut uns misstrauisch entgegen. Man sieht uns an, dass wir nicht zum üblichen Klientel dieses Hotels gehören (sogar in einem Bahnhofs-Hostel würden wir auffallen), aber darauf kann ich jetzt keine Rücksicht nehmen.

»Sie lassen uns rein«, sage ich und stoße zusammen mit meinen

Worten einen unsichtbaren Dolch mitten in seinen Verstand. Mein eigenes Gehirn zieht sich unter der Anstrengung ruckartig zusammen und sendet Schmerzwellen aus.

Da ich meine Kraft noch nicht so recht unter Kontrolle habe, taumelt er jäh rückwärts, blinzelt und sagt mechanisch: »Ihro Gnaden sind stets herzlich willkommen auf Schloss Windsor.«

Blut rinnt aus seiner Nase. Sofort erwacht in mir ein urtümlicher Appetit. Noch ist es kein richtiger Hunger, noch habe ich es unter Kontrolle, auch wenn der metallisch-salzige Geruch mich erregt. Wie viel Zeit bleibt mir, bevor mein Trieb mit mir durchgeht?

Der Portier reißt die Tür auf und winkt uns mit einer Verbeugung ins Innere, wo uns das edel gekleidete Pärchen konsterniert Platz macht.

»Beeindruckend«, flüstert Agnetha mir zu und schiebt ihre Hand in meine Armbeuge, als wäre ich heute Abend ihr Tanzpartner bei einem Ball.

»Warte ab, es wird noch besser.«

Wir hinterlassen eine dreckige Tropfenspur auf dem Teppich, der zur Rezeption aus weißem Marmor führt. Alle starren uns an. Die beiden Securitys, die sich im Hintergrund halten, straffen ihre Schultern und warten auf ein Signal, uns hinauszukomplimentieren. Agnethas fleckige Jacke hat einen langen Riss, ihre Stiefel sind schmutzig, ihr nasses Haar hängt schwer herab und ihr Atem geht schnell. Sie ist so wunderschön in ihrer Verrücktheit, dass es mir die Brust zu zerreißen droht.

Der Concierge hinter dem Marmortresen lässt sich zu einem klitzekleinen Lächeln herab. »Ich bedaure sehr, aber wir haben leider …«

»Ich habe eine Suite reserviert.« Diesmal dosiere ich den Druck, mit dem ich meinen Blick auf den Mann richte, erheblich vorsichtiger. Trotzdem geht ein weiterer scharfer Stich durch meinen Schädel. Diese Art der Einflussnahme ist also auch für mich nicht gesund.

Sein Blick bekommt diesen verträumten Ausdruck, der jedes Mal eintritt, wenn ich jemandes Verstand in die Zange nehme. »Oh, ja, natürlich«, sagt der Concierge und holt, ohne hinzuschauen, einen Umschlag mit zwei Schlüsselkarten aus einem antiken Kästchen. Das *Krueger Palace* hat Stil, das muss man ihnen lassen. Er schaut nicht mal im Computer nach. »Die Imperial Suite wartet bereits auf Sie. Darf ich Ihr Gepäck nach oben bringen lassen?«

Seine Kollegin am anderen Ende des Tresen runzelt die Stirn.

»Kein Gepäck«, sage ich. »Wir finden den Weg allein. Und wir brauchen etwas zu essen. Drei Gänge … nein, fünf. Wir verlassen uns ganz auf Ihren Küchenchef. Äh, und ein extragroßes Steak, blutig. Es sollte eine Herdflamme höchstens von Weitem gesehen haben.«

Seine Kollegin schiebt sich mit festgetackertem Lächeln dazwischen. Ihre Skepsis steht ihr ins Gesicht geschrieben. »Wie möchten Sie bezahlen?«

Ich reibe meine pochenden Schläfen und jage einen weiteren Feuerstich aus der Mitte meines Verstandes direkt in ihren Kopf. »Setzen Sie es auf die Rechnung meiner Familie. Von Baro.«

»Selbstverständlich«, haucht sie mit dem gleichen abwesenden Gesichtsausdruck wie ihr Kollege. »Kann ich sonst noch etwas für Sie tun?«

»Wenn seltsame Gäste das Hotel betreten oder nach mir fragen, möchte ich, dass Sie mich umgehend anrufen. Verstanden?« Das Licht wirkt jetzt viel zu grell, in meinem Schädel schwillt ein brutaler Kopfschmerz an.

»Selbstverständlich.«

»Selbstverständlich«, sagt auch der Concierge.

Ich nehme ihm die Schlüsselkarten ab und stolziere mit Agnetha zu den Fahrstühlen. Mit großen Augen nimmt sie die opulente Pracht der Lobby in sich auf. Die eleganten französischen Möbel, die Säulen mit den Blumenarrangements und die gigantischen goldenen Kronleuchter. Die Blicke aller Gäste folgen uns. Mit etwas Glück halten sie mich für einen berühmten Musiker, der drei Tage lang durchgefeiert hat.

»Aber *wir* hatten doch die Imperial Suite reserviert«, höre ich die Frau flüstern, die mit ihrem Mann kurz vor uns das Hotel betreten hat.

Im Fahrstuhl muss ich die Augen schließen. Agnetha nimmt mir die Karten ab und drückt den Knopf für das oberste Stockwerk.

»Geht es dir gut?«, fragt sie besorgt.

»Wird schon wieder.« Ich lehne mich an die Kabinenwand. Das sanfte Jazzgedudel aus den versteckten Lautsprechen ist in meinem Zustand schlimmer als Katzengeschrei. »Diese ach so tollen mentalen Kräfte bohren Löcher in mein Gehirn. Fühlt sich an wie ein glühender Tumor.«

»Das liegt wohl an deinem menschlichen Anteil«, sagt sie. »Und das ist auch gut so. Du darfst deine Jedi-Power nicht zu oft einsetzen.«

»Unsere Verfolger haben den Bus gerammt. Das ist doch totaler Wahnsinn! Sie sind hinter mir her, Agnetha, nicht hinter dir.«

»Fürs Erste haben wir sie abgeschüttelt. Diese gruseligen Fremden gehören zur Legion, nicht wahr?« Ihr spürbares Erschauern veranlasst mich, die Augen zu öffnen. Sie hält sich wacker, aber die Anzeichen von Erschöpfung und Überforderung haben sich in ihre Züge gegraben.

»Ich weiß nicht, ob wir in diesem Hotel sicher sind.«

Falsch, ich weiß genau, dass wir es *nicht* sind, aber Agnetha braucht eine Pause. Sie ist wegen ihrer Recherchen in den Fokus meiner Familie geraten. Wenn sie ab jetzt die Füße stillhält und vor allem nicht mit mir in Verbindung gebracht wird …

Ich weiß, was ich als Nächstes tun muss. Es wird mir gar nicht gefallen, aber mir bleibt keine Wahl.

»Alter Schwede«, sagt Agnetha ehrfürchtig, als wir über die Schwelle der Suite getreten sind. »Das ist ja dreimal größer als das Haus meiner Eltern!« Sie löst sich von mir und rennt durch den Empfangsraum mit den Seidentapeten und den barocken Sofas. Die dicken Teppiche verschlucken ihre Schritte. »Es gibt sogar einen Kamin!«, höre ich sie rufen. »Und ein Sprudelbad mit Wandfernseher! Wow, ein echtes Himmelbett! Deiner Familie werden die Eckzähne ausfallen, wenn sie die Rechnung sieht.«

Ich schließe die Tür und schüttele meinen Mantel ab, den ich achtlos am Boden liegen lasse. Die luxuriöse Pracht lässt mich kalt. Das Anwesen der von Baros ist vollgestopft mit kostbaren Antiquitäten und unbezahlbaren Kunstwerken, mit denen ich schon als Kind nicht viel anfangen konnte. Mein Vater hat mich gelehrt, dass es keine Leistung ist, etwas zu besitzen. Etwas zu erschaffen, hingegen schon. Leider habe ich weder seine Kreativität noch sein Schreibtalent geerbt. Ich bin nur eine Anomalie, die es gar nicht geben darf.

Agnetha wirbelt auf mich zu. »8.000 Euro!«, ruft sie.

»Was?«

»Eine einzige Übernachtung kostet 8.000 Euro! Auf dem Schreibtisch liegt eine Ledermappe mit Gästebuch. Hier haben echt schon Majestäten und Präsidenten genächtigt!« Und schon ist sie wieder weg. »Denkst du, ich kann mir ein Bad nehmen?«

»Nein, die sind abgezählt.« Ich finde die Fernbedienung, mit der die Vorhänge an den bodentiefen Fenstern geschlossen werden.

Agnetha wirft einen Blick auf ihr Handy. »Der Akku ist fast leer. Ob es hier irgendwo ein Ladekabel gibt?«

»Dies ist ein Luxushotel, die liefern dir sogar ein Kilo Koks samt Stripper aufs Zimmer, von dessen Hintern du dir die Lines ziehen kannst.« Ich nehme ihr das Smartphone ab und halte die Seitentaste gedrückt, bis es sich ausschaltet. »So ist es sicherer.«

»Oh, wegen Ortung und so. Ich verstehe.«

»Nein, falls einer deiner zahllosen Verehrer anruft. Auch ausgeschaltete Handys können geortet werden, sagt Lennart, und der muss es wissen.«

»Soll ich mein Smartphone etwa im Klo runterspülen? Vergiss es! Es ist meine letzte Verbindung zur Normalität.« Sie nimmt ihr Handy und schaltet es wieder ein. »Nur für den Fall«, sagt sie kryptisch.

Ich folge ihr in das Bad, das extrem protzig gestaltet ist mit rotem Veroneser Marmor und goldenen Akzenten. »Für welchen Fall?«

»Dass ich einen Exorzisten benötige.« Sie dreht das heiße Wasser auf und gibt einen duftenden Badezusatz in die runde Wanne. Durchnässt, wie sie ist, muss sie furchtbar frieren, doch mein rücksichtsloser Trieb zaubert mir Bilder einer nackten Agnetha in den Kopf, die in einem Berg aus Schaum versinkt. Augenblicklich zuckt mein Schwanz und pumpt sich erwartungsvoll auf.

»Was starrst du mich so an?«

Agnethas Frage reißt mich aus einer Fantasie, die mit einem dicken schwarzen Balken zensiert werden muss.

»Du bist schön«, sage ich ehrlich.

Sie schaut an sich herunter, an ihrem kaputten Mantel, die ruinierten schmutzigen Stiefel, und kämmt mit den Fingern durch ihre strubbeligen Locken. »Und du bist blind. Ich sehe aus wie etwas, das hinten an eine Stoßstange gebunden und quer durch die Stadt geschleift wurde. Ich fühle mich auch so. Hattest du nicht Essen bestellt? Gott, ich sterbe vor Hunger!«

Ich möchte sie packen, zu Boden ziehen, mich auf jede mögliche Weise in ihr vergraben wie ein notgeiles Tier. Und verdammt, ich will ihren Geschmack genießen! Nur ein winziges Schlückchen von ihrem leckeren roten Saft kosten. Etwas von ihr in meinem Körper haben, und sei es nur ein Tropfen.

Schnell trete ich den Rückzug an und laufe im Kreis durch die Suite. Ein Gong ertönt an der Eingangstür. Vor der Tür stehen ein Mann im Frack und zwei Kellner mit Servierwagen. Der Befrackte stellt sich als unser persönlicher Butler vor. Er zuckt nicht mit der Wimper, als ich ihm sage, dass er wieder einen Abgang machen soll. Für heute habe ich die Grenzen meiner sozialen Interaktion erreicht.

Das Essen duftet wahrscheinlich appetitanregend. Ich hebe die silbernen Hauben ab, bis ich das Steak finde. Roter Saft tropft aus dem nahezu rohen Fleischstück. Perfekt. Mit einer Gabel schubse ich die essbare Dekoration und die Böhnchen vom Teller, werfe einen flinken Blick zur Badezimmertür, die mittlerweile geschlossen ist, dann greife ich den Brocken und presse ihn über meinen Mund aus.

Geschmacklich lässt sich dieses Blut mit billigem Rotwein aus der Zweiliterflasche vergleichen, der großzügig mit Wasser verdünnt wurde, aber mein Körper absorbiert jeden einzelnen Tropfen. Also kann ich mich im Notfall mit Tierblut über Wasser halten – gut zu wissen. Jetzt muss ich nur noch lernen, wie man Ratten fängt. Meine hämmernden Kopfschmerzen lassen nach, mein Verstand arbeitet wieder klar. Ich weiß, was zu tun ist.

Sorgfältig richte ich das Essen für Agnetha auf dem Mahagonitisch an, arrangiere die kunstvoll gefaltete Serviette und die Gläser um ihren Teller, öffne einen der exquisiten Weine, die der Sommelier ausgesucht hat, und zünde die Kerzen in dem goldenen Leuchter an. Nach kurzem Zögern lege ich eine zierliche blaue Blüte aus einem Blumengesteck auf ihren Teller. Dann lösche ich die Lichter bis auf eine Stehlampe in der Ecke. Zufrieden betrachte ich mein Arrangement. Ein angenehm warmes Gefühl rieselt meine Wirbelsäule hinab. Es gefällt mir, mich um Agnetha zu kümmern, auch wenn es weiß Gott ein riesiger Fehler ist.

Ich lausche dem Plätschern aus dem Bad, höre sie leise singen: *The Day before you came*. Ich finde es rührend, dass sie unbewusst die Lieder trällert, mit denen sie aufgewachsen ist. Sie hat ein eigenes, ein gutes Leben jenseits der Nacht; Menschen, die sich um sie sorgen – einen gottverfluchten Freund namens Mike, der sie sicher nach Hause bringt, nachdem ich sie von mir gestoßen habe. Ich bin definitiv das Schlimmste, was ihr passieren konnte.

Ich will sie trotzdem. Und ich kann leider nicht aufhören, mir ihre nackte Gestalt inmitten von Schaumbergen vorzustellen.

Im dunklen Arbeitszimmer stehe ich hinter dem Fenstervorhang und behalte durch einen Spalt die Straße im Auge. Alles sieht ruhig aus, doch ich wage nicht, mich zu entspannen. Wenn unsere Verfolger tatsächlich zur Legion gehören, werden sie uns aufspüren. Ich will nicht herausfinden, ob es sich um Vampire handelt, um feuerspeiende Dämonen oder um osteuropäische Söldner, die vom Rat der Vampire ausgeschickt wurden, um mich umzubringen. Ich möchte ihnen nicht von Angesicht zu Angesicht gegenüberstehen und vor allem möchte ich Agnetha aus der Gefahrenzone bringen, solange es mir noch möglich ist.

Gleichzeitig möchte ich etwas ganz anderes.

»Damien?«, ruft sie in dem Augenblick. »Wow, das sieht köstlich aus! Muss ich das Essen siezen? Oh, Blümchen! Sind das echte Trüffel?«

Ich kehre zurück in den Wohnraum und bleibe wie angewurzelt stehen. Ihr Anblick trifft mich wie eine Abrissbirne.

Sie trägt einen Hotelbademantel, ihr Gesicht ist gerötet von dem heißen Bad, ihr feuchtes Haar kringelt sich auf dem weißen Frottee. Auf ihrem Dekolleté glitzern einige vergessene Wassertropfen, die ich dringend ablecken möchte. Ihre nackten Zehen graben sich in den Teppichflor, während sie sich ein Stück Trüffelpatè zwischen die Lippen schiebt.

»Das ist absolut köstlich«, nuschelt sie mit vollem Mund und leckt anschließend ihre Finger ab.

»Lass das«, entgegne ich heiser. Mein Blick bleibt an dem Ausschnitt des Bademantels hängen. Wenn sie darunter nackt ist, kann ich für nichts garantieren.

Natürlich ist sie nackt, du Idiot.

Agnetha hält inne. Das kleine schelmische Lächeln auf ihren Lippen entlockt mir ein Knurren. »Mache ich dich nervös, Damien?«

»Sehe ich nervös aus?«

Ihr Lächeln verblasst. »Nein, hungrig.«

»Du musst keine Angst haben, Agnetha. Ich werde dich nicht anrühren. Noch habe ich mich im Griff.«

Sie wendet sich ab und trinkt einen Schluck Wein. »Also bringe ich dich nicht um den Verstand. Äh, das ist … jetzt kein Kompliment für mich, aber ich werd's überleben.«

Im verzweifelten Versuch, die Kontrolle zu behalten, sage ich unbedacht: »Ich weiß, warum du deinen Job beim *AKUT* verloren hast. Es ging um eine Falschbeschuldigung gegenüber deinem Chef. Ganz schön hinterhältig.« *Wenn es denn wahr sein sollte.* Wer kann schon sagen, wozu eine enttäuschte Frau fähig ist?

Ich rechne mit einem Wutausbruch, mit Verteidigung, Geschrei. Doch sie schnauft nur resigniert. »Wusstest du, dass es für einen Mann statistisch gesehen wahrscheinlicher ist, von einem Meteoriten getroffen zu werden, als fälschlich eines sexuellen Übergriffes bezichtigt zu werden? Welchen Sinn hätte es für eine Frau, so etwas zu erfinden, wenn nicht einmal die echten Fälle eine große Chance haben, überhaupt je vor Gericht zu landen? Mal ganz abgesehen davon, dass die Opfer, ob echt oder eingebildet, sowieso nicht mit Reichtum und Ruhm rechnen können, nur mit Häme. Was hätte ich also davon gehabt, zu lügen?« Wieder ein Seufzer. »Traust du mir so eine Hinterfotzigkeit wirklich zu, Damien?«

»Nein«, sage ich ehrlich.

Sie sieht mit einem Mal so erschöpft aus, dass es mir das Herz zusammendrückt. »Aber du fürchtest, dass du mich manipulierst, damit ich dich anziehend finde.« Sie dreht mir den Rücken zu. »Glaub mir, das ist gar nicht nötig. Ich würde dich auch küssen, wenn du kein Vampir wärst, weil ich dich will, und zwar ganz und gar. Ist das deutlich genug?«

Mit wenigen Schritten stehe ich hinter ihr und nehme ihr

behutsam das Glas aus der Hand. »Absolut unmissverständlich«, flüstere ich, schiebe ihr Haar beiseite und küsse sie auf den Nacken. Ihr Erschauern ist das Köstlichste, das ich je gespürt habe. Und das ist erst der Anfang.

Sie stöhnt auf, als meine Zähne über ihren Hals kratzen. Der Rosenduft ihrer Haut verändert sich, ihr Pulsschlag wird schneller. Ich zieh den Bademantel über ihre Schulter hinab und küsse eine heiße Spur über die zarte Rundung. Agnetha lehnt sich an mich, als meine Hand nach vorn wandert und den Knoten des Frotteegürtels findet. Ein anständiger Mann würde jetzt fragen: *Bist du einverstanden?*

Aber hey, ich bin eine Kreatur der Nacht. Ich benötige keine Worte, um zu wissen, dass sie mich ebenso sehr will wie ich sie. Auf jede erdenkliche Art, die ich mir seit unserer ersten Begegnung vorgestellt habe. In dieser Hinsicht ist meine Fantasie unerschöpflich. Ich bin außerdem sicher, dass sie nicht zögern würde, mir ihr *Nein* zusammen mit einer Ohrfeige ins Gesicht zu knallen. Agnetha lässt keinen Raum für Zweifel, was sie will oder nicht.

Sie spürt meine ansteigende Erregung – vor allem deshalb, weil sie sich hart in ihren Rücken bohrt. Sie soll wissen, dass sie der Auslöser für meine Lust ist, dass ich unendlich gierig bin nach ihrem warmen, weichen Körper. Ich öffne den Knoten und schiebe meine Hand hinein, streiche über ihren Bauch und hinauf zu ihrer Brust, deren Spitzen bereits steinhart sind. Ihre Atemstöße beschleunigen sich, als ich mit dem Daumen ihren Nippel reize, bevor ich die Brust umfasse. Aus meiner Kehle kommt ein tierisches Geräusch. Ich zerre den Bademantel gänzlich von ihren Schultern und drehe sie langsam herum.

Dann stehe ich da und nehme den Anblick ihres nackten Körpers in mich auf. Alles an ihr ist in meinen Augen perfekt, von den straffen Schenkeln über die sanfte Kurve ihrer Taille bis zu ihren hellen Brüsten. Ihre Unterlippe zittert. Sie will sich bedecken, aber ich halte ihre Arme fest und nehme ihre Schönheit in mich auf.

Was auch immer geschehen wird, diesen Moment möchte ich niemals vergessen.

»Was hast du jetzt vor?«, fragt sie leise.

Statt zu antworten dränge ich sie rückwärts gegen den Tisch, hebe sie hoch und setze sie auf die Mahagoni-Oberfläche. Das Weinglas kippt um und die rote Flüssigkeit tränkt den Vorspeisenteller. Nichts könnte mir egaler sein.

»Ich will dich«, flüstere ich in ihr Ohr und dränge mich zwischen ihre Schenkel. Ihr Geschlecht strömt einen würzig-süßen Duft aus, der nur für mich bestimmt ist. Ich vergrabe meine Finger in ihr Haar und ziehe ihren Kopf in den Nacken.

Meine Zähne zupfen an ihrer Unterlippe, meine Zunge dringt unbeherrscht in ihren Mund. Ich küsse sie mit einer solchen Entschlossenheit und Gier, dass meine Nervenstränge glühen. Sie versteift sich unter der Attacke und ich halte sofort inne.

Meine andere Hand streicht über ihren schmalen Rücken. Ich will nicht, dass ihre Angst die Lust besiegt. Ich will, dass sie mich auch will. So richtig, als wäre ich der Liebhaber ihrer Träume. Ich will, dass sie alles andere vergisst, wenn auch nur für diesen Moment, der ganz allein uns gehört.

Ich küsse sie noch einmal, sanft, vorsichtig. Genüsslich, genießend. Ein leises Stöhnen kommt aus ihrer Kehle. Sie schmeckt unglaublich verheißungsvoll. Ihre Hände machen sich an meinem Hemd zu schaffen, zerren die Knöpfe auf. Sie berührt meine blanke Haut, ein heißer Stromstoß jagt in meine Hoden. Meine Muskeln ziehen sich ruckartig unter ihren Fingern zusammen, die fahrig auf Erkundungstour gehen. Ich weiß, dass ich ihr gefalle. Meine Sinne nehmen die feinsten Nuancen ihrer Erregung wahr, den Hauch von Unsicherheit, den sie zu verbergen versucht, die Pheromone, die sie aussendet und auf mich die gleiche Wirkung haben wie eine Droge.

Ich picke eine Erdbeere auf und flüstere: »Zuerst musst du etwas essen.«

Ich nehme die rote Beere zwischen meine Lippen und lege meinen Mund auf ihren. Gleichzeitig lasse ich meine Finger an ihrem Leib hinabwandern, bis ich die Feuchtigkeit zwischen ihren Beinen spüre. Sie gibt ein Keuchen von sich, die rote Beere zerplatzt zwischen ihren Zähnen. Ich tauche mit meiner Zunge in ihren Mund, schmecke den süßen Saft in dem Kuss, während meine Fingerspitzen ihre Perle mit genau dem richtigen Druck umkreisen. Sie windet sich unter mir, schluckt die Erdbeere hinunter und bekommt anschließend eine Weintraube von mir, ein Stück Käse, ein winziges Küchlein mit dunkler Schokolade, ein Pastetchen mit grünem Kaviar, einen Happen glasierte Pickles, ein Prinzesskartöffelchen. Salzig, süß, würzig, fruchtig, alles durcheinander, während ich ihre Klitoris stimuliere. Sie verschlingt jeden Bissen, den ich ihr gebe, und bewegt lasziv ihre Hüften. Ihre grünen Augen sind dunkel vor Hunger nach mehr. Ihre Nässe sickert über meine Finger. Ich küsse mich an ihrem Leib hinab und öffne ihre Schenkel, um meinerseits von ihr zu kosten. Sie stöhnt auf, als meine Zungenspitze über ihren Eingang flirrt, mal zart, dann wieder druckvoll. Ihre Reaktionen gehen mir durch und durch, als wären es meine eigenen. Ihre Nässe flutet meine Zunge, gierig trinke ich jeden Tropfen.

»Oh, ist das gut«, seufzt sie und lässt sich nach hinten sinken. »Mehr …«

Weil ich ein kleiner Dreckskerl bin, denke ich: *Hörst du das, Mike?*

Ich fühle ihren sich anbahnenden Höhepunkt, lasse sie voller Genuss auf dem Drahtseil der Lust tanzen und nehme mich zurück, bevor sie in die Unendlichkeit stürzen kann.

»Willst du mich?«, frage ich, obwohl die Dunkelheit in mir raunt: *Sie gehört dir. Du kannst mit ihr machen, was du willst. Du brauchst ihr Einverständnis nicht!*

Nein, aber ich will, dass sie es mir freiwillig gibt.

»Verdammt, Damien, ja!«, antwortet sie kehlig. »Und wie ich dich will.«

Ich richte mich auf und ziehe mein Hemd aus, öffne meine Hose und befreie meinen schmerzhaft pochenden, schweren

Schwanz. Sie erblasst, wahrscheinlich wegen der schieren Größe. Ich muss zugeben, dass der Anblick meines Schaftes sogar mich selbst beeindruckt, obwohl ich dieses Ding ja neuerdings ständig in meiner Hose herumtrage. Mein bestes Stück kann es kaum erwarten, in ihre feuchte Hitze einzudringen … nun, ich auch nicht. Dieser Augenblick ist besonders. Mein erster Sex als Vampir.

Mit der unerwartetsten Frau, der ich je begegnet bin.

29

Agnetha

Meine Vernunft rüttelt tief in meinem Innern an den Gitterstäben des Verlieses, in das ich sie gesperrt habe. *Sex mit einem Vampir ist eine ganz schlechte Idee!*

Aber meine Libido zeigt mir den Mittelfinger, sie kann es kaum erwarten, Damien in mir zu spüren. Mein Körper meldet zaghaft an, das dieser Mann doch ziemlich groß ist. Und dass ich mich gerade zur leichten Beute für seinen Blutdurst mache.

Mein Herz pfeift auf alle Einwände. Es vertraut ihm. Der Orgasmus ist zum Greifen nah, ich brauche Erlösung.

Er dringt langsam in mich ein, lässt mir Zeit, sich an seinen Umfang zu gewöhnen. Sein Schaft ist heißer, als es bei einem Mann der Fall sein sollte, und viel lebendiger, als man es von einem Schwellkörper erwarten kann. Energie strömt hindurch, pflanzt sich in meinen Körper fort und löst eine Vielzahl von spontanen Kontraktionen aus, die sich absolut köstlich anfühlen. Mein Unterleib kribbelt, meine Muskeln ziehen sich zusammen. Damiens Augen werden silberhell, während er sich selbst dabei beobachtet, wie er mich nimmt. Seine schönen Lippen sind einen Spalt geöffnet. Er sieht menschlich aus, beinahe ehrfürchtig, und ich erkenne, dass das, was gerade geschieht, für ihn viel mehr als nur Sex ist.

Obwohl ich ziemlich unglamourös auf einem Tisch zwischen Tellern liege, ist dieser Augenblick voller Magie. Ich bin beileibe kein verklemmtes Mädchen; wie jede Frau mag ich guten Sex. Dies hier jedoch wird mich erschüttern, das spüre ich schon jetzt. Es könnte der größte Fehler meines Lebens sein. Vielleicht der letzte.

Aber das ist mir so was von egal. Jede Faser meines Körpers ist auf unsere Vereinigung konzentriert. Ich spüre ihn so intensiv in mir, dass es mir Angst macht. Das Spiel seiner angespannten Bauchmuskeln spiegelt die Konzentration wider, mit der er sich bewegt, darauf bedacht, genau das richtige Tempo, die richtige Tiefe zu finden, mit der er mich bis zur Kante treiben und dort festhalten kann. Meine Beine zucken. Ich greife nach seinen Händen, mit denen er meine Hüften an Ort und Stelle hält. Sein Blick streicht über meinen Leib wie eine zarte Berührung hinauf zu meinen Augen und wir halten uns mit unseren Blicken aneinander fest. Kurz bevor ich komme, beugt er sich herab und presst seine Lippen auf meine Kehle.

Jetzt …!, denke ich fahrig, dann denke ich nichts mehr. Ich explodiere um ihn herum, werde ganz eng und er stöhnt laut an meinem Hals. Das Vibrieren pflanzt sich durch meinen Leib fort und hebt mich in eine andere Sphäre. Ich spüre, wie er erstarrt und dann in mir kommt, wie er mich mit heißer Flüssigkeit füllt. Seine Lippen finden meine, ich schmecke einen Hauch von Blut an meiner Zunge.

»Was tust du nur mit mir?«, murmelt er, als ich um Luft ringe.

Er richtet sich auf und löst sich vorsichtig von mir. Als er aus mir herausgleitet, verspüre ich eine schmerzhafte Leere. Kälte breitet sich zwischen uns aus. Er betrachtet mich, als hätte er mich nie zuvor gesehen.

»Das war ein Fehler«, sagt er.

Ich bin zu erschöpft, um mich zu bewegen. »Nimm das sofort zurück, oder ich bewerfe dich mit Trüffeln«, murmele ich mit geschlossenen Augen und taste über meinen Hals, damit rechnend, zwei Löcher zu finden, aus denen mein Lebenssaft sprudelt. Aber da ist nur ein winziger Kratzer, der nicht mal richtig brennt. Behutsam atme ich aus. Er hat mich nicht gebissen. Sogar in völliger Ekstase hat er die Kontrolle über sich behalten. Mein Vertrauen in Damien ist absolut gerechtfertigt. Hoffentlich sieht er das irgendwann auch so.

Fröstelnd stemme ich mich hoch. »Normalerweise fragen Männer an dieser Stelle: *War ich gut?*«

»Ich weiß, dass ich gut war.« Damien verstaut sein Prachtstück in der Jeans, wickelt mich in den Bademantel und trägt mich kurzerhand zu dem Sofa vor den Kamin. »Ich habe es bis ins Mark gespürt. Es war … anders als jeder Sex, den ich je hatte.«

»Das hört eine Frau doch gerne.« Ich schaue zu, wie er geschickt ein Feuer entfacht. »Du bist hoffentlich keiner dieser Outdoor-Freaks, die mithilfe von zwei Stöckchen und einer Handvoll Wurzeln ein Barbecue machen und dazu Tee aus Tannennadeln trinken.«

»Mein Vater hat früher Nachtwanderungen mit mir unternommen. Er hatte ein Feuerzeug dabei und eine Thermoskanne mit heißem Kakao für mich«, erwidert er. »Nur für mich. Du hältst mich vermutlich für dumm, dass ich mich nie gewundert habe, warum er so anders ist als andere Väter.«

»So lange man von seinen Eltern geliebt wird, hinterfragt man sie nicht.«

Er steht auf und kehrt mit einem frisch gefüllten Glas Wein zurück. Dankbar stürze ich den Inhalt hinunter, um meine flatternden Nerven zu beruhigen. »Ist das ein richtig teurer Wein?«, frage ich.

»Denke schon.«

»Dann will ich noch eins.« Ich halte ihm das leere Glas entgegen. »Mit bestem Dank an deine großzügige Familie.«

Belustigt füllt er es nach und schaut zu, wie ich diesmal etwas langsamer trinke. Der Alkohol entfaltet schnell seine Wirkung; die

Schrecken des Tages verblassen, der intensive Sex leider auch. Nur mein Verstand lässt sich nicht so einfach ruhigstellen. Ich ziehe den weichen Frottee fester um mich. »Wir haben nicht über Verhütung geredet.«

Er erstarrt. »Scheiße, ich Trottel! Ich benutze normalerweise immer ein Kondom, das schwöre ich!« Schon springt er auf. »Okay, ich sause schnell zur Apotheke. Du wartest hier und …«

»Alles gut, Damien. Ich nehme die Pille.« Wow, es gibt tatsächlich noch Männer, die nicht sagen: *Verhütung ist allein deine Sache, Süße. Ich bin nur hier, um Spaß zu haben.* Damien überrascht mich immer wieder. »Ich hätte selbst darauf kommen können, vorher mit dir darüber zu reden. Das mache ich eigentlich auch immer, aber irgendwie …«

»Irgendwie sind uns beiden die Sicherungen durchgebrannt«, ergänzt er. Misstrauisch schiebt er hinterher: »Du machst das immer so? Was bedeutet *immer?* Einmal pro Woche? Alle zwei Tage?« Er ist süß, wenn er eifersüchtig ist.

»Tut mir leid, ich habe den Überblick verloren.« Bei seiner Miene muss ich lachen.

»Dieser Mike … Hast du ihn gerade mit mir betrogen? Ich will kein Beziehungscrasher sein.«

Ruckartig setze ich mich auf. »Was denkst du von mir? Du magst ja der einzige Vampir auf der Welt mit moralischen Grundsätzen sein, aber das gibt dir nicht das Recht, so etwas von mir zu denken.«

»Tu ich nicht. Es war nur eine Frage.« Grimmig schaut er in die Flammen, deren Widerschein seine Gesichtszüge in warme Farben taucht. Unter der straffen Haut bewegen sich die ausgeprägten Sehnen und Muskeln. Seine Pupillen haben sich wieder vergrößert und das lebendige Grau seiner Augen verschluckt.

»Mike ist nicht mein Freund«, sage ich. »Er hat gerade mal den Status eines Bekannten, und selbst das ist mir schon zu viel.«

»Was hat er getan? Hat er bei *Titanic* gelacht, als Leonardo ertrank?«

»Wenn es nur das wäre. Mike ist eine selbstgefällige Flachzange, ein Blender mit radikalen Ansichten, und er sieht sich an der Spitze der Nahrungskette.«

Damien setzt sich auf den Boden neben das Sofa und lehnt seinen Kopf an mein Bein. »Armer Mike. Jemand sollte ihm mitteilen, dass der Platz an der Spitze bereits besetzt ist – von Kreaturen wie mir.«

Ich kann der Versuchung nicht widerstehen, durch sein Haar zu streichen. »Ich suche meine Männer nach anderen Kriterien aus.«

»Musst du ständig im Plural reden?«, brummt er. »Ich dachte, *ich* wäre hier der zügellose Vamp.« Er legt den Kopf in den Nacken und genießt meine Streicheleinheiten. »Im Grunde weiß ich gar nichts von dir. Wir sind Fremde und das soll auch so bleiben. Ist besser für uns beide.«

Meine Hand verharrt. Ich möchte nicht daran erinnert werden, dass uns nur eine kurze Atempause vergönnt ist. Vielleicht lauern die gesichtslosen Feinde bereits draußen vor der Tür. »Das klingt wie eine Abschiedsfloskel: *Es war nett mit dir, Kleine, und jetzt vergiss mich.*«

»Du lässt dich als *Kleine* bezeichnen? Wie enttäuschend. Ich hatte dich für eine … Autsch.« Er grinst über meinen Nackenschlag.

»Lenk nicht ab!«, fauche ich.

Er springt auf und ist so schnell über mir, dass mein Herz einen Schlag aussetzt. Bevor ich ihn von mir stoßen kann, packt er meine Handgelenke und drückt sie neben meinem Kopf in das Polster. Er schaut auf mich herab, dunkle Strähnen fallen ihm ins Gesicht, dessen eine Hälfte vom Feuer beleuchtet wird, während die andere im Dunkeln liegt. Mehr denn je sieht er aus wie eine Höllengestalt.

Seine linke Braue wandert in die Höhe. »Jetzt hast du Angst vor mir.«

»Du wirst mir nichts tun.«

»Bist du dir sicher?« Seine Stimme wird ganz tief und rau. »Ich habe den Geschmack deiner Haut gekostet. Jetzt will ich mehr.«

Mit einem diabolischen Lächeln entblößt er seine Zähne. Sie sind länger als zuvor.

Tausend panische Gedanken rasen durch meinen Kopf und kommen alle zum gleichen Schluss: *Jetzt wird er mich beißen, mich zerreißen, mich aussaugen.*

Ich vergesse zu atmen, als mir bewusst wird, dass ich es mir *wünsche*. Ich will, dass er mein Blut trinkt, dass er mich gierig in sich aufnimmt. Ich will den Schmerz spüren, wenn er mit einem scharfen Biss meine Adern öffnet, wenn er gnadenlos jeden Tropfen aus mir heraussaugt.

Als er seinen Mund auf den Kratzer an meinem Hals senkt, wölbe ich mich ihm mit einem leisen Stöhnen entgegen. Er saugt tatsächlich an meiner Haut, ich spüre den harten Zug seiner Lippen, dann das Kitzeln seiner Zunge. Er lässt meine Handgelenke los, schlägt den Bademantel zurück und lässt mich seinen Körper spüren, seine harte, warme Brust an meiner. Seine kehligen Laute gehen mir durch und durch. Meine überempfindliche Pussy zieht sich lustvoll zusammen. Ich greife zwischen uns, finde den Reißverschluss seiner Jeans und fummele ihn auf, bis ich meine Finger um die Hitze seines Penis schlingen kann. Er ist schon wieder unmenschlich hart. Zwei dicke Adern pochen im Takt meines eigenen Herzschlages.

Geschmeidig dringt er in mich ein. Ich wickle sofort ein Bein um seine Hüften, um ihn tiefer hinein zu ziehen. Sein Mund bleibt fest an meinen Hals geheftet, mich durchfluten die widersprüchlichsten Emotionen. Ich weiß nicht einmal, ob das, was ich spüre, Schmerz oder pure Wonne ist. Ich fühle Damiens harten, bebenden Körper, der von seiner eigenen Lust erschüttert wird. Alles vermischt sich zu einem wilden berauschenden Cocktail, wie ich ihn nie zuvor erlebt habe. Mein zweiter Orgasmus überfällt mich mit solcher Wucht, dass ich aufschreie. Um mich herum wird alles gleißend hell.

Es gibt schlimmere Arten, zu sterben.

Damien schaut überaus zufrieden aus, als ich die Augen öffne. An seinen Lippen klebt kein Blut.

»Was hast … hast du getan?« Meine Stimme funktioniert nicht richtig.

»Dir ein prachtvolles Andenken hinterlassen. Man kann es getrost als die Mutter aller Knutschflecken bezeichnen.« Er streicht mit den Fingern über meinen Hals. Als er meinen entgeisterten Blick registriert, bricht seine Miene kurz zusammen. »Du kannst ein Halstuch drum wickeln, wenn es dir peinlich ist.«

»Knutschfleck«, wiederhole ich heiser. »Ich dachte …«

Ruckartig setzt er sich auf und springt vom Sofa. Sein Gemächt wippt appetitlich im Feuerschein. »Du dachtest, ich würde dein Blut trinken.«

»Ist es nicht das, was Vampire gemeinhin tun?«

»Warum hast du dich nicht gewehrt? Mir beleidigende Tiernamen gegeben oder mir die Nase gebrochen?« Seine Verständnislosigkeit beschämt mich. »Gottverdammte Fuckscheiße, du hättest zugelassen, dass ich dich umbringe!«, brüllt er.

»Aber du hast es nicht getan.«

»Das spielt keine Rolle! Jetzt wollte ich nur Sex. Aber was, wenn ich irgendwann mehr brauche? Wer bringt mich zur Vernunft, wenn ich die Beherrschung verliere?«

Er fährt sich durch das Haar, schüttelt den Kopf und marschiert aus dem Raum. Eine Tür knallt, gedämpftes Wasserrauschen setzt ein. Er duscht.

Er wäscht sich meinen Geruch von der Haut.

Ich raffe meinen Bademantel zusammen und schlurfe in das andere Bad. Meine Beine sind wackelig und mein Körper summt vor Ekstase. Wenn man dieses Gefühl in Flaschen abfüllen könnte, wäre ich reich. Doch Damiens Reaktion hat mich tiefer verletzt, als ich es mir eingestehen will. Da gibt man sich einmal einem Vampir hin, und dann weiß dieser es nicht zu schätzen. So etwas kann auch nur mir passieren.

Ich begreife sein Dilemma. Er kämpft mit aller Macht dagegen an, zu einer unmenschlichen Kreatur zu werden. Mein Verlangen hat ihn sabotiert. Frauen und ihre Hormone – das ewige Drama.

Nacheinander benutze ich alle vom Hotel zur Verfügung gestellten Pflegeprodukte: die duftende Lotion, die Bambus-Zahnbürste und das Haarpflege-Serum im gläsernen Flakon. Ich lasse mir Zeit, um in Ruhe nachdenken zu können, denn in Damiens Gegenwart ist das gar nicht so einfach.

Ich muss ihm begreiflich machen, dass ich nicht immer so ein kopfloses Huhn bin, sondern durchaus Verantwortung für uns beide übernehmen kann.

Als ich das Bad verlasse, hat sich etwas verändert. Das Essen ist längst kalt. Das Feuer im Kamin glüht nur noch. Die Tür zum zweiten Bad steht angelehnt. Ich schaue hinein; es ist leer.

Seine Klamotten sind weg. Der Mantel, die schweren Schnürstiefel, das schwarze Hemd.

Ich laufe durch die Suite, schaue in beide Schlafzimmer, doch Damien ist fort.

Ich suche nach einer Notiz, in der Hoffnung, dass er nur mal eben frische Luft schnappen will. Nichts. Hastig suche ich meine Sachen zusammen, kümmere mich nicht darum, dass sie noch nass vom Regen sind, und ziehe mich an. Meine Stiefel sind verschwunden.

Er hat sie mitgenommen, damit ich ihm nicht folge.

»Dieser hinterhältige Mistkerl!«, knurre ich, schnappe mir mein Handy und renne auf Strümpfen hinaus auf den Hotelflur.

Unten an der Rezeption schauen sie mich an wie eine entsprungene Irre. Niemand will Damien gesehen haben. Der Concierge fragt leise, ob ich bestohlen worden bin, und bittet mich um Diskretion.

Ich laufe hinaus in den Regen. Ein Taxi rast vorbei und spritzt mich von oben bis unten nass.

»DAS IST NICHT FAIR!«, brülle ich und stoße mir den Zeh am Randstein.

Besorgt eilt der Portier mit einem Schirm herbei und versucht, mich zurück ins Hotel zu komplimentieren. Ich schüttle ihn ab, laufe ein Stück die Straße hinunter, obwohl mir klar ist, dass Damien längst über alle Berge ist.

Das *Krueger Palace* liegt hell erleuchtet in der Nähe des Opernhauses und anderer kultureller Highlights, die Straßen sind sauber und mit ehrwürdigen Bäumen gesäumt. Es scheint absurd, dass ausgerechnet hier tödliche Gefahr lauern kann. Doch inzwischen habe ich akzeptiert, dass die Welt, wie ich sie kenne, nur eine zerbrechliche Illusion ist. Verspätet fällt mir ein, nach potenziellen Verfolgern Ausschau zu halten, doch von der schwarzen Limousine oder schattenhaften Gestalten ist nichts zu sehen.

Damien ist fort.

Er hat mich im Stich gelassen. Zum zweiten Mal hat er deutlich gemacht, dass er mich nicht in seiner Nähe haben will. Allmählich sollte ich den Wink mit dem Zaunpfahl kapieren, egal wie toll der Sex war.

An seiner Stelle hätte ich das Gleiche getan. Er braucht mich nicht; ich bin im Gegenteil nichts weiter als eine Komplikation. Ohne mich ist er besser dran und er muss sich nicht den Kopf zerbrechen, ob er mich aus Versehen umbringen könnte.

Doch es tut furchtbar weh. Ein tiefer Riss spaltet mein Herz, alle Wärme fließt heraus. Zurück bleibt eine allumfassende, betäubende Leere, wie ich sie nie zuvor kennengelernt habe. Dieses Gefühl hat nicht einmal mein ärgster Feind verdient. Es fühlt sich an, als würde ich innerlich einen langsamen Tod sterben. Wie eine Idiotin stehe ich am Straßenrand. Die Stadt bereitet sich auf die dunkelsten Stunden der Nacht vor, und ich habe keine Ahnung, was ich nun tun soll. Das Hotel ist kein sicherer Ort. Ich kann nicht länger als diese eine Nacht bleiben. Meine Strümpfe sind ruiniert und mein angestoßener Zeh tut weh.

Mit gesenktem Kopf schleiche ich zurück in die Lobby. Ich schalte mein Handy an – der Akku hat nur noch 4% – und wähle Damiens Nummer. Sofort werde ich auf die Mailbox umgeleitet.

»Entschuldigen Sie, junge Dame!«, ruft ein graumelierter Mann im Anzug. »Wären Sie so freundlich, mir kurz ins Büro zu folgen?« Auf dem Schildchen an seinem Revers steht *Manager*.

»Das kann sicher bis morgen warten«, sage ich und zeige auf meine Füße. »Ich brauche dringend eine Pediküre.«

»Tut mir leid, aber es gibt ein Problem mit Ihrem Aufenthalt in der Imperial Suite. Offenbar weiß die Familie von Baro nichts von einer Reservierung.«

Na klasse. Jetzt bin ich nicht nur eine hysterische Sitzengelassene auf der Flucht, sondern auch noch eine Zechprellerin ohne Schuhwerk.

»Wenn Sie bitte mitkommen würden? Die Büros befinden sich im Seitenflügel im ersten Stock.«

Von links schiebt sich ein Security-Mann heran, von rechts der Concierge, der jetzt gar nicht mehr paralysiert dreinschaut. Einige Gäste zeigen mit dem Finger auf mich. Ohne Schuhe und Jacke komme ich nicht weit, also trotte ich mit hängenden Schultern dem Manager hinterher. Der Security-Mann folgt uns zu den Aufzügen.

»Ich schwöre, das war nicht meine Idee«, sage ich, kaum dass sich die Türen geschlossen haben. »Damien heißt mit Nachnamen wirklich von Baro und ich dachte … Muss ich jetzt ins Gefängnis? Ich kann auch einfach die Rechnung abstottern, dann bin ich zwar für den Rest meines Lebens pleite, okay, aber …«

Ein sanfter Gong kündigt die erste Etage an, die Türen gleiten auseinander und dann geht alles sehr schnell. Etwas Dunkles, Pelziges springt in die Kabine, ich höre ein widerliches feuchtes Reißen, einen schrillen Schrei, ein Knacken, noch einen Schrei. Etwas Nasses klatscht mir ins Gesicht, ich werde rückwärts gegen die Wand geworfen, stolpere über … einen Körper im zerfetzten Anzug.

Bevor ich ansatzweise erfassen kann, was gerade geschieht, fliege ich aus dem Aufzug und lande bäuchlings im Gang. Der Aufprall treibt mir die Luft aus den Lungen. Japsend liege ich am Boden und blinzele.

Eine Bestie mit schwarzem Fell und orangefarbenen Augen ragt vor mir auf. Ihre Schnauze ist klebrig von Blut, Geifer tropft herab.

Entsetzt stammle ich: »Sitz! Bitte mach Sitz …« Meine Gliedmaßen schlottern so heftig, dass meine Knie auf den Boden schlagen.

Der Wolf ist hier. Wie kann das sein?

Ich will nicht als Hundefutter enden!

Das Biest fletscht die Zähne und knurrt: »Hoch mit dir.«

Ich muss mich verhört haben. »Hunde sprechen nicht«, presse ich hervor.

Unvermittelt dehnt sich das Viech aus, scheint aus seinem Fell zu platzen, wächst in die Höhe und richtet sich auf, bis es mich überragt.

Das Tier ist ein Mann im perfekt sitzenden Anzug. Keine Knitterfalten, keine Blutflecken. Die obersten Knöpfe des Hemdes sind geöffnet.

Benedict von Baro wischt sich mit dem Handrücken über die Lippen. »Sehe ich aus wie ein Hund?« Sein Lächeln offenbart rot gefärbte Zähne.

»Ge… Gerade warst du noch…«, stottere ich.

Er packt mich am Arm und zieht mich hoch wie eine Lumpenpuppe. »Wo ist er?«

Ein rhythmisches *Bing–Bing–Bing* ist zu hören. Ich erhasche einen Blick an ihm vorbei auf den Lift, dessen Türen von einem abgerissenen Arm daran gehindert werden, sich zu schließen.

Einem Arm, der eben noch an einem Security-Mann hing. Die Wände der Aufzugskabine sehen aus wie ein Gemälde von Jackson Pollock in seiner roten Phase. Am Boden liegen … menschliche

Teile in einer Blutlache. Mein Verstand schnappt über. Der Geruch krampft meinen Magen zusammen. Ich beuge mich vor und kotze.

Fluchend springt Benedict rückwärts. »Ihr Menschen seid dermaßen widerlich. Wo ist Damien?«

»Ich w-weiß nicht.«

»Erzähl keinen Unsinn! Das Hotel hat angerufen, um eine Rechnung bestätigen zu lassen. Er war hier, oben in der Imperial Suite, zusammen mit dir. Wo ist er jetzt?«

»Weg!«, schreie ich. »Weit weg!«

»Wir werden sehen.« Angeekelt macht er einen großen Schritt über das Erbrochene, grabscht mein Handgelenk und zerrt mich zum Treppenhaus. Ich habe Mühe, nicht zu stolpern. Sein Griff ist so unbarmherzig, dass ich meine Knochen knirschen höre. Er schert sich nicht darum, ob ich mit ihm Schritt halten kann, rücksichtslos schleift er mich hinter sich her. Es ist ihm egal, ob ich stürze, er braucht mich nicht unversehrt, er will nur Antworten.

Wir erreichen die Tiefgarage. Ich schiele zu den Überwachungskameras hinauf in der Hoffnung, dass ein SWAT-Team zu meiner Rettung unterwegs ist. Benedict schaut weder nach rechts oder links, unbeirrt zerrt er mich zu einem geduckten schwarzen Bugatti Sportwagen. Ich schreie los, stemme meine Fersen mit den zerrissenen Strümpfen gegen den Betonboden und schlage wie eine Furie auf Benedict ein.

Mit einem genervten Grollen entriegelt er den Kofferraum, der sich vorn unter der Motorhaube befindet, packt mich am Genick und wirft mich in den engen Raum. Ich trete nach ihm, schreie wie verrückt, versuche, herauszuklettern.

Kopfschüttelnd ballt er die Faust und lässt sie gegen meine Schläfe krachen. Bevor in meinem Verstand die Lichter ausgehen, höre ich ihn sagen: »Dein Blut wird uns gut schmecken.«

30

Damien

Ich stelle ihre Stiefel ordentlich in der Tiefgarage des Opernhauses ab. Niemand soll mir später nachsagen, dass ich fremdes Eigentum mutwillig weggeworfen habe. Wenn all das hier vorbei ist, werde ich ihr neue Stiefel zuschicken lassen. Falls ich dann noch dazu in der Lage bin.

Ich spüre meine Verfolger im Nacken, seit ich mich aus dem Hintereingang des Hotels gestohlen habe. Sie sind in der Nähe; die Dunkelheit strömt um sie herum und verändert kaum merklich ihren Kurs. Als Kreatur der Nacht nehme ich diese winzige Veränderung instinktiv wahr, während die Menschen nicht die leiseste Ahnung haben. Leise klassische Musik schwebt durch die Nacht: *Carmina Burana* von Carl Orff. Die Stimmen eines Chors schwellen an und wieder ab.

Agnetha darf nie wieder in meine Nähe kommen. Sie wird mich hassen, dass ich sie einfach zurückgelassen habe, aber es ist das Beste für sie. Wir beide haben keine Zukunft. Wir haben nicht mal den nächsten gemeinsamen Tag.

Ihre bedingungslose Hingabe hat mich zutiefst erschüttert. Sie hätte zugelassen, dass ich meine Zähne in ihr Fleisch schlage und ihr das Leben aussauge. Wer von uns beiden hat nicht mehr alle Tassen im Schrank?

Meine Gedanken kreisen ununterbrochen um diesen einen Augenblick, als ich bis zum Anschlag in ihr vergraben war und das Blut in ihrer Halsschlagader unter meinen Lippen spürte, diesen heißen stetigen Strom, angefacht von Ekstase. Ich konnte nicht widerstehen, ich habe ihre Haut angeritzt und …

Hölle und Verdammnis, ein einziger Tropfen hat fast ausgereicht, um mich in ein rasendes Tier zu verwandeln.

Fast.

Ich schaute sie die ganze Zeit an, nahm ihren besonderen Duft in mich auf und *wusste*, mit wem ich zusammen war. Es reichte aus, um mich unter Kontrolle zu halten. Ich kann ihr nichts antun. Ich will, dass sie lebt.

Aber was wäre geschehen, wenn ich richtigen Hunger gehabt hätte? Sie wäre für das Monster in mir nur noch ein Beutetier gewesen. Mein gieriger, unmenschlicher Instinkt hat schon einmal die Herrschaft übernommen. Wenn mir das wieder passiert, darf nicht Agnetha bei mir sein.

Ich will nicht noch einmal das maßlose Entsetzen erleben, als ich überzeugt war, sie getötet zu haben. Es würde mich zerreißen. Ich hasse meine eigene Unberechenbarkeit. Ich hasse das Monster, das ich bin.

Während ich mich an der opulenten Fassade des Opernhauses hochziehe, beginne ich zu verstehen, was für ein starker, entschlossener Mann mein Vater gewesen sein muss. Sein Leben lang hat er mich glauben lassen, wir wären eine ganz normale Familie. Erst der Tod meiner Mutter hat die Illusion zerstört. Nun muss ich mit der Erkenntnis zurechtkommen, dass dieser Mann ein Fremder war. Eine unbekannte Kreatur mit der Maske eines Menschen. So wie seine gesamte Familie. So wie ich.

Unter mir im Opernhaus endet die Musik, gedämpfter Applaus setzt ein. Ich erreiche den verzierten Dachfirst mit der monumentalen kupfergrünen Kuppel und balanciere an der Kante entlang bis zur vorderen Giebelspitze, die das Relief einer Göttin im langen Gewand beherbergt. Sie trägt eine Harfe und einen Stab und blickt bedeutungsschwanger in Richtung des Meeres. Ich klettere auf die höchste Stelle des Giebels, klettere ihr sozusagen auf den Kopf und schaue mich um. Der Wind zerrt an meinem Mantel, treibt den Regen in Schleiern über die nächtliche Stadt. Steenport breitet sich als verwaschenes Lichtermeer unter mir aus. Die schwach erleuchteten Bürotürme im Bankenviertel ragen wie tote Riesen in den Himmel, die Straßen ziehen sich als glimmende Adern durch den Moloch und weit draußen blinken die Positionslichter von Containerschiffen.

Ich drehe mich um und sehe die Lichter der Stadt sich krakenartig bis ins Hügelland ausdehnen, sehe im Osten die schwarze Masse des Waldes, der Steenport wie eine Klammer umgibt. Irgendwo dahinter liegt Haus Istrigo. Die Wiege des Unbegreiflichen. Dort muss ich hin, bevor mich die mysteriöse Legion erwischt. Ich will nur Antworten – was danach kommt, ist mir beinahe schon egal.

Ich muss Agnetha vergessen.

Aus der Tiefgarage des Hotels rast ein schnittiger Sportwagen und verschwindet um die nächste Ecke. In der Imperial Suite im obersten Stockwerk brennt Licht, ich sehe keine Bewegung hinter den Vorhängen. Ob sie schon bemerkt hat, dass ich weg bin?

Die dramatischen Veränderungen in mir sind nicht mehr nur körperlicher Natur. In den letzten Stunden hat sich mein moralischer Kompass verschoben und ich fürchte, dass ich den Unterschied zwischen Gut und Böse nicht mehr erkenne. Böse sind immer die anderen und Moral ist eine Erfindung der Menschen. Wenn man zu einer überlegenen Spezies gehört, muss man sich nicht länger um ein freundliches Miteinander bemühen.

Unter mir sind die Straßen jetzt leerer, daher fällt mir die unbeleuchtete Limousine mit dem aggressiven Kühlergrill sofort auf. Sie bewegt sich langsam an den Gebäuden entlang. Sie wissen, dass ich in der Nähe sein muss, sie spüren mich, als wäre ich in ein Spinnennetz geraten, an dem ich unablässig zupfe. Aber sie schauen nicht nach oben, das tun die wenigsten Verfolger.

Ich weiß nicht, wie mächtig die großen alten Vampire sind, aber dass sie bisher keinen offenen Krieg gegen die Menschen geführt haben, liegt wohl daran, dass sie nicht hundertprozentig von einem Sieg überzeugt sind. Doch sie hatten viel, viel Zeit, eine neue Strategie zu entwickeln. Die Menschen ahnen nichts von der drohenden Gefahr. Nur Agnetha hat genauer hingeschaut. Niemand wird ihr glauben, man wird sie zum Schweigen bringen.

Es sei denn, ich lenke sämtliche Aufmerksamkeit auf mich.

Man fürchtet uns, sonst würden sie nicht Jagd auf uns machen, das ist doch schon mal ein guter Anfang.

Diese sieben Gesetze, über deren Einhaltung die Legion wacht, dienen sie wirklich nur dazu, die Existenz der Vampire vor den Menschen zu verbergen? Oder sollen die jungen wilden Vampire auf diese Weise unter Kontrolle gehalten werden? Caine wirkt auf mich wie ein unzufriedener Revoluzzer. Er kann mich nicht ausstehen, weil er glaubt, ich gehöre zu denen da oben. Zu den Großen Alten. Auch die anderen sind nicht gerade meine Buddies. Ich balanciere auf einer schmalen Grenze zwischen zwei Fronten und kann jeden Augenblick in ein brodelndes Höllenfeuer stürzen. Irgendwie hängt alles, was in letzter Zeit geschehen ist, zusammen, doch es ergibt kein stimmiges Gesamtbild. Es geht mich auch nichts an.

Ich bin nicht der Richtige für … was auch immer hier geschieht. Ich will einfach nur mein altes Leben zurückhaben. Und ich will Agnetha daten. Kino und beste Pizza der Welt und verrückte Gespräche in einer Studentenkneipe. Ich möchte sie vögeln, bis wir beide besinnungslos zusammenbrechen, und dann neben ihr einschlafen. Ich möchte mich nicht frühmorgens aus der Wohnung schleichen, wie ich es bei meinen One-Night-Stands immer getan habe. Ausgerechnet jetzt wäre ich durchaus bereit gewesen, über eine zweite, dritte und vierte Nacht nachzudenken. Und über einiges mehr.

Ich muss erfahren, was mit meinen Eltern geschehen ist, dann weiß ich hoffentlich, was ich als Nächstes zu tun habe. Lebt der Patriarch wirklich noch? Was zum Henker ist auf dieser Beerdigung abgelaufen und warum habe ich nichts bemerkt? Wie blind war ich eigentlich mein ganzes Leben lang? Sie müssen mich für einen ausgemachten Trottel gehalten haben.

Nun, heute Nacht wird der Trottel ihnen die Tür eintreten und Antworten verlangen.

Ich betrachte das Lichtermeer unter mir, frage mich, welche Bestien durch die Straßen schleichen. Die grausamen Morde haben angefangen, lange bevor ich mit bohrendem Hunger unter meinem Bett aufgewacht bin.

Vielleicht wäre es für alle das Beste, wenn ich springen würde. Wir wissen inzwischen, dass ich nicht fliegen kann. Wie wahrscheinlich ist es, dass ich einen Sturz aus dieser Höhe überlebe? Bei meinem Glück passiert genau das, nur um von einer zufällig vorbeifahrenden Panzerkolonne in den Asphalt gebügelt zu werden. Dann kann ich die Ewigkeit als zweidimensionales Damien-Poster verbringen.

Die Bewegung hinter mir nehme ich wahr, bevor der Fremde mich berühren kann. Ich wirble herum, packe die Gestalt am Kragen und will sie in den Abgrund schleudern. Doch sie packt mich ebenfalls und reißt mich mit sich, tanzt mit mir an der Kante entlang. Ich blicke in ein scharfes, fast schon ausgemergeltes Gesicht. Die Augen sind unter den tief liegenden Brauen nicht zu sehen. Langes schwarzes Haar weht im Wind, die Hände stecken in groben Lederhandschuhen. Er ist stark, stärker als ich.

»Wer bist du?«, brülle ich gegen den Wind an, während ich auf einem Bein die Balance zu halten versuche. Unter mir gähnt die Tiefe.

Der andere trägt einen abgewetzten ledernen Mantel mit hochgeklapptem Kragen im Hexenjäger-Look. Seine schmalen Lippen öffnen sich nicht, doch ich höre seine Stimme in meinem Kopf: »Hast du vor, zu springen, Damien? Bist du ein Feigling?«

Er drängt mich zum Abgrund, bis ich nur noch mit der Stiefelspitze auf der Kante hänge. Wenn er mich loslässt, werde ich fliegen.

»Ich bin unsterblich, du Idiot!«, schreie ich ihn an.

»Bist du sicher?« Er lockert seinen Griff. »Sag, dass ich loslassen soll.«

»Fick dich!«

»Spring, Damien! Nur zu! Lass einfach los.«

Aber ich will nicht sterben, nicht so. Wegen Agnetha. Jemand muss sie beschützen. Meine Finger krallen sich fest in seinen Mantelkragen. Wer auch immer er ist, ich werde ihn mitnehmen.

Der Fremde starrt mich an, ich sehe ein silbriges Glimmen dort, wo seine Augen sich befinden. Jäh wirft er mich herum, gegen die hohe Dachkuppel. Ich rutsche herab und bevor ich mich aufrappeln kann, ist er über mir, packt mich mit einer Hand an der Kehle und zieht mich hoch, bis meine Stiefelsohlen über dem Grund schweben.

»Du verdammtes …«, stoße ich hervor, ziehe die Knie an und ramme ihm die Füße kraftvoll in den Leib.

Er fliegt rückwärts und ich mit ihm. Wir purzeln über den Rand. Im letzten Augenblick bekomme ich eine Fahnenstange zu fassen, die horizontal aus der Fassade ragt, und der Sturz endet so abrupt, dass ein hartes Reißen durch mein Rückgrat geht. Der andere Mann krallt sich an meinem Mantel fest. Ich höre ihn lachen.

»Du bist so verrückt wie dein Vater, Damien! Und schon jetzt viel zu stark. Das wird ein Fest werden!«

Nur von meinen Fingern gehalten, die eisern den Fahnenmast umklammern, werden wir vor einem Sturz in die Tiefe bewahrt. Als Mensch hätte ich in dieser Situation die Arschkarte gezogen, als Vampir kann ich vermutlich tagelang hier herumhängen.

»Wer bist du?«, schreie ich.

Mit beiden Händen hält er sich an meinem Mantel fest. Ein leises Reißen ist zu hören, doch das Material hält. Ich sollte dem Hersteller des Mantels eine Fünf-Sterne-Rezension schreiben: *Das perfekte Kleidungsstück, wenn man mit einem übermenschlichen Feind im Regen über einem tödlichen Abgrund baumelt. Daumen hoch!*

»Ich bin der einzige Freund, den du noch hast!«, ruft der Mann in den Wind. Seine Beine strampeln im Nichts, er zeigt nicht die geringste Furcht oder wenigstens Irritation. Man könnte meinen, dass er jede Nacht damit verbringt, unschuldige Vampire von Dächern zu schubsen.

»Du gehörst zur Legion! Die ist ganz bestimmt nicht mein Freund.« Ein Knirschen erfordert meine Aufmerksamkeit. Der erste von vier Bolzen, die den Fahnenmast an der Fassade halten, hat sich gelöst, durch die Stange geht ein Ruck.

»Bei Azraels schrumpeligen Eiern, was weißt du schon von der Legion, Damien?« Sein Gesicht ist mir sehr nahe, sein Alter lässt sich unmöglich schätzen, er könnte 30 sein oder auch 50. Die harten Züge, die scharf hervorspringende Nase und das lange schwarze Haar, das wild im Wind flattert … Ganz kurz glaube ich, ihn schon einmal gesehen zu haben, vor vielen, vielen Jahren.

»Kenne ich dich?«

»Ich kenne dich, Damien.«

Der zweite Bolzen springt heraus, die Stange senkt sich weiter.

»Wir stürzen gleich ab!«

»Ja, das scheint mir auch so.«

»Werden wir sterben?« Die Fahnenstange ist nass vom Regen, meine Finger rutschen über das glatte Metall, aber sie öffnen sich nicht.

»Wenn wir Pech haben, durchbohrt uns diese Stange«, sagt der

Fremde gleichmütig. »Dann enden wir als Spießbraten auf der Straße. Das würde eine nette Schlagzeile geben.«

Der dritte Bolzen fliegt an mir vorbei, dann der vierte. Die Stange löst sich knirschend von der Fassade.

»Fuuuu…«, brülle ich, als es abwärts geht. Mein Mantel flattert mir ins Gesicht.

»Lande auf den Füßen, dann roll dich ab!«, ruft der Fremde.

Witzbold. Ich krache ungebremst auf den Asphalt. Unter mir gibt der Boden nach. Teerbrocken fliegen mir um die Ohren. Irgendwie schaffe ich es, mich mit den Händen abzufangen und mich abzurollen. Der Aufprall schüttelt mich hart durch, meine Knochen knacken, mein Kiefer schlägt aufeinander. Ich werde ein paar Meter fortgeschleudert, direkt vor den Kühler eines nahenden Fahrzeugs. Unfähig zu einer Reaktion, sehe ich in das Scheinwerferlicht.

Wieder fliege ich durch die Luft, aber es ist nicht das Auto, dem ich den Freiflug verdanke. Der Fremde hat mich gerade noch rechtzeitig hochgerissen. Mit dem Rücken krache ich in eines der hohen, hell erleuchteten Fenster des Opernhauses. Glas splittert, drinnen schreien Menschen, eine Alarmanlage heult los.

Der Fremde packt mich und schleudert mich schwungvoll nach draußen. »Hat dir niemand beigebracht, wie man unauffällig bleibt?«, faucht er und zerrt mich mit sich.

Sein Mantel ist schmutzig von dem Sturz, aber er bewegt sich bemerkenswert geschmeidig und unversehrt. Ich hingegen humpele stark, Schmerzen toben durch meinen Leib und mein Gehirn hat sich in den Stand-by-Modus verabschiedet. Meine Gliedmaßen knirschen hörbar, anscheinend habe ich mir einige Knochen gebrochen. Mein linker Arm hängt nutzlos herab.

Der Fremde lenkt mich fort von den Lichtern, vorbei an der imposanten Fassade des *Krueger Palace* und in ein ruhigeres Viertel mit denkmalgeschützten Häusern. Ich sollte ihm nicht vertrauen, und wenn er hundertmal behauptet, mein Freund zu sein, doch ich unternehme keinen Versuch, mich abzusetzen. Wir überqueren einen kleinen Platz mit einem Brunnen, aus dessen Mitte sich die Jungfrau Maria erhebt, und steuern auf eine gotische Kirche zu, umrunden sie und bleiben vor einer Seitenpforte stehen. Ohne sich um den Krach zu kümmern, tritt er das mittelalterliche Schloss der Tür ein. So viel zu Unauffälligkeit.

Wortlos zerrt er mich in das dunkle Innere einer Sakristei. Schränke säumen eine Wand, ein Schrein mit einer Retabel ragt in der Ecke auf und über einem lang gestreckten Tisch liegen Gewänder für die nächste Messe ausgebreitet.

»Müssten wir nicht in Flammen aufgehen? Das ist geheiligter Boden und alles.«

Er wirft mir einen verächtlichen Blick zu und marschiert in den Kirchenraum. Es riecht nach kühlem, feuchten Stein, nach Kerzenwachs und Weihrauch. Über dem Altar schwebt ein gekreuzigter Jesus mit unbeteiligtem Gesichtsausdruck. Die Heiligen in den Nischen lächeln entrückt. Meine Haut prickelt, aber es fährt kein Blitz aus dem Himmel herab, um mich in ein Häuflein Asche zu verwandeln. Trotzdem halte ich mich vom Weihwasserbecken fern. Man kann nie wissen.

Der Fremde deutet auf die vorderste Kirchenbank und ich plumpse brav nieder. In meinem Unterarm knirschen die Bruchstücke des Knochen gegeneinander, fügen sich zusammen. Es tut höllisch weh, als die zerrissenen Muskelfasern wieder zusammenfinden. Ich betrachte meine geschundenen Finger, die sich ausdehnen und strecken wie eigenständige Lebewesen.

Geschmeidig springt der Fremde auf den Altar und beschmutzt das weiße Tuch mit den dreckigen Sohlen seiner Stulpenstiefel. Er hockt sich hin wie eine übergroße Krähe und lässt die Hände zwischen den Knien baumeln.

»Kommt jetzt die Stelle, wo mir ein Pflock durchs Herz getrieben wird, bevor du einen Kanister Benzin über mich ausleerst? Du gehörst zur Legion.«

»Und noch bin ich stärker als du, Damien, also zeig etwas

Respekt.« Er entblößt eine Reihe spitzer Reißzähne, die eher an eine Raubkatze als an einen Vampir erinnern.

»Du bist der Wolf, der in Steenport all die Menschen umbringt.«

Er runzelt die Stirn. »Wir jagen nicht auf diese Weise. Wir sind altmodisch und halten uns an Regeln. Nur so kann es funktionieren.« Ein Glimmen erwacht in seinen Augen. »Aber nicht alle denken so. Einige wollen nicht einsehen, dass eine Herde einen Schäfer benötigt. Sie sehen nur das Beutetier, sie wollen die Jagd genießen.«

»Wieso schimmern meine Augen nicht so hell wie deine? Ich will auch so gruselig aussehen.«

Er hat sogar einen cooleren Mantel als ich und seine Stiefel mit den Stulpen sehen aus, als hätte er sie im Mittelalter anfertigen lassen. Er pflegt einen sehr eigenwilligen Stil, das muss man neidlos anerkennen.

»Du bist eine Bedrohung, Damien. Man jagt dich und alle, die mit dir paktieren.«

»Um ehrlich zu sein, fühle ich mich gerade nicht sehr bedrohlich. Niemand paktiert mit mir, ich bin bloß der Trottel, der ungewollt in eine dumme Sache geraten ist. Wer zum verfickten Henker bist du?«

»Jemand mit besseren Manieren, das steht fest. Mein Name ist Lucius, ich kannte deinen Vater und, ja: Ich gehöre zur Legion.«

Ich schaue mich um. »Wo sind deine finsteren Kumpels mit dem schwarzen Auto?«

»Sie gehen davon aus, dass du zum Anwesen deiner Familie willst. Aber so dumm bist du natürlich nicht.«

Ich halte es für klüger, die Klappe zu halten.

»Du solltest dem Gott deiner Wahl danken, dass ich dich vor ihnen gefunden habe. Du stellst eine Bedrohung dar, für die Großen Alten, für die Pläne deiner Familie.«

»Was für Pläne? Nein – sag's nicht. Weltherrschaft, Unterjochung der Menschheit und so weiter.« Ich lächle milde. »Das mit der Weltherrschaft ist nicht so leicht, wie du denkst, Lucius. Daran sind schon ganz andere Schurken gescheitert. Schaust du keine Filme?«

Er knurrt. »Bist du wirklich so naiv? Siehst du nicht, was in der Welt geschieht?«

Ich erhebe mich ächzend und stelle fest, dass meine Arme und Beine fast wieder normal funktionieren. Durch meinen Körper rasen zwar immer noch Feuerwalzen, aber wenn man bedenkt, dass der Sturz mich unter anderen Umständen umgebracht hätte, habe ich keinen Grund zur Beschwerde. Ich gehe den Mittelgang hinunter zum Kirchenportal. »Was auch immer – es hat nichts mit mir zu tun, du angeblicher Freund meines Vaters. Ich muss mich jetzt um …«

»Bei Luzifers versengten Flügeln: BLEIB STEHEN!«, donnert Lucius' Stimme durch das hohe Gebäude.

Ich fahre zusammen. Als ich mich umdrehe, steht er direkt vor mir. Eine intensive Geruchsmischung aus Leder, nasser Erde und Kupfer geht von ihm aus.

»Dein Vater hat mich gebeten, auf dich aufzupassen«, sagt er wesentlich ruhiger. »Er wusste, dass finstere Zeiten anbrechen werden, er hat versucht, dich zu schützen, so gut es ging. Er hat sich für dich geopfert. Vielleicht ahnte er, dass du eines Tages das Zünglein an der Waage sein könntest. Du – ein Mischling mit unbekanntem Potential.«

»Um eines klarzustellen: Ich habe nicht die Absicht, mich in irgendwas hineinziehen zu lassen. Es ist mir egal, was meine Familie treibt oder was sie plant. Ich will nur wissen, wie ich wieder normal werden kann. Der Rest geht mich nichts an.«

»Du kannst deiner Bestimmung nicht entkommen, Damien von Baro.«

»Willst du eine Wette darauf abschließen? Ich habe meinen besten Freund verloren und eine großartige Frau in Gefahr …«

»Das rothaarige Mädchen.« Er stößt mich rückwärts, bis ich mit dem Rücken gegen das Portal knalle. »Du hast dich mit ihr eingelassen, Trottel!«

»Sie ist fort. Sie spielt keine Rolle.«

»Du lügst, und das nicht einmal gut. Sie bedeutet dir etwas.«

»Das geht dich einen Scheißdreck an!«, brülle ich und ramme ihm beide Hände gegen die Brust, sodass er seinerseits nach hinten fliegt. »Wag es ja nicht, ihr etwas anzutun!«

»Wie konntest du nur so dumm sein?« Flink rappelt er sich wieder auf. »Hoffentlich hast du an Verhütung gedacht. Das Zeugen von Mischlingen ist verboten. Wir können nicht noch einen von deiner Sorte gebrauchen.«

Ich koche vor Zorn wegen seiner herablassenden Art. Für wen hält sich dieser Wichser?

»Dein Clan hat aus dem Scheitern der Vergangenheit gelernt. Zusammen mit anderen Clans haben sie eine neue Strategie entwickelt. Diesmal werden sie erfolgreich sein. Es wird ein herrliches, Jahrhunderte andauerndes Schlachtfest für die Vampire werden.«

Er sagt es mit solcher Überzeugung, dass ich eine menschliche Gänsehaut bekomme. Fröstelnd reibe ich mir über die Arme. »Als Kreatur der Finsternis solltest du dir deswegen freudig die Hände reiben.«

»Aber es ist falsch! Alles muss im Gleichgewicht sein. So hat es sich bewährt. Die Dunkelheit kann ohne das Licht nicht existieren. Die Großen Alten vergessen gern, dass wir von den Menschen mehr bekommen als nur ihr Blut. Sie verfügen über Technologien, Ressourcen, Informationen, die unser Dasein angenehmer machen. Und sie entwickeln sich weiter, sie haben die Vielfalt, während wir … immer das sein werden, was wir sind.« Er hört sich resigniert an. »Es gibt keine Erlösung für dich, Damien. Es gibt nur die Wahl zwischen Kampf und Untergang.«

31

Agnetha

Der Kofferraumdeckel fliegt auf, Hände packen mich und zerren mich hinaus. Meine verkrampften Beinmuskeln halten mich nur mit Mühe aufrecht, mein Rücken schmerzt unerträglich. In diesem winzigen Kofferraum musste ich die Knie bis zum Kinn hochziehen. Ich habe Platzangst da drin bekommen; es war wie lebendig begraben zu sein.

Meine erste Amtshandlung besteht darin, mich erneut zu übergeben, diesmal gründlich.

»Reiß dich zusammen!«, schnauzt eine allzu bekannte Stimme.

»Ich habe eine Gehirnerschütterung«, bringe ich würgend hervor und füge ein leises »Blödmann« an. An meinem Kopf ertaste ich eine fette Schwellung, meine Muskeln bestehen aus Wackelpudding und in meiner Nase hängt der Gestank von Blut und Eingeweiden und Panik.

Benedict von Baro in seinem perfekt sitzenden Anzug steht mit verschränkten Armen einige Meter entfernt. Vor dem Nachthimmel ist er kaum zu erkennen, aber seine Gegenwart lässt sich nicht ignorieren. Die Atmosphäre um ihn herum summt förmlich vor Aggression. Er ist weit genug von mir entfernt, dass ich einen Fluchtversuch unternehmen könnte. Ich bin aber klug genug, um zu wissen, dass ich nicht den Hauch einer Chance habe.

Nachdem mein Magen sich etwas beruhigt hat, richte ich mich auf und stelle mich der Realität. Sie sieht aus wie ein verlassener U-förmiger Gebäudekomplex, in dessen Hof wir jetzt stehen. Das einzige Licht kommt von den Scheinwerfern des Bugatti. Vor den schwarzen Fenstern der Gebäude sehe ich Gitterstäbe; der Hof, in dem wir uns befinden, besteht aus rissigem Asphalt. In einiger Entfernung glaube ich hohe Zäune auszumachen, vor denen weitere Fahrzeuge aufgereiht sind. In der Ferne höre ich die Meeresbrandung an Felsen schlagen.

»Ist dies das alte Gefängnis auf der Halbinsel?«, frage ich. Steinchen bohren sich in meine Fußsohlen.

»Ich habe dir nicht gestattet, Fragen zu stellen.« Er rümpft die Nase. »Du stinkst widerwärtig.«

»Das könnte damit zusammenhängen, dass ich ein unschuldiges Entführungsopfer bin. Wenn hier also jemand das Recht hat …«

Ich sehe nur eine Bewegung in der Dunkelheit, bevor ich mit dem Rücken gegen den Wagen krache. Eine Hand packt mich an der Kehle und schneidet mir die Sauerstoffzufuhr ab. Ich strampele, trete, schlage um mich, während mein Körper vergeblich um Luft ringt. Er beobachtet mich mit einem kleinen Lächeln. Ich schwöre, dass seine Augen glühen.

»Schau einer an, was für ein hübsches Andenken du an deinem Hals hast. Hat Damien versucht, dich dort zu beißen? Wo steckt er?«, fragt er in einem Tonfall, als wollte er nur die Uhrzeit wissen. Sein unbarmherziger Griff lockert sich gerade so weit, dass ich ein paar Atemzüge nehmen kann.

»Ich weiß es nicht«, keuche ich. »Er hat … mich im Hotel zurückgelassen und … ist in die Nacht entfleucht.«

»Hat er von dir getrunken?«

»Nein, er mag mein Blut nicht. Es schmeckt nach Trüffel.«

»Mach dich nicht über mich lustig, kleine Hexe!«

Wieder drückt er mir die Luft ab. Gleichzeitig dringt eine unsichtbare Klinge in mein Gehirn. Der scharfe Schmerz treibt mir die Tränen in die Augen, doch viel grausamer ist das Gefühl, dass meine Gedanken aus mir herausgeschält werden, dass sie bloß und ungeschützt da liegen. Benedict ist in meinen Verstand eingedrungen, um nach der Wahrheit zu suchen und ich kann nichts dagegen tun. Es fühlt sich wie mentale Vergewaltigung an.

»Du bist Zeitverschwendung«, murmelt er. »Du weißt gar nichts.«

»Sag ich doch. Kann ich jetzt gehen?«

Er lacht und löst seine Hand von meiner Kehle. »Aber natürlich. Darum sind wir doch hier. Um dich gehen zu lassen.« Er entblößt sein Gebiss.

Spitze Zähne. *Richtig* spitze Zähne, lang und dünn genug, um sich sehr tief in mein armes Fleisch zu bohren. Schlagartig sackt alles Blut aus meinem Gehirn. Wenn er mir nicht ohnehin schon den Hals zudrücken würde, würde ich jetzt vor Entsetzen das Atmen einstellen.

Ich schüttle wild den Kopf. So will ich nicht sterben: zerfetzt von einer menschenähnlichen Wolfsbestie, die keinerlei Mitleid kennt. Es wird qualvoll sein, es wird grausam sein und es wird ihn nicht im Mindesten interessieren, weil ich für ihn nur Beute bin. Und Damien wird nicht kommen, um mich ein zweites Mal zu retten. Er ist fort. Fort. Fort!

Benedict stößt mich von sich. Ich falle auf alle Viere, überrascht, dass er mir nicht die Kehle aufgerissen hat.

»Du solltest jetzt rennen«, sagt er. »So schnell du kannst.«

»Warum?« Ja, manchmal bin ich schwer von Begriff.

»Weil es deine Bestimmung ist, vor uns Wölfen zu flüchten. Du bist nur ein Schaf. Wir trennen die Schwachen von der Herde und haben unseren Spass mit ihnen.«

Er tritt ein paar Schritte rückwärts und hinter ihm schälen sich Gestalten aus der Dunkelheit. Männer in schwarzer Kleidung aus alten Zeiten, Frauen in eleganten, weiten Roben. Bleiche Gesichter voller Vorfreude. Eine Person erkenne ich: es ist Bardolf von Baro, der Vater von Benedict und charismatischer Führer der *Allianz*. Die anderen sind mir fremd. Sie bewegen sich vollkommen lautlos, nicht einmal ihre Kleidung raschelt. Acht – nein, zehn Gestalten umkreisen mich. Sie schnuppern, lecken sich die Lippen, fletschen die Zähne wie Raubtiere. Blanke Angst greift nach meinem Herzen und drückt es zusammen, als sie näher und näher kommen. Ihre Blutgier macht die Nachtluft schwer und sauer.

»Du hast sicher nichts dagegen, dass wir unsere Gäste spontan zu einer kleinen Jagdpartie eingeladen haben«, sagt Bardolf freundlich, beinahe mitleidig. »Hier sind wir ganz unter uns.«

»Das könnt ihr nicht machen«, stammele ich. »Das ist illegal.«

Er lacht leise. »Und wer will uns davon abhalten? Steenport gehört uns.«

»So ein hübscher Leckerbissen«, gurrt eine Frau mit Augenklappe und legt ihre Finger unter mein Kinn, um mich genauer zu betrachten. »Du hast einen guten Geschmack, Benedict. Suchst immer die interessantesten Schäfchen aus.«

Wie immer, wenn ich kurz vorm Durchdrehen stehe, fange ich an zu plappern. »Wollen Sie ein paar faszinierende Fakten über Schafe hören?«

Benedict verdreht die Augen. »Du solltest deinen Atem für die Flucht aufsparen.«

Ich ignoriere ihn. »Erstens: Schafe können bewusste Entscheidungen treffen, weil sie ähnliche Gehirne haben wie Affen. Zweitens: Sie knüpfen enge Schaf-Freundschaften und trauern, wenn eines stirbt. Drittens: Sie haben eine hochentwickelte Fähigkeit zur Gesichtserkennung, was bedeutet, dass ich mir Ihr Gesicht sehr genau eingeprägt habe, falls es zu einer polizeilichen Gegenüberstellung kommen sollte. Viertens …«

»STILL!« Das Wort donnert durch die Nacht.

Ich zucke zusammen. »Sie alle unterschätzen Schafe, möchte ich damit sagen.«

»Wieso trägt sie keine Schuhe?«, fragt Bardolf von Baro. Er hat ein Einstecktuch in seinem Jackett und macht den Eindruck, als wäre er auf einer Verabredung zum Dinner. Nur dass das Essen Beine hat.

Ich reibe meinen kalten, schmerzenden Fuß an der Wade des anderen Beins. »Mein inneres Schaf will barfuß laufen.«

»So macht die Jagd keinen Spaß, Benedict.« Ein Mann mit weißen Lippen und langen Koteletten zupft an der schwarzen Spitze, die unter seinen Manschetten hervorschaut. »Wie soll sie ohne Schuhe vor uns davonrennen?«

Er riecht überwältigend stark nach Aftershave und darunter nach verwesendem Fleisch. Seine Haut sieht grünlich aus, sein Haar ist nur noch in Büscheln vorhanden.

Mir wird schon wieder schlecht.

»Spielt es eine Rolle, mein Lieber?«, entgegnet Benedicts Vater Bardolf. »Wir sind hier, um uns zu amüsieren. Ihr könnt mit ihr anstellen, was ihr wollt. Niemand wird sie vermissen.«

»Äh, doch«, piepse ich. »Meine Eltern. Sie wären sehr betrübt, wenn ich nicht nach Hause käme, um lecker Heu zu essen.«

Er gibt ein warnendes Knurren von sich. Klar, er ist ein Wolf und ich nur ein knuspriges Schaf. »Du hättest dich niemals in Dinge einmischen sollen, die dich nichts angehen, Agnetha Valentin«, sagt er leise. »Dein Ende wird lange dauern und sehr schmerzhaft sein. Und nun – RENN!«

Ich stolpere los. Die Meute macht mir Platz, sie lachen und grollen und feuern mich an: »Lauf, Schäfchen, lauf!«

Das Gefängnis Moorstein wurde damals geschlossen, weil mehreren Häftlingen auf dem Seeweg die Flucht gelang. Es gibt nur eine einzige Zufahrt zur Halbinsel; das Tor ist nicht verschlossen, andernfalls wären die Fahrzeuge nicht auf das Gelände gelangt. Die Mauer existiert zwar noch, aber sie weist Lücken auf. Meine Verfolger werden davon ausgehen, dass ich auf direktem Wege von hier fortzukommen versuche. Sie werden mich fröhlich vor sich hertreiben und mit mir spielen.

Ich schlage einen Haken und renne um eine Gebäudeecke. Die

Gefängnismauer mit der Stacheldrahtkrone liegt etwa hundert Meter entfernt. Etwas Scharfes sticht in meine Fußsohle, ich unterdrücke einen Schrei und taste nach einem Schnitt, aber meine Haut ist unversehrt. Wenn sie Blut wittern, bin ich erledigt. Meine Augen haben sich an die Dunkelheit gewöhnt, vor mir entdecke ich eine Stahltür, die schief in den Angeln hängt. Mit Mühe quetsche ich mich durch den Spalt in das stockfinstere Innere. Vorsichtig setze ich einen Fuß vor den anderen, taste mich an der kalten Wand entlang. Ich durchquere eine Schleuse, deren zweite Tür weit offen steht. Dahinter liegt eine Großraumküche. Vage erkenne ich die Konturen der Edelstahlschränke und riesigen Herde. Der Boden unter meinen Füßen ist klebrig und voller Unrat. Auf Zehenspitzen bewege ich mich vorwärts. Als einzige Orientierung dienen mir die drei vergitterten Fenster zum Hof, wo die Scheinwerfer von Benedicts Auto die einzige Lichtquelle in der Dunkelheit darstellen. Ich höre die Vampire johlen, eine Frau lacht perlend. Meine einzige Chance besteht darin, zu den Fahrzeugen zu gelangen und mit einem zu flüchten. Ich muss nur irgendwie in die Stadt kommen, zur Polizei oder meinetwegen zu einer Kirche, wo ich mich mit Weihwasser verteidigen kann. Ich hätte Damien fragen sollen, ob an der Legende was dran ist, dass Vampire ein Haus nur mit Einladung betreten können. Ich hätte …

Ich habe Angst, Damien! Ich weiß nicht, was ich tun soll!

Auf der anderen Seite der Küche ist ein langer Tresen, der sich zu einem Speisesaal öffnet, ich stoße gegen einen Tisch. Die Möblierung ist vollständig vorhanden. Es riecht säuerlich hier drin, der Resopalboden ist rissig und löchrig, sodass ich ständig stolpere.

Sie werden mich finden. Ihre Sinne sind den meinen tausendfach überlegen. Es sei denn, ich trickse sie aus, locke sie auf eine falsche Fährte, um Zeit zu gewinnen. Dies ist kein Hochsicherheitsgefängnis. Hier gibt es Werkstätten und andere Einrichtungen zur Resozialisierung. Der gesamte Komplex wurde belassen, wie er ist. Sie haben nicht einmal die Möbel vom Boden geschraubt, wie ich beim durchqueren des Speisesaals feststelle. Ich stoße mir nämlich mindestens dreimal die Zehen an Tischbeinen. Dahinter liegt eine Art Aufenthaltsraum, auf den ein Gang mit Zellen zu beiden Seiten folgt. Sämtliche Türen mit den kleinen vergitterten Fenstern stehen offen.

Hinter mir dröhnt ein animalisches Heulen durch das Gebäude. Von draußen höre ich ebenfalls einen freudigen Schrei.

Die Jagd auf mich hat begonnen.

Ich hetze den Gang entlang und stoße mit dem Fuß gegen etwas Metallisches. Es ist eine leere Bierdose. Hastig löse ich den Ring mit der Lasche. Er ist scharfkantig genug für mein Vorhaben. Ich erreiche eine Treppe, die nach oben führt. Rechts erkenne ich einen Wegweiser an der Wand. Einige Wörter kann ich entziffern: *Kapelle – Wäscherei – Werkstätten.* Geradeaus geht es zum Verwaltungstrakt.

Ich lausche, bin mir nicht sicher, ob sie bereits dicht hinter mir sind, denn ich höre gar nichts. Die Nacht schmeckt nach meinem Angstschweiß und nach Tod.

Jemand lacht manisch. »Schäfchen, Schäfchen, wir kommen, dich zu holen«, zwitschert eine Männerstimme. Sie kommt aus der Küche.

Mein Herz rast. Zittrig setze ich den Bierdosenring an meinem Handballen an und ritze mir die Haut auf. Es fließt mehr Blut, als ich dachte. Ich schmiere etwas davon auf das Treppengeländer, laufe bis zum obersten Absatz und verspritze einige Tropfen. Ich zerre eine kaputte Socke von meinem Fuß und wickle sie um die verletzte Hand, die ich zur Faust balle. Dann renne ich wieder hinab.

Die Wäscherei liegt in einem Seitentrakt, die beiden schweren

Stahltüren lassen sich problemlos öffnen. Ein betäubender Geruch nach Lauge und Seife schlägt mir auch jetzt, fast 20 Jahre nach der Schließung des Gefängnisses entgegen. Aus umgestürzten Wäschewagen haben sich schmutzige Sachen über den Boden verteilt. Die Waschmaschinen reihen sich wie stumme Wächter an der Wand auf. Ich entdecke einen Lagerraum voller Kanister und Kartons; der Türriegel ist aufgebrochen. Blinzelnd versuche ich die Etiketten zu entziffern, bis ich gefunden habe, was ich suche: *Kalilauge 50%.* Der Kanister ist noch halbvoll, die Schraubkappe lässt sich nach einiger Anstrengung öffnen. In industriellen Wäschereien wie dieser werden keine normalen Waschmittel benutzt, sondern konzentrierte Laugen mit stark ätzender Wirkung, die mittels eines Pumpsystems in die Waschmaschinen gegeben werden. Damit kriegt man jeden Blutfleck aus den Klamotten. Woher ich das weiß? Ich habe während des Studiums unter anderem in einer Großwäscherei gejobbt.

Ich wuchte den Kanister auf eine der Waschmaschinen und klettere hinterher. Der Staub auf der Oberfläche hat sich in eine feste schmierige Schicht verwandelt, der Geruch frisst sich in meine Haut. Inzwischen bin ich so durchfroren, dass ich meine Finger und Zehen kaum noch spüre, aber die Todesangst dominiert alle anderen Emotionen. Ich ziehe mich so weit nach hinten zurück, wie es mir möglich ist, und wage nicht zu atmen.

Jenseits der Stahltüren höre ich ein leises Geräusch, dann die betörende Stimme einer Frau: »Riechst du das, Ciprian? Köstliches frisches Blut. Sie ist die Treppe hinauf gelaufen.«

Das dunkle Lachen eines Mannes antwortet ihr. »Zu einfach. Ich gehe dort entlang.«

Dann Stille.

Ich presse meine Faust mit der Schnittwunde fest zusammen, hoffe, dass die Wunde nicht mehr blutet. In der anderen Hand halte ich den Griff des Kanisters. Ich zittere, die Flüssigkeit schwappt leise.

Krachend fliegen die Stahltüren auf.

»Komm jetzt heraus, kleine Hexe«, flüstert ein Mann mit schmeichelzarter Stimme. »Ich werde dir nichts tun.« Er klingt aufrichtig, vertrauenswürdig, liebevoll.

In meinem Kopf setzt ein dumpfes Rauschen ein. Ich konzentriere mich mit aller Kraft auf Damiens Gesichtszüge, als wir Sex hatten. Wie er mich angeschaut hat, offen und unmaskiert. Der raue, wilde Klang seiner Worte. Seine Aufrichtigkeit, seine Zerrissenheit. Ich vermisse ihn so sehr, dass es mir das Herz zusammenpresst. Er hat mich im Stich gelassen. Ich schulde ihm eine blutige Nase, daher darf ich noch nicht sterben.

»Mein Liebes, ich kann dich wittern.« Der Mann schreitet durch die Wäscherei, die Nase leicht erhoben. »Ich weiß, dass du hier bist.« Er ist außerordentlich attraktiv mit wildem blonden Haar, tätowierten Zeichen im Gesicht und einem leuchtend weißen Seidenhemd mit Rüschenkragen über einem Samtjackett. Die Dunkelheit um ihn herum flimmert. Seiner Attitüde nach zu urteilen, ist er nicht weniger adelig als Benedict.

»Benedict ist sehr, sehr wütend auf dich«, raunt er. Seine Worte sind verlockend, aber sie besitzen nicht genug Macht. Vielleicht muss ein Vampir seinem Opfer in die Augen schauen, um es manipulieren zu können. »Weißt du, warum ich hier bin? Der Steenport-Clan wird diese Stadt bald zur Jagd freigeben. Aber ich kann dich schützen. Du bist hübsch, du könntest mein neues Spielzeug werden.«

Er umrundet einen Wäschehaufen und hebt witternd den Kopf. Die scharfen Gerüche der Chemikalien irritieren ihn. »Benedict ist sehr, sehr wütend auf dich. Er will dich lange leiden lassen für deine Neugier. Aber wenn du mir gehörst, wird er dir nichts tun können. Du musst jetzt nur aus deinem Versteck kommen.«

Die Vampire rotten sich zusammen, um Steenport zu übernehmen. Benedict und sein Vater Bardolf wollen nicht länger warten. Sie werden die Stadt terrorisieren und der *Allianz* den Weg ebnen. Es wird noch mehr Tote geben.

»Komm heraus«, lockt er. »Wenn ich dich erst finden muss,

wird es sehr unschön für dich werden. Ich möchte mir nicht die Kleidung beschmutzen.«

Ich richte mich auf. »Keine Sorge, ich habe einen Fleckenentferner.«

Der blonde Vampir fährt herum und stürmt auf mich zu. Ich schütte ihm den Inhalt des Kanisters entgegen. Der Großteil klatscht direkt in sein Gesicht, gerade als er zum Sprung ansetzt, und die ätzende Lauge beginnt sofort zu zischen und zu qualmen. Er stößt einen wütenden Schrei aus, der immer schriller wird, als er merkt, dass seine Augen dampfen. Seine Krallen fahren in sein Gesicht, reißen an der Haut, in der sich Krater auftun. Ich warte nicht auf das Ende der Horrorshow, sondern springe von der Waschmaschine und stürme fort.

32

Damien

»Kampf oder Untergang: Geht es nicht noch eine Nummer größer?«, frage ich bebend vor Zorn und Frustration. »Ich will dir nicht zu nahe treten, aber du klingst wie ein Abtrünniger.«

Lucius gibt ein Geräusch von sich, das ein genervtes Ausatmen sein kann, oder einfach nur ein Geräusch. »Ich habe deinen Vater immer für einen Wirrkopf gehalten, wenn er davon sprach, in friedlicher Koexistenz mit den Menschen zu leben. Dies entspricht nicht in unserer Natur! Wolf und Schaf liegen nicht beieinander.«

»Okay, die Vampire sind die Wölfe und die Menschen die Schafe. So weit kann ich folgen. Was mich zu der Frage bringt, ob das mit den Wölfen nur eine Metapher ist oder ob Agnetha tatsächlich gezielt attackiert wurde.«

»Sie wurde angegriffen?«

»Von einem Wolf«, bestätige ich. »Das Viech wollte nicht nur spielen. Sie hätte tot sein können.«

»Du hast sie in Schwierigkeiten gebracht, Damien.«

»Das schafft sie auch ohne mich ganz gut. Agnetha hat mit

alldem wirklich überhaupt nichts zu tun, sie war nur zu neugierig. Das ist kein Verbrechen. Sie wusste nicht, mit wem sie sich anlegt.«

»Natürlich wusste sie es. Dein Mitbewohner ist noch einen Schritt weiter gegangen und hat die Pläne deiner Familie an die Öffentlichkeit gebracht.« Lucius wandert zwischen den Bankreihen der Kirche umher. »Auch, wenn die beiden nur Menschen sind, können sie genug Aufruhr verursachen, um das Vorhaben deines Clans zu vereiteln. Und gerade *weil* sie nur Menschen sind, haben sie keine Gnade zu erwarten.«

»Lennart hat den Schwanz eingezogen, worüber ich jetzt sehr glücklich bin. Agnetha spielt absolut keine Rolle mehr. Weder in dieser Sache noch in meinem Leben.«

»Selbstverständlich nicht.« Er kräuselt die Lippen zu einem säuerlichen Lächeln. »Es heißt, sie hätte Material über deine Familie zusammengetragen und einige krude Theorien aufgestellt, die nicht zuletzt deinen Cousin Benedict betreffen. Nur dass diese Theorien gar nicht so hanebüchen waren. Dein rothaariges Mädchen hat in ein Wespennest gestochen. Wo ist sie jetzt?«

»In Sicherheit«, sage ich, weil ich keinen Grund habe, ihm zu trauen. Nur weil er meinen Vater kannte, ist er noch lange nicht mein neuer Best Buddy. »Und sie ist nicht mein Mädchen. Ich kenne sie kaum.«

»Sie wird nie mehr sicher sein. Weder in dieser Stadt noch anderswo. Sie weiß zu viel und sie gehört nicht zu jenen, die ihr Wissen für sich behalten. Habe ich recht?« Er bleibt stehen. »Sie werden sie jagen.«

»Nein, sie sind hinter mir her.«

»Bist du wirklich so naiv? Das Mädchen darf nicht länger dein Problem sein, Damien. Die Legion wird …«

»Wenn deine verfickte Legion ihr auch nur ein Haar krümmt, werde ich ein beschissenes Armageddon entfachen«, zische ich.

Er lächelt verhalten. »Früher hast du nie so unflätig geredet. Wo ist deine gute Erziehung hin?«

»Die ist zusammen mit der Normalität ausgelöscht worden. Hast du gehört, was ich gesagt habe? Ihr lasst Agnetha in Ruhe!«

»Ich habe nicht vor, ihr etwas anzutun, Damien. Aber sie ist deinem Clan ein Dorn im Auge. Sie kann von Glück sagen, wenn die Legion sie zuerst erwischt. Dein Cousin beispielsweise liebt es, sich stundenlang mit seinen Opfern zu vergnügen.«

Ich gefriere. Benedict weiß, wer sie ist.

Noch bevor Lucius reagieren kann, stoße ich ihn beiseite und renne den Mittelgang hinunter. Das verriegelte Hauptportal stellt kein großes Hindernis dar; mit einem Ruck fliegt das Schloss aus der Tür.

Der Platz vor der Kirche ist verlassen, aber auf der anderen Seite entdecke ich einen Mann, der neben einem goldenen Porsche Panamera steht und gestenreich in ein Handy von der gleichen Farbe spricht. Ich stürme hinüber, die Mantelschöße flattern um meine Beine. »Ich brauche dein Auto.«

Der Mann lacht ungläubig. »Geh arbeiten, dann kannst du dir eines Tages auch einen Porsche leisten.«

»Ich brauche es jetzt!« Eine glühende Lanze aus Schmerz sticht durch meinen Schädel, als ich ihn fixiere.

Er geht in die Knie, das Handy rutscht aus seinen Fingern. Sein Mund formt ein O, sein Kopf nickt in willenloser Zustimmung.

Meine Sicht trübt sich kurz. Ich beuge mich herab und nehme ihm den Remote-Schlüssel mit dem goldenen Anhänger in Form einer nackten Frau ab.

»Ich bring's wieder zurück«, stoße ich hervor und eile zur Fahrerseite. Der Schmerz in meinem Kopf dehnt sich aus, vielleicht explodieren gerade ein paar Blutgefäße. Geht es anderen Vampiren genauso oder ist das nur wieder eine Bastard-Anomalie?

Kaum sitze ich hinter dem Steuer, wird die Beifahrertür aufgerissen und Lucius springt hinein. »Bei den flachen Titten der Blutgräfin! Jetzt auch noch Diebstahl eines goldenen Autos, nachdem wir an der Fassade des Opernhauses randaliert haben und in eine

Kirche eingebrochen sind. Warum zünden wir nicht gleich ein paar Leuchtraketen?«

»Gute Idee, dann muss ich den Feind nicht suchen.« Ich starte den Motor.

»Wo willst du überhaupt hin?«

»Nach Haus Istrigo.«

»Dein Cousin Benedict wird nicht dort sein. Es sind Vertreter anderer Clans in die Stadt gekommen, aber sie sind nicht zum Anwesen gefahren. Sie treffen sich irgendwo anders mit deiner Familie, aber ich weiß nicht wo oder warum. Wie gut kennst du Benedict?«

»Er ist ein arroganter, reicher Schnösel, der seine Frauen wechselt wie seine Socken.« Ich lenke den Porsche fort von der Kirche.

»Was noch?«

»Er hat mich zur Beerdigung des alten Patriarchs eingeladen ... Der offenbar quicklebendig in seinem Sarg liegt. Ich weiß bis heute nicht, was bei der Trauerfeier passiert ist.«

Lucius hebt die Brauen und erstmalig kann ich seine Augen sehen. Sie sind komplett schwarz mit einem silbernen Schimmer dort, wo seine Pupille sein muss. Der Rest von ihm mag halbwegs menschlich wirken – sieht man mal von dem Raubtiergebiss ab –, doch im Innern ist er eine Kreatur aus der Dunkelheit. Viel mehr als nur ein Vampir.

»In Steenport streift eine Bestie umher«, sagt er. »Ein wahrer Schlächter. Seltsam, dass er noch nicht geschnappt wurde, nicht wahr?«

»Die Polizei behauptet, dass es sich nicht um einen einzelnen Serienmörder handeln kann«, erwidere ich unbehaglich. »Dafür ist er schon zu lange aktiv ... oh.«

»Ja, oh. Wir von der Legion wissen, dass jemand aus deinem Clan für all die Morde verantwortlich ist.«

»Ich wollte das nicht, ich schwöre. Ich ...«

»Aber wir wissen nicht, wer«, unterbricht er mich. »Dieser Mann, den du auf dem Gewissen hast: Das ist mir nicht entgangen.

Die Wildlinge haben zwar versucht, es zu vertuschen, aber ich bin nicht dumm. Du hast die Kontrolle über dich verloren – dieses eine Mal. Es wird dir nicht wieder passieren.«

»Schön, das du mich so gut zu kennen glaubst. Ich bin nämlich anderer Meinung. Ich bin gemeingefährlich.«

»Ja, du bist gefährlich. Niemand weiß, welche Kräfte in dir schlummern. Ärgerlich nur, dass du ein Gewissen hast. Damit konnte niemand rechnen, am wenigsten deine Familie. Denn der Schlächter tötet aus puren Vergnügen und verstößt willentlich gegen unsere Gesetze, weil sie ihm nichts bedeuten. Es muss sich um jemanden mit einem sehr zügellosen, blutgierigen Charakter handeln. Die Wildlinge kommen nicht infrage, also liegt es nahe, dass es jemand aus deiner Familie sein muss. Die Legion hat euren Patriarchen ermahnt, für die Einhaltung der Gesetze zu sorgen, wer auch immer der Schuldige ist.«

»Da hat der alte Mann es bestimmt mit der Angst zu tun bekommen«, erwidere ich sarkastisch.

»Leider stehen die Clans über der Legion.« Bedauernd zuckt Lucius die Achseln. »Wir haben keine Handhabe gegen sie, es sei denn, sie bitten uns um Hilfe. Was in den letzten hundert Jahren genau einmal vorkam.« Er streicht unbehaglich sein langes Haar hinter das Ohr. »Bei deinem Vater.«

»Es stimmt also. Ihr habt ihn ermordet. Ihr feigen …« Ich bremse ab.

Vor uns ist die Straße abgesperrt. Ein Streifenwagen steht mit rotierendem Blaulicht quer auf der Fahrbahn. Ein Polizist dirigiert den Verkehr mit einer Kelle in eine Seitenstraße, ein anderer stellt Baken auf.

»Ich möchte dich darauf hinweisen, dass wir in einem gestohlenen Luxusfahrzeug sitzen«, sagt Lucius.

»Wegen eines Autodiebstahls wird die Steenporter Polizei bestimmt nicht die Straßen absperren.« Ich wende den Porsche und nehme eine Seitenstraße. Eine drängende Unruhe macht sich in mir breit. Es ist die wachsende Sorge um Agnetha.

»Das mit deinem Vater ist nicht so, wie du glaubst«, sagt Lucius.

»Was soll ich denn glauben?«, schreie ich. »Er hat mich im Stich gelassen!«

»Er hat sich für dich geopfert. Um dich vor dem Clan zu schützen, hat er seine Strafe angenommen. Es kam mir damals seltsam vor, dass sie dich dein Leben lang verschont haben, aber nun ergibt alles einen Sinn.«

»Erstens: Nein, das tut es nicht. Zweitens: Was würde das ändern?«

Er dreht sich im Sitz, sodass er mich von der Seite anschauen kann. »Du bist der Sündenbock, Damien. Du sollst vor dem Rat für die Taten deines Cousins gerade stehen.«

Ich schüttele den Kopf. »Benedict? Warum sollte …? Okay, wir sind keine Freunde. Um ehrlich zu sein kann ich ihn nicht ausstehen. Er ist ein verfickter Anwalt, er ist nicht blöde und er hält mich für eine unwissende kleine Made. Dummerweise hat er ein paar Jahrhunderte mehr Lebenserfahrung als ich.« Ich stelle den Motor ab, steige jedoch nicht aus. »Zum Kotzen, das alles.«

»Benedict ist schon lange vor deiner Zeit durch sein triebhaftes Verhalten aufgefallen«, sagt Lucius. »Früher, als man es nur mit abergläubischen Bauern zu tun hatte, war es leichter, solche Taten zu vertuschen, aber heutzutage sind die Menschen klüger, stärker und besser bewaffnet. Nicht zuletzt darum streben die Großen Alten, all die Kinder Babylons nach der Macht über die Menschheit. Benedict ist einer der stärksten Befürworter dieser Machtpläne. Aber mit seinem ungebremsten Jagdtrieb stellt er auch ein Risiko dar. Und hier kommst du ins Spiel, Damien. Du bist das perfekte Ablenkungsmanöver von den Taten deines Cousins.«

Eigentlich sollte ich erschüttert oder wenigstens enttäuscht sein. Wir reden hier schließlich von Familie, nicht wahr? Ich dachte, weil sie die Familie meines Vaters ist, gehöre ich automatisch dazu. Sie haben sogar das Treuhandvermögen meines Vaters aufgestockt und sich um einen Vermögensverwalter gekümmert, der das Geld vermehrt, das ich nicht angerührt habe. Sie haben nicht versucht, es mir streitig zu machen – weil Geld ihnen nichts bedeutet. Sie sind unsterblich. Sie haben vor knapp 300 Jahren eine kleine Summe in kaufmännische Unternehmungen der Medici-Familie investiert und sind heute reich genug, um sich eine eigene radikale Partei leisten zu können.

Wieder flackert eine Straßensperre auf einer Kreuzung vor uns. Ich kann die protzige Fassade des *Krueger Palace* Hotels und das Opernhaus sehen, aber mit dem Auto komme ich nur dorthin, wenn ich die Sperre durchbreche. Das gesamte Gebiet ist großräumig abgeriegelt worden.

»So viel Aufhebens wegen eines abgebrochenen Fahnenmastes«, murmelt Lucius.

Vorahnung kriecht eiskalt über mein Genick.

»Wir gehen zu Fuß weiter«, entscheide ich und lenke den Wagen an den Straßenrand. Ohne mich darum zu scheren, dass das Heck in die Fahrbahn ragt, springe ich hinaus und laufe in Richtung des Hotels.

Lucius packt mich am Arm und reißt mich zurück. »Deine Kopflosigkeit wird alles nur schlimmer machen. Hör mir erst zu, bevor du noch mehr Aufruhr verursachst.«

»Aber Agnetha ist in dem Hotel!«

»Du wirst gejagt, Damien. Wenn sie noch dort sein sollte, führst du deine Verfolger direkt zu ihr. Du bringst sie nur in Gefahr.«

Ich stoppe, obwohl ich am liebsten wie ein Berserker die Straße hinab und in das Hotel stürmen möchte. »Vielleicht ist sie längst in Gefahr. Ich muss zurück zu ihr!«

»Wie willst du ihr helfen, wenn du überhaupt nicht weißt, worum es geht?«

»Das entscheide ich, wenn ich sie gefunden habe.«

Lucius zieht mich in eine dunkle Einfahrt. »Dein Clan hat die Legion erst vor Kurzem wissen lassen, dass es einen Dhampir in ihren Reihen gibt«, sagt er. »Sie haben seine – deine – Existenz geheim gehalten, weil sie dich für harmlos hielten. Angeblich wollten sie deinen Vater keinen Kummer bereiten.« Er schnaubt. »Sie haben uns darüber informiert, dass jemand den Mischling kürzlich erweckt hat und dass sie nun das Schlimmste befürchten. Natürlich wissen sie nicht, wer ihm den Dunklen Kuss gegeben hat, aber …«

»Ich nehme an, sie haben die Wildlinge beschuldigt. Die Wald- und Wiesen-Nackenbeißer aus der zweiten Reihe.«

»Ja. Caine Cody ist den Großen Alten schon lange ein Dorn im Auge. Er zeigt aufmüpfige Tendenzen.« Lucius verzieht die Lippen zu einem schmalen Grinsen. »Aber nicht einmal er wäre so vermessen, einen Dhampir zu erwecken. Ebenso gut könnte man die Büchse der Pandora öffnen. Man weiß nicht, was geschieht, wenn man ein nicht rein menschliches Wesen zu einem Vampir macht. Da könnte man auch gleich einen Dämon beißen.«

Ich war also nie ein echter Mensch. Super, danke.

»Früher haben sich Dhampire der Vampirjagd verschrieben. Sie besaßen ein paar hilfreiche Eigenschaften, die sie zu unseren natürlichen Feinden machten. Die Bezahlung war auch nicht schlecht. Kein Dorf, das von einem Vampir heimgesucht wurde, feilschte damals mit einem Jäger um Geld. Sie zahlten, was er verlangte. Die Vampirjäger waren berühmt. Sogar die österreichische Königin Maria Theresia hat 1755 einen solchen Jäger engagiert, einen Mann namens Gerard van Swieten. Er sollte mehrere mysteriöse Todesfälle untersuchen. Er war Arzt und außerdem ein Mischling wie du. 150 Jahre später las ein Schriftsteller namens Bram Stoker die *Abhandlung des Daseyns der Gespenster* von Gerard von Swieten, und er erschuf Abraham Van Helsing.«

»Ich habe nie das Bedürfnis verspürt, Vampire zu jagen«, sage ich unmutig. »Aber so langsam bekomme ich Lust, es mal auszuprobieren. Vielleicht fange ich mit dir an.«

»Heute gibt es keine Vampirjäger mehr. Wir haben sie alle ausgerottet«, sagt Lucius hochmütig. »Und du bist kein Jäger. Dein Vater hat dich von unserer Welt abgeschirmt, so gut es ihm möglich war, ohne sich mit seinem Clan zu überwerfen. Nach dem Tod deiner Mutter haben sie verlangt, dass er dich ihnen ausliefert. Stattdessen hat er sich selbst angeboten.«

»Das ist doch verrückt«, flüstere ich. »Mein Vater war für niemanden eine Gefahr. Warum sollten sie …?«

»Er galt schon immer als Idealist und Träumer. Ihm ist es zu verdanken, dass die Wildlinge existieren dürfen, statt von der Legion gejagt zu werden. Die Einrichtung der Blutbank war ein Kompromiss, auf den der Rat der Großen Alten bestanden hat, den er aber höchstpersönlich finanziert hat, um die Wildlinge zu schützen.«

»So, wie du über ihn redest, könnte man ihn glatt für einen Helden halten«, spöttele ich. »Aber er war ein Lügner.«

»Er war dein Vater, Damien. Er hat sich für dich verbogen und geopfert, er hat dir ein normales, sicheres Leben ermöglicht.«

»UND WO IST DIESES SCHEIß LEBEN JETZT?« Mein Schrei dröhnt in der dunklen Einfahrt.

Lucius zuckt die Schultern. »Diese Frage solltest du deinem Cousin Benedict stellen.«

Ich blinzele. »Benedict hat mich zur Beerdigung eingeladen«, murmele ich. »Er ist regelmäßig nachts in der Stadt unterwegs. Ich habe ihn im *Devil's Den* getroffen und ich … Ich weiß nicht, was geschehen ist. Ich bin unter dieser Brücke aufgewacht. In den Nachrichten hieß es, der Mörder dieser armen Frau habe dunkle Haare und einen langen Mantel gehabt.«

»Auch dein Verstand ist nicht davor gefeit, manipuliert zu werden. In dir steckt zu viel Menschliches. Benedict könnte dich ausgeschaltet haben …«

»Und meinen Mantel von der Garderobe geholt haben, um die rothaarige Frau aus der VIP-Lounge umzubringen, die er für sich auserkoren hatte.« Ich balle die Hand zur Faust. »Dieser Dreckskerl hat mich benutzt.«

»Er ist der Wolf«, sagt Lucius. »Es sei denn … Hattest du je das Bedürfnis, den Mond anzuheulen oder deine Hoden zu lecken? Ich frage nur fürs Protokoll.«

»Ich kann mich nicht mal in eine Fledermaus verwandeln. Aber ich werde mir Benedict vornehmen und ihn kastrieren. Mit einem Nagelklipser.«

Mein Cousin und ich haben kein freundschaftliches Verhältnis zueinander, aber ich hätte niemals gedacht, dass er mich als Schuldigen für seine Taten benutzen könnte. Wie lange hat er das schon geplant? Und …

»Weiß meine Familie davon?«

»Mit Sicherheit. Indem sie dich für ihre Zwecke benutzen, schlagen sie zwei Fliegen mit einer Klappe: Du wirst als der Schlächter von Steenport gejagt und dein Clan kann ungestört mithilfe dieser Organisation …«

»Mithilfe der *Allianz*«, werfe ich ein.

Ein Krankenwagen rast mit heulender Sirene an uns vorbei und biegt in die abgesperrte Straße ab, die zum *Krueger Palace* führt. Das Hotel ist von hier aus nicht zu sehen, aber es liegt keinen Kilometer entfernt. An der abgeriegelten Kreuzung stauen sich Fahrzeuge, jemand diskutiert laut mit einem Polizisten, der ihm die Durchfahrt verweigert.

»Die *Allianz* verspricht Sicherheit und Ordnung in der Stadt. Im richtigen Moment werden sie dich der Meute zum Fraß vorwerfen und damit einen weiteren Schritt auf dem Weg zur Macht getan haben. Es würde mich nicht wundern, wenn sie einen Mob mit Fackeln und spitzen Pfählen auf dich loslassen, ganz wie in alten Zeiten. All die unschuldigen Menschen, die du angeblich auf dem Gewissen hast … Die kochende Volksseele will dich nicht im

Gefängnis sehen, sie werden sich in gerechtem Zorn an dir austoben.«

»Lennart lag ausnahmsweise richtig mit seinem Verschwörungsgeschwurbel.« Unruhig wippe ich auf meinen Fußballen. »Wer hätte das gedacht?«

»Man wird ihn zum Schweigen bringen«, sagt Lucius gleichmütig.

»Das haben sie schon getan. Sein Enthüllungsvideo wurde gesperrt.«

»Nein, ich meine: *Man wird ihn zum Schweigen bringen.* Vermutlich ist er längst tot, und ebenso die Rothaarige.«

»Sie hat einen Namen!«

»Das wird ihr auch nichts nützen. Sie ist ein Problem, das aus dem Weg geräumt werden muss.« Er deutet mit dem Kopf in Richtung der Blaulichter.

Die Nüchternheit seiner Worte bringt mich zum Verstummen. Ich habe vergessen, dass Lucius nicht wie ich ist. Oder vielleicht doch, aber nicht ganz. Nein, es ist umgekehrt: Ich bin nicht wie alle anderen. Eine verfluchte Anomalie. Und das *Verflucht* meine ich wortwörtlich. Jeder, der auch nur in meine Nähe kommt, wird von diesem Fluch vernichtet.

»Ich hätte sie nie im Stich lassen dürfen. Oh, Fuck, wenn sie tot …« Ich schubse ihn beiseite, doch er reißt mich mit ungeahnter Kraft zurück.

»Lass mich los!«, brülle ich. Lucius ist stärker als ich, aber ich bin verzweifelter. Ich reiße mich los, sprinte vorwärts.

Im gleichen Augenblick werde ich von seinem Gewicht zu Boden geworfen. Mit aller Kraft nagelt er mich auf dem nassen Bürgersteig fest.

»Du erinnerst mich sehr an deinen Vater. Er hat ähnlich geredet, wenn es um deine Mutter und dich ging.«

»Benedict hat behauptet, dass er schizophren war«, keuche ich, während ich ihn abzuschütteln versuche.

Lucius lacht. »Dein Vater ist eine ganze Menge, aber sicher

nicht schizophren. Nein, er ist eine leidenschaftliche Künstlerseele. Er hat seltsame moralische Grundsätze, für die in unserer Welt kein Platz ist. Man könnte auch sagen, dass er ein Träumer ist.«

»*War* ein Träumer«, korrigiere ich ihn. »Ihr habt ihn vernichtet.«

Schnaubend richtet Lucius sich auf. »Dein Vater hat die Menschen nie unterschätzt«, sagt er und hält mir die Hand entgegen. »Ich habe ihn belächelt. Wir Kinder Babylons sind unsterblich, wir können tun und lassen, was wir wollen – dachte ich. Bis ich lernen musste, dass es nicht erstrebenswert ist, tagsüber von einer Meute aufgebrachter Dorfbewohner geweckt zu werden, indem sie den Sargdeckel aufreißen, dir einen Pflock ins Herz rammen und alles mit Öl übergießen, bevor sie dich in Brand stecken.«

Ich lasse mich von ihm auf die Füße ziehen. »Ist dir das zugestoßen?« Dafür sieht er reichlich unversehrt aus.

»Meiner Schwester.« Er setzt sich in Bewegung. Ich hole ihn ein, gemeinsam traben wir auf die abgesperrte Kreuzung zu. »Ich war … nun ja, beruflich unterwegs für die Legion. Als ich zurückkehrte, fand ich nur noch einen schwelenden Aschehaufen vor. Dein Vater hat es immer gewusst: Auch Schafe haben Zähne. Deine Familie weiß es ebenfalls, nur ziehen sie daraus andere Konsequenzen. Sie legen Brände hinter den Kulissen und hetzen die Menschen gegeneinander auf, ohne sich selbst die Finger schmutzig zu machen. Steenport ist nur der Anfang. Es geschieht überall. Die Clans werden sich erheben. Und niemand wird sie stoppen, weil niemand es kommen sieht.« Er stoppt, wirbelt zu mir herum und macht eine ausholende Armbewegung. »Hier beginnt es: in Steenport.«

»Du bist dir deiner Sache sehr sicher.«

»Vertreter anderer Clans sind in der Stadt eingetroffen. Es stehen blutige Zeiten bevor. Noch mehr Gräueltaten, noch mehr Tote. Die besorgten Bürger werden das Rathaus stürmen und den Bürgermeister samt seiner Leute auf die Straße zerren. Anschließend wird die *Allianz* die Polizei nach ihrem Sinne reformieren und alle wichtigen Posten besetzen. Als Erstes werden sie die jährliche Faschings-Parade verbieten, um die Kinder vor *perversem Einfluss* zu schützen. Schwule, Lesben, alle, die anders sind, werden aus der Öffentlichkeit verschwinden und niemand wird wissen, was mit ihnen geschieht.«

»Was für ein Unsinn«, sage ich unsicher. »Das hat doch nichts …«

»Die *Allianz* wird unerwünschte Bücher aus den Bibliotheken verbannen; zum Beispiel Klassiker wie Bram Stokers *Dracula*«, fährt Lucius fort, als hätte ich nichts gesagt. »Sie wird Obdachlose und Kriminelle fortschaffen, Journalisten verstummen lassen, Frauen entmündigen, sie wird Arbeitscamps für aufsässige Jugendliche einrichten. Sie wird Jagd auf jeden machen, der nicht zu den sogenannten Privilegierten gehört, zu den braven Schafen. Und das ist erst der Anfang.«

»Moment mal, reden wir von Steenport oder den Vereinigten Staaten? Dort findet gerade …«

»Etwas ähnliches statt, ganz richtig. Die USA mit all ihrem religiösen Zorn und ihren Waffen sind auf dem besten Weg zurück ins Mittelalter. Ein Schlachtfest für die Großen Alten.«

»Willst du mir weismachen, der amerikanische Präsident sei ein Vampir?«

»Nein, der ist bloß ein ahnungsloser alter Mann. Die ersten Vampir-Clans haben sich auf dem amerikanischen Kontinent gleich nach dessen Entdeckung niedergelassen und mit der Arbeit begonnen. Bürgerkrieg, Sklaverei … Heute herrschen sie aus den Schatten heraus in vielen Staaten.«

»Das klingt irrsinnig«, flüstere ich.

»Mach deine Augen auf! Der Krieg in Bosnien, die Brandherde im Kaukasus, in Armenien und dem Balkan … Die Großen Alten haben sich erhoben und hetzen die Menschen gegeneinander auf. Sie werden die Welt in Brand stecken. Es sei denn, wir stoppen sie.«

»Ja, äh, super. Wen genau meinst du mit *wir?*«

»Dich und mich, Damien.«

»Sorry, aber ich bin raus. Ich muss mich um Agnetha …«

Ich verstumme. Wir haben die Kreuzung erreicht. Linkerhand,

keine zweihundert Meter entfernt, sehe ich das Hotel. Blaulichter flackern über die Fassade, in der Einfahrt haben sich aufgeregte Leute versammelt. Polizisten drängen die Menge zurück. Direkt vor den Eingangsstufen stehen mehrere Streifenwagen, ein Zivilfahrzeug und ein Van von der Spurensicherung.

»Ich bin zu spät«, sage ich dumpf. Meine Brust zieht sich mit einem Ruck zusammen und droht, mein Herz zu zerquetschen. Ich habe Agnetha im Stich gelassen.

33

Lennart

Langsam rolle ich unsere Straße entlang. Als ich die seltsame schwarze Limousine vor unserem Haus stehen sehe, fahre ich geradeaus weiter. In unserer Wohnung brennen keine Lichter, aber sämtliche Vorhänge sind zurückgezogen und ich glaube, Bewegungen hinter den Fenstern auszumachen.

Dies sollte mein persönlicher Ich-hab's-euch-allen-prophezeit-Moment sein, doch ehrlich gesagt habe ich bloß tierische Angst. Ich weiß nicht, was ich erschreckender finde: dass der Verfassungsschutz mich in ein geheimes unterirdisches Foltergefängnis verschleppen oder dass mir eine Meute rache- und blutdurstiger Vampire auf den Fersen sein könnte. Meine Feigheit nistet wie ein riesiger schwarzer Teerklumpen in meinen Magen. Ich rede mir ein, dass mein Job beendet ist, sobald ich die Wahrheit verkündet habe, aber das ändert nichts daran, dass ich meinen besten Freund im Stich gelassen habe.

»Weil er nicht mehr mein Freund ist«, brumme ich. »Man kann nicht mit einem Vampir befreundet sein.«

Ich steuere das einstige Bestattungsfahrzeug durch das stille

Viertel und behalte die Umgebung im Auge, ohne recht zu wissen, wonach ich Ausschau halten soll. Was, wenn eine übermannsgroße Fledermaus auf die Motorhaube fällt und mich angrinst? Und überhaupt: Was soll ich nun unternehmen?

Am besten nichts, bis die Lage sich wieder normalisiert hat.

Um meine Nerven zu beruhigen, schalte ich das Radio ein.

»… geht derzeit nicht von einem politisch motivierten Anschlag aus«, sagt ein Moderator aufgeregt. »Bisher ist nur bekannt, dass mindestens drei Menschen bei dem Massaker im *Krueger Palace* Hotel starben und dass Zeugen eine Frau mit langem roten Haar gesehen haben wollen. Ob diese Frau in die Tat verwickelt ist, kann die Polizei zurzeit noch nicht bestätigen. Auch die Gerüchte um die Sichtung eines Wolfes werden noch untersucht. Das Sicherheitssystem des Hotels hatte einen technischen Defekt, es gibt keine Aufzeichnungen der Überwachungskameras. Unser Reporter vor Ort …«

Ich schalte das Radio ab. Unter meiner Mütze stehen mir die Haare zu Berge. *Es geht los*, ist mein erster Gedanke, ohne zu wissen, was *Es* überhaupt sein soll. Dann: *Agnetha war dort.* Mitten in einem Massaker. Hat Damien diese Menschen umgebracht? Ist er jetzt völlig außer Kontrolle geraten? Was hat er mit Agnetha gemacht? Ist sie noch bei ihm, und wenn ja – etwa freiwillig?

Ich muss runter von der Straße, mein Fahrzeug ist zu auffällig. Meine Feinde halten wahrscheinlich längst danach Ausschau. Wo fällt ein Bestattungswagen am wenigsten auf? Richtig, an einem Friedhof. Also fahre ich hinauf zum Alten Waldfriedhof.

Der leere Parkplatz wird von nur einer einzigen Laterne beleuchtet. Ich stelle meinen Wagen neben dem Haupttor ab, das unter der Dunkelheit der Bäume kaum sichtbar ist, und lausche eine Weile dem Trommeln des Regens auf dem Dach. Nachdem ich meine Gedanken sortiert habe, ziehe ich den Vorhang hinter den Sitzen beiseite und klettere nach hinten. Schnell vergewissere ich mich, dass kein Lichtschein nach draußen fallen kann, dann schalte ich die Innenbeleuchtung ein und klappe meinen Laptop auf. Der mobile WLAN-Router bringt mich ins Internet. Ich rufe mein Videoprogramm auf, rücke meine Mütze zurecht und starte die Aufnahme.

»Okay, Leute, es ist so weit. Ich bin auf der Flucht und möglicherweise wird dies mein allerletztes Video sein«, sage ich in die kleine Kamera am oberen Bildschirmrand. »Mein letzter Beitrag wurde gelöscht und mir wurde per Anwalt gedroht, mich fertigzumachen, wenn ich weiterhin über die *Allianz* berichten werde. Natürlich alles in schönstes Jura-Deutsch verpackt. Offenbar bin ich einigen Leuten auf die Füße getreten, die um jeden Preis verhindern wollen, dass die schmutzige Wahrheit ans Licht kommt. Ihr fragt euch, was die Wahrheit ist?« Hier mache ich eine Pause, weil ich absolut nicht weiß, was ich als Nächstes sagen soll. *Es gibt Vampire in Steenport und sie wollen uns alle knechten*: Das bringt mir höchstens einen Haufen bescheuerter Kommentare von Witzbolden und Trollen ein. Zum ersten Mal in meinem Leben komme ich zu dem Schluss, dass die Wahrheit, die ganze Wahrheit und nichts als die Wahrheit kontraproduktiv sein könnte. Also entscheide ich mich für einen Kompromiss.

»Hinter den brutalen Mordfällen, die unsere Stadt seit einiger Zeit erschüttern, steckt mit an Sicherheit grenzender Wahrscheinlichkeit die *Allianz*. Sie will Angst und Unsicherheit in Steenport schüren, um dann als Heilsbringer aufzutreten. Sie will uns gegeneinander aufhetzen, bis wir die Guten nicht mehr von den Bösen unterscheiden können. Dann haben sie freie Hand. Hinter der *Allianz* steht eine mächtige Familie, die unsere Stadt seit Ewigkeiten aus den Schatten heraus regiert. Diese Familie schert sich nicht um Menschen und sie hütet ein finsteres Geheimnis. Eines, das so unfassbar ist, dass ich nicht wage, es laut auszusprechen. Ich sage euch nur so viel: Die Wahrheit wird alles, woran ihr bisher geglaubt habt, zum Einsturz bringen.« Ich bin jetzt im Flow. Meine Stimme hebt sich, ich setze mich aufrecht hin und betone jedes Wort: »Beschäftigt euch mit dieser mächtigen Familie! Durchstöbert ihre Vergangenheit! Stellt alles infrage, was man euch weismachen will!

Bleibt wach und durchschaut die Lügen! Speichert dieses Video, teilt es und lasst mir einen Like da. Danke für eure Aufmerksamkeit und passt auf euch auf.«

Zufrieden mit meiner Performance stoppe ich die Aufnahme und lade das Video unbearbeitet auf meinen Youtube-Kanal hoch. Anschließend checke ich meine Emails. Mein Kooperationspartner *CloudBlaster* teilt mir mit, dass er sich bedauerlicherweise gezwungen sieht, die Zusammenarbeit mit sofortiger Wirkung einzustellen. Wahrscheinlich haben sie Druck von meinen Feinden bekommen.

»Feiglinge«, murre ich, bevor mir einfällt, dass ich selbst ein Feigling bin.

Ich habe Agnetha ganz allein bei den schlecht gelaunten Vampiren zurückgelassen. Was, wenn sie sie bereits bis auf den letzten Tropfen ausgesaugt haben? »Dann kann ich eh nichts mehr machen.«

Damien wird das nicht zulassen.

Er ist ein Vampir! Sein Gewissen existiert nicht mehr! Ich habe ihn dabei erwischt, wie er einen Mann mit bloßen Händen umbringen wollte.

Aber er hat es nicht getan.

Tja, und er hat Agnetha auf eine Art geküsst, die mir jetzt noch die Röte ins Gesicht treibt. Ich verstehe nicht viel von Vampiren und noch weniger von Romantik, aber es sah nicht so aus, als hätte er sie mental betäubt oder so. Sollte er nicht stinksauer auf sie sein?

Ich wähle Damiens Nummer auf meinem Handy, doch es geht nur die Mailbox dran. *Nicht meine Angelegenheit*, wiederhole ich stumm und klettere aus dem Heck des Fahrzeugs. Der Regen kühlt meinen aufgewühlten Verstand ab. Ich gehe zur Friedhofspforte, die zu meiner Überraschung nicht verschlossen ist. Aber bei dem Deckswetter bleiben garantiert sogar jugendliche Satanisten zuhause und streamen lieber *Luzifer*, statt schwarze Katzen an random Grabsteinen zu opfern.

Der Alte Waldfriedhof heißt Alter Waldfriedhof, weil es seit knapp 15 Jahren einen Neuen Waldfriedhof gibt. Der hier ist voll, er hat keinen Platz mehr für weitere Gräber.

Ich stülpe die Kapuze über meine Strickmütze und laufe los. Bewegung hilft mir immer beim Nachdenken, doch jetzt bin ich aufgeschmissen. Im Kopf gehe ich meine Optionen durch. Ich habe genau zwei: Entweder stecke ich mir die Finger in die Ohren und singe *La-la-la*, oder ich beiße die Zähne zusammen. Was nützt es, der Durchblicker zu sein, wenn man Angst vor der Wahrheit hat? Andererseits bin ich kein Superheld, ich mache bloß Youtube-Videos.

Ich wandere zwischen den Grabsteinen entlang, den Kopf gegen den Regen unten haltend, und sehe daher zu spät, dass aus den Bleiglasfenstern der kleinen Kapelle flackerndes Licht fällt. Also findet hier doch eine Gothic-Party statt. Sie müssen zu Fuß hergekommen sein … oder geflogen, haha. Seit ich weiß, dass Vampire tatsächlich existieren, sehe ich überall flatternde Umhänge und glühende Augen.

Als ich mich der Kapelle nähere, höre ich Musik. Keine dunkle Orgelmusik, sondern *Monsterparty* von den Ärzten. Ein Mädchen lacht. Es hört sich normal an, nicht dämonisch oder bösartig. Einfach nur ein junges Lachen. Das dicke Fensterglas erlaubt leider keinen Blick ins Innere, also gehe ich zur Tür und öffne sie todesmutig.

Es dauert einige Momente, bis mich die Anwesenden bemerken. Sofort schaltet jemand die Musik ab.

»Guten Abend, Leute«, sage ich in die Stille hinein.

»Ich hab doch gesagt, dass ich ein Auto gehört habe«, nörgelt ein Junge und leert hastig seinen Plastikbecher.

Drei schwarz gekleidete Jugendliche mit Lidstrich, schwarzem Lippenstift und einigen klirrenden Accessoires an den Klamotten schauen mich mit einem typischen Oh-Gott-wir-sind-am-Arsch-Gesichtsausdruck an.

Die kleine Kapelle ist mit Papiergirlanden und dunkelroten Pannesamt-Stoffen dekoriert. Auf einer Klappbank liegen Kissen und Chipstüten, auf dem kleinen steinernen Altar sehe ich die Reste einer Torte, garniert mit einer zerschnittenen 18 aus Marzipan. Überall sind Kerzen; Stumpenkerzen, Grabkerzen, Kerzen in Weinflaschen. Auf den Fensterbänken stehen diverse Alkoholika und noch mehr Kerzen. Keine Eingeweide von einer schwarzen Katze, kein umgedrehtes, mit Blut bespritztes Kreuz, stelle ich erleichtert fest.

»Was macht ihr hier?« Blöde Frage, sie werden kaum über den ethnopolitischen Konflikt in Burundi diskutieren. Was ich hier sehe, ist die traurigste Geburtstagsparty zur Volljährigkeit, die mir je untergekommen ist. Alles an den drei Jugendlichen schreit: *Wir sind Außenseiter!*

»Wir haben nichts kaputt gemacht, ich schwöre«, sagt ein halbwüchsiger Bursche mit einer engen Jacke voller Schnallen. Sein glattes schwarzes Haar hängt ihm wie ein Vorhang vor dem Gesicht. »Wir dachten … Weil die Kapelle doch nicht mehr benutzt wird und so …« Hilfesuchend schaut er in die Runde.

Ich mag es, wie sie mich anglotzen, als wäre ich der böse Blockwart vom Dienst. Es kommt selten vor, dass man mich für eine Autoritätsperson hält.

»Können wir Ihnen ein Bier anbieten?«, fragt ein kleines schwarzhaariges Mädchen mit einem Halsband ausgesucht höflich. Sie wartet meine Antwort nicht ab, sondern gibt einem Jungen einen Wink und gleich darauf halte ich einen Becher schäumendes Billigbier in der Hand.

»Wir machen alles sauber«, sagt sie und deutet auf den Jungen mit der Schnallenjacke. »Noah darf nicht zuhause feiern, weil sein Vater gerade eine schwierige Phase hat, aber es ist sein 18. Geburtstag und so was muss einfach gefeiert werden. Das sehen Sie doch ein?«

Es ist amtlich: Ich bin alt. Gestern erst war ich noch in dem Alter, wo man mich mit *Digga* oder *Bro* angeredet hat, doch nun werde ich gesiezt.

»Ist mir egal, was ihr hier treibt. Ich bin nur zufällig vorbeigekommen und war neugierig. Herzlichen Glückwunsch zur Volljährigkeit, Noah.« Ich nippe an dem Bier und verziehe das Gesicht. »Ab jetzt geht es bergab mit deinem Leben. Du wirst Müll trennen und dir von alten Männern anhören müssen, dass deine Generation faul und verweichlicht ist.«

»Mir egal, ich werde Spieledesigner«, murmelt Noah und blickt wieder auf sein Handy.

»Sie kommen mir bekannt vor«, sagt die Schwarzhaarige. Sie hat sich herausgeputzt mit einem bestickten Korsett und einem Rock aus tausend Lagen schwarzem Tüll mit Spitze. Auf der Stirn trägt sie einen Drudenfuß, eines von diesen abwaschbaren Tattoos.

»Könntest du bitte aufhören, mich zu siezen? Davon kriege ich eine Halbglatze.« Ich ziehe mir die Kapuze vom Kopf und schüttele den Regen ab. Hier drin ist es zwar nicht wesentlich wärmer als draußen, aber trockener. Ich hasse Wetter.

Grinsend stößt die Schwarzhaarige mit mir an. »Wir haben genug zu trinken und Kuchen ist auch noch da. Rasmus hat ihn gebacken. Er will Konditor werden.« Sie zeigt auf den Dritten im Bunde, einen mürrischen dürren Jungen mit rasierten Schläfen und einem stattlichen Nasenring. Statt einer Hose trägt er eine Art Männerrock zu Springerstiefeln.

»Eigentlich ist das hier eine Privatparty«, murrt er.

»Rasmus hat eine Sozialphobie.«

»Hab ich nicht. Ich mag einfach keine Menschen.«

Noah tippt auf sein iPhone und die Musik setzt wieder ein. Mit gerunzelter Stirn wischt er über den Bildschirm, schaut mich an, dann wieder auf das Display. Seine Züge hellen sich auf. »Leute, er ist es! Der Durchblicker! Wusste ich's doch!« Er hält das Handy hoch, auf dem mein Youtube-Kanal zu sehen ist. »Der Durchblicker ist auf meiner Party! Wie geil ist das bitte?«

»Der Spinner mit den Chemtrails?«, fragt Rasmus. »Mann, du bist total lost. Warum trägst du keinen Aluhut?«

»Jetzt hast du es mir aber gegeben.« Gleichmütig trinke ich das Bier. »In meine Strickmütze sind Silberfäden eingewebt. Ist effektiver als Aluminium.«

»Echt?«

»Nein, die Mütze ist von H&M.« Der zweite Schluck ist sogar noch ekliger, aber ich bin froh, für eine Weile raus der Realität zu sein und mich an meine eigenen Partys aus der Schulzeit zu erinnern. Ich war damals schon der Spinner, was meiner Beliebtheit jedoch keinen Abbruch getan hat. Meine damalige Freundin war vier Jahre älter als ich und ziemlich scharf. Die Lehrer fanden mich unterhaltsam genug, um mich nicht durchfallen zu lassen.

»Kann ich ein Selfie mit dir machen?« Die Schwarzhaarige zieht ein Handy mit Totenkopf-Hülle hervor. »Ich heiße Serenity. Ich bin voll dein Top-Fan!«

»Sie heißt Heike«, sagt Rasmus und nimmt ihr das Smartphone ab, um das Foto mit uns zu schießen. »Und sie ist nicht dein Top-Fan. Das sagt sie zu jedem, der halbwegs prominent aussieht.«

Schulterzuckend steckt sie ihr Telefon wieder ein. »Der Typ letztens in der Bibliothek sah aber wirklich aus wie Luke Perry.«

»Luke Perry ist seit vier Jahren tot.«

»Na und?«, meckert Serenity. »Wer sagt, dass er nicht ein Vampir …?«

»Du redest zu viel«, mahnt Rasmus mit einem schnellen Blick zu mir.

»Hey, auf deinem Kanal gibt es was Neues!« Noah klickt auf das Video, das ich vorhin erst hochgeladen habe, und stellt es auf volle Lautstärke.

Sie versammeln sich um Noahs Handy und ich höre meine

eigene Stimme sagen: »*Okay, Leute, es ist so weit. Ich bin auf der Flucht …*«

Gebannt lauscht die Geburtstagsgesellschaft, zwischendurch heben sich Köpfe, um mich anzuschauen. Mir wird ein wenig mulmig, denn normalerweise muss ich die Reaktion meiner Follower nicht hautnah miterleben. Heike-Serenity kichert, Rasmus verzieht seine Mundwinkel, doch Noah hört konzentriert zu.

»Du bist echt auf der Flucht?«, fragt Noah ehrfürchtig, als das Video vorbei ist.

Ich nehme ihm sein Handy ab, checke die Likes und überfliege die Kommentare. Die üblichen Hater und Trolle, aber auch viele von der Ich-habs-immer-gewusst-Fraktion und mehrere, die eigene Theorien und gefühlte Fakten darunter geschrieben haben. Als Verschwörungs-Influencer habe ich im Laufe der Jahre eine dicke Haut bekommen. Galileo Galilei wurde damals auch verlacht und vom Vatikan gecancelt, als er erklärte, dass die Erde sich um die Sonne dreht. Sein Fehler war es, vor dem Internet geboren zu werden, deshalb musste er jahrelang vor dem Papst auf den Knien herumrutschen und um Gnade flehen.

»Das Ding geht viral.« Rasmus kratzt anerkennend an einem Pickel. »Du bist echt mutig. Eine politische Organisation als Mörder zu bezichtigen, ist schon Swaggernaut-Klasse.«

Ich bin so dermaßen alt, dass ich fast *cool* gesagt hätte. »Das war mehr rhetorisch gemeint.«

»Diese Sache mit der mächtigen Familie – geht es auch ein bisschen konkreter? Oder ist das nur Clickbait von dir?«

»Ich habe sogar noch mehr, aber darüber darf ich nicht reden. Es würde eure kleinen Köpfe explodieren lassen. Ihr seid noch nicht bereit für die Wahrheit.«

Die Kids schauen sich an und lachen unterdrückt.

»Schon klar, Digga.« Noah kichert. Er hat mehr Bier intus, als sein 18-jähriger Körper vertragen kann. »Wenn du dich hier verstecken willst, verraten wir es niemandem, Ehrensache. Außer uns kommt sowieso kaum jemand her. Der Friedhof ist verflucht.« Er schiebt seinen Haarvorhang aus dem Gesicht. Am Handgelenk trägt er eine teure Uhr, das iPhone ist aus der neuesten Generation und seine Kleidung sieht nach Designerware aus. Offensichtlich stammt er aus einer wohlhabenden Familie. »Die Kapelle ist unser Treffpunkt. Hier haben wir übrigens auch eine Wahrheit rausgefunden. Die ist sogar noch viel cringer als du denkst.«

»Halt lieber dein Maul, Noah«, sagt Serenity mit einem vorsichtigen Blick in meine Richtung. »Sonst macht der darüber noch ein Video.«

»Worüber?«, frage ich und wünschte mir, sie hätten Glühwein statt Bier zu ihrer Party mitgebracht. Allmählich spüre ich die nächtliche Kälte in meinen Körper kriechen. Vielleicht werde ich nie wieder in meinem eigenen Bett schlafen, nie wieder RoboCob aus meinem Zimmer jagen, nie wieder über Damiens staubige Modellschiffe meckern.

»Du bist noch nicht bereit für die Wahrheit«, sagt sie altklug.

Na toll, von einem Haufen Kindern mit den eigenen Waffen geschlagen zu werden, katapultiert mich direkt in die Altersheim-Riege. Es ist beschämend.

»Was hast du jetzt vor?«, will sie wissen. »Fliehst du in ein Land ohne Auslieferungsabkommen?«

»Keine Ahnung«, sage ich ehrlich. »Ich hoffe auf Erleuchtung.«

»Auf einem Friedhof, schon klar.« Noah holt eine Flasche Cognac von der Fensterbank. »Hab ich meinem Alten geklaut. Der säuft eh zu viel wegen seines Jobs.«

Sofort halten ihm alle ihre halb leeren Becher entgegen.

»Kinder, das ist ein *Montaubert Imperial*, den mixt man nicht mit …«, setze ich an.

Zu spät.

Auch mein Bier wird mit 73 Jahre altem Cognac aufgefüllt. »Wenn dein Vater davon erfährt, wird er dafür sorgen, dass du deinen 19. Geburtstag nicht mehr erlebst.«

»Ach, das merkt der gar nicht. Der hat ganz andere Probleme.«

»Sein Alter ist der Bürgermeister«, hilft Serenity aus. »Noch jedenfalls. Es gibt Rücktrittsforderungen und so Zeug. Weil er nicht für Sicherheit und Ordnung in Steenport sorgen kann.«

»Kann er wohl«, murrt Noah. »Aber der Polizeichef, dieser korrupte Arsch, sabotiert ihn.« Er hebt den Kopf. »Stimmt das mit der *Allianz*? Weil: Dann wird die Polizei eindeutig von denen geschmiert. Und wir wissen noch etwas …«

»Sei still!«, fährt ihn Rasmus an. »Wir haben gesagt, dass wir niemals darüber reden.«

»Aber das ist der Durchblicker! Er weiß, was in der Welt abgeht.«

»Er ist bloß ein Spinner, der Geld mit Clicks macht.«

»Und zwar sehr viel Geld, du kleiner Ignorant«, sage ich und stürze unbedacht den Inhalt des Bechers hinunter. Pfui Teufel! »Ich weiß mehr, als deine zarte junge Seele verkraften kann. Steenport ist höflich gesagt am Arsch.«

»Erzähl uns was Neues, Dude.« Die Gleichgültigkeit der drei Kids enttäuscht mich. Ich habe nicht unbedingt mit stehenden Ovationen gerechnet, aber ein bisschen Schock oder wenigstens eine neugierige Nachfrage ist doch nicht zu viel verlangt.

»Okay, wir sagen's ihm«, entscheidet Serenity.

»Tun wir nicht!«, faucht Rasmus.

Sie beachtet ihn nicht. »In Steenport gibt es Vampire«, stößt sie atemlos hervor. »So, jetzt weißt du's.«

Aus purer Gemeinheit gähne ich übertrieben. »Ach, komm, *das* ist das große Geheimnis?«

Ihre blöden Gesichter würde ich mir am liebsten in ein Album kleben. »Du weißt es? Aber … woher?«

»Hatte vor ein paar Stunden erst das Vergnügen.« Ich poliere meine Fingernägel am Jackenaufschlag und betrachte sie. »Es sind unfreundliche Gestalten.«

»Du hast …? Hier, auf dem Friedhof?«, keucht Noah aufgeregt. Er und seine Freunde rücken näher. »Wow, wie sahen sie aus? Haben sie mit dir geredet? Hast du ihre Zähne gesehen?«

»Ihr Outfit war farbenfroher als eures. Einer sieht aus wie eine

Drag Queen. Sie haben was von Gesetzen gefaselt und ich bin äußerst froh, dass ich ihre Zähne nicht gesehen habe!«

»Woher willst du dann wissen, dass es Vampire sind?«

Ich zögere, bevor ich sage: »Mein Freund ist einer von ihnen.«

»Wahnsinn«, haucht Serenity.

»Der verarscht uns nur.« Rasmus füllt seinen Becher bis zum Rand mit Cognac.

»Äh, du solltest lieber nicht so viel Alkohol …«, setze ich an, bevor ich mich erinnere, was solche erwachsenen Ermahnungen früher bei mir gebracht haben: nix. »Die Serienmorde, der tollwütige Wolf, die Mobifizierung der besorgten Bürger …«

»Mobifizierung?«, fragt Noah.

»Fackeln und Mistgabeln«, erklärt Rasmus. »Er meint die *Allianz.* Langweilige Politik, wen interessiert's?«

Aber Noah nickt verstehend. »Sie wollen meinen Vater aus dem Amt verjagen und alle Posten neu besetzen. Es stecken reiche, mächtige Leute dahinter, die nichts Gutes im Sinn haben, sagt er. Bloß dass niemand auf ihn hört. Er hat kaum noch Unterstützer im Stadtrat. Viele Lokalpolitiker haben sich der *Allianz* angeschlossen.«

»Sie wurden bezahlt«, sagt Serenity verächtlich. »Ja und? Wir reden hier über Vampire! Richtig echte Spitzzähne, wie in *True Blood!* Das ist doch … so was von oberkrass!« Verzückt wirft sie die Hände in die Luft. »Der Kerl, den wir gesehen haben, sah aus wie ein düsterer Rockstar. Tattoos und kahler Schädel und jede Menge Schmuck.«

Bei mir klingelt etwas. Auf dem Fischkutter war ein Mann, auf dem die Beschreibung passt. »Wo habt ihr ihn gesehen?«

»Du kennst ihn?«, fragt Noah elektrisiert. »Na, hier auf dem Friedhof. Ihn und so einen weißhaarigen alten Typen in einer Galauniform. Die haben sich hinten bei den Familiengruften mit einer langhaarigen Gestalt in einem langen Mantel getroffen. Wir haben's nur von Weitem gesehen, aber das war …« Er erschauert und krempelt seinen Ärmel hoch. »Guck, ich kriege jetzt noch Gänsehaut.«

»Woher wollt ihr wissen, dass es Vampire waren? Es hätten einfach nur Freaks sein können.« *Freaks:* So hat Damien seine Arbeitskollegen genannt. Sie sind allesamt Kreaturen der Nacht.

»Sie haben über eine Blutbank geredet und dass sie gerne richtiges Blut trinken möchten«, flüstert Rasmus. »Und irgendwas über einen Dhampir, auf den sie ein Auge haben sollten. Es war supergruselig. Der langhaarige Typ in dem Mantel – ich schwöre, er hatte silbern glühende Augen.«

»Der Mann mit dem Mantel sagt mir nichts, aber die beiden anderen habe ich gesehen. Mein Freund kennt sie«, sage ich, während ich versuche, tausend Puzzlestücke in meinem Kopf zu einem Bild zusammenzusetzen.

»Wer *ist* dein Freund?«, will Serenity wissen.

»Eine verlorene Seele.« Ich wende mich ab. Normalerweise bin ich kein emotionaler Mensch, aber … Okay, bin ich doch. Vernünftig bin ich aber auch.

»In deinem Video geht es insgeheim um Vampire, ja?«, sagt Rasmus. »Um das, was da draußen geschieht. Du weißt Bescheid. Warum behältst du die Wahrheit für dich?« Er schüttelt den Kopf. »Ich hätte mir denken können, dass du ein Feigling bist. Du bläst nur heiße Luft raus und willst Kohle machen.«

»Dein Freund ist einer von denen?«, fragt Noah. »Gehört er zu der großen Verschwörung?«

»Auf welcher Seite stehst du eigentlich?«, will Serenity wissen.

Ich starre in eine Kerzenflamme. *Feigling,* hallt es in meinem Schädel wider. *Feigling. Feigling.*

Die drei Gothic Kids schauen mich anklagend an. Sie warten.

»Ihr seid Nervensägen, wisst ihr das?«, grolle ich, hole mein Handy aus der Innentasche des Parka und klicke mich durch meine Emails, bis ich Agnethas Anfrage zu einem Interview gefunden habe. Es kommt vor, als wäre es Jahre her. Sie hat ihre Handynummer angefügt und diese wähle ich nun erstmals.

Es klingelt und klingelt, dann macht es *Klick*.

»Hallo?«, sage ich, als niemand antwortet.

»Shhhh«, zischt eine nervöse Frauenstimme. »Ich habe … Ist das zu fassen? Ich habe völlig vergessen, dass ich mein Handy eingesteckt habe. Der Akku ist fast leer und ich stecke echt in der Patsche.« Sie redet schnell und sehr leise. Ihre Angst strömt in mein Ohr. »Wer auch immer am anderen Ende ist: Bitte alarmiere die Polizei und schicke sie zum verlassenen Gefängnis! Die wollen mich umbringen.« Ihre Stimme kippt.

»Hier ist Lennart. Wer will dich töten?«

»Benedict«, fiepst sie. »Die jagen mich. Einen konnte ich ausschalten, aber …«

Das Gespräch bricht ab.

34

Ich versuche noch einmal, Agnetha zu erreichen, doch es meldet sich nur die Mailbox.

»Was ist los, Mann? Du bist käsebleich«, sagt Noah.

»Weiß jemand von euch, ob es irgendwo in Steenport ein verlassenes Gefängnis gibt?« Hektisch tippe ich wieder und wieder auf Agnethas Nummer – sinnlos.

»Die ehemalige JVA Moorstein. Die kennt jeder«, antwortet Rasmus. »Auf der Halbinsel südlich der Stadt. Die Behörden behaupten, dass der Komplex asbestverseucht ist, aber das stimmt nicht.« Er senkt die Stimme. »Man hat dort immer wieder mal Leichen gefunden. Sie wurden regelrecht abgeschlachtet. Nicht einmal die Sprayer gehen da hin. Warum?«

Ich tippe 1 – 1 – 0, mein Finger schwebt über dem Anruf-Button. Die Polizei muss nicht die Wahrheit erfahren; es reicht, ihnen zu sagen, dass dort jemand in der Klemme steckt. Wenn ich was von Vampiren fasele, werden sie lachend auflegen.

Noah schaut mir über die Schulter. »Mit wem hast du gerade telefoniert?«

»Mit einer Freundin, die in großen Schwierigkeiten ist. Sie …« Ich beiße mir auf die Lippen. »Das ist nicht eure Angelegenheit.

Sorry, dass ich eure Party gestört habe. Ich muss jetzt …« Und schon drücke ich den grünen Button.

Noah pflückt mir mein Handy aus den Fingern und unterbricht den Anruf. »Supergeile Idee, die Cops anzurufen, wo du doch auf der Flucht bist. Hast du mir nicht zugehört? Sie sind korrupt! Wenn das alles mit der großen Verschwörung zusammenhängt, hast du von denen keine Hilfe zu erwarten.«

»Nicht jeder Polizist lässt sich schmieren«, sage ich stirnrunzelnd. »Davon abgesehen, habe ich keine andere Option.«

»Du hast uns«, sagt Serenity. »Wir helfen dir.«

Ich unterdrücke ein zynisches Lachen. »Vergesst es, Kinder, die Sache ist zu gefährlich. Gebt mir mein Handy zurück.«

Rasmus verdreht seine schwarz umrandeten Augen und schiebt mein Telefon in den Bund seines Rocks. »Vampire, ja? Mit Vampiren kennen wir uns aus. Wir haben welche gesehen!«

»Von Weitem«, murmelt Noah. »Und absolut sicher sind wir uns nicht, um ehrlich zu sein. Es könnten auch einfach nur crazy Dudes gewesen sein.«

»Das waren Vampire!«, kreischt Serenity. »Die hatten Vampir-Vibes!«

Rasmus nickt energisch. »Und sie wollten von dem langhaarigen Typen in dem Mantel wissen, wie echtes Menschenblut schmeckt. Der Kerl war nicht begeistert, er hat ihnen mit einer Legion gedroht, wenn sie sich nicht an die Blutbank halten … was auch immer.«

»Und ihr konntet das alles gemütlich mit anhören? Die haben euch nicht bemerkt?«

Die drei schauen sich an.

»Wir haben uns in einer Gruft versteckt«, sagt Rasmus. »Weil wir … na ja, wir wollten so ein Ritual ausprobieren, um Azrael zu beschwören. Der Langhaarige hat in unsere Richtung geschaut, und da habe ich gesehen, dass seine Augen silbern glühen. Aber er hat nichts gemacht, hat einfach weiter mit den beiden anderen geredet. Die standen mit dem Rücken zu uns.«

Ich leere meinen Becher, weil ich nüchtern zu feige bin, etwas zu unternehmen, und verlasse die Kapelle. Auf der Schwelle bleibe ich stehen und drehe mich um. »Hat es geklappt?«

»Hat was geklappt?«

»Die Beschwörung.«

»Tja, es sind Vampire aufgetaucht, also kann man unser Ritual wohl als Erfolg verbuchen.« Noah schaltet die Musik aus und löscht Kerzen. »Wir kommen mit.«

»Ich sagte: Nein.« Ich stülpe meine Kapuze über und laufe über den dunklen Friedhof. Zweimal remple ich gegen einen nassen Grabstein. Hinter mir höre ich umstürzende Flaschen, das Zusammenraffen von Dingen, eine Tür, die ins Schloss fällt. Natürlich rennen mir die drei hinterher.

»Tu nicht so superheldig, Mister Durchblicker. Du brauchst jede Hilfe, die du kriegen kannst!«, ruft Noah.

»Ihr seid noch Kinder und wer auch immer in dem Gefängnis meine Freundin jagt, gehört nicht zu den Kuschel-Vampiren.«

»Dann brauchst du erst recht Unterstützung. Wir sind sozusagen Experten für alles Okkulte«, keucht Serenity, die mit gerafftem Rock neben mir her läuft. »Du brauchst Waffen: Pflöcke aus Weißdorn oder Esche, Phiolen mit Weihwasser, Silberklingen …«

»Und ihr habt all das zufällig dabei, ja?«

»Wir sind gut ausgerüstet.« Noah hebt einen schweren Rucksack an.

»Ehrlich gesagt habe ich keine Ahnung, wie ein Weißdorn aussieht«, sagt Rasmus, dessen Rock ihn beim Laufen behindert. Die ganzen Ketten an seiner Kleidung klirren bei jedem Schritt. »Steenport ist auch unsere Stadt. Wenn hier eine Verschwörung abgeht, dann haben wir das Recht, dabei zu sein.«

»Das ist keine Live-Show, Kinder.« Ich erreiche mein Auto.

»Ein Leichenwagen: Wie creepy ist das bitte?«, ruft Serenity begeistert. »Quasi ein Vampir-Taxi.«

Kopfschüttelnd steige ich ein.

Sofort umrundet Noah den Wagen und reißt die Beifahrertür auf. »Auf zur Rettungsmission!« Er klettert direkt nach hinten durch und Rasmus folgt ihm. Serenity hat Mühe, ihre Rockschichten auf dem Sitz zu verstauen.

Ja, ich weiß: Was ich hier tue, ist absolut verantwortungslos. Ihre Eltern werden mich an den Hoden aufhängen und als Piñata benutzen, wenn den Kids etwas passiert. Was heißt hier *wenn?* Die Sache kann nicht gut ausgehen. Agnetha hat Benedict erwähnt, was wahrscheinlich bedeutet, dass sie keine Chance hat. Er ist ein brutaler, erfahrener Killer und er wird von seiner mächtigen Familie beschützt. Es würde mich nicht wundern, wenn er mit dem Massaker im *Kruger Palace* Hotel zu tun hat.

Ich fahre los und in meinem Kopf fügt sich der mögliche Ablauf der Ereignisse zusammen. Damien konnte nicht nach Hause zurückkehren und die Typen auf dem Schiff sahen nicht besonders gastfreundlich aus. Er ist mit Agnetha ins teuerste Hotel der Stadt gegangen, dort müssen sie irgendwie mit Benedict zusammengestoßen sein.

Benedict hat sie verschleppt – aber was ist mit Damien geschehen?

»Zum alten Gefängnis geht's am schnellsten über den Stadtring«, sagt Noah hinter mir. »Wow, du bist ja komplett ausgerüstet. Gibt's hier auch einen Raketenwerfer?«

»Finger weg von meinen Sachen! Wir fahren zum alten Fischerhafen.«

»Ist es nicht ein bisschen spät für eine Fischbulette? Ich dachte, wir wären auf Rettungsmission.«

»Wir brauchen Hilfe. Wir haben nämlich keine Chance gegen Vampire. Andere Vampire aber schon.«

Rasmus keucht verblüfft und streckt den Kopf zwischen den Sitzen nach vorn. »Verstehe ich das richtig? Wir fahren zu einer Vampirhöhle, klopfen dort an und bitten sie höflich, uns einen Gefallen zu tun? Die werden lachen und uns als Mitternachtssnack verspeisen!«

»Ich dachte, ihr seid Experten für alles Okkulte. Was ist mit euren Waffen?«

»Wir haben ein Ouija-Brett dabei und ein *Necronomicon* mit Beschwörungsformeln. Hat Noah bei Amazon gekauft.«

»Na super«, murmele ich. »Das können wir ihnen ja an den Kopf werfen, falls sie uns aussaugen wollen.«

Serenity nestelt ein silbernes Brotmesser aus ihren Rockfalten und hält es stolz hoch. »Ist ein Erbstück von meiner Oma.«

»Damit kannst du dir höchstens ein Käsebrot schmieren«, erwidert Rasmus abfällig. »Silberklingen nützen einen feuchten Furz gegen Vampire. Hör mal, Durchblicker, das ist echt kein guter Plan.«

Es ist die einzige Möglichkeit, die mir einfällt, um Agnetha zu helfen. Benedict wird sie für ihre Neugier bezahlen lassen, was bedeutet, dass seine Jagd mindestens die ganze Nacht dauern wird. Er mag es bestimmt nicht kurz und schmerzlos. Ich habe eine Heidenangst vor diesem Monster.

Vor den Vampiren auf dem Kutter habe ich auch Angst, aber sie kennen Damien, was ich als gutes Zeichen werte. Vielleicht kann man mit ihnen reden. An ihr Mitleid appellieren oder so.

Fast hätte ich über mich selbst gelacht, aber ich bin wirklich sehr verzweifelt. Und auch froh, dass ich nicht ganz allein da stehe. Die drei Kids mögen keine Ahnung haben, worauf sie sich eingelassen haben, aber sie bringen die richtige Einstellung mit. Die Existenz von Blutsaugern steht für sie außer Frage. Sie leben noch in einer Welt, in der alles möglich ist.

Insgeheim bete ich, dass Damien an Bord des Fischkutters sein möge. Er darf mir sogar einen Schlag ins Gesicht verpassen für meinen feigen Abgang (bitte nicht auf die Nase). Ich nehme alles hin, ich hab's verdient. Aber Agnetha, die viel mutiger ist als ich, darf deswegen nicht sterben. Ich würde meines Lebens nicht mehr froh werden. Ich bin der Durchblicker und als solcher muss ich die Wahrheit ans Licht bringen. Nie wieder Andeutungen, nie wieder den Schwanz einziehen.

An dieser Stelle wäre eine kleine Hymne angebracht, finde ich.

Meine Entschlossenheit schrumpft mit jedem Kilometer, den wir uns dem Fischerhafen nähern. Die Kids reden aufgeregt durcheinander, tauschen Spekulationen aus, ob Vampire auf Silberwaffen reagieren oder ob das nicht doch eher für Werwölfe gilt.

Noch bevor ich den Pier erreicht habe, sehe ich sofort, dass das Schiff nicht an seinem Anlegeplatz ist. Die Scheinwerfer beleuchten eine leere Anlegestelle. Frustriert schlage ich aufs Lenkrad. Insgeheim bin ich erleichtert, aber das werde ich natürlich für mich behalten.

Serenity springt mit ihren rauschenden Röcken aus dem Fahrzeug. »Hier ist niemand«, ruft sie. »Gib es zu, du willst deiner Freundin gar nicht helfen. Du möchtest dich am liebsten irgendwo verkriechen und alles den Bach runtergehen lassen!«

Etwas langsamer folge ich ihr, die Mütze gegen den scharfen Wind tief in die Stirn gezogen. »Wir haben es mit einem sehr alten und mächtigen Feind zu tun. Der lässt sich nicht von einem Ouija-Brett beeindrucken. Meine Freundin ist Journalistin und obwohl sie nicht einmal ansatzweise die ganze Wahrheit erraten hat, wird sie von ihnen gejagt. Noch heute Nacht wird sie sterben.«

Serenity wirbelt herum und stößt mir den Finger in die Brust. »Wird sie nicht, weil wir es verhindern werden!«

»Der einzige, der es verhindern könnte, ist verschwunden«, sage ich. »Ihm liegt nichts mehr an ihr. Seine Freunde sind futsch. Wir sind erledigt.«

»Oh nein, sind wir nicht«, sagt Rasmus hinter uns. »Weißt du warum?«

Ich seufze. »Du wirst es mir sagen.«

»Wir sind hier, um Hilfe von anderen Vampiren zu erbitten, richtig? Das klingt ganz danach so, als hätten sie Beef untereinander. Und dass die großen Bösen eine Journalistin fürchten, zeigt, dass sie etwas zu verlieren haben.«

»Siehst du hier irgendwo Unterstützung?« Ich drehe mich einmal um die eigene Achse. »Sie fürchten Agnetha nicht. Sie räumen sie einfach aus dem Weg! So machen das die Schurken nun mal.«

Ein grelles Licht blitzt vom Wasser auf und blendet uns. Ich schirme meine Augen mit der Hand ab und bemerke die Gestalt hinter mir erst, als es zu spät ist. Mit Karacho fliege ich rückwärts gegen mein Auto, dass mir die Luft aus den Lungen getrieben wird. Ein stechender Schmerz rast durch mein Rückgrat.

Serenity kreischt auf, Rasmus kreischt mit. Noah ist klug genug, im Wagen zu bleiben.

»Was wollt ihr hier?« Vor mir ragt der kahlköpfige Rockstar-Typ auf. Seine Miene ist vollkommen ausdruckslos, doch aus den schwarzen Augen sprüht Zorn.

»Äh, was für ein glücklicher Zufall«, bringe ich hervor. »Zu euch wollte ich nämlich.«

Das Tuckern eines Schiffsmotors kommt näher. Das Licht des Bug-Scheinwerfers nimmt uns ins Visier.

»Das ist er«, flüstert Noah. »Der Mann vom Friedhof.«

Der Kahlkopf ist gar nicht glücklich, uns zu sehen, nein, gar nicht. Er fletscht die Zähne. »Du hast einen Fehler gemacht. Wer sind die da?« Er deutet mit dem Kopf auf Rasmus und Serenity, die ihn fasziniert und stumm betrachten. »Wieso hast du sie hergebracht?«

»Wir wissen, was Sie sind«, haucht Serenity ehrfürchtig. »Auf dem Friedhof … Wir haben Sie ge…«

»RUHE!«, brüllt er und wir alle zucken zusammen. Er marschiert zu dem Schiff, das soeben am Pier anlegt, greift nach einem Seil, das ihm zugeworfen wird, und vertäut es. »Wir haben ein Riesenproblem«, ruft er jemanden an Bord zu. Wegen des grellen Lichtscheins kann ich nichts erkennen, aber ich glaube, mindestens drei Gestalten zu sehen, vielleicht mehr.

»Ist Damien bei ihnen?«, ruft eine Frau.

»Nope. Aber sie wissen, was wir sind. Was machen wir jetzt mit ihnen?«

Kollektives Stöhnen erklingt.

»Wir müssen sie ausliefern«, sagt eine Männerstimme. »Niemand darf erfahren …«

»Zu spät.« Noah klettert aus dem Fahrzeug. Er hält sein iPhone auf den Glatzkopf gerichtet. »Ich mache gerade ein Live-Video für Tiktok.«

»Narr!« Der Kahlkopf schlägt ihm das Smartphone aus der Hand. Es schlittert über den Boden. »Das beweist gar nichts. Man wird darauf nur verschwommene Personen erkennen.«

Noah springt seinem Telefon hinterher. Der Bildschirm ist gesprungen, doch es scheint noch zu funktionieren. »Sie wissen doch, wie das Internet funktioniert: Hat man einmal eine Theorie in die Welt gesetzt, lässt sie sich nicht mehr auslöschen.« Seine Stimme bebt, aber er hört sich an wie ein echtes Bürgermeister-Söhnchen. »Die Leute werden anfangen zu spekulieren und eigene Gerüchte verbreiten, sie werden die Morde mit euch in Verbindung …«

»Du hast soeben dein eigenes Todesurteil unterschrieben.« Ein schmächtiger bleicher Kerl, der keinen Tag älter als 16 aussieht, springt auf den Pier und marschiert mit der Attitüde eines Mannes, der schon alles gesehen hat, auf uns zu. »Es gibt Gesetze, ihr habt dagegen verstoßen. Die Legion stellt keine Bußgeldbescheide aus. Sie wird euch verschwinden lassen. Und uns gleich mit. Wir sollten euch im Hafenbecken ersäufen.«

»Aber vorher gönnen wir uns einen kleinen Schluck.« Der Glatzkopf betrachtet Serenity von oben bis unten und leckt sich die Lippen. »Du siehst lecker aus, Kleine.«

Sie errötet im gleißenden Lichtschein und ich merke, wie sie seiner Anziehung zu verfallen droht.

»Damien steckt in Schwierigkeiten«, stoße ich hastig hervor. »Genauer: seine Freundin. Sie wollen sie töten.«

»Agnetha? Warum kümmert Damien sich nicht darum?«

»Er ist … weg.« Ich hebe die Hände. »Unerreichbar. Vielleicht ist ihm was zugestoßen. Ich weiß es nicht. Aber Agnetha steckt wirklich in der Klemme. Sie haben sie zur alten Gefängnisinsel gebracht.«

»Wer ist *sie?*«

»Benedict von Baro«, flüstere ich.

»Mögen die Ratten dein saures Blut saufen!«, flucht er. »Wir legen uns nicht mit den Großen Alten an! Niemals!«

»Weil wir ständig vor ihnen kuschen!«, brüllt ein weißhaariger Mann in einer Uniformjacke mit Tressen und Goldknöpfen. »Wir lassen uns von ihnen klein halten!«

»Den da haben wir auch auf dem Friedhof gesehen!« Aufgeregt zeigt Rasmus auf ihn. »Von hinten. Da war noch einer, ein langhaariger Mann im Mantel.«

»Lucius«, brummt der Weißhaarige und springt behände wie ein Athlet an Land. »Er hat uns als Babysitter für Damien abkommandiert.«

»Und wo ist Damien jetzt?«, frage ich und ziehe vorsichtshalber meinen Kragen bis unter das Kinn.

»Schau nicht so ängstlich. Wir beißen keine Menschen. Wir dürfen es nicht«, sagt der Weißhaarige missmutig. »Was willst du von uns, Bürschchen?«

»Unsere Hilfe«, antwortet der Glatzkopf verächtlich. »Wüsste nicht, warum wir uns in eure Probleme einmischen sollten.«

»Es hat wohl keinen Sinn, an eure Menschlichkeit zu appellieren«, murmele ich und komme mir unsagbar dumm vor. »Es geht um mehr als nur das Leben einer Frau. Es geht um die Rettung der gesamten Stadt, vielleicht der ganzen Welt!«

»Hast du es nicht eine Nummer kleiner?« Der Glatzkopf

verschränkt die Arme vor der Brust, was ich als gutes Zeichen nehme. Zumindest für diesen Moment wird er mich wohl nicht als Bloody Cocktail benutzen. »Wenn wir uns in die Belange der Großen Alten einmischen, wird man uns keinen Orden verleihen. Die Legion wird uns …«

»Lucius hat prophezeit, dass wir uns eines Tages entscheiden müssen«, unterbricht ihn der weißhaarige Mann. »Vielleicht ist es jetzt so weit.«

»Lucius ist ein Revoluzzer. Damiens Vater hat ihn mit seinen fixen Ideen angesteckt.«

»Nicht nur ihn«, brummt der alte Vampir. »Wenn sogar ein Mann der Legion nicht länger mit den Plänen der Großen Alten einverstanden ist, dann sollten wir ihm zuhören.«

»So, wie du Damien zugehört hast, eh?«

»Er ist keiner von uns!«, zischt der Alte.

»Ähm, sorry, Leute«, ich hebe die Hand. »Entschuldigt, dass ich unterbreche, aber die Zeit drängt. Agnetha steckt wirklich in der Klemme. Helft ihr uns: Ja oder Nein?«

Der Glatzkopf zieht ein Gesicht, als wollte er mir direkt an die Kehle gehen. Er winkt seine Freunde mit sich zum Schiff, nicht ohne mich mit einem Killerblick zu bedenken.

»Das war wohl nichts«, murmelt Noah, der die Reste seines Handys aufsammelt.

»Hast du wirklich ein Video gedreht?«

Zögerlich sagt er: »Nein. Ich habe vor lauter Aufregung nicht die Tiktok-App gefunden. Ich hab nur so getan, als ob.«

»Einen Versuch war es wert.« Resigniert drücke ich mir die Hand ins schmerzende Kreuz. Der Glatzkopf hätte mir mit Leichtigkeit die Wirbelsäule brechen können. So gesehen bin ich besser dran als Agnetha.

Gott, ich fühle mich wie der letzte Loser. Ich weiß nicht, was ich tun soll.

Halt, ich weiß es sehr wohl.

»Steigt ein«, sage ich und humpele um die Motorhaube zur Fahrerseite. »Wir schaffen das allein.«

»Aber wenn sogar die Vampire Angst haben, deiner Freundin zu helfen, ist es sehr wahrscheinlich, dass wir dabei draufgehen werden, oder?«, flüstert Serenity.

»Ziemlich wahrscheinlich«, bestätige ich resigniert. »Aber natürlich werde ich euch nicht mit hineinziehen. Ich bringe euch jetzt nach Hause.«

Rasmus seufzt erleichtert.

»Haltet ihr da eine Teestunde ab oder kommt ihr endlich?«, ruft jemand von Deck des Schiffes. »Wir legen jetzt ab! Übers Wasser kommen wir schneller zur Halbinsel als mit deiner Schrottkarre.«

Der Glatzkopf heißt Armand und war Frontmann einer Band, von der ich sogar zwei Songs auf meiner Playlist habe. Angeblich ist er vor vielen, vielen Jahren verschollen.

Die anderen vier Vampire sind eine ziemlich bunte Gesellschaft, bestehend aus einer fröhlichen Walküre namens Madame Frikadelle, einem Burlesque-Künstler, dem weißhaarigen Sohn von Buffalo Bill (illegitim, wie er nicht müde wird zu betonen; er ist offenbar nicht gut auf seinen Erzeuger zu sprechen) und dem bleichen Jungen, der älter ist als wir alle zusammen.

Serenity himmelt Armand unverhohlen an, während Rasmus und Noah sich vorsichtshalber am Bug aufhalten. Auch ich bin nicht sicher, ob wir den fünf Vampiren trauen dürfen. Aber haben wir eine Wahl?

Ich nehme meine Mütze ab und knete sie in den Händen, während das Schiff durch das schwarze Wasser pflügt. Der Regen sticht mit kleinen Nadeln in mein Gesicht. Um uns herum ist nichts als Finsternis, ich habe keine Ahnung, ob wir in die richtige Richtung fahren. Auch die Lichter von Steenport sind hinter uns nicht mehr auszumachen. Meine Beklemmung ist so groß, dass mir fast schon alles egal ist. Ich bedaure nur, dass ich die Kids in die Sache mit hineingezogen habe. Sie spüren, dass das Ganze kein düsteres Fantasy-Abenteuer ist, denn die Stimmung auf dem Schiff schnürt uns allen die Kehle ab. Wir haben uns den Vampiren auf Gedeih und Verderb ausgeliefert.

Der weißhaarige Mann, Caine Cody, tritt neben mich, die Hände auf dem Rücken verschränkt, und wippt auf seinen Fußballen. Im Gegensatz zu mir hat er keine Probleme, bei der unruhigen Fahrt das Gleichgewicht zu halten.

»Ich kenne Lucius recht gut«, sagt er im Plauderton. »Wenn er sich entschieden hat, Damien vor dessen eigener Familie zu schützen, dann tut er das aus einem guten Grund.«

»Damien ist nicht mehr der, den ich kannte. Er tötet Menschen.«

Caine knurrt etwas, das der Wind ihm von den Lippen reißt. »Mag sein, dass er zur Gefahr für uns alle wird. Er ist ein von Baro und er ist eine Anomalie. Niemand kann voraussehen, wozu er fähig ist.« Er schürzt die Lippen. »Andererseits … Hast du gesehen, wie er die rothaarige Hexe geküsst hat? Fast könnte man glauben, dass sie ihm etwas bedeutet. In der Nachtschicht hat er sie vor uns beschützt, anderenfalls wäre sie mit irrem Blick schreiend auf die Straße gerannt.« Er lächelt versonnen. »So machen wir es mit allen Neuen, die sich in die Nachtschicht verirrt haben, aber nicht zu uns gehören.«

Im Hintergrund höre ich Serenity fragen: »Glitzerst du im Sonnenlicht?«, was Armand mit einem so verführerischen Lachen beantwortet, dass sogar mir ganz heiß wird. Ich stehe nicht auf Männer, ich schwöre. Ich stehe schon gar nicht auf männliche Vampire, aber man muss anerkennen, dass sie die Sache mit der dunklen Verführung richtig gut drauf haben.

»Armand lässt keine Gelegenheit aus«, brummt Caine. Er zieht einen Gegenstand aus der Tasche seiner Uniformhose mit der goldenen Seitennaht und hält es mir unter die Nase. »Weißt du, wie dieses Spielzeug funktioniert?«

»Das ist ein Pager«, erkenne ich. »Die Dinger waren vor etwa tausend Jahren mal der letzte technologische Schrei. Inzwischen nutzen wir diese magische Innovation namens Mobilfunk.«

»Ich bin kein Trottel aus dem Mittelalter! Ich besitze ein Android-Handy.« Seine Verärgerung stößt wie ein Faustschlag in meine Magengrube und lässt mich rückwärts taumeln. »Lucius hat mir das Ding gegeben, für den Fall, dass … Für den Fall halt.« Er drückt mir den Pager in die Hand. »Lucius ist älter, als du es dir vorstellen kannst, Junge. Wir können von Glück sagen, dass er nicht mehr mit Brieftauben kommuniziert.«

»Und dieser Lucius ist so was wie ein Rebell? Also wird er uns helfen, ja?«

»Er wird dich verschlingen, wenn ihm danach ist. Und danach wird er uns in Stücke reißen. Er ist alles andere als ein Rebell, er gehört zur Legion, wir aber sind nur kleine Sesselpupser, die sich von künstlich zusammengepanschtem Blut ernähren müssen.«

»Er nicht?«, frage ich schaudernd.

»Nein, er nicht«, schnaubt Caine. »Er geht noch auf die altmodische Weise jagen. Jetzt ruf ihn an oder was auch immer man mit diesem Ding macht.«

»Wieso ich?«

»Weil *du* dringend Hilfe brauchst. Ich habe nicht vor, mich mit den Angehörigen eines mächtigen Clans anzulegen, ich werde nur als Beobachter dabei sein.« Er klopft mir auf die Schulter, was mich heftig zusammenfahren lässt. »Du bist mutig, Junge. Total plemplem und selbstmörderisch, aber mutig.«

Seltsamerweise fühle ich mich fast ein bisschen gut.

35

Damien

Ein leises Piepen kommt aus Lucius' Manteltasche. Ich registriere es kaum. Ich stehe da und schaue paralysiert auf das rotierende Blaulicht vor dem *Krueger Palace* Hotel. Die Reporter rücken bereits wieder ab, die Menge hat sich zerstreut. Das gesamte Hotel wurde geräumt; die Gäste sind in verschiedenen Stadien des Protestes abgereist, einige konnten nicht schnell genug fort kommen, andere haben lautstark mit ihrem Anwalt gedroht.

Lucius packt mich am Arm und zerrt mich mit sich. Ich bin zu leer, zu betäubt, um zu reagieren. In meinem Kopf herrscht ein pechschwarzes Vakuum.

Ich habe Agnetha im Stich gelassen. Sie ist tot. Tot. Tot. Ich habe es nicht verdient, weiter zu existieren.

»Hör auf mit deinen Selbstvorwürfen und schau dir das an.« Er hält mir einen altmodischen Pager vors Gesicht. Auf dem winzigen grünen Display stehen zwei Zeilen mit Text: *Moorfels. Agnetha. Per Boot. Brauchen Hilfe.* Darunter steht eine Ziffernfolge.

Durch mein Herz zuckt ein Stromstoß. »Was ist das?« Ich reiße ihm das Ding aus der Hand und lese wieder und wieder ihren Namen.

»Ein modernes Kommunikationsmittel«, sagt er nicht ohne Stolz. »Ich habe Caine Cody einen Pager gegeben, für den unwahrscheinlichen Fall, dass er mich kontaktieren muss. Er hat es bisher nie getan.«

»Ich meine: Was hat diese Nachricht zu bedeuten?«

»Hm, Agnetha ist mit einem Boot nach Moorfels gefahren?«, rätselt er. »Oder sie sucht eine Mitfahrgelegenheit …«

Ich packe ihn an den Schultern und schüttle ihn durch. »SIE LEBT!«, brülle ich so laut, dass eine Straßenlaterne explodiert. Scherben regnen herab.

Lucius stößt mich von sich. »Vielleicht ja, vielleicht nein. Das ist kein Grund …«

»Wir müssen zum alten Gefängnis!« Ich drehe mich um und laufe zurück zu dem geklauten Porsche, dessen Fahrertür weit offen steht.

Doch bevor ich hinter das Steuer springen kann, reißt Lucius mich zurück. »Was hast du vor, Damien?«

»Agnetha braucht Hilfe! Über die Details können wir uns unterwegs austauschen.«

»Wir wissen gar nichts. Bevor wir etwas unternehmen, sollten wir uns über die Situation bewusst sein.«

»Und die wäre?«

»Das alte Gefängnis wird gern als Jagdrevier benutzt. Man bringt die Beute dorthin, lässt sie frei und hetzt sie ein paar Stunden umher, damit das Blut kocht und eine feine Würze bekommt.«

»Willst du mich verarschen? Wer ist *man?*«

»Deine Familie und ihre Gäste. Ich sagte doch, dass einige hochrangige Vampire anderer Clans in die Stadt gekommen sind. Agnetha hat sich selbst zur Zielscheibe gemacht. Sie hat keine Chance.«

»Das wissen wir erst, wenn wir dort sind.« Ich springe hinter das Steuer und lasse den Motor aufheulen.

Lucius hüpft gerade noch rechtzeitig auf den Beifahrersitz, als ich auch schon aufs Gaspedal trete und direkt auf die Straßensperre zu rase. »Was habe ich dir über Unauffälligkeit gepredigt?«, murmelt er und schließt die Augen.

Ich breche durch die Absperrung, nehme eine Leuchtbake und touchiere das Heck eines Streifenwagens (nur ein Kratzer, ehrlich). Ein Polizist springt uns aus dem Weg, ein anderer bellt in sein Funkgerät.

»Die werden uns verfolgen.«

»Gut«, knurre ich.

»Höchstwahrscheinlich ist dein Cousin mit von der Partie.«

»Das will ich doch hoffen. Schalte das Radio ein. Lokalsender.«

Hilflos betrachtet Lucius das Touch-Display in der Mitte des Cockpits. »Äh …«

Ungeduldig tippe ich auf sämtliche Buttons, die ich erreichen kann, bis die Stimme eines Moderators aus den Lautsprechern schallt: »… Polizei hat eine Fahndung nach einer Frau mit roten Haaren herausgegeben, die sich kurz vor dem Massaker auffällig verhalten haben soll. Für morgen wurde eine Pressekonferenz angekündigt. Bleiben Sie dran, wir halten Sie auf dem Laufenden. Und nun das Wetter …«

»Fuckbocksscheiß«, fluche ich, gleichzeitig spüre ich, wie sich mein Herz in der Brust weitet. Sie lebt! Sie lebt! »Ruf Caine an und frag ihn nach Details.«

»Äh …«, wiederholt Lucius. »Mit einem Telefon? Ich habe keins.«

»Du hast kein Handy?«

»Neumodischer Hexenkram«, schnaubt er. »Vor tausend Jahren brauchten wir diesen Schnickschnack auch nicht und wie man sieht, habe ich überlebt.«

»Das hättest du aber auch stilvoller hinbekommen können«, erwidere ich mit einem bezeichnenden Blick auf seine mittelalterlichen Stulpenstiefel. »Es wäre hilfreich gewesen zu wissen, woher

Caine die Informationen hat. Und wieso bittet er ausgerechnet dich um Hilfe? Du gehörst zu Legion.«

»Es könnte natürlich auch eine Falle sein. Vielleicht ist man sich meiner Loyalität nicht mehr sicher.«

Im Rückspiegel blitzt Blaulicht auf, Sirenen heulen los. Ich trete das Gaspedal durch und reiße das Steuer herum. Das Fahrzeug schlittert seitwärts über eine Kreuzung, bevor ich es wieder unter Kontrolle bekomme und im rasanten Slalom um vereinzelte Wagen herummanövriere. Meine Vampirreflexe funktionieren bestens, die anderen Verkehrsteilnehmer scheinen sich in Zeitlupe zu bewegen. Nur das blöde Aquaplaning macht es mir schwer, den Porsche unter Kontrolle zu halten. Die Polizei hinter uns gibt ihr Bestes, um an uns dranzubleiben. Ich fahre nicht zu schnell – sie sollen uns schließlich nicht aus den Augen verlieren –, aber schnell genug, dass sie nicht mal in die Nähe des Hecks kommen.

»Fahr langsamer!«, meckert Lucius. »Auch Vampire können in einer Explosion verbrennen.«

»Das ist ein goldener Porsche, kein Tretroller. Der wurde eigens dazu erschaffen, um wie eine angesengte Sau mitten durch die Stadt zu rasen und ein Menschenleben zu retten.«

»Ach, wirklich? Das wusste ich nicht. Autos waren mir schon immer höchst suspekt. Früher wusste man noch, womit sich so ein Vehikel fortbewegt. Pferde, Ochsen, Sänftenträger … VORSICHT!« Er krallt sich am Sitz fest.

Mit einem filmreifen Ausweichmanöver verhindere ich den Frontalzusammenstoß mit einem Truck. »Ich dachte, du wärst ein mächtiger alter Vampir aus Babylons Zeiten.«

»Und ich möchte gern ein noch älterer Vampir werden. Damals, als die Legion Automobile von den Clans zur Verfügung gestellt bekommen hat, war ich absolut dagegen. Es ist würdelos, in so einem Vehikel eingepfercht zu sein.«

»Du kannst gerne zu Fuß gehen, wenn du nicht die Klappe hältst«, schnauze ich. »Oder lass dir Flügel wachsen. Ach nein, ihr verwandelt euch ja in Schäferhunde. Wieso kann ich so was nicht?

Das ist fucking ungerecht!« Ich schlage auf das Lenkrad, das sich unter der Wucht verformt. Der Wagen macht einen harten Schlenker.

»Ich verstehe ja, dass dir die Frau etwas bedeutet, aber bitte achte auf die Straße«, nörgelt der große alte Vampir. »Caine wollte uns mitteilen, dass sie mit dem Boot zum alten Gefängnis unterwegs sind.«

»Woher wissen sie, dass Agnetha dort ist und Hilfe braucht?«

»Was fragst du mich? Ich bin Vampir, kein Hellseher.«

Wir rasen mit Lichthupe über den Stadtring. Vor uns weichen die Fahrzeuge zur Seite, hinter uns zähle ich nach einem Blick in den Rückspiegel vier Streifenwagen mit jaulenden Sirenen. Ich schalte die Scheinwerfer aus, reiße das Steuer nach rechts und erwische gerade noch die Ausfahrt. Schlitternd fegen wir durch die Kurve, überfahren eine rote Ampel und ich trete wieder aufs Gas. Durch leere Seitenstraßen rase ich durch ein stilles Viertel, bis ich eine Ausfallstraße erreiche, die parallel zur Küste entlang läuft.

Lucius deutet aus dem Seitenfenster. »Da draußen ist ein Schiff. Jetzt hat es die Positionslichter abgeschaltet.«

»Das sind sie.«

»Oder es handelt sich um Drogenschmuggler.«

Die Halbinsel ist im Dunkel der Nacht nur vage zu sehen: eine pechschwarze Erhebung im Meer. Ich glaube, einen schwachen Lichtschein hinter Gebäuden wahrzunehmen, doch wir sind noch zu weit entfernt. Ich jage den Tacho des Porsche bis in den roten Bereich. Hinter uns sind keine Verfolger mehr zu sehen, doch ich vertraue darauf, dass sie bald hier auftauchen werden. Diese Straße führt hinauf zur Landesgrenze, also werden sie vermuten, dass ich außer Landes flüchten werde.

Nach wenigen Kilometern verlangsame ich. Die Zufahrt zur Halbinsel ist mit Bauzäunen, Stacheldraht und Verbotsschildern abgesperrt, doch jemand hat ein Zaunelement entfernt. Auf dem schlammigen Weg sehe ich Reifenspuren.

»Licht«, sagt Lucius und deutet nach vorn. »Autoscheinwerfer, im Gefängnishof.«

Ich rolle auf den Damm. Der Asphalt wurde teilweise von der Meeresbrandung verschlungen. Löcher und Risse durchziehen die noch vorhandene Fahrbahn. Unkrautranken kratzen über die Seiten des Porsche, als ich langsam auf das Tor mit dem dunklen Wachturm am anderen Ende zusteuere. Der Lichtschein im Hof strahlt in die andere Richtung, ansonsten sehe ich kein Lebenszeichen.

In der Mitte des Dammes halte ich an und wende den Wagen. Den Motor lasse ich laufen. »Kann ich auf deine Hilfe zählen?«, frage ich Lucius, bevor ich aussteige.

Er schüttelt ohne Bedauern den Kopf. »Das Mädchen ist dein Problem, nicht meines. Ich darf nicht auffliegen.«

»Früher oder später wirst du Farbe bekennen müssen.«

Ich verlasse das Fahrzeug. Der Regen schmeckt nach Salz, der Wind ist scharf wie ein Schwert. Wellen gischten gegen die Felsen. Ich lausche, kann aber keinen Schiffsmotor hören. Zu sehen ist auch nichts. Dies hier könnte das Ende der Welt sein, und dahinter das ewige Nichts. Ich laufe auf das Tor zu. Rechts und links erhebt sich eine brüchige Mauer mit einer maroden Stacheldrahtkrone; das schwere alte Rolltor steht offen. Dahinter ragen die dreistöckigen Bauten des Gefängnisses auf, klobige Kolosse mit vergitterten Löchern in den Wänden.

Hinter dem offenen Tor parken mehrere Oberklasse-Limousinen. Das Licht auf dem asphaltierten Hof kommt von einem Fahrzeug, das ich kenne: Benedicts rollendes Luxusspielzeug. Obwohl Lucius und er gleichermaßen Kinder Babylons sind, sind sie unterschiedlich wie Nacht und … nun ja, noch schwärzere Nacht. Benedict kennt keine Grenzen, keine Werte, kein Mitleid. Und er hält Sportwagen nicht für würdelos.

Fast hätte ich die Gestalt übersehen, die an einem Wagen lehnt und gelangweilt in den Himmel schaut. Vermutlich soll er aufpassen, dass die *Beute* nicht das Gefängnis verlässt. Er rechnet nicht damit, dass jemand von draußen hereinkommen könnte. Er ist wie ich: kein Mensch. Ich spüre es an der feinen dunklen Aura, die um ihn herum pulsiert. Normale Lebewesen haben sie nicht, sie flirren und leuchten oder sind einfach nur da. Aber an meinesgleichen haftet ein Fluch aus einer anderen Dimension, den ich auf der Zunge schmecke, sobald ich in ihre Nähe komme.

Außerdem trägt er einen altmodischen Frack und dazu ein dunkles Rüschenhemd.

Ich stoße mich ab und fliege durch die Luft, reiße den Kerl nieder, noch bevor er mich bemerkt hat. Er fährt seine Fänge aus, schlägt mir seine Krallen ins Gesicht. Er ist stark, aber meine Wut ist stärker. Ich packe sein Haar und ramme seinen Hinterkopf mit aller Kraft auf den Boden. Ein grässliches Geräusch ist zu hören, als der Schädel bricht.

»Dafür wirst du büßen«, stößt er hervor, bevor ich seinen Kopf ruckartig herumdrehe. Noch ein Knacken. Endlich Stille.

Ich springe auf und renne auf den Haupteingang zu. Der Vampir hinter mir ist nicht tot, aber er wird eine Weile brauchen, bis er wieder funktioniert. Glaube ich. Mir fehlt die Erfahrung mit diesem Vampir-gegen-Vampir-Ding, aber hey, wir Bastarde waren früher schließlich Vampirjäger, nicht wahr?

Ich schlüpfe zwischen den Fahrzeugen hindurch und lausche. Der gesamte Komplex ist gigantisch mit seinem U-förmigen Hauptgebäude und den zahllosen Nebenbauten. Es wird ewig dauern, Agnetha hier zu finden.

Irgendwo in einem Gebäude flötet eine Frau: »Spätzchen, komm heraus und spiel mit uns.«

Von der anderen Seite ertönt ein dumpfes, kaltes Gelächter, das mir einen Schauer über den Rücken jagt. Nichts daran ist annähernd menschlich. Jetzt nehme ich lautlose Bewegungen wahr, die mir vorher entgangen sind. Eine gierige, lüsterne Atmosphäre erfüllt den Gebäudekomplex. Jagdfieber. Die Nacht wirkt dichter und dunkler als je zuvor. Die Luft strömt um tödliche Schatten herum, trägt Gewisper mit sich. Ich sehe die Vampire nicht, aber ich spüre sie alle. Sie genießen die Jagd. Gemächlich bewegen sie sich durch die Gebäude, auf der Suche nach ihrer Beute. Eine Bewegung auf dem Dach erregt meine Aufmerksamkeit. Ein Mann im klassischen Anzug und mit weißem Halstuch tritt an den Rand und schaut hinunter. Es ist mein Onkel Bardolf. An den Fingern trägt er Lederhandschuhe. Er macht nicht den Eindruck, als würde er sich an der Jagd beteiligen wollen; eher scheint er als Schiedsrichter zu fungieren.

Lautlos bewege ich mich auf einen Seiteneingang zu. Kaum habe ich die Schwelle übertreten, rieche ich Blut. Es ist nur ein hauchdünner Dunst, der sofort wieder verfliegt, doch ich weiß sofort, dass er von Agnetha stammt. Ich folge dem Geruch durch eine Großküche und stoppe, als ich irgendwo eine Frau sagen höre: »Riechst du das, Ciprian? Köstliches frisches Blut. Sie ist die Treppe hinauf gelaufen.«

Ein Mann lacht. »Zu einfach. Ich gehe dort entlang.«

Agnetha ist ganz in der Nähe. Ihre Angst prickelt auf meiner Zunge, kriecht unter meine Haut. Es macht mich fast wahnsinnig, es erregt mich auf eine urtümliche Weise und schneidet durch meine Nerven. Ich muss mich zusammenreißen.

Ciprian ist ganz auf seine Beute konzentriert. Er stößt die Türen zu einer Wäscherei auf und flötet: »Komm jetzt heraus, kleine Hexe.« Seine Stimme sirrt verlockend, greift in die Dunkelheit. »Benedict ist sehr, sehr wütend auf dich.«

Die Erwähnung meines Cousins bringt mich zum Lodern, doch ich behalte die Kontrolle. Leise nähere ich mich den Schwingtüren. Ciprian redet weiter, das zornige Rauschen in meinen Ohren übertönt seine Worte.

Plötzlich ein schrilles Kreischen, ein Heulen, mehr wütend als schmerzerfüllt. Ich stürme in die Wäscherei und sehe Ciprian auf seinen Knien. Seine Finger krallen sich ins Gesicht, das aussieht, als würde es sich auflösen. Rauch und Blasen und rohes Fleisch. Seine Augen sehen gar nicht gut aus. Es stinkt bestialisch.

»Du bist tot, Hexe!«, gurgelt er. »Hilfe! Ich kann nichts mehr sehen!«

Ich benötige viel zu lange, um zu kapieren, was geschehen ist. Eine Bewegung über den Waschmaschinen, ein Poltern, am anderen Ende kracht eine Tür ins Schloss. Ich stürze durch die Wäscherei, springe über den sich windenden Ciprian hinweg, und finde mich in einem halb zusammengestürzten Raum wieder. Links geht es auf den Innenhof hinaus, geradeaus zu den Werkstätten und rechts in einen Seitentrakt. Meereswind heult durch die glaslosen Fenster und zerfasert Agnethas Geruch. Wohin ist sie geflohen?

Ich bleibe stehen, lausche auf sich entfernende Schritte, höre aber nur die Brandung und dahinter, in weiter Ferne, Polizeisirenen. Mir bleibt nicht mehr viel Zeit.

Auf gut Glück springe ich in einen Fensterrahmen und schaue auf den Hof hinaus.

Agnetha rennt direkt auf die Scheinwerfer von Benedicts Auto zu. Ich ahne, was sie vorhat, aber sie wird den Wagen niemals rechtzeitig erreichen. Denn von allen Seiten strömen Gestalten aus dem Gebäude.

»Da ist sie!«, johlt jemand.

Ein anderer: »Die Hexe gehört mir! »

»Treibt sie in die Enge! Kesselt sie ein.«

Agnetha wirbelt herum, ihr Haar lodert in der Dunkelheit. Eine Hälfte ihres Gesichts wird in Licht getaucht, die andere Hälfte liegt im Schatten. Ihre Augen sind weit aufgerissen, ihre Atemzüge kommen stoßweise aus ihrem Mund. Sie trägt nur eine einzelne Socke, darum habe ich ihre Schritte nicht hören können. Für einen Moment bin ich gefesselt von ihrem Anblick, so wild und wunderschön und voller Verzweiflung. Agnetha wird nicht klein beigeben. Das liegt nicht in ihrer Natur. Sie wird kämpfen bis zum bitteren Ende und im Augenblick ihres Todes wird sie mich auf ewig verfluchen für das, was ich ihr angetan habe. Wenn sie untergeht, wird sie das, was von meiner Seele übrig ist, mit sich reißen.

Ihre Todesangst löst erregte Vorfreude unter den Vampiren aus, die sie spielerisch umrunden. Sie lachen und zischen und knurren.

Eine Frau stößt zwei Artgenossen beiseite und bellt: »Sie hat Ciprian attackiert, Benedict! Seine Augen sind kaputt. Dafür muss sie bezahlen!«

Sofort schlägt die Partystimmung um. »Wie kann sie es wagen?«

Benedict tritt lächelnd ins Licht. Wie gewohnt sieht er ungemein attraktiv aus, kein Stäubchen befleckt sein elegantes Outfit. »Wie amüsant: Das Schäfchen hat seine Zähne gezeigt.«

»Aber Ciprian …«

»Ciprian hätte besser aufpassen sollen«, schallt es vom Dach des Hauptgebäudes. Onkel Bardolf schaut auf die Jagdpartie hinab. »Wer so dumm ist, sich von einem Menschen austricksen zu lassen, verdient kein Mitleid.«

»Dürfen wir sie jetzt erlegen, Vater?«, ruft Benedict zu ihm hinauf. »Ich bin durstig.«

»Wagt es nicht, mich anzurühren!«, faucht Agnetha.

Ein Mann stößt ihr seinen Gehstock in die Seite. »Ihre Muskeln sind übersäuert. Ich mag es nicht, wenn das Blut seine Süße verliert.«

»Ich denke nicht, dass sie schon am Ende ist«, ruft Bardolf. »Was denkst du, mein Junge?«

»Ich glaube, sie braucht nur etwas Aufmunterung.« Benedict tritt vor sie, lächelt und schlägt mit der flachen Hand zu.

Ich habe es nicht kommen sehen.

Agnetha kracht mit einem Schrei auf die Motorhaube des Wagens. Er hat nicht mit voller Wucht zugeschlagen, schließlich soll das Spiel noch nicht enden. Aber er will sie in den Höchstzustand von Panik versetzen, damit sie ihnen den Kampf ihres Lebens liefert. Ich sehe es in ihren Gesichtern. Sie wollen keine Langeweile.

»Lauf, kleine Hexe«, sagt Benedict sanft.

Agnetha rappelt sich auf und rennt davon – in die falsche Richtung. Sie ist durcheinander.

Ich tauche wieder in die Schatten ein.

Auf der Rückseite des Gefängnisses springe ich auf die Mauerkrone und laufe dicht neben dem Stacheldraht entlang. An den Felsen unter mir nehme ich eine Bewegung wahr und verliere beinahe das Gleichgewicht. Ein unbeleuchteter Kutter schrammt über die Steine, zwei oder drei Leute springen von Deck. Sie bemerken mich und stocken in der Bewegung.

»Damien.« Armands leise Stimme wird von der Brandung übertönt. »Lebt Agnetha noch?«

Sie sind hier, um zu helfen. Vor Erleichterung werden meine Knie weich.

»Ja, aber ich brauche Hilfe.«

»Natürlich brauchst du die«, grollt Caine und dreht sich um. »Die jungen Blutbeutel bleiben an Bord, verstanden?« Äußerst behände klettert er die Felsen hinauf und zieht sich an der Mauer hoch wie Spiderman persönlich. »Nicht einmal auf deine Freundin kannst du aufpassen, Adelssöhnchen«, zischt er mir zu. »Wo ist Lucius?«

»Maniküre«, erwidere ich. »Könnt ihr die Jagdmeute ablenken? Allein habe ich keine Chance.«

»Nur ablenken, ja? Wir greifen sie nicht an und sie werden uns auch nicht zu sehen bekommen.«

»Nun …«, setze ich an.

»Wir machen das schon.« Armand schiebt den alten Mann beiseite. Ihm folgen Samael mit einem Kanister und Kajus (der sich in seinem unpraktischen Gewand überraschend lautlos bewegt).

»Hol das Mädchen her. Wir hauen übers Wasser ab.«

Ich werfe einen Blick zum Schiff hinunter. Jemand, den ich sehr gut kenne, hebt zögernd die Hand. Sein blondes Haar lugt unter einer Mütze hervor.

»Das nenne ich mal eine interessante Wendung«, murmele ich und springe leise von der Mauer hinab.

Wir trennen uns. Ich haste an der Fassade entlang, höre die Jäger lachen und Bosheiten ausstoßen, ich höre Agnethas panisches Wimmern. Sie ist längst am Ende ihrer Kräfte, nur noch das Adrenalin und die Todesangst halten sie in Bewegung. Sie schaut sich nach einem Ausweg um, rennt weiter, stolpert und fängt sich, um gleich darauf in ein Nebengebäude hineinzurennen. Dort sitzt sie in der Falle, die Vampire wissen es. Sie werden langsamer, fangen an zu diskutieren, was sie alles mit ihr anstellen werden.

Ich ziehe mich an der Fassade hoch, biege die Gitterstäbe auseinander (ja, ich biege Eisenstangen auseinander, ohne darüber nachzudenken – ist das nicht der Wahnsinn?) und schlüpfe ins Innere. Eine Treppe später sehe ich Agnetha, die durch einen leeren Zellentrakt in meine Richtung hetzt. Sie schaut über die Schulter. Die Vampire strömen in den Gang und lecken sich die Lippen.

Jäh macht es *Wooosh*, orangegelber Lichtschein fällt durch die Fenster.

»Mein Auto!«, schreit ein Vampir mit Gehstock. Gleich darauf ertönt eine ohrenbetäubende Explosion. Eine Druckwelle jagt durch die Nacht, Trümmer und Steine prasseln außen gegen die Wand, fliegen durch die Fensteröffnungen.

Ich stürze vor und reiße Agnetha mit mir.

»Loslassen!«, kreischt sie und schlägt auf mich ein. Von wegen erschöpft. Mit der Kraft einer verzweifelten Frau gelingt es ihr, sich loszureißen. Ihre zerschundenen Füße rutschen über den Boden.

So wird das nichts.

Grollend packe ich sie um die Taille und werfe sie mir über die Schulter. Ihr Knie trifft mich hart im Magen, außerdem tritt sie mich in die Eier und das tut auch bei einem Vampir verflucht weh.

Trotzdem lasse ich sie nicht los. Ich breche eine verschlossene Seitentür aus den Angeln, während auf der anderen Seite des Hauses – im Innenhof – Chaos ausbricht. Über all dem Geschrei und einer weiteren Detonation nähern sich rasch Sirenen.

Jetzt hat Lucius wirklich einen Grund, sich über mangelnde Unauffälligkeit zu beschweren.

36

Agnetha

Ich prügle mit den Fäusten auf einen breiten Rücken ein, dessen Besitzer mich unbeirrt nach draußen schleppt. Ich weiß nicht, wer von ihnen es ist, aber ich bezweifle, dass er mir nur den Sternenhimmel zeigen will. Ich kann nicht mehr denken, ich kann nur noch schlagen, schreien und treten. Regen klatscht auf mich herab. Ich nehme nichts mehr richtig wahr, mein Verstand ist auf Flucht programmiert.

»Au!«, macht mein Entführer, als ich ihn wiederholt hart in den Unterleib kicke. »Es reicht jetzt, Agnetha! Ich bin dein verfickter Retter! Sei nett zu mir.«

Die Stimme …

Statt erleichtert zu sein, überkommt mich ungeahnte Wut. »Lass mich runter!«, kreische ich.

Er denkt gar nicht daran. Ich werde hart durchgeschüttelt und verliere vollkommen die Orientierung. Alles, was ich weiß, ist, dass ich jetzt so richtig am Arsch bin. Im Hof gab es eine mächtige Explosion und ich glaube, Sirenen in der Ferne zu hören. Was auch immer geschehen ist, hat die Pläne der Vampire für diese Nacht durcheinander gebracht. Bisher haben sie mich nur vor sich her getrieben, aber jetzt müssen sie es zu Ende bringen.

Unerwartet werde ich abgesetzt. Meine Beine geben nach. Ich werde festgehalten und blicke in Damiens Gesicht. Obwohl es dunkel ist, erkenne ich seine ausgeprägten Züge, seinen zerzausten Haarschopf. Hinter der äußeren Erscheinung spüre ich eine neue Tiefe, die keinen Boden zu haben scheint. Er ist Damien und ist es doch wieder nicht.

Ich möchte ihm so gerne vertrauen.

Ich darf es nicht. Er hat mich zurückgelassen, hat mich seinem bestialischen Cousin ausgeliefert und nun taucht er bei dieser unmenschlichen Jagd auf. Er ist einer von ihnen geworden. Der alte Damien ist unwiderruflich verloren.

»Wieso bist du hier?«, faucht er. »Ich habe dir gesagt, du sollst verschwinden. Aus der Stadt. Meinem Leben!«

Ich stoße ihn von mir. »*Du* bist doch verschwunden! Du hattest nicht mal den Anstand, dich zu verabschieden!«

»Ich wollte dich schützen!«

»Indem du mich deinem Cousin auslieferst? Erzähl mir mehr über diese raffinierte Strategie, Damien!«

»Dafür ist jetzt keine Zeit. Wir müssen über die Mauer und zum Schiff«, drängt er. »Die Polizei wird bald hier sein.«

»Perfekt«, blaffe ich. »Es gibt da nämlich einiges, das sie dringend über dich und deine Familie erfahren sollten.«

»Agnetha, du kannst mir später noch Gegenstände an den Kopf werfen, aber jetzt müssen wir verschwinden.« Er nimmt meine Hand. »Ich habe Mist gebaut. Zweimal habe ich gedacht, ich hätte dich verloren. Ein drittes Mal überstehe ich das nicht. Wärst du also so freundlich, mit mir von hier abzuhauen?«

Es muss die drängende Hilflosigkeit in seiner Stimme sein, die mich tief im Herzen trifft. Er will, dass ich freiwillig mit ihm komme, obwohl er mich einfach über die Mauer werfen könnte.

Aber da ich emotional am Ende und nicht versöhnlich

gestimmt bin, sage ich zickig: »Setz doch deine Superkräfte ein, um mich zu überzeugen.«

»Ich soll dich davon überzeugen, dass du in höchster Gefahr bist?«

»Nein, dass ausgerechnet du meine Rettung sein könntest.«

Er zwingt sich zu etwas, das einem tiefen Durchatmen gleich kommt. »Agnetha, wir …«

»DAMIEN!«, donnert eine zornbebende Stimme über den Krach hinweg. »Du verräterischer Bastard hast uns unser Spielzeug genommen!«

»Benedict«, stöhnt Damien.

Ich schaue nach oben und sehe einen Schatten mit flatternden Mantelschößen auf uns herabstürzen

»Lauf, Agnetha! Zur Mauer! Zum Schiff!« Damien versetzt mir einen Stoß und stellt sich seinem Cousin in den Weg. »Ihr werdet sie nicht anrühren.«

Ich sprinte los, mobilisiere meine spärlichen Kraftreserven und steuere auf die Silhouette eines Wachturms zu. Irgendwo dahinter werde ich auf die Mauer stoßen.

Stattdessen pralle ich gegen einen steinharten Körper.

»Dumme Hexe«, knurrt Damiens Onkel.

Der Geruch kalter Asche umgibt ihn. Würden seine *Allianz*-Anhänger ihn jetzt so sehen, gekleidet wie ein grausamer, reicher Feudalherr des vorigen Jahrhunderts, würden sie ihn nicht länger für die Lösung halten, sondern für das Problem höchstpersönlich. Bardolf von Baro lacht über die Naivität der Menschen, die sich von ihm haben einwickeln lassen. Und er hasst alle, die aus der Reihe tanzen. Mich zum Beispiel. Sein kalter, ätzender Hass lähmt mich. Mein Herz gefriert zu Eis und droht, in tausend Stücke zu zerspringen.

Dieser Mann wurde nicht in der Hölle geboren, er *ist* die Hölle.

Er packt meinen Kiefer mit seiner behandschuhten Rechten und drückt ihn so fest, dass mein Schädel zu platzen droht. »Du hast Damien hierher geholt! Willst du ihn gegen uns ausspielen? Er wird dir nicht helfen.«

Leider kann ich nichts erwidern. Meine Kieferknochen knirschen unter seinem unbarmherzigen Zangengriff. Morgen werde ich schlimme Zahnschmerzen haben. Falls ich dann noch lebe.

Bardolf zieht mich hinter sich her wie einen frisch gefangenen Fisch, dem man die Kiemen durchbohrt hat. Der Wachturm versperrt mir die Sicht auf Damien und seinen Cousin, die vermutlich gerade damit beschäftigt sind, sich gegenseitig umzubringen. Ich kann nicht schreien. Nur ein Nuscheln kommt aus meinem zusammengequetschten Mund. Mit aller mir verbliebenen Kraft versuche ich, die eisernen Finger aufzubiegen, seinen Arm fortzuschlagen, obwohl es sinnlos ist.

Der große Vampir schleift mich ungerührt durch den Zellentrakt und hinaus in den Innenhof, wo mich die Hitze der Feuersbrunst wie ein Schlag trifft. Drei Fahrzeuge stehen lichterloh in Flammen, die anderen sind verschwunden, abgesehen von einer Limousine, die mit laufendem Motor am Tor wartet.

Ein Mann mit Koteletten streckt den Kopf aus dem Fenster. »Bardolf! Hierher! Die Polizei wird gleich da sein!«

»Wenn schon«, grollt Bardolf. »Diese Stadt gehört mir.«

Er reißt die hintere Wagentür auf und wirft mich auf den Rücksitz. Bevor ich zur anderen Seite entkommen kann, reißt er mich zurück und drückt mich mit dem Gesicht voran in das Sitzpolster.

Klasse, ich werde zum zweiten Mal an einem einzigen Tag verschleppt. So langsam sollte ich mir Gedanken über meine Unfähigkeit machen, auf mich selbst aufzupassen.

»Ihr hättet den Bastard vernichten sollen, als es noch möglich war.« Der Mann hinter dem Steuer der Limousine drückt aufs Gas. »Ist es wahr, dass er den Dunklen Kuss empfangen hat? Von wem? Wir wollt ihr das Problem in den Griff bekommen?«

»Um Damien kümmern wir uns, wenn es so weit ist«, unterbricht Bardolf harsch. »Er kann uns von Nutzen sein.«

»Falls er nicht zur Gefahr wird. Er ist eine Anomalie. Der Rat wird …«

»Der Rat kann mich kreuzweise, Breda.« Er lässt mich los und ich setze mich auf.

Von links nähern sich blau flackernde Lichter dem Gefängnis. Die Limousine gerät ins Schleudern, als wir den Damm verlassen und der Fahrer das Steuer scharf nach rechts herumreißt. In einem Actionfilm würde ich aus dem Wagen springen (und dabei auch noch wahnsinnig sexy aussehen). In der Realität bin ich immerhin klug genug, um zu wissen, dass es sich mit gebrochenen Knochen schlecht vor Vampiren flüchten lässt.

Der Mann hinter dem Steuer fixiert mich im Rückspiegel. »Ich brauche Blut.«

Wie alle Vampire sieht auch er alterslos und auf eine kalte Art äußerst attraktiv aus, mit schmalen Lippen und einem perfekt geformten Kinn. Seine viktorianische Krawatte wird von einer Brosche zusammengehalten. Er könnte glatt eine Hauptrolle bei *Bridgerton* spielen – in einer Halloween-Edition, denn seine spitzen Fänge sind nicht zu übersehen. »Ich bin hergekommen, um euch die Unterstützung meines Clans zuzusagen, aber mir scheint, dass ihr die Kontrolle über eure Stadt verloren habt. Diese Jagd ist ein Fiasko. Eddas Auto wurde in die Luft gesprengt und Ciprians Augen sind zu flüssigem Rauch geworden – von seinem Gesicht ganz schweigen. Du weißt, wie eitel er ist.«

»Wir werden herausfinden, wer die Fahrzeuge in Brand gesteckt hat. Was Ciprian betrifft, werden wir die Verantwortliche bezahlen lassen.«

Das bin dann wohl ich.

Bardolf von Baro wendet sich mir zu und seine Miene verheißt nichts Gutes. »Du wirst bald schon um ein schnelles Ende betteln, kleine Hexe. Du wirst heulen, flehen, jammern und von Herzen bedauern, uns in die Quere gekommen zu sein.«

»Sie werden mein B-Blut trinken«, bringe ich hervor. »D-Das war mir vorher schon klar.«

Breda, der Mann hinter dem Steuer, lacht. »Was für ein fantasieloses Schäfchen du doch bist!«

»Du hast uns vor unseren Gästen blamiert, Agnetha Valentin.« Bardolf lacht nicht. »Üblicherweise beenden wir eine Jagd damit, dass wir die Beute kopfüber aufhängen, ihr die Kleidung vom Leib schneiden und mit den kleineren Körperteilen beginnen. Finger, Ohren, die Lippen …«

»Es gibt nichts Appetitlicheres, als die saftigen Lippen einer Frau auszulutschen.« Breda schmatzt. »Außer vielleicht ihre …« Er grinst mich im Rückspiegel an und mein gesamtes Blut beschließt, sich hastig ins Innere meines Körpers zurückzuziehen.

»Das Geheimnis liegt darin, dem menschlichen Körper nur so viel Blut abzuzapfen, dass er gerade noch überleben kann«, sagt Bardolf nüchtern. »Man versorgt ihn mit ausreichend Flüssigkeit und achtet darauf, nicht zu viele Knochen zu beschädigen, da das neue Blut im Knochenmark gebildet wird. Ich habe mich eingehend mit dem Thema beschäftigt und diverse Versuche durchgeführt. Mein Rekord liegt bei 132 Tagen, bevor die Organe meines Versuchsobjekts versagt haben.«

»Hui.« Breda pfeift anerkennend. »Das Mädchen ist zäh. Möglicherweise hält sie länger durch.«

»Das will ich doch hoffen. Ich plane, ihr Martyrium penibel zu protokollieren und verschiedene Methoden an ihr zu testen. Ich arbeite an einem Standardwerk zu diesem Thema. Denn bald sind die Zeiten vorbei, in denen wir hastig unseren Hunger stillen und die Überreste unauffällig loswerden müssen.«

»Ein gutes Sachbuch wäre wirklich hilfreich«, nickt Breda. »Ich bin überzeugt, es wird ein Bestseller.«

»Hör auf, mir in den Arsch zu kriechen, Breda. Du bekommst ihre Lippen, wir bekommen die Unterstützung deines Clans, zum Wohle aller Vampire.«

Ich presse eine Hand auf meine Lippen, die ich sehr mag. Sie sind hübsch und voll und sensibel und sie gehören zu mir. Ich möchte sie behalten.

Bardolf zieht angesichts dieser Geste amüsiert eine Augenbraue hoch. »Unser Patriarch hat eine Schwäche für menschliche Emotionen«, sagt er zu mir. »Er hat Damiens Vater vieles durchgehen lassen, nur darum stecken wir jetzt in diesem Schlamassel. Wer hat die Polizei zum Gefängnis gerufen? Wer ist für die Explosionen verantwortlich? Was passiert dort draußen? Ich habe ein Schiff gesehen!«

Bardolf von Baro kennt keine Nervosität, keine Furcht. Seine Gefühle sind schon lange abgestorben. Nichtsdestotrotz klingt er besorgt.

»Ich … Ich …«, setze ich an.

»Nutzlos«, knurrt er. »Menschen sind so unglaublich schwer von Begriff.«

»Sie erfüllen ihren Zweck«, entgegnet Breda. »Was ist mit euren Wildlingen? Habt ihr die im Griff?«

»Diese kleinen Freaks würden niemals wagen, sich gegen uns aufzulehnen. Wir kontrollieren die Blutbank, wir befehligen die Legion. Wir sind die Kinder Babylons.«

»Und trotzdem habt ihr einen Bastard in eurer Mitte«, sagt Breda schmunzelnd.

»Lasst Damien aus dem Spiel!« Ich merke zu spät, dass diese Worte aus meinem Mund kamen.

Bardolf zieht gemächlich seinen Lederhandschuh aus, dann – unvermittelt – schlägt er mir damit hart ins Gesicht.

»Du bist jetzt still«, sagt er mit dem Selbstbewusstsein eines Mannes, der daran gewöhnt ist, dass man ihm gehorcht. Ich wette, er hat früher ganze Sklavenarmeen befehligt.

»Nur weil Sie ein paar tausend Jahre alt und überaus mächtig sind, haben Sie noch lange nicht das Recht, mich zu schlagen!«, zische ich.

Klatsch – ein weiteres Mal landet der Handschuh auf meiner Wange. Diesmal so kräftig, dass mein Kopf zur Seite fliegt.

»Damien wird dich nicht retten. Er ist nicht so dumm, sich für eine Frau zu opfern.«

»Sind Sie sicher?«, gebe ich biestig zurück.

»Sein Platz ist bei seiner Familie, nicht bei einem kleinen blutgefüllten Mädchen, das er zwangsläufig überleben wird. Du bedeutest nichts als Scherereien. Du bist ihm nicht gewachsen. Keinem von uns.«

»Ciprian dürfte das anders sehen. Wobei, haha … *Sehen* kann er leider nicht mehr.«

Klatsch!

Mein Zorn wächst über meine Angst hinaus. Irgendwann fragt sich der Verstand, womit er das alles verdient hat. Und dann sagt der Verstand möglicherweise etwas sehr Dummes wie: »Ich weiß, was Sie mit Steenport vorhaben. Ich werde verhindern …«

Der nächste Schlag knockt mich aus.

37

Unter meiner Wange spüre ich weiche Fasern. Mein Kopf dröhnt wie eine Klangschale, die in die Hände eines hyperaktiven Kleinkinds geraten ist. Sogar das Blinzeln kostet mich viel Kraft.

Als Erstes nehme ich den Geruch von Kerzenwachs wahr. Warme Lichter flackern in unzähligen goldenen Leuchtern. Ich sehe Möbelbeine, verziert mit delikaten Schnitzereien, und höre das Knacken eines Feuers. Die Wärme im Raum kommt von einem Kaminfeuer. Der Teppich unter mir sieht orientalisch aus und sehr kostbar. Auf solche Teppiche übergibt man sich nicht.

Mir ist sehr übel, aber ich habe nichts im Magen, womit ich den Teppich versauen könnte. Ich stütze mich auf, meine Arme zittern unter der Anstrengung. Jeder einzelne Muskel in meinem Körper heult auf. Mein Gesicht fühlt sich an wie ein Ballon, mein Kiefer ist geschwollen und mein linkes Auge auch. Das Leben ist ungerecht! Wieso kann ich nicht einmal, nur ein einziges Mal, siegreich aus einer Schlacht hervorgehen?

Der Raum, in dem ich mich befinde, ist ein Salon mit einem mannshohen Kamin, barocken Seidentapeten und schweren Vorhängen, die die Außenwelt abschirmen. Ein eigentümlicher

Geruch liegt in der Luft. Wenn ich ihn beschreiben müsste, würde ich sagen, er ist *alt.* Sehr alt.

Das hier muss Haus Istrigo sein; das Vampirschloss des von Baro-Clans. Wer hätte gedacht, dass meine Lage noch katastrophaler werden könnte?

»Es bewegt sich«, sagt eine fremde Stimme. Sie gehört einem Mann mit dünnem, straff nach hinten gekämmten schlohweißem Haar. Er sitzt auf einem Thron aus dunklem, mit Schnitzereien verzierten Holz, dessen Rückenlehne von einem Schädel mit langen Zähnen gekrönt wird. Die Fingernägel des Mannes klacken gegen die Sessellehne. Es sind sehr lange, gelbe, spitz zulaufende Nägel. Die Haut seines Gesichts wirkt so dünn, dass darunter die Schädelknochen durchschimmern. Es könnte das Gegenstück zu dem Totenkopf oben auf der Sessellehne sein. Über seinem schwarzen Hemd trägt er ein Oberteil aus goldenem Brokat, um seinen Hals hängt eine Kette mit einem schweren Medaillon, auf dem das Wappen der von Baros abgebildet ist. Seine Mundwinkel zeigen nach unten, die Augen liegen so tief in den Höhlen, dass sie wie bodenlose Löcher wirken. Um ihn herum ist das Licht kraftlos. Sogar die Schatten wagen nicht, ihn zu berühren.

Dies ist Reichsfreiherr Berald Bernhelm von Baro, der Patriarch, der eigentlich tot und begraben sein sollte.

»Durchsuch sie«, sagt er.

»Aber das Ding *riecht!*«, erwidert eine Frauenstimme.

Ich sehe eine scharf geschnittene Silhouette in einem schlichten schwarzen Kleid, sehe ein lebloses, weißes Gesicht mit Augen, die nicht mehr als Flecken aus Schatten sind. Damiens Cousine Beninga trägt ihr glattes schwarzes Haar zu einem komplizierten Knoten am Hinterkopf geflochten und trägt wunderschöne Diamantohrringe, die im Kerzenschein glitzern. »Wieso hat unser Vater es hierher gebracht? Warum hat mein Bruder mich nicht über die Jagd informiert? Wo steckt er überhaupt?«

Der Patriarch seufzt.

»Ich war schon lange nicht mehr auf einer guten Jagd«, beschwert sich Benigna und stupst mich mit der Schuhspitze an. »Was ist das?«

»Ein Ärgernis. Es sollte längst tot sein, aber die Jagd musste unterbrochen werden.«

»Was ist passiert?« Mit spitzen Fingern tastet sie mich ab und zieht mein Handy hervor.

»Komplikationen«, brummt der alte Mann.

»Etwa wegen ihr?« Sie tippt auf den Bildschirm, der jedoch schwarz bleibt. Der Akku ist leer. Achtlos wirft sie es auf ein antikes Buffet. »Kann ich von ihr trinken?«

»Nein, wir brauchen sie für das Dinner. Unsere Gäste sind missgelaunt und dein Vater möchte ihnen ein kleines Spektakel bieten.«

»Vorher muss sie aber mit dem Schlauch abgespritzt werden. Sie sieht nicht appetitlich aus.« Ihr Lachen ist leise, aber durchdringend. »Wetten, dass mein Vater uns erst einen ellenlangen Vortrag darüber halten wird, wie man Venen korrekt öffnet und schließt?«

Ich hieve mich in eine sitzende Haltung. »Ist Damien auch hier?«

Überrascht schaut Benigna auf mich herab. Anscheinend hat sie nicht damit gerechnet, dass ich nicht nur blöken, sondern zusammenhängende Wörter sprechen kann.

«Damien hat dich nicht zu interessieren«, sagt sie und schlendert zu einem Sideboard, auf dem mehrere Karaffen mit roter Flüssigkeit stehen. Sie pickt eine heraus, füllt zwei winzige Kristallgläser und reicht eines ihrem Onkel. »Das ist der letzte Rest von dem fetten kleinen Jungen mit dem Nierenproblem«, sagt sie respektvoll. »Du magst die subtile Süße, hast du gesagt.«

»Heute wäre mir eher nach etwas Alkoholischem. Hatten wir nicht irgendwo einen Säufer?«

»Im Vorratskeller ist einer, aber der gibt nichts mehr her. Soll ich ihn hochbringen, damit du direkt aus der Vene trinken kannst?«

»Nicht im Salon, meine Liebe. Du weißt, wie sehr deine Großmutter Flecken im Teppich hasst.« Er nippt an dem Glas.

Benigna lässt sich geziert auf einen Sessel sinken und betrachtet mich mit dem klinischen Interesse einer Insektenforscherin. »Du hast schockierende Lügen über uns verbreitet, Hexe. Die Anschuldigungen gegen meinen Bruder sind absolut ungeheuerlich.« Sie hebt lächelnd das Glas und trinkt, ein Rinnsal läuft von ihrem Mundwinkel herab. Auf den ersten Blick könnte sie kaum älter als zwanzig sein, doch in ihrem Blick sehe ich die gleiche uralte Dunkelheit wie bei ihrem Urgroßvater, dem Patriarchen. Sie sitzt sehr aufrecht da, die Beine sittsam zusammenhaltend wie eine junge, streng erzogene Dame. Nur das Blut an ihrem Kinn stört den Gesamteindruck.

Mein Magen krampft sich zusammen, der Geschmack von Galle erfüllt meinen Mund. »Damien weiß Bescheid über eure Pläne«, krächze ich. Meine Kehle ist rau und trocken, die Kopfschmerzen wummern gegen meine Schläfen.

»Der Junge ist nicht dumm, das habe ich immer gesagt«, brummt der Patriarch und reicht seiner Urenkelin ein besticktes Taschentuch.

Geziert tupft sie sich das Blut ab. »Das macht ihn doppelt gefährlich. Sein Vater wusste wenigstens, wem seine Loyalität gilt. Aber Damien ist wie ein Korken auf dem Wasser. Du hättest niemals zulassen dürfen …«

»Ich habe es *nicht* zugelassen!«, blafft der alte Mann so laut, dass einige Kerzen vor Schreck erlöschen. »Dein Bruder hat ohne mein Wissen gehandelt.«

»Zum Schutz der Familie!«, gibt Benigna zurück. »Benedict musste etwas unternehmen, auch wegen der da.«

Die da bin ich. »Euer Geheimnis ist längst keines mehr.« Ich versuche aufzustehen, doch eine jähe Druckwelle schickt mich zurück auf den Boden. Es fühlt sich an, als wäre ein Felsen auf mich niedergekracht. »Die ganze Welt weiß Bescheid.«

»Du redest von Damiens blondem Freund.« Der Patriarch stößt ein bellendes Lachen aus. »Ihr Menschen seid solche Dummköpfe. Ihr glaubt seit Jahrtausenden, dass ihr die stärkste und klügste Spezies auf dieser Welt seid. Doch wenn die Nacht kommt, verbarrikadiert ihr euch ängstlich in euren Häusern. Ohne Waffen, ohne Technologie, ohne eure Götter, die ihr um Schutz anfleht, seid ihr hilflose kleine Blutbeutel. Ihr bildet euch ein, dass Steenport euch gehört, doch ihr seid unfähig, euch vor uns zu schützen. Ihr schreit nach Sicherheit und starker Führung, weil ihr tief im Innern wisst, dass ihr nichts als Schafe seid.«

»Immerhin müssen wir nicht seit Jahrtausenden unsere wahre Identität verbergen. Ihr habt Angst vor uns«, sage ich mit gerecktem Kinn. Manchmal weiß ich nicht, wann es besser ist, die Klappe zu halten.

Seine Miene zieht sich zusammen, bis sie wie eine dämonische Fratze aussieht. Weitere Kerzen erlöschen, das Feuer im Kamin fällt in sich zusammen.

»Großvater«, mahnt Benigna. Sie steht auf und entzündet die Kerzen von Neuem. »Sie ist nur verzweifelt.«

»Die Sonne geht bald auf«, brummt er und stemmt sich hoch. »Ich werde mich schlafen legen. Kümmere du dich um alles Weitere.« Seine Schritte sind lautlos, doch seine Haltung wirkt erschöpft. Sein jahrhundertealtes Dasein ist nicht spurlos an ihm vorübergegangen.

Benigna schnippt das brennende Streichholz in meine Locken und lacht, als ich es hektisch herausrupfe. Der widerliche Geruch von versengtem Haar breitet sich aus.

»Du glaubst, Damien würde kommen und dich retten?« Mit in

die Seiten gestemmten Händen schaut sie auf mich hinab. »Ist es wegen … Liebe? Glaubst du wirklich, er wäre zu solchem Unsinn fähig? Diese lästigen Empfindungen haben wir schon vor langer Zeit abgelegt.«

»Damiens Vater offenbar nicht.«

»Er war ein hoffnungsloser, schwacher Romantiker«, sagt sie im verächtlichen Tonfall einer bösen Königin. »Wie kann man nur so unvernünftig sein und einen Dhampir in die Welt setzen? Einen Vampirjäger!«

»Du fürchtest Damien.«

Sie verdreht die Augen, aber ich sehe ganz kurz ein Flackern darin.

»Wer hat ihn zu einem richtigen Vampir gemacht?«, frage ich. »Du? Hast du ihn gebissen?«

Diesmal fliege ich quer durch den Raum und krache gegen eine zierliche Kommode. Zwei Beine brechen ab, das Möbel begräbt mich zur Hälfte unter sich. Ächzend vor Schmerz ringe ich um Atem.

»Das war Großmutters Lieblingskommode. Rokoko, Genueser Rosenholz.« Benigna hat sich nicht einen Zentimeter bewegt. »Ich könnte deinen Kopf zum Platzen bringen lassen, Rotschopf. Also achte auf deine Worte.« Sie spitzt die Lippen, dann sagt sie: »Es war Benedict. Er hat Damien das Blut Babylons gegeben.«

Ich krabble unter der kaputten Kommode hervor. »Damien wurde … von seinem eigenen Cousin …gebissen?«, stoße ich hervor.

»Du hast zu viele Vampirfilme gesehen. Natürlich wurde er nicht gebissen wie irgendein Vampir! Es braucht besonderes Blut, um zu einem Clansmitglied der Großen Alten zu werden: das Blut der allerersten Vampire.« Als ich sie verständnislos wie ein Schaf (mit Rückenschmerzen) anstarre, seufzt sie und präzisiert: »Das Blut Babylons ist sehr mächtiges Blut aus den Zeiten, als die dunklen Götter noch auf der Erde wandelten. Sie sind nicht mehr unter uns, aber sie haben uns ihr Vermächtnis hinterlassen. Jeder Clan besitzt eine Phiole mit solchem Blut. Wenn ein Clan beschließt, ein neues Mitglied aufzunehmen – was nur alle paar Jahrhunderte vorkommt –, dann töten wir es auf die traditionelle Art, geben ihm dem Dunklen Kuss, um es wieder zum Leben zu erwecken. Danach flößen wir ihm ein paar Tropfen vom Blute Babylons ein. Es ist eine … unangenehme Prozedur. Sehr schmerzhaft. Nur die wenigsten überleben es. Das alte Blut wirkt wie reinigendes Gift. Es erneuert dich vollkommen, es verbrennt alles, was dich schwächt, und schält deine Stärken heraus. Beispielsweise deine verborgene Grausamkeit. Wenn du es überstehst, liegt dir die Ewigkeit zu Füßen.« Sie schlendert zu der Kommode, hebt ein abgebrochenes Bein auf und betrachtet es. »Damien war ja bereits zur Hälfte ein Vampir, ein Mischling. Benedict dachte, er könnte ihn mit drei Tropfen des alten Blutes in eine unkontrollierbare Bestie verwandeln. Eine, die der Rat als den Schuldigen für all die Morde in der Stadt akzeptieren würde. Wir hätten diesen Bastard endlich loswerden können, ohne dass der Patriarch hätte Einspruch erheben können. Zwei Fliegen mit einer Klappe.«

»Nur dass es nicht so gelaufen ist, wie Benedict es sich gedacht hat.«

Sie zieht eine Grimasse. »Ich bin davon ausgegangen, dass Damien die Erweckung nicht überlebt. Er ist doch nichts Halbes und nichts Ganzes!«

Wieder sage ich: »Du fürchtest Damien.«

Mit dem Möbelbein piekst sie mich in die Brust. »Du solltest ihn auch fürchten, Rotschopf. Denn Damien ist kein normaler Vampir, er ist eine Kreatur aus der Hölle. Sein Hunger wird bald das stärkste, das einzige Gefühl sein, das ihn beherrscht.«

38

Damien

»Ihr werdet sie nicht anrühren!«, fauche ich meinen Cousin an und stürze mich auf ihn.

Benedicts Überraschung ist nicht gespielt. Ich bin zu schnell für ihn, ihm bleibt keine Zeit zu reagieren. Mein wuchtiger Faustschlag katapultiert ihn rückwärts gegen die Mauer. Knackend ziehen sich Risse durch die Ziegel.

Er rappelt sich auf, hält sich den Kiefer. »Gebrochen«, nuschelt er und ruckelt daran herum. Es knirscht grässlich, als er die Knochenstücke zusammenpresst. »Cousin, du hast sie im Hotel zurückgelassen, nachdem du die Suite auf den Namen unserer Familie gebucht hast. Willst du mir etwa sagen, dass du nicht wusstest, was du tust?« Er spricht undeutlich, sein Blick wird von einer Wolke aus Schmerz verschleiert.

Mitten im nächsten Schlag halte ich inne. »Ich wollte sie aus der ganzen Sache raushalten.«

»Indem du sie zur Jagd freigibst.« Er ringt sich ein Lachen ab. »Wie auch immer – jetzt ist sie fort.«

Schreie rufen zum Rückzug, Automotoren heulen auf. Die Sirenen kommen näher.

»Wir sollten von hier verschwinden, meinst du nicht auch?« Benedict schnippt ein unsichtbares Stäubchen vom Jackenärmel. »Ist das dein Helfershelfer?« Er deutet an mir vorbei.

Ich drehe mich um und sehe jenseits des Wachturms Armand auf der Mauerkrone stehen und hektisch winken. Ich gehe davon aus, dass Agnetha es zur Mauer geschafft hat und in Sicherheit ist.

»Du hast doch nichts dagegen, wenn ich dich begleite?«, fragt Benedict.

»Doch«, knurre ich. Aber wir beide wissen, dass ich gierig nach Antworten bin. Und verdammt – er ist immer noch mein verfickter Cousin. »Komm schon!«

Wir sprinten los und ich schwöre, ich kann Benedicts kaputten Kiefer klappern hören. Etwa hundert Meter hinter dem Wachturm ist die Mauer eingestürzt und bietet freie Sicht auf die Klippen. Ein kleines Schiff schaukelt wild in den Wellen. Die Ebbe hat bereits eingesetzt, über die regennassen Felsen huschen Krebse.

Wir springen von Stein zu Stein hinab, Armand folgt uns.

»Habt ihr die Explosion gesehen?«, ruft er. »Sam wäre fast mit in die Luft geflogen.«

»Bin ich nicht!« Samael springt hinter uns von der Mauerkrone herab. Sein Gesicht ist voller Ruß, er riecht nach Benzin und Feuer. »Ich konnte doch nicht ahnen, dass diese Autos so schnell in die Luft fliegen.«

»Du hast sie mit Benzin übergossen. Was hätte deiner Meinung nach denn passieren sollen?« Caine beugt sich über die Reling. »Beeilt euch!«

Wäre ich ein Mensch, würde ich mir nasse Füße holen, denn der Rumpf des Schiffes schwankt gute zehn Meter entfernt vom Kliff auf dem Wasser. Ich stoße mich ab und lande mit einem eleganten Salto vorwärts an Deck.

»Alter …«, flüstert jemand, den ich nur zu gut kenne. »Bei den

Bundesjugendspielen wärst du mit dieser Nummer der totale Held gewesen.«

»Lennart.« Langsam drehe ich mich um. »Als ich dich das letzte Mal gesehen habe, bist du vor mir abgehauen, weil ich – dein Zitat: – eine *Bestie in Menschengestalt* bin.« Ich setze die Worte mit gekrümmten Fingern in imaginäre Anführungszeichen.

»Wie man sieht, lasse ich mich davon nicht abschrecken.« Er klammert sich an der Reling fest, das nasse Deck schwankt unter unseren Füßen. »Sei dankbar für meine Inkonsequenz. Ohne mich säßest du nämlich übelst in der Klemme.«

»Ach ja?«

»Ja! Ich habe deine Kumpels ausfindig gemacht, damit sie … Ist auch egal. Wo ist Agnetha?«

Das Schiff wendet schwerfällig und nimmt Kurs auf den Horizont, wo ein fahler grauer Streifen vom nahenden Morgen kündet.

»Agnetha?« Ich glotze ihn doof an. »Sie ist hier auf dem Schiff.«

»Äh … Nein.«

Fassungslos drehe ich mich um die eigene Achse. »Wollt ihr mich verarschen?«

»Da waren zwei Personen beim hinteren Wachturm«, lässt sich Samael vernehmen. »Es ging schnell und ich hatte Benzin in den Augen, aber es könnte Agnetha gewesen sein und … Und dein Onkel Bardolf, Damien. Sie haben sie mitgenommen.«

»Ups«, murmelt Benedict lächelnd. »Du hast aber auch ein Pech mit dem Mädchen.«

Ich packe meinen Cousin und dränge ihn rücklings gegen die Reling. »Wo ist sie?«

»Liebe Güte, du bist stark geworden! Stärker als ich, aber immer noch ein dummer Hitzkopf.« Er setzt sich nicht zur Wehr, schaut mich nur an. »Mein Vater wird sie zum Anwesen bringen. Zu ihrem Schutz.«

»Bullshit! Ihr wollt sie für eure perverse Hetzjagd benutzen! Ihr wollt sie töten!«

»Wir wollen nur herausfinden, aus welchem Holz sieee …«

Schon baumelt er mit dem Kopf zuerst über der Reling, nur gehalten von meinen Händen an seinen Knöcheln. Seine Haarspitzen berühren die schäumende Oberfläche. Eine Welle schlägt über sein Gesicht und durchnässt seine Kleidung.

Er prustet und lacht, als wäre das alles ein großer Witz. »Du willst unbedingt herausfinden, was mit deiner rothaarigen Hexe geschieht, wenn ich nicht zurückkehre? Nur zu, lass mich los.«

Die Verlockung ist da. Ich giere danach, Benedict mitsamt seiner Bosheit im Ozean verschwinden zu lassen. Tschüss, auf Nimmerwiedersehen.

»Wir können nicht ertrinken, Cousin«, ruft er. »Aber du kannst es gern versuchen.«

Mit einem Ruck ziehe ich ihn zurück an Bord. »Mein Vater ist ertrunken.«

Er schaut missbilligend an seiner triefenden Kleidung hinab. »Das ist ein Maßanzug von *Norton & Sons* aus der Londoner Savile Row, du Kretin. Dein Vater ist nicht ertrunken. So kann ich unmöglich nach Hause zurückkehren. Das Salzwasser hinterlässt Flecken. Ich muss …«

Ich packe ihn erneut am Kragen und füge dem Maßanzug eine gerissene Naht hinzu. »Was soll das heißen?«

»Das heißt: Salzwasser und Seidenwolle vertragen sich nicht. Wenn du dich ein wenig mit angemessener Kleidung beschäftigen würdest, dann wüsstest du es.«

»Ich rede von meinem VATER!«, brülle ich ihm ins Gesicht. Im Augenwinkel bemerke ich, wie sich die anderen vorsichtig nähern.

Lennart knetet seine Strickmütze zu Tode. »Wenn er nicht ertrunken ist, wo ist er dann?«

»Er ist tot. Seine Asche ruht in einer Kiste am Meeresgrund.« Benedict umfasst meine Hand, die ihn gepackt hält, und löst sie vorsichtig. »Er wurde an Bord des Segelschiffs gepfählt, er wurde in Brand gesteckt, anschließend wurde er versenkt. Die Legion weiß, wie man einen abtrünnigen Vampir hinrichtet.«

»Warum wurde er überhaupt aufs Meer hinaus gebracht?« Die Frage kommt nicht von mir, sondern von Caine Cody. »Die Legion vollstreckt ihre Urteile normalerweise an Land.«

Benedict rümpft die Nase. »Du liebe Güte – ein Wildling. Geh und trink dein aromatisiertes Kunstblut, alter Knabe.« Er streicht durch sein salzwasserfeuchtes Haar und schaut sich um. »Was für eine bunt zusammengewürfelte Mannschaft haben wir denn hier? Ein paar Vampire zweiter Klasse, einen nervigen Verschwörungstheoretiker und drei überaus appetitliche junge Menschen. Sind sie unsere Marschverpflegung?«

Erst jetzt bemerke ich die nervösen Halbwüchsigen im Hintergrund. »Was zum Fick …?«

Lennarts Augenbrauen zucken hektisch, während er mich eindringlich fixiert. »Sie gehören zu meinem Team«, sagt er.

Ich verstehe. Nein, das ist gelogen. Ich habe nicht die leiseste Ahnung, aber da mein Freund beschlossen hat, wieder mein Freund zu sein, werde ich ihm vertrauen. Das ist etwas, wozu Benedict niemals fähig sein wird.

»Das sind ja noch Kinder«, sage ich.

»Sind wir nicht!«, faucht ein Mädchen in einem Polyester-Gothic-Gewand. Ihr Augen-Make-up ist verwischt, sodass sie einem Panda ähnelt. »Wir … Wir wissen Dinge.« Nervös schielt sie zwischen Benedict und mir hin und her.

»Das stimmt«, bestätigt Lennart. »Die drei sind eine große Hilfe – mehr oder weniger. Jedenfalls sind sie jetzt hier.«

»Das ist ja alles ganz interessant, aber Agnetha ist VERFICKT

NOCH MAL NICHT IN SICHERHEIT!« Mein zorniger Schrei lässt alle zurückweichen.

Alle außer Benedict.

»Deine rote Füchsin hat sich gut geschlagen. Sie hat Ciprian ausgeschaltet, den Repräsentanten vom Clan Piatră întunecată.« Auf meinen verständnislosen Blick fügt er hinzu: »Ein altes rumänisches Geschlecht. Sie neigen zur Selbstüberschätzung.«

»Was habt ihr mit Agnetha vor?«

»Mein Vater wird sich um sie kümmern«, sagt Benedict. »Er weiß, was sie dir bedeutet.«

»Einen Scheiß weiß er!«

»Damien, wir haben deinen Vater gekannt und seine Obsession mit deiner Mutter. Wir kennen auch dich. Ich verstehe, was in dir vorgeht.« Er hält seine Hände hoch. »Du glaubst, dass du zwischen zwei Stühlen hängst. Aber dem ist nicht so. Du bist ein Teil unserer Familie. Das alte Blut unserer Ahnen fließt in dir. Du spürst es, nicht wahr?« Er fasst sich an die Brust. »Diese Stärke, diese Kraft in dir ist eine Gabe. Du darfst sie nicht verschwenden.«

Ein Teil von mir denkt: *Er hört sich an wie ein Instagram-Coach.*

Ein anderer: *Na ja, aber er hat recht. Du kannst jedes Chick haben, kannst jeden Mann niederschlagen und mal eben von Hausdächern springen, ohne einen Kratzer zu bekommen. Alles, was du dafür tun musstest, war ein bisschen Blut zu trinken. Worüber beschwerst du dich?*

»Was hast du mir angetan?«, fauche ich. »Du wolltest mich zum Sündenbock deiner Taten machen!«

»Ich wollte dich *stark* machen, Cousin. Unsere Familie drängt seit deiner Geburt auf deine Vernichtung. Der Patriarch hat sich geweigert. Er neigt zur Sentimentalität, aber diesmal war ich seiner Meinung. Du hast Potenzial, Damien! Verschwende es nicht an fixe Ideen.«

»Ich habe keine verfluchten Ideen! Ich bin nicht an der Weltherrschaft interessiert. Ich will nur mein Leben zurück!«

»Du lügst dich selbst an«, sagt mein Cousin. »Dein bisheriges

Leben war nichts weiter als eine Zwischenstation. Du bist auf der Suche nach deinem Platz im Universum. Ist es nicht so?«

Ich trete einen Schritt zurück. »Agnetha …«

»Deine Agnetha ist … was? Sterblich? Dir unterlegen? Ein Bündel aus Blut und Emotionen? Warum ist sie dir so wichtig? Du könntest Rita Hayworth zu deiner unterwürfigen Sklavin machen!«

»Wen?«

»Wen auch immer. Deine Transformation fängt erst an.«

»Es wird noch schlimmer?«, frage ich entsetzt. »Wächst mir demnächst ein Zottelfell oder was?«

»Es wird besser, Damien«, sagt er. »Du hast vom Blut Babylons getrunken. Erinnerst du dich? Die Beerdigung. Wir beide sind hinunter ins Gewölbe des Anwesens gegangen, wo die Phiole aufbewahrt wird. Nur ein paar Tropfen, aber dein Organismus hat sofort reagiert. So etwas habe ich noch nie gesehen.«

»Ich verstehe kein Wort.«

Doch in meinem Gedächtnis regt sich etwas. Wir haben den Weinkeller durchquert und weitere Räume, sind tiefer und tiefer hinabgestiegen in die Eingeweide der Erde. Da war ein riesiger alter Steinblock in einem niedrigen Kreuzgewölbe. Er hatte ein Loch in der Mitte und darin steckte diese kleine Flasche mit der fingerdicken Dreckkruste. Sie enthielt eine bräunliche Flüssigkeit und die Luft um sie herum sirrte und summte. Benedict hat sich dicke lederne Handschuhe übergezogen, bevor er sie aus der Vertiefung hob.

»Ich würde niemals irgendein undefinierbares Zeug aus einer nicht etikettierten Flasche trinken«, sage ich.

»Du warst nicht ganz … nun, Herr deiner Sinne. Gleich darauf bist du zusammengebrochen. Kein Lebenszeichen, gar nichts. Kaum ein Vampir verträgt das Blut Babylons, aber wer es übersteht, hat sich als würdig erwiesen, Mitglied unseres Clans zu werden. Nun, ich war überzeugt, dass du es nicht überlebt hättest. Also habe ich dich in mein Auto verfrachtet und in der Nähe des Hafens abgeladen.«

»Du mieser …« Bevor ich mich auf ihn stürzen kann, schiebt sich Caine Cody dazwischen.

»Wir müssen eine Entscheidung treffen, Damien«, sagt er ernst. »Die Legion sucht nach dir und nach uns. Wir können nicht zu unserem Liegeplatz zurückkehren.«

»Die Legion wird euch finden, egal wo ihr euch verkriecht.« Benedict lächelt. »Mein Vater wird euch meiner Entführung bezichtigen, falls er es nicht längst getan hat. Ihr habt euch an einem Kind Babylons vergriffen«, er deutet auf seine Brust, »und einem verurteilten Dhampir Unterschlupf gewährt.«

Falls Caine erbleichen kann, so tut er es jetzt.

»Mein Vater, meine Schwester und ich plädieren schon lange dafür, keine Wildlinge mehr zu dulden. Bisher haben wir nicht genug Unterstützer im Rat gefunden, aber nun, da ihr euch gegen uns gewandt habt, gibt es keinen Grund mehr, gnädig mit euch zu sein.«

»Wir haben nicht …«, setzt Caine an.

Benedict bringt ihn mit einer Handbewegung zum Schweigen. »Ihr habt unsere Jagd unterbrochen, ihr habt Fahrzeuge unserer Gäste in die Luft gejagt. Ihr habt die Polizei auf uns gehetzt. Das sieht alles sehr nach Aufstand aus.«

»Das sind meine Freunde«, knurre ich. »Lass sie in Frieden.«

»So naiv«, spöttelt er. »Dir ist nicht in den Sinn gekommen, dass sie dich für ihre verräterischen Pläne benutzen wollen? Sie wussten, was du bist, lange bevor du selbst es wusstest. Sie haben dich unter ihre Fittiche genommen, dir die Stelle in der Nachtschicht verschafft. Glaubst du, das haben sie aus Nächstenliebe getan? Komm schon, Cousin. Der alte Mann hier steht nicht grundlos unter der Beobachtung der Legion.«

»Sein einziges Verbrechen ist chronisch schlechte Laune.« Ich blinzele zum Horizont. Die dunkle Wolkendecke schiebt sich mitsamt dem Regen über den Himmel und macht Platz für den neuen Tag.

»Wir müssen uns schlafen legen«, sagt Samael mit nervösem

Blick zum nahenden Morgen. »Wir brauchen einen sicheren Ankerplatz.«

»Ich kümmere mich darum. Geht nach unten und überlasst alles mir«, sage ich.

»Es wird gleich hell, Damien.«

»Ich vertrage das Tageslicht – glaube ich. Lennart und sein Gothic-Trio sind auch noch da.«

»Wir können dir nicht vertrauen«, erwidert er. »Das ist nichts Persönliches, aber …« Vielsagend schaut er zu meinem Cousin. »Du bist ein von Baro. Du wirst uns ausliefern, während wir im Schlaf liegen.«

Benedict verschränkt mit schmalem Lächeln seine Arme.

»Hast du überhaupt schon mal ein Schiff manövriert?«, ruft Kajus aus der Kajüte.

»Man dreht am Steuer, gibt Gas oder tritt auf die Bremse«, sage ich. »Das ist keine Raketenwissenschaft.«

Samael winkt ab und läuft elegant über das schwankende Deck zu seinen Freunden, die sich ins Innere zurückgezogen haben. Caine zögert.

»Was hast du vor, Junge?«, fragt er mit hörbarem Misstrauen.

»Zuerst hole ich Agnetha zurück.«

»Und dann?«

»Dann erledige ich Dinge.« In meinem Hinterkopf reift eine Idee heran, noch weit davon entfernt, ein richtiger Plan zu sein.

Ein erster zögerlicher Sonnenstrahl bricht durch die Wolken, Lichtreflexe tanzen auf dem Wasser.

»Bei Nosferatus verdammten Eiern«, murmelt Caine. »Uns bleibt wohl keine Wahl, als dir zu vertrauen.« Er huscht zur Kajütentür, wo er mich ein letztes Mal böse anschaut.

»Hoffentlich haben sie ein angemessenes Schlaflager für mich.« Benedict zupft an seinen Manschetten und mustert abfällig die verdunkelten Fensterscheiben. »Sie hausen tatsächlich auf diesem Kahn? Schlafen sie wenigstens in Särgen oder muss ich mich auf einen Pappkarton gefasst machen?« Er will sich in Bewegung setzen, doch ich halte ihn zurück.

»Wir sind noch nicht fertig, Cousin.«

»Siehst du nicht, dass die Sonne gleich aufgeht? Wir müssen ins Dunkle!«

»*Du* musst ins Dunkle. Ich komme hervorragend zurecht mit Tageslicht.« Das ist nur ein bisschen gelogen, aber zu ersten Mal sehe ich meinen Cousin verunsichert. »Und wie du so richtig bemerktest, bin ich stärker als du. Wir beide werden gemeinsam den Sonnenaufgang genießen.«

Panik flackert über seine fein gemeißelten Züge. Er ist tausendmal älter als ich, was bedeutet, dass er höchst empfindlich auf Tageslicht reagiert. Ein wahres Geschöpf der Nacht.

Und ein Arschloch, das dringend eine Lektion benötigt.

»Lennart, bist du zufällig beruflich hier oder genießt du nur die raue Seeluft?«, rufe ich zu meinem Freund und dränge Benedict nach vorn zum Bug, wo man einen ungehinderten Ausblick zum Horizont hat. »Deine Freunde können sich auch nützlich machen. Wir müssen nach Westen.«

»Ich kann das Schiff fahren«, sagt das Mädchen mit dem ausladenden Kleid aufgeregt. »Meine Eltern haben eine Yacht.« Umständlich klettert sie zum Steuerhaus hinauf, das sich über der Kajüte befindet.

Lennart hält einen Sicherheitsabstand zu mir und meinem Cousin ein und achtet darauf, dass die beiden fremden Jungen hinter ihm bleiben. Er zieht sein Smartphone heraus, klickt darauf herum. »Mein letztes Video ist noch online. Wer hätte das gedacht? Die *Allianz* fackelt doch sonst nicht lange mit einstweiligen Verfügungen.«

»Du bist also dieser kleine Wirrkopf mit den kruden Theorien.« Benedicts Augen werden zu Schlitzen. »Was für ein Glück, dass dich niemand ernst nimmt.«

»Nun, die *Allianz* hat mich ernst genommen. Ich habe deinen

Vater auf einer Abendveranstaltung gesehen. Er war sehr charismatisch. Fast schon hypnotisch. Ein wahrer Lenker und Führer.«

»Ein Mann mit Visionen«, entgegnet Benedict. »Davon verstehst du natürlich nichts. Ihr seid nur dumme Schafe, denen der richtige Weg gewiesen werden muss.«

Ein junger Kerl, höchstens achtzehn Jahre alt, drängt sich vor. »Mit den dummen Schafen meinst du die Bürger Steenports. Menschen, die sich in dieser Stadt sicher fühlen wollen.«

»Sicherheit ist eine Illusion!«, faucht Benedict, der zunehmend nervöser nach Osten schaut. Bald wird die Sonne über die Horizontlinie steigen. Auch mir wird mulmig. Bisher habe ich keine echte Erfahrung mit Sonnenlicht, nur meine wacklige Theorie, dass der menschliche Anteil in mir mich schützen wird.

Wenn von mir nur noch ein Aschehäufchen übrig ist, weiß ich es besser.

»Damien, wir sollten jetzt wirklich ins Dunkle gehen«, drängt mein Cousin.

Mit verschränkten Armen versperre ich ihm den Weg. »Ich glaube, Lennart und seine Freunde möchten gern mehr über eure politischen Ambitionen erfahren.«

»Er soll das Wahlprogramm der *Allianz* lesen. Da steht alles drin.«

»Da steht drin, was die Leute hören wollen, aber nichts von euren wahren Absichten!«, ruft der Bursche. »Ihr wollt meinen Vater absetzen!«

»Noah ist der Sohn des amtierenden Bürgermeisters«, erklärt Lennart.

Amüsiert neigt Benedict den Kopf. »Mein herzliches Beileid, denn dein Vater ist erledigt. Bald schon wird sein sofortiger Rücktritt bekannt gegeben werden.«

Noah wird aschfahl. »Was? Aber das könnt ihr nicht machen!«

»Wir machen das auch nicht, sondern unsere wutentbrannte Gefolgschaft. Ihr Menschen seid ganz allein verantwortlich für das, was bald über die Stadt hereinbrechen wird, über das Land. Ihr habt es nicht anders verdient.«

Lennart hält sich jetzt hinter den beiden Kids, seine Hand mit dem Smartphone ist unauffällig auf uns gerichtet. Ich lenke Benedicts Aufmerksamkeit auf mich, indem ich frage: »Also habt ihr die *Allianz* nur erschaffen, um an die Macht zu kommen. Hättet ihr das nicht auch einfacher haben können? Mit Gewalt?«

»Eine neue Weltordnung errichtet man nicht, indem man das Militär und andere Mächte gegen sich aufbringt. Wir haben aus dem Zweiten Weltkrieg gelernt. Sobald die Stadt uns gehört, wird die Umformung beginnen, danach verbünden wir uns mit anderen Clans. Niemand wird uns stoppen. Weil niemand uns stoppen möchte. Wir geben den Menschen, was sie haben wollen: Ordnung und eine starke Hand. Sie werden uns wie die Götter verehren, die wir sind, und jubeln, dass wir sie von Störenfrieden und verkommenen Subjekten befreien. Ja, Blut wird fließen. Die Menschen werden es lieben – solange es das Blut der anderen ist.«

Anhand von Lennarts verstörtem Blick glaube ich zu wissen, dass er das Gleiche denkt. Wie ich: Das es funktionieren wird, was meine Familie plant. Menschen brauchen das Gefühl, auf der richtigen Seite zu stehen, zu den Auserwählten zu gehören.

»Du könntest eine Schlüsselrolle spielen, Damien«, fährt mein Cousin fort. »Halb Mensch, halb Vampir. Du bist einer von ihnen und doch wieder nicht. Wir könnten dich zu einer Ikone der Erneuerung aufbauen.«

»Nie wieder Callcenter?«, sage ich scherzhaft.

»Du bist für Größeres geboren, als chinesischen Billigkram an traurige Gestalten zu verscherbeln. Wer hat dir überhaupt diese Tätigkeit verschafft?«

»Ich dachte, ihr würdet dahinter stecken.«

»Ganz sicher nicht«, erwidert er abfällig. »Der Patriarch hat dich nicht grundlos verschont, und ich habe dich zu dem gemacht, der du jetzt bist. Du hast schon jetzt körperliche Fähigkeiten, die die

Großen Alten erst nach Jahrhunderten erlangen.« Er tritt vor mich, legt mir die Hände auf die Schultern. »Du bist unsere Waffe.«

»Waffen richten Schaden an.«

»Oder sie beschützen die Richtigen und sorgen für Ordnung. Du hast einen Platz auf dieser Welt, Damien. Es wird Zeit, dass du diesen Platz einnimmst.«

»Ich hatte vorher schon einen Platz, der gar nicht so schlecht ist. Ich bin vielleicht nicht reich und ich fahre keinen kostspieligen Oldtimer, aber ich hatte meinen Spaß.«

»Gar nichts hattest du, und du weißt es. Statt zu uns zu kommen, hast du deine Zeit lieber mit albernen Schiffsmodellen und jämmerlichen Schwächlingen wie dem da verschwendet.« Er nickt zu Lennart.

»Woher wisst ihr von meinen Schiffen?«

»Wir wissen alles über dich, Damien. Grabkerzen, Patchouli und *Twilight?*« Er lacht nachsichtig. »Du brauchst wirklich kompetente Nachhilfe. Du brauchst uns. Du hast nur uns.«

Ich möchte ihm eine spöttische Erwiderung ins Gesicht knallen, aber mir fällt keine ein.

»Wovon ernährst du dich, Damien? Von der Blutbank, nehme ich an. Von dem zusammengepanschten Zeug, mit dem wir die Wildlinge unter Kontrolle halten.«

»Was stimmt mit *Speed Demon* nicht?«

»Ein gut gemeinter Ratschlag: Rühr diesen Dreck nicht an.« Der Himmel wird heller. Benedict schlägt den Mantelkragen hoch und zieht den Kopf ein. »Damien, ich muss jetzt wirklich ins Dunkel.« Ich glaube zu sehen, wie sein Gesicht einen leichten rosafarbenen Ton annimmt. »Eine gute Jagd ist Teil deiner Natur. Dieser Triumph, das Hochgefühl, wenn du das Leben trinkst, ist mit nichts zu vergleichen. Du hast es selbst gespürt, nicht wahr? Es macht süchtig. Du willst es wieder erleben.«

»Aber bitte nicht mit mir«, murmelt Lennart.

39

Agnetha

Benigna zerrt mich hinter sich her durch ein unterirdisches Labyrinth aus düsteren, staubigen Gewölbegängen. Vereinzelt schalten sich Bewegungsmelder an und spenden etwas Licht, bevor wir wieder in die Finsternis eintauchen. Meine Füße sind längst taub und wahrscheinlich total ruiniert. Ich werde nie wieder Sandalen tragen können.

Ich werde nie mehr von hier fortkommen.

Sie spricht kein Wort mit mir. Bosheit weht wie eine Fahne hinter ihr her und hüllt mich ein. Ihre zarten Finger halten mein Handgelenk mit solcher Kraft, dass meine Knochen knirschen. Sie lässt keinen Zweifel an ihrer überlegenen Stärke, ihrer Skrupellosigkeit und der unheimlichen Fähigkeit, dies alles im schlanken Körper eines Mädchens zu verbergen. Das Rascheln ihres Gewandes und meine Atemzüge sind die einzigen Geräusche, die ich höre.

Ruckartig reiße ich an dem Griff, hoffe auf den Überraschungseffekt. Doch sie wirbelt schnell wie ein Lufthauch herum und rammt mir wuchtig die Faust in die Magengrube, ohne dass ihre andere Hand mich loslässt. Ein Feuerball rast durch meine Eingeweide, ich klappe zusammen, falle auf die Knie. Sie zieht mich über den schmutzigen Boden vorwärts, ohne sich um mich zu kümmern. An einer Türschwelle erhalte ich einen Tritt, der mich in einen Raum rollen lässt.

»Mein Vater wird gleich kommen und dich vorbereiten«, sagt sie. Die schwere Tür kracht ins Schloss.

Als Erstes steigt mir der eindringliche Kupfergeruch in die Nase. Er ist überall. Im Boden, in den Wänden. In dem kalten, trockenen Gestein, das jedes Geräusch schluckt. Die Tür ist aus meterdickem Holz mit Eisenbeschlägen. Auf der Innenseite gibt es keinen Knauf oder Griff. Der Boden besteht ebenfalls aus Steinplatten, stellenweise dunkel gefärbt.

Ich rappele mich auf, presse den Arm gegen meinen malträtierten Magen. Wie peinlich ist das bitte: von einem Mädchen ausgeknockt zu werden, das aussieht wie die bösartige kleine Schwester von Wednesday Addams?

Der Raum, in dem ich mich befinde, ist weitläufig und verwinkelt. Säulen und Gewölbebögen stützen die Decke. Wandlampen brennen, ohne die Schatten aus den Ecken und Nischen vertreiben zu können. An der Wand steht ein massiver Eichenholztisch, darunter eine Truhe. Rostige Ketten hängen an Winden von der Decke herab oder sind mit massiven Eisenringen in den Wänden verbunden. An einer ist ein Mann mit einer Handschelle angekettet, nur in eine zerrissene Stoffhose gekleidet. Sein Körper ist mit Wunden in allen Stadien der Heilung übersät, sein Haar schmutzig und strähnig. Er kann nicht älter als 30 sein. Um seinen Oberarm ist ein Riemen gebunden, der Unterarm und seine Brust ein

Massaker aus entzündeten Bisswunden. Ich presse die Hand gegen den Mund, um einen Schrei zu unterdrücken.

Er liegt auf der Seite neben einem leeren Eimer. Zuerst denke ich, dass er tot ist, doch als ich mich nähere, sehe ich, dass er atmet.

Vorsichtig rüttle ich ihn an der Schulter. »Hey, ist alles okay mit dir?«

Wimmernd rollt er sich zusammen. »Ich kann nicht mehr. Bitte, ich …« Seine Stimme ist schwach, seine Haut trocken und fahl. Ein Netzwerk aus dünnen blauen Adern windet sich um scharf hervortretende Sehnen und Muskeln.

»Ich bin keiner von denen. Ich tu dir nichts.«

»Will endlich sterben«, murmelt er. »Tut weh …«

Sein Körper glüht, als ich den Arm berühre. Ich schaue mich nach etwas um, mit dem ich die Wunden auswaschen kann. In der Mitte des Raums befindet sich ein Brunnen aus groben Steinen. In einer Ecke liegt ein Haufen Kleidung, teils zerrissen. Die untersten sind alt, mürbe und ausgeblichen, die obersten dreckig und fleckig. Ich suche das am wenigsten schmutzige Hemd heraus. Die Sachen riechen säuerlich nach altem Angstschweiß.

Ich beuge mich über den Brunnenrand und fahre sofort zurück, als mir ein widerlich fauliger Gestank in die Nase steigt. Der Grund des Brunnens ist kaum zu sehen, aber zu riechen. Dort unten gibt es kein Wasser. Dort verwesen Leichen.

»Wie ich sehe, machst du dich mit der Einrichtung unseres Vorratskellers vertraut.«

Bardolf von Baro, der Führer der *Allianz*, betritt den Keller. Er trägt einen fleckigen Kittel über seiner Kleidung, in der Hand hält er ein Paar schwerer Handschellen, die aussehen, als hätte man mit ihnen früher Hexen abgeführt.

»Der Mann stirbt! Er braucht ärztliche Hilfe.«

»Ein Arzt wird ihm auch nicht mehr helfen können. Die meisten bekommen früher oder später eine Blutvergiftung, das ist normal bei Bisswunden. Der da ist ein Säufer, vermutlich hat der Alkohol ihn konserviert.« Er kichert über seinen eigenen Witz. »Der

Patriarch wird enttäuscht sein. Wir werden für ihn einen neuen Blutbeutel aus dem Vergnügungsviertel holen müssen.«

Ich räuspere meine angsterstickte Kehle frei. »Geht er nicht auf … auf die Jagd?«

»Er ist der Patriarch!«, sagt Bardolf empört. »Und offiziell tot.«

Er tritt an mich heran, packt mich wie ein bissiges Nagetier im Genick und hat mir die Handschellen so schnell angelegt, dass ich nicht mal einen Schrei ausstoßen kann. Grob zerrt er mich zu einer der herabhängenden Ketten, hakt die Fesseln darin ein und zieht die Kette über eine Winde hoch, bis nur noch meine Zehenspitzen den Boden berühren. Meine Arme sind straff nach oben gereckt, das rostige Metall schneidet in meine Haut. Ich reiße an der Kette, natürlich gibt sie nicht einen Millimeter nach.

»Morgen um Mitternacht werden wir in die Stadt fahren und dort die erste freie Jagd abhalten, gleich nach dem Dinner. Du wirst den Blutdurst unserer Gäste anstacheln und ihnen die nötige Kraft verleihen. Ach, es wird ein herrliches Gemetzel geben! Wie in den alten Zeiten.« Er überprüft die Kette und versetzt mir einen spielerischen Stoß in die Rippen. »Anschließend wird meine Organisation als Retter parat stehen und die Menschen werden uns die Füße küssen, wenn wir anfangen, das Pack aus den Straßen zu entfernen.«

»Wissen Sie, an wen mich Ihr Gerede erinnert?«, spucke ich aus. »An einen Diktator mit Größenwahn.«

»Weil dein kleines Hirn mich nur mit einem Menschen vergleichen kann. Dein Denken ist so eingeschränkt wie deine traurige Lebenserwartung«, sagt er nachsichtig. »Uns gehört ein großes, bewaldetes Areal draußen in den Hügeln, das wir mit Sicherheitszäunen einfrieden lassen. Offiziell wird die *Allianz* dort mithilfe von Fördergeldern und Sponsoren ein privates Resozialisierungscamp für kriminelle Jugendliche errichten. Dort können wir ausgewählte Beutetiere auf die Jagd vorbereiten und sie ungestört hetzen und erlegen. Wie in alten Zeiten.«

Er geht zu dem am Boden liegenden Mann und löst die Kette um dessen Hals. »Bald wird es niemanden mehr interessieren, was mit den Junkies und Dealern, den Schlägern und Schulschwänzern passiert.«

»Und ob! Es wird immer jemanden geben, der Fragen stellt und schmutzige Geheimnisse ans Tageslicht holt.« Der Zug in meinen Armen wird jetzt schon unangenehm.

»Das mag sein, aber dieser Jemand wirst nicht du sein.« Er schaut auf den wimmernden Mann hinunter, der sich in Embryonalstellung zusammenrollt. »Der hier wog zwanzig Kilo mehr, als wir ihn herbrachten. Trotz seiner Trunkenheit hat er gekämpft wie ein Löwe.«

Bardolf rollt den Mann mit der Fußspitze auf den Rücken und studiert aufmerksam den grässlich zugerichteten Körper. Er beugt sich herab, zieht dessen Lippen zurück und murmelt: »Rückgang des Zahnfleischs, grauer Belag auf der Zunge. Hmm … Die Wasserration war eigentlich ausreichend. Beim nächsten Mal werde ich es mit Ascorbinsäure versuchen.« Er zieht ein Notizbüchlein samt Stift aus der Kitteltasche und macht sich Notizen.

Es gruselt mich, ihm dabei zuzusehen, wie er den armen Mann inspiziert wie ein Stück verdorbenes Fleisch. Bardolf von Baro strahlt auch jetzt die gleiche Souveränität, das immense Selbstbewusstsein aus wie auf der *Allianz*-Versammlung. Ein Mann der Tat, ein gelehrter Anführer mit Manieren und dem richtigen Weitblick. Sogar jetzt, wo er mich in Ketten an einer Decke aufgehängt hat, fällt es mir schwer, ihn als das zu sehen, was er ist: ein tollwütiger, blutrünstiger Dämon.

Er hievt sich den schlaffen Körper des wimmernden Mannes über die Schulter und geht zum Brunnen. Ohne zu zögern, wirft er ihn hinein. Ich höre ein dumpfes Aufklatschen. Vor Entsetzen verliere ich den Boden unter den Füßen und krache schwer in die Ketten. Durch meine Handgelenke rast ein scharfer Schmerz.

»Sind Sie wahnsinnig? Der Mann lebt noch!«, schreie ich.

Bardolf winkt ab und geht zu dem Tisch, um in der darunter stehenden Truhe zu kramen. Ich höre metallisches Klappern und sehe, wie er Instrumente auf dem Tisch ausbreitet. Zangen und

Klingen und spitze Küretten mit Elfenbeingriff. Einen Bunsenbrenner.

»Früher haben wir unsere Beute angeschnitten oder angebissen und anschließend die Wunde kauterisiert«, plaudert er. »Du weißt doch, was das ist? Ich rede von Ausbrennen. Die korrekte Temperatur ist dabei sehr wichtig, sonst bekommt das Blut einen bitteren Beigeschmack. Ich werde meinem Buch ein eigenes Kapitel zu diesem Thema widmen.«

»Damien wird Sie bezahlen lassen«, krächze ich. »Für alles. Er wird …«

Bardolf zieht einen Mundwinkel hoch, während er Instrumente inspiziert. »Damien wird nichts dergleichen tun«, sagt er mit unerschütterlicher Gewissheit.

Möglicherweise hat er recht. Für Damien gibt es nur noch eine Art, sein Leben zu führen. Er braucht regelmäßig frisches Blut. Seine reiche, mächtige Familie wird ihn in ihrer Mitte willkommen heißen und ihn zu einem echten Prinzen der Nacht machen.

Ach, das ist er schon längst.

»Er ist zum Gefängnis gekommen, um mich vor Ihnen und Ihrer kranken Jagdgesellschaft zu retten«, sage ich trotzig.

»Damien wird bald Nahrung zu sich nehmen müssen. Ich denke, dein Blut wird ihm besonders gut schmecken.« Er dreht sich um und geht zur Tür. »Ich wünsche angenehme Träume.«

»Hey, Sie können mich nicht einfach hier hängen lassen!«

Doch, kann er. Er verlässt den Kellerraum, ein Riegel wird vorgeschoben, Schritte verklingen.

»Fuck«, murmele ich. »Fucking Fuckfuck.« Damien wäre stolz auf meinen kreativen Fluch.

Er wird mich suchen, finden und hier rausholen.

Oder er lässt dich endgültig hängen, im wahrsten Sinne des Wortes. Er ist dir zu nichts verpflichtet, er hat gerade andere Probleme. Wer sagt, dass sein Cousin ihn nicht umgebracht, oder schlimmer noch, sich mit ihm verbrüdert hat?

Wann hat er eigentlich das letzte Mal etwas … ähm, gegessen? Und was ist, wenn sich ihm seine Familie in den Weg stellt?

Blutsbande bekommt plötzlich eine ganz andere Bedeutung.

Ich hänge wie ein Stück Schlachtvieh an diesen Ketten, die Luft riecht nach Tod, meine Schultern tun höllisch weh und aus dem Brunnen glaube ich, die grausigen Geräusche eines sterbenden Mannes zu hören.

Meine Augen fallen zu, ein scharfer Ruck an meinen Armen weckt mich wieder auf. Meine Finger spüre ich nicht mehr, mein Nacken ist steif wie ein Stück altes Holz. Die Lichter brennen und brennen und ich weiß nicht, ob Minuten, Stunden oder Tage vergangen sind, seit Bardolf den Keller verlassen hat. Meine Kehle ist staubtrocken, aber wenigstens habe ich keinen Hunger. Von Vampiren gejagt und eingekerkert zu werden, könnte sich als revolutionäre Diät-Idee entpuppen.

Ich strecke ein Bein aus und ziehe den leeren Blecheimer zu mir heran. Mit einiger Mühe gelingt es mir, ihn herumzudrehen, sodass ich darauf steigen und meine Arme entlasten kann.

Damien ist nicht gekommen. Er wird auch nicht kommen. Er hat mich zweimal abserviert und beim dritten Mal seinem Psycho-Vampir-Onkel überlassen, bevor er mal wieder in der Nacht verschwand.

Ich weiß, dass ich ungerecht bin, aber ich kann nichts gegen die Gedankenflut tun.

Nicht einmal mein Blut wollte er probieren, trotz höchster Ekstase. Ich hätte es ihm gegeben. Nicht alles natürlich, aber ich kann nicht aufhören, darüber nachzudenken, wie es sich anfühlen würde, wenn er beim Sex an meinem geöffneten Hals saugt, einen Teil von mir verschlingt. Wie mein Blut ihm neue Energie gibt.

Die Hetzjagd und die Kälte müssen etwas mit meinem Verstand angestellt haben, dass ich über so etwas fantasiere. Allein die Vorstellung reicht aus, um einen kleinen warmen Schauer zu erwecken. Als ob die Situation nicht schon ausweglos genug wäre, muss ich mich nun der Tatsache stellen, dass ich einem Kerl verfallen bin, der nie da ist, wenn man ihn braucht. Das hat er doch mit Absicht gemacht.

Er war sowieso nie richtig an mir interessiert. Sex bedeutet gar nichts, Familie hingegen bedeutet alles. Ich habe gesehen, wie er fast einen Menschen getötet hat, zu allem Überfluss einen Kollegen aus der Nachtschicht. Er hat keine Lust, mich schon wieder zu retten. Inzwischen muss er mich für eine hilflose Prinzessin halten, die allein nicht überlebensfähig ist und gemütlich auf einen Ritter wartet, damit er sie wieder aus der Scheiße holt. Für jemanden, der Frauen für hilflose Trienen hält, wäre ich der Jackpot.

Ich an Damiens Stelle würde mein unsterbliches Leben nicht mit einer nutzlosen Reporterin verschwenden wollen, die von einer Katastrophe in die nächste stolpert, und das auch noch barfuß. Wenn er mich so sieht wie jetzt, von einer Decke hängend und vor Angst schlotternd, wird er erkennen, was ich in Wahrheit bin: das Familiendinner.

40

Damien

»Fahr vorsichtiger!«, brüllt mein Cousin von hinten. »Diese Situation ist absolut unwürdig!«

Sein Geschrei wird von der dicken Plastikplane gedämpft, mit der wir ihn bedeckt haben, weil die Vorhänge an den Seitenfenstern Licht hindurchlassen.

»Ich kann nichts dafür, dass die Straße in so einem schlechten Zustand ist«, gebe ich zurück und lenke den alten Leichenwagen ein wenig nach links, um ein besonders großes Schlagloch zu erwischen. Die Sache macht leider nur halb so viel Spaß, wenn man weiß, dass der unfreiwillige Passagier schmerzresistent ist.

Aber nicht immun gegen Sonnenlicht.

Ihr dachtet, ich hätte ihn an Deck zu einem schönen schwarzen Stück Grillkohle verbrutzeln lassen?

Die Versuchung war groß, das gebe ich zu. Meine Skrupel sind in den letzten Tagen auf Staubkorngröße geschrumpft. Meine moralischen Bedenken existieren nur noch in der Theorie. Ich verspüre den mächtigen Drang, herauszufinden, wo meine neuen Grenzen liegen. Ob ich überhaupt noch welche habe oder zu allem fähig bin. Sogar dazu, ein Familienmitglied zu ermorden, nur weil ich die Wahrheit nicht ertragen kann.

»Könntest du bitte langsamer fahren?«, merkt Lennart auf dem Beifahrersitz an. »Mein Auto ist dieses Tempo nicht gewöhnt. Es verliert Einzelteile. Außerdem kann ich bei dem Gerüttel nicht das Video zusammenschneiden.« Er tippt auf seinem Smartphone herum, schiebt winzig kleine Regler hin und her und murmelt ein ums andere Mal: »Mist, schon wieder vertippt.«

Ich habe keine Ahnung, was er da treibt. Er besitzt tausend Video-Apps auf seinen Geräten, mit denen er mal eben einen Blockbuster produzieren könnte, inklusive Explosionen und dramatischer Hintergrundmusik. Es würde mich nicht wundern, wenn er Wesley Snipes mit Schwert und Sonnenbrille reinkopiert. Neuerdings steht er auf Vampirjäger. Mit *neuerdings* meine ich: seit letzter Nacht.

Die Kids sind auf dem Schiff geblieben. Sie wollten nicht nach Hause fahren, sondern Teil einer großen Sache sein. So haben sie es ausgedrückt. Ich weiß nicht, ob es eine kluge Idee ist, denn das Mädchen himmelt Armand an, als wäre er Robert Pattinson in der Bad Boy-Edition. Sie ist gerade mal volljährig, und sie hat den Kopf voller dunkelromantischer Flausen. Lavinia hat zwar versprochen, aufzupassen, dass Armand die Situation nicht ausnutzt, aber …

Im Grunde geht es mich auch nichts an. Hauptsache ist, dass sie die Kids nicht aussaugen werden, den Gesetzen sei Dank. Ich weiß nämlich nicht, wie wir das ihren Eltern erklären sollten.

Ich verstehe nicht, warum wir die drei Jugendlichen überhaupt mitspielen lassen. Okay, Noah ist der Sohn des Bürgermeisters und hat sich mit Lennart gegen die *Allianz* verbündet. Die beiden sind jetzt offiziell Feinde meiner Familie und damit auch meine Feinde.

Benedict ist nicht mein Freund. Er ist und bleibt ein intriganter, verlogener, rücksichtsloser Blutsäufer. Noch vor Kurzem hätte er mich ohne zu zögern den Wölfen zum Fraß vorgeworfen. Nun gehöre ich selbst zu den Wölfen. Ich bin stärker als er, aber er ist erfahrener und er hat mächtige Unterstützer.

Ich muss mich meiner Natur stellen, doch das schaffe ich nicht allein.

»Wie soll ich bei diesem Geschaukel schlafen?«, beschwert sich mein Cousin.

»Ich dachte, Vampire fallen tagsüber in ein Koma«, flüstert Lennart. »Wieso hört der nicht auf zu meckern?«

»Ich höre dich, Blutbeutel! Ist das dein Bett, in dem ich hier liege? Dieses Kissen ist eine Zumutung! Und dieser Schlafbeutel …«

»Schlafsack«, korrigiert Lennart. »Ich bitte Eure Gnaden um Verzeihung, wenn das Ruhelager nicht Euren Ansprüchen genügt.«

»Hier wäre genug Platz für mindestens einen Sarg. Menschen: Nie denken sie mit! Im Grunde seid ihr nur für eine Sache zu gebrauchen.«

»Sei endlich still, oder ich fahre rechts ran und werfe dich in den Straßengraben!«, schnauze ich.

»Nur zu, Cousin. Vernichte mich ruhig.« Er lacht. »Dann wirst du die rote Hexe nie wiedersehen.«

Wir holpern über eine besonders prächtige Bodenwelle und Benedict knallt gegen die Seitenwand.

»Sorry«, rufe ich fröhlicher, als mir zumute ist. »Pass gut auf, dass die Plane nicht verrutscht. Den Geruch von verbranntem Fleisch kriegt man ganz schlecht wieder aus den Polstern raus.«

Ich trage meine Sonnenbrille und habe den Mantel bis unter das Kinn geschlossen. Meine Hände umklammern das Lenkrad viel zu fest. Es mag ja sein, dass Tageslicht mir nichts anhaben kann, aber das Brennen auf der Haut ist trotzdem kaum auszuhalten. Ständig muss ich mich vergewissern, dass mein Fleisch nicht in Flammen steht. Mein Nervensystem glüht, meine Haare knistern, meine Augäpfel fühlen sich an, als würden sie jede Sekunde verdampfen. Manchmal verschwimmt meine Sicht und dann muss Lennart ins Lenkrad greifen. Er wäre selbst gefahren, aber er muss dringend sein ultrawichtiges Video fertigstellen.

Es wird genau so viel Aufmerksamkeit erregen wie das letzte, das er hastig hinten im Leichenwagen gedreht hat. Nämlich keines. Die

Anwälte der *Allianz* haben beschlossen, ihn zu ignorieren – ein Zeichen, dass sie ihn nicht ernst nehmen. Also nehmen ihn auch alle anderen nicht ernst. Offiziell hat man ihn jetzt als durchgeknallten Spinner abgestempelt; die Kommentare unter seinem Youtube-Video sprechen Bände. Seine nervöse Äußerung: »Ich bin auf der Flucht und möglicherweise wird dies mein allerletztes Video sein«, wurde hauptsächlich mit: *Endlich gibt er Ruhe* quittiert. Sogar seine größten Fans, die doof genug sind, täglich mit Petroleum zu gurgeln, um negative Strahlung von den Mobilfunk-Antennen aus dem Körper abzuleiten (ich schwöre, das habe ich mir nicht ausgedacht), äußern sich zurückhaltend bis gar nicht.

Zwischen Lennart und mir ist längst nicht alles in Ordnung. Er ist nicht wegen mir zurückgekommen, sondern um Agnetha zu helfen. Nebenher will er einen Kreuzzug starten, um Steenport und den Rest der Welt zu retten. Die drei Kids sind jetzt seine neuen besten Freunde.

»Bist du sauer, weil dein Video keine Beachtung gefunden hat?« Ich schalte das Radio ein, um die Stille zwischen uns zu durchbrechen. *The Heart Of The Darkness* umhüllt uns mit melancholischen Klängen.

Ohne aufzusehen, antwortet er: »Die hämischen Kommentare stammen von Bots. Die *Allianz* fährt jetzt eine neue Strategie, um mich zum Verstummen zu bringen. Kennst du den Streisand-Effekt?«

»Klar. Jemand versucht, eine unliebsame Information zu unterdrücken und erreicht damit das Gegenteil, nämlich mehr Aufsehen.«

»Das haben die Anwälte der Organisation auch gemerkt. Wer mit Kanonen auf Spatzen schießt, muss etwas zu verbergen haben, wird die Öffentlichkeit denken. Also macht die *Allianz* mich jetzt lächerlich.«

»Und das stört dich nicht?«

»Eines Tages werden die Leute sagen: *Ach je, Lennart Bosse hat von Anfang an recht gehabt. Hätten wir nur auf ihn gehört.*«

»Das wirst du nicht mehr erleben, Kleiner«, ruft Benedict von hinten.

»Ich weiß, dass ihr Killer auf mich angesetzt habt«, gibt er zurück. »Ihr fürchtet mich.«

»Du bist nichts als eine kleine blutgefüllte Made, die wir unter unseren Schuhen zertreten werden«, sagt Benedict.

»Und du liegst unter einer Plastikplane in meinem Auto versteckt, weil du Angst hast, als Rostbratwürstchen zu enden.«

Stille.

»Eins zu Null für dich«, sage ich grinsend.

»Ihr seid trotzdem stärker, da mache ich mir nichts vor.«

Jetzt heißt es also schon *ihr*.

»Darum baue ich mir ein Team aus Mitstreitern auf«, fährt Lennart fort. »Noah und seine Freunde sind nur der Anfang.«

»Du hast sie in Gefahr gebracht, das ist dir doch klar. Sie sind noch Kinder.«

»Sie hätten gerne eine lebenswerte Zukunft in einer Stadt, die sich nicht in den Fängen eines blutgierigen Clans befindet. Auf die Eltern kann man sich in einem solchen Kampf nicht verlassen. Die sind zu sehr damit beschäftigt, einen Termin beim Orthopäden zu bekommen und ihre Rentenpunkte zusammenzuzählen.«

»Du bist auch ein Erwachsener, Lennart. Auch wenn ich zugeben muss, dass das schwer zu glauben ist.«

»Sie sind ja so witzig, Herr Vampir.« Er tippt ein letztes Mal auf sein Display und sagt zufrieden: »So.«

»So was?«

»Ich habe die Unterhaltung zwischen dir und deinem …« Er deutet mit dem Kopf nach hinten und formt mit den Lippen: *Hab alles auf Video*. »Ein stichhaltiger Beweis, den niemand ignorieren kann.«

»Warte mit dem Hochladen, bis ich Agnetha rausgeholt habe.«

»Falls du sie überhaupt rausholen willst«, murmelt er.

»Was soll das denn heißen?«

Er antwortet nicht, aber das ist auch nicht nötig. Wir sind auf dem Weg nach Haus Istrigo, dem Schoß meiner Familie. Ich spüre ein Ziehen im Kiefer; der Hunger setzt ein. Ich weiß nicht, wie viel Zeit mir bleibt, bis meine gierigen Instinkte das Kommando übernehmen. Ich muss Agnetha in Sicherheit bringen, bevor ich ihr etwas antun kann. Im Grunde bin ich total unqualifiziert als Retter. Jemand mit mehr Vernunft würde die Polizei informieren.

Falsch – jemand mit Vernunft weiß, dass es niemanden gibt, der ihm hilft. Am allerwenigsten die Behörden. Meine Familie hat jahrtausendelange Erfahrung in solchen Dingen.

Wir rasen über die Stadtgrenze und lassen die letzten Ausläufer der Metropole hinter uns. Dichter Nebel verhüllt die nasse Landschaft, die aufsteigende Sonne lässt sich nur erahnen. Der Regen ist nach Westen abgezogen. Hinter einem Dorf biege ich rechts ab, passiere ein Waldgebiet und trete hart auf die Bremse, als ich im Unterholz etwas Goldfarbenes glitzern sehe. Von hinten höre ich ein Poltern.

»Jetzt reicht es!«, schreit mein Cousin.

Ich springe aus dem Fahrzeug und folge der kurzen Schneise durch das Gestrüpp.

Der goldene Porsche Panamera klebt mit der Front an einem Baum, der Airbag ist aufgeblasen, die Fahrertür steht offen. Auf dem feuchten Waldboden liegt ein Pager mit zerbrochenem Display.

»Lucius?«, rufe ich, mich einmal um die eigene Achse drehend. Ich eile zum Kofferraum und stemme die verzogene Klappe auf.

Da liegt er, seinen ledernen Hexenmantel wie eine Decke über sich gebreitet. Nicht eine Haarspitze schaut heraus. Ich dachte immer, Vampire würden Umhänge und Mäntel nur aus modischen Gründen tragen. Jetzt weiß ich es besser.

»Lucius?« Sanft rüttle ich ihn dort, wo ich seine Schulter vermute.

Er regt sich nicht. Panik befällt mich.

»Lucius!« Ich will den Mantel fortreißen, kann mich aber gerade noch bremsen. Vor allem, weil sich ein spitzer Gegenstand in meine Leiste bohrt.

Ich schaue nach unten und sehe behandschuhte Finger mit einem Messer, dessen Spitze sich gefährlich nah an meinem besten Stück befindet.

»Ich schlafe«, nuschelt es unter dem Mantel. »Aber ich kastriere dich trotzdem, wenn du nicht sofort verschwindest.«

»Lucius, ich bin es. Damien.«

»Erwartest du jetzt Beifall? Ich sagte, ich schlafe. Das solltest du auch tun.«

»Was machst du hier draußen – mit dem Kühlergrill an einem Baum? Du willst zu meiner Familie, richtig? Um sie zu warnen.«

»Dummkopf. Ich ahnte, dass du nach Haus Istrigo fahren würdest, und wollte eine Katastrophe verhindern. Das ist zufällig mein Job.«

»Sie haben Agnetha verschleppt.«

»Und warum?«, murmelt er, ohne sich zu regen oder wenigstens das Messer wegzuziehen. »Weil du es vermasselt hast, Junge. Dein Vater wäre stolz auf dich.«

»Lass ihn da raus!«, schnappe ich. »Dein Pager ist kaputt. Was ist passiert?«

»Dieses Auto ist durchgegangen. Ich konnte es nicht mehr zügeln.« Kurze Pause. »Du weißt hoffentlich, dass du einen Krieg entfacht hast?«

»Ja … Nein. Wer kämpft gegen wen?«

»Alle gegen dich, Junge. Deine rothaarige Freundin hat ein Mitglied eines hochrangigen rumänischen Clans schwer verletzt. Sie verlangen Satisfaktion. Der Rat hat deine Auslöschung befohlen.«

»Na ja, ein ganz normaler Morgen für mich.« Sanft schiebe ich die Hand mit dem Messer fort. »Du hast nicht zufällig eine hilfreiche Idee?«

»Frag deine Familie, nicht mich. Ich kann nichts für dich tun.«

»So wie du auch für meinen Vater nichts tun konntest.« Ich mache Anstalten, die Kofferraumklappe zu schließen.

»Hast du es immer noch nicht verstanden?«, faucht er. »Dein Vater lebt!«

Wie angewurzelt stehe ich da. Im Wald zwitschern Vögelchen, irgendwo kuckuckt ein Kuckuck, Nässe tropft von den Baumkronen. Mit einem schnellen Blick zum Leichenwagen, der mit laufendem Motor auf der Straße steht, sage ich leise: »Wiederhol das.«

»Du hast mich bereits beim ersten Mal gehört. Wer ist bei dir?«

»Mein Freund, der jetzt mein Feind ist, mich aber trotzdem sein Auto fahren lässt, und mein Cousin.« Das Brausen in meinem Kopf droht, mich zu betäuben.

»Du willst Benedict zum Anwesen bringen? Bist du des Wahnsinns?«

»Es ist lächerlich, mit jemanden, der sich unter einem Mantel zusammengerollt hat, ein schicksalsschweres Gespräch zu führen. Können wir das nicht anders bewerkstelligen?« Ich will in seine ausdruckslose Miene schauen und nach der Lüge darin suchen.

»Du darfst Benedict auf keinen Fall zurück zu seiner Familie bringen! Er ist das einzige Pfand, das du besitzt. Denk an dein Mädchen!«

»Ich denke ununterbrochen an sie!«, gebe ich zurück.

»Aber es kommt nichts Vernünftiges dabei heraus. Lass ihn nicht zu seinem Clan zurückkehren.«

»Ich will guten Willen zeigen, damit sie Agnetha gehen lassen.«

»Raffinierter Plan. Leider wird er nicht funktionieren. Du hast es nicht mit französischen Diplomaten zu tun, sondern mit einer Horde uralter Vampire.« Ein Räuspern. »Du brauchst eine andere Taktik. Überzeuge sie von deiner Nützlichkeit, spiele ihr Spiel. Du besitzt einige Fähigkeiten, die sie sich zunutze machen können.«

»Ich bin ein Freak, der unter Kontrolle gehalten werden muss.«

»So kann man es auch sagen.«

»Wieso redest du mit einem alten Mantel?« Lennart ist neben mir aufgetaucht.

»Der Typ da drunter behauptet, mein Vater würde noch leben.«

»Noch ein Vampir?«

»Legion.« Ich seufze.

»Ist das der Kerl, der Kontakt zu Caine Cody und den anderen hat? Ich habe das hier gefunden.« Lennart hält mir den kaputten Pager entgegen. »Auf wessen Seite steht er?«

»Auf seiner.«

»Nehmen wir ihn mit?«

»Natürlich nehmt ihr mich mit!«, schnauzt Lucius.

»Erst auf dem Rückweg.« Ich werfe die Kofferraumklappe zu.

»Damien, mach keinen Unsinn!«, ruft er gedämpft hinter uns her.

»Es ist keine gute Idee, einen wutschnaubenden Vampir in einem goldenen Autowrack zurückzulassen«, merkt Lennart an, kaum dass wir unsere Fahrt fortgesetzt haben.

»Darüber zerbreche ich mir den Kopf, wenn es zu spät ist.«

Im Kopf wälze ich meine Möglichkeiten hin und her und komme immer zum gleichen Ergebnis: Ich bin am Arsch. Aber für Agnetha ist es noch nicht zu spät. Hoffe ich.

»Vielleicht hat er die Wahrheit gesagt.« Lennart wackelt mit den Augenbrauen. Er will es nicht laut aussprechen, solange Benedict mithört.

Ich fletsche die Zähne und stelle fest, dass sich meine Eckbeißer aus dem Kiefer geschoben haben. Sie sind noch nicht voll ausgefahren, doch in meinem Körper verspüre ich ein erstes Anzeichen von reißendem Hunger. Das UV-Licht der Sonne tut ein Übriges, mich zu schwächen. Ich bin noch längst nicht so stark, wie ich dachte.

Der Wald öffnet sich. Links sehe ich die uralten Bäume, die das Grundstück des Anwesens säumen, dahinter die eisernen Spitzen des Zaunes. Haus Istrigo ragt schemenhaft aus einem dichten Nebel, der sich nicht auflösen will. Ich verlangsame und suche die Umgebung nach Gefahren ab, ohne zu wissen, wie diese aussehen könnten. Wir passieren die Einfahrt mit dem geschlossenen Tor, ich steuere den Wagen auf einen Wanderparkplatz ganz in der Nähe und lege den Leerlauf ein.

»Und nun?«, fragt Lennart.

»Ich weiß nicht.« Müde reibe ich mir über das Gesicht.

»Natürlich weißt du es«, lässt sich Benedict vernehmen. »Bring mich ins Haus und du hast meine Unterstützung. So, wie wir es besprochen haben. Wenn du ohne mich dort auftauchst, bist du verloren. Mein Vater weiß längst, dass ich in deiner Gewalt bin.«

»Sie schlafen alle.«

»Vielleicht ja, vielleicht auch nicht. Das gesamte Haus ist gut verdunkelt.«

»Wegen Großmutters angeblicher Lichtallergie.« Ich habe ihre Krankheit nie hinterfragt, habe mich als Junge nie über die dunklen, von Kerzenschein erhellten Räume im Anwesen gewundert – sogar jene Räume, die sie nie betreten würde, wie zum Beispiel die Küche.

Die unbenutzte Küche, in der die Töpfe, Pfannen und Schalen mit frischen Obst nur der Dekoration dienten. Um den Schein aufrecht zu erhalten. Im Kühlschrank stand Kakao für mich und manchmal eine Torte von einem Konditor für unsere monatlichen Besuche. Meine Mutter und ich waren die einzigen, die davon aßen. Benigna sagte, sie müsse auf ihre Linie achten, meine Tante verzichtete auf Zucker und mein Onkel Bardolf mochte nichts Süßes. Sie tranken stattdessen ihren roten Likör.

Oh Mann.

»Wir haben Schergen, die unser Haus bewachen«, sagt mein Cousin. »Sie werden hellwach sein.«

»Klar«, murmele ich. »Sind es echte Menschen?«

»Echte Menschen«, bestätigt er. »Sie sind uns treu ergeben.«

»Zukünftige Wildlinge, nehme ich an.«

»Dreizehn Jahre loyale Dienste im Austausch für das ewige Leben. Ein fairer Handel.«

»Haltet ihr euch daran?«

»Zur Hölle, nein!« Er lacht unter seiner Plane. »Das letzte, was wir gebrauchen können, sind noch mehr Wildlinge, die glauben, sie hätten *Rechte*.«

»Ihr tötet sie.«

»Um ein Vampir zu werden, muss man zuerst sterben. Das wissen sie. Und ich sage dir, sie können es kaum abwarten, von uns leergetrunken zu werden. Alles Menschliche fließt zusammen mit ihrem Blut aus ihnen heraus. Danach können sie den Dunklen Kuss empfangen.« Pause. »Oder sie landen am Grund des Brunnens.«

»Der Brunnen …«, murmele ich. Ekliger Gestank in den Kellergängen, eine verschlossene Tür aus Eichenholzbohlen. Ich habe den Brunnen nie gesehen, aber ich habe ihn gerochen, als mein Cousin mich bei der Beerdigung durch das unterirdische Labyrinth geführt hat, in einem Zustand totaler Paralyse. Wie ein Zombie bin ich ihm hinterher getrottet. Hinter der Tür gab es Geräusche. Wimmern, Heulen, Stöhnen. Vielleicht habe ich es mir nur eingebildet.

»Ich hätte dich fast im Brunnen entsorgt, nachdem die drei Tropfen vom Blute Babylons dich umgefällt haben«, sagt Benedict. »Aber das Risiko, dass mein Vater einen Blick hineinwerfen und dich entdecken könnte, war zu groß. Der Vorratskeller ist seine Spielwiese. Also habe ich dich ins Hafenviertel gebracht.«

Lennart sieht mich fragend an.

»Ich habe uraltes Blut getrunken«, erkläre ich. »Nicht freiwillig. Der Scheiß hat mich auf einen siebentägigen Trip geschickt, auf dem ich wildfremde Menschen gebissen habe. Danach bin ich zurück nach Hause gekrochen und unter meinem Bett eingeschlafen.«

»Ah ja«, sagt er und denkt vermutlich das Gleiche wie ich: *Ob wir jemals in unsere WG zurückkehren werden?*

Meine Schuldgefühle ersticken den anwachsenden Hunger in mir. Entschlossen öffne ich die Tür und steige aus. Die Luft ist erfüllt vom schweren Geruch nach feuchter Erde und Nadelwald. Ich gehe ein paar Schritte und warte, dass Lennart mir folgt. Ich muss nicht lange warten.

»Wenn du allein dort auftauchst, bist du verloren«, sagt er leise. »Und Agnetha auch.«

»Ich hole sie da raus.«

»Was ist mit deinem Cousin?«

»Bring ihn von hier fort, sorg dafür, dass er nicht zur Familie zurückkehren kann.«

Seine Augen werden riesig. »Ich soll einen lebenden Vampir durch die Gegend kutschieren? Bist du verrückt? Der frisst mich auf, kaum dass die Sonne untergegangen ist.«

»Dir wird schon etwas einfallen, Lennart.« Ich senke meine Stimme um eine weitere Nuance. »Er kann dich nur manipulieren, wenn er dir in die Augen schaut.«

»Steht das in deinem Handbuch *Vampirismus für Anfänger?*«

»Bei mir funktioniert es nur auf diese Weise, außerdem bekomme ich jedes Mal tierische Kopfschmerzen, wenn ich die Nummer abziehe.«

Er setzt zu einer Erwiderung an, die nicht kommt. »Okay«, sagt er lediglich. »Agnetha hat meine Nummer. Sag ihr, sie soll mich anrufen, sobald sie an ihr Handy kommt. Ich bin für sie da.«

»Wieso hat sie deine Nummer?« Zorn brandet durch meine Adern. »Läuft da was zwischen euch?«

Er setzt ein schiefes Grinsen auf. »Weißt du noch, was du mal zu mir gesagt hast, als mein letztes Date in die Hose ging?«

»Ah, Sabrina. Riesige Möpse und so dumm wie drei Meter Feldweg.«

»Genau die. Sie hat sich über meinen Videokanal lustig gemacht und gesagt, dass ich es nie zu etwas bringen würde. Du sagtest: *Du brauchst keine kichernde Deko mit zwei hübschen Titten. Du brauchst eine Frau, die mit dir zusammen die Regeln bricht.*«

»Der Spruch stammt nicht von mir, sondern von meinem Vater«, knurre ich. »Außer der Teil mit den Titten. Der ist von mir.«

»Er passt perfekt zu Agnetha, findest du nicht auch? Und sie hat überaus hübsche Titten. Glaube ich. Hab sie nie gesehen.« Er klopft mir auf die Schulter. »Es war mir ein Fest, dich als Freund gehabt zu haben.«

41

Ein Rasentraktor tuckert gemächlich über die Grünfläche des Parks. Ist der Gärtner auch einer jener Schergen, die auf Unsterblichkeit und willenlose, schöne Frauen hoffen? Der Teich, an dem ich mit meiner Mutter Libellen beobachtet habe, wird von Nebelschwaden verhüllt. Auf dem Dach des Pavillons stößt eine Krähe einen warnenden Laut aus.

Die Konturen des düsteren gotischen Gebäudes mit seinen Erkern, Türmen und dämonischen Wasserspeiern flimmern vor meinen Augen. Ungeschickt überwinde ich den spitzenbewehrten Zaun und lasse mich auf die andere Seite fallen. Hinter einem mächtigen Rhododendron gehe ich in Deckung, um die Umgebung zu überprüfen. Sämtliche Fenster sind dunkel, im Erdgeschoss mit schweren Vorhängen verhüllt, in den oberen Stockwerken mit geschnitzten Läden aus Mooreiche. Auf dem Vorplatz beim Eingangsportal parken sieben, nein acht fremde Fahrzeuge neben dem alten Rolls-Royce, der schon immer dort gestanden hat. Weiter hinten sehe ich eine schwere schwarze Limousine mit einem aggressiven Kühlergrill.

Ich husche an der Fassade entlang bis zu einem Seiteneingang, der in den Küchentrakt mit den Hauswirtschaftsräumen führt. Die

Tür ist unverschlossen, es gibt weder Kameras noch eine Alarmanlage. Die Bewohner fürchten keine Einbrecher. Ganz im Gegenteil: Sie lassen sie nie wieder fort.

Haus Istrigo hat einen ganz eigenen Geruch, der bei mir augenblicklich eine Flut von Erinnerungen auslöst. Ich passiere die große, leere Küche, in der es nie nach Essen roch, die Wäschekammer, und gelange in die düstere Eingangshalle, wo ich stehenbleibe und lausche. Aus dem Speisesaal höre ich Stimmen, das Rascheln von Plastik, das Klirren von Glas. Jemand gibt Befehle: Es ist mein Onkel Bardolf.

Lautlos bewege ich mich näher, linse durch den Spalt der Doppeltüren. Die Wandlampen erleuchten den abgedunkelten kleinen Saal. Die lange Tafel, die normalerweise in der Mitte steht, wurde an die Wand gerückt, der Kronleuchter darüber wird gerade herabgelassen und von der Kette gelöst. Vier Leute sind dazu notwendig. Schergen, die dreizehn Jahre lang als Mädchen für alles benutzt werden, um dann als Abendmahlzeit zu enden. Sie tragen schwarze Hausuniformen oder lange schwarze Röcke mit hoch geschlossenen Blusen. Marius, der alte Butler, raunzt das Personal an, als der Kronleuchter zu laut klirrt. Vorsichtig tragen sie das zentnerschwere Ding weg. Warmer, menschlicher Duft kitzelt meine Nase, mein Inneres zieht sich hungrig zusammen.

Zwei Männer breiten eine schwarze Plastikfolie auf dem Boden aus.

»Ich sagte: mittig!«, schnauzt Onkel Bardolf. »Wenn das Parkett auch nur einen Tropfen Blut abbekommt, wird jemand dafür büßen. Marius, ich möchte heute die böhmischen Kristallgläser haben. Ein besonderer Anlass verdient besonderes Gedeck. Und stellen Sie eine zusätzliche Karaffe hin. Ich möchte eine neue Blutpresse ausprobieren.«

»Sehr wohl«, sagt der Butler. Er war schon alt, als ich das Anwesen an der Hand meiner Eltern zum allerersten Mal betreten habe, stumm vor Ehrfurcht. Weißer Haarflaum umgibt den Schädel mit den faltigen, leeren Zügen und den teerschwarzen Augen. Seine

Lippen sind praktisch nicht vorhanden. Früher dachte ich, dass er einfach nur alt ist. Jetzt sehe ich das dressierte Monster mit den spitzen Zähnen, das in einen Frack gesteckt wurde. Obwohl sie unter sich sind, fällt er nicht aus der Rolle. Ich könnte mir vorstellen, dass sie ihn vor mehreren hundert Jahren erweckt haben, um sich seiner ewigen Dienste zu versichern. Ein guter Butler ist schwerer zu finden als ein Einhorn, pflegte die Großmutter zu sagen.

Onkel Bardolf trägt einen wattierten Hausmantel mit erlesener Stickerei zur Anzughose, und dazu Filzpantoffeln. Und dennoch strahlt er Würde und Überlegenheit aus. Niemand würde daran zweifeln, dass er die Rolle eines Bürgermeisters perfekt ausfüllen kann. Auch als Diktator könnte ich ihn mir gut vorstellen.

»Benötigen wir Fleischerhaken?«, fragt Marius.

»Nur für die Vorspeisen. Der Hauptgang soll ein besonderes Spektakel werden. Du hast mir hoffentlich zwei hübsche junge Burschen ausgesucht?«

»Den Gärtnergehilfen und den da.« Der Butler zeigt auf einen der beiden jungen Männer, die die Plane sorgfältig mit Klebeband befestigen, und senkt die Stimme. »Er ist seit vier Monaten im Haus, ihm fehlt es an der nötigen … Hingabe. Es steht zu befürchten, dass er seine Meinung geändert hat.«

»Wie kommst du darauf?« Er mustert den Auserwählten wie ein Steak, das zu lange in der Pfanne gelegen hat.

»Er hat sich über seine Arbeitszeiten beschwert, Herr. Seine Pflichten beeinträchtigen sein Privatleben, hat er behauptet.« Der Butler verzieht seine Lippen zu einer krummen Linie. »Heutzutage sind die Schergen viel zu anspruchsvoll. Sie fordern dies, wollen das.«

»Früher war alles besser, Marius. Aber wir werden die glorreichen Zeiten wieder erwecken. Sind unsere Gäste zufrieden mit ihrer Unterbringung?«

»Ihre Reisesärge stehen sicher und dunkel. Ich habe mir

außerdem erlaubt, kleine Kissen mit Erde aus den jeweiligen Vaterländern bereitzulegen.«

»Eine Geste, die sie bestimmt zu schätzen wissen. Es ist schön, dass alte Traditionen …«

Eine plötzliche Schwäche überfällt mich und verstopft meine Ohren. Gleich darauf werde ich von einem grellen Schmerz fast in Stücke gerissen. Ich muss mich an der Wand abstützen, bis der Anfall vorbei ist. Beim letzten Mal war der Hunger nicht so grausam. Mein Herz schlägt viel zu schnell, trommelt gegen meine Rippen, zieht sich zusammen. Meine Gedanken entgleiten mir, noch bevor ich sie zu Ende gedacht habe, und meine nutzlosen Lungen wollen atmen, können es aber nicht.

»Bring jetzt unseren Besuch herein«, sagt Onkel Bardolf. »Anschließend lass das Gelände überprüfen. Wir wollen doch keine weitere unliebsame Überraschung erleben.«

Zu meinem Entsetzen steuert Marius genau auf mich zu. Er öffnet die Türen zur Gänze. »Darf ich bitten?«, sagt er mit unbeteiligter Miene. »Ihr Onkel hat Sie bereits erwartet.«

Ich drehe mich um und sehe Beninga oben auf der Treppe stehen, still und stumm wie eine Illusion. War sie die ganze Zeit da? Warum habe ich sie nicht bemerkt?

Mein Hunger schwächt meine Fähigkeiten in rasantem Tempo. Ich wusste nicht, dass es so schnell geht. Nicht mehr lange, und ich werde vollkommen nutzlos sein, gefangen in hilfloser, tobender Gier und unfähig, klar zu denken. Das bisschen Menschlichkeit wird ausgelöscht werden.

Auf unsicheren Beinen folge ich dem Butler in den Saal. Meine Schuhsohlen erzeugen ein raschelndes Geräusch auf dem Plastik, die herabhängende Kette klirrt, als ich gegen sie stoße. Ohne es zu wollen, stelle ich mir vor, wie einer der Schergen kopfüber an dieser Kette hängt, die Kehle aufgeschlitzt. Das Blut strömt über sein Gesicht und tropft aus dem Haar. Meine Fänge werden länger, mein Adamsapfel hüpft vor Blutdurst.

»Wo ist mein Sohn?« Onkel Bardolf schiebt die Hände in die Taschen des Hausmantels. Ich versuche, seine Miene zu lesen.

»Bei Freunden.«

»Du hast ihn entführt und hältst ihn gefangen. Du weißt hoffentlich, was auf dieses Verbrechen steht.« Er nickt dem Butler zu und dieser huscht aus dem Saal.

»Alarmiert er jetzt die Legion?«

»Nicht nötig. Einige von ihnen sind bereits im Haus. Komm mit, mein Junge.« Er geht voran in den kleinen Salon, der direkt neben dem Speisesaal liegt. »Setz dich. Du siehst blutleer aus.«

Alles in mir sträubt sich, ihm zu gehorchen, dennoch plumpse ich in einen Sessel. Eine zusammengebrochene Kommode liegt an der Wand. Im Kamin brennt ein Feuer, dessen Wärme ich nicht spüre. »Ich bin wegen Agnetha hergekommen.«

»Wer? Ach, das rothaarige Mädchen. Natürlich bist du wegen ihr hier, nicht wegen deiner Familie.« Mit traurigem Kopfschütteln setzt er sich mir gegenüber. Der Anschlag im Gefängnis geht auf dein Konto, richtig? Wer sind deine Helfer?«

»Niemand. Ich bin allein unterwegs.« Ich schiele zu dem Buffet, auf dem sonst immer Gläser und Karaffen mit rotem Inhalt stehen. Jetzt ist es leergeräumt, nur ein Handy liegt noch dort. Meine Innereien krampfen sich hungrig zusammen.

»Es fällt mir schwer, das zu glauben. Wir haben Gerüchte gehört, du hättest dich mit den Wildlingen verbündet.«

»Gegen wen?«

Er macht eine nichtssagende Geste. »Mein Bruder, also dein Vater, hatte auch seine rebellischen Phasen. Bis ihm bewusst wurde, dass wir alle nichts sind ohne unsere Familie. Unseren Clan. Wir schützen uns, wir unterstützen uns. Wir fördern unsere Jüngeren und sorgen für die Zukunft vor. Wir müssen weiter nach vorn schauen, als es Menschen jemals möglich ist. Der Patriarch wird bald seine Erlösung verkünden, dann werden die Positionen in unserem Clan neu verteilt. Du besitzt vielversprechende Fähigkeiten …«

»Der Patriarch stirbt?«, unterbreche ich.

Onkel Bardolf runzelt angesichts meiner Unhöflichkeit die Stirn. »Vampire sterben nicht, sie … erlöschen. Er ist sehr, sehr alt und des Daseins müde. Jeder Organismus erreicht irgendwann sein Ende, auch wenn es bei uns sehr lange dauert.«

»Das wusste ich nicht.«

»Natürlich nicht«, sagt er milde. »Ohne die Weitsicht des Patriarchen hätten wir deine Existenz nie geduldet. Nur mein Sohn hat Wagemut bewiesen, als er dir das Blut Babylons gab. Du bist etwas Besonderes, Damien. Du kannst dich unter den Menschen bewegen, verstehst ihre lächerlichen kleinen Emotionen und Gedanken und besitzt Fähigkeiten, die anders sind als unsere. Du und Benedict könntet die Welt beherrschen!«

»Ich muss mal nachschauen, ob in meinem Terminkalender noch Platz ist für Weltherrschaft. Wo ist Agnetha?« Ein Schwindelanfall schüttelt mich durch. Ich klammere mich an den Armlehnen fest, verzweifelt bemüht, mir keine Schwäche anmerken zu lassen.

»O je, wie lange hast du nicht mehr getrunken?« Mein Onkel beugt sich vor und lächelt. »Deine Pupillen ziehen sich zusammen, das ist kein gutes Zeichen. Kannst du noch klar denken? Blut transportiert Sauerstoff ins Gehirn. Bald werden deine Überlebensinstinkte die Kontrolle übernehmen. Ich sollte lieber unsere Schergen in Sicherheit bringen lassen.«

Marius betritt den Salon mit einem kleinen Silbertablett, auf dem ein Tumbler mit roter Flüssigkeit steht. Meine Zunge schnellt hervor und leckt über die Lippen, als ich den metallisch-süßen Geruch wahrnehme.

»Sehr aufmerksam von dir, vielen Dank.« Mein Onkel nimmt das Glas ab und schaut mich schelmisch an, als er das Glas an seine Lippen führt.

Ich schlucke trocken. Meine Adern ziehen sich zusammen, meine Haut fühlt sich straff und klamm an und mein Herz tobt in der Brust. Gierig verfolge ich, wie Onkel Bardolf das Glas mit kleinen Schlucken leert.

Geziert wischt er sich einen Tropfen aus dem Mundwinkel. »Ich würde dir ja auch etwas anbieten, Junge, aber leider ist unser Säufer ausgewrungen und entsorgt. Das waren die letzten Tropfen.«

Mein Körper spannt sich an in der Absicht, das Glas an mich zu reißen und es auszulecken. Doch Marius nimmt es an sich und verschwindet damit, noch bevor ich aufspringen kann. Meine Schnellkraft ist futsch, meine Muskeln zittern vor Hunger.

»Glücklicherweise haben wir für heute Abend ein kleines Bankett vorbereitet. Schließlich müssen wir unsere Gäste versöhnlich stimmen nach deiner Eskapade. Darf ich davon ausgehen, dass du uns mit deiner Anwesenheit beehren wirst?«

Ich werfe einen Blick zurück in den Saal, wo die Kette über der Plane herabhängt. »Fick dich«, krächze ich. »Ich mache so etwas nicht.«

»Sagt wer? Das bisschen Mensch, das noch in dir ums Überleben kämpft?« Onkel Bardolf erhebt sich elegant. Seine Wangen sind rosig, seine Bewegungen effizient und geschmeidig. »Keine Sorge, du stirbst nicht, wenn du keine Nahrung bekommst. Der Hunger wird dich rasend machen und zugleich schwächen. Du wirst nur noch an das Eine denken können – falls man es überhaupt Denken nennen kann. Dann wirst du in Starre verfallen. Du wirst hilflos da liegen, gefangen in deinem Körper, bei vollem

Bewusstsein. Jahr um Jahr um Jahrzehnt, bis sich jemand deiner erbarmt.«

»Warum erzählst du mir das?« Ein weiterer Krampf rast durch meinen Körper, ächzend krümme ich mich.

»Verräter und Unruhestifter brauchen Zeit zum Nachdenken. Die Legion tötet, aber wir sind der Meinung, dass jeder das Recht hat, seine Taten zu bereuen, um vielleicht eine zweite Chance zu bekommen. Dein Platz ist bei uns, mein Junge. Bei deinem Clan. Niemand sonst wird dich akzeptieren.«

»Weil ich eine Anomalie bin.«

»Und eine Gefahr.« Er schaut mit gespielter Betrübnis auf mich herab. »Verrate mir, was du mit meinem Sohn gemacht hast.«

»Lass Agnetha gehen, dann denke ich darüber nach.«

»Du bist nicht in der Position, Forderungen zu stellen. Die Legion vermisst einen ihrer Männer. Planst du eine Rebellion hinter dem Rücken der Großen Alten, Damien? Hetzt du nicht nur die Wildlinge, sondern sogar die Legion gegen uns auf?«

»Ich will nur mein Mädchen zurückholen.«

»In deinem jetzigen Zustand würdest du sie bis auf den letzten Tropfen austrinken. Deine kleine Hexe ist vor dir nicht sicher.«

Er spricht die Wahrheit.

»Wir bringen dich jetzt nach unten«, sagt er sanft.

Zusammen mit Marius hievt er mich aus dem Sessel. Ich kämpfe gegen sie an, doch meine Kräfte sind nur mehr die eines normalen Menschen. Mühelos schleifen sie mich aus dem Salon und hinab ins Untergeschoss. Ich habe ein Déjà-vu, wie mein Cousin mich diese Treppe hinunter führt. Ich folge ihm willig wie ein Hündchen, mein Verstand läuft auf Stand-by. Anders als jetzt, wo ich alle mir verbliebene Energie aufbiete, um mich loszureißen. Der alte knochige Butler hält mich mit seinen Spinnenfingern unerbittlich fest gepackt. Mein Onkel geht voran, tiefer und tiefer in die Eingeweide des Anwesens. In einer Wandnische liegen einige Schädel aufgestapelt, kaum sichtbar in der Dunkelheit. Wir passieren ein paar verstaubte Truhen, ein paar Kammern, die verdächtig nach ehemaligen Grabgewölben aussehen, denn es stehen Steinsarkophage darin. An all das kann ich mich jetzt wieder erinnern. Die Gewölbegänge unter Haus Istrigo sind älter als das Haus selbst. Früher hat mein Clan hier unten gelebt; das oberirdische Gebäude diente nur der Fassade. Vielleicht schlafen sie immer noch hier.

Onkel Bardolf entriegelt eine Tür aus Eichenbohlen und der Butler schleift mich über die Schwelle. Ich rieche Agnetha, bevor ich sie sehe. Ihr Anblick reißt mir den Boden unter den Füßen fort. Sie steht mitten im Raum auf einem Eimer, ihre Arme hängen über ihrem Kopf an Ketten. An den Füßen trägt sie eine einzelne zerschlissene Socke, die nur noch aus Löchern besteht.

»Damien …«, flüstert sie, das Gesicht fahl vor Entsetzen.

Marius zerrt mich zu einer Wand und legt mir einen eisernen Halsring um. Eine kurze Kette verbindet ihn mit der Wand. Ich zerre vergebens daran. Meine Finger sind kraftlos.

Onkel Bardolf tritt den Eimer unter Agnetha weg und sie fällt mit einem Schrei in die Ketten. Mühsam versucht sie, auf den Zehenspitzen zu balancieren.

»Lass sie in Ruhe!«, schreie ich. Meine Stimme ist so schwach, dass sie kaum das andere Ende des Raumes erreicht.

»Merkst du, wie schnell deine Kraft aus dir heraussickert, mein Junge? Bald kannst du dich nicht mehr auf den Beinen halten.« Er geht zu einem Tisch, greift ein bereitliegendes Instrument mit einer Klinge und hält es gegen das Licht.

»Lassen Sie ihn frei!«, kreischt Agnetha und zerrt mit schmerzhafter Gewalt an ihren Fesseln. »Sie haben mich! Lassen Sie Damien gehen!«

»Ganz recht, wir haben dich.« Onkel Bardolf packt ihr rotes Haar.

Ich grabe die Finger unter den Halsring und versuche, ihn aufzubiegen. Als das nichts nützt, stürze ich wie ein Stier vorwärts und hätte mir fast selbst das Genick gebrochen. Die Distanz zwischen Agnetha und mir ist zu groß. Man merkt erst, wie viel Kraft man hatte, wenn sie einem wieder genommen wird.

Onkel Bardolf führt die Klinge an ihre Wange und zieht sie über die Haut. Rote Tropfen perlen aus dem Schnitt. Der Geruch elektrisiert mich, schenkt mir einen Energieschub, der jedoch nicht ausreicht, um mich zu befreien. Hilflos (und gierig) muss ich mit anschauen, wie mein Onkel über ihre Wange leckt. Angeekelt tritt sie nach ihm und erwischt ihn hart am Oberschenkel.

Er lacht nachsichtig. »Was für ein verrücktes kleines Ding. Ich freue mich schon auf unser Bankett heute Abend.« Beiläufig wischt er die Klinge an seinem Morgenrock ab. »Damien, ich erwarte, dass du über deine Situation nachdenkst und eine Entscheidung triffst. Du möchtest sicher nicht wie dein Vater als jämmerliche Fußnote der Geschichte am Grund des Meeres enden.«

»Auf die Gefahr hin, mich zu wiederholen: Fick dich.« Selbst meine Stimme ist schwach und leise wie das Wispern eines Insekts.

»Dein Benehmen ist würdelos, mein Junge.« Er geht vor mir in die Hocke und spielt mit dem Skalpell herum. »Du bist allein hergekommen, weil du weißt, dass es für dich nur einen Weg gibt. Du musst deinen Platz in unserem Clan einnehmen und deine Aufgabe erfüllen. Nur dann können wir dich schützen. Und ich erwarte, dass Benedict heute Abend zu uns zurückkehrt.«

Gebannt starre ich auf die glänzende Schneide, suche nach einer Spur von leckerem Rot.

»Hey, Blödmann!«, ruft Agnetha. »Der liebe Benedict geht nirgendwo hin. Er hat bekommen, was er verdient.«

Mein Onkel fährt herum. »Was soll das heißen?«

Ja, das würde mich auch interessieren. Doch ein Blick in ihr Gesicht reicht aus, die Lüge darin zu sehen. Sie blufft. Sie will ihn ablenken.

Ich sammle meine verbliebenen Kräfte und trete von hinten in seinen Rücken. Es knackt, er fliegt einige Meter durch das Verlies. Das Skalpell rutscht über den Boden und mein Onkel wäre beinahe in den

Brunnenschacht gestürzt. Er fängt sich rechtzeitig ab, verharrt am Rand, seine Finger krümmen sich zu Klauen. Aggression strömt aus ihm heraus und presst meinen Kopf zusammen, kriecht in meine Kehle, drückt mich nieder. Ich stürze zu Boden, die kurze Kette würgt mich.

Langsam dreht er sich um. Sein Rückgrat knirscht hörbar, seine Haltung ist krumm, aber das tut seinem Zorn keinen Abbruch. Er macht einen Schritt und sein Oberkörper knickt ein. Sofort ist der Butler bei ihm und hält ihn aufrecht.

»Herr, ich fürchte, er hat Ihnen die Wirbelsäule gebrochen«, merkt Marius hilfreich an. »Sie sollten sich hinlegen, bis sich die Knochen wieder zusammengefügt haben.«

Der kochende, brodelnde Hass in den Augen meines Onkels frisst ein Loch in mich hinein. Ich bin wie gelähmt. »Dummer, dummer Junge«, presst er hervor. »Dafür wird dein Spielzeug bezahlen müssen. Du wirst sie die ganze Nacht lang schreien hören, bis ihre Stimme versagt.«

Gestützt von Marius, verlässt er das Verlies. Die Tür kracht ins Schloss, der Riegel wird polternd vorgeschoben.

Der Schnitt auf Agnethas Wange blutet nur leicht. Doch es reicht aus, um meine gesamte Aufmerksamkeit auf diesen dünnen Schnitt zu lenken. Ich glaube sogar zu sehen, wie die roten Blutkörperchen sich an der Luft dunkel verfärben, als das Blutplasma verdunstet. Meine Kehle ist rau vor Durst, meine Zunge spielt mit meinen spitzen Zähnen. Agnetha ist so nah, so süß und verlockend. So unerreichbar für mich. Mein Hunger erhält Unterstützung von einem urtümlichen Zorn, der sich gegen sie richtet: Meine Beute.

Sie gehört mir.

»Ich will ja nicht pessimistisch klingen«, sagt Agnetha, »aber ich glaube nicht, dass ich eine ganze Nacht lang schreien kann.«

42

Agnetha

Zuerst bin ich unendlich erleichtert, dass Damien hier ist. Allein sein Anblick löst einen goldenen Funkenregen in meinem Magen aus. Doch ziemlich schnell erkenne ich, dass es ihm gar nicht gut geht. Seine Wangenknochen treten scharf hervor, seine Lippen sind blutleer, seine Pupillen haben sich auf Stecknadelkopfgröße zusammengezogen. Ihm fehlt die Kraft, um aufzustehen. Wieder einmal sehe ich eine unbekannte Facette von Damien. Diesmal die des hungernden Monsters. Denn er sagt kein Wort zu mir, starrt nur zu meiner brennenden Wange hinauf.

Sein Onkel Bardolf will ihn quälen.

So viele Emotionen toben in meiner Brust. »Damien, schau mich an. Wir kommen hier raus.«

Er blinzelt. Seine Lippen öffnen sich und ich erblicke zwei kleine scharfe Spitzen. »Du siehst nicht gut aus, Agnetha. Was haben sie dir angetan?«

»Och, mir geht es gut. Ich hänge bloß ein bisschen ab.« Zur Bekräftigung rassle ich mit den Ketten. Meine Schultermuskeln brennen wie Feuer, meine Hände sind zu nutzlosen Klötzen verkommen. Ich weiß genau, dass er meine erzwungene Coolness durchschaut und den Horror dahinter sieht. »Wann werden deine Freunde uns hier rausholen?«

Er lehnt den Hinterkopf an die Wand. »Welche Freunde?«, murmelt er.

»Lennart hat mich angerufen, als ich von einem Rudel Vampire durch das Gefängnis gejagt wurde. Mein Akku war leer, aber er hat es irgendwie geschafft, Hilfe zu mobilisieren. Darum bist du gekommen, nicht wahr?«

»Und ich hab's gründlich verbockt.« Er schließt die Augen.

Ich sehe eine Qual in seinen Zügen, die nichts mit dem reißenden Hunger zu tun hat, und eine Welle verzweifelter Zuneigung rauscht durch mich hindurch. Ich möchte so gern meine Arme um ihn schließen, seinen harten, starken Körper spüren und seine Lippen auf meinen.

»Wo ist Benedict?«, frage ich, um Nüchternheit bemüht.

»Wird von Lennart durch die Gegend chauffiert.«

»Das heißt, sie haben eine Geisel. Sie können ihn gegen uns austauschen.«

»*Sie* sind bloß Menschen. Lennart hat ein paar Jugendliche mit schwarz umrandeten Augen um sich geschart und er wird den Teufel tun, sie in Gefahr zu bringen. Sobald es dunkel wird, muss Lennart meinen Cousin gehen lassen.«

»Aber die Leute auf dem Schiff …«

»Sie haben sich bereits in Gefahr gebracht. Und wofür?« Er stößt ein freudloses Lachen aus. »Meine Familie wird sich nicht erpressen lassen. Sie sind zu stark.«

»Hör auf, wie sie zu denken!«, fauche ich. »Sie wollen dich nicht gehen lassen, weil sie dich fürchten. Du bist, was du sein willst. Du bist nicht ihre Kreatur!« Mit einem Fuß angle ich nach dem Henkel des Eimers und ziehe ihn zu mir heran. Nach einigen Versuchen gelingt es mir, ihn mit der Öffnung nach oben aufzustellen.

»Agnetha, ich habe Hunger«, flüstert er. »Ich bin diesem Dasein nicht gewachsen. Ich weiß nicht, was ich tun soll.«

»Sieh mich an, Damien.« Ich lehne mich vor, so weit es mir die Ketten erlauben, und warte, bis sich seine Lider heben und er mich anschaut. »Es geht nicht darum, was du tun sollst, sondern was du *willst.* Klar, jetzt gerade willst du mein Blut trinken. Primitive Bedürfnisse. Aber dahinter bist du eine einzigartige Persönlichkeit. Wenn du deinen Weg gefunden hast, wird nichts und niemand dich jemals stoppen können.« Ich atme durch und sage leise: »Darum bist du hier. Du bist stark, Damien.«

»Lass den Scheiß! Ich kann nicht einmal diesen fucking beschissenen Halsring sprengen!« Er zerrt an der Kette, die ihn an die Wand fesselt.

»Schau dort hinüber.« Ich drehe mich und deute mit dem Kopf auf das Skalpell, das außerhalb meiner Reichweite liegt. »Kannst du es erreichen? Schubs es zu mir herüber.«

»Du hast ihn Blödmann genannt. Meinen Onkel.« Er zeigt ein Grinsen, das eher einem Zähnefletschen ähnelt. »Er hätte vor Empörung fast einen Herzinfarkt bekommen.« Damien sinkt tiefer an der Wand hinab und streckt sein Bein aus. Das Skalpell liegt mindestens eine Armlänge entfernt. »Was riecht hier so komisch?«

»Der Brunnen.«

Ich sage es so neutral wie möglich, aber Damien hört den Horror, den ich mühsam zu verbergen versuche. »Gottverdammtfuckingbullshit! Du solltest so etwas nicht erleben müssen.« Verbissen streckt er seinen kraftlosen Körper aus und berührt mit der Spitze seines Schnürstiefels das Skalpellmesser. »Du bist nur wegen mir hier gelandet. Ich wollte dich aus dem Gefängnis rausholen und habe es voll verkackt. Ich habe alles nur schlimmer gemacht.«

»Nein, Damien. Es war bereits schlimm und das ist nicht deine Schuld. Du bist der einzige deiner Familie, der sich nicht in eine Schablone pressen lässt. Dein Vater wäre stolz auf dich.«

Erschöpft schubst er die Klinge in meine Richtung. »Lucius behauptet, mein Vater würde noch leben. Ich weiß nicht, was ich noch glauben soll.«

Ich strecke mein Bein aus, dehne meine Muskeln, so weit es mir möglich ist. »Wir werden die Wahrheit herausfinden.« Meine Fußspitze erreicht das Messer. Jetzt bin ich froh, keine Schuhe zu tragen. Ich versuche, mit ihnen das Instrument zu greifen. Fußmaler können schließlich auch einen Pinsel halten und perfekte Porträts zaubern, da werde ich ja wohl … Es klappt nicht. »Wer war noch mal Lucius?«

Damien antwortet nicht. Er bewegt sich jetzt auch nicht mehr.

»Damien?«, frage ich bang.

»Es geht viel schneller, als ich befürchtet habe«, murmelt er und hebt seine Hand, um sie zu betrachten. Sie ist weiß wie Schnee. »Bald werde ich in eine Todesstarre fallen. Es tut mir leid, Agnetha.«

»Halt nur noch einen Moment durch.« Verbissen versuche ich es weiter. Meine Zehen sind taub vor Kälte und tun einfach nicht, was sie sollen. »Hey, möchtest du drei Fakten hören?«, frage ich, um Damien abzulenken.

»Was für drei Fakten?« Die Frage ist so leise, dass ich fast glaube, sie nur in meinem Kopf gehört zu haben.

»Zu irgendwas, keine Ahnung. Ich bin eine Fakten-Datenbank. Frag mich.«

»Otter«, murmelt er.

»Otter?«

»Fischotter. Ich mag die Viecher. Sie haben immer gute Laune.«

»Also Otter«, brumme ich, während mir der Schweiß auf die Stirn tritt. »Fakt eins: Otter schlafen im Wasser und sie halten dabei Händchen mit anderen Ottern, um nicht abgetrieben zu werden. Zweitens: Manchmal riecht ihre Kacke nach Veilchen. Und drittens spielen sie gern mit Steinen, jonglieren damit oder benutzen sie als Werkzeug, um Muscheln zu öffnen. Manche Otter haben Lieblingssteine, die sie immer mit sich herumtragen.« Ich schaffe es, das Instrument zwischen die Zehen zu nehmen, doch es fällt wieder herunter.

»Du weißt solche Sachen wirklich?«

»Nicht freiwillig. Ich schnappe sie auf und vergesse sie nie mehr. Im unpassenden Moment ploppen sie in meinem Verstand auf.«

Er versucht ein Lachen, das eher wie ein Keuchen klingt. »Was hast du mit dem kleinen Messer vor?«, fragt Damien. »Damit kannst du kein Schloss knacken.«

Endlich bekomme ich das flache Skalpellmesser zu fassen und hebe es an. Stummer Jubel erfüllt mich. »Hast du Hunger, Damien?«

»Ich mag es, wie du meinen Namen sagst, so als wäre er Honig, der über deine Lippen fließt. Es gibt mir das Gefühl, etwas Besonderes zu sein.«

»Das bist du auch. Und du bist der einzige, der uns hier rausholen kann.« Ich krampfe meine Zehen fest um das Skalpell, so dass die Spitze auf mein anderes Bein zeigt. »Du musst die Ketten sprengen.«

»Dir ist anscheinend entgangen, dass ich in meinem jetzigen Zustand nicht mal einen Bindfaden zerreißen könnte.«

»Du brauchst Blut.« Ich steche in mein Bein knapp oberhalb des Knöchels. Zuerst spüre ich nichts, doch als das Blut zu fließen beginnt, setzt auch der Schmerz ein. Schnell hebe ich den Fuß an und lasse das Blut in den Eimer tropfen. Das Schneideinstrument fällt klirrend zu Boden.

Was tust du da?« Entsetzen und Gier heben seine Stimme eine Oktave höher.

»Ich weiß, es ist etwas würdelos, aus einem Eimer zu trinken, aber leider habe ich kein Kristallglas zur Hand.«

Damiens Augen glitzern, er bläht die Nasenflügel, zerrt unruhig an dem Halsring. »Hör auf, Agnetha!« Jedes einzelne Tropf-Tropf-Tropf treibt ihn sichtlich in den Wahnsinn. Ich hoffe, dass allein schon der Hunger ausreicht, um seine letzten Kraftreserven zu entfesseln, aber leider ist das nicht der Fall.

Gebannt schaue ich zu, wie mein Lebenssaft an meinem nackten Fuß herabrinnt und sich am Boden des Eimers sammelt. Ein Blutverlust von mehr als einem Liter kann tödlich sein, aber dafür ist der Schnitt nicht tief genug. Es reicht gerade aus, um ein Schnapsgläschen zu füllen. Das Tropfen verebbt.

»Hoffentlich ist es genug«, sage ich und schiebe vorsichtig, Zentimeter um Zentimeter, den Eimer in seine Richtung.

»Das ist keine gute Idee, Agnetha.« Er macht keine Anstalten, nach dem Eimer zu angeln, obwohl er nur einen halben Meter von seiner Schuhspitze entfernt steht. »Wenn ich das trinke, verliere ich die Kontrolle. Es reicht vielleicht aus, die Kette zu sprengen, aber ich werde mehr wollen. Und du bist mir hilflos ausgeliefert.« Er starrt auf den Eimer, leckt sich über die rissigen Lippen. »Ich werde dich töten, Agnetha.«

»Wirst du nicht.« Aber seine Finger zittern und krümmen sich vor Verlangen, seine Zähne sind spitz wie nie zuvor. Seine Augen glänzen wie Quecksilber. Glatt und kalt und unmenschlich.

Mir kommen Zweifel, ob meine Idee wirklich so schlau war. In letzter Zeit habe ich ein Talent für fatale Fehlentscheidungen.

»Ich vertraue dir, Damien.«

»Das solltest du nicht tun.« Er hakt einen Fuß hinter den Eimer und zieht ihn zu sich heran, bis er ihn mit der Hand greifen kann.

Widerstrebend stippt er einen Finger in die Blutpfütze, leckt ihn ab. Die Veränderung in seinen Zügen, kaum dass er mein Blut gekostet hat, ist furchteinflößend. Ein Dämon erscheint und reißt die letzte Barriere der Zurückhaltung nieder. Damien setzt den Eimer an und säuft die Pfütze. Er fährt mit den Fingern am Boden und am Rand entlang und lässt nicht ein Tröpfchen übrig. Seine Lippen werden voller, seine Gesichtshaut bekommt Farbe. »Mehr, verdammt. Ich brauche mehr.« Seine Faust umschließt die kurze Kette, mit einem Ruck reißt er sie aus der Wand. Es geht so schnell, dass ich erschreckt den Halt verliere und in meine Fesseln falle.

Nun ist er frei. Er springt auf, weniger kraftvoll und geschmeidig als gewohnt. Das bisschen Blut hat ihn nicht annähernd gesättigt.

»Damien …«

»Es reicht nicht. Ich brauche mehr.« Er knurrt mehr, als dass er redet. Sein Blick heftet sich auf den Schnitt an meiner Wange, gleitet zu meinem Hals hinab.

Er ist so groß, so viril, so bebend vor Verlangen nach meinem Blut. Instinktiv trippele ich rückwärts.

»Jetzt findest du deine Idee nicht mehr so gut, hm?« Er packt mich an der Kehle, ich schlucke hektisch, suche den alten Damien in seinen Augen, entdecke ihn aber nicht.

Seine Lippen streichen über meinen Nasenrücken zu meinem Mundwinkel. Mehr denn je wird mir bewusst, dass er nicht mehr atmen muss. Manchmal tut er es aus Gewohnheit, weil noch viel Menschliches in ihm steckt, doch nicht jetzt. Als seine Lippen meine berühren, erstarre ich.

Seine Hand an meiner Kehle hält mich an Ort und Stelle, während sein Mund mein Gesicht erforscht. Er tut mir nicht weh – noch nicht –, aber er gibt mir ausreichend Zeit, meinen Einfall zu bereuen. Angespannt warte ich auf einen scharfen, beißenden Schmerz. Fast ersehne ich es, um endlich Erlösung zu finden.

Seine Zungenspitze tanzt über meine Lippen, bis ich sie einen Spalt öffne, und er in meinen Mund eindringen kann. Der Kuss bringt mich aus der Fassung, denn er ist hauchzart. Er kann Damiens anwachsende Gier nicht verschleiern, die direkt dahinter lauert. Als würde man am Rand eines brodelnden Vulkans balancieren. Meine Furcht vermischt sich mit dem erregenden Prickeln, das durch meinen Körper rast. Er spürt es. Er spürt jede einzelne Regung in mir. Seine andere Hand umfängt meinen Hinterkopf. Hungrig taucht er in diesen Kuss ein, in mich. Er raubt mir den Sauerstoff, er lässt mich vergessen, wo wir sind, aber nicht, dass ich ihm vollkommen ausgeliefert bin. Ich spüre seine scharfen Eckzähne über meine Unterlippe kratzen, und dann einen kurzen Schmerz, als er hineinbeißt. Kupfergeschmack flutet unseren Kuss. Damiens Griff an meinem Hals wird stärker, er lässt mir keine Möglichkeit, mich ihm zu entziehen. Und ich will es auch gar nicht. Sein Verlangen berauscht mich, weckt in mir den innigen Wunsch, mich vollständig für ihn aufzugeben, für ihn zu sterben, ein Teil von ihm zu werden.

Er saugt das Blut von meiner Lippen, presst seinen Mund auf meinen, lässt seine Zunge immer schneller tanzen. Seine Finger streichen über die Schlagader an meiner Halsseite, fühlen das wilde Pochen meines Pulses. Sein gesamter Leib presst sich an meinen. Er besteht nur noch aus mühsam beherrschten mörderischem Trieb. Nichts und niemand wird das Monster in ihm davon abhalten, sich zu nehmen, was es mehr als andere braucht. Mit jeder Faser seines Körpers giert er nach dem pulsierenden Leben in mir. Der Kuss ist nur der Anfang vom Ende. Mein Herz ahnt es, es schlägt unkontrolliert und viel zu schnell.

Seine Zähne kratzen über mein Kinn, seine Lippen streichen an meinem Hals hinab. Ich lege den Kopf in den Nacken, biete ihm ohne nachzudenken ungehinderten Zugang zu meinem Blut. Mit geschlossenen Augen und angespannten Gliedern warte ich, dass er seine Fänge in mich hineinbohrt. Ich fühle bereits die scharfen Spitzen an meiner Haut. Jähe Angst flackert durch meinen Verstand, als mir wahrhaft bewusst wird: *Er wird mich töten!* Er kann gar nicht anders, er ist im Wahn und ich für ihn nur eine Nahrungsquelle.

Erst als ich einen nervösen Atemzug nehme, merke ich, dass seine Lippen verschwunden sind, seine Hände. Er ist mehrere Schritte zurückgetreten. Sein Mund steht halb offen, seine Hände öffnen und schließen sich. Er schaut mich nicht an, trotzdem erhasche ich einen Blick auf den Orkan, der in ihm tobt.

»Ich brauche mehr«, sagt er so heiser, dass ich ihn kaum verstehen kann. »Jetzt, auf der Stelle.«

»Du kannst mehr von mir haben. Vielleicht … von meinem Handgelenk? Am Hals bin ich kitzlig.«

»Nein.« Seine Stimme bebt, bemüht um Fassung. Ich sehe einen Anflug von Panik in seinem Gesicht. »Ich weiß nicht, ob ich rechtzeitig aufhören könnte. Aber ich brauche mehr. Und ich weiß, wo ich es herbekomme.«

»Nein! Bevor du einen anderen Menschen beißt, der gar nichts dafür kann, nimm mich! Du bist wegen mir in diese Situation geraten, jetzt trink gefälligst mein Blut!«

Der Geist eines Lächelns erscheint in seinen Zügen. »Man könnte fast glauben, dass du eifersüchtig bist.«

Mist, er hat recht. Die Vorstellung, dass er seine Zähne in die Haut einer anderen Person schlägt und den roten Saft aus ihren Adern saugt, erfüllt mich nicht mit Erleichterung. Es ist eine zu intime Handlung, es ist zu erotisch, fast wie Sex. Nein, mit Damien *ist* es Sex. Wir tauschen nicht nur hastig Körperflüssigkeiten aus, sondern machen uns gegenseitig verletzlich, schwelgen in der Nähe des anderen.

Oder hat er lediglich meinen Verstand verdreht?

Egal, er kann mich haben. So richtig.

»Ich werde dich nicht als Nahrungsquelle benutzen, Agnetha. Vergiss es.«

»Bin ich dir nicht lecker genug?«, schnauze ich.

»Du bist zu verlockend, das ist das Problem. Ich war drauf und dran, deinen Hals aufzureißen. Und du hättest es zugelassen.« Er weicht rückwärts bis zur Tür. »Ich darf jetzt nicht in deiner Nähe sein, sonst kann ich für nichts mehr garantieren.« Entschlossen dreht er sich um und gräbt die Finger in den Spalt zwischen Tür und Rahmen. Es kostet ihn Kraft, den Riegel zu sprengen, der außen an der Tür sitzt. Ich sehe, wie seine Muskeln anschwellen, wie er die Zähne fletscht. Das bisschen Blut von mir hält ihn gerade eben so lebendig, aber er braucht mehr, um vollständig wiederhergestellt zu sein.

Mit einem grässlichen Knirschen bricht das Eisen. Er schiebt sich hinaus auf den Gang.

»Was tust du?«, rufe ich fassungslos. »Mach mich wenigstens los!«

Er streckt den Kopf in das Verlies. »Ich komme zurück und hole dich, versprochen. Aber jetzt gerade bin ich eine Gefahr für dein Leben.«

»Du kannst mich hier nicht zurücklassen!«

Doch er ist längst fort.

43

Damien

Ihr Blut hat mein Herz aufgepumpt und meinen Geist geklärt. Ich kann wieder denken. Aber meine Muskeln zittern und schmerzen und verlangen nach mehr. Das Öffnen der Tür hat mich all meine spärliche Kraft gekostet. Ich laufe auf Reserve. Es wird nicht lange dauern, bis das bisschen Energie wieder aufgebraucht ist.

Ich spüre immer noch ihre warme, pulsierende Haut unter meinen Lippen. Ihre Schlagader war direkt unter meinen Fängen, ich hätte nur beherzt zubeißen müssen. Und ich wollte es. Oh ja, und wie. Es war mir egal, wem dieses Blut gehört. Ich wollte trinken, trinken, bis ihre Venen keinen Tropfen mehr hergaben. Ich wollte sie in eine leere Hülle verwandeln, während das Leben in mich hineinströmt.

Es war der Gedanke an meinen Vater, der mich wieder zur Vernunft brachte. Wenn er es geschafft hat, jahrzehntelang mit meiner menschlichen Mutter zusammen zu sein, ohne sie zu töten, dann sollte ich das doch auch hinbekommen. Mit größter Willensanstrengung habe ich es tatsächlich geschafft, mich von Agnetha zu lösen. Es war … beschissen. Ich habe mich ganz und gar nicht heldenhaft gefühlt, sondern nur wie ein Esel, der vor dem Heuhaufen verhungert. Benedict würde sich vor Lachen kaum einkriegen über meine edle Selbstaufopferung.

Aber ich will nicht wie Benedict sein. Ich möchte nie wieder neben einer Leiche zu Verstand kommen, während fremdes Blut in meinem Mundwinkel trocknet. Ich will diese Scheiße nicht!

Das ändert nichts daran, dass ich dringend Nahrung brauche, oder Agnetha ist verloren. Ich werde uns hier rausholen und ich weiß auch, wie.

Okay, meine Erinnerung ist mächtig getrübt. Lediglich Fragmente weisen mir den Weg durch die unterirdischen Gänge. Benedicts Hand an meinem Oberarm hat mich dirigiert, ich bin brav mit ihm getrottet, betäubt von dem, was er mit meinem freien Willen angestellt hat. Hinter einem dicken Vorhang der Benommenheit war mir zwar bewusst, dass etwas Falsches geschah, aber ich konnte nichts dagegen tun, ich war nur ein unbeteiligter Beobachter.

An die Abzweigung, wo der Gang sich teilt, kann ich mich vage erinnern, aber nicht, in welche Richtung ich mich wenden muss. Es gibt Stufen, die noch tiefer nach unten führen, aber ich weiß nicht mehr, wo sie sich befinden. Auf gut Glück wende ich mich nach links, finde eine Kammer, in der rote Grabkerzen rund um einen Sarkophag flackern. Das niedrige Gewölbe ist sauber gefegt, ein Teppich bedeckt den kalten Steinboden. Über einem Stuhl hängt ein Umhang und vor dem Sarg stehen karierte Pantoffel. Ich bin versucht, einen Blick hineinzuwerfen und herauszufinden, wer darin ruht, aber man soll keine schlafenden Vampire wecken. Ich habe eine Mission. Später kann ich immer noch genug Ärger machen.

Und ich *werde* Ärger machen.

Ich passiere Nischen, in denen Totenschädel liegen. Besondere Trophäen aus alten Zeiten, vermute ich. Die meisten sind bräunlich verfärbt, mit Staub und Spinnweben bedeckt. Hier und da stehen niedergebrannte dicke Kerzen. Je weiter ich gehe, desto klammer wird die Luft, desto stickiger die Atmosphäre. Ich ducke mich unter einem niedrigen Bogen, wende mich nach links, entdecke ein paar Stufen und spüre sofort ein seltsames Prickeln auf den Wangen. Hier ist es stockdunkel, aber meine Sehkraft is so weit wiederhergestellt, dass ich den Gang vor mir erkennen kann. Ich bin auf dem richtigen Weg. Je weiter ich gehe, desto mehr muss ich gegen einen unsichtbaren Widerstand ankämpfen, fast so, als würde ich durch einen Sumpf waten. Meine Schuhsohlen scheinen festzukleben, meine Kraft wird mit jedem Schritt, den ich mache, aus mir herausgesogen. Ich muss mich an der Wand abstützen. *Dreh um und hau ab!*, schreit es in mir. Ich darf hier nicht sein. Doch das Wissen, dass Agnetha auf meine Rückkehr wartet, dass ich der Einzige bin, der sie hier rausholen kann, treibt mich voran.

Die Wände sind mit schwarzen Kreidesymbolen bemalt, die bestimmt nicht besagen: *Tritt ein und bring Glück herein.* Manche dieser Zeichen berühren etwas in mir, als müsste ich sie kennen. Sie sehen archaisch aus und wurden mehrmals nachgebessert. Vielleicht ist es eine Art Zauberschutz gegen Unbefugte. Im alten Babylon glaubte man an Magie und Schamanismus. Bei mir funktioniert es nur insoweit, als dass meine Beklemmung zunimmt. Ich muss all meine Willenskraft aufbieten, um weitere Stufen nach unten zu gehen, in eine Finsternis, die so allumfassend ist, dass ich mich blind an der Wand entlang tasten muss. Meine Augen verweigern den Dienst, als wollten sie lieber nicht sehen, wohin es geht.

Als Benedict mich herunter gebracht hat, ging es mir ähnlich, fällt mir jetzt wieder ein. Aber ich hatte keinen eigenen Willen mehr, ich setzte einen Fuß nach dem anderen auf den Weg in mein Verderben, und tief im Innern wusste ich es.

Meine Finger ertasten eine steinerne Fratze. Sie fühlt sich warm an und sie bewegt sich unter meiner Berührung. Hastig ziehe ich die Hand zurück. In meinem Gedächtnis höre ich Benedicts ehrfürchtige Stimme: *Wir sind da. Bleib ruhig, stell dich tot und fass nichts an.*

Ich sehe einen matten Schimmer in der Schwärze, ein sanftes Pulsieren von Lichtmolekülen. Um mich herum glaube ich Bewegungen wahrzunehmen. Schatten, die mich umkreisen. Sie sind mir nicht wohl gesonnen, aber sie scheinen zu spüren, dass ich das Blut Babylons in mir habe. Nur ein paar traurige Tropfen, doch das reicht offenbar aus, um mich nicht als Feind zu identifizieren.

Ich bleibe stehen. Dieses Gewölbe ist erfüllt von den schwarzen Seelen längst vergangener, uralter Vampire. Ob mein Vater unter ihnen ist? Wird der Patriarch bald auch hier herumspuken?

Etwas Eisiges berührt meine Wange, streicht über meine Stirn. Ich presse die Lippen fest zusammen, bahne mir meinen Weg durch uralte Bosheit, die nach Leben dürstet.

Ich gestehe, ich habe eine Scheißangst. Doch ich klammere mich an Agnethas Anblick fest, die in ihren Ketten hängt und all ihre Hoffnungen in mich setzt. Meine Entschlossenheit ist größer als das Wissen, dass ich in Begriff bin, etwas sehr Frevelhaftes zu tun. Vielleicht begehe ich einen gigantischen Fehler, den ich nie wieder korrigieren kann.

Ganz bestimmt sogar.

Ich stoße gegen einen großen Steinblock, der in eine quadratische Form gehauen wurde. Kaum lege ich meine Hand an die Oberfläche, wird der matte Lichtschimmer heller. Vor mir befindet sich der dicke Quader aus dunklem Gestein, in dessen Mitte sich eine Vertiefung befindet. Der Stein klopft und pulsiert unter meinen Fingerspitzen wie ein großes, uraltes Herz. Ich erschauere.

In der Vertiefung steckt die Phiole. Sie sieht verflucht unscheinbar aus, wenn man den Inhalt bedenkt. Das Glas ist ungleichmäßig und stumpf, sodass man den Inhalt nur erahnen kann. Die· Babylonier haben die Technik des Glasblasens mittels eines Rohr entwickelt, hat mein Vater mir mal erzählt. Von ihnen stammt auch das erste überlieferte Rezept für die Glasherstellung: *Nimm 60 Teile Sand, 180 Teile Asche aus Meerespflanzen und 5 Teile Kreide und schmelze es in einem Tiegel.* Die Phiole ist mit einem Pfropfen aus Blei verschlossen.

Ich strecke die Hand aus und ein bedrohliches Zischeln erfüllt den Raum. Gellende Schmerzen jagen durch meinen Körper, als würde ich von tausend Pfeilen durchbohrt werden. Ich krümme mich zusammen, kämpfe gegen eine drohende Ohnmacht an, klammere mich an dem Steinblock fest. Ein normaler Mensch könnte niemals unbefugt diese Kammer betreten und es überleben.

Meine Hand umschließt den Hals der kleinen Phiole, zerrt sie aus dem Loch. Das Blut darin muss tausende Jahre alt sein, doch es ist immer noch flüssig. Es lebt. Es ist die Essenz dieses Clans, seine Quelle, sein Erbe und zugleich dessen Zukunft.

Noch.

Hitze schießt von meinen Fingern in meinen Körper. Ich muss den Pfropfen mit den Zähnen herausziehen, weil ich meine freie Hand benötige, um mich an dem Stein festzuhalten.

Der Geruch, der aus dem Fläschchen aufsteigt, ist mit nichts zu vergleichen, was mir je in die Nase gekommen ist. *Widerlich* trifft es nicht einmal annähernd. Es riecht nach Verderbnis, nach der Ewigkeit in der schlimmsten Hölle, die man sich nur vorstellen kann. Alles in mir sträubt sich dagegen, die Öffnung an die Lippen zu setzen.

Ich weiß genau, dass es mich vergiften wird.

Ich weiß aber auch, dass es die einzige Möglichkeit ist, um zu tun, was getan werden muss. Ich will keinen Menschen reißen. Nie wieder. Ich will, dass Agnetha vor mir sicher ist.

Benedict hat mir nur drei Tropfen gegeben, und das Wenige hat mein ganzes Leben umgekrempelt. Drei Tropfen sollten ausreichen.

»Scheiß drauf. Entweder ganz oder gar nicht«, murmele ich.

Mit einer entschlossenen Handbewegung kippe ich mir das Zeug in den Mund und schlucke es hinunter.

Mir bleibt nicht einmal eine Sekunde Zeit, um es innig zu bereuen.

44

Dass die Schmerzen langsam nachlassen, merke ich nur daran, dass ich die Kraft finde, mich am Boden zu winden und leise zu wimmern. Aus dem Wimmern wird ein tierähnliches Heulen, das von den Schatten um mich herum verschluckt wird. Stumm flehe ich sie um Erlösung an, denn ich bin nicht in der Lage, verständliche Worte auszustoßen. Ich spüre mich selbst nicht mehr, nur das flüssige Feuer, das in mir tobt und mich auffrisst. Ich existiere nur noch in meiner nicht enden wollenden Qual.

Möglicherweise hätten drei Tropfen vollends ausgereicht.

Es können Stunden vergangen sein, Minuten oder auch Tage. Ich weiß es nicht. Wie damals, als Benedict mich einem Zustand der totalen Hilflosigkeit am Hafen abgeladen und sich aus dem Staub gemacht hat, fehlt mir jedes Bewusstsein für Zeit und für mich selbst. Doch hinter dem Feuer, in dem ich langsam verbrenne, kann ich nicht aufhören, an Agnetha zu denken, die ich schon wieder im Stich gelassen habe.

Ich hätte ihre Fesseln lösen sollen, auch wenn es bedeutet hätte, dass ihre Nähe endgültig meine mühsame Kontrolle einreißt. Ich hätte das Risiko eingehen sollen, denn dann hätte sie zumindest eine, wenn auch winzige Chance zur Flucht gehabt.

Meine Finger zucken und berühren die leere Phiole, die neben mir am Boden liegt. Jetzt ist es nur noch eine alte Flasche, die in ein Museum gehört. Ich kann die glatte Oberfläche spüren; mein Gefühl kehrt zurück. Und nicht nur das. Ich kann wieder sehen – mehr, als mir lieb ist. Ich sehe nicht nur die Ausmaße der niedrigen Kammer, in der ich mich befinde, sondern auch ihre Bewohner. Konturlose, gesichtslose Gestalten, die aus Zorn und ewigem Hunger geformt wurden. Sie hassen mich, aber sie wagen sich nicht an mich heran. Vielleicht bin ich jetzt giftig.

Die Zeit tröpfelt vor sich hin und mein Körper beginnt, sich selbst zu heilen. Es ist kein angenehmer Prozess. Das Reißen und Brennen meiner Muskeln, das Knirschen meiner Knochen lässt sich gerade noch aushalten, aber mit meinem Herz geschieht etwas, das mir höllische Angst bereitet. Mal schlägt es, dann wieder krampft es sich zusammen oder es droht, zu explodieren.

Ich schaffe es irgendwie, mich hinzusetzen und den Rücken an den Stein zu lehnen. Jetzt fühlt er sich kalt an wie jeder x-beliebige Brocken. Mein Haar knistert, mein Kiefer pocht, meine Muskeln verkrampfen sich immer wieder. Ich nehme alles überdeutlich wahr: das Gefühl der Kleidungsfasern auf meiner Haut, das tonnenschwere Gestein über meinem Kopf, die Bewegungen der Erdkruste tief im Boden.

Ich bin noch ich. Zumindest sehen meine Hände noch so aus, wie sie aussehen sollen. Keine langen gelben Krallen, keinen Pelz auf dem Handrücken. Aber ich bin jetzt mehr als nur ich. Ich habe etwas in mir, das tausendmal älter und mächtiger ist als alles, was die Menschheit sich vorstellen kann. Und ich habe es in mir zum

Leben erweckt. Ich habe es absorbiert, oder es mich. Möglicherweise habe ich mich zu einem langen, langsamen Tod verurteilt.

Darum kann ich mir später noch Gedanken machen. Ich stemme mich hoch, gehe probehalber einen Schritt, dann noch einen. Meine Motorik funktioniert, an die begleitenden Schmerzen habe ich mich fast schon gewöhnt. Doch die jäh einsetzende Euphorie ist neu. Sie steigt in mir an wie ein Drogenrausch, ohne mir den Verstand zu benebeln, und lässt mich bald die Schmerzen vergessen.

Ich verschließe die leere Flasche, stecke sie in meine Manteltasche, winke den lautlos tobenden Schatten zum Abschied zu und mache mich auf den Rückweg. Jetzt fällt mir die Orientierung überraschend leicht. Ich muss nur meiner eigenen, unsichtbaren Spur folgen, die noch in der unbewegten Luft schwebt. Ich glaube sogar, winzige Partikel flimmern zu sehen; die Überreste meines fast verhungerten Ichs. Und ich kann Agnethas Duft wahrnehmen, obwohl ich noch weit entfernt bin. Er ist wie ein Wegweiser in der Dunkelheit.

Ich weiß nicht, wie viel Zeit mir noch bleibt, dennoch biege ich einem Impuls folgend an einer Stelle in die andere Richtung ab, statt weiter zum Verlies zu laufen. Ich höre das Scharren von Füßen, ein leises Wispern. Dann erreiche ich eine vergitterte Tür. Dahinter brennen Lichter, sehe ich Betten, einen Tisch mit Stühlen, ein paar Flaschen Bier, Bücher, einen ausgeschalteten Fernseher. Menschen springen auf, als ich vor dem Gitter auftauche. Es ist verriegelt, aber von innen. Vierfach.

Ein älterer Mann in einem Arbeitsoverall tritt an das Gitter, darauf achtend, dass ich nicht den Arm durch die Stäbe stecken und ihn erreichen kann. »Ja?«, fragt er überaus höflich, überaus vorsichtig. Ich erinnere mich, ihn bei meiner verstohlenen Ankunft auf dem Rasentraktor gesehen zu haben. Er und seine Kollegen schauen mich an, als hätte ich mich in einer Rauchwolke manifestiert, inklusive Hörnern auf dem Kopf.

Ich mustere ihn und die anderen, die alle nicht den Eindruck hilfloser Gefangener erwecken. Drei von ihnen pokern um Schmuckstücke und Halbedelsteine. »Ihr seid die Schergen des Hauses, richtig?«

»Die Anwärter«, korrigiert der Gärtner. »Die Herrschaften halten heute Nacht einen Empfang für ihre Gäste ab.«

»Und ihr verschanzt euch hier unten, um nicht selbst Teil des Gelages zu werden.«

»Der Patriarch hat es so angeordnet. Er ist stets um unsere Sicherheit besorgt.« Er scharrt mit seinem Arbeitsschuh. »Wir vermissen meinen Gehilfen und einen weiteren jungen Mann. Sind sie …?« Zaghaft deutet zur Decke hinauf.

Walker hat niemals Angst vor seinen Vampirkollegen haben müssen. »Wo ist der Weinkeller?«, frage ich.

Der alte Gärtner deutet nach links.

Im Weinkeller ziehe ich eine staubige Flasche Rotwein aus dem Regal, rupfe den Korken mit bloßen Fingern heraus und fülle die Phiole auf. Probehalber nehme ich einen Schluck aus der Weinflasche; der Alkohol versickert in meinem Körper, ohne die erwarteten Krämpfe auszulösen. Er wird einfach absorbiert. Einen Tag zuvor noch hätte ich das Zeug in hohem Bogen an die Wand gespuckt. In mir glüht ein winziger Funken der Hoffnung auf.

Ich mache mich wieder auf den Weg zum Verlies. Mit jedem Schritt werde ich schneller, bis ich schließlich renne. Mein schmutziger Mantel flattert hinter mir her.

Vor dem Verlies stoppe ich abrupt. Die Tür steht weit offen, das Licht im Innern ist erloschen. Ich muss nicht hineinschauen, um zu wissen, dass sie fort ist. Natürlich tue ich es trotzdem, denn ich traue meinen neuen Superinstinkten noch nicht.

Die Kette hängt leer und nutzlos von der Decke herab. Auch die Instrumente sind vom Tisch verschwunden.

Sie haben sie geholt.

Heiße, rote Wut erwacht in mir. Agnetha gehört mir. Nur ich habe das verfluchte Recht, ihr Blut zu kosten!

Solche Besitzansprüche kenne ich von mir gar nicht, aber jetzt ist auch nicht die Zeit, darüber nachzudenken. Auf dem Weg hinauf ins Erdgeschoss höre ich, dass die Party längst begonnen hat.

Fuckfuckfuck. Kann nicht einmal etwas nach Plan laufen?

Ich stoppe beim Salon. Er ist leer, auf dem Buffet liegt das Handy, das mir jetzt bekannt vorkommt. Der Akku ist leer. Ich stecke es ein und ziehe den Fenstervorhang beiseite. Draußen ist es längst dunkel. Viermal Fuck. Am helllichten Tage hätte ich vielleicht eine Chance gegen ein ganzes Vampir-Rudel gehabt, das sich an Agnetha vergreifen will.

Gelächter schwillt an, je näher ich dem Speisesaal komme. Musik übertönt einen schwachen Schmerzensschrei, der langsam erstirbt. Er kommt nicht von Agnetha. Zuerst bin ich erleichtert, doch dann überfällt mich die grausige Frage, ob sie womöglich schon tot ist.

Die Doppeltüren zum Salon sind geschlossen. Bevor ich sie aufstoßen kann, packt mich jemand am Arm und reißt mich herum.

»Du hast die kleine Hexe angeknabbert«, sagt mein Onkel lächelnd. »Ich bin freudig überrascht, dass du deine menschliche Schwäche doch noch überwunden hast.«

»Der Hunger war stärker«, sage ich widerstrebend.

»Der Hunger wird immer stärker sein als alles, woran du als Mensch geglaubt hast. Aber wieso hast du sie nicht geleert? Das bisschen Blut dürfte dich nicht lange gesättigt haben.«

»Das habe ich auch gemerkt, darum bin ich zurückgekehrt. Ich bin auf den Geschmack gekommen, jetzt will ich mehr.«

Mit zusammengezogenen Brauen studiert er mich. »Du wolltest fliehen, richtig?«

»Ich dachte, ich könnte meiner Bestimmung entkommen. Bis mir einfiel, dass ich kein anderes Zuhause mehr habe als dies hier.« Angemessen zerknirscht schaue ich zu Boden.

»Eigentlich solltest du jetzt paralysiert in der Ecke liegen, Damien. Aber du siehst … anders aus. Du hast dich doch nicht an unseren Schergen vergriffen?«

»Ich hab's versucht, aber ich konnte das Gitter nicht öffnen, hinter dem sie sich verkrochen haben.«

»Du bist noch zu schwach, mein Junge.« Sein Lächeln wird breiter. »Warum hast du dein ach so kostbares Mädchen nicht komplett geleert?«

Seine Wortwahl lässt meinen Zorn aufkochen, doch ich verziehe keine Miene.

»Ich wollte meinen guten Willen demonstrieren, auch wenn es mich ganz schön Überwindung gekostet hat, von ihr abzulassen.«

»Das kann ich mir sehr gut vorstellen. Erwarte dafür aber keine Medaille, mein Junge. Gnade macht dich schwach.«

»Ich werde nicht mehr schwach sein, Onkel Bardolf. Ich habe die Schnauze voll, vor mir selbst wegzulaufen.«

»Wusste ich es doch, dass dein Hunger dich zur Vernunft bringen wird.«

»Kann ich eventuell an … eurem Gelage teilnehmen?«

»Du kommst gerade richtig, Damien. Die Vorspeise hast du zwar verpasst, aber der Hauptgang wird dir gefallen.« Er stößt die Türen auf und schiebt mich hinein. »Ein ganz besonderer Leckerbissen nur für dich«, sagt er mit verschmitztem Lächeln. »Du bist nicht ansatzweise so klug, wie du es dir einbildest, mein Junge. Versuch niemals wieder, gegen die Familie anzukämpfen.«

Ich fange gerade erst an, Idiot. Doch ich setze ein verschämtes Grinsen auf. »Ich hab's kapiert, Onkel Bardolf.«

Das Erste, was ich sehe, ist die Person, die kopfüber von der Decke hängt und sich verzweifelt windet wie ein Aal. Blanke Angst verzerrt ihre Züge. Ihre Handgelenke sind zusammengebunden, die Spitzen ihrer langen Locken schweben über der fleckigen Plane am Boden. Sie kann nicht schreien, weil man ihr ein Stück Tape über den Mund geklebt hat. Der Anblick ihrer verschlossenen Lippen löst ein Reißen in meiner Brust aus, das mich in zwei Teile spaltet. Der eine Teil will blindwütig in den Saal stürmen und ein Massaker veranstalten, der andere ist unendlich erleichtert, dass sie lebt. Dieser andere Teil wird sie herausholen, koste es, was es wolle.

Ich kenne den Preis für ihr Überleben, ich bin bereit, ihn zu zahlen.

Im Hintergrund sehe ich zwei leblose Körper in der Ecke liegen, unbekleidet bis auf die Unterhosen. Leere Augen starren zu der Decke hinauf, die mit einer Märtyrerszene prächtig bemalt ist. Ihre blutleere Haut ist über und über mit Schnitten und tiefen Bisswunden übersät. Nicht einmal die Ohrläppchen und Lippen wurden verschont.

Der ganze Saal stinkt nach Blut und Tod, nach Angstschweiß und Geifer. Es sind mindestens dreißig Leute anwesend, meine Familie sowie ihre Gäste. Mit blutverschmierten Mündern fläzen sie sich auf Stühlen und Sofas, stehen plaudernd am Kamin und nippen an kleinen Kristallgläsern mit roter Flüssigkeit. Es liegt erregte Vorfreude in der Luft. Die Vampire haben ihren ersten gierigen Hunger an den beiden bedauernswerten Schergen gestillt, der Hauptgang steht unmittelbar bevor.

Mein Blick sucht Agnethas, doch sie hat die Augen fest geschlossen, um das Grauen um sie herum auszuschließen. Sie sieht unversehrt aus, abgesehen von dem krummen Schnitt oberhalb – jetzt unterhalb – ihres Knöchels. Man hat ihr den kaputten Strumpf ausgezogen, ihre Bluse hängt aus der Hose und entblößt ihren sahnig hellen Bauch, dessen Muskeln sich vor Anstrengung gestrafft haben.

Etwas weiter hinten stehen drei Männer in abgewetzten braungrauen Ledermänteln von der gleichen Art, wie Lucius ihn trägt. Sie scheinen nicht wegen des Gelages hergekommen zu sein. Ihre Augen richten sich auf mich, kaum dass ich über die Schwelle getreten bin.

Ein Mann mit einem grausam verätzten Gesicht beugt sich herab und packt Agnethas Haar, um ihren Kopf hochzureißen. Er nuschelt etwas kaum Verständliches, aber ihre hochroten Wangen werden schlagartig bleich. Dort, wo bei dem Kerl die Augen sein sollten, sind nur zwei knochige Höhlen mit hellen Fetzen darin. Ein Teil seiner Lippen fehlt und entblößt sein Raubtiergebiss, mit dem er an der Seite ihres Halses hinabfährt. Ekel und Angst verzerren ihre Züge. Seine Haut ist blasig, irgendwie schaumig, und sie *bewegt* sich. Es wird noch ewig dauern, bis er wieder halbwegs normal aussieht. Er hebt seinen Kopf und wittert. Offenbar kann er nichts sehen, aber er hört und riecht mich. Und er sieht echt scheiße aus.

»Dein rothaariges Mädchen ist ein hübscher Anblick, wie sie da hängt, nicht wahr?« Mein Onkel schließt hinter mir die Tür. Er legt mir den Arm um die Schulter und schiebt mich in den Saal hinein. »Ciprian kann es kaum erwarten, seine Zähne in ihre Schlagader zu versenken. Wir werden aufpassen müssen, dass er sie nicht zerreißt und uns den ganzen Spaß verdirbt.«

»Wieso hast du sie nicht ihm überlassen? Er hat seine Rache verdient.«

Mein unbeteiligter Tonfall klingt genau richtig. Erstaunt hebt Onkel Bardolf seine Brauen. Dann deutet er ein Lächeln an. »Ich möchte, dass du hautnah die Folgen deiner dummen Entscheidungen miterlebst.«

»Sogar ich lerne dazu«, sage ich abwinkend. »Macht mit ihr, was ihr wollt. Nicht meine Angelegenheit.«

Agnetha reißt die Augen auf, ihr gehetzter Blick krallt sich an mir fest, hoffnungsvoll, verstört bis ins Mark. Ich ertrage es kaum. Ich wende den Kopf ab und spüre, wie die unsichtbare Verbindung zwischen uns mit einem lautlosen Schnappen zerreißt. Ich glaube sogar das Erlöschen ihres Hoffnungsfunkens zu sehen. Ihre Ungläubigkeit, dass ich sie ungerührt meinem Clan überlasse, legt sich klebrig über meine Haut.

Marius, der Butler, tritt mit einem Tablett an Onkel Bardolf heran. Darauf liegen die Instrumente aus dem Verlies aufgereiht. Einige sind mit Blut befleckt. Mein Onkel ergreift zielsicher das altmodische Skalpell, mit dem Agnetha sich selbst verletzt hat, um mir ihr Blut zu geben.

»Ciprian, wärst du so freundlich, einen kleinen Schritt zurückzutreten?«, fragt er.

Widerstrebend gehorcht der Mann mit dem zerstörten Gesicht.

»Wo ist Benedict?«, nuschelt er mich durch seine kaputten Lippen an. »Was hast du mit ihm gemacht?«

»Damien wird es uns gleich sagen.« Onkel Bardolf dreht spielerisch die Klinge in seiner Hand, bevor er mit deren Spitze auf Agnetha deutet. »Spätestens wenn das Blut aus ihren Adern fließt.«

Sie zappelt wild umher, doch Ciprian versetzt ihr einen Faustschlag in die Eingeweide, der ihr die Luft aus dem Leib treibt. Ihr Oberkörper krümmt sich, die Kette klirrt. In meiner Brust tobt ein Feuersturm, doch ich bleibe unbewegt.

»Ich brauche frisches Blut, um zu heilen«, krächzt Ciprian.

»Ihr Blut ist stark«, höre ich mich sagen. »Ein großzügiger Schluck hat mich lang genug auf den Beinen gehalten, um mir hier Nachschub zu holen.«

Gelächter ertönt.

Agnethas splittergrüne Augen suchen meine. Im Licht der vielen Kerzen ist sie das wärmste und lebendigste Wesen im Raum. »Damien«, flüstert sie. »Hilf mir.«

Ich ignoriere sie. »Insgesamt nur drei Menschen für eine ganze Gesellschaft: Das reicht doch vorn und hinten nicht.«

»Fürchtest du, dass für dich nichts übrig bleibt?«, fragt meine Cousine Benigna belustigt. »Wir werden anschließend gemeinsam auf die Jagd gehen. Ganz wie in den alten Zeiten: Eine wilde Jagd mitten unter den Menschen, um sie Angst und Schrecken zu lehren. Nur dass es heute im Rahmen eines ganz besonderen Ereignisses stattfinden wird.«

»Diese Nacht wird herrliche Schlagzeilen hervorbringen. Der Rücktritt des jämmerlichen Bürgermeisters ist nicht mehr weit. Bald haben wir die gesamte Metropole in der Tasche.«

»Was für ein Ereignis?« Eine nicht greifbare Vorahnung macht sich in mir breit.

»Heute Nacht wird es geschehen.« Onkel Bardolf tritt an Agnetha heran und packt eines ihrer Handgelenke. »Ich werde hier einen kleinen Längsschnitt machen, der sich leicht mit einer Aderpresse verschließen lässt. So können wir sie langsam ausbluten lassen.«

Sie bäumt sich auf und kreischt gegen das Klebeband auf ihrem Mund an, als mein Onkel die Klinge über ihren Unterarm zieht.

»Einen Kelch, schnell!«, befiehlt er.

Benigna kniet neben ihr nieder und hält ein Kristallglas unter das fließende Blut. Mein Herz steht lichterloh in Flammen, doch mein Verstand mahnt mich, ruhig zu bleiben. *Warte auf den richtigen Zeitpunkt.*

»Ursprünglich hatte ich ein paar Experimente mit deiner Rothaarigen geplant«, sagt mein Onkel. »Aber ich werde mir jemand anders suchen. Zum Beispiel deinen Mitbewohner, diesen blonden Wirrkopf, der all die widerlichen Lügen über uns verbreitet.«

»Gute Idee«, sage ich so lässig wie möglich.

Agnethas ersticktes Schreien ist über den amüsierten Lärm der Gesellschaft kaum zu hören. Die roten Locken verhüllen gnädig ihr Gesicht, während der Lebenssaft ihre Hand entlang läuft und von den Fingerspitzen in den Kelch tröpfelt. Ich inhaliere ihr unfassbares Entsetzen, nehme es in mich auf, lasse mich davon erfüllen. Meine Entschlossenheit wächst zu einer Bestie heran.

Ich höre, wie das Blut in den Kelch tropft, höre, wie die Vampire sich die Lippen lecken, wie sie schmatzen. Der Geruch lässt mich kalt, er löst rein gar nichts in mir aus.

Onkel Bardolf schnappt sich einen Riemen von dem Tablett und bindet ihren Arm knapp oberhalb des Schnitts ab, um den Blutfluss zu stoppen. »Der erste Schluck gebührt …« Er macht eine dramatische Pause. »Der erste Schluck ist für den verlorenen jungen Wolf, der den Weg zurück zu seinem Rudel gefunden hat.«

Ciprians blindes Gesicht fährt herum. »Wieso er? Ich habe das Recht …«

»Du bist ein jämmerlicher Versager!«, zischt Bardolf ihn an. »Lässt dich von einem schwachen Menschenmädchen verletzen.

Dein Clan hätte jemanden schicken sollen, der Respekt verdient, keinen … keinen Laugenbrezel.«

Gelächter ertönt.

»Gib Ciprian wenigstens ihre hübschen grünen Augen«, schlägt jemand vor. »Sie wird keine Verwendung mehr für sie haben.«

»Ja, warum nicht? Du bist doch einverstanden, Damien?« Listig reicht mein Onkel mir den Kelch. »Oder liegt dir noch etwas an ihr?«

»Mir reicht ein kräftiger Schluck. Meinetwegen kann Ciprian alles andere von ihr haben.« Ich nehme ihm das Glas ab und schnuppere daran wie an einem exquisiten Wein. Der warme Kupfergeruch hat keinerlei Wirkung auf mich. In mir pulsiert etwas viel Mächtigeres, das kein menschliches Blut benötigt. Dramatisch hebe ich das Glas und drehe mich einmal um die eigene Achse. »Ich weiß, dass ich kein Vollblut bin wie ihr, sondern nur ein Bastard. Doch in den letzten Wochen habe ich verstanden, was es bedeutet, einem starken Clan anzugehören. Ich habe es satt, ein Niemand zu sein. Ich werde tun, was nötig ist, um von euch akzeptiert zu werden.«

»Hört, hört«, sagt jemand.

Ein paar Gäste klatschen behäbig Beifall, eine Frau lacht, ein Mann schnaubt. Die drei Männer der Legion betrachten mich stumm. Keiner der Anwesenden ist von meiner reumütigen Performance überzeugt. Doch wenn ich eines über Vampire gelernt habe, dann, dass sie rational und logisch denken. Ihre Loyalität kommt nicht aus dem Herzen, sondern ist eine Notwendigkeit, die ihr Überleben sichert. Emotionale Bindungen sind ihnen fremd, sie verstehen nicht, wie man für einen Menschen sein eigenes Leben opfern kann.

Denn genau das habe ich getan. Indem ich mir das mystische Blut Babylons hinter die Binde gegossen habe, habe ich mich selbst ausgelöscht. Ich habe einen neuen Damien erschaffen.

Und er hat sehr schlechte Laune.

45

Agnetha

Ich hänge so hoch über dem Boden, dass meine Fingerspitzen nicht einmal die verschmierte Plastikplane berühren können. Mein Kopf droht zu platzen. Ich weiß nicht, seit wann ich hier baumele, aber lange halte ich es nicht mehr aus. Wegen des Klebebands über meinem Mund kann ich mich nicht mal laut beschweren. Der eklige Gestank von Ciprians zerstörtem Gesicht verstopft mir die Nase, sodass ich um Luft ringen muss. Den Schnitt an meinem Arm spüre ich kaum noch, weil der Riemen die Blutzufuhr und damit auch jegliches Gefühl in meinen Fingern abgeschnitten hat. Doch das ist unerheblich, denn Damien hat mich verraten.

Ohne mit der Wimper zu zucken ist er zum Feind übergelaufen und hat mich den Wölfen zum Fraß vorgeworfen.

Der Verrat sollte mich nicht so tief treffen; Damien lässt mich nicht zum ersten Mal im Stich. Doch ich kann und will nicht glauben, dass er mir im Verlies etwas vorgemacht und mein Vertrauen schamlos missbraucht hat. Er hat versprochen, zurückzukehren.

Gut, das hat er getan. Aber offensichtlich nicht, um mir zu helfen.

Er hebt das Glas und schickt einen Salut in die Runde der mordlüsternen, in Samt und Seide gekleideten Kreaturen mit ihren messerscharfen Fängen.

Ciprian zischelt etwas auf Rumänisch, das niemand beachtet. Enttäuscht wendet er sich mir zu. Selbst aus meiner Über-Kopf-Perspektive sieht er scheußlich aus mit dem entblößten Zahnfleisch und den Hautfetzen. Seine leeren Augenhöhlen sind auf mich gerichtet. Ich hoffe, dass es bloß ein Scherz war, als sie sagten, dass er meine Augen haben könne, aber ich fürchte, sie meinen es ernst. Für die Vampire bin ich nicht mehr als Schlachtvieh.

Ciprian beugt sich vor, bis sein Gesicht auf gleicher Höhe mit meinem ist, und leckt über den Schnitt in meiner Wange. Angeekelt will ich meinen Kopf wegdrehen, doch er hält mein Haar gepackt. Speichelspritzend flüstert er mir zu, dass er zuerst meine Nase mit seinen Fängen abreißen, dann meine Lippen zerkauen wird und zu guter Letzt meine Brüste. Er werde dafür sorgen, dass ich um den Tod bettle. Anschließend werde man das, was von mir übrig ist, in den Brunnen entsorgen, bevor die gesamte Gesellschaft zum gemeinsamen Amüsement in die Stadt aufbrechen wird.

Heute Nacht wird es geschehen. Ich habe keine Ahnung, was genau Bardolf von Baro damit meint, aber ich befürchte eine Katastrophe. Den Anfang vom Ende. Und ich kann niemanden warnen.

Damien setzt den Kristallkelch an. Ich will nicht hinschauen, aber es ist wie bei einem Unfall. Zum zweiten Mal sehe ich mit an (diesmal auf dem Kopf stehend), wie er mein Blut trinkt. Doch jetzt bleibt seine Miene leer. Ich sehe nicht das manische Verzücken, wie ich es im Verlies erlebt habe, als er gierig die Pfütze vom Grund des Eimers leckte.

Er bringt den Kelch zu einer alten Frau, die mit hochmütiger Miene stocksteif auf einem Stuhl mit hoher Rückenlehne sitzt. Sie trägt eine kleine Brille mit schwarzen Gläsern und ihr silbergraues Haar ist zu einer komplizierten, perlengeschmückten Frisur aufgetürmt.

»Großmutter Brünhild, eigentlich hätte dir der erste Schluck gebührt«, sagt er mit einer Verneigung, was ihr sichtlich gefällt. Brünhild ist die älteste Frau des Clans, die Tochter des Patriarchen und somit Damiens Oma.

»Vielleicht ist der Junge doch noch nicht verloren«, sagt sie zu Bardolf und spitzt die Lippen um den Rand des Kelches.

»Ich möchte dich ungern daran erinnern, dass mein Sohn nicht anwesend ist«, erwidert dieser angesäuert. »Damien will uns nicht verraten, was mit Benedict geschehen ist.«

»Er hat ein sicheres Versteck vor dem Tageslicht gefunden«, sagt Damien. »Wahrscheinlich lässt er es jetzt in der Stadt krachen. Ich bin nicht sein Babysitter, aber ich schwöre, dass ich ihm nichts getan habe.«

Die alte Frau reicht den Kelch an Bardolf weiter, der vor Gier ein paar Tropfen verschüttet. Alle anderen pirschen näher, es fällt ihnen sichtlich schwer, nicht in ungeduldige Raserei zu verfallen, bis sie an der Reihe sind. Viele geifern mich an, stoßen mir ihre spitzen Fingernägel in die Rippen. Ciprian stößt ein wölfisches Knurren aus, das niemanden beeindruckt.

Nur die drei Männer in den schweren Ledermänteln halten sich im Hintergrund. Sie haben nicht einmal von der *Vorspeise* genascht. Sie sind wohl nur hier, um aufzupassen, dass niemand zur Buffet-Fräse wird und den anderen nichts übrig lässt. Wahrscheinlich haben sie vorher bei McVamp Halt gemacht und sich ein Bloody Happy Meal gegönnt.

Mein Galgenhumor macht die Situation nicht erträglicher.

Aus dem Augenwinkel sehe ich die zwei toten jungen Männer in der Ecke liegen, weggeworfen wie Müll. Ich musste mit ansehen, wie die beiden einer nach dem anderen an die gleiche Kette aufgehängt wurden, von der ich jetzt herabbaumele. Man schnitt ihnen die Klamotten vom Leib und die Vampire fielen über sie her wie ausgehungerte Hyänen. Sie rissen und bissen und saugten und schmatzten und die beiden Unglücklichen schrien sich die Lungen aus dem Leib, bis ihre Hälse aufgerissen waren und sie nur noch gurgeln konnten.

Terror beherrscht meinen Verstand, aber ich habe fest an Damien geglaubt. Meine Überzeugung, dass er zurückkommen und mich hier rausholen würde, hat mich bis jetzt durchhalten lassen.

Ich war so eine Idiotin.

Der Kelch wird reihum gereicht, jeder nimmt einen gezierten Schluck, obwohl ihnen deutlich anzusehen ist, dass sie am liebsten den gesamten Inhalt hinunterstürzen möchten. Ich hasse sie dafür, dass sie mein Blut trinken! Es gehört mir; nur ich allein sollte entscheiden, wer es haben darf. Aber ich bin nur der Appetizer für die große Jagd, ich bin das Vorglühen.

Ich suche Damiens Gesicht nach einem Hoffnungsschimmer ab. Ein menschliches Zucken, ein Zwinkern. Doch ich sehe nur einen dunklen Engel, dessen Züge schöner sind denn je. Seine Haltung ist aufrecht, seine Bewegungen von solch fließender Eleganz, dass ich weinen möchte. Sogar der schmutzige Mantel mit dem eingerissenen Saum tut seiner neuen überirdischen Erscheinung keinen Abbruch. Er zeigt nicht die geringste Gefühlsregung. Was auch immer mit ihm geschehen ist, nachdem er das Verlies verlassen hat, es hat ihn vollkommen verwandelt. Versprechen haben keinen Wert mehr, Vertrauen ist etwas für Dummköpfe.

Fast kann ich ihn sogar verstehen. Wer möchte schon bis in alle Ewigkeit ein Ausgestoßener sein?

Damien war meine letzte Chance, hier lebendig herauszukommen, und womöglich die einzige Möglichkeit, um Steenport vor dem Untergang zu retten.

Es ist vorbei.

Die Salontüren öffnen sich und der knochige Butler kündigt

mit einer schwungvollen Verbeugung an: »Der Patriarch des Clans von Steenport – Reichsfreiherr Berald Bernhelm von Baro!«

Kultivierter Applaus ertönt. Ich versuche mir vorzustellen, bei einem Nachmittagstee im britischen Königshaus gelandet zu sein. Doch der Übelkeit erregende Gestank von Tod und Qual in dem Saal macht dieser Illusion leider einen Strich durch die Rechnung.

Der Patriarch schreitet an der Plastikplane vorbei, ohne mir auch nur einen Blick zu gönnen. Er stützt sich auf einen Gehstock, dessen Knauf einen Krähenschädel mit spitzem Schnabel darstellt. Seine mitternachtsblaue Kleidung ist mit schwarzgoldener Stickerei und viel schwarzer Spitze versehen, der Saum des langen Brokatumhangs putzt das Parkett hinter ihm. Steif lässt er sich nieder und sieht sich um. Seine Haut hat die Farbe von Asche, seine Augen wirken wie stumpfe schwarze Kiesel. Er sieht auf fast menschliche Weise müde aus.

»Ich hoffe, ihr alle amüsiert euch prächtig.« Er hebt abwehrend die Hand, als ihm jemand den Kelch anbietet. Diese Geste sorgt für allgemeine Verblüffung. »Sicherlich hat Bardolf euch bereits ins Bild gesetzt, wie es um den Fortschritt unserer Pläne steht. Er hat das natürliche Bedürfnis der Menschen, sich einem starken Führer unterzuordnen, als erster erkannt und geschickt für eine erfolgversprechende Strategie genutzt, von der sämtliche Clans, die sich uns anschließen, profitieren werden. Heute Nacht lassen wir gemeinsam die erste Welle des Schreckens über diese Stadt hereinbrechen. Morgen werden wir ihnen eine Lösung anbieten, anschließend werden sie die alten Machthaber aus dem Rathaus zerren und durch die Straßen jagen. Wir haben entsprechende Vorbereitungen getroffen, die den Bürgern bald enthüllt werden.«

Erneuter Applaus bricht los, diesmal lauter. Jemand ruft etwas auf Französisch, was mit einem rumänischen Gegenruf beantwortet wird. Die Anwesenden sind bester Laune (ausgenommen Ciprian). Nach allem, was ich aufschnappen konnte, handelt es sich bei den Gästen ausschließlich um hochrangige Mitglieder europäischer

Clans. Statt sich gegenseitig zu bekriegen, wie sie es jahrhundertelang getan haben, haben sich die Vampire nun verbündet.

»Wenn das Steenport-Experiment erfolgreich ist, werden wir uns ganz Europa untertan machen. Die ganze Welt!«, übertönt die Stimme des Patriarchen den fröhlichen Aufruhr.

Na toll, meine Heimatstadt ist Teil eines perfiden Experiments aus der Hölle. Und ich kann niemanden warnen, weil ich gerade dringendere Probleme habe.

»Es gibt noch einen zweiten Grund für diese Versammlung«, sagt der Patriarch in den Lärm hinein. »Ich bin seit 1242 Jahren das Oberhaupt des von Baro-Clans. Ich habe zu oft miterleben müssen, wie unseresgleichen gejagt, gepfählt, verbrannt wurde; ich bin erschöpft.« Er erhebt sich. »Ich gebe hiermit bekannt, dass ich den Rat der Großen Alten offiziell um meine Erlösung gebeten habe. Dem Ersuchen wurde stattgegeben.«

Raunen setzt ein. Alle schauen sich an. Nur Bardolf verzieht keine Miene.

»Wer wird Euer Nachfolger?«, fragt eine Frau in einem spektakulären Ballkleid mit Blutsprenkeln auf dem Dekolleté.

»Mein Enkel Bardolf von Baro. Der Gründer der *Allianz* und baldiger Herrscher …«, mit einem feinen Lächeln korrigiert er sich: »Baldiger Bürgermeister dieser prächtigen Metropole. Der Frachthafen wird eine immense Erleichterung für unsere Expansionspläne sein.«

Und das Unheil breitete sich über die Welt aus … Ich stelle mir vor, wie Containerschiffe voller Vampire quer über die Ozeane schippern und Diktaturen errichten.

»Darauf sollten wir anstoßen!«, brüllt jemand. »Lasst uns den rothaarigen Blutbeutel leeren!«

Von allen Seiten kommt Zustimmung. Panisch ziehe ich meinen Arm fort, als sich Benigna an der Aderpresse zu schaffen macht. Sie lacht mich an, ihre Zähne sind blutverschmiert.

»Vorher müssen wir noch entscheiden, was wir mit ihm machen.« Bardolf deutet auf Damien. »Patriarch, du hast dich lange genug schützend vor Damien und seinen Vater gestellt. Es ist an der Zeit, klare Verhältnisse zu schaffen.«

»Er ist ein Dhampir!«, kreischt jemand. »Ich sage: Vernichtung!«

»Vernichtung!«, bestätigt eine zornige Frau.

»Was auch sonst«, höre ich Damien leise sagen. Er schiebt seine Hände in die Manteltaschen.

»Möglicherweise habe ich einen Fehler gemacht. Ich habe Schwäche gezeigt.« Der Noch-Patriarch lässt sich schwer auf seinen Stuhl fallen. »Bardolf wird die richtige Entscheidung treffen.«

»Damien könnte für unsere Pläne von Nutzen sein.« Das kommt von einer schlanken Frau, bei der ich unwillkürlich an eine schwarze Natter denken muss, nicht nur wegen ihres hautengen Kleides, das ihre Körperform nachzeichnet. »Er ist aus dem Volk, er ist einer profanen Arbeit nachgegangen: Die Menschen lieben so etwas.«

»Oder wir setzen ihn gegen die Wildlinge ein«, sagt ein Mann mit öligem schwarzen Haar. »Das Pack wird immer aufmüpfiger. Früher haben sich Dhampire als Vampirjäger verdingt. Warum lassen wir die alte Tradition nicht wieder aufleben?«

»Das war keine Tradition, sondern ein Frevel«, grollt ein Mann der Legion. »Es ist *unsere* Aufgabe, Strafen zu vollstrecken! Wir können keine Mischlinge unter uns dulden! So will es das Gesetz.«

Bardolf hebt die Hände: »Ich fürchte, mein Neffe ist sogar mehr als nur ein ordinärer Bastard!«, ruft er. »Benedict glaubt zu wissen, dass Damien ein paar Tropfen vom Blute Babylons gekostet hat. Seitdem ist er außer Kontrolle. Ich …«

Der Rest seines Satzes geht in einem Tumult unter. Sofort umringen die drei Legions-Männer Damien und halten die anderen Vampire von ihm fern. Er macht ein vollkommen ungerührten Eindruck, als wäre er nur Zuschauer und nicht Mittelpunkt des zornigen Interesses.

»Dein Sohn *glaubt* zu wissen?«, fragt einer der drei stirnrunzelnd.

»Anders können wir uns Damiens plötzliche Verhaltensänderung nicht erklären«, antwortet Bardolf. »Er war zur Trauerfeier im Haus und hat offenbar in den Katakomben herumgeschnüffelt.«

»Das ist natürlich gelogen«, merkt Damien beiläufig an.

»Marius soll hinunter ins Gewölbe gehen und die Phiole überprüfen«, befiehlt der Patriarch. Sofort trabt der Butler aus dem Raum.

»Leider können wir meinen Sohn nicht befragen«, grollt Bardolf, »weil er irgendwo gegen seinen Willen festgehalten wird. Damien plant einen Aufstand gegen die Großen Alten! Sein Vater hat ihn von Anfang an von uns ferngehalten und ihm Gift ins Ohr geträufelt. Wir haben zu spät eingegriffen, wir haben den Bastard nicht ernst genommen.«

»Wehret den Anfängen!«, ruft Benigna. »Das habe ich immer schon gesagt!«

Damien verdreht die Augen. »Zu mir hast du das aber nie gesagt, werte Cousine.«

»Als ich dich das erste Mal sah, so ein süßer kleiner Junge, habe ich sofort deine Verräterseele gewittert.«

»Damien von Baro, du bist ein Mischling *und* du hast dich an dem Blute Babylons deines Clans vergriffen«, sagt ein Mann der Legion feierlich. »Für diesen Frevel kann es nur eine Strafe geben: Sofortige Vernichtung.«

Meine Seele zerbricht lautlos.

»Hier und jetzt«, fügt ein zweiter Legions-Mann hinzu.

»Nein!«, brülle ich, aber leider hört man hinter dem Klebeband nur ein ersticktes: »Mpf!«

Damien scheint mich total vergessen zu haben. »Ich denke, ich sollte jetzt meinen Anwalt anrufen.«

Benigna kichert. »Der wird dir auch nicht mehr helfen können, Cousin.«

»Wir müssen zugeben, dass wir eine gewisse Mitschuld tragen«, sagt Bardolf. »Damien hat sich Hoffnungen gemacht, Teil unseres Clans zu werden. Wir hätten ihm deutlich erklären sollen, dass wir keinen Bastard in unseren Reihen dulden.«

»Dabei hätte ich mir doch nichts Schöneres vorstellen können«, sagt Damien mit einem theatralischen Seufzer.

»Nach all den Schwierigkeiten, die du uns bereitet hast?«, faucht Bardolf. »Mach dich nicht lächerlich! Du besitzt weder die Klasse noch die Entschlossenheit, einer von uns zu sein. Du bist nichts weiter als eine Anomalie.«

»Zieh deinen Mantel aus, Damien. Entblöße deine Brust«, sagt der Mann der Legion. Ein anderer bringt einen großen hölzernen Kasten, stellt ihn ab und öffnet ihn feierlich. Darin liegen angespitzte Holzpflöcke.

»Ihr verbrennt seinen Körper aber nicht hier drin, ja?«, sagt Großmutter Brünhild besorgt. »Den Geruch bekommen wie nie wieder raus.«

Ich zapple und winde mich wie verrückt und schreie: »DAMIEN, LAUF!« gegen das Klebeband an. Doch er ignoriert mich.

»Den Mantel ausziehen, ja?«, sagt Damien. »Klar, kein Problem. Was soll ich mit diesem Ding hier machen?« Er zieht eine Hand aus der Manteltasche und hält eine Phiole aus stumpfem Glas hoch.

Wenn Vampire den Atem anhalten könnten, würden sie es jetzt tun. Der gesamte Raum erstarrt, alle schwarzen Augen sind auf den Gegenstand in Damiens Hand gerichtet, die Luft vibriert. Es muss sich um ein Heiligtum handeln.

Das Fläschchen rutscht durch seine Finger, er fängt es auf, bevor es zu Boden fallen. »Ups. Ich bin aber auch ein ungeschicktes Schusselchen.«

Der Patriarch springt auf. Plötzlich sieht er gar nicht mehr so alt aus. »Nehmt es ihm ab!« Zornbebend deutet er auf Damien.

Doch niemand rührt sich. Entsetzt schauen alle zu, wie Damien die Flasche in die Luft wirft und sie geschickt wieder auffängt. »Es würde mich brennend interessieren, was passiert, wenn man alles auf einmal trinkt.«

»Es würde dich zerreißen«, knurrt Bardolf. »Kein Vampir könnte das überstehen.«

»Ah, aber ich bin kein richtiger Vampir, nicht wahr? Ich bin nichts weiter als eine Anomalie.« Er grinst seinen Onkel an und zieht den Korken heraus. »Riecht ganz lecker.«

»ERGREIFT IHN! NEHMT IHM DIE PHIOLE AB!«, brüllt Bardolf.

Sie alle beginnen, ihn zu umrunden, die Hände zu Klauen geformt, die Zähne gebleckt. Es gibt kein Entkommen für ihn. Aber noch wagen sie sich nicht an ihn heran. Sie wissen sein Verhalten nicht einzuschätzen.

»Damien, sei vernünftig«, beschwört ihn ein Mann der Legion. »Du weißt nicht, was du tust. Das Blut Babylons besitzt ungeheure Macht. Du hast doch schon einige Tropfen genommen und sieh, was aus dir geworden ist.«

»Schlimmer kann es nicht werden. Du da«, Damien deutet auf einen Mann nahe bei der Tür, wo sich die Kurbelwinde befindet, mit der normalerweise der Kronleuchter herabgelassen wird, um ihn mit neuen Kerzen zu bestücken. »Lass sie runter.«

Er meint mich! Zum ersten Mal, seit er den Raum betreten hat, haken sich unsere Blicke aneinander fest. Zumindest so lange, bis der Patriarch dem Mann ein Zeichen gibt und ich unerwartet zu Boden krache. Mit meinen gefesselten Händen reiße ich mir das Tape vom Mund. Autsch! In Filmen tut das nie so weh. Leider kann ich nicht aufstehen, weil erstens meine Beine noch zusammengebunden und sie zweitens wie abgestorben sind. Sie kribbeln nicht einmal. Der Blutverlust hat mich geschwächt, ich sehe Sterne.

»Und nun?«, fragt der Mann der Legion. »Du hast nicht die geringste Chance, hier herauszukommen, Damien.«

»Nehmt ihr die Fesseln ab oder …« Er setzt die Flaschenöffnung an die Lippen.

»Wir werden sie nicht gehen lassen.« Bardolf schüttelt den Kopf. »Und du wirst das Blut nicht trinken. So dumm bist nicht einmal du.«

»Du hast keine Ahnung, wie dumm ich sein kann, Onkel. Bin

gespannt, wonach es schmeckt.« Er leckt über den Rand. »Hmmm, etwas würzig im Abgang, mit einer Note von Kirsche und …«

»Bist du des Wahnsinns? GIB SIE HER!« Bardolf stürzt sich mit ausgefahrenen Krallen und Zähnen auf ihn. Doch Damien ist nicht mehr dort, wo er gerade noch war. Ich entdecke ihn am anderen Ende des Raumes, wo er lächelnd den Pfropfen zurück in die immer noch volle Flasche steckt.

Die Bewegungen der Vampire sind zu schnell, um sie mit meinem menschlichen Auge verfolgen zu können. Dinge fliegen umher, unmenschliche Schreie schmerzen in meinen Ohren.

Fassungslos stützt sich der Patriarch auf seinen Stock. »Nehmt ihm die Phiole ab! Lasst ihn …« Ein Körper kracht vor seine Füße. Es ist Ciprian, gleich darauf fliegt Benigna mit Wucht auf die beiden toten Menschen in der Ecke.

Ich bilde mir ein, Damiens dunkles Lachen zu hören, aber ich sehe ihn nicht. Er bewegt sich schneller als alle anderen, ist nie dort, wo sie ihn zu fassen kriegen wollen. Schläge landen auf dem falschen Körper, Zähne werden in den falschen Arm geschlagen. Es herrscht totales Chaos. Unbeholfen rutsche ich über die Plane zu dem Kasten mit den Holzpflöcken, die Kette klirrt an meinen Fußgelenken. Die Spitzen der Pflöcke sind sorgfältig zurechtgeschnitzt, das Holz ist recht hart, aber damit werde ich meine Fesseln nicht öffnen können.

Jäh werde ich an den Haaren hochgerissen.

»Jetzt beiße ich dir die Kehle durch«, nuschelt Ciprian und bleckt seine Fänge.

Mit beiden Händen ramme ich ihm den Pflock in den Leib und kreische dabei wie eine Furie. Nun bin ich froh, dass er keine Augen mehr hat. Mit offenem Mund erstarrt er und kippt um. Einfach so. Der Pflock ragt aus seiner Mitte heraus.

»Wow«, murmele ich betäubt und die Welt beginnt sich um mich zu drehen. Ich verliere das Gleichgewicht. Doch bevor ich auf dem Boden aufschlage, werde ich aufgefangen und durch die Luft gewirbelt. Ächzend lande ich über einer breiten Schulter.

»Sie fliehen!«, schreit jemand.

Wieder einmal hänge ich kopfüber, diesmal werde ich zusätzlich hart durchgeschüttelt. Ich sehe nur noch Schlieren und Schatten, flatternde Mäntel und Gewänder und meine eigenen Locken, die mir ins Gesicht fliegen. Dann sind wir draußen. Kurz darauf werde ich so schwungvoll abgesetzt, dass ich das Gleichgewicht verliere. Es klirrt, es ruckt, meine Fesseln fallen herab.

»Rein da, schnell!« Eine Autotür wird aufgerissen, ich lande unsanft auf einem Beifahrersitz.

Damien springt hinter das Steuer. »Schlüssel, verdammt! Wo ist der fucking Schlüssel?«

Ich lange an ihm vorbei und klappe mit zittriger Hand die Sonnenblende herunter, hinter der ein Fahrzeugschlüssel samt Papieren steckt. »Glück gehabt.«

»Du bist zu klug für mich.« Er startet den mächtigen Motor des alten amerikanischen Straßenkreuzers.

»Nein, ich verstehe allmählich, wie Vampire ticken. Sie sind zu arrogant, um einen Autodiebstahl zu befürchten.«

Mit einem Lachen rast er los. Hinter uns strömen wütende Vampire aus dem Haus. Wir halten im irrwitzigen Tempo direkt auf das geschlossene, tonnenschwere Tor zu.

»Du kannst es nicht durchbrechen!«, kreische ich. »Wir werden sterben!«

»Ich weiß, was ich tu.« Er gibt noch mehr Gas. »Öffnen!« Dieses eine Wort wird von einer gewaltigen Druckwelle begleitet, die mit der Wucht einer Kanonenkugel nach vorn schießt.

Mit lautem Scheppern fliegen die Torflügel auf, einer wird zur Hälfte aus den Angeln gerissen.

»Heilige Scheiße, es hat funktioniert!«, stößt Damien aus und drückt aufs Gas. »Hast du das gesehen? Ich habe sie einfach so aufgesprengt, nur weil ich mir vorgestellt habe, dass es funktionieren könnte.«

»Ich dachte, du weißt, was du tust.«

»Das war gelogen.«

46

»Anhalten, ich muss mich übergeben«, stöhne ich nach einigen Kilometern.

»Anhalten ist eine ganz schlechte Idee«, sagt Damien belustigt. »Uns sitzt eine Horde rachsüchtiger Vampire im Nacken.« Er tritt nicht ein einziges Mal auf die Bremse, zögert nicht; er rast mit Todesverachtung durch die Finsternis.

Ich klammere mich am Sicherheitsgurt fest. Das Auto hat die Ausmaße eines Kreuzfahrtschiffes, es ist mit dunklem Edelholz und Leder ausgestattet und hat rundum getönte Scheiben. Der Motor ist so leise wie bei einem Elektrofahrzeug, man hört nur ein Surren. Da wir ohne Licht fahren, kann ich von der Umgebung kaum etwas erkennen; die Landstraße vor uns ist unbeleuchtet. Rechts und links ragt schwarze Waldmasse auf. Im Rückspiegel blitzt grelles Scheinwerferlicht.

»Was ist aus den guten alten Legenden geworden, als Vampire sich noch gegenseitig mit Flatterumhängen über die Dächer von Burgen gejagt haben?«, frage ich.

»Mit einer Frau über der Schulter ist das etwas unbequem. Du siehst ziemlich kaputt aus, ich dachte, ein dickes Auto wäre eher nach deinem Geschmack.« Er wirft einen Blick auf meine malträtierten Füße. »Eventuell wollte ich dich auch ein wenig beeindrucken. Dieser Wagen gehört nämlich der Legion.«

»Eines muss man dir lassen, Damien: Du machst keine halben Sachen.« Sogar jetzt noch fällt es mir schwer, nicht wie ein Eiswürfel in der Sonne zu schmelzen, obwohl ich körperlich am Ende bin. »Noch nie hat sich ein Mann für mich mit einem mächtigen Vampirclan angelegt, mir das Leben gerettet und anschließend ein Auto geklaut.«

»Wirst du mich verurteilen, wenn ich gestehe, dass das nicht mein erster Autodiebstahl ist?« Er beschleunigt und wir gleiten so schnell durch die Nacht, dass die Lichter hinter uns zurückbleiben.

Meine Wange brennt, der Schnitt an meinem Unterarm blutet wieder, weil der Riemen verschwunden ist. Hastig wische ich das Blut an meiner Bluse ab – die ist eh ruiniert.

»Ich habe keinen Plan, was wir als Nächstes tun sollen.« Sein Lachen ist völlig unpassend und das Schönste, was ich je gehört habe. Jäh reißt er das Steuer herum, ich fliege gegen die Tür und wir rasen einen schmalen landwirtschaftlichen Weg entlang. »Aber ich bin sehr entschlossen, noch mehr Trouble zu machen.«

»Ich … Ich dachte, du hättest mich im Stich gelassen.«

»Ich musste tricksen, um dich dort rauszubekommen. Anscheinend war ich sehr überzeugend, wenn sogar du mir geglaubt hast«, brummt er. »Agnetha, ich würde dich niemals zurücklassen. Egal wo und egal, was es mich kostet.«

»Diese kleine Flasche mit dem uralten Blut …«

Er zieht die Phiole aus der Manteltasche und wirft sie zu mir herüber. Vor Schreck hätte ich sie fast fallen lassen. Das Ding macht mir aus unerfindlichen Gründen Angst. »Sie enthält nur Rotwein.«

Ich atme aus. »Puh, und ich dachte schon …«

»Das richtige Zeug hatte ich vorher schon getrunken.«

»WAS?«

»Ich brauchte Blut. Was sollte ich machen?« Sein Grinsen höre ich mehr, als dass ich es sehen kann. »Es hat mich ausgeknockt und … mich verändert. Als ich zum Verlies zurückkehrte, warst du nicht mehr da.«

»Bist du des Wahnsinns, Damien? Du hättest sterben können!«

Er wirft einen Blick in den Rückspiegel. »Genau genommen bin ich das auch. Ich hatte schon angenehmere Abstürze. Mich hat die Tatsache gerettet, dass ich kein normaler Vampir bin, glaube ich. Vielleicht hatte ich auch einfach Glück. Vielleicht zerfalle ich morgen zu Staub.«

»Deine Familie glaubt, du hättest ihr Heiligtum gestohlen. Wenn sie erfahren, dass es gar nicht mehr existiert …«

»Sie müssen nicht alles wissen. Ich habe einen Plan … Nun, eher die vage Idee eines Plans, aber die Phiole könnte noch nützlich sein.«

»Vor allem macht sie uns zu Gejagten.« Eilig gebe ich ihm die Flasche zurück, die er achtlos in seiner Tasche verstaut.

»Aufregend, nicht wahr?«

Die Verfolger tauchen wieder hinter uns auf, aber der Abstand ist jetzt größer. Erneut nimmt er eine scharfe Kurve und wir tauchen direkt in den nächtlichen Wald ein. Der Untergrund ist unbefestigt und schlammig und die Reifen schlittern in den Kurven.

Hinter uns rasen die Jäger geradeaus weiter, der Lärm ihrer Motoren verklingt in der Nacht. Jenseits der Bäume sehe ich ein letztes Mal Scheinwerfer aufblitzen.

»Fürs Erste hätten wir sie abgeschüttelt«, sagt er. »Dieses Auto ist großartig. Ich verstehe nicht, was Lucius daran auszusetzen hat.«

Im schwachen Licht der Armaturenanzeige kann ich gerade so sein Profil ausmachen. Es ist mir vertraut und doch spüre ich Veränderungen an ihm, ohne sie benennen zu können. Eine kalte, unnachgiebige Stärke geht von ihm aus, sie macht ihn erhaben, dominant und überaus tödlich. Dahinter vibriert ein lebendes, fühlendes Wesen.

Vielleicht sehe ich auch nur etwas, das gar nicht mehr da ist.

Fröstelnd schlinge ich die Arme um den Leib. Meine Glieder

beben nicht nur von der Kälte. Die Ereignisse haben sich tief in mich eingegraben und ich ahne, dass sie mich den Rest meines Lebens bis in meine Träume verfolgen werden.

Er sucht die Umgebung mit den Augen ab. Vor uns liegt undurchdringliche Schwärze, aber mit seiner Super-Nachtsicht lenkt er das Fahrzeug souverän über den holprigen Waldweg.

»Es ist nicht nur die Legion, die uns jagen wird«, sagt er. »Sämtliche Clans Europas werden nach uns Ausschau halten, nicht zu vergessen ihre Schergen. Sie haben alle Zeit der Welt, um uns zu finden, sie haben Macht und Geld und unheimliche Kräfte. Realistisch gesehen sind wir am Arsch.«

»Ich liebe deine positive Einstellung.«

»Mein Clan steht auch nicht besser da. Sie werden aussterben, denn das Blut ihrer Ahnen wütet in meinen Adern und stellt schlimme Dinge mit mir an. Sie werden keine legitimen Nachfahren mehr erzeugen können.« Er schweigt eine Weile. »Kaum zu glauben, dass drei Tropfen von dem Zeug ausreichen, damit jemand wie Benedict sich in einen Wolf verwandeln kann. Nur bei mir funktioniert es nicht. Ich sollte mindestens zum feuerspeienden Drachen werden, aber irgendwie bin ich immer noch … ich selbst, nur mit mehr Flüchen.« Das Lenkrad knackt unter seinen Fingern. »Das ist verflucht ungerecht.«

Ich lege eine bebende Hand auf seinen Unterarm. »Du bist eine Symbiose aus beiden Welten. Das ist deine Superkraft, Damien.«

»Ich bin ein Bastard«, spuckt er aus.

»Sie fürchten dich, weil sie dich nicht einschätzen können. Sie haben schon deinen Vater gefürchtet.«

»Er hat überhaupt nichts gemacht, außer sein eigenes Leben zu leben. Er hat Bücher geschrieben, sonst nichts. Und trotzdem haben sie ihn hingerichtet.« Er zögert. »Aber vielleicht sollte ich nicht alles glauben, was mein Clan behauptet.«

»Du hast für viel Furore gesorgt, ohne es zu wollen.«

»Dann stell dir vor, was erst passieren wird, wenn ich es wirklich drauf anlege. Sie haben mich verdammt wütend gemacht. Ihre

Vision von einer Herrschaft über die Menschen ist beängstigend, denn ich fürchte, dass sie Erfolg haben werden. Niemand glaubt an ihre Existenz. Sie haben leichtes Spiel.« Der Wagen holpert über eine Baumwurzel, Damien verlangsamt das Tempo. »Ich glaube, vorläufig haben wir sie abgehängt.«

»Also wirst du gegen deine Familie in den Krieg ziehen.«

»Na ja, ich bräuchte schon etwas Unterstützung.« Er greift in seine andere Manteltasche und zieht ein Handy heraus. »Ich glaube, das ist deins. Ich hab's im Salon gefunden und eingesteckt.«

Es gehört tatsächlich mir. »Der Akku ist leer.«

»Schau im Handschuhfach nach, ob darin ein passendes Ladekabel liegt. Der Wagen gehört zwar der Legion, aber hoffentlich sind Lucius' Kollegen weniger altmodisch als er selbst.«

»Vampire benutzen doch keine … Oh.« Ich finde sogar drei Kabel. »Ich bin zutiefst erschüttert, wie all meine romantischen Illusionen über Vampire zerstört werden«, sage ich und stöpsele das Smartphone an.

»Sie sind anpassungsfähig und wissen die Segnungen der Technik durchaus zu schätzen. Autos sind schneller als Pferdekutschen, Handys sind praktischer als ein reitender Bote und Sonnenbrillen können Leben retten. Versuch, Lennart zu erreichen, sobald es ausreichend aufgeladen ist.« Er schaut sich ein weiteres Mal um, bevor er in einen Pfad einbiegt und den Wagen anhält.

Das Motorengebrumm verstummt, Stille breitet sich aus, unterbrochen nur vom Ticken des abkühlenden Motorblocks.

Zitternd reibe ich über meine Oberarme. Meine Gliedmaßen beben immer heftiger. Jetzt, wo der schlimmste Horror vorbei ist, beginnt mein Verstand erst zu begreifen, was geschehen ist, was hätte passieren könnten und das ich ein verdammt großes Glück hatte. Damien ist hier, er hat mich nicht im Stich gelassen. Er hat etwas Ungeheuerliches getan, um mich dort rauszuholen, ohne an sich zu denken oder daran, was er damit in Gang setzen würde. Er ist mein Held, aber ich wage nicht, es ihm zu sagen, weil ich nicht sicher bin, wo wir beide stehen.

Ich bin ein Feigling.

Damien wendet sich mir zu. »Ich brauche dich, um diese ganze Scheiße durchzuziehen. Um mir zu sagen, dass ich das Richtige tue. Allein schaffe ich das nicht. Ich brauche dich, Agnetha.«

»Ich glaube, ich brauche dich viel mehr«, flüstere ich. »Ohne dich wäre ich schon zweimal gestorben. Nein, dreimal.«

»Stell dein verdammtes Licht nicht unter den Scheffel. Du hast einen Vampir entstellt und ihn anschließend gepfählt. Du bist eine verflucht-verdammte fucking Kriegerin!«

Ich muss lächeln. »An deinen Flüchen solltest du noch arbeiten. Sie sind nicht stilgemäß.«

Okay, dann: *Bei Vlads schrumpeligen Eiern!* Besser?«

»Besser«, murmele ich.

»Hey, wir beide geben ein verfl… ein unheilig gutes Team ab. Als Vampirjägerin sähst du höllisch heiß aus.«

»Jetzt gerade sehe ich ziemlich zerrupft aus.«

»Nein, du bist wunderschön.«

»Ich fühle mich aber nicht so«, schniefe ich.

Er beugt sich herüber, löst den Sicherheitsgurt und zieht mich auf seinen Schoß. Seine Arme umschließen mich mit tröstlicher Stärke, sein Körper ist sehr warm, fast schon heiß.

Es muss an dem Schock liegen, der sich seinen Weg zur Oberfläche meines Verstandes bahnt, denn anders kann ich mir nicht erklären, warum sich in meinem Unterleib ein unpassendes Pochen ausbreitet.

Damien streichelt mein Genick, meine Schultern, meinen Rücken, schiebt mein klebriges Haar hinter das Ohr und fährt mit seinen Lippen über meine feuchte Wange mit dem Schnitt. Der Geruch des getrockneten Blutes lässt ihn kalt. Seine sanften Berührungen dienen nur dazu, mich zu beruhigen. Sein Kuss ist zart wie die Berührung eines Schmetterlingsflügels und steht im buchstäblich harten Kontrast zu der Beule, die sich von unten gegen meinen Schenkel presst. Mein Körper hungert nach seinem, ich will bis in die letzte Faser spüren, dass ich noch lebe. Ich will es durch ihn spüren, mit ihm.

Fahrig zerre ich sein Hemd aus der Jeans, mache mich an der Gürtelschnalle zu schaffen. Meine Finger sind taub, er hält sie fest.

»Agnetha, das ist nicht der richtige Zeitpunkt …«

»Es ist der einzig wahre Zeitpunkt. Vielleicht werden wir beide nie wieder Sex haben.« Ich knabbere an seiner Unterlippe, dringe mit meiner Zunge in seinen Mund und lasse mich fallen. Ich will jetzt nicht über Richtig oder Falsch nachdenken, ich will Damien. Nichts habe ich mehr gewollt als ihn.

»Du weißt, dass ich verrückt nach dir bin«, murmelt er und öffnet meine Bluse mit quälender Langsamkeit. Er streicht über meine Taille, schiebt den BH beiseite. »Ich will so tief in dir sein, dass ich nicht mehr weiß, wo ich ende und du beginnst. Ich will hören, wie du meinen Namen sagst, immer und immer wieder. Wie du ihn schreist, ihn genussvoll stöhnst, ihn zum Leben erweckst.«

Seine Hände umfassen meine Brüste und die Berührung lässt meinen Atem stocken. Meine Nippel richten sich auf. Damien beugt sich vor und nimmt eine Spitze zwischen die Lippen. Ich kann seine Zähne spüren. Ein Blitz fährt bis zwischen meine Schenkel hinab, als er zart hineinbeißt. Seine Zunge neckt mich, löst wohlige Schauer aus, bis ich es nicht länger aushalte.

In der Enge des Fahrzeugs richte ich mich auf, zerre mir meine Hose samt Slip herab und hole seinen Penis heraus. In meinen Fingern fühlt sich der Schaft härter und schwerer an, als ich ihn in Erinnerung habe. An der Unterseite spüre ich das Klopfen einer dicken Ader. Es ist erregend, ihn in der Hand zu halten, und offenbar empfindet er das Gleiche, denn er lehnt sich mit einem leisen Stöhnen zurück, schiebt den Sitz nach hinten, um uns mehr Raum zu schaffen.

Noch nie in meinem Leben war ich so manisch, so wild danach, einen Mann in mir zu spüren. Ich denke nicht darüber nach, ob es Wahnsinn ist, mitten auf der Flucht Sex zu haben, oder was Damien von mir halten muss, ob mein Körper das mitmacht oder ob ich nicht grausig aussehen muss mit all dem Schmutz und den Kratzern. Denn ich weiß, dass es ihn auch nicht interessiert. Es gibt nur uns und diesen überirdischen Hunger nach unserer Vereinigung.

Ich schwinge mich über ihn, lasse mich langsam auf seinen Schaft hinabsinken. Obwohl ich vorbereitet und voller Begierde bin, ist sein Eindringen in meinen Körper ein intensiver, gewaltiger Schock. Meine Vagina zieht sich zusammen, steigert meine Empfindungen bis ins Unerträgliche. Ein unkontrollierbares Zittern erfasst mich, sein Schwanz zuckt in mir wie ein Tier mit eigenem Willen. Damien legt die Hände auf meine Hüften und hält mich fest, als ich zu schnell hinabzusinken drohe. Ganz langsam, Zentimeter für Zentimeter, bahnt er sich seinen Weg in meine Enge. Jede Zelle meines Körpers konzentriert sich auf diese eine Stelle, an der wir beide uns miteinander verbinden. Hitze breitet sich von dort aus, lässt meine Nerven glühen, meine Lippen beben. Als er gänzlich in mir ist, fühle ich mich wie ein anderes Wesen, eines, das einen Dämon in sich hineingelassen hat – und dadurch erst vollständig geworden ist.

Ich fange an, mich zu bewegen, doch Damien hält mich fest. »Lass mich das genießen«, flüstert er, legt eine Hand in meinen Nacken und zieht mein Gesicht zu sich hinab, um mich zu küssen.

Ich schiebe sein Hemd hoch, kratze über seine Brust, während sein Schaft in mir kräftig pulsiert und zuckt. Aus dem Kribbeln wird ein Wirbelsturm wird ein Orkan, in dessen Auge wir miteinander verbunden sind. Meine Empfindungen drehen durch, vermischen sich zu ungezügelter Euphorie. Dabei hat er sich nicht einmal in mir bewegt. Er genießt tatsächlich nur. Meine Pussy zuckt um ihn herum, bis ich es nicht mehr aushalten und mit meinem Unterleib kleine Kreise beschreibe, die mich beinahe sofort an den Rand des Wahnsinns bringen.

Als ich in seine Augen schaue, sehe ich, dass sie orangefarben glühen. Es erschreckt mich nicht, es heizt mich vielmehr an. Es ist für mich ein Zeichen seiner Begierde nach mir. Ich tauche mit meiner Zunge tief in seinen Mund ein, mache Sex mit meinem Mund und er nimmt den Kuss auf, verwandelt ihn in wahre Magie. Nicht nur unsere Körper verschmelzen. Unsere Seelen berühren sich, fließen ineinander. Er öffnet sich vollständig, verliert die Kontrolle. Seine Hände graben sich in mein Haar, sein Unterleib bäumt sich auf und stößt so tief in mich hinein, dass ich aufschreie. Irgendwie ist es Schmerz, aber auch Lust und Zügellosigkeit. Das pure Leben. Ich will nicht, dass es jemals endet.

Möglicherweise verliere ich kurz den Verstand, als ich mit solcher Intensität komme wie nie zuvor. All das Adrenalin, die Angst, der Horror der letzten Zeit brechen aus mir heraus, werden von ihm aufgefangen und in etwas Wunderschönes verwandelt. Ich presse mein Gesicht gegen seine Halsbeuge und lasse ungehemmt die Tränen fließen.

Damiens Höhepunkt rast durch mich hindurch. Er presst mich erbarmungslos auf sich herab, füllt mich mit seinem Saft, heiß und prickelnd und alles andere als menschlich. Er nimmt mich in Besitz, markiert mich und verankert sich tief in meinem Innern.

Damien schlingt seinen Mantel um uns und schirmt mich von der Dunkelheit ab. Er schafft einen kleinen sicheren Raum nur für uns beide, bis ich mich wieder beruhigt habe. Dann hebt er mein Gesicht an und leckt die Tränen fort. In mir spüre ich ihn weiterhin hart und heiß. Sein vampirisches Ich ist außerordentlich potent. Und sexhungrig, denn er flüstert mir ins Ohr: »Das hier reicht mir noch lange nicht. Ich will mehr. Ich möchte dich die ganze Nacht vögeln, ohne einmal aus dir rauszugleiten. Ich möchte, dass du um mich zerfällst und ich dich neu zusammensetzen kann.«

»Ich weiß nicht, ob ich das überleben werde«, murmele ich.

Er lacht leise. »Das war ein Versprechen, keine Drohung.« Dann wird er ernst. »Mehr als das hier werde ich dir nicht geben können, denn wer weiß schon, ob ich morgen noch existiere? Ich bin nicht deine Zukunft, weil ich selbst keine habe.«

Mein Herz fällt in sich zusammen. »Niemand kann in die Zukunft schauen, daher sollte man sich deswegen auch keine

Gedanken machen«, murmele ich. »Das zwischen uns ist viel mehr als nur Sex, erkennst du das nicht?«

»Das ist ja das Problem.« Er küsst meinen Hals. »Wenn alles über uns zusammenbricht, werde ich dich schützen mit allem, was ich habe. Ich brauche dich, damit ich einen Grund habe, zu kämpfen. Ohne dich würde ich die Zuversicht verlieren. Aber wir beide dürfen nicht zusammen sein. Mein Schicksal sieht ziemlich düster aus. Ich spüre Veränderungen in mir und ich habe keine Ahnung, wer ich morgen oder übermorgen sein werde. Ich bin nicht menschlich, ich werde es nie wieder sein. Kann ich überhaupt noch richtig fühlen oder rede ich es mir nur ein?«

Jedes einzelne Wort aus seinem Mund schockiert mich, denn ich höre die Qual dahinter. Aber ich spüre auch eine Kraft in ihm, die vorher noch nicht da war. Er wird in den Krieg ziehen und sich opfern. Er wird alles hergeben: seine Menschlichkeit, sein Leben, seine Unbekümmertheit und seine Träume.

Auch uns beide.

Damien streicht durch mein schmutziges Haar, doch jetzt fühlt es sich nicht liebevoll an, sondern beiläufig. Unsichtbare Dämonen kriechen zwischen uns, drängen uns auseinander, obwohl wir immer noch miteinander verbunden sind. »Wir sollten jetzt schnellstmöglich in die Stadt zurückkehren«, sagt er übertrieben munter. »Die Nacht hat erst begonnen und wir müssen einiges erledigen.«

So hört sich ein Schlusspunkt an.

Erschöpfung macht sich in mir breit. Ganz kurz frage ich mich: *Wozu das Ganze? Es ist doch eh alles verloren.* Ein egoistischer Gedanke, für den ich mich sofort schäme. Es geht hier nicht um mein persönliches Glück, sondern um etwas sehr viel Größeres. Um das Leben vieler, vieler Menschen, um die Zukunft meiner Heimatstadt.

»Auf in den Kampf. Schlafen kann ich, wenn ich tot bin.« Ich gähne demonstrativ. »Aber vergiss nicht, dass ich keine Heldin bin.«

»Perfekt, ich bin auch kein Held.«

»Aber du bist zu allem entschlossen.«

»Du doch auch, Agnetha. Du bist lange vor mir in die Schlacht gezogen.«

»Da kannte ich die Feinde noch nicht.«

»Es wäre dir egal gewesen. Du bist eine Kriegerin.«

Vorsichtig richte ich mich auf, und augenblicklich verspüre ich Verlust. Leere bleibt in meinem Unterleib zurück, doch mein Herz ist übervoll. »Du meinst diese Kriegerin, die kopfüber von einer Decke gehangen und als Buffet gedient hat?«

»Ja, genau die. Du sahst verdammt wild aus. Ich hätte niemals gewagt, einen Schluck von dir zu nehmen.« Sorgfältig knöpft er meine Bluse zu, streift seinen Mantel von den Schultern und hängt ihn mir um, bevor er mich auf den Beifahrersitz platziert. »Okay, das war eine Lüge. Ich wollte dich mit Haut und Haar verschlingen.« Er startet den Motor. »Es war furchtbar, miterleben zu müssen, wie du an mir gezweifelt hast.«

»Das habe ich nicht – nun, nicht ganz. Ein winziger Funke in mir wird niemals aufhören, an dich zu glauben.« Mit akrobatischem Geschick ziehe ich mich wieder an. Ich wackle mit den bloßen Zehen. »Du kannst mein Blut haben, wann immer du welches brauchst.«

Sein Kopf ruckt herum. »Was soll ich damit?«

»Trinken. Zur Blutbank hast du doch keinen Zugang mehr.«

»Als ich in dem Saal all das Blut gerochen habe, hat es mich kalt gelassen«, sagt er nachdenklich. »Ich verspüre auch jetzt kein Bedürfnis danach, obwohl in der Phiole höchstens ein Viertelliter war. Ich habe überhaupt keinen Hunger.«

»Vielleicht sieht es in ein paar Stunden anders aus.« Langsam fahren wir durch den nächtlichen Wald. Meine Augenlider werden schwer, ich kuschele mich in den Mantel, der nach Leder und Damien und nach Tod riecht.

»Ja, vielleicht«, brummt er, aber in diesen Worten schwingt eine vage Hoffnung auf das Gegenteil mit.

47

Ich wähle Lennarts Nummer, er nimmt den Anruf sofort nach dem ersten Klingeln entgegen. »Wo steckst du? Ist Damien bei dir?«

»Schalte auf Lautsprecher«, befiehlt Damien. »Hey, Kumpel. Ich hab Agnetha rausgeholt, aber sie kann kaum noch die Augen offen halten. Wir rumpeln gerade durch einen Wald und werden in etwa zwanzig Minuten die Stadt erreicht haben. Uns steht eine turbulente Nacht bevor.«

»Noch turbulenter? Danke, mir reicht's jetzt schon.«

»Wie geht es meinem Cousin?«

»Keine Ahnung.«

»Was soll das heißen?«

»Du hast gesagt, ich soll ihm vom Anwesen fernhalten. Er ist ein verdammter Vampir! Was hätte ich machen sollen? Ihn höflich um seine Kooperation bitten?«

»Was hast du getan?«

»Meinen Wagen geopfert«, brummt Lennart. »Ich könnte dringend eine Mitfahrgelegenheit …«

»Was? Hast? Du? Getan?«

»Ich bin, als es noch hell war, zum Polizeipräsidium

gefahren und hab den Wagen dort auf den Hof gestellt. Dann habe ich anonym die Bullen angerufen. Weißt du eigentlich, wie schwer es ist, heutzutage eine öffentliche Telefonzelle zu finden, die auch noch funktioniert? Ich habe Stunden gebraucht. Stunden! Der Polizei habe ich gesagt, dass der gesuchte Serienmörder im Kofferraum liegt. Natürlich habe ich meine Stimme verstellt.«

Damien öffnet den Mund, doch statt wütend zu schreien, sagt er: »Hm, gar nicht dumm. Mit etwas Glück haben sie ihn direkt ins Tageslicht hinausgezerrt.«

»Oder aber sie haben ihn einfach erschossen.«

»Man kann Vampire nicht erschießen, Lennart.«

»Na toll. Hättest du mir das nicht eher sagen können? Ich fürchte sowieso, dass sie eine Bombe vermutet und das gesamte Gebäude evakuiert haben, bis ein Entschärfungskommando eintrifft.«

»Wo bist du jetzt?«

»Am Hauptbahnhof. Ich versuche, mit der Menge zu verschmelzen. Meinen Fluchtrucksack habe ich bei mir. Ich musste mein technisches Equipment im Auto zurücklassen, aber ich habe die Festplatten eingesteckt. Hier lungern ein paar sehr finstere Gestalten herum, die es offenbar auf mein Handy abgesehen haben. Außerdem muss ich aufs Klo. Wie peinlich wäre es bitte, einer Horde Vampire entkommen zu sein, nur um auf einer Bahnhofstoilette erschlagen zu werden?«

»Wir sind gleich bei dir.« Nach kurzem Zögern fragt Damien: »Wir sind also keine Freunde mehr?«

»Nicht, wenn du vor meinen Augen Leute erwürgst oder mein Blut trinken willst.«

»Er wird so etwas nicht tun«, rufe ich. »Er hat mächtiges altes Blut getrunken, dagegen schmeckt unseres wie Pappkarton.«

»Ich habe nie gesagt, dass dein Blut nach Pappe schmeckt«, knurrt er und lenkt den Wagen auf eine schmale Landstraße. In der Ferne glitzern die Lichter von Steenport.

»Lennart, du musst mir vernünftige Schuhe besorgen«, sage ich. »Größe 39. Socken brauche ich auch.«

»Weißt du, wie spät es ist? Wo soll ich um diese Zeit Klamotten herbekommen?«

Die Uhr im Armaturenbrett zeigt erst 23:17, doch es kommt mir vor, als wäre diese Nacht schon vor Jahren angebrochen und würde niemals enden. Ich bin erschöpft, meine Muskeln schmerzen, durch meinen Leib rasen die Nachwehen des Sex.

»Du bist ein findiger Mann, dir fällt schon was ein. Aber bitte keine High Heels. Und wo du schon dabei bist, ich könnte auch ein paar angespitzte Pflöcke gebrauchen.«

»Was willst du mit Pflöcken?«

»Mikado spielen«, sage ich mit einem Seufzer.

»Du hättest sehen sollen, wie sie einer Kreatur der Finsternis den Pfahl in die Brust gerammt hat.« Damien lacht.

Ich werfe ihm einen bösen Blick zu, den er mit einem unschuldigen Lächeln erwidert. »Vergiss die Pflöcke, Lennart, aber Schuhe brauche ich unbedingt.«

»Und wir müssen ...« Damien unterbricht sich. »Verdammt, ich habe Lucius ganz vergessen! Wir müssen umdrehen.«

»Auf keinen Fall!«, schreie ich.

»Agnetha, wir brauchen seine Unterstützung.«

»Der Typ aus dem goldenen Porsche? Ich dachte, du wolltest ihn auf dem Rückweg mitnehmen«, sagt Lennart am anderen Ende der Leitung.

»Unser Aufbruch war ziemlich hastig. Gib uns etwas Zeit und vergiss die Schuhe nicht.«

»Bitte beeilt euch. Ich habe ein echt komisches Gefühl. Irgendwas liegt in der Luft.«

»Was meinst du damit?«

»Es sind ungewöhnlich viele Leute unterwegs, sie laufen Richtung Zentrum. Heute ist doch nicht Silvester, oder?«

Ich wechsle einen Blick mit Damien und sehe, dass er das Gleiche denkt wie ich. *Heute Nacht wird es geschehen.*

Damien wendet den Wagen, noch während ich den Anruf beende.

»Bist du wahnsinnig?«, meckere ich. »Wir fahren dem Feind direkt in die Arme!«

»Ach, die würden niemals glauben, dass wir so blöd wären.«

»Erzähl mir von Lucius.«

»Er gehört zur Legion und kannte meinen Vater. Er ist der schlechteste Autofahrer der Welt, aber ansonsten ein ganz anständiger Kerl. In ihm schlummert ein Revoluzzer.« Damien spitzt die Lippen. »Sein Mantel ist cooler als meiner.«

Ich stöhne. »Die Legion ist das Killerkommando der Vampire, richtig? Sie wurden auf dich angesetzt, stimmt's? Und ich stehe auch auf der Todesliste, ja?«

»Dreimal ja.«

»Er soll sich ein Uber rufen oder sich in eine Fledermaus verwandeln.«

»Lucius kann nur Wolf.«

»Oh, super. Hast du vergessen, dass mich beinahe ein Wolf gefressen hätte?«

»Das war nicht er, sondern Benedict. Lucius ist ein altmodischer Vampir. Er tötet nicht, er trinkt nur hier ein Schlückchen, da ein Schlückchen und sorgt dann dafür, dass seine Nahrungsquelle einen Blackout hat. In der Legion dreht sich alles darum, die Existenz von Vampiren geheim zu halten.«

»Ich mag den Kerl trotzdem nicht.«

Unbeirrt heizt Damien zurück in die Richtung, aus der wir gekommen sind. Diesmal fahren wir nicht mitten durch den Wald, sondern bleiben auf der Straße. Trotz meiner abgrundtiefen Erschöpfung rutsche ich nervös herum. Wir biegen irgendwann ab und einige Kilometer später hält er am Straßenrand an. Rechterhand sehe ich ein Auto mit eingedrückter Front im Unterholz liegen. Die Kofferraumklappe steht offen.

Damien springt heraus und schaut sich um. Nichts regt sich und ich wage schon, erleichtert aufzuatmen, als es in einer Baumkrone raschelt und in flatterndes Wesen zu Boden fällt. *Er kann ja doch Fledermaus*, ist mein erster Gedanke, dann sehe ich, dass er lediglich einen langen weiten Mantel trägt.

»Ich hocke seit Stunden auf diesem Baum«, zischt der Fremde ihn an.

»Tut mir leid, ich habe auf dem Anwesen noch an einer Besichtigung der alten Kellergewölbe nebst Weinverkostung teilgenommen. Wir müssen in die Stadt.«

»Bist du endlich zur Vernunft gekommen?«

»Jepp. Wir ziehen in den Krieg.«

Lucius bleibt vor dem Wagen stehen. »Du hast es schon wieder getan«, sagt er anklagend. »Dieses Auto gehört der Legion!«

»Ich hab's mir nur ausgeborgt. Möchtest du nun mitfahren oder willst du lieber hinterherlaufen?«

Schnaubend steigt Lucius hinten ein, ohne mich auch nur eines Blickes zu würdigen.

Und schon rasen wir wieder los.

Die Fahrt zurück in die Stadt verläuft in angespannter Stille. Ich nicke immer wieder ein, um dann erschreckt aufzuwachen.

Lennart lungert unter der Weltzeituhr vor dem Hauptbahnhof herum, bepackt mit Rucksack und mehreren Tüten. Als Damien auf die Hupe drückt, hetzt er sichtlich erleichtert zu uns herüber. Er wirft sich auf die Rückbank und sagt zu mir: »Du siehst scheiße aus. Nichts für ungut.«

»Halt die Klappe oder du kannst laufen«, erwidert Damien. »Sie wurde zweimal verschleppt, hat gegen ein Rudel Vampire gekämpft und an mir gezweifelt und hat ihr Blut geopfert. Sie sieht immer noch sexier aus als du.«

»Sie sieht scheiße aus, und das ist deine Schuld!«, bellt Lennart.

Damien zuckt zusammen.

»Und du bist also der Typ aus dem Kofferraum des Porsche«, sagt er zu Lucius. »Stehst du nun auf unserer Seite oder nicht?«

Lucius betrachtet ihn wortlos, dann schaut er aus dem Seitenfenster.

»Schmeiß den Typen raus, Damien. Wir brauchen ihn nicht.«

»Er hat behauptet, dass mein Vater noch lebt.«

»Das ist keine Behauptung«, brummt Lucius. »Er befindet sich in einer Kiste am Grund des Meeres. Vampire können nicht ertrinken, aber ohne Nahrung fallen sie in Schockstarre.«

Damien verreißt das Steuer und wäre fast in den Gegenverkehr geraten. Ein Hupkonzert folgt uns, als er den Wagen zurück in die Spur lenkt und schließlich im Halteverbot stoppt. Er dreht sich um und macht Anstalten, zwischen den Sitzen nach hinten zu klettern, um sich auf Lucius zu stürzen. Seine lodernde Wut bringt die Luft im Auto schlagartig zum Köcheln.

Ich halte ihn am Arm fest. »Nun lass ihn doch erst mal ausreden.«

Lucius starrt Damien mit einem seltsamen Ausdruck an. »Du hast dich verändert. Ich kann es spüren, aber nicht greifen. Du strahlst … Macht aus.«

Damien packt Lucius' Kragen und zieht ihn ruckartig zu sich heran. »Gleich wird meine Faust eine unmißverständliche Botschaft ausstrahlen, wenn du mir nicht endlich erklärst, was meinem Vater zugestoßen ist.«

Ich glaube, ein kurzes Flackern in Lucius' kalten Zügen zu sehen. Damien macht ihm Angst – nicht wegen der läppischen

Drohung von Gewalt. Die Erkenntnis erschreckt mich, denn Lucius ist ur-uralt und ein erfahrener Henker. Ich wette, er kann sich nicht erinnern, wann er das letzte Mal Angst hatte. Nun sieht er etwas, das wir anderen noch nicht erkennen können. Doch auch Lennart drückt sich jetzt in die Ecke und zieht den Kopf ein.

Bin ich die einzige Naive hier oder liegt es daran, dass ich Damien vertraue?

»Ich habe den Auftrag übernommen, deinen Vater hinzurichten«, sagt Lucius. »Ich habe ihn … in gewisser Weise als Freund betrachtet, auch wenn ich seinen Ansichten nie viel abgewinnen konnte. Er wollte aufs Meer hinaus.«

»Das wollte er ganz sicher nicht«, knurrt Damien. »Er hat sich nie für Seefahrt oder für Schiffe interessiert.«

»Seine Vorfahren – *deine* Vorfahren waren Freibeuter.« Lucius bewegt sich nicht, während ihre Nasen sich beinahe berühren. Sie starren sich in die dunklen Augen. »Nun, vielleicht war ich es, der ihm subtil eingeredet hat, dass wir die Strafe auf offener See vollstrecken sollten.«

»Du hast ihm einen Pflock in die Brust gejagt und ihn auf einem historischen hölzernen Segelschiff in Brand gesetzt? Willst du mich verarschen?«

»Ich sagte: *Er lebt!*«, faucht Lucius unerwartet hart zurück. »Ich habe eine große Metallbox an Bord gebracht, eines dieser Dinger, in der Raketenwerfer und ähnliches transportiert werden. In der ersten Nacht habe ich ihn angewiesen, hineinzuklettern. Dann habe ich die Metallkiste mit Schlössern gesichert, eine schwere Kette darum gewunden und ihn über Bord geworfen. Die Koordinaten habe ich mir anschließend notiert. Ich habe sie immer noch.« Er greift in eine Innentasche seines Mantels und zieht ein kleines abgestoßenes Notizbuch mit ledernem Einband heraus. »Hier drin stehen sie.«

»Mein Vater wäre niemals freiwillig in diese Kiste gestiegen.«

»Doch, denn er hat mir im Gegenzug das Versprechen abgenommen, dass ich auf dich aufpassen werde.«

»Nichts für ungut, aber du hast einen schlechten Job gemacht«, sagt Lennart. »Jetzt wird Damien von allen gejagt.«

Damien sinkt zurück auf den Fahrersitz. »Lucius konnte nicht ahnen, dass ich eine Phiole austrinken muss, um das verrückteste Mädchen der Welt zu retten.«

»Phiole?«, fragt Lucius heiser.

»Jepp, ich habe die ganze Flasche Vorfahren-Blut getrunken«, murmelt Damien. »Jetzt habe ich ein bisschen Bauchgrimmen.«

Lucius klappt den Mund auf und wieder zu. »Sag, dass das nicht wahr ist«, flüstert er.

»Es ist so was von wahr, aber verrat es meiner Familie nicht. Es soll eine Überraschung werden.«

»Bist du des Wahnsinns fette Beute?«, schreit Lucius. »Mögest du in der Sonne glitzern wie ein schlechter Schauspieler!«

»Der war gut«, sage ich anerkennend. »Ach ja, Benedict ist in polizeilicher Verwahrung, wenn wir Glück haben.«

»Oder aber er hat ein Massaker angerichtet, was viel wahrscheinlicher ist«, sagt Lennart nervös.

»Wir werden es gleich wissen.« Damien lenkt den Wagen zurück in den Verkehr. »Danach müssen wir alle Wildlinge von Steenport zusammentrommeln. Lucius wird uns helfen, nicht wahr, Lucius?«

»Warum sollte ich das tun?«

Jetzt drehe ich mich zu ihm um. »Weil diese Stadt sonst untergehen wird. Steenport ist vielleicht nicht die schönste Stadt der Welt, aber ich möchte hier trotzdem gern ein freies Leben führen, ohne ständig befürchten zu müssen, dass jemand ungestraft seine Eckzähne in meinen Nacken bohrt.«

»Und wir werden meinen Vater aus dem Wasser holen.« Äußerlich wirkt Damien ruhig wie eine Statue, doch unter der Oberfläche herrscht zerstörerischer Aufruhr. Es lähmt mich, obwohl ich genau weiß, dass sein Zorn nicht mir gilt.

Jetzt verstehe ich, was Lucius gemeint hat: Damien ist eine bedrohliche Macht geworden, und nichts und niemand wird ihn stoppen. Ich fröstele, als mir bewusst wird, dass es kein Zurück mehr für uns gibt.

»Äh, das ist für dich, Agnetha.« Lennart reicht mir zwei Tüten. »Ich war in einem dubiosen Army-Shop hinterm Bahnhof, der nachts eine Shisha-Bar mit illegalem Wettbüro ist. Pflöcke hatten sie leider nicht im Angebot.«

Ich ziehe ein Paar Springerstiefel aus der Tasche, eine olivgrüne Cargohose, drei Paar Socken, einen Flecktarn-Parka, eine grüne Strickmütze und zwei Männer-T-Shirts. »Wo ist das Sturmgewehr?«, frage ich bemüht belustigt.

Insgeheim bin ich froh über saubere, wenn auch gebrauchte Klamotten. Halt – sind sie wirklich sauber? Ich schnuppere daran, sie riechen nach Kirschtabak. In die Mütze ist ein Namensschild eingenäht, auf dem *Sergej* steht.

»Du kannst es mir später zurückzahlen«, sagt er großmütig. »Ich berechne keine Zinsen.«

Wir erreichen das Polizeipräsidium und Damien verlangsamt.

»Irgendwo da hinten steht mein Auto.« Lennart deutet zur Einfahrt, die auf den Innenhof mit dem Parkplatz führt. Sie ist mit Absperrgittern abgeriegelt. »Heute Nachmittag war die Zufahrt noch unversperrt.«

»Halt an, ich schaue nach«, sage ich.

»Das wirst du nicht tun, Agnetha.«

»Du schon gar nicht, weil nach dir gefahndet wird. Lennart steht auch auf der schwarzen Liste, und der da«, ich nicke zu Lucius, »sieht viel zu schurkisch aus, um unverdächtig zu sein.«

»Ich bin die Unauffälligkeit in Person«, knurrt Lucius. »Das ist meine Bestimmung.«

»Aber es ist *mein* Auto«, mischt sich Lennart ein. »Ich hätte es wirklich gern zurück. Ich weiß nämlich nicht, wo ich die nächste Nacht schlafen soll.«

»Darum kümmern wir uns, wenn es so weit ist.« Ich höre mich sehr autoritär und selbstsicher an, aber Damiens Seitenblick macht klar, dass er mich durchschaut. Ich wickle mich aus seinem Mantel und verkünde: »Bevor ich aussteige, muss ich mich umziehen. Könntet ihr kurz …?«

Lennart und Lucius drehen sich sofort weg, Damien nicht. Mit funkelnden Augen nimmt er jeden Zentimeter meiner entblößten Haut auf. Seine Begierde nach meinem Körper tut mir gut, sie gibt mir das Gefühl, kostbar zu sein. Mehr werde ich von ihm wohl nie bekommen. Dies könnte unsere letzte gemeinsame Nacht sein, gebadet in Blut und Schrecken.

Ich bin froh, dass der Wagen komplett verdunkelte Scheiben hat. Es wäre ziemlich ironisch, wenn ich direkt vor der Polizeiwache wegen Erregung öffentlichen Ärgernisses festgenommen werde.

Die Sachen sind mir zu groß, ich muss zwei Paar Socken übereinanderziehen, damit die Stiefel halbwegs passen.

»Fertig«, sage ich und stülpe mir die Mütze über. »Wie sehe ich aus?«

»Einschüchternd.« Damien umfasst mein Kinn und gibt mir einen Kuss, unter dem ich dahinschmelze. »Du brauchst unbedingt Pflöcke. Lucius ist der Experte für so was.«

»Was will sie mit Pflöcken?«, entgegnet der.

»Vampire erlegen«, sage ich. »Am Ende sind es nämlich immer die Frauen, die den ganzen Schlamassel aufräumen müssen.« Ich lächle Lucius zuckrig an und steige aus.

Schon bei den ersten Schritten merke ich, dass meine großspurigen Worte nicht mit meiner körperlichen Konstitution übereinstimmen. Meine Füße tun zudem wahnsinnig weh. Ich humpele auf Gummibeinen zur Einfahrt, umrunde die Absperrgitter und sehe sofort Lennarts schwarzen Leichenwagen einsam auf dem weitläufigen Hof parken. Die hintere Klappe steht offen. Eine Seite des Wagens ist durchlöchert. Hinter mehreren Fenstern des Präsidiums brennen Lichter, aber nirgendwo sind Menschen zu sehen. Auch Streifenwagen erblicke ich nicht. Mir wird mulmig. Vorsichtig gehe ich zu Lennarts Auto und schaue auf die Ladefläche. Dass Innere ist verwüstet. Der WLAN-Router fehlt ebenso wie sein technisches Equipment. Ein paar Kabel hängen aus der Verkleidung, die

Daunen des Schlafsacks verteilen sich im ganzen Auto. Es sieht aus, als hätte ein tollwütiges Tier gewütet.

Mein Blick fällt auf den Boden, erst jetzt sehe ich die dunklen Flecken. Unter dem Auto liegt eine Polizeimütze.

Ich ahne, was vorgefallen ist, aber ich besitze nicht ausreichend Fantasie, um es mir vorzustellen. Ich wirbele herum und wäre fast in einen uniformierten Polizisten hineingerannt.

»Kann ich Ihnen helfen?« Seine Hand löst den Druckknopf des Pistolenholsters, er legt die Finger um den Griff.

»Äh, ich …« Fieberhaft denke ich nach. »Ich … Ich habe Informationen, dass in dieser Nacht etwas geschehen soll in Steenport.«

»Da kommen Sie ein bisschen zu spät. Mal ganz abgesehen davon, dass in Steenport jede Nacht etwas geschieht. Dafür ist diese Stadt schließlich berüchtigt.« Er kneift die Augen zusammen. »Wenn es um Drogen geht oder einen illegalen Rave, dann kommen Sie morgen wieder. Im Moment ist der Teufel los.« Sein Blick schweift zu dem Leichenwagen. »Im wahrsten Sinne«, murmelt er.

»Gab es Tote? War es ein … ein Vampir?«

Er schaut mich seltsam an. »Nein, ein bissiger schwarzer Hund. Wahrscheinlich Tollwut. Wir mussten mehrere Stunden auf einen Experten warten. Als der dann eintraf und wir das Vieh rausholen wollten, sprang es zwei Kollegen an. Es war … rasend vor Wut.« Der Polizist wischt sich über den Mund. »Das Tier ist entwischt. Aber wir haben die Sache im Griff. Die Kollegen werden im Krankenhaus ärztlich versorgt.« Ich höre, was er nicht sagt: *Wir wissen überhaupt nicht, was geschehen ist, aber es war furchtbar.*

»Haben Sie versucht, den Wolf zu erschießen? Ich sehe Einschusslöcher an dem Wagen.«

Sofort wird er misstrauisch. »Sind Sie Reporterin?«

»Nur eine besorgte Bürgerin. Ich wundere mich, dass das Präsidium so verlassen wirkt. Sind Sie der einzige hier? Wo sind denn alle anderen?«

»Sie haben nichts von der Kundgebung vor dem Rathaus

gehört?«, fragt er verwundert. »Es kam den ganzen Tag in den Nachrichten. Die *Allianz* hat spontan zu einer Nachtwache vor dem Rathaus aufgerufen. Sie wollen damit auf die angeblich prekäre Sicherheitslage in der Stadt hinweisen.« Er zieht eine säuerliche Miene. »Natürlich sind auch sämtliche anderen Gruppen aufgebrochen, um gegen die *Allianz* zu demonstrieren. Wir rechnen mit Ausschreitungen.«

Sein beunruhigter Gesichtsausdruck straft seine nüchternen Worte Lügen. Er ahnt, dass in dieser Nacht nichts so ist, wie es sein soll. Es liegt etwas Bedrohliches in der Luft.

»Ich rate Ihnen, schnellstmöglich nach Hause zurückzukehren und dort zu bleiben«, sagt er. »Wenn Sie Anzeige erstatten wollen, müssen Sie bis morgen warten.« Mit einer Geste scheucht er mich vom Parkplatz. »Und lassen Sie die Finger von bewusstseinserweiternden Substanzen!«, ruft er mir noch nach, bevor er murmelt: »Vampire! Die Welt wird immer verrückter.«

Eilig humpele ich zurück zu den anderen und steige ein. »Sie haben Benedict nicht festgenommen. Als sie deinen Wagen öffneten, Lennart, haben sie einen großen bösen Wolf vorgefunden. Ich vermute, dass sie versucht haben, einen Wolfsexperten oder so ähnlich zu finden, damit der ihn einfängt. Sie selbst haben sich von ihm ferngehalten, weil sie Tollwut vermuteten. Als die Sonne hinter den Häusern unterging, hat er die Polizisten angefallen und ist entkommen. Benedict ist weg. Sie haben dein Auto erschossen, Lennart. Tut mir leid.«

»Echte Einschusslöcher? Cool.«

»Benedict ist noch in der Stadt.« Damien lenkt das Fahrzeug zurück in den nächtlichen Verkehr. »Mein gesamter Clan ist hier, zusammen mit ihren Verbündeten.«

»Vor dem Rathaus hält die *Allianz* eine Nachtwache ab, und zwar jetzt.« Ich schaue mich um, die Straßen wirken ungewöhnlich ruhig und leer. »Es findet statt, Damien! Heute Nacht werden sie mithilfe der *Allianz* die Macht ergreifen. Ich habe noch keine

Ahnung, wie es ablaufen wird, aber spätestens morgen wird der Bürgermeister verschwunden sein.«

»Er ist Noahs Vater«, wirft Lennart ein. »Ich muss den Jungen warnen!«

»Und dann? Erwartest du, dass der Kleine schreiend mit einer Pumpgun in die Menge springt? Nein, wir brauchen eine solide Strategie.«

»Erleuchte mich«, brummt Lucius.

»Nicht, bevor du nicht eine Entscheidung getroffen hast««, erwidert Damien. »Bist du nur hier, um mich im Auge zu behalten, oder wirst du uns unterstützen?«

»Bei deiner putzigen Rebellion gegen die Kinder Babylons? Ich müsste wahnsinnig sein, wenn ich das täte.«

»Du behauptest, dass du gegen den Befehl verstoßen hast, meinen Vater hinzurichten. Du hast Kontakte zu den Wildlingen *und* du hast versucht, einen Dhampir zu schützen. Damit hast du dich schon entschieden. Jetzt musst du es dir nur noch eingestehen.«

»Was soll ich mir eingestehen?«

»Dass die Macht der Clans gebrochen werden muss, bevor sie großes Unheil über die Welt bringen.«

Lucius verschränkt die Arme. »Ich bin nicht daran interessiert, für die Menschen zu kämpfen.«

»Du kämpfst für niemanden. Du bist nichts weiter als ein Befehlsempfänger und Vollstrecker«, erwidert Damien voller Verachtung.

Es sind nicht nur die Worte, die uns alle die Luft anhalten lassen, sondern die Kraft und Entschiedenheit, mit der er sie ausspricht. Er klingt wie ein Anführer. Ich schaue ihn an. Die feine silberne Korona um seine schwarzen Pupillen hat sich verfärbt, sie glimmt jetzt orangefarben. Ich weiß genau, dass er vorhin noch ganz normal – nun ja, wie ein normaler Damien-Vampir – ausgesehen hat. Seine Veränderung schreitet schnell voran, aber äußerlich beschränkt sie sich auf Details. Über sein Innenleben kann ich nur

Spekulationen anstellen; ich fürchte, sie kommen der Wahrheit nicht einmal ansatzweise nahe.

Ich wage zu hoffen, dass es sich nicht um eine Transformation handelt, sondern dass er jetzt *mehr* ist als nur der Mann, der er vorher war. Dass der alte Damien mit dem neuen Damien verschmolzen ist und nichts von ihm ausgelöscht wurde. Doch meine weibliche Intuition sagt mir, dass wir gerade die Geburt einer Legende erleben. Ich hingegen bin nur eine normale Frau, die ein paar Nummern zu klein für ihn ist. Ich werde ihm nie gewachsen sein.

48

Damien

Es ist gar nicht so schwer, innerhalb kürzester Zeit eine Revolution zu organisieren. Man könnte fast zu dem Schluss kommen, dass alle nur auf ein Signal gewartet haben.

Lennart lotst uns zum Alten Waldfriedhof, der seiner Meinung nach die perfekte Kulisse für ein konspiratives Treffen darstellt. Dort angekommen, entfernt er sich ein paar Schritte von uns, um die Jugendlichen anzurufen, die er offiziell als sein Team bezeichnet. Ich will gar nicht wissen, was er mit ihnen zu flüstern hat. Wahrscheinlich plant er ein neues Video mit schockierenden Wahrheiten.

Lucius verkündet widerstrebend, dass in seinem schlauen Notizbuch die Handynummern von Armand, Caine und Samael stehen. Er hat in seinem ganzen Leben kein Handy benutzt, aber da man über die Jahrhunderte schnell mal etwas vergessen kann, neigt er dazu, sich alles vermeintlich Wichtige aufzuschreiben, um es dann nie wieder zu benutzen.

Ich nehme ihm das Büchlein aus der Hand, ohne dass er protestiert. Zwischen uns haben sich die Machtverhältnisse verschoben, ich merke es an der Art, wie er mich verstohlen beobachtet. Es ist unmöglich, ihn einzuschätzen, daher beschließe ich, ihm vorerst nicht zu vertrauen. Aber ich brauche ihn.

Die Informationen zu meinem Vater bringen mich durcheinander. Könnte er wirklich lebendig ins Meer geworfen worden sein und irgendwo dort unten seit Jahren in einer Art Starre liegen? Ich kann und will es mir nicht vorstellen. Es ist total krank, pervers, wider jeder Menschlichkeit.

Ich habe Jahre meines Lebens mit dem Versuch zugebracht, meinen Vater zu hassen. Es ist mir nie gelungen. Dass er mich nicht mehr in seinem Leben haben wollte, hat mich innerlich zermartert. Ich habe ihn als Egoist bezeichnet, als verantwortungslos, gemein und sonst noch was und ich war wütend. Jahrelang war ich oh-so-wütend.

Jetzt stehe ich da und weiß nicht weiter.

Mein erster Impuls ist es, Lucius nicht zu glauben. Aber so leicht kann ich mich nicht aus der Affäre ziehen. Falls mein Vater tatsächlich noch lebt, werde ich … Keine Ahnung, wie ich damit umgehen sollte.

Ich werfe einen Blick zu Agnetha, die auf der Motorhaube des Wagens sitzt. In ihrem etwas zu großen Kämpferinnen-Outfit sieht sie umso weiblicher aus. Das rote Haar schillert kontrastreich zu dem Olivgrün des Parkas, der vorher einem sehr breitschultrigen Soldaten gehört haben muss. Ich hoffe, dass sie das angesengte Loch hinten im Rücken nicht gesehen hat. Ihre sichtliche Erschöpfung macht mir Sorgen. Sie ist seit Ewigkeiten auf den Beinen, sie wurde durch die Hölle gehetzt und wieder zurück, und die Nacht ist noch lange nicht vorbei. Es gibt keinen sicheren Ort, an dem sie sich ausruhen und Atem schöpfen kann. Sie würde sich sowieso weigern.

Ich sage ihr eine Nummer aus seinem Notizbuch vor und sie tippt sie in ihr Handy ein.

»Hey, Armand, hier ist die Rothaarige aus der Nachtschicht. Willst du ein Date mit mir?« Sie kichert auf meinen finsteren Blick hin. »Ja, das war ein Scherz, Armand. Und ja, ich lebe noch, danke der besorgten Nachfrage … Damien ist bei mir, ja … Nein, deine Nummer habe ich von diesem finsteren Typen mit den Dolchaugen, der mich anschaut, als wollte er mich auf den Scheiterhaufen werfen …«

»Zu meiner Zeit hat man genau das mit rothaarigen Weibern getan«, brummt Lucius. Der Form halber funkele ich ihn strafend an.

Schlagartig krümmt sich Lucius' Körper zusammen. Er kracht zu Boden, kann sich nur mit Mühe bewegen. Ungläubig schaut er zu mir auf.

Ebenso ungläubig schaue ich zu ihm herunter.

»Wow«, flüstere ich und halte ihm die Hand entgegen.

Grimmig lässt er sich von mir auf die Beine ziehen. »Je älter ein Vampir ist, desto stärker sind seine Kräfte. Ich wurde im Jahr 800 nach Christus mit dem Dunklen Kuss beglückt«, grollt er. »Du bist nichts als ein Stoppelhopser. Und doch hast du mich zu Boden geschickt.«

Ich zucke die Achseln. »Muss an meinem Frühstücksmüsli liegen.«

»Oh nein, du weißt genau, woran es liegt. Du hast die gesamte jahrtausendealte Kraft deines Clans in dir.«

»Das ist gut, oder nicht?«

Lucius schüttelt den Kopf. »Große Macht gehört in die richtigen Hände. Sie bedeutet Verantwortung, Selbstaufopferung und noch vieles mehr. Wer bist du, dass du dich anmaßt, diese Macht beherrschen zu können? Wer sagt mir, dass du sie nicht missbrauchen wirst? Weißt du überhaupt, was du tust, Damien?«

Mein erster Impuls ist es, ihn zu packen und ihn gegen die Wand der kleinen Friedhofskapelle zu schmettern, seine Knochen zu pulverisieren.

Wieder schaue ich zu Agnetha. Sie hat in ihrem launigen Telefonat inne gehalten und hebt die Brauen.

»Du hast recht«, sage ich zu Lucius. »Wer bin ich? Ich weiß es nicht. Ich versuche, das Richtige zu tun, aber ich bin auch voller

Wut. Ich brauche Freunde, die mir helfen, diese Wut in die richtigen Bahnen zu lenken. Aber uns läuft die Zeit davon. Bald schon wird das Chaos über Steenport hereinbrechen.«

Agnethas Lächeln schickt einen Hitzestoß durch meine Brust. Ich wünschte, wir wären einfach nur zwei normale Menschen, die sich auf einer Party kennengelernt haben.

»Ja, ich bin noch da«, sagt sie ins Telefon. »Die Jungs haben sich kurz gezankt … Wir brauchen euch, Armand. Ja, jetzt. Ihr solltet herkommen und euch anhören, was Damien zu sagen … Es kann *nicht* warten! … Natürlich bin ich keine von euch, aber … Armand, jetzt hör mir bitte zu …«

Ich nehme ihr das Smartphone aus der Hand und sage: »Armand, ihr müsst euch entscheiden, ob ihr den Rest eures Daseins unzufriedene kleine Kunstbluttrinker sein wollt, oder ob ihr bereit seid, für eine würdige Koexistenz mit den Menschen zu kämpfen.«

»Menschen gehen mir am Arsch vorbei«, sagt Armand.

»Tun sie nicht. Kommt zum Alten Waldfriedhof und bringt alle mit, die ihr erreichen könnt. Vergesst die Kids nicht! Sie sind doch noch auf eurem Schiff?«

»Woher weißt du, dass wir die Kids nicht ausgesoffen haben?«

»Weil Lennart gerade mit ihnen telefoniert.« Ich lege auf und gebe Agnetha ihr Handy zurück. »Sie werden kommen«, sage ich.

Meine Vernunft ermahnt mich, die Finger von ihr zu lassen. Ich muss die Sucht nach ihr überwinden, um ihretwillen. Ich kann ihr nicht bieten außer Chaos, Gefahr und Unsicherheit und einen Mann, der mit einem Bein in der Hölle schmort.

»Ich weiß, dass sie kommen werden«, sagt sie. »Nicht wegen deiner diplomatischen Worte, sondern wegen dir. Du bist etwas Besonderes.«

»Ich habe eine mächtige Phiole in der Tasche.« Ich grinse anzüglich.

Sie geht nicht darauf ein. »Hast du mal in den Spiegel geschaut? Deine Augen …«

»Was ist damit?«

»Sie haben sich verändert. Man sagt doch, dass die Augen der Spiegel der Seele sind.«

Ich schweige, weil es dazu nichts zu sagen gibt.

Die Sterne über uns werden von Wolken verdeckt. Es beginnt zu nieseln. Die Dunkelheit und Stille des Waldfriedhofes fühlt sich tröstlich an. Unter meinen Schuhsohlen spüre ich Bewegungen in der Erde. Die Toten regen sich, die Würmer fressen sich durch ihre Leiber hindurch, gefangene Seelen schreien lautlos in der verwesenden Hülle. Um mich herum dreht sich die Unendlichkeit langsam und unerbittlich weiter, immer weiter. Die Zeit schlängelt sich hindurch, bohrt Löcher in die Dimensionen, küsst sich selbst und verliert sich im Nichts. Die Welt ist überwältigend intensiv in all ihren Details. Sie wird noch lange existieren, wenn der letzte Mensch, der letzte Vampir vergangen ist. Ich bin ein Staubkorn in einem gigantischen Gefüge, das mich mit seiner Gleichgültigkeit zu erdrücken droht. Ich sehe alles, fühle alles und weiß nicht, wie ich es ertragen soll.

Agnetha berührt meine Wange. »Damien? Wo bist du mit deinen Gedanken?«

Ich blinzele. »Ich muss mich kurz verloren haben.«

Ihr Lächeln zeigt Besorgnis. »Du hast fast zwanzig Minuten reglos dagestanden.«

»Oh, tatsächlich?« Ich schaue mich um, aus dem Nieseln ist ein handfester Regen geworden, der rauschend durch die Baumkronen fällt. »Was denkst du, wie viel Zeit uns noch bleibt?«

»Sie werden in der dunkelsten Stunde der Nacht zuschlagen«, antwortet Lucius an ihrer Stelle. »Zwischen drei und vier Uhr.«

»Nicht um Mitternacht? Zur Geisterstunde?« Ich werfe einen Blick auf Agnethas Handy: Mitternacht ist vorbei.

»Es gibt keine Geisterstunde, außer in Horrormärchen. Um drei Uhr nachts beginnt die Stunde der Dämonen, denn um drei Uhr am Tag starb Jesus Christus. Nachts wird um diese Uhrzeit die Heilige Dreifaltigkeit verhöhnt.« Lucius geht davon und verschmilzt mit den Schatten, aber ich sehe ihn dennoch so deutlich, als wäre es helllichter Tag.

Lennart hockt unter dem kleinen Vordach des Eingangs zur Kapelle, sein Gesicht wird von einem Tablet beleuchtet. Ich schaue zu Agnetha, weil ich nicht anders kann. Sie ist der warme Funke in der kalten Finsternis, das Traumbildnis, das mich Hindernisse niederreißen lässt, obwohl ich genau weiß, dass dieser Traum niemals wahr werden wird. Uns trennen jetzt Welten.

Scheinwerfer durchschneiden die Nacht und ich werde aus diesem kurzen, aber diffusen Zustand zwischen Realität und Wahnsinn herausgeholt.

Ich umfasse Agnethas Gesicht. »Mein Leben lang habe ich nicht gewusst, wohin ich gehöre. Ich weiß es immer noch nicht. Aber ich werde es wissen, wenn ich angekommen bin. Und ich möchte die Hoffnung nicht aufgeben, dass du vielleicht eines Tages dort sein wirst.« Meine Lippen berühren ihre. Es ist kein Kuss, es liegt nicht der leiseste Anflug von Erotik darin. Ich will sie nur schmecken und mich vergewissern, dass sie real ist. Agnetha ist mein Anker. Ihre Sturheit ist mein Kompass und ihr Kampfeswillen mein Antrieb. Sie würde niemals zögern oder sich Gedanken darüber machen, ob sie das Richtige tut. Sie weiß es instinktiv.

»Das ist also der Stand der Dinge«, schließe ich meine kleine Ansprache mit Blick zum schwarzen Himmel. Der Regen fällt sanft, aber stetig und uns läuft die Zeit davon. Mit etwas Glück sind die Großen Alten noch damit beschäftigt, mich zu suchen, aber Glück ist etwas, das ich nicht einkalkulieren darf. »Wer erklärt sich bereit, die …?«

»Warum sollten wir uns in die Belange der Kinder Babylons einmischen?«, unterbricht mich Caine. »Wer bist du, dass du glaubst, uns in einen Krieg schicken zu können?«

»Ich bin Damien, ein Bastard, der das Blut Babylons in sich trägt.« Ein Raunen ist zu hören. »Ich bin der Sohn von Bertin von Baro, den einige von euch kennen. Er hat sich gegen die unsinnigen Regeln seines Clans aufgelehnt und so gelebt, wie er es für richtig hielt: unter Menschen, zusammen mit einer Frau. Ihr hingegen werdet klein gehalten, ihr trinkt Blut aus dem Labor, ohne zu wissen, was es wirklich enthält. Ihr werdet mit Gesetzen und mithilfe der Legion an einer kurzen Leine gehalten. Sie dulden euch nur, weil ihr irgendwann einmal als Fußsoldaten von Nutzen sein könntet.«

»Ich wusste, dass mit dem Blut etwas nicht stimmt«, murmelt jemand.

»Soll das heißen, dass wir bald wieder richtiges Blut aus lebenden Körpern saugen dürfen?«, ruft ein Mann. »Dann bin ich natürlich dabei!«

»Wir werden keine Menschen töten, nur um uns zu sättigen«, widerspreche ich sofort. »Es gibt andere Möglichkeiten …«

»Ich habe drei Geliebte!«, ruft eine Frau. »Sie spenden an die Blutbank, aber es wäre so viel schöner, wenn ich von ihnen trinken könnte, während sie mich hart …«

»Zu viele Informationen«, unterbricht Caine sofort.

»Jedenfalls bin ich dabei, Damien Bastard von Baro.« Die Frau sieht sich um. »Kommt schon, ihr anderen. Wir sind sinnliche Kreaturen, keine Flaschenkinder!«

»Die Clans sind zu stark!«, ruft ein anderer.

»Weil wir es zulassen«, sagt Caine zu meiner Überraschung.

Ich habe nicht gezählt, wie viele Wildlinge auf dem Waldfriedhof erscheinen sind, aber es sind viele. Einige kamen mit Autos, andere haben sich aus der Dunkelheit geschält. Es ist die bunteste Versammlung, die man sich vorstellen kann. Ich sehe förmliche Anzüge, Jeans und Hoodies, die Kapuzen tief ins Gesicht gezogen, ich sehe Türsteher, Barkeeper, die Overalls von Reinigungsfirmen oder Tankstellen oder exzentrische Bühnenkleidung. Ich sehe die gesamte Nachtschicht des Callcenters, einschließlich Walker und Jon. Armand hat eine Telefonkette in Gang gesetzt und sie haben alles stehen und liegen gelassen, um hierher zu kommen.

Ich stehe auf dem Dach des gestohlenen Autos der Legion, das Wasser tropft von meinem Mantel. Der Anblick der schwarzen Limousine hat einiges an Raunen und Flüstern hervorgerufen. Die Wildlinge fürchteten, in eine Falle der Legion getappt zu sein. Lucius' Gegenwart hat die Situation noch verschärft. Zwar erklärte er laut, dass er nicht im Auftrag der Legion hier sei, sondern als Freund meines Vaters, doch das beruhigte die Anwesenden überhaupt nicht. Während meiner Rede wurde er permanent misstrauisch beäugt.

Lennart und die Kids haben sich in den Eingang der Kapelle zurückgezogen, vorgeblich um sich vor dem Regen zu schützen. Ich vermute eher, dass ihnen eine solch große Ansammlung von Vampiren nicht geheuer ist. Gar nicht geheuer. Aber Lennart braucht die Kids, um seinen Part zu erledigen.

»Es ist eure Entscheidung, ob ihr Steenport den Großen Alten überlasst und weiterhin euer unbedeutendes Dasein fristet, oder ob ihr euch erhebt. Es *ist* möglich, ein würdiges, glückliches Leben als Vampir zu leben. Mein Vater hat es bewiesen.«

»Das heißt, wir dürfen Menschen jagen und aussaugen?«, fragt eine Frau hoffnungsvoll.

»Nein!«, bellt Lucius. »Menschen werden nicht getötet!«

»Aber die Clans töten, wenn sie Hunger haben!«

»Sie tun das aus purem Sadismus«, sage ich. »Es ist nicht nötig, zu töten, um sich zu sättigen. Ihr wisst das alle. Die Legion lebt es vor.«

»Ja, die töten nur, wenn ihnen jemand nicht in den Kram passt.« Das kommt von Caine. »Auf wessen Seite steht Lucius? Wird er anschließend zum Rat traben und uns alle an die Wand nageln?«

Sämtliche Köpfe drehen sich zu Lucius.

»Ja, Lucius«, sage ich. »Warum bist du hier?«

»Um auf dich aufzupassen.« Er zögert kurz. »Nicht, um dich von irgend etwas abzuhalten. Oder sonst jemanden. Ich bin als Privatmann hier.«

Wieder geht ein Raunen durch die Menge.

»Was du da tust, ist offene Rebellion, Mann der Legion«, sagt Caine. »Es ist Irsinn! Jeder, der dabei mitmacht, wird untergehen.«

»Aber vorher haben wir noch etwas Spaß.« Armand grinst mich an. »Ich mochte die Gesetze sowieso nie, vor allem Gesetz Nummer sieben. Ich bin dabei!« Er hebt die Hand und schaut sich um. »Will noch jemand mit Damien ins Verderben reiten?«

Samael schnaubt, hebt aber ebenfalls sein Hand, so wie auch Lavinia, Kajus, Jon und die anderen aus der Nachtschicht. Sogar Walker reckt seine Faust.

»Ich bin raus«, murmelt jemand, dreht sich um und geht davon. Andere folgen ihm.

Caine bleibt und reckt seine Hand in die Luft. »Nur um zu sehen, wie du uns alle in die Scheiße reitest.«

Erleichtert stelle ich fest, dass genügend Mitstreiter geblieben sind, um uns ernst zu nehmen. Gleichzeitig wird mir mulmig, denn nun bin ich verantwortlich für alles, was diesen Leuten zustoßen wird. Eine brutale Niederlage ist durchaus möglich. Vielleicht begehe ich einen riesigen Fehler, der alle in den Abgrund reißt.

Ich schaue zu Agnetha, die neben der Kapelle steht, eine schmale Gestalt, die fast mit der Nacht verschmilzt, wären da nicht ihr rotes Haar und ihre Aura, die nur ich wahrnehme, weil sie untrennbar mit meiner verwoben ist. Agnetha sieht sehr entschlossen aus, aber auch sehr müde. Ich weiß nicht, wie sie die Nacht überstehen will. Ich möchte sie an meiner Seite halten und sie nicht eine Sekunde lang aus den Augen lassen, weiß aber auch, dass ich sie dadurch erst recht in Gefahr bringen würde.

Ich springe vom Autodach, die Leute scharen sich um mich, wir beginnen, Aufgaben zu verteilen.

»Was diese Lampen betrifft«, sagt jemand. »Ich weiß gar nicht, wozu man die sonst noch benötigt, außer um unsereins zu töten. Woher bekommen wir die?«

»Im Nagelstudio-Bedarf, im Mineralienhandel – man benutzt sie für die Suche nach Bernstein«, antwortet Agnetha, die sich dicht bei mir hält. »In Elektrogeschäften, wo sie zur Prüfung von Geld und Ausweisen verkauft werden. Im Baumarkt, um Kunststoffe auszuhärten.«

Sie wird angeschaut wie das Achte Weltwunder. »Du weißt viel für einen Menschen, Zuckerschnäuzchen«, sagt ein lockenköpfiger Mann in einer Motorradjacke mit zahllosen Aufnähern. Er gehört einer Bikergang namens *Blood Squad MC* an, die ausschließlich aus Vampiren besteht.

Agnetha verzieht keine Miene. »Ich weiß eine ganze Menge, Broccoliköpfchen.«

Ich verkneife mir ein Grinsen. »Okay, wer verspürt kriminelle Energie in sich und wäre bereit für einen Einbruch?«

Sofort hebt der Biker die Hand. »Meine Kumpels und ich haben Erfahrung mit solchen Dingen. Wir wissen, wie man in ein Elektrolager rein- und wieder rauskommt. Jeder, der eine UV-Lampe braucht, kann sie sich in einer Stunde am alten Bunker beim Hafen abholen. Wir versuchen, so viele wie möglich zu organisieren.«

»Du klingst wie ein Experte für Rebellionen«, sage ich anerkennend.

»Nur für Bandenkriege. Aber im Grunde geht es doch immer nur darum, wer am Ende noch auf den Beinen steht. Wenn wir uns weiterhin von den Großen Alten an der Leine halten lassen, wissen wir irgendwann nicht mehr, wie es ist, sein eigener Herr zu sein.«

»Wir werden dabei draufgehen«, murrt Caine.

»Lieber stehend sterben, als kniend zu leben, alter Mann.«

Caine verdreht die Augen. »Plattitüden sind das Letzte, was uns noch gefehlt hat. Zu meiner Zeit haben wir respektlose Burschen wie dich hinten ans Pferd gebunden und dem Tier den Schweif angezündet.«

Lachend wendet sich der Biker-Vampir ab und winkt einigen Männern, ihm zu folgen. Kurz darauf wummern Motorräder davon, der Lärm verklingt in der Nacht.

»Uns bleibt nicht mehr viel Zeit«, sage ich. »Woher bekommen wir Pflöcke?«

»Weißdorn«, unterbricht Lucius grimmig. »Weißdorn oder Esche. Eiche geht auch.«

»Hört auf den Henker, der kennt sich aus«, ruft Caine höhnisch. »Was ist mit Enthauptungen? Damit habt ihr von der Legion doch auch Erfahrung. Oder benutzt ihr lieber Feuerzeug und Benzin?«

Und schon richten sich die Aggressionen gegen Lucius. Es sind einige hier, deren Freunde oder Familienmitglieder von der Legion hingerichtet wurden. Man muss ihm zugute halten, dass er bemerkenswert ruhig bleibt.

»Ja, damit habe ich Erfahrung. Im Gegensatz zu euch habe ich unseresgleichen getötet. Es gehört mehr dazu als nur das richtige Werkzeug. Aber wir sind nicht hier, um zu vernichten, sondern um zu verhindern. Ein Pflock tötet nicht, er macht euren Gegner bewegungsunfähig.«

»Soll das heißen, dass ich diesen widerlichen Vampir gar nicht umgebracht habe?«, flüstert Agnetha mir zu.

Bedauernd nicke ich. »Sie werden ihm längst den Pflock aus der Brust gezogen haben. Schließlich ist er der Sohn eines mächtigen rumänischen Clans. «

»Ciprian wird frisches Blut brauchen«, sagt Lucius. »Sein Clan wird darauf bestehen, dass man ihm den Täter – die Täterin – ausliefert. Herzlichen Glückwunsch, du bekommst eine kostenlose Reise nach Rumänien spendiert. Ohne Rückfahrschein.«

»Dann sollte ich mir besser noch schnell eine Flasche Lauge besorgen.« Sie zieht eine Grimasse, hinter der nur ich ihre Furcht sehen kann.

Agnetha wird sich nicht einschüchtern lassen, sie stellt sich ihren Ängsten. Für eine Sache, die ihr am Herzen liegt, würde sie alles hergeben, was sie hat. Hoffentlich lernt sie eines Tages einen Mann kennen, der es wert ist, von ihr bedingungslos geliebt zu werden.

Ich bin es nicht.

49

Agnetha

Mir gefällt es gar nicht, dass Damien mich, Lennart und die Gothic Kids zum Rathaus schickt, wo die *Allianz* ihre lautstarke Nachtwache abhält. Wir sollen uns unter die Menschen mischen und alles im Auge behalten. Für mich klingt das nach Beschäftigungstherapie; er will uns aus der Gefahr heraushalten. Noah soll versuchen, seinen Vater, den Bürgermeister, zu kontaktieren und ihn zu warnen. Wie das aussehen soll, weiß niemand von uns. Vielleicht: *Hey, Papa, ein Haufen Vampire plant, dich gewaltsam deines Postens zu entheben und Steenport in eine blutige Diktatur der Nacht zu verwandeln. Wir sind für sie entweder Nahrungsquelle oder nützliche Idioten.*

Wir fahren mit Walker, eingepfercht wie die Sardinen in seinem alten Cadillac. Noah versucht wieder und wieder, seinen Vater zu erreichen, doch es meldet sich immer nur die Mailbox. Der Junge knabbert sich die Unterlippe blutig vor Angst und Sorge, seine beiden Freunde sagen kaum ein Wort.

»Wir sollten die drei nach Hause bringen«, flüstere ich Lennart zu. »Das hier ist nichts für sie.«

»Weil sie jung sind?«, gibt er zurück. »Ist es erst ab einem gewissen Alter erlaubt, sich Sorgen zu machen und aktiv zu werden? Sollen sie bis dahin still am Rand stehen und tatenlos zuschauen? Das ist nicht nur unsere Stadt, Agnetha, sie gehört auch ihnen. Sie müssen hier aufwachsen, also haben sie jedes Recht, dabei zu sein.«

»Immer hält man uns für dumme Kinder«, sagt Serenity, von der ich mittlerweile weiß, dass sie eigentlich Heike heißt und in der Schule zu den Außenseitern gehört. Sie steht kurz vor dem Abitur, ist intelligent und wagemutig. Aber weiß sie wirklich, worauf sie sich einlässt? Ich selbst weiß es ja nicht einmal. Doch im Gegensatz zu mir haben sie kein Problem, sich an die neue Realität anzupassen, während ich mich immer noch frage, ob ich nicht lediglich in einem nicht enden wollenden Albtraum gelandet bin. Für sie sind Vampire bereits ein Teil ihres Weltbildes. Meine Welt hingegen steht komplett auf dem Kopf. Ich möchte fest daran glauben, dass es für Damien und mich eine Zukunft gibt, doch ich kann nicht einmal die Gegenwart richtig begreifen.

Er wollte mir nicht sagen, was er selbst zu tun gedenkt, aber er sah sehr entschlossen aus. Er wird sich in Gefahr begeben und es ist ihm egal. Damien verfolgt jetzt eine Mission, in der kein Platz für mich ist. Das macht mich wütend und traurig und hilflos.

Je näher wir der Innenstadt kommen, desto belebter wird sie. Es ist mitten in der Woche und um diese Zeit herrscht normalerweise Ruhe auf den Straßen, sieht man einmal vom Vergnügungsviertel ab, wo es jede Nacht hoch hergeht. Einige Geschäfte haben ihre Schaufenster verbarrikadiert, andere sind mit schwarzer Folie verkleidet, vermutlich um Plünderer abzuschrecken. Es sind kaum Fahrzeuge unterwegs, aber viele Menschen, die einzeln oder in Grüppchen dem Rathaus zustreben. Manche halten Plakate in den Händen, andere haben sich Tücher um die untere Gesichtshälfte geschlungen. Hier und da werden Parolen skandiert. Überall sehe ich das goldene Flügelpaar mit der Flamme, das Logo der *Allianz*. Es ist auf Gesichter gemalt, auf Fahnen und Banner oder auf Hauswände gesprüht.

»Wie haben die es nur in so kurzer Zeit geschafft, so viele Leute zu mobilisieren?«, fragt Noah. »Es ist mitten in der Nacht und gestern war von dieser Kundgebung noch gar keine Rede.«

»Sie haben sich in geheimen Chaträumen organisiert, damit der *Feind* nichts mitbekommt«, sagt Lennart. »Die *Allianz* hat diese Nacht lange vorbereitet. Ihre Anhänger fühlen sich als Teil einer mächtigen Gemeinschaft, die eine große Veränderung herbeiführen wird. Für manche ist das hier eine Art reales *Call of Duty*, für andere ein Ventil für ihre schwärende Wut.« Er klingt beunruhigt. »Heute Nacht wird die Stadt brennen.«

»Es hat schon begonnen.« Walker deutet nach links. In einer Seitenstraße steht ein Fahrzeug mitten auf der Straße; Flammen schlagen aus dem Innern und eine johlende Bande hüpft herum, knipst Selfies und schwenkt *Allianz*-Fahnen. »WIR SIND DIE MACHT!«, brüllen sie. »WIR SCHÜTZEN UNS SELBST!«

Das brennende Auto ist ein Streifenwagen.

Schockiert starren wir auf die Szene.

»Du meine Güte, sind wir im Bürgerkrieg?«, haucht Serenity.

»Die Leute haben sich schon Tage vorher im Internet gegenseitig radikalisiert«, sagt Lennart. »Ihr glaubt nicht, was in den Sozialen Medien für gewalttätige Sprüche geklopft wurden. Jetzt bricht alles aus ihnen heraus.«

»Jemand muss sie angestachelt haben. Von ganz allein werden Menschen doch nicht so schnell gewalttätig.«

»Wo sind die Polizisten?«, frage ich.

»Die wurden bestimmt nicht zu kostenlosen Donuts eingeladen«, brummt Walker und gibt Gas.

Wir passieren eine Schlägerei, umfahren eine verlassene Straßensperre und halten schließlich in einer Seitengasse, etwa einen Kilometer vom Rathausplatz entfernt. Sogar von hier aus können wir den infernalischen Lärm hören, der von den Fassaden widerhallt. Die halbe Stadt scheint auf den Beinen zu sein.

Auf unserem Fußweg zum Rathaus wird die Menschenmenge immer dichter. Ich sehe jede Menge *Allianz*-Anhänger und ebenso viele Gegendemonstranten. Polizisten sammeln sich in Grüppchen an Einmündungen, ohne die Gruppen voneinander zu trennen. Sie ahnen nicht, dass in den Seitenstraßen bereits erste gewalttätige Entgleisungen stattfinden.

»Spürt ihr auch, wie sich alle gegenseitig aufpeitschen?«, murmelt Serenity. »Das wird ganz, ganz übel enden.«

»Das nennt sich Gruppendynamik«, sagt Lennart. »In einer Menschenmenge von Gleichgesinnten fühlen sie sich sicher. Sie wollen Sieger sein, aber nichts riskieren.« Er öffnet seinen Rucksack, in dem sich neben seinem Equipment jetzt auch drei krumme Pflöcke befinden. »Wir brauchen Beweismaterial.«

»Dein Kanal wurde gesperrt«, sagt Rasmus. Er aktiviert sein Handy und hält es ihm hin. »Siehst du? Die haben dich mundtot gemacht.«

»Mag sein«, sagt er bemerkenswert unbeeindruckt. »Aber meine Follower werden meine Videos veröffentlichen, und ihr hoffentlich auch. Im Übrigen habe ich noch zwei Ersatz-Accounts, ich bin ja nicht blöd. Man kann mich nicht zum Verstummen bringen.« Er nimmt Rasmus das Handy ab und klickt darauf herum. »Mist, die beiden anderen Accounts sind auch gesperrt worden.«

Ich höre nur mit halbem Ohr zu; meine Gedanken sind bei Damien. Er fehlt mir so sehr, dass es mich zerreißt. Wir haben uns voreinander entblößt, haben unsere Schwachstellen offenbart. Ich vertraue ihm mehr als jedem anderen Menschen, obwohl ich keinen Grund dazu habe.

Vielleicht, weil er kein Mensch ist.

Oder weil ich Damien nicht auf die gleiche tiefe Weise berührt habe wie er mich.

Ich blicke an den altehrwürdigen Häusern aus der Gründerzeit hinauf und bilde mir ein, Bewegung auf den Dächern zu sehen. Als ich blinzele, sind die Schatten verschwunden.

Der hell erleuchtete Platz vor dem Rathaus ist hoffnungslos überfüllt. Je näher wir der Menschenmenge kommen, desto lauter

wird es. Sprechchöre vermischen sich, Schuhsohlen stampfen rhythmisch auf dem historischen Kopfsteinpflaster. Die *Allianz* hat an allen vier Seiten Fahnenträger und Lautsprecher aufgestellt und ihre Parolen hallen durch die Nacht, untermalt von Jubel und Wutgeschrei. Die Gegendemonstranten verteilen sich unorganisiert am Rand. Der Zeitpunkt dieser *Nachtwache* hat alle überrumpelt. Es gibt keine vereinigte Front, nur einige Splittergruppen, deren Leute zufällig noch wach gewesen sind, als die *Allianz* sich hier zu versammeln begann.

Ich habe nicht im Traum damit gerechnet, dass die Nachtwache der *Allianz* so viele Menschen in die Innenstadt locken würde.

»Warum löst die Polizei die Versammlung nicht auf?«, fragt Noah unruhig. »Das ist keine genehmigte Demonstration.«

»Die sind nicht lebensmüde«, antworte ich. »Merkst du nicht, wie aggressionsgeladen die Stimmung ist? Ein einziger Funke reicht, um das Pulverfass hoch gehen zu lassen.«

»Viele Cops sind Mitglieder der *Allianz*, darunter auch einige in Führungspositionen, denen die jetzige Politik nicht gefällt«, ergänzt Lennart. »Ich könnte mir vorstellen, dass sie diese Sache hier unterstützen. Normalerweise fordert man bei solchen Versammlungen die Bereitschaftspolizei zur Unterstützung an, aber ich sehe bislang nur normale Streifenpolizisten.«

Ich deute zu den Fassaden hinauf. »Oben auf den Dächern ist Bewegung. Wir werden beobachtet.« Was ich nicht ausspreche: *Wir alle sind hier auf dem Präsentierteller.*

»Also sind die Vampire schon unter uns und Damien und die

anderen suchen womöglich an den falschen Stellen.« Nervös wippt Lennart auf den Fußballen. Er schaut zur Rathausuhr hinauf, es ist Viertel vor drei. »Was machen wir jetzt?«

»Damien weiß, was er tut«, sage ich und schiebe stumm hinterher: *Oder er hat sich täuschen lassen.*

Damien geht davon aus, dass die Vampire im Vergnügungsviertel jagen werden, wo nachts die meisten Menschen anzutreffen sind und wo es kaum jemanden interessiert, wenn geschrien wird. Alle bisherigen Morde wurden dort begangen. Er hofft, dass die Jagd nicht vor drei Uhr beginnt und dass die großen Vampire vorrangig nach ihm und der Phiole Ausschau halten werden. Er hofft außerdem, dass diese Kundgebung hier auf dem Rathausplatz hauptsächlich dazu dienen soll, die Polizei vom wahren Geschehen abzulenken.

Was aber, wenn er total falsch liegt und die Skrupellosigkeit des Feindes unterschätzt hat?

Die Wildlinge haben sich in kleine Gruppen von zwei bis vier Leuten aufgeteilt und durchstreifen nun die Straßen und Gassen an der Partymeile und rund um den historischen Hafen, bewaffnet mit UV-Taschenlampen und Pflöcken, die hastig aus einer alten Esche im Stadtpark hergestellt wurden. Der Biker-Vampir und seine Freunde haben nicht nur die Lampen besorgt, sondern auch mehrere Kartons mit billigen Einweghandys für alle, die der modernen Kommunikation bisher abwehrend gegenüberstanden oder schlicht kein Telefon besitzen.

Damien hat mir die Nummer seines neuen Tastentelefons gegeben und mir aufgetragen, mich einmal pro Stunde zu melden. Vordergründig, um ihn auf dem Laufenden zu halten, aber ich weiß genau, dass er sich um meine Sicherheit sorgt.

Für ihn steht fest, dass sich nach dieser Nacht unsere Wege trennen werden. Noch vor Kurzem hätte ich vehement widersprochen, doch da habe ich noch nicht gesehen, wie er mal eben einen Aufstand organisiert hat. Er ist jetzt nicht mehr nur Damien. Er ist ein Anführer mit einer Bestimmung. Seine Gedanken kreisen ausschließlich darum, diese Nacht siegreich zu überstehen, und welche Konsequenzen sein Handeln haben wird. Er macht sich Sorgen, dass er die Tore zur Hölle geöffnet haben könnte. Aber das hat seine Familie schon lange vorher getan. Er versucht nur, die Flut des Bösen zu stoppen, die über unsere Stadt hereinzubrechen droht. Gleichzeitig spuken all die unbeantworteten Fragen um seinen Vater in seinem Kopf herum. Für mich ist in diesem Chaos kein Platz, auch wenn es nicht leicht ist, das zu akzeptieren. Alles wird sich für Damien ändern – bis in alle Ewigkeit.

Unsere Wege führen in verschiedene Richtungen, wobei meine Zukunft im dichten Nebel verborgen liegt.

Ich wähle seine Nummer und er nimmt den Anruf sofort entgegen.

»Alles in Ordnung, Agnetha?«

»Ja. Ich wollte nur … ähm … hören, wo du gerade bist.«

»Auf der Hauptmeile im Vergnügungsviertel. Wir sind in alle Straßen ausgeschwärmt, bis jetzt ist es hier ruhig. Zu ruhig.« Ich höre seine Besorgnis. »Irgendetwas stimmt hier nicht. Wo stecken mein Onkel und seine blutrünstige Jagdgesellschaft?«

Hier unten auf dem Rathausplatz ist es laut und hell, niemand richtet den Blick nach oben. Jetzt ertönt über die Lautsprecher eine Ansage, die Damiens letzten Satz fast übertönt: »Meine Freunde, vielen Dank, dass ihr alle erschienen seid. Heute Nacht werden wir Steenport erschüttern und eine neue Ära einläuten!«

Donnernder Applaus ertönt, unterbrochen von einigen Buhrufen aus den Gegenreihen. Eine erste Rangelei bricht aus. Die Menge gerät in Bewegung. Niemand greift ein.

Ein Pfeifen kommt aus dem Lautsprechern, dann ruft der Ansager: »Begrüßt zusammen mit mir unseren Vorsitzenden, das Gesicht der *Allianz*, das Gesicht der Zukunft dieser Stadt – Bardolf von Barooo!«

Wieder wird es ohrenbetäubend laut. Ich halte mir ein Ohr zu und wende mich ab. Dabei schaue ich hinauf zu den dunklen Dächern. Schock rast durch mich hindurch. Dort oben hocken Gestalten. Es sind viele. Reglos säumen sie die Firste, die Vorsprünge, Türmchen und Erker.

»Sie sind hier, Damien«, sage ich leise.

»Was? Ich kann dich nicht verstehen. Es ist zu laut bei dir.«

Wieder drehe ich mich um und sehe Damiens Onkel die hohe Rathaustreppe mit einer Selbstverständlichkeit ersteigen, als hätte er schon das Bürgermeisteramt übernommen. Er ist makellos gekleidet und strahlt souveränes Selbstbewusstsein aus. Nur die Sonnenbrille passt nicht recht zu seinem Auftritt. Dennoch würde niemand vermuten, dass er erst wenige Stunden zuvor zwei unschuldige Menschen seinen Gästen zum Fraß vorgeworfen hat. Allein sein Anblick bringt mein Herz zum Erzittern.

»Sie sind alle hier!«, rufe ich und kralle die andere Hand in den Saum meines Armee-Parkas. »Dein Onkel steht jetzt oben vor dem Rathaus, er will wohl eine Rede halten. Ich … Ich glaube, er wird seinen Leuten ein Signal geben.«

Auf der Rathausuhr ist es sieben Minuten vor drei Uhr.

»Sie sind dort? Die Vampire?«, bellt Damien in mein Ohr.

»Ja. Oben auf den Dächern. Die Jagd findet genau hier statt, direkt vor dem Rathaus. Sie sind der Nahrung gefolgt.« Ich wische über mein Gesicht, dass trotz der nächtlichen Kälte plötzlich schweißnass ist. »Oh Gott, Damien, sie werden ein Massaker veranstalten!«

Lennart und die Kids starren mich an, dann zum Rathausgebäude mit seiner doppelten Freitreppe. Dort oben legt Bardolf die Hände auf die steinerne Balustrade, beleuchtet von hastig errichteten Scheinwerfern, und schaut sich um wie ein König, der sein Reich betrachtet. Hinter ihm weht das Banner der *Allianz*.

»Sie haben uns reingelegt«, murmelt Damien. »Fuck, Fuck, Doppelfuck!« Ich höre die Verzweiflung in dem Fluch.

Hilflos schaue ich mich um, überlege fieberhaft, was ich tun kann, um ein Blutbad zu verhindern. »Kommt her, beeilt euch. Ich versuche, deinen Onkel zu stoppen.«

»Das wirst du nicht tun! Hörst du, Agnetha? Lass es …«

Doch ich habe schon aufgelegt und dränge mich vorwärts. Die Leute stehen dicht an dicht, sie jubeln, schreien und recken Fäuste. Es ist fast kein Durchkommen.

»Was hast du vor?«, ruft Lennart, der seinen Camcorder aus dem Rucksack gezogen hat und alles auf Video festhält.

»Ich weiß es nicht!« Jemand rammt mir einen Ellbogen in die Seite, ein anderer schubst mich rückwärts.

Lennart fängt mich auf, er gibt seine Kamera an Serenity weiter. »Schwangere Frau ist ohnmächtig!«, brüllt er. »Lasst uns durch! Das Kind kommt!«

Sofort steige ich mit ein. »Die Fruchtblase ist geplatzt! Hilfe!«

Und schon teilt sich die Menge, teils hilfsbereit, teils angewidert. Körperflüssigkeiten von Frauen scheuchen auch den kräftigsten Mann aus dem Weg. Alle glotzen auf meinen viel zu großen Parka.

Dann schallt Bardolfs sonore Stimme aus den Lautsprechern. Auf dem Platz wird es ruhiger, wir kommen leichter vorwärts. Gemeinsam schaffen wir es, uns bis nach vorn durchzuschieben. Ich sehe, wie Rasmus und seine Freunde uns mit ausgefahrenen Ellbogen folgen. Ich höre nicht, was Bardolf von Baro zu sagen hat, es ist nicht wichtig. Je näher wir dem Rathaus kommen, desto mulmiger wird mir. Unter so vielen Menschen kann leicht eine Massenpanik ausbrechen. Niemand wird später mehr sagen können, was geschehen ist.

Vor der Treppe stehen Typen in schwarzen Combathosen aufgereiht wie eine Leibgarde. Manche haben einen Knüppel oder eine Messerscheide am Gürtel hängen. Sie fühlen sich stark und wichtig und überlegen, und so schauen sie uns auch an. »Kamera aus!«, schnauzt einer. »Keine Fotos!«

»Dies ist öffentlicher Raum«, flötet Serenity und filmt unverdrossen weiter. Auch Rasmus hält sein Handy hoch, er dreht sich um die eigene Achse und nimmt die lautstarke Menge auf, die sich immer weiter aufputscht.

»Wir sind jetzt live auf Tiktok«, sagt Rasmus. »Es sähe gar nicht gut aus, wenn die *Allianz* uns vor einem Millionenpublikum das Filmen verbieten will.«

»Haut ab, Kinder«, sagt einer, der selbst noch wie ein Kind aussieht. »Das hier ist politisch.«

Serenity will etwas entgegnen, da richtet Bardolf seinen Blick nach unten – direkt auf mich. Er zeigt keine Überraschung, keinen Zorn. Er *lächelt.*

Unwillkürlich mache ich einen Schritt rückwärts, doch hinter mir stehen Leute. Bardolf setzt seine Rede ohne Aussetzer fort. Er faselt irgendwas davon, dass heute Nacht auch der Letzte verstehen wird, wie gefährlich Steenport geworden sei, und dass man die *Allianz* spätestens morgen ernst nehmen werde. »Ernst nehmen muss!«, donnert er. »Denn nur die *Allianz* ist in der Lage, wieder Ordnung einkehren zu lassen! Wir werden es beweisen!«

Noah spricht in sein Handy. Wegen des Lärms kann ich kein Wort verstehen, aber er wird immer aufgeregter.

»Mit wem telefoniert er?«, frage ich Rasmus.

»Mit seinem Vater. Der ist auf dem Weg hierher, um eine beruhigende Ansprache zu halten.« Nervös stoppt er das Video und tippt auf den Bildschirm, um Facebook aufzurufen. »Heute Abend wurden Gerüchte im Internet verbreitet, dass der Bürgermeister ein Pädo sei. Angeblich gäbe es Beweise.«

»WAS?«, kreische ich.

»So ein Zufall, nicht wahr?«, sagt Lennart grimmig. »Ausgerechnet heute, wo die Menge sowieso schon aufgeheizt ist.«

Ich werfe einen Blick zu Noah, der aussieht, als wollte er jeden Moment in Tränen ausbrechen.

»Sie haben uns besiegt«, sagt Serenity dumpf, der allmählich zu dämmern scheint, dass dies hier kein Urban Fantasy-Spektakel ist, sondern die grausame Realität. »Sie sind viel schlauer als wir.«

»Sie werden zuerst eine Katastrophe auslösen und dafür sorgen, dass alle Menschlichkeit verloren geht«, bestätigt Lennart. »Anschließend wird die *Allianz* irgendwie rettend eingreifen, und danach überlassen sie den Bürgermeister dem Lynchmob.«

»Noch ist nichts verloren«, sage ich. »Damien ist schon auf dem Weg. Er wird die anderen mitbringen.«

»Damien kann nichts mehr tun.« Lennart deutet hinauf zu den Dächern. »Es ist zu spät.«

50

»Mach mich nicht wütend, Lennart!«, fauche ich. »Es ist erst zu spät, wenn es vorbei ist.« Ich deute zu den Rathaustreppen. »Wir müssen verhindern, dass Bardolf das Signal gibt.«

»Aber wie …?

Er beendet seinen Satz nicht mehr, denn in diesem Augenblick tönt der Glockenschlag der Rathausuhr über den Platz. Kaum jemand nimmt es wahr.

Bardolf ruft: »Wer nicht für uns ist, der verdient keinen Schutz! Unterwerfung oder Untergang!«

Die Worte verhallen, die versammelten Menschen schauen sich ratlos an. Niemand kann mit seinen Worten etwas anfangen.

Plötzlich schreit jemand los. Aus dem nächtlichen Himmel fallen dunkle Schatten auf die Menge herab, zehn, zwanzig oder mehr. Es geht alles so schnell. Umhänge flattern, Menschen stürzen unter der Attacke zu Boden, animalisches Heulen ist zu hören. Zuerst begreift niemand, was gerade geschieht, doch jäh kreischt eine Frau: »Blut! Hilfe, es hat mich gebissen!«

Weitere Schreie ertönen, Gurgeln, Reißen und Knacken. Die Menge gerät schlagartig in Bewegung, Panik bricht aus. Die Leute streben auseinander, werden zurückgedrängt, prügeln und schubsen sich gegenseitig aus dem Weg, werden niedergerissen, trampeln über Gestürzte hinweg. Die schwarz gekleidete Security wechselt verwirrte Blicke, schaut hinauf zu Bardolf in der Hoffnung auf einen Befehl, was nun zu tun sei. Doch der lehnt mit verschränkten Händen an der Balustrade, ein Lächeln auf den Lippen, und schaut sich das Massaker an. »Bleibt ruhig, meine Freunde. Es wird bald vorbei sein«, höre ich ihn sagen.

»Aber …«, ein Security deutet auf die panische Menge. »Wir müssen doch etwas tun! Die Leute brauchen Hilfe.«

»Es wird bald vorbei sein«, wiederholt Bardolf.

Mein lähmender Schock schlägt um in maßlose Wut. »Sie!«, brülle ich. »Sie haben das zu verantworten, Sie krankes Monster!« Und schon stoße ich zwei Leibwächter beiseite, um blind die Treppe hinaufzustürmen.

Ich komme nicht weit.

Bardolf dreht sich zu mir um, sein Lächeln wird noch breiter. »Wie schön, dass du freiwillig zu mir gekommen bist.« Seine Augen wandern an mir vorbei. »Pass auf, dass sie nicht noch einmal entwischt.«

»Du kannst dich auf mich verlassen, Vater.«

Im gleichen Augenblick werde ich rückwärts die Treppe hinabgerissen. Jemand hat mich an den Haaren gepackt und schleift mich die Stufen hinunter. Ich knalle mit der Seite auf eine Kante, es macht *Knack!* Ich schreie auf, als zwei Rippen brechen; die Luft wird aus meinen Lungen getrieben. Benedict nimmt keine Rücksicht. Er zieht mich hinter sich her wie einen Sack

Mehl, ich zerre an seiner Hand, kann vor Schmerzen kaum geradeaus schauen.

Lennart versucht, sich zu mir durchzukämpfen, doch die Security packen ihn und nehmen ihn in den Schwitzkasten. Noah ist fort, Serenity filmt mit bleichem Gesicht meine Entführung, während Rasmus sein Handy auf die grausigen Szenen auf dem Rathausplatz gerichtet hält. Er zittert so heftig, dass er das Smartphone mit beiden Händen festhalten muss.

Benedict schleift mich mitten durch das Gewusel, während Lennart mir hilflos hinterher schreit. Ich sehe, wie neben mir ein Mann zu Boden kracht und schrill kreischt, während ein Vampir ihm den Hals aufreißt. Der Blutgestank ist erstickend. Ein Stiefel tritt gegen meine Brust. Menschen rennen kopflos in alle Richtungen, versuchen, vom Platz zu kommen. Irgendwo krachen Schüsse, eine Megafonstimme schreit etwas Unverständliches, das niemand beachtet. Sirenen heulen, Blaulichter zucken. Am Boden liegen niedergetrampelte Menschen, andere werden von Vampiren zu Boden gerissen. Ich höre Lachen, Schreien, Heulen und Schmatzen. Fahnen liegen herum. Jemand versucht, einen Vampir von einer Frau zu zerren. Der Blutsauger springt auf und fällt den Mann an, schlägt ihm die Zähne mitten ins Gesicht und reißt Fleisch heraus.

Das alles nehme ich wahr und doch wieder nicht. Der Schmerz betäubt mich fast, mein Überlebensinstinkt verhindert, dass ich mich ergebe. Ich schaffe es nicht, auf die Füße zu kommen, weil Benedict sein Tempo beschleunigt. Ich kann seine Finger nicht aus meinem Haar lösen. Wie ein kleines Beutetier strampele und zappele ich und denke absurderweise: *Schon wieder ruiniere ich mir die Klamotten.* Er wirft mir einen beiläufigen Blick über die Schulter zu, seine Lippen zucken amüsiert.

»Damien!«, schreie ich. »Damien!«

»Ja, ruf ihn. Ruf lauter!« Benedict lacht und zerrt mich vorbei an einem umgekippten Streifenwagen durch eine Seitengasse und bis vor das Portal einer kleinen gotischen Kirche mit einem Brunnen auf dem Vorplatz. An der Kirchenpforte ist ein Schild befestigt: *Wegen eines Einbruchs mit Vandalismus fällt der Sonntagsgottesdienst aus.* Eine einzelne Bogenlampe beleuchtet den winzigen Vorplatz. In der Mitte des Brunnenbeckens erhebt sich eine Jungfrau Maria, der Stein zerfressen von der Zeit. Ihr resigniertes Lächeln scheint zu sagen: *Gib auf, ruh dich aus, es ist vorbei.*

Einige Vampire folgen uns. Sie lachen, plaudern, lecken sich die Lippen. Sie sind nicht zufällig hier; sie haben eine Aufgabe. Sie tragen Schlachtfeld-Uniformen aus alten Zeiten: derben Stoff, noch derbere Stiefel.

Benedict wirft mich hart gegen die Kirchenmauer. Die Luft wird aus meinen Lungen getrieben, mein Blickfeld trübt sich und ich falle um wie ein Kegel. Bevor ich mich aufrichten kann, ist Benedict über mir. Seine Schenkel pressen meine Arme gegen meinen Körper und nageln mich fest. Sein Gesicht nähert sich meinem. Er hat bereits getrunken, ich rieche den Kupfergestank aus seinem Mund, sein Unterkiefer ist blutverschmiert.

Damien, denke ich, wage aber nicht mehr, seinen Namen zu rufen. Ich werde nicht zulassen, dass Benedict mich als Köder benutzt.

»Mein lieber Cousin hat also die Wildlinge aufgewiegelt, sich gegen uns zu stellen«, sagt er. »Niedlich, niedlich. Er hat doch nicht ernsthaft geglaubt, dass er klüger wäre als wir. Wo ist die Phiole?«

»Im Altglascontainer«, keuche ich. Die gebrochenen Rippen bohren sich schmerzhaft in meine Eingeweide. Hoffentlich wurde meine Lunge nicht perforiert. Ich bekomme kaum Luft.

»Falsche Antwort.« Er schlägt mit der Faust zu. Mein Wangenknochen bricht mit leisem Knacken, ein greller Feuerstoß jagt durch meinen Kopf. »Wo ist die Phiole?«

»Frag ihn selber«, murmele ich benommen. Der Schmerz droht, mir das Bewusstsein zu rauben.

»Das werde ich.« Er gräbt seine Fingernägel in meinen Kiefer, drückt so fest zu, dass ich ein Knacken höre. »Jetzt schrei für mich, kleine Hexe. Schrei, so laut du …«

»LASS SIE LOS!« Ein blonder Schopf leuchtet auf, stürmt

mitten durch die verblüffte Gruppe von Vampiren. Schreiend stürzt sich Lennart auf Benedict, einen Pflock wie ein Messer in der Faust haltend.

Benedict holt mit einer Hand aus und schlägt Lennart mühelos fort. Er fliegt gegen die Ziegelwand und kracht zu Boden. Dort bleibt er stöhnend liegen. Der krumm geschnitzte Pflock landet neben ihm.

»Lästiges Geschmeiß.« Benedict springt geschmeidig auf, zupft seine Manschetten zurecht, geht langsam auf Lennart zu, der sich taumelnd erhebt.

»Sollen wir ihn entsorgen, Benedict?«, fragt ein Vampir mit russischem Akzent.

»Nicht nötig, Grigorij. Ich habe mit ihm noch eine Rechnung offen.« Ruhig schaut Benedict zu, wie Lennart mit zittriger Hand den Pflock aufhebt. »Dieser dreiste Strohkopf hat allen Ernstes geglaubt, er könnte mich der Polizei ausliefern. Ist das zu fassen?«

»Lasst Agnetha in Ruhe«, stößt Lennart hervor und zwingt sich in eine aufrechte Haltung. »Ihr habt verloren. Es ist bereits alles ins Internet hochgeladen worden.«

»Ach ja, das Internet. UFO-Sichtungen, Yetis und Alligatoren im Hafenbecken. Hypes, Shitstorms und gefälschte Videos. Ein wunderbares, nahezu magisches Medium!« Benedict lächelt verklärt. »Wir haben deinen Kanal löschen lassen. Über deinen mentalen Zustand sind Besorgnis erregende Gerüchte im Umlauf. Einige behaupten, du wärst in die Geschlossene eingeliefert worden. Andere wollen gesehen haben, wie du nachts durch die Stadt rennst, Wolfsgeheul ausstößt und Passanten angreifst.« An der Stelle lacht Benedict gutmütig. »Niemand wird dir je wieder ein Wort glauben, kleiner Mann. Dafür werden wir sorgen.«

»Ihr habt Lügen über mich in die Welt gesetzt?« Lennart kocht vor Wut.

»Nicht wir. Unsere Anhängerschaft ist groß, es sind viele kreative Leute darunter, und sie alle wollen die *Allianz* im Rathaus sehen. Sie wollen auf der Seite der Sieger stehen.«

»Ihr belügt eure Gefolgschaft, ihr belügt alle!«

»Niemand wird gezwungen, irgend etwas zu glauben. Die nackte Wahrheit ist vielen zu unbequem, zu unspektakulär, zu deprimierend. Wir bieten einfache Lösungen an.« Benedict umkreist ihn spielerisch, völlig unbeeindruckt von dem Holzpflock, dessen Spitze auf ihn gerichtet ist. »Die Bewohner dieser Stadt sind unzufrieden mit dem Bürgermeister. Er ist ihnen nicht radikal genug, er kann sie nicht vor dem Bösen schützen, das nachts sein Unwesen treibt. Sie wollen ihn loswerden. Zufällig macht gerade das Gerücht die Runde, dass euer Stadtoberhaupt eine strafbare Vorliebe für kleine Kinder hat. Es wird eine Durchsuchung geben und man wird unschöne Filmchen und Fotos auf seinen Festplatten entdecken.«

»Ist das wahr?«, keuche ich.

Benedict schaut verächtlich zu mir herab. »Der Mann steht uns im Weg. Er muss weg.«

»Diese Lüge wird Noah umbringen«, flüstert Lennart mir erschüttert zu.

Benedict lacht leise. »Oh, ich kann dir versichern, dass der Sohn des Bürgermeisters nicht *daran* sterben wird. Auch wir lernen dazu. Damien hat uns nachdrücklich gezeigt, dass man den Sohn eines unbequemen Mannes niemals am Leben lassen darf.«

»Lasst Noah in Ruhe!«, schreit Lennart. »Er ist noch ein Kind!«

»Zu spät. Wir lassen bereits nach ihm su…«

Lennart stößt einen zornigen Schrei aus und stürzt sich ohne nachzudenken auf Benedict. Seine Wut entlädt sich so explosionsartig, dass jeder normale Mensch unter ihm zu Boden gegangen wäre. Seine Fäuste umklammern den krummen Pflock.

Benedict packt die Waffe, noch bevor Lennart sie in seinen Brustkorb versenken kann, und reißt sie ihm aus der Hand.

»Narr«, knurrt er und rammt den Pflock tief in Lennarts Herz. Blut spritzt.

Mein entsetztes Kreischen hallt durch die Nacht.

51

Damien

»Das wirst du nicht tun! Hörst du, Agnetha? Lass es …«, brülle ich.

Sie legt auf.

»AGNETHA!«

»Probleme?«, fragt Lucius.

»Aber nein, diese Nacht ist voller dunkler Romantik.« Ich schubse ihn beiseite und rufe: »Wir müssen sofort zum Rathausplatz! Die Vampire sind alle dort!«

»Aber da findet doch eine politische Nachtwache …«, setzt Kajus an, dann: »Oh.«

»Würdelos«, knurrt Caine. »Auf dem Platz haben die Menschen doch keine Chance. Dort kann man sie mühelos einkesseln. Das ist keine angemessene Jagd für einen Vampir!«

»Sie wollen nicht jagen, sie wollen ein Gemetzel.« Ich schließe die Augen, sehe Blut und Chaos und mittendrin Agnetha. »Bardolf wird auch dort sein. Informiert alle anderen!«, rufe ich und setze mich schon in Bewegung.

Handydisplays leuchten auf. Niemand stellt meine Worte

infrage, sogar Caine verkneift sich eine Bemerkung. Stumm holt er zu mir auf, den Schnurrbart ordentlich gestriegelt, das weiße Haar zu einer welligen Frisur geföhnt. Heute trägt er eine schwarzrote Uniform mit besonders viel Glitzerkram. Man könnte meinen, dass er sich extra für diese Nacht herausgeputzt hat. Armand und Lucius folgen mir ebenfalls. Die Gegenwart des Legion-Mannes trägt nicht zur allgemeinen Entspannung bei. Auch ich bin noch nicht zu hundert Prozent überzeugt, dass er auf unserer Seite steht, aber ich werde ihm vertrauen müssen. Lucius hat mich mein ganzes Leben lang unbemerkt im Auge behalten, ohne etwas gegen mich zu unternehmen. Nur seine forschenden Seitenblicke nerven allmählich sowie die Tatsache, dass er an mir klebt wie ein stummer Schatten.

»Haben wir einen Plan?«, fragt Armand neben mir, während wir durch die ungewohnt leeren Straßen laufen. Das Vergnügungsviertel wirkt beinahe verwaist. Nur die üblichen Touristengruppen stolpern in die Clubs und Travestieshows. Ich sehe nur wenige Türsteher vor den Eingängen. Die Pfandflaschensammler, die müden Frauen an den Straßenecken, die Dealer und die jungen Angeber mit ihren aggressiv aufgemotzten Karren fehlen. Entweder sind alle zum Rathausplatz gepilgert, um für oder gegen die *Allianz* zu sein, oder sie spüren, dass heute Nacht etwas geschehen wird, und haben beschlossen, zuhause zu bleiben.

»Wir müssen den Anführer ausschalten«, sage ich und beschleunige.

»Du bist ja so amüsant, Junge«, sagt Caine. »Der Anführer ist Bardolf von Baro. Es heißt, er werde der neue Patriarch des Clans werden. Und den willst du einfach …« Er schnippt mit den Fingern.

»Wenn wir schon einen Aufstand anzetteln, dann richtig.«

Armand lacht zynisch. »Es wird dir nicht gelingen, ihn zu besiegen. Der Mann gehört zu den Großen Alten. Er ist viel stärker als du.«

»Falls du wider Erwarten doch heil davonkommen solltest,

werden sämtliche Clans der Erde dich auf ihre Todesliste setzen«, ergänzt Caine.

»Das haben sie längst getan!«, rufe ich. »Ich habe ihr verdammtes Blut geklaut!«

»Was bei allen Unheiligen soll das bedeuten?« fragt Armand.

»Ich glaube, das wollen wir nicht wissen«, höre ich Caine antworten, als ich mich absetze und vorwärts sprinte.

Niemand von ihnen weiß, dass die Phiole meines Clans in meiner Manteltasche steckt, und schon gar nicht, dass ich mir das Blut Babylons vollständig in die Kehle gegossen und es überlebt habe. Doch sie alle spüren, dass etwas mit mir geschehen ist. Sie können es sehen.

Die Veränderungen meiner Persönlichkeit und meines Körpers sind subtil, aber nicht zu leugnen. Meine Augenfarbe hat sich verändert und auch meine Eckzähne ragen jetzt permanent heraus, obwohl ich nicht den leisesten Anflug von Hunger habe. Ich fürchte, dass ich mich langsam in eine Bestie verwandle. Kein Mensch, kein Vampir, sondern … etwas anderes. Das Blut war vielleicht schlecht; nach all den Jahrtausenden kann das schon mal passieren. Oder aber das Zeug stammt von einer unbegreiflichen Wesenheit, und die vampirischen Nachkommen, die Kinder Babylons, sind bloß ein müder Abklatsch. Dieses Blut enthält dunkle Magie aus den Zeiten, als Geisterbeschwörer und Zauberer auf der Erde wandelten und Tore zu anderen Dimensionen öffneten, um fremde Wesenheiten zu beschwören. Drei Tropfen davon enthalten mehr Macht, als die meisten Vampire verkraften können.

Eine nervöse Unruhe ist in mir erwacht, kaum dass wir den Waldfriedhof verlassen und uns am alten Bunker versammelt haben, wo die diebischen Biker-Vampire die UV-Lampen verteilt haben. Andere brachten Säcke voller hastig zurechtgeschnitzter Pflöcke mit. Im Stadtpark dürfte es jetzt einige hässliche Lücken geben, wo vorher prächtige Weißdorn-Gehölze gestanden haben.

Mit jeder fortschreitenden Minute wird diese seltsame Unruhe stärker und fühlt sich jetzt an wie echte Angst. Eigentlich dürfte ich dieses Gefühl gar nicht mehr haben, aber es kommt von Agnetha. Ich kann ungefiltert spüren, was sie empfindet. Mit jedem schnellen Schritt, den ich zurücklege, fange ich mehr und mehr von ihren Emotionen auf, wie Radiowellen, die auf einen Empfänger treffen. Meine Instinkte sind alle auf sie gerichtet. Die Angst, die in mir tobt, ist die ihre, grell und schneidend wie Kristallsplitter. Daher weiß ich, dass sie in akuter Gefahr ist.

Agnetha neigt zu hitzköpfigen Entscheidungen, ohne an ihre eigene Sicherheit zu denken: eine Eigenschaft, die ich an ihr liebe, aber auch fürchte. Ich hätte sie niemals in die Sache hineinziehen dürfen, sondern sie mit aller Kraft von mir stoßen sollen. Jetzt ist es zu spät.

Von Weitem hören wir die Schreie, das Fußgetrampel. Polizeisirenen setzen ein, jemand schießt. Die ersten Menschen kommen uns in einer Straße entgegengelaufen, die Gesichter zu Fratzen des Horrors verzogen. Einige bluten, andere halten sich den Arm, humpeln, stützen sich gegenseitig. Hier und da versuchen niedergetrampelte Menschen, wieder auf die Beine zu kommen. Manche bewegen sich gar nicht mehr.

»Dreht um!«, schreit uns einer zu. »Da sind überall Monster!«

»Quatsch, das sind durchgedrehte Junkies!«, brüllt ein anderer. »Die sind auf Droge!«

Ich kämpfe gegen den Strom der Flüchtenden an, schubse rücksichtslos Menschen aus dem Weg. Als ich den Platz erreiche, bleibe ich abrupt stehen und versuche, die Szene zu begreifen, die sich mir bietet. Auf dem Kopfsteinpflaster liegen Körper. Andere werden hin und her gezerrt zwischen einzelnen Vampiren, werden zerrissen, um an ihr Blut zu kommen. Eine Frau schlägt mit einem Plakat, auf dem *ALLIANZ BEDEUTET UNTERGANG!* steht, nach zwei Vampiren, die sie lachend umtänzeln. Sie bewegen sich schneller, als das menschliche Auge es erfassen kann, und schneiden ihr immer wieder den Fluchtweg ab.

Die zerstörte Visage von Ciprian senkt sich auf den Hals eines zappelnden Polizisten, der seine Waffe gezogen hat und hilflos um sich schießt. Ein Geschoss jault knapp an meinem Ohr vorbei.

Ein Krankenwagen rast auf den Platz, gerät ins Schleudern und kracht gegen eine der historischen Laternen. Sofort stürzen sich schwarze Schatten auf die Fahrerkabine und zerren die Sanitäter heraus.

Überall blutgetränkte Fahnen, zerrissene Kleidung, umgestürzte Lautsprechermasten – und oben auf der Rathaustreppe erblicke ich Bardolf. Ruhig steht er da, die Hände auf die steinerne Balustrade gestützt, und beobachtet das Spektakel.

Ein paar standhafte Security-Männer mit Knüppeln in den Händen bewachen die beiden Treppenaufgänge. »Wir müssen fort von hier, Herr Vorsitzender«, brüllt einer.

»Wir bleiben«, ist alles, was er sagt.

Der menschliche Teil meines Verstandes ist vollkommen unfähig, das grausige Bild, das sich mir bietet, zu verarbeiten. Entsetzen hat ihn fest im Griff. Ein anderer Teil verarbeitet nüchtern, fast schon teilnahmslos alle Informationen und hilft mir, nicht durchzudrehen. Ich kann weder Agnetha noch Lennart entdecken. Stattdessen sehe ich die drei Gothic-Kids, wie sie hinter einem Streifenwagen kauern und das Ganze filmen. Mit langen Schritten sprinte ich zu ihnen hinüber, packe den Erstbesten am Kragen und ziehe ihn hoch.

»Seid ihr wahnsinnig? Verschwindet von hier!«

»Mein Vater will herkommen«, sagt der Junge. Es ist Noah, der Sohn des Bürgermeisters. »Ich muss ihn abfangen. Sie haben Lügen über ihn verbreitet, die Leute hassen ihn.« Seine Augen sind gerötet.

»Wenn dir etwas zustößt, wirst du ihm erst recht nicht mehr helfen können. Ihr solltet …«

Bevor ich den Satz beenden kann, springt ein schnittig gekleideter Vampir mitten zwischen uns, sein Mantelumhang flattert wie dunkler Flügelschlag. Er reißt Serenity an sich, zieht ihren Kopf in den Nacken und bleckt seine langen Zähne, um sie in ihre Kehle zu schlagen. Ihr bleibt nicht einmal Zeit zum Schreien. Ich stoße Noah fort und stürze mich auf ihn, just als er zubeißen will. Meine neue Schnelligkeit verblüfft mich auch diesmal. Es kommt mir vor, als würde der Vampir sich in Zeitlupe bewegen. Ich bin von pulsierender uralter Kraft erfüllt, vom Feuer der Finsternis und von lebendigem, überaus menschlichem Zorn. Alles zusammen bedeutet Zerstörung.

Das siegessichere Lächeln des Vampirs erlischt, er lässt Serenity los und versucht, mir seine Klauen in die Augen zu schlagen, doch ich bin nie dort, wo ich sein sollte. Ich packe ihn am Schlafittchen und katapultiere uns beide zehn Meter hinauf in die Nacht. Noch bevor er kapiert, wie ihm geschieht, schmettere ich ihn zu Boden. Kaum ist er gelandet, bin ich über ihm, nehme seinen Kopf in beide Hände und breche ihm mit hartem Ruck das Genick. Ich muss mich zügeln, um ihm nicht den Schädel vom Hals zu rupfen.

Breitbeinig stehe ich über ihm. Er ist nicht tot, aber sein Kopf baumelt nutzlos herab. So schnell wird er kein Blut mehr trinken können.

»Igitt«, murmelt Serenity und klammert sich an Rasmus fest.

»Ich suche Agnetha und Lennart«, sage ich zu den Kids, die mich anstarren wie den Teufel persönlich. Möglicherweise bin ich das auch. »Habt ihr sie gesehen?«

»Sie ist … die Rathaustreppe hochgerannt«, stammelt Rasmus. »Jemand hat sie gepackt und … und fortgezerrt. Es ging alles zu schnell, aber … Lennart sagt, das war dein Cousin. Er ist ihnen gefolgt.«

»Benedict.« Der Name rast wie eine Feuerwalze durch meinen Verstand. Hinter meiner Stirn breitet sich heißer Druck aus und meine Sicht wird schärfer und färbt sich gleichzeitig orangefarben, als würde alles in Flammen stehen. Das anwachsende ungute Gefühl in meiner Brust presst mein Herz zusammen.

»Deine Augen …«, stammelt Serenity. »HILFE!« Sie wirbelt herum und läuft davon.

Rasmus und Noah folgen ihr. Sie haben Angst vor mir, ich kann es ihnen echt nicht verdenken. Ich habe ja selbst Angst vor mir.

»DORT IST ER!«, donnert Bardolfs Stimme über den Platz. »Der Bastard-Dieb! Der Abtrünnige! Ergreift ihn!«

Für den Bruchteil einer Sekunde erstarrt das Gemetzel, gleich darauf stürzt eine Schattenwolke aus Krallen, Zähnen, flatternden Mantelschößen auf mich zu.

Dann geht alles sehr schnell, so schnell, dass ich nicht sagen kann, was genau geschieht. Ich öffne die Pforte zur Hölle, gebe bereitwillig die Kontrolle an die Kreatur in mir ab und überlasse der ausströmenden Finsternis das Feld. Erbarmungslos wütet sie unter meinen Feinden, reißt Gliedmaße aus Gelenken, zerfetzt Visagen, und sprengt Brustkörbe, um Herzen herauszuzerren. Die ersten weichen vor mir zurück, doch andere sind wild entschlossen, mich niederzustrecken.

»Hört auf, mit ihm zu spielen!«, brüllt Bardolf. »Er ist euch unterlegen! Wieso …?«

Der Rest des Satzes geht in dem schrillen Kreischen von Benigna unter, der ich möglicherweise die Wirbelsäule gebrochen habe – an drei Stellen. Ihr Leib klappt vornüber, sie kann nur noch kriechen.

Und schreien.

Schreien kann sie sehr laut.

»Ich werde dich ausweiden und dein zuckendes Herz verschlingen, Cousin!«, kreischt sie und krallt ihre kirschrot lackierten Nägel in das Kopfsteinpflaster. »Deinen Kopf werde ich an den Hintern eines räudigen Hundes nähen!«

Wieso haben alle anderen so viel bessere Flüche und Verwünschungen drauf als ich? Bei mir reicht es gerade mal für ein langweiliges *Fuck!*

»Ich habe dich auch lieb, Cousine«, sage ich, während ich einen anderen Vampir an der Kehle gepackt halte – etwas zu fest, wie sich herausstellt. Sein Hals platzt wie eine reife Tomate. Das Ganze artet allmählich in eine große Sauerei aus. Ich stinke, als wäre ich durch ein Schlachthaus gerobbt.

Doch jäh halten die Angreifer inne. Sie umkreisen mich, steigen über die Körper der Gefallenen hinweg, schauen sich beunruhigt um und tauschen unschlüssige Blicke. Zuerst denke ich, dass sie sich vor mir fürchten (man darf ja noch träumen), doch da sehe ich die Wildlinge, die von allen Seiten auf den Platz strömen, bewaffnet mit UV-Taschenlampen und drohend erhobenen Pflöcken. Sie kesseln die alten Vampire ein, richten die Lichtstrahlen mit ausgestreckten Armen wie Laserschwerter zum Himmel als deutliche Warnung. Die Drohkulisse ist beeindruckend, auch wenn vermutlich niemand wagen wird, einen der Großen Alten anzugreifen. Armand und Caine haben sich mit grimmig entschlossenen Mienen unter ihre Mitstreiter gemischt, nur Lucius steht mit demonstrativ verschränkten Armen abseits.

Unter den eingekesselten Vampiren entdecke ich viele, die auf der Dinnerparty im Haus Istrigo gewesen sind, aber beileibe nicht alle sind hier. Benedict ist nirgends zu sehen.

»Werden wir gerade vom Fußvolk bedroht?«, fragt ein Vampir mit Monokel entrüstet. »Das ist ja fast so würdelos wie damals beim Sturm auf die Bastille! Und absolut unfair! Wir sind in der Unterzahl.«

»Es sind bloß Wildlinge. Sie sind schwach, gegen uns können sie nichts ausrichten.« Eine Frau in einem Leder-Catsuit deutet auf Armand. »Du wirst es nicht wagen, dieses Licht auf mich zu richten, Kretin!«

»Bist du dir wirklich sicher, Schönheit der Nacht?« Langsam senkt Armand den Strahl seiner Taschenlampe, Unruhe entsteht unter den Großen Alten, Kapuzen werden über Köpfe gestülpt, Gesichter abgeschirmt und Krägen hochgeklappt.

Diejenigen Wildlinge, die mit Pflöcken bewaffnet sind, fangen an, diese rhythmisch gegeneinander zu schlagen, bis der Klang über den gesamten Platz getragen wird. Ich sehe grimmige, entschlossene Gesichter.

»Was beim lückigen Gebiss der Strigoi wollt ihr eigentlich von uns?«, faucht die Frau im Catsuit. »Ich bin hergekommen, weil uns ein besonderes Event versprochen wurde. Eine feine Jagd, der Anfang von etwas Großem. Stattdessen werden wir von … von diesen Nachtwürmern bedroht.« Anklagend schaut sie zur Rathaustreppe hinauf.

Onkel Bardolf brüllt: »Was steht ihr da herum? Ergreift ihn endlich!«

Doch nichts geschieht. Die Kinder Babylons schauen sich an, unschlüssig, was als Nächstes geschehen soll. Sie können nicht fassen, dass ihr Recht auf Herrschaft einfach so infrage gestellt wird.

Mein Onkel schreit weitere Befehle, die niemand beachtet. Sein bebender Zorn und sein wachsender Unglaube wabert wie dünne Rauchschwaden um ihn herum. Niemand außer mir nimmt es wahr. Alle Blicke sind auf mich gerichtet. Sie warten auf eine Ansage von mir.

Ich kann mich nicht konzentrieren, meine Gedanken werden von Agnetha beherrscht. Eine Rede kann ich später noch …

»Nun, Bastard, was willst du?« Die Frage kommt von einem Mann mit Glatze und altmodischen Koteletten. Seine Weste unter dem Mantel ist fleckig und zerrissen, seine Finger mit den klotzigen Ringen sind aufgeschürft. »Reichtum, Macht, Triumph? Einen niemals endenden Krieg?«

»Friedliche Koexistenz. Gleiche Rechte für alle. Keine mörderischen Jagden auf Menschen«, gebe ich zurück. »All das, was mein Vater wollte.«

Nicht nur er zuckt zusammen. Mir wird klar, dass sie alle – ALLE! – meinen Vater kannten.

»Dein Vater Bertin war ein verschrobener Träumer, aber er hätte niemals gewagt, einen Aufstand gegen seinesgleichen zu organisieren.«

»Bist du da so sicher? Er wurde nicht hingerichtet, weil er die falschen Schuhe zum Anzug getragen hat. Ihr habt ihn für eine Bedrohung gehalten.«

»Da wussten wir leider noch nichts von deiner Existenz. Wie es scheint, steht die wahre Bedrohung jetzt vor uns.« Er ringt sich ein Lächeln ab. »Damien von Baro, der Anführer aus dem Nichts.«

»Und wer bist du?«

»Raphaël La Rochefoucault.« Er deutet eine Verbeugung an. »Es heißt, du wärst ein Dhampir, hättest das alte Blut deines Clans gestohlen, und nun hast du auch noch die Wildlinge gegen uns aufgehetzt. Du hast die Dinnerparty deiner Familie ruiniert und einer Frau zur Flucht verholfen, die den Sohn eines rumänischen Clans entstellt hat.«

»Notwehr«, erwidere ich. »Komm zum Punkt.«

»Willst du Krieg?«, fragt Raphaël.

»Wollt ihr Krieg?«, frage ich zurück.

»Wir sind die Großen Alten. Die Macht liegt seit Jahrtausenden in unseren Händen. Wir sind stärker, als ihr es jemals sein werdet. Was wollt ihr dagegen unternehmen?« Er erstarrt, als die Strahlen der Taschenlampen sich langsam herabsenken. Zischen und Fauchen ertönt, Gestalten ducken sich. »Schon gut, schon gut!«, ruft er hastig, bevor die Lichter die Köpfe der Vampire streifen können.

»Eure Macht endet, sobald die Sonne aufgeht«, sage ich ungeduldig. Dieses Gelaber dauert viel zu lange. Ich muss Agnetha finden, mich vergewissern, dass sie in Sicherheit ist.

»Deine aber auch, Junge.«

»Damien ist der Bastard«, sagt Caine zu meiner Überraschung. »Er tanzt auf der Schwelle zwischen Licht und Schatten, weil er *anders* ist. Verstehst du das, Franzose?«

Raphaël sieht verwirrt aus. »Er ist doch nur ein Mischblut.«

»Er ist mehr«, sagt die Frau in dem Catsuit langsam. »Schau dir seine Augen an. Hast du so etwas schon mal gesehen?«

»Nur bei einem Dämon«, murmelt Raphaël.

»Bardolf!«, ruft Catsuit. »Wir sind hergekommen, um über die Menschen deiner Stadt zu triumphieren. Es war nie die Rede davon, dass wir in eine Rebellion der Wildlinge geraten.« Sie deutet auf mich. »Und von dem da hast du auch nie ein Wort erwähnt.«

»Damien ist ein NIEMAND!«, schreit Bardolf. »Beseitigt ihn, bei allen dunklen Göttern! Das kann doch nicht so schwer sein.«

»Ja, beseitigt mich, wenn ihr könnt«, sage ich ruhig. »Danach dürft ihr euch mit einer Armee wütender Wildlinge herumschlagen, die es satt haben, von euch wie Mensch… wie Vampire zweiter Klasse behandelt zu werden. Bisher hattet ihr Glück, weil sie nicht gewusst haben, wie stark sie als Gemeinschaft sind.«

»Wir könnten sie besiegen.«

»Auf einen Versuch lasse ich es gerne ankommen, Jungchen«, knurrt Caine.

Verächtlich mustert Raphaël ihn. »Wen nennst du *Jungchen*, kleiner Mann? Mein Vater saß vor 400 Jahren nach einer Intrige gegen Kardinal Richelieu in der Bastille und wurde aus Paris verbannt. Seine aphoristischen Betrachtungen sind in der Literaturwelt berühmt!«

»Mein Vater war Buffalo Bill Cody. Er hat Indianer und Büffel umgebracht. Möglicherweise habe ich ja seine Mordlust geerbt.« Unter dem dichten weißen Schnäuzer blitzt ein Altmännergrinsen auf.

»Wir werden uns mit den Menschen verbünden, die nicht mit der *Allianz* marschieren«, sage ich. »Es sind mehr, als ihr glaubt.«

Catsuit lächelt böse. »Was für eine lächerliche Drohung! Was wollen die Menschen gegen uns unternehmen?«

»Sie werfen Molotov-Cocktails durch die Fenster eurer Schlösser und Burgen, während ihr friedlich in euren Särgen schlummert. Sie verjagen eure Schergen, reißen die schweren Vorhänge herab, treiben Pflöcke durch eure Herzen, bewerfen euch mit Knoblauch, zerren euch ans Sonnenlicht und …« Ich deute zur Rathaustreppe hinauf, die jetzt verwaist ist. »Und wofür das alles? Bardolf von Baro hat sich aus dem Staub gemacht. Ihr werdet seine Suppe auslöffeln müssen. Hier und jetzt. Wollt ihr das?«

Ungläubige Blicke werden gewechselt. »Dieser Feigling«, murmelt jemand.

»Ich denke, unter diesen Umständen sind wir hier fertig.« Raphaël winkt ab. »Für heute, Damien Bastard von Baro. Nur für heute. Du hast dir viele mächtige Feinde gemacht.«

»Darin bin ich ziemlich talentiert.«

»Niemand von uns wird vergessen, was heute Nacht geschehen ist.« Er lässt seinen hochmütigen schwarzen Blick über die Wildlinge schweifen. »Wir wünschen jetzt zu gehen.«

»Macht ihnen Platz, Leute«, sage ich.

Die Taschenlampen werden ausgeknipst, die Pflöcke gesenkt, eine Gasse bildet sich. Die Großen Alten marschieren hoch erhobenen Hauptes davon.

Armand sagt leise: »Sie werden auf ihre Chance warten und zurückkehren, wenn wir es am wenigsten erwarten. Dann werden sie uns doppelt und dreifach bezahlen lassen.«

Zustimmendes Gemurmel erhebt sich.

»Das mag sein oder auch nicht. Aber sie werden Bardolf nicht mehr blind folgen. Er hat sein Gesicht verloren. Wir hingegen haben guten Willen gezeigt«, sage ich. »Wenn wir eine friedliche Koexistenz wollen, müssen wir beweisen, dass wir es ernst meinen und bereit sind zu Kompromissen.«

»Dein Fehler ist, dass du immer noch wie ein Mensch denkst«, sagt Caine. »Vampire gehen niemals Kompromisse ein.«

»Was du als Fehler siehst, halte ich für einen Vorteil. Entschuldigt mich kurz, ich habe etwas zu erledigen.«

»Es geht um die rothaarige Hexe, richtig?« Caines Schnauzbart zuckt. »Wieder einmal lässt du dich von ihr ablenken. Du bist genau so schwach wie dein Vater. Er …«

Etwas an mir bringt ihn zum Verstummen.

»Rede nur weiter«, sage ich, die anschwellende Wut niederringend, die von meiner Angst um Agnetha gefüttert wird.

»Du kannst nicht einfach herkommen, eine Rebellion anzetteln, uns Hoffnungen machen und dich dann mitten in der Schlacht um deinen Privatkram kümmern.« Er hört sich enttäuscht an. »Das ist nicht fair uns gegenüber.«

»Agnetha ist Teil dieser Rebellion. Und ich lasse keinen von euch im Stich. Wir stehen erst am Anfang.«

Ich warte ihre Reaktionen nicht ab, doch als ich loslaufe und blindlings den Platz überquere, höre ich hinter mir vereinzelte Anfeuerungsrufe und Applaus.

Für die Wildlinge ist diese Nacht vorbei. Viele weitere Schlachten stehen uns noch bevor, viele Meinungsverschiedenheiten, viel Überzeugungsarbeit. Es wird Tote geben.

Doch dies alles liegt in der Zukunft und spielt für mich keine Rolle. Denn in mir wächst die Befürchtung, dass mir der größte Schrecken noch bevorsteht.

Es ist jetzt eigenartig still in den Straßen, abgesehen vom Sirenengeheul. Die Straßen rund um den Rathausplatz werden jetzt größtenteils abgeriegelt sein, die Polizei wartet auf Sondereinheiten mit Panzerfahrzeugen und Maschinenpistolen. Der Gestank des Todes hängt zwischen den Häusern. Es ist ein eigenartiger, elektrischer Geruch, unter den sich eine Note von Eisen, kalter Erde und ein Hauch von Verderbnis mischt. Letzterer wird bald stärker werden. Wenn das Leben aus einem Körper weicht, bleibt nur eine unbelebte Hülle zurück, den Elementen und der schnell voranschreitenden Zeit ausgeliefert.

Ich denke nicht darüber nach, ob ich in die richtige Richtung laufe. Ich *weiß*, wohin ich mich wenden muss. Das unsichtbare Band zwischen Agnetha wird mit jedem langen Schritt straffer. Es zittert und bebt und ich fürchte, die Verbindung könnte jeden Augenblick abreißen, wenn ich nicht schnell genug bin.

Ein greller Schrei durchschneidet die Stille und endet abrupt.

Er kam von Agnetha.

52

Agnetha

Ich merke erst, dass ich geschrien habe, als sich von hinten eine Klaue auf meinen Mund legt. Ich nehme es nur unbewusst wahr. Auch den Schmerz meiner gebrochenen Rippen und meines zertrümmerten Wangenknochens spüre ich nicht mehr. Alles, was ich sehe, ist der Pflock, der mit solcher Kraft durch Lennarts Herz gestoßen wurde, dass die Spitze auf der anderen Seite ausgetreten ist.

Er schaut mich mit einer Mischung aus Verblüffung und Unglauben an, öffnet den Mund – doch es kommt nur ein Blutschwall heraus. Seine Hände umklammern den Schaft der Waffe, während sein Blick sich hilfesuchend an meinem festhakt. Langsam geht er in die Knie. Auf seiner Jacke blüht ein roter Fleck auf und wird immer größer.

Benedict wischt mit den Fingern über Lennarts blutbesudeltes Kinn und leckt die Flüssigkeit ab. Anerkennend nickt er. »Gute Ernährung. Sauberes Blut. Schade, dass ich schon gesättigt bin. Was ist mit dir, Grigorij? Willst du dir einen Schluck direkt aus der Herzkammer gönnen?«

Er spricht zu der Person hinter mir, die mir den Mund zuhält.

»Danke, ich habe mich schon auf dem Rathausplatz so großzügig bedient, dass meine Adern zu platzen drohen. So ein feines Buffet hatte ich lange nicht mehr.« Grigorij rollt das R im Mund wie einen Kieselstein. »Aber wenn wir hier fertig sind, würde ich gern einen Schluck von der hübschen Hexe nehmen.« Er fährt durch mein Haar.

Ich reiße mich los und stolpere auf Lennart zu, sinke vor ihm nieder. Ich versuche, ihn aufrecht zu halten und mich gleichzeitig an meinen Erste-Hilfe-Kurs aus der Fahrschulzeit zu erinnern. Blutung stillen, Pulsschlag messen, Mund-zu-Mund-Beatmung …

Sein verdammtes Herz ist durchbohrt, dumme Kuh!

»Nicht bewegen«, stammele ich. Der gebrochene Wangenknochen knirscht qualvoll unter meinem Auge, das bereits anschwillt, doch das ist mir egal. »Du darfst den Pflock nicht rausziehen. Ich hole Hilfe. Alles wird gut.«

Lennarts klebrige Finger umklammern den Pflock in seinem Herzen, als könnte er auf diese Weise vermeiden, dass das Leben aus ihm herausfließt. In seinen Augen flackert grelle Angst, die von Begreifen abgelöst wird, dann von Resignation.

»Tut … weh«, bringt er gurgelnd hervor. Seine Lunge ist voller Blut.

»Wir kriegen das wieder hin«, brabbele ich. Tränen strömen über mein Gesicht und tropfen auf ihn herab. »Du musst nur ein bisschen durchhalten, dann bringe ich dich ins Krankenhaus.« Ich ziehe mein Handy aus der Tasche. Mit zittrigen Fingern suche ich den Notruf-Button, doch bevor ich ihn drücken kann, wird mir das Telefon aus der Hand geschlagen.

»Na na«, sagt der Russe und zermalmt das Smartphone unter seinem Stiefelabsatz.

»Ihr widerlichen feigen Monster!« Heulend ramme ich ihm beide Hände in die Brust. »Er braucht einen Krankenwagen!«

Die Vampire lachen gutmütig.

Lennart grabscht nach meiner Hand. Er hat kaum noch Kraft in den Fingern. »Agnetha … Du musst … Damien … darf nicht ….« Mit jedem Wort kommt ein dunkelroter Schwall aus seinem Mund.

»Wag es ja nicht, dich aus der Affäre zu ziehen, Lennart!«, kreische ich. »Du bleibst gefälligst hier, hörst du?« Ich schüttle ihn, versetze ihm eine Ohrfeige. »Wir brauchen dich doch!«

Doch Lennarts Züge erschlaffen, seine Hände gleiten herab, sein Kopf sackt zur Seite. Sein Blick trübt sich, schaut durch mich hindurch. Ich bilde mir ein, einen kalten Hauch zu spüren, der sich ins Nichts verflüchtigt. Zurück bleibt ein Körper, dessen Organe nach und nach ihre Funktion einstellen.

Mein Verstand begreift nicht, dass Lennarts Leben vorbei ist, mein Herz jedoch schon. Es zerbricht in tausend Stücke. Unfähig, einen Laut von mir zu geben, sinke ich neben Lennart zusammen.

»Wie rührend«, sagt Benedict kühl. »Als du Ciprian einen Pflock in den Leib gerammt hast, hast du keine einzige Träne vergossen, Rotschopf. Du verstehst sicher, dass dein blonder Freund wegen dir sterben musste.«

»Das wird Ciprians Clan nicht reichen«, rumpelt Grigorij. Durch meine getrübte Sicht erkenne ich einen schweren Quadratschädel mit einem harten, breiten Kiefer. Grigorij trägt einen Kosakenmantel und einen Gürtel mit vielen kleinen Ledertaschen. Ein Wunder, dass auf seinem Kopf keine Pelzmütze sitzt. Die anderen sind ähnlich gekleidet wie er: uralte kampferprobte Vampire aus den brutalen osteuropäischen Kriegen der letzten Jahrhunderte.

Taumelnd komme ich auf die Füße und packe Benedict an den Aufschlägen seiner feinen Jacke. »Du kannst Lennart wieder zum Leben erwecken! Gib ihm dein Blut. So läuft das doch bei euch Vampiren. Mach ihn wieder lebendig!«

Er bricht in nachsichtiges Lachen aus. »Sieh ihn dir an! Sein Herz ist kaputt. Sogar das Blut eines Vampirs kann ihn nicht mehr heilen. Glaube nicht jeden Mist, der in Filmen verbreitet wird.«

»Aber …«

Er beugt sich vor und bohrt sich mit seinem kalten schwarzen Blick in mich hinein. »Wir erschaffen einen Vampir, indem wir sein

Blut trinken, bis er stirbt und ihm dann unseres geben. Das da …«, er nickt zu Lennarts Körper – ich weigere mich, das Wort *Leiche* auch nur zu denken –, »Das da ist ein Kollateralschaden.«

Blind vor Tränen verpasse ich ihm die Mutter aller Schläge mitten ins Gesicht. Sein Kopf fliegt zur Seite. Er lacht nur noch lauter.

Grigorij zieht mich von ihm fort, sichtlich amüsiert über meinen verzweifelten Ausbruch. »Rate mal, was du bist, kleine Hexe.«

Er schubst mich einem anderen Mann in den Arm, der mich wiederum auf Benedict zustößt.

»Wo ist dein Damien jetzt?«, ruft dieser. »Hat er dich vergessen?«

Sie spielen Pingpong mit mir, grelle Schmerzen jagen durch meine gebrochenen Rippen. Mehrere Male verliere ich das Gleichgewicht, doch die Vampire verhindern, dass ich zu Boden gehe. Immer wieder sehe ich Lennart, der auf dem schmutzigen Pflaster liegt. Seine Mütze ist halb von seinem Kopf gerutscht, sein Rucksack liegt unter ihm begraben.

Wegen mir musste er sterben.

Die Schuld kracht mit der Wucht eines Felsens auf mich herab. Ich taumele, Gregorij packt mich und hält mich aufrecht. »Ich möchte ihre Zunge abbeißen und das Blut trinken, das über ihre Lippen strömt.« Seine spitzen Fingernägel graben sich in meinen Kiefer und zwingen meinen Mund auf. »So appetitlich«, murmelt er.

»Später«, sagt Benedict. »Wir warten, bis ihr Liebster eingetroffen ist.«

»Er ist nicht mein …«

»Still, dummes Mädchen!«, faucht er.

»Wir könnte sie an die Kirchentür nageln«, schlägt jemand vor. »So haben wir das früher gemacht, wenn wir jemanden zum Schreien bringen wollten. Die Tür lässt sich anschließend als praktisches Serviertablett verwenden.«

Die anderen lachen.

»Aber soll sie nicht an Ciprians Clan ausgeliefert werden?«, fragt ein Mann mit Mönchstonsur verwirrt. Auf seiner Nase sitzt eine kleine runde Brille mit roten Gläsern. »Dein Vater hat es so entschieden, Benedict.«

»Mein Vater ist nicht hier. Ich habe das Sagen. Ciprian ist ein jämmerlicher Schwächling und diese rothaarige Hexe schlimmer als die Pest.«

»Du willst deinem zukünftigen Patriarchen den Gehorsam verweigern?« Der Mönch hebt die buschigen Brauen.

»Ich will Damien haben. Er will das Mädchen haben.« Benedict reißt mich aus Grigorijs Armen, packt mein Haar und zieht mein Kopf in den Nacken, bis meine Kehle überstreckt ist. Aus seinen steinschwarzen Augen schaut er auf mich herab. »Wer kann so einem feinen Leckerbissen schon widerstehen? Jetzt schrei für mich, Liebes. Schrei, so laut …«

»Warte.« Der Mann mit der Mönchstonsur hebt die Hand. »Hört ihr das?«

»Was?«

»Diese Stille.«

»Na endlich. Es ist vorbei.« Benedict lächelt zufrieden. »Den Rest erledigt unsere brave *Allianz*. Sie werden ein paar Unruhestifter und Gegendemonstranten einfangen und als Sündenböcke präsentieren. Sie werden sehr laut fragen, warum die Polizei das Massaker nicht verhindern oder wenigstens stoppen konnte. Dann werden sie den Bürgermeister als Kinderschänder an den Pranger stellen. Schock, Angst, Chaos – Ach, es wird herrlich werden!«

»Und schon gehört diese Großstadt euch.« Grigorij nickt anerkennend. »Fürchtet ihr nicht, dass eure wahre Natur eines Tages herauskommen wird?«

»Unwahrscheinlich. Unsere menschlichen Marionetten stehen im Rampenlicht, wir lenken aus dem Hintergrund. Die erschütterten Bürger werden dankbar jede Führung annehmen, die schnelle Lösungen verspricht. So funktionieren Menschen.«

Trotz meines maßlosen Entsetzens, trotz des metertiefen bitterkalten Lochs, das durch Lennarts Tod in meine Seele gerissen wurde, erkenne ich mit nüchterner Klarheit, dass die Vampire ihr Ziel erreicht haben.

Damien hat es nicht rechtzeitig geschafft. Seine Familie hat gesiegt. Jetzt müssen sie nur noch ihren Störenfried von einem Bastard beseitigen.

Über mich selbst denke ich gar nicht nach. Lennarts Tod überschattet meine Gedanken. Ich kann nicht fassen, mit welcher Beiläufigkeit sein Leben ausgelöscht wurde. Niemand außer mir beachtet noch seinen reglosen Körper.

Wenn Damien erfährt, dass sein bester Freund tot ist, wird es ihn zerstören, und das wäre vielleicht nicht einmal das Schlimmste. Er wird seinen kühlen Kopf verlieren und in seinem rasenden Zorn vergessen, dass er für eine große Sache kämpft. Benedict hat genau dies einkalkuliert. Er wird Damien auf die eine oder andere Art vernichten. Denn Damiens Stärke – seine Menschlichkeit – ist gleichzeitig seine größte Schwäche.

Darum muss auch ich sterben.

Er hatte vollkommen recht, mich von sich zu stoßen. Ich hätte es akzeptieren sollen. Jetzt wird wegen mir alles scheitern.

Ich habe unfassbar große Angst um Damien.

Benedict zerrt an meinem Haar, stößt mir die Faust in die gebrochenen Rippen und ich brülle vor Schmerzen. Mein Schrei steigt in den dunklen Himmel hinauf

»So ist es fein, Täubchen«, säuselt er. »Schrei, sodass dich alle hören können.«

»Vielleicht ist euer Bastard längst erledigt«, sagt Grigorij. »Er hat doch nur eine Handvoll Unterstützer.«

»Wir wissen es nicht«, erwidert Benedict und ich glaube, eine Spur von Unsicherheit herauszuhören. »Wir wissen nicht, wozu Damien fähig ist. Er hat das Blut Babylons gestohlen und treibt sich bei den Wildlingen herum. Angeblich hat er einen Mann der

Legion verschleppt. Bei den dunklen Engeln, er hat ja sogar mich verschleppt!«

»Wir werden nicht den Fehler begehen, ihn zu unterschätzen.« Grigorij schaut sich um, die anderen nicken energisch. »Wir sind erfahrene Schlächter, Benedict. Wir haben an der Seite von Vlad Țepeș, dem Drăculea, gegen das osmanische Heer gekämpft und nach unserem Sieg 20.000 Türken gepfählt. Es war ein herrlicher Anblick. Vor einem Dhampir fürchten wir uns nicht.«

»Damien ist schwach. Er hat *Gefühle.*« Benedict lächelt auf mich herab. Ich kann kaum schlucken, weil mein Hals so stark überstreckt ist, dass meine Sehnen knirschen. »Wenn er noch lebt, wird er auftauchen, um sein rothaariges Liebchen zu retten. In dieser Hinsicht ist er sehr berechenbar.«

»Das bin ich allerdings.«

Alle fahren herum. Am Ende der schmalen Straße, wo sie am dunkelsten ist, sehe ich zwei kleine orangefarben glimmende Punkte, die sich langsam nähern. Damiens Gestalt verschlingt alles Licht wie ein schwarzes Loch, seine Augen schweben scheinbar losgelöst in der Dunkelheit. Doch je näher er kommt, desto schärfer werden die Konturen, bis sich schließlich seine Gesichtszüge offenbaren. Das Glühen in seinen Augen muss ich mir eingebildet haben, sie sind einfach nur schwarz. Als er in das schwache Licht der einzelnen Bogenlampe tritt, ist er wieder der Damien, den ich kenne.

Unbewusst atme ich aus. Für einen Sekundenbruchteil habe ich gedacht, er wäre ein Geist.

Er sieht mich und die Erleichterung in seinem Gesicht verändert ihn vollkommen, sie macht ihn schön und echt und überaus menschlich. Mein Herz wird schwer, denn auch Benedict und seine Schlächtertruppe haben es bemerkt.

»Verschwinde«, krächze ich. »Hau ab, Damien. Sie werden …«

Mit einem harten Ruck an meinem Haar reißt Benedict meinen Kopf in den Nacken. Die Warnung ist deutlich: Ein weiteres Wort und er wird mein Genick brechen wie einen trockenen Zweig.

»Du hast dir viel Zeit gelassen, Cousin«, sagt Benedict. »Wie gut, dass wir etwas zum Spielen hatten, um die Langeweile zu vertreiben. Deine kleine Hexe ist sehr unterhaltsam. Und überaus köstlich.« Er beugt sich über meine Schulter und leckt über meine pochende Wange.

Ich suche Damiens Blick, versuche, ihm zu signalisieren, dass er sich nicht provozieren lassen soll. Doch er schaut unverwandt seinen Cousin an.

Verspielt neigt Benedict den Kopf. »Du siehst ein wenig verändert aus. Hast du von einem Drogenopfer getrunken?«

»Nein, ich hatte einen besonderen Spezialdrink«, sagt er mit einer unheimlichen Gelassenheit. »Jetzt lass Agnetha los, bevor die Nacht ein unappetitliches Ende nimmt.«

Die Vampire um Grigorij lachen. »Noch unappetitlicher als das da?«, fragt der Russe, auf Lennart deutend.

Alles Leben weicht aus Damiens Zügen, als er seinen toten Freund erblickt. Zuerst kann er nicht fassen, was er sieht, doch dann wandelt sich die Verständnislosigkeit in nacktes Grauen. Ohne einen Laut zerbricht er innerlich. Kälte strömt in ihn hinein, lähmt ihn, tötet seine Stärke ab. Ich spüre dies mit einer Gewissheit, als wären wir beide ein und dieselbe Person.

So sehr *Mensch* wie in diesem Moment war er noch nie. Besiegbar und schwach.

Mit Mühe reißt er sich vom Anblick seines gepfählten Freundes los. Er schüttelt den Kopf, wie um die Realität zu leugnen. Sein Blick ist völlig leer und schwärzer als je zuvor.

»Wer war das?«, fragt er mit einer Stimme, die nicht die seine ist.

»Es ist meine Schuld«, schluchze ich und erhalte einen weiteren kräftigen Ruck am Haar.

»Unsinn! Damien weiß, dass allein er die Verantwortung für den Tod seines idiotischen Freundes trägt. Er wird noch sehr viel mehr Schuld auf sich laden, aber er wird keine Zeit mehr haben, zu bereuen.« Benedict presst mich wie einen Schutzschild an sich. Seine Hand streichelt über mein Gesicht. Entsetzt erkenne ich die Klauen, die aus seinen Fingerspitzen herauswachsen. Gelb und hornig, sehr spitz und länger als ein Finger. Es sind regelrechte Waffen.

»Was willst du?«, fragt Damien.

»Du hast etwas gestohlen, das uns gehört. Gib es zurück.«

»Oder was?«

»Oder dein kleiner Leckerbissen nimmt ein unrühmliches Ende. Du kannst sie retten.«

Wild schüttele ich den Kopf. Er darf Benedict auf keinen Fall trauen!

»Du selbst wirst natürlich sterben müssen, Bastard«, sagt Grigorij ohne großes Bedauern. Er und seine Mannen umringen Damien, eine Gruppe von sieben oder acht Vampiren, denen ihre grausame Vergangenheit ins Gesicht gemeißelt steht. Benedict hat diese Männer mit Bedacht ausgewählt. Sie lieben das Töten.

»Dann sterbe ich eben.« Damien zuckt die Achseln. »Wenn du das Blut Babylons zurückhaben willst, musst du Agnetha gehen lassen.«

»Du bist nicht derjenige, der hier Anweisungen gibt, Cousin. Gib mir, was ich will, und ich bin bereit, guten Willen zu zeigen. Ich lasse sie gehen.«

»Jetzt.«

Benedict schüttelt lächelnd den Kopf. Seine Siegesgewissheit ist kaum zu ertragen. »*Ich* entscheide hier. Du wirst mir vertrauen müssen. Bist du dafür stark genug, oder möchtest du dich aufs

Flehen und Betteln verlegen, wie es sich für einen Bastard gehört?«

Damien knirscht mit den Zähnen. »Na gut, ich muss dir wohl vertrauen. Schließlich sind wir eine Familie.« Meine letzte Hoffnung zerschellt an seiner Miene, die sich wieder in eine ausdruckslose, kalte Maske verwandelt hat.

»Wenn du etwas Dummes versuchst, wird sie sterben. Du kannst ihr den Dunklen Kuss nicht geben, weil du nur ein Mischling bist. Du wirst hilflos zuschauen müssen, wie sie krepiert.« Seine scharfen Klauen kratzen über meinen Hals, schneiden durch meine Haut. Flüssigkeit rinnt herab und sickert in meinen Ausschnitt. Es tut fast so sehr weh wie das Lodern der zerborstenen Rippen, deren Bruchkanten in meine Organe stechen. Ich wage weder, mich zu bewegen noch zu atmen. Der Geruch meines Blutes lässt die anderen Vampire witternd näher rücken.

Damiens Schultern sacken um eine Winzigkeit herab. »Ich weiß, wann ich verloren habe«, sagt er und hört sich jetzt gar nicht mehr furchteinflößend an. »Hier bin ich, und ich gebe dir die Phiole. Beantworte mir aber vorher eine Frage.«

»Vielleicht.«

»Eine Frage beschäftigt mich: Wusstest du, dass mein Vater noch lebt?«

»Unsinn.« Verblüfft lockert Benedict kurz seinen erbarmungslosen Griff, sodass ich Luft schnappen kann. »Er wurde gepfählt und verbrannt, wie es das Gesetz vorschreibt. Seine Asche wurde über den Ozean verstreut.«

»Ich glaube nicht, dass die Legion so dumm wäre, ein Feuer auf einem alten Segelschiff zu entfachen.«

»Und ich ahne, wer dir diese Lüge ins Ohr geflüstert hat. In der Legion gibt es einen Abtrünnigen. Er hat dich willfährigen Trottel benutzt, der seine Umsturzfantasien umsetzt, ohne dass er selbst sich die Hände schmutzig machen musste.« Benedict lacht so laut, dass Damien zusammenzuckt. »Und du hast ihm geglaubt. Du bist wirklich armselig, Cousin.«

Damiens Blick flattert zu mir. »Mein Vater lebt«, sagt er, hört sich jetzt aber nicht mehr sehr überzeugt an.

»Die Legion verwendet große metallene Kisten, um ihre Urteile zu vollstrecken. Der Verurteilte wird gepfählt, in die Kiste gelegt und darin verbrannt. Anschließend wird die Kiste in einer Schrottpresse zerquetscht oder versenkt. Die Männer der Legion sind altmodische Käuze; ein Vampir braucht ihrer Meinung nach einen Sarg, auch wenn er ein Verräter ist. Die Asche deines Vaters wurde mitsamt der Kiste über Bord geworfen.« Er würgt mich und sagt gleichzeitig äußerst liebenswürdig: »Wenn du nun die Phiole zurückgeben würdest.«

Er hat Lennart getötet und er wird auch mich töten. In diesem Spiel sind wir Menschen nur kleine Figuren, die mit einer Handbewegung vom Brett gefegt werden können. Meine Hände hängen schlaff herunter. Ich habe keine Angst mehr um mich. Mit meinem Schicksal habe ich abgeschlossen. Mein erschöpfter Körper ist bereit zur Kapitulation.

Aber Damien darf nicht aufgeben!

Die Stadt braucht ihn, die Wildlinge brauchen ihn. Aber ich bringe ihn immer nur in Schwierigkeiten.

Hinter meinen Tränen verschwimmt Damiens Gestalt.

»Tu es nicht«, flüstere ich tränenerstickt. »Hau ab! Bring dich in Sicherheit.«

Nicht ohne dich.

Die Worte sind direkt in meinem Kopf, er hat sie nicht ausgesprochen, aber ich habe sie deutlich gehört.

Ein warmes Kribbeln streicht über meine Stirn, meine Wangen. Eine zarte, unsichtbare Berührung. Sie erreicht meine spröden Lippen und bahnt sich einen Weg bis zu meinem gequälten Herzen, legt sich über den Schmerz, der von dem Rippenbruch ausgeht, und erfüllt mich mit einem tiefen, ruhigen Frieden.

Trotz meiner verschwommenen Sicht sehe ich ein sanftes Glimmen in Damiens dunklen Augen erwachen.

Er greift in seine Manteltasche und holt eine kleine Flasche mit dunkler Flüssigkeit heraus. »Du willst dies hier?« fragt er. »Du bekommst es. Ich kann mit dem Zeug nichts anfangen. Ich bin ja nur ein Bastard, dem du heimlich drei Tropfen davon eingeflößt hast. Es hätte mich beinahe umgebracht.«

»Leider nur beinahe«, erwidert Benedict.

Empört fragt Grigorij: »Du hast ihn von dem Blut Babylons kosten lassen? Und er hat es überlebt?«

»Mischlinge sind robust, heißt es. Ich hatte meine Gründe.«

»Nun lass Agnetha los«, sagt Damien.

»Erst stellst du die Phiole auf dem Boden ab. Dann gehst du fünf Schritte rückwärts.« Er ritzt meine Haut direkt über dem Kehlkopf ein und ich kann nicht verhindern, dass ich wimmere. »Tu es, Damien, oder ich reiße ihr die Kehle auf.«

Sehr langsam geht Damien in die Hocke und stellt die kleine Flasche ab, ohne mich aus den Augen zu lassen. Es liegt Trost in seinem Blick, und noch viel mehr. Er macht einige Schritte rückwärts, die anderen Vampire rücken zu ihm auf, bereit, sich auf ihn zu stürzen.

»Grigorij, nimm das Blut meiner Ahnen an dich und pass gut darauf auf«, befiehlt Benedict. Er wartet, bis der Russe sich mit der Phiole zurückgezogen hat, dann ruft er: »Macht ihn fertig!«

»Warte!«, sagt Damien. »Zuerst lass mein Mädchen gehen. Du hast es versprochen.«

Mein Mädchen: Die Gefühle, die er mit diesen zwei schlichten Worten auslöst, sind zu groß, um sie als *Liebe* zu bezeichnen. Sie sind bedingungslos und unfassbar tief. Gleichzeitig bekomme ich eine Gänsehaut, denn seine Stimme hat sich verändert. Rau, dunkel und klirrend vor Kälte hat sie jede Modulation verloren. Jedes Wort ist ein böses Omen. Seine Augen werden immer heller, bis sie wie Feuer lodern. Mir dämmert, dass in Damien eine finstere Wesenheit erwacht ist. Vielleicht war sie schon die ganze Zeit da und hat auf den richtigen Moment gelauert.

Die Vampire zögern. Obwohl sie sich nicht von der Stelle bewegen, scheinen sie von Damien abzurücken.

»Worauf wartet ihr?«, zischt Benedict.

»Bist du sicher, dass er nur ein Mischling ist?«, fragt Grigorij plötzlich nervös.

Benedict sagt zuerst nichts, was die anderen noch unruhiger macht. Seine Muskeln sind gespannt wie Drahtseile, er strömt einen scharfen Raubtiergeruch aus. »Natürlich bin ich sicher. Er ist ein Mischling und ein Verlierer. Ich beweise es euch.«

Ein scharfer Schmerz dringt jäh von hinten in meine Nieren, zerschneidet mich, zerreißt mich. Ich erhalte einen harten Stoß in den Rücken, der mich nach vorn katapultiert.

Damien fängt mich auf. Blankes Grauen zeichnet sich auf seinen schönen Zügen ab.

»Wie du siehst, habe ich mein Versprechen gehalten und sie gehen lassen.« Benedicts Schatten fällt über uns, er ähnelt einem Wolf. »Vielleicht hättest du eine Chance gehabt, wenn du deine jämmerliche Menschlichkeit überwunden hättest. Aber mir war von Beginn an klar, dass du genau wie dein Vater ein unrühmliches Ende nehmen würdest – nur wegen einer Frau.«

Ich blinzele, doch alles was ich sehe, sind konturlose Schlieren. Die Welt um mich zerfällt, löst sich auf in Rauch. Ich will meine Hand heben, um Damiens Wange zu berühren und das Entsetzen aus seinem Gesicht fortzuwischen. Doch meine Muskeln gehorchen mir nicht mehr.

»Agnetha …«, höre ich ihn noch flüstern, bevor ich in die Stille einer niemals endenden Nacht versinke.

53

Damien

Fehler.

Ich begehe sie immer wieder.

Ich werde auch zukünftig Scheiße bauen.

Aber das hier ist kein Fehler, auch wenn es wie einer aussehen mag. Es *darf* keiner sein!

Sicher, ich hätte sie problemlos alle niedermetzeln und Angst und Schrecken unter den Kindern Babylons verbreiten können. Doch damit hätte ich den Vorteil verschenkt, unterschätzt zu werden. Die Wildlinge hätten dafür bezahlen müssen.

Und vielleicht, nur vielleicht habe ich mit dieser Aktion einen weiteren Hintergedanken verfolgt, der viel zu egoistisch ist, als dass ich ihn mir eingestehen möchte.

Doch jetzt überkommen mich brutale Zweifel. Weiß ich wirklich, was ich tue oder habe ich in meiner arroganten Selbstüberschätzung gigantische Scheiße gebaut? Lennart musste wegen mir sterben.

Was habe ich nur getan?

Jetzt ist es zu spät für Zweifel.

In meinen Armen wird Agnethas Leib schwerer, das grüne Feuer in ihren Augen erlischt. Ihre Seele verlässt ihre sterbliche Hülle, streift mich sachte und schwebt über uns.

Die Jacke ist am Rücken zerrissen. Benedict hat ihr seine überlangen Krallen von hinten tief in den Körper gestoßen. Nur ein kleiner roter Fleck ist zu sehen. Sie verblutet innerlich.

Ich drücke sie an mich, schüttle sie, taste nach ihrem Puls und weiß doch mit grausamer Klarheit, dass es vorbei ist.

»Armer Damien, jetzt bist du ganz allein«, spöttelt mein Cousin. Er leckt Agnethas Blut von seinen Klauen. Seine Gesichtszüge verzerren sich, strecken sich, bis sie einem Wolf ähneln. Die Finger krümmen sich, seine Konturen geraten in Bewegung. »Du hast doch nichts dagegen, wenn ich von ihr trinke, solange ihr Blut noch warm ist?«

»Rühre sie an und ich reiße dir den Kopf ab.« Mein Tonfall lässt ihn mitten in der Bewegung stocken. Ich fixiere ihn, lasse ihn sehen, was er zum Leben erweckt hat.

Sein Lächeln wirkt gezwungen. »Cousin, ich habe sie bereits angerührt, aber mein Kopf sitzt noch auf meinen Schultern.«

»Erfreue dich daran, solange du es noch kannst.« Nun bin ich derjenige, der lächelt. Es schneidet durch mich hindurch und fühlt sich qualvoll an, aber ich tue es. »Denn ich werde deine Existenz beenden, das verspreche ich dir.«

»Das macht deine kleine Hexe auch nicht wieder lebendig.« Aber er ist verunsichert. Zum ersten Mal seit langer, langer Zeit kriecht etwas in ihm hoch, das Angst sein könnte.

»Ich wusste, dass ich dir nicht vertrauen kann, Cousin«, sage ich.

»Du hast es trotzdem getan.«

»Bist du dir wirklich sicher?«

»Sie ist tot!«, schreit er jäh. »Tot! Tot! Und es ist ganz allein deine Schuld! Du kannst sie nicht retten. Dir fehlt die Macht dazu!« Sein verbaler Ausbruch endet so schnell, wie er gekommen ist. Benedict öffnet sein Jackett und wirft es fort. »Jetzt bringt diesen Bastard endlich um. Er langweilt mich.«

Die anderen Vampire umstellen mich.

»Steh auf, Bastard. Wir machen es schnell«, sagt ein Mann mit Mönchstonsur.

»Oh nein, das macht ihr ganz bestimmt nicht.« Benedict knurrt eher, als dass er spricht. Die Worte kommen jetzt sehr undeutlich aus seiner Kehle. Sein Kiefer schiebt sich nach vorn, er entblößt ein Raubtiergebiss. Er krümmt sich, richtet sich auf, krümmt sich wieder. Der Anzug platzt an den Nähten, darunter kommt dichtes schwarzes Fell zum Vorschein.

Ich hauche Agnetha einen Kuss auf die Stirn und flüstere ihr ins Ohr: »Das mit uns beiden ist noch nicht vorbei. Es fängt erst an.«

Sanft lasse ich sie auf das Pflaster sinken, dann springe ich auf, zu schnell, als dass die Vampire mich packen können. Geschmeidig lande ich in zehn Metern Entfernung auf der anderen Seite des ausgetrockneten Marienbrunnens.

»Hier drüben!«, rufe ich und lasse die Meute auf mich zu stürmen. Ich locke sie fort von Agnetha, fort von der Leiche meines besten Freundes. Mein Verhalten verstört sie. Sie stürmen los, doch wieder entwische ich ihnen mit einer Leichtigkeit, die ihre Wut anstachelt. Grigorij, der die Phiole in seinen beiden Pranken wie eine Kostbarkeit hält, wirkt beunruhigt. Verständlich, denn als Halbvampir dürfte ich nicht schneller sein als sie, ich sollte Furcht zeigen. Ich sollte berechenbar und schwach sein, gebrochen wegen des Verlustes zweier Menschen.

Aber all das ist nur eine kleine Facette des Wesens, das jetzt aus mir hervorbricht. Es lacht. Es lacht so laut und donnernd, dass irgendwo ein Fensterglas zerbirst. Es ist das böse Lachen des Untergangs. Ich springe ihnen entgegen, packe die beiden erstbesten Vampire und schmettere ihre Köpfe zusammen. Der Mann mit der Mönchstonsur zieht eine Waffe, einen blitzenden Dolch mit hauchdünner Damaszenerklinge. Ich entwinde ihm den Dolch und stoße ihn ohne zu zögern in sein Auge. Ich bin grausam, ich bin entfesselt, ich bin verdammt noch mal sehr, sehr zornig. Und ich bin stärker als sie alle zusammen.

Das merken auch die Vampire, denn der nächste Angriff erfolgt zögerlich.

Der Russe ist mit der Phiole verschwunden und auch Benedict hat sich aus dem Staub gemacht. Er hat rechtzeitig gemerkt, dass ich nicht mehr der besiegbare kleine Bastard bin. Den Grund kennt er nicht und er weiß auch nicht, wozu ich jetzt fähig bin. Sicherlich bereut er es jetzt, mir die lächerlichen drei Tropfen des alten Bluts eingeflößt zu haben. Aber nein – Benedict kennt keine Reue.

Ich schaue zu Agnetha hinüber und das Höllenfeuer in mir lodert noch heller auf, als es das ohnehin schon tut. Mir bleibt nicht viel Zeit, ich muss das hier beenden.

Und das tue ich. Ich halte mich nicht länger zurück. Ich töte mit solcher Entschlossenheit, dass meine Erinnerung vor Grauen aussetzt. Ich weiß nicht, wer oder was über mich die Kontrolle übernimmt, aber ich lasse es freudig zu, denn ich weiß, warum ich das tue. Meine Erbarmungslosigkeit, meine unfassbare Brutalität kreist um Agnetha, die reglos vor der kleinen verlassenen Kirche liegt. Ich denke an nichts mehr außer ihren leeren grünen Augen, aus denen ihre Liebe verschwunden ist.

Nun stehe ich zwischen zerfetzten Körpern und abgerissenen Gliedmaßen. Nebel steigt aus dem Pflaster auf, verdichtet sich, kriecht um meine Beine. Der entsetzliche Anblick berührt mich nicht. Ich bringe ihn nicht mit mir in Verbindung. Gleichgültig springe ich über sie hinweg. Irgendwo hinter mir höre ich Geräusche von nahenden Schritten und ignoriere sie. Während ich auf

Agnetha zu laufe, übernimmt der alte Damien wieder das Kommando, die uralte Wesenheit in mir zieht sich zurück, um auf ihre nächste Gelegenheit zu warten. Eine allumfassende Angst kriecht in mir hoch. In meinem zornigen Leichtsinn habe ich etwas erschaffen, das tausendmal mächtiger ist als jede menschliche Vernunft. Es kennt weder Gut noch Böse, kein Richtig oder Falsch. Allein kann ich dieses Ding niemals unter Kontrolle halten. Ich brauche Hilfe. Ich brauche Agnetha an meiner Seite.

Ich lasse mich neben sie auf die Knie fallen, hebe vorsichtig ihren Oberkörper an und bette ihn auf meinem Schoß, obwohl sie längst nichts mehr spürt. Ihre Haut ist kalt, ihre Züge sind ohne jedes Leben. Eilig streife ich den Ärmel zurück, entblöße mein Handgelenk und beiße ohne zu überlegen zu. Dunkles Blut fließt aus mir heraus, die Wunde beginnt augenblicklich, sich zu schließen. Ich zwinge Agnethas Mund auf und lasse einige Tropfen auf ihre Zunge fallen.

»Trink«, beschwöre ich sie. »Schluck es runter.«

Doch nichts geschieht.

Das darf nicht sein! Warum funktioniert es nicht? »Scheißefuckfuck!« Ich reiße die Wunde erneut auf, presse sie gegen ihre Lippen. »TRINK!«

Sie rührt sich nicht.

Lag Benedict doch richtig, als er sagte, dass ein Bastard wie ich nicht den Dunklen Kuss geben kann, um einen Menschen aus dem Tod zurückzuholen? Ist das ach so tolle Blute Babylons bloß nutzloser Bullshit?

Habe ich einen gigantischen Fehler gemacht und Agnetha in meinem grenzenlosen, unsterblichen Egoismus leichtfertig geopfert?

Ich verschmiere das schwarze Blut über ihre Lippen, brabble sinnloses Zeug, verfluche sie, verfluche mich und jeden verdammten Vampir, der je auf Erden gewandelt ist. Ein Schleier aus roten

Tränen trübt meine Sicht. Ich bekomme kaum mit, dass sich mehrere Leute genähert haben. Sie stehen um mich herum, verwirrt und hilflos.

Eine Hand legt sich auf meine Schulter. »Es hat keinen Zweck, Junge«, sagt Caine. »Sie ist tot.«

»Ist sie nicht!« Ich schüttle ihn ab, er taumelt rückwärts. Meine jähe Wut lässt alle zurückweichen. »Sie ist noch hier, ich spüre sie! Ich spüre sie doch, verdammt noch mal!«

Ihre Seele schwebt über uns, sanft und süß und meiner eigenen schwarzen Seele so nahe, dass sie sich berühren. Agnetha hat mich nicht verlassen, sie ist bei mir.

Noch.

Ich küsse ihre blutigen Lippen, hauche in ihren Mund und flüstere ihr ein Geheimnis ins Ohr, das nur uns beide betrifft. Aber wahrscheinlich weiß sie es längst.

Armand hockt sich neben mich, traurig schüttelt er den Kopf. »Du kannst sie nicht zurückholen, Damien. Es liegt nicht in deiner Macht.«

»Ich weigere mich, das zu akzeptieren.«

»Du bist nur ein Halbblut. Außerdem geht bald die Sonne auf. Einsatzkräfte sind unterwegs, wir müssen von hier verschwinden!«

»Ich gehe nirgendwohin. Mein Freund ist tot, aber Agnetha wird leben.«

«Dein …? Oh.« Erst jetzt bemerkt Armand Lennarts leblosen Körper an der Kirchenmauer. »Bei allen Verlorenen! Diese feigen …«

»Wir können ihn vielleicht zurückholen.« Samael und Lavinia laufen sofort zu Lennart hinüber. Gleich darauf ruft Sam: »Sein Herz ist durchbohrt. Wer auch immer das getan hat, wollte nicht, dass Lennart erweckt werden kann.«

»War es Benedict?«, fragt Armand vorsichtig.

»All das hat er zu verantworten. Er und mein dreimal verfluchter Onkel«, knirsche ich, während ich verzweifelt versuche,

Agnetha irgendeine Reaktion abzuringen. Warum schluckt sie nicht, verflucht? Was mache ich falsch? »Er wird dafür bezahlen.«

Nein, es ist allein meine Schuld, du größenwahnsinniger Bastard.

»Wenn du möchtest, gebe ich ihr etwas von meinem Blut«, sagt Armand. »Es ist nicht so stark wie das eines Kindes Babylons, aber vielleicht …«

»Ihre Kehle bewegt sich!«, unterbricht Lucius. »Sieh nur, sie hat geschluckt!«

Ich streiche über ihren Hals, spüre einen leichten Schauer unter ihrer Haut, wie ein winziger Krampf. Ihre Lippen zittern, öffnen sich. Ihre Zunge schnellt hervor und leckt instinktiv mein Blut von ihrer Unterlippe. Ich presse die Wunde auf ihren Mund, sie beginnt instinktiv zu saugen. Adrenalin rast durch meinen Körper, als ich den Sog spüre.

Jäh bäumt sie sich mit solcher Kraft auf, dass ich um ihre Wirbelsäule fürchte. Sie stößt einen stummen Schrei aus, ihre Pupillen ziehen sich ruckartig zusammen, all ihre Muskeln werden steinhart. Sie beginnt so heftig zu zittern, dass ihre Zähne aufeinanderschlagen. Ihre Augen flackern, doch sie sieht nichts. Blind schlägt sie um sich.

»Scheiße, was ist mit ihr?«, schreie ich. »Habe ich sie umgebracht?« Meine Panik wird immer größer.

Schon wieder habe ich es verkackt. Diesmal endgültig. Ich habe meinen besten Freund auf dem Gewissen und jetzt auch noch die Frau, ohne die alles keinen Sinn mehr macht. Meine Qual bricht aus mir heraus. Mit Agnetha in den Armen wiege ich mich vor und zurück und falle ins Nichts.

Betroffen murmeln die Wildlinge unbeholfene Worte des Trostes. Niemand von ihnen ist überrascht, dass ich unfähig bin, den Dunklen Kuss zu verabreichen. Nur ich habe mich in meiner Anmaßung für eine Art Gott über Leben und Tod gehalten. Ich dachte, ich wäre schlauer als mein dreimal verfluchter Cousin. Doch ich bedeute nichts als Verderben.

Lucius geht neben mir in die Knie und packt Agnethas Hände. »Dein Blut wirkt. Es breitet sich in ihrem Organismus aus.«

»Also … hat es funktioniert?«, flüstere ich ungläubig. Für mich sieht es eher so aus, als stürbe sie einen qualvollen Tod.

»Die Prozedur ist unangenehm und schmerzhaft. Wir müssen sie von hier fortbringen, an einen sicheren Ort, wo du auf sie aufpassen kannst.«

»Sie lebt?«, fragt Samael ungläubig. »Aber wie kann das sein? Damien ist doch nur ein Bastard.«

»Darüber zerbrechen wir uns später den Kopf«, sagt Caine scharf. »Walker, hol das Auto. Wir anderen sollten auch den Rückzug antreten.«

Doch niemand bewegt sich. Alle schauen mich an.

Mir wird klar, dass sie auf meinen Befehl warten. Erschöpft richte ich mich auf, heben Agnetha auf meine Arme. »Für diese Nacht sind wir fertig. Geht und ruht euch aus. Überlegt euch, ob ihr weiterkämpfen oder aussteigen wollt.«

»Soll das ein Scherz sein?«, fragt Kajus affektiert. »Wir haben doch gerade erst angefangen. Wir müssen einen Schlachtplan entwickeln, den nächsten Schritt besprechen, die Menschen von unserer Existenz überzeugen …«

»Das wird lustig werden«, brummt Caine.

»Und gemeinsam mit ihnen diese falsche Organisation zerschlagen, bevor alles den Bach runtergeht«, ergänzt Armand. »Im Augenblick sind wir nur ein Hühnerhaufen mit spitzen Zähnen, der es satt hat, gegängelt zu werden.«

Ich höre ihnen nur mit halbem Ohr zu, während ich Walker zu seinem Auto folge. Hinter uns entbrennt eine lebhafte Diskussion, die allmählich verebbt, als sich alle aufteilen und mit der schwindenden Nacht davongehen. Nur Lucius bleibt bei mir, würdig und stumm wie üblich.

Agnetha hängt schlaff in meinen Armen, ihre Augen sind geschlossen. Ich hoffe inständig, dass es ein gutes Zeichen ist. Aber sie fühlt sich so kalt und leer an. Ich kann ihre Seele nicht mehr spüren.

Kaum sind wir losgefahren, fällt mir ein: »Was ist mit den Gothic Kids?«

»Wer?« Lucius versucht vergeblich, den Sicherheitsgurt zu schließen. Schließlich gibt er es auf und knotet den Gurt an der Handbremse in der Konsolenmitte fest.

»Die drei Kinder vom Alten Waldfriedhof. Der Sohn des Bürgermeisters ist unter ihnen. Er macht sich Sorgen um seinen Vater.«

»Die sind in Sicherheit«, sagt Walker. »Hab sie nach Hause gefahren.« Rasant lenkt er sein Fahrzeug fort von der Stadtmitte, umkurvt eine verlassene Straßensperre und rast um eine Ecke, wo eine Kolonne von Einsatzbussen der Polizei auf uns zu hält. Ein bisschen spät.

»Fahr langsamer, bei allen kastrierten Höllenhunden!«, schnauzt Lucius.

»Der Bürgermeister wird sein Amt nicht retten können.« Walker schaut in den Rückspiegel. »Die *Allianz* hat seinem Ruf so großen Schaden zugefügt, dass da nichts mehr zu machen ist.«

»Das hört sich nach einem zukünftigen Mitstreiter an«, murmele ich und streiche eine Locke aus Agnethas Gesicht. Vielleicht bilde ich es mir nur ein, doch ich glaube zu sehen, wie sich ein hauchfeines Netz von Adern unter ihrer bleichen Haut ausbreitet. »Noah könnte seinen Vater behutsam darauf vorbereiten, dass in der Stadt nicht nur Menschen leben. Und ich verspreche euch, dass Bardolf niemals wieder Gelegenheit bekommt, die Menschen gegeneinander aufzuwiegeln. Er wird nie über diese Stadt herrschen.«

Ich will mich nicht mit der Zukunft beschäftigen, doch ich sehe ein, dass es nicht nur um mich geht. Ich werde lernen müssen, Trauer und Verlust zu akzeptieren, damit ich nicht zum Totalausfall werde. Es muss immer noch eine Stadt vor dem Untergang bewahrt werden. Die Wildlinge haben sich für mich – und auch für sich selbst – gegen die Großen Alten erhoben. Ich habe Träume und Hoffnungen geweckt und ich habe die verdammte Verpflichtung, diese Flamme am Leben zu erhalten.

Aber ich weiß nicht, wie ich all das durchstehen soll, wenn Agnetha nie wieder erwacht. Ich weiß nicht, wie ich ohne Lennarts verrückte Ideen und seinen scharfen Verstand zurechtkommen soll. Ich weiß gar nichts mehr. Agnethas malträtierter Anblick ist kaum zu ertragen, gleichzeitig kann ich nicht eine Sekunde lang meinen Blick von ihr lösen. Ihre Züge sind mir inzwischen vertrauter als alles andere. Ich will ihre Stimme hören, will mich mit ihr streiten und mich von ihr zur Weißglut bringen lassen.

»Gib ihr Zeit«, sagt Lucius. »Eine Umwandlung ist keine Sache von Minuten. Bei dir hat es sieben Tage gedauert, nicht wahr?«

»Das war etwas anderes.«

»Du besitzt jetzt mächtiges Blut, Damien. Jemanden wie dich gab es meines Wissens noch nie.«

»Er ist doch nur ein Mischling«, brummt Walker unsicher.

Lucius dreht sich zu mir um. »Irgendwann wirst du es ihnen sagen müssen, Damien. Sie sind nicht dumm.«

»Was sagen?«, fragt Walker prompt.

»Dass ich eine ganze Flasche mit uraltem Babyloner Superblut intus habe«, erwidere ich gleichgültig. »Ein absoluter Spitzenjahrgang, wenn auch etwas kratzig im Hals.«

Der Wagen bricht zur Straßenmitte aus. »Du hast WAS?«, schreit Walker.

»Meiner Familie eine Pulle mit heiligem Blut geklaut, sie ausgetrunken und mit Rotwein aufgefüllt. Zu gerne würde ich ihre blöden Gesichter sehen, wenn sie es herausfinden.« Wider Willen muss ich lächeln. Da spüre ich es: einen kaum wahrnehmen Hauch von Wärme, der aus Agnethas Mund entweicht. Ich schiebe ihr Augenlid hoch und die Pupille reagiert. Mein Herz macht drei Sätze. Ich fange an zu zittern.

»Aber dann müsstest du tot sein, Damien«, stammelt Walker. »Nach allem, was ich weiß, reichen schon wenige Tropfen vom Blut

Babylons, um beinahe jeden Vampir umzubringen. Darum können auch nur die allerstärksten Vampire einem Clan angehören. Die meisten überleben dieses Aufnahmeritual nicht.«

»Ich bin als Mischlingssohn eines Kindes Babylons zur Welt gekommen. Mein Cousin hat mir bei der Beerdigung ein paar Tropfen eingeflößt, in der Hoffnung, mich in einen außer Kontrolle geratenen Freak zu verwandeln, dem er die Schuld für seine Exzesse in die Schuhe schieben kann. Auch er dachte, dass ich es nicht überlebt hätte. Er warf mich im Hafenviertel aus dem Auto und ich habe im Delirium irgendwelchen Unsinn angestellt, über den ich lieber nicht nachdenken möchte. Vielleicht liegt es an meinem menschlichen Anteil, vielleicht daran, dass mich diese drei Tropfen irgendwie vorgeimpft haben – ich bin jedenfalls noch da.«

»Du bist mehr als das.« Lucius dreht sich wieder nach vorn, um sich am Türgriff festzuhalten und Walker mit einem Fluch zu bedenken, als dieser über eine rote Ampel rast. »Du bist das Bindeglied zwischen den Kindern Babylons, den jungen Vampiren und den Menschen.«

»Ich will einfach nur meine Ruhe haben.« Meine bebenden Fingerspitzen zeichnen die Konturen von Agnethas Gesicht nach. Ihr Wangenknochen ist verletzt, doch noch während ich sie dort sehr zart berühre, spüre ich Bewegung unter der Haut. Ihr Körper beginnt, sich selbst zu heilen.

»Du hast etwas losgetreten, Damien, und du wirst es zu Ende führen.«

»Wenn man recht darüber nachdenkt«, sagt Walker, »ist es irgendwie ungerecht, dass der Status der Großen Alten allein auf etwas beruht, das in einer Flasche aufbewahrt wird. Ich meine: Ist das überhaupt richtiges Vampirblut, wenn die meisten daran sterben?«

»Ah«, macht Lucius und reckt den Finger in Oberlehrermanier. »Diese Frage hat sich Damiens Vater auch oft gestellt.«

»Die Antwort spielt keine Rolle«, sage ich. »Das Zeug ist mächtig.« Wieder schaue ich auf Agnetha hinab. »Verdammt mächtig«, murmele ich. »Vielleicht ist es noch nicht zu spät, es auch bei Lennart zu versuchen.«

Er schüttelt den Kopf. »Auch ein Vampir kann nicht ohne intaktes Herz leben. Es tut mir leid, Damien«, sagt er mit aufrichtigem Bedauern. »Dein Freund war außerordentlich mutig. Es wäre gut gewesen, ihn an unserer Seite zu haben.«

»*Unsere* Seite?«, frage ich mit leichtem Spott.

»Wo du bist, da bin auch ich. Dein Vater wollte es so.« Wieder dreht er sich zu mir um. »Aber das wird er dir bald selbst sagen können.«

54

Agnetha

Zuerst fühlt es sich wunderschön an. Ich schwebe in einem warmen, dunklen Nichts, eingehüllt von der Ewigkeit. Frieden umgibt mich.

Ich schaue auf Damien hinab, der sich über meinen Körper beugt und mich voller Grauen anschreit. Seine Augen sind geweitet vor Schock, doch zugleich wirkt er entschlossen wie nie, so als wüsste er genau, was er tun muss. Ich sehe, wie er sich sein eigenes Handgelenk aufbeißt, und möchte ihm zuflüstern, doch bitte diesen Unsinn zu unterlassen. Doch ich habe keine Stimme mehr. Ich habe kein Gewicht mehr, keinen Körper.

Eine unsichtbare Kraft zieht mich sanft fort von meiner sterblichen Hülle, doch ich kann nicht gehen. Ich kann Damien nicht allein lassen, nachdem er schon Lennart verloren hat. Ich glaube, er spürt, dass ich noch da bin, denn ich sehe Hoffnung in seinen Zügen aufleuchten. Wenn ich könnte, würde ich lächeln. Er träufelt mir sein Blut in den Mund, aber ich kann es natürlich nicht schlucken, weil ich gar nicht mehr da bin.

Ich habe immer davon geredet, dass er mein Blut haben kann,

sollte es einmal nötig sein. Nie wäre ich auf die Idee gekommen, dass es je umgekehrt sein könnte.

Losgelöst von Kummer und Schmerz schaue ich ihm bei seinen Bemühungen zu. Die Vampir-Rebellen bilden einen Kreis um uns, und ich bin froh, dass er nicht ganz allein ist. Er hat Freunde unter ihnen, auch wenn ihm das noch nicht richtig bewusst ist. Leute, die ihm in den Krieg folgen werden, solange er nur vorweg geht.

Ein Ruck geht durch mich hindurch. Es tut weh, es reißt und es zerrt mich unbarmherzig hinab. Die wunderbare Schwerelosigkeit löst sich auf, ich werde zurück in meinen Körper gezogen, spüre die Enge dieser Hülle, ihre Unzulänglichkeit. Der Schmerz steigert sich, wird zur unerträglichen Qual. Ich verstehe nicht, was geschieht. Mein ganzes Inneres wird in Fetzen gerissen und durch einen Fleischwolf gedreht. Mein Herz setzt aus, schlägt dann doppelt so schnell wie zuvor, nur um wieder aus dem Rhythmus zu geraten. Durch meine Venen und Adern tost flüssiges Feuer. Ich verbrenne zu Asche.

Aber ich bin nicht tot, obwohl ich es mir wirklich wünsche. Die Qualen sind kaum auszuhalten und sie wollen nicht enden. Ich kann weder sehen, hören noch mich bewegen. Ich kann nur endlos leiden. Eindeutig – dies ist die Hölle und ich werde bis in alle Ewigkeit brennen.

Und brennen.

Ja, ich habe in meinem Leben viel Mist gebaut, aber muss ich deshalb gleich im Fegefeuer schmoren?

Der Schmerz ebbt irgendwann allmählich ab, dass meine anderen Sinne zögerlich die Arbeit aufnehmen können. Meine Sicht ist verschwommen, meine Finger und Zehen sind taub und meine Zunge hat sich in ein pelziges Tier verwandelt. Die ganze Welt schwankt.

»Wusste ich es doch«, sagt eine Männerstimme zufrieden. »Er kann sogar Tote zum Leben erwecken.«

»Durst«, murmele ich. »So durstig.« Ich lechze nach Flüssigkeit, nach Energie. Mein ganzer Körper ist ausgetrocknet, meine Eingeweide ziehen sich vor Hunger – Durst? – zusammen.

»Du wirst damit zufrieden sein müssen.« Eine Flasche wird an meine Lippen gehalten.

Der fruchtig-metallische Geruch löst augenblicklich eine heftige körperliche Reaktion bei mir aus. Die Gier übermannt mich, ich grabsche nach der Flasche und leere sie ungeschickt, huste und spucke die Hälfte wieder aus.

»Na, toll, und wer darf die Sauerei wieder wegputzen?«, beschwert sich eine andere Stimme in affektiertem Tonfall.

»Ich wüsste es sehr zu schätzen, wenn jemand kurz hier durchwischen würde, Kajus«, sagt die Männerstimme liebenswürdig. »Dieses Zeug klebt unter den Schuhsohlen.«

»Widerlich«, murmele ich.

»*Speed Demon* – was will man machen?« Es hört sich entschuldigend an. »Aber etwas anderes können wir dir nicht bieten. Wir sind draußen auf dem Wasser.«

»Ich kann das nicht trinken.« Mein Magen rotiert bereits auf eine Weise, wie ich es nie zuvor erlebt habe. Mühsam blinzele ich, erkenne Einzelheiten. Ich liege auf einer Pritsche in einer Kajüte. Eine Decke mit Blumenmuster und Spitzenbesatz ist über mich gebreitet; sie riecht durchdringend nach Rose und Patchouli. An der Decke hängen zwei brennende Petroleumlaternen. An dem Kombüsentisch wird offenbar gepokert; als Einsatz dienen kleine Flaschen mit rotem Inhalt wie die, aus der ich gerade getrunken habe. Eine Walküre im wallenden dunkelgrünen Seidengewand knallt ihre Karten auf den Tisch und lacht hämisch.

»Du betrügst doch wieder, Lavinia«, beschwert sich ein schmaler junger Mann mit mondblassem Gesicht. »Zeig mal, was du in deinem Ärmel versteckt hast.«

»Der Inhalt meines Kleides geht dich nichts an, Junge.«

»Ich bin raus.« Die dritte Person am Tisch erhebt sich murrend, um einen Wischmopp und einen Eimer aus einem Schrank zu holen. Sie trägt ein Paillettenkleid, ist aber eindeutig männlich und heißt … Knirschend setzen sich die Zahnräder in meinem Gedächtnis in Gang, bis mir der Name einfällt: Kajus.

Neben der Pritsche sitzt ein Mann auf einem Hocker, der mir ebenfalls bekannt vorkommt. Er hat die strengen Züge eines römischen Adligen. Das dunkle Haar, das anscheinend eine ganze Weile keinen Kamm mehr gesehen hat, fällt ihm locker auf die Schultern. Vielleicht ist er um die vierzig, vielleicht aber auch zehnmal so alt. Er heißt Lucian … nein, Lucius.

Die Tür zum Deck steht offen und lässt eine frische, salzige Brise herein. Es ist Nacht. Von draußen höre ich Stimmen, die ich ebenfalls kenne. Es sind die von Armand und Caine, dem alten Mann mit dem imposanten Schnurrbart.

Nur einer fehlt.

Ich stemme mich hoch, was ungefähr so anstrengend ist wie die Ersteigung des Mount Everest, und krame in meinen löchrigen Erinnerungen. »Rathausplatz«, murmele ich. »Die alte Kirche, Benedict … Irgendetwas ist passiert, aber … Sollte nicht langsam mal der Morgen anbrechen?«

Lucius reibt seinen Nasenrücken. »Der war schon da. Fünfmal, um genau zu sein. Heute ist die sechste Nacht, seit Damien dich wieder zurückgeholt hat.«

»Aha.« Verstört betrachte ich die Flasche mit dem *Speed Demon*-Etikett, die ich noch immer in meinen kraftlosen Fingern halte. Kirschgeschmack: daher der fruchtige Geruch. »Sag jetzt nicht, dass ich dieses eklige Zeug getrunken habe. Ich bin doch kein …« Ich verstumme, als ich seine Miene sehe. »Komm schon, das ist nicht lustig.«

»Damien hat dich ins Leben zurückgeholt«, wiederholt er, jedes Wort betonend. »Mit seinem Blut. Es ist überaus mächtig.« Geistesgegenwärtig fängt er die Flasche auf, die mir aus der Hand rutscht.

Sehr lange Zeit bekomme ich kein Wort heraus. Alles, woran ich mich erinnere, sind grausame Momentaufnahmen, die mein Verstand sofort wieder verdrängt. Fünf Tage, sechs Nächte war ich …

»Ich war tot?«

»Mehr oder weniger. Du hast von Damien den Dunklen Kuss erhalten.« Er druckst herum. »Ehrlich gesagt hat niemand von uns geglaubt, dass es funktioniert. Damien hat sich vor Selbstvorwürfen beinahe entzwei gerissen.«

So viele Fragen stürzen auf mich ein, doch die wichtigste lautet: »Wo ist er?«

»Wir wissen es nicht genau.«

Eiseskälte erfüllt mich. »Was soll das heißen?«

»Er hat dich zum Schiff gebracht und ist nicht eine Minute lang von deiner Seite gewichen. Als deine Krämpfe nachließen und er sicher sein konnte, dass du wieder ins Leben zurückgekehrt bist, ist er verschwunden.«

»Verschwunden?«, wiederhole ich begriffsstutzig.

»Wir wissen nicht, wohin.« Er stößt einen unglücklichen Seufzer aus.

»Aber du hast eine Ahnung.« Nach einer langen Pause sage ich: »Ich auch.« Und ich beginne zu frösteln.

Fürsorglich zieht Lucius die Decke bis zu meinem Kinn hoch, obwohl wir beide wissen, dass mir dadurch nicht wärmer wird.

»Haben wir gesiegt?«, frage ich beklommen.

»Wir haben diese Schlacht gewonnen, aber noch nicht den Krieg. Die Vertreter der Clans haben fluchtartig die Stadt verlassen. Sie werden sich bald wieder zusammenrotten, denn sie können nicht zulassen, dass die Wildlinge sich gegen sie auflehnen. Uns stehen turbulente Zeiten bevor. Wie geht es dir jetzt?«

»Ich brauche ihn«, platzt es aus mir heraus. »Warum ist er nicht hier? Er kann mich doch nicht ständig allein lassen! Was hat er mir angetan?«

»Er hat dich ins Leben zurückgeholt, das hat er getan!«, erwidert Lucius nicht minder heftig. »Wenn er auch noch dich verloren hätte ...« Abrupt steht er auf, die Fäuste geballt. »Ich kann nicht behaupten, dass ich mit der aktuellen Entwicklung glücklich bin. Aber ich verstehe, warum er es getan hat.«

»Du meinst, warum er mich fast geopfert hätte?«, erwidere ich bitter.

»Er hat auf seine Macht vertraut.«

»Und wenn er falsch gelegen hätte?« Ich erschauere.

»Du darfst ihn nicht unterschätzen. Sein Cousin hat es getan und fühlt sich nun sicher. Er glaubt, er hätte Damien eine brutale Lektion erteilt, die ihn zusammenbrechen lässt.« Er runzelt die Stirn. »Darum hat Benedict nicht dein Herz durchbohrt, sondern nur deine Eingeweide. Damien sollte an seiner eigenen Machtlosigkeit verzweifeln.«

»Jemand anders hätte mich ins Leben zurückholen können. Du zum Beispiel.«

»Das wäre für Damien umso schlimmer gewesen. Und – Ich hätte es nicht getan.«

»Wie nett von dir«, brumme ich.

»Der Dunkle Kuss bringt Verantwortung mit sich. So etwas tut man nicht leichtfertig. Auch aus diesem Grund ist Damien fortgegangen. Er muss jetzt eine Grenzlinie in die Asche ziehen, solange sie noch schwelt.«

»Es wäre mir lieber gewesen, wenn er damit noch etwas gewartet hätte«, murre ich. Schließlich bin ich gerade erst von den Toten wiederauferstanden.

»Du verstehst nicht. Er statuiert ein Exempel, damit du zukünftig sicher bist.« Nach kurzem Zögern ergänzt er: »So sicher, wie es unter den aktuellen Umständen möglich ist. Du hast jetzt ein Gesicht und einen Namen und bald werden alle wissen, dass du überlebt hast. Dann werden sie dich als Gefahr betrachten.«

»Ich habe doch gar nichts gemacht.« Kurz denke ich nach. »Na gut, da war die Sache mit der Lauge und dem Pflock. Und mit dem Artikel, den ich niemals geschrieben habe.«

»Du und Lennart habt das Scheinwerferlicht auf die falschen – die richtigen – Leute gerichtet. Darum musstet ihr sterben.«

»Aber ich lebe noch, oder? Atme ich noch? Leuchten meine Augen im Dunkeln? Wie sehen meine Zähne aus?« Ich ziehe die

Lippen zurück und taste über mein Gebiss. Es fühlt sich ganz normal an. Keine langen Eckzähne, obwohl ich Hunger habe. Aber ich weiß nicht recht, worauf.

»Du atmest wie ein normaler Mensch. Es wundert mich, dass du das *Speed Demon* nicht trinken konntest. Es ist zwar nur zusammengepanschtes Blut, aber normalerweise solltest du so hungrig sein, dass du sogar eine Ratte auswringen und ihr Blut saufen würdest.« Er beugt sich vor und starrt mir so intensiv in die Augen, dass mir unwohl wird. »Deine Pupillen sehen menschlich aus … Hmmm.«

Lavinia erhebt sich und gesellt sich zu ihm, die Hände in die Seiten gestemmt. »Soll das heißen, sie ist keine von uns?«

»Ich weiß nicht, was sie ist, okay?«, schnauzt er. »Ich weiß ja nicht einmal, was Damien ist. Abgesehen von seinem Vater hat sich niemand je Gedanken darüber gemacht, wer die Ahnen der Großen Alten überhaupt waren. Vielleicht handelte es sich gar nicht um Vampire, sondern um ganz andere, viel ältere Wesenheiten.«

»So wie Sauron aus *Der Herr der Ringe*, oder eher wie Voldemort?«, frage ich unbehaglich.

»Ich denke da eher an den *Cthulhu*-Mythos von Lovecraft«, sagt er trocken. »Aber was weiß ich schon?«

»Mehr als wir.« Armand steht in der Tür. »Wenigstens sind ihr keine Tentakel gewachsen. Eigentlich sieht sie richtig sexy aus, sogar mit diesem verfilzten Haar.«

Ich fasse in meine Locken, um mich von der Vorstellung abzulenken, dass jetzt eine finstere Wesenheit in mir nistet. Zwar fühle ich mich körperlich wie erschlagen, aber immer noch halbwegs menschlich. Glaube ich. Ich habe auch keine unheimlichen Gelüste auf rohes Steak und meine Fingernägel könnten zwar eine Maniküre vertragen, sehen aber immer noch aus wie meine Fingernägel und nicht wie die Klauen einer Bestie.

»Aber ich habe Hunger.« Wie zur Bekräftigung knurrt mein Magen.

»Wir können dir *Speed Demon* Pur anbieten, *Speed Demon* mit

Kirschgeschmack und *Speed Demon* mit Rotwein und Vitamin C«, sagt Armand. »Aber du darfst auch gern ein Schlückchen von mir naschen, Süße.« Er zwinkert mir zu und sein Verstand streckt seine manipulative Hand nach mir aus, um mich zu umgarnen. Er dringt nicht bis in meinen Kopf vor.

In der Kajüte geht es beengt zu. Mit sieben Personen – fünf Wildlingen, einem undurchschaubaren Vampir der Legion, Walker als menschliches Mädchen für alles, und mir, die dringend einen Conditioner für ihr rotes Haar benötigt – ist der Raum hoffnungslos überfüllt. Und trotzdem klafft eine große Lücke, die nur ein ganz bestimmter Mann ausfüllen kann. Ohne ihn fühle ich mich verloren wie ein Korken auf hoher See.

»Ihr habt nicht zufällig Schokoeis da?« Die Frage kommt ganz von allein über meine Lippen und verblüfft auch mich. »Ich mag Schokoeis, was soll ich machen?«, füge ich defensiv hinzu. »Gerne mit Vanillesauce und etwas Krokant.«

Jetzt gesellen sich auch alle anderen dazu und schauen auf mich hinab. Ich komme mir vor wie eine Kuriosität im Zoo, die demnächst ausgestopft werden soll.

»Krokant habe ich früher geliebt.« Lavinia seufzt, bevor sie geduldig sagt: »Kind, aus dir spricht nur die Macht der Gewohnheit. Wir essen kein Schokoladeneis. Keine frischen Erdbeeren, keine Bratkartoffeln.«

Ich lausche in mich hinein, dann schüttle ich den Kopf. »Schokoeis«, wiederhole ich entschieden. »Vanille geht notfalls auch in Ordnung. Aber bitte keine Blutsauce mit Erdbeer-Aroma! Könnten wir uns außerdem darauf einigen, dass ich kein Kind bin, nur weil ich nicht ein paar hundert Jahre auf dem Buckel habe?«

Walker räuspert sich. »Ich hätte noch etwas Karamellpudding im Kühlschrank. Du kannst ihn haben.«

»Du bist mein Held, Walker.«

Unter seinem Zauselbart wird er knallrot.

Wacklig stehe ich auf und alle weichen einen Schritt zurück, um mir Platz zu machen. Nicht aus Furcht vor mir, sondern aus purer

Höflichkeit. In meinem jetzigen Zustand könnte ich nicht mal einen Wattebausch umpusten. Außerdem trage ich nicht mehr mein respekteinflößendes Combat-Outfit, sondern nur ein übergroßes T-Shirt. Ich schaue an mir herunter.

»Ihr wollt mich wohl verarschen? Wer war das?«, frage ich, anklagend auf das Motiv vorn auf dem Shirt deutend: Edward und Bella aus *Twilight*.

Kajus lächelt süffisant. »Ich weiß gar nicht, was du hast. Die beiden sind doch entzückend.«

»Nicht mal eine *Buffy* bin dir wert. Wo sind meine Klamotten?«

»Hab sie entsorgt«, sagt Walker. »Bei Gelegenheit bringe ich dir neue Sachen mit. Mach dir keine Sorgen, ich kaufe sie bei Tageslicht in einem ganz normalen Laden. Kajus bestellt seinen Kram ausschließlich in obskuren Internet-Shops. Brauchst du auch Pflöcke?«

»Keine Pflöcke für diese Frau!«, sagt Caine kategorisch. »Sie richtet damit nur Schaden an.«

»Sie braucht keine Waffen. Sie hat Damien«, erinnert Lucius. »Und sein Blut.«

»DAMIEN IST NICHT HIER!«, schreie ich so laut, dass mir schwindelt.

Niemand zeigt sich beeindruckt von mir, was ich ihnen angesichts des T-Shirts nicht verdenken kann. Aber Damiens Name hat einen interessanten Effekt auf sie.

»Er wird doch zurückkehren?«, frage ich bang.

Sie wissen sofort, wovon ich rede, aber lange Zeit bekomme ich keine Antwort.

Schließlich sagt Caine: »Wenn ja, dann bestimmt nicht wegen meines Charmes.«

»Er vertraut darauf, dass wir auf dich aufpassen«, sagt Armand. »Er muss es ja nicht erfahren, wenn du Lust auf hemmungslosen Sex mit einem *sehr* erfahrenen Mann hast. Komm schon, du willst es doch auch.«

Wieder spüre ich Druck gegen meinen Schädel. Eine unsichtbare Kraft versucht, in meinen Verstand einzudringen und meinen Willen zu manipulieren. Ich schaue Armand an und hebe die Brauen. »Lass das sein, oder ich trete dir in die Eier.«

Er grinst und sieht nicht im Geringsten ertappt aus. »Ich wollte nur mal testen, wie stark du bist. Eigentlich dürftest du mir nicht widerstehen können. Keine Frau hat eine Chance gegen mich, wenn ich meine mentale Kraft benutze – was ich natürlich nie tue, weil mein erotischer Charme … Schon gut. Ich wollte es nur mal gesagt haben.«

»Agnetha ist jetzt mit Damien verbunden«, erwidert Lucius kopfschüttelnd. »Bis in alle Ewigkeit.«

»Alle dunklen Götter, das habe ich fast schon vergessen!« Lavinia zieht ein mitleidiges Gesicht. »Das tut mir sehr leid, mein Kind.«

Konfus blicke ich von einem zum anderen. »Wieso ist das schlimm?«

»Das wirst du früh genug herausfinden.«

55

Bald schon verstehe ich, was Lavinia und Lucius gemeint haben. Mit jeder verstreichenden Stunde wächst in mir eine Sehnsucht, die nicht normal ist. Meine Seele ist es, die hungert, nicht mein Körper. Sie kämpft gegen die Hülle an, in die sie gesperrt ist, und tastet hilflos suchend umher, in der Hoffnung, Damien zu finden. In meinem ganzen Leben habe ich nie bisher das Gefühl gehabt, unvollständig zu sein. Es ist grausam. Es macht mich schwach und zieht alles Licht aus meinem Dasein. Sogar die knalligen Farben von Kajus' Roben und Caines sattrote Uniform sind grau geworden. Ich esse nicht, trinke nicht und meine Seele verhungert ganz langsam, Tag für Tag, Nacht für Nacht.

Walker wird mit dem Beiboot an Land geschickt, um Kleidung und Lebensmittel für mich zu besorgen. Jedes Mal kommt er mit Neuigkeiten zurück, die er flüsternd an die anderen weitergibt. Sie schauen zu mir hinüber, sagen aber nichts. Ich frage nicht. Ich will keine Konversation betreiben. Nicht einmal die Ereignisse in Steenport interessieren mich. Die angespannte Stimmung auf dem kleinen Schiff webt einen Kokon um mich, ohne mich zu berühren.

Ich verbringe viel Zeit an Deck, um zur Stadt hinüberzuschauen, die sich als dunkle Masse abzeichnet. Tag oder Nacht, es spielt für mich keine Rolle. Die spärlichen Sonnenstrahlen brennen nur leicht auf meiner Haut. Äußerlich sehe ich immer noch aus wie Agnetha Valentin – genauer gesagt, wie ein Upgrade meiner selbst. Meine gebrochenen Knochen sind in Rekordzeit geheilt, sämtliche Blessuren verschwunden. Meine Haut strahlt, meine Lippen wirken praller und das Grün meiner Augen ist intensiver als je zuvor. Ich kenne die Frau nicht, die mir aus dem Spiegel entgegenschaut. Sie schüchtert mich ein, sie ist eine Täuschung.

Ich warte darauf, dass in mir eine Gier nach Blut erwacht, doch das geschieht nicht. Das heißt – eigentlich schon, aber es ist nicht irgendein Blut, das ich auf der Zunge schmecken will.

Ob Damien wusste, was er tat, als er mir sein Blut gab? Will ich die Antwort überhaupt wissen?

In manchen Momenten bin ich so wütend auf ihn, dass ich schreien möchte, bis meine Lunge platzt. Er hat mich verdammt.

Bis in alle Ewigkeit.

Und er ist nicht hier!

Welcher gleichgültige Gott auch immer auf die Idee gekommen ist, die Menschen mit dieser Plage namens Liebe zu foltern, gehört in den Arsch getreten. Warum kann man nicht selbst entscheiden, wen man liebt? Warum kann man diese Qual nicht abstellen, bevor sie einen zerstört?

Ich schnauze Lucius an, weil er mir auf Schritt und Tritt folgt. Er beobachtet jede kleinste Regung von mir; wahrscheinlich erstellt er eine Landkarte meiner neuen Persönlichkeit. Er sollte bei Damien sein, nicht auf einem alten Fischkutter!

Die Enge auf dem Schiff setzt mir zu, auch wenn ich das Deck und die Kajüte tagsüber für mich allein habe, da alle außer Walker unten in ihren Särgen schlummern.

Walker ist überaus höflich zu mir und hält ansonsten Distanz. Er weiß nicht, wie er mich einordnen soll, und ich kann es ihm nicht verdenken. Außerdem ist er ein bisschen sauer, dass er immer noch nicht zum Vampir gemacht wurde. Den Großteil des Tages verbringt er damit, das Internet nach den neuesten Informationen zu durchforsten, um sie nach Sonnenuntergang an seine Vampir-Meister weiterzugeben. Die Behörden werfen der *Allianz* vor, keine Sicherheitsmaßnahmen für die unangemeldete Nachtwache ergriffen, sondern im Gegenteil die Menge aufgewiegelt zu haben. Bardolf von Baro ist in der Nacht des Gemetzels verschwunden und seitdem nicht wieder in der Öffentlichkeit aufgetreten. Die wildesten Gerüchte machen die Runde und die Anhänger der Organisation verstehen die Welt nicht mehr. Niemand sagt ihnen, was jetzt zu tun ist. Auf einmal sind sie die Bösen, die Stimmung in der Stadt kippt in die andere Richtung.

Regelmäßig nähert sich das Schiff dem Ufer, damit Walker mit dem Beiboot übersetzen und zur Blutbank fahren kann. Wir selbst legen nie an. Wir dümpeln auf dem Wasser und warten, ohne zu wissen, worauf.

Auch diese Nacht verbringe ich draußen an Deck, obwohl ein scharfer Nachtwind pfeift und Wellen gegen den Rumpf des Kutters klatschen. In der Ferne sehe ich die Lichter von Steenport. Im Industriehafen herrscht der übliche Tag-und-Nacht-Betrieb. Gigantische Containerschiffe schieben sich langsam an uns vorbei, ein Kreuzfahrtdampfer, so hell erleuchtet wie eine Kleinstadt, hält auf das Steenporter Cruise Center mit seinen schicken Terminals zu. In wenigen Stunden werden Touristen das Vergnügungsviertel fluten, vielleicht ohne zu ahnen, was sich zwei Wochen zuvor in der City abgespielt hat.

Hier draußen wirken die Ereignisse wie ein fast vergessener Film aus alten Zeiten. Meine Erinnerungen sind bruchstückhaft, nur einige grelle Details blitzen in meinem Gedächtnis auf. Wieder und wieder sehe ich das Licht in Lennarts Augen erlöschen. Ich höre, wie Damien mich als sein Mädchen bezeichnet. Bei ihm klang es nicht verniedlichend wie bei vielen anderen Männern, sondern von Stolz erfüllt. Ich sehe das Grauen auf Damiens schönen Zügen, als ihm bewusst wird, dass er zu hoch gepokert hat. Theoretisch wusste er genau, was er tat. Er hat sich auf die Macht seines Blutes verlassen, fest daran glaubend, dass er mich im Notfall würde retten können. Doch auf die Realität war er nicht vorbereitet. Darauf, mir in die Augen zu schauen, während ich in seinen Armen starb.

Ich schaue hinüber zu den Lichtern der Stadt und frage mich, ob sein Herz sich auch so leer und hohl anfühlt wie meines. Manchmal glaube ich, ein feines Ziehen in der Brust zu fühlen, ein Prickeln auf der Haut, das aber schnell wieder verschwindet. Unruhig laufe ich auf bloßen Füßen auf und ab. Die Blessuren, Schnitte und Blasen an meinen Füßen sind Vergangenheit. Aber die Erinnerung an jene Nacht, als Damien mit meinen Stiefeln aus dem *Krueger Palace* Hotel abgehauen ist, in der Hoffnung, mich auf diese Weise loszuwerden, ist noch sehr lebendig. Alles, was er getan hat, tat er nur, um mich zu schützen – auch vor mir selbst. Ich habe jeden seiner Versuche erfolgreich sabotiert. Am Ende musste er mich sogar ins Leben zurückholen und seinen Cousin laufen lassen.

Jetzt habe ich ein grausam schlechtes Gewissen und leide gleichzeitig so sehr, dass mir die höllischen Schmerzen meiner sechs Tage andauernden Wiederbelebung dagegen wie ein Hamsterpups vorkommen.

Eine Welle kracht gegen das Schiff und ich muss mich an der Reling festklammern.

Jemand tritt neben mich. »Hier draußen ist es zu kalt. Du solltest wieder reingehen.«

Es ist Armand, und natürlich muss er sich nirgendwo festhalten. Er trägt eines seiner interessanten Crazy-Rockstar-Outfits aus Samt und Leder mit viel Metallschmuck. Auf seinem markanten Kahlkopf sitzt eine Strickmütze, wie Lennart sie getragen hat.

»Wieso sind wir nicht an Land und suchen nach ihm?«, frage ich.

»Weil er uns einen Kopf kürzer machen würde, wenn wir dich in Gefahr brächten. Du gehörst jetzt zu ihm, immer und ewig. Bei allem, was er tut, denkt er an dich.«

»Ich bin mir nicht sicher, ob das eine gute Sache ist«, murmele ich.

»Er wusste, was er tat, als er dir den Dunklen Kuss gab. Denn jetzt gehört er auch zu dir und ihr beide könnt nichts dagegen tun.« Er schaut in die Ferne, aber ich sehe ein kurzes Grinsen aufblitzen. »In der Stadt herrscht weiterhin der Ausnahmezustand. Im ganzen Land wird über das Massaker auf dem Rathausplatz berichtet, der Bürgermeister versucht sein Bestes, um die Ordnung wiederherzustellen. Die *Allianz* hat versucht, den Gegendemonstranten und den Junkies die Schuld für die Ausschreitungen in die Schuhe zu schieben, aber angesichts der Tatsache, dass ihr Führer sie auf einer nicht genehmigten Demo im Stich gelassen hat, stehen sie schön dumm da. Den Unsinn mit den blutrünstigen Vampiren glaubt natürlich niemand.« Er grinst schief. »Das heißt: Fast niemand. Es sind viele Fotos und Videos im Umlauf. Angeblich gefälscht, weil die Angreifer darauf nur verschwommen erkennbar sind, aber dann sind da noch all die Leute, die lebend vom Rathausplatz fliehen konnten und jedem erzählen, was sie gesehen haben. Angeblich leiden sie unter kollektiven Wahnvorstellungen, hervorgerufen durch das Trauma, aber früher oder später bahnt sich die Wahrheit immer ihren Weg.«

»Woher weißt du so gut Bescheid?«

»Tiktok«, sagt er lapidar. »Lennarts Vermächtnis lebt weiter. Seine kleinen Freunde haben in seinem Namen mehrere Accounts eröffnet und fluten die Sozialen Medien mit verrückten Theorien.«

»Lennart fehlt mir.« Ich schniefe. »Er hat sich mit einem lächerlichen Pflock auf Benedict gestürzt, um mich zu beschützen. Nur darum musste er sterben.«

»Er ist gestorben, weil Benedict von Baro ihn eiskalt umgebracht hat«, entgegnet Armand hart. »Komm mir jetzt bloß nicht mit Selbstvorwürfen, klar? Du bist nicht die Schicksalsgöttin. Du hast lediglich Freunde, die für dich und für eine große Sache einstehen.«

»Aber …«, setze ich überrumpelt an.

»Und du bist eine dämliche, selbstlose Idiotin«, fährt er unbeirrt fort. »Genau wie Damien. Ihr hättet euch aus der ganzen Sache raushalten können.«

»Ich vielleicht, aber niemals Damien. Es liegt … Es liegt in seinem Blut. Eigentlich glaube ich nicht an Bestimmung, aber möglicherweise gibt es einen großen Plan, in dem er eine wichtige Rolle einnimmt.« Ich zwinge mir ein Lachen ab. »Was weiß ich schon?«

Armand lacht nicht. »Er wird einen hohen Preis für seine Bestimmung bezahlen. Er hat ihn schon bezahlt. Es ist gut, dass du an seiner Seite bist, er braucht einen Halt, den nur du ihm geben kannst.«

Ich drehe mich zu ihm um, breite die Arme aus und wäre fast auf dem nassen Deck ausgerutscht. »Warum ist er dann nicht hier? Wie soll ich bei ihm sein, wenn er ständig verschwindet?«

»Vielleicht will er dir Zeit geben, dir über einige Dinge klar zu werden«, erwidert er. »Bist du bereit, mit ihm in die schwärzeste Nacht zu gehen, ohne zu wissen, was euch erwartet?«

»Tu ich das nicht längst?«, schreie ich. »Seid ihr Männer eigentlich alle schwer von Begriff oder nur feige? Warum …?« Jäh geht ein Ruck durch mein Herz wie durch eine straff gespannte Leine. Ein Sirren dringt an mein Ohr, das anscheinend nur ich hören kann. Nervös fahre ich fort: »Warum versteht Damien nicht, dass ich keine Wahl habe? Immer wieder stößt er mich von sich oder verschwindet in der Dunkelheit wie ein Phantom. Ich wünschte, ich könnte ihm sagen, was für ein Holzkopf er ist!«

Das Schiff rumpelt, der Motor wird gestartet. Träge setzt sich der Kutter in Bewegung.

Armands Mundwinkel wandern nach oben. »Dein Wunsch geht

in Erfüllung. Damien hat vorhin angerufen, dass am alten Fischereihafen abgeholt werden möchte.«

»Einfach so? Zuerst ist er tagelang vom Erdboden verschluckt, ohne irgendein Lebenszeichen, und jetzt benötigt der Herr ein Wassertaxi? Wo war er die ganze Zeit?« Meine Zähne knirschen wegen der angestauten Emotionen, die ich mühsam zurückhalte.

»Das soll er dir selbst erzählen. Er wollte wissen, wie es dir geht, und ob du ihm ins Gesicht springen wirst, sobald du ihn siehst.«

»Ich spiele mit dem Gedanken«, murmele ich. Das Schiff stampft gegen die dunklen Wellen an, die Lichter von Steenport kommen quälend langsam näher.

»Reservier mir einen Platz in der ersten Reihe. Wenn du ihm den Laufpass gibst, vergiss nicht, dass ich nicht grundlos als Sexgott bekannt bin. Ich kann dich in den Himmel katapultieren, bis du deinen eigenen Namen vergessen hast.«

»Danke, aber Sex ist nicht das, was ich will. Na ja, schon, aber es reicht mir bei Weitem nicht.«

»Ich wollte es nur mal erwähnt haben«, sagt Armand leichthin. »Jeder von uns, der den Dunklen Kuss bekommen hat, verspürt eine gewisse Bindung an seinen Erwecker. Bei Damien und dir ist alles ein bisschen extremer. Niemand von uns weiß, warum er nicht an dem Blut Babylons krepiert ist und was es aus ihm gemacht hat. Er wird nie einer von uns sein, kein normales Kind der Nacht, sondern … Der Beginn von etwas Neuem.« Hilflos hebt er die Hände. »Was auch immer – er braucht Freunde, die an seiner Seite stehen und ihm ab und zu den Kopf zurechtrücken, falls er Anstalten macht, einen Schritt in die falsche Richtung zu gehen. Und er braucht einen Grund, um das Richtige zu tun. Der Grund wirst du sein.«

»Kann ich sonst noch etwas für ihn tun?«, frage ich spitz. »Blutflecken aus seinem Mantel reiben, seine Aufstände koordinieren und die Termine für die nächsten Schlacht in den Rebellen-Kalender eintragen?«

Er grinst. »Ihr beide werdet viel Spaß miteinander haben.«

Etwa einen Kilometer vor dem alten Hafen stoppt das Schiff. Walker kommt an Deck und lässt gemeinsam mit Armand das Beiboot zu Wasser. Gleich darauf rasen die beiden fort, eine helle Spur aus Gischt hinterlassend.

Ich blicke zu dem dunklen Hafenpier hinüber und spüre wieder, wie sein Blut in meinen Adern brodelt, wie es mich zu ihm hin zieht. Unruhig laufe ich auf und ab und komme mir vor wie eine Närrin. Er soll bloß nicht glauben, dass ich mich nach ihm verzehrt habe.

Ich stampfe zum Heck und drehe dem Land den Rücken zu. Stur bleibe ich so stehen, auch als das Motorengeräusch nach einer Weile anschwillt und das Boot gegen den Schiffsrumpf stößt. Die anderen haben sich vorn am Bug versammelt, reden durcheinander, lachen und stellen Fragen. Mit der Rückkehr ihres Anführers hebt sich die Stimmung an Bord, die quirlige Energie kehrt zurück.

Ich stehe mit verschränkten Armen da, kämpfe gegen den Drang an, mich herumzuwerfen und schluchzend in die Arme des verloren geglaubten Ritters zu stürzen. In meinen Ohren braust es so laut, dass ich kaum noch etwas hören kann. Mein Herz wummert, meine Nerven zittern.

»Hab ich's vermasselt?«, fragt er leise hinter mir. Ich habe nicht gehört, wie er sich genähert hat.

»Nun, ich lebe noch«, sage ich, ohne mich umzudrehen. »Also nein, das würde ich nicht als Misserfolg bezeichnen. Du hast mich gerettet. Wieder einmal.«

»Ich könnte mich daran gewöhnen. Es gibt mir das Gefühl, wichtig zu sein.«

»Das bist du bereits, Damien von Baro, Anführer der aufständischen Vampire, Retter der ahnungslosen Menschheit.«

»Ich höre eine gewisse Ironie heraus.« Er tritt neben mich. Unsere Schultern berühren sich beinahe, doch er sieht mich ebenso wenig an wie ich ihn. »Ich konnte nicht bei dir bleiben, so sehr ich es auch gewollt habe. Ich musste etwas erledigen. Es war wichtig.«

»Ja, natürlich«, brumme ich. Die flirrende Unruhe in mir steigt ins Unerträgliche an, doch parallel werde ich von tiefem Frieden erfüllt. Nur, weil er neben mir steht.

»Willst du nicht wissen …?«

»Du hast Benedict gejagt«, unterbreche ich ihn. »Das verstehe ich. Rache ist wichtig für die Außendarstellung. Der männliche Held darf seinen Widersacher nicht ungeschoren davonkommen lassen, oder man wird ihm Schwäche unterstellen.«

»So weit habe ich gar nicht gedacht. Ich wollte der Welt nur zeigen, dass es keine Rolle spielt, ob jemand zu einem großen alten Clan gehört – wer mein Mädchen jemals wieder anzurühren wagt, bekommt die Konsequenzen zu spüren. Ich gehe davon aus, dass die Botschaft bei meiner Familie angekommen ist.«

»Und das hat nicht warten können?«

»Ich habe mich entschieden, für deine Sicherheit verantwortlich zu sein. Für dich. Für immer.« Unbehaglich hebt er die Schultern. »Ich hätte in jener Nacht auf dich hören und dich an meiner Seite halten sollen, statt dich allein zu lassen. Ich hätte … Lennart könnte noch leben, wenn ich mich nicht für oberschlau und unbesiegbar gehalten hätte.« Nun dreht er sich zu mir um. »Agnetha, ich habe eine Katastrophe verursacht. So viele Menschen sind wegen mir umgekommen. Ich habe … Ich kann nicht mal einfach nur sagen, dass ich es vermasselt habe, weil das viel zu harmlos klingt.«

Die Qual in seinen Gesichtszügen trifft mich hart. Ohne nachzudenken lege ich eine Hand an seine Wange. »Nicht du bist schuld an ihrem Tod, Damien. Ohne dich hätte diese Nacht einen weitaus schlimmeren Ausgang genommen. Du hast es verhindert, so gut du konntest, ohne deinen Gegner wirklich einschätzen zu können. Du hast deine Familie zurück in die Schatten getrieben. Jetzt warten alle darauf, dass du den nächsten Zug machst, bevor sie es tun.«

»Und wenn es der falsche Zug ist?« Diese Frage offenbart, wie sehr er sich der Verantwortung bewusst ist, die er auf sich genommen hat. Ich bin überzeugt, dass er sie keiner anderen Person außer mir gestellt hat. Er zeigt mir ohne zu zögern seine Zweifel und Ängste.

»Dann wirst du ihn nicht allein machen«, sage ich und ziehe sein Gesicht zu mir herab. »Wir sind alle an deiner Seite.«

Seine Mundwinkel entspannen sich. »Wie geht es dir?«, fragt er leise. »Fühlst du dich anders? Hast du ungesunde Gelüste nach blutigen Steaks? Sag bitte nicht, dass du dich in eine Fledermaus verwandeln kannst.«

»Nichts ist anders als vorher. Alles ist anders. Ich habe von Schokoladeneis mit Krokant geträumt.«

Er stößt ein ungläubiges Lachen aus.

»Und von dir«, füge ich hinzu. »Ununterbrochen, Damien. Du hast mir dein Blut gegeben, jetzt trage ich einen Teil von dir in mir.«

»Du spürst es also auch«, murmelt er. »Ich hatte schon befürchtet, dass es nur Einbildung wäre. Es tut höllisch weh, wenn du nicht bei mir bist. Als wäre ein wichtiger Teil aus mir herausgerissen.«

»Sie sagen, dass es für die Ewigkeit ist.« Ich nicke zum Bug, wo die anderen sich Mühe geben, uns zu ignorieren, und dabei die ganze Zeit grinsen. »Das mit uns.«

»Das will ich doch hoffen, Agnetha.«

»Bin ich jetzt unsterblich?«

»Ich weiß es nicht. Ich weiß nur, dass ich ohne dich nicht lebensfähig bin. Und genau so will ich es.« Er stockt. »Ich bin ein unverantwortliches Risiko eingegangen in jener Nacht, als ich zuließ, dass Benedict dir seine langen Klauen in den Leib rammen konnte. Ich dachte, ich wüsste genau, was ich tue, doch eigentlich war es purer Egoismus, der mich dazu bewogen hat. Ich *wollte* dir den Dunklen Kuss geben. Ich wollte … diese Sache mit uns besiegeln.«

»An dieser Stelle sollte ich sauer sein.«

»Und ich sollte sagen: *Tut mir leid.* Aber das wäre gelogen. Es tut mir nicht leid. Jetzt nicht mehr.«

Unsere Lippen berühren sich. Ich inhaliere seinen Duft, spüre die Bartstoppeln an meiner Haut, spüre die fremdartige Macht in ihm, an die er sich noch gewöhnen muss. Er ist stark, er wird niemals zurückweichen. Nicht vor sich selbst und schon gar nicht vor der Welt, die ihn bekämpfen will. Bei mir darf er müde sein, darf er zweifeln und seine ungeschützte Seite zeigen. Ich muss es ihm nicht sagen, er weiß es.

So wie ich weiß, dass die Sache mit uns beiden etwas Gutes ist. Auch wenn um uns herum Orkane toben und unbarmherzige Schlachten geschlagen werden.

56

Damien

»Hasst sie mich jetzt?«, war meine erste Frage, kaum dass Armand meinen Anruf entgegengenommen hat. Es war mir egal, dass ich mich wie ein kleiner Junge anhörte.

»Zu meinem Leidwesen: nein. Sie ist vor allem wütend auf sich selbst, weil sie auf dich reingefallen ist, statt sich einem scharfen Mann wie mir an den Hals zu werfen. Ich bin weitaus unkomplizierter als du.«

»Sie würde sich mit dir langweilen.«

»Sie leidet, Mann! Sie versteht nicht, was mit ihr los ist, und wir wissen auch nicht, was wir tun sollen. Kajus hat es sogar mit einem *Twilight*-Fan-T-Shirt versucht …«

»Hat er es überlebt?«

»Sie will nur, dass du zu ihr zurückkommst. Du hättest sie nicht allein lassen dürfen.«

»Das ist mir bewusst«, sagte ich mit einem Seufzer. »Aber ich hatte ein wahnsinnig schlechtes Gewissen wegen dem, was ich ihr angetan habe. Habe ich immer noch. Und ich habe eine scheiß Angst, dass unsere Feinde sie für ein leichtes Opfer halten könnten, weil sie ja nur ein Mensch ist. Was sie dank mir im Grunde genommen nicht mehr ist. Was habe ich nur getan?«

»Das fragen wir uns alle. Was bei allen entfesselten Teufeln hast du getan, nachdem du das Schiff verlassen hast?«

»Oh, das. Ich habe meinen Cousin gejagt. Das Anwesen meiner Familie wurde abgeschottet, ich bin nicht mehr hineingekommen. Bardolf hat sich hinter den Mauern verbarrikadiert und das Tor wird von Sicherheitsleuten bewacht, die die Reporter fernhalten sollen. Sie haben weitere Unterstützung von anderen Clans eingefordert und schmieden offenbar fleißig Pläne. Aber ich kenne Benedict gut genug, um zu wissen, dass er sich nicht lange aus der Stadt fernhalten kann. Er liebt die Jagd.« Ich machte eine Pause. »Tja, vor dem *Devil's Den* habe ich ihn schließlich erwischt und dann wurde es etwas unappetitlich.«

»Details?«

»Lieber nicht.« Die blindwütige Rage, die bei seinem Anblick in mir freigesetzt wurde, wird mich noch lange verfolgen. Diesmal war es zu persönlich, als dass ich die grausamen Einzelheiten hätte ausblenden konnte. Meine Grausamkeit hat mich selbst zutiefst verstört. Weil es mich befriedigt hat. »Ich habe seinen Kopf letzte Nacht auf die Eisenspitzen am Tor von Haus Istrigo aufgespießt. Mit freundlichem Gruß vom Bastard.«

»Du hast …« Lange Pause. »Okay … Um das kurz zusammenzufassen: Nachdem du die Machtpläne deiner Familie vereitelt, ihr heiliges Blut geklaut und auf Ex ausgetrunken hast, hast du anschließend noch den hoffnungsvollen Erben enthauptet.«

»Er hat mich nun mal wütend gemacht.«

»Bitte erinnere mich daran, immer ausnehmend nett zu dir zu sein. Also bist du verschwunden, um Rache an deinem Cousin zu üben.«

»Und um dafür zu sorgen, dass meine Familie mich fürchtet. Bardolf wird mich so bald nicht wieder unterschätzen. Die *Allianz* ist nur noch ein zahnloser Tiger. Ich hoffe, dass der Patriarch ein letztes Mal eine kluge Entscheidung trifft, bevor er von der Bühne abtritt.« Ich mache eine kurze Pause. »Und ich war Pizza essen. Mit extra Knoblauch. Es war ein Selbstversuch, ich habe es überlebt. Es ist gar nicht mal so schlimm, wenn man die Augen fest zukneift und an etwas anderes denkt.« Irgendwann werde ich vielleicht wieder normale Sachen zu mir nehmen können.

»Aber sonst hast du keine Probleme?« Armand klang überaus ungehalten, was ich ihm nicht verdenken konnte.

»Ich habe Lennarts Kids ausfindig gemacht und Noah hat mich mit seinem Vater, dem Bürgermeister, zusammengebracht. Er ist ein verdammt großer Skeptiker, aber ich habe mir Mühe gegeben, ihn davon zu überzeugen, dass der Mensch nicht die Spitze der Nahrungskette ist. Er wird die *Allianz* mit allem bekämpfen, was er hat, auch wenn er mich für einen vollkommen Verrückten hält. Außerdem habe ich sämtlichen Wildlingsgruppen in Steenport einen persönlichen Besuch abgestattet und mir angehört, wie gern sie doch frisches Blut direkt aus der Quelle trinken würden, wie es sich für einen Vampir gehört«, sagte ich. »Ihr Wunsch könnte schneller in Erfüllung gehen als gedacht, denn die Blutbank wird schließen müssen.«

»Ich dachte mir schon, dass das passieren wird«, grummelte Armand. »Was sollen wir jetzt machen?«

»Neue Regeln aufstellen. Blut trinken ja, töten nein.«

»Das wird lustig.«

Ja, das glaube ich auch.

Uns stehen viele große und kleine Kämpfe bevor, aber ich habe wieder mal einen Plan. Zuerst werde ich für ausgeglichene Verhältnisse zwischen den altehrwürdigen Clans und den jungen wilden Vampiren sorgen. Es ist ein verrückter Plan, aber hey – wer, wenn nicht ich sollte auf solch bescheuerte Ideen kommen? Die anderen werden sich vor Begeisterung kaum halten können, wenn sie erfahren, wie ich diesen Plan umsetzen will. Es ist … nun ja, ziemlich verrückt.

Ich werde Hilfe brauchen, um die Sache durchzuziehen. Und noch viel mehr.

Dieses *Viel mehr* stellt sich gerade auf die Zehenspitzen und küsst mich so zart, dass mich ein nie gekannter Frieden erfüllt. Das Gefühl, nach Hause gekommen zu sein. All mein Zorn, meine Selbstzweifel, meine Schuld lösen sich auf.

Ich denke nicht länger darüber nach, wie egoistisch es von mir war, ihr den Dunklen Kuss gegeben zu haben. Nicht eine Sekunde habe ich über die Folgen nachgedacht oder ob ich vielleicht gar nicht fähig sein könnte, sie ins Leben zurückzuholen. Dass ich sie zum ewigen Leben in der Dunkelheit verdammt habe, zu allem Überfluss an meiner Seite. Dass niemand weiß, was sie nun eigentlich ist. Sie kann das *Speed Demon*-Blut nicht trinken, hat Armand berichtet, und Tageslicht macht ihr nichts aus. Sie scheint fast keine Veränderung durchgemacht zu haben.

»Aber sie sieht heißer aus als je zuvor«, hat Armand hinzugefügt. »Du wirst verdammt gut auf sie aufpassen müssen.«

Dieser Satz rotiert in meinem Schädel, während ich sie küsse, mit den Fingerspitzen über ihr Gesicht streiche und nicht fassen kann, wie perfekt sich sogar diese sanften Berührungen anfühlt. Unser Kuss wird drängender, gieriger, unsere Hände können nicht voneinander lassen. Die Welt um uns herum spielt keine Rolle mehr, als unsere Münder ineinander schmelzen. Meine Sinne nehmen jede winzige Einzelheit von ihr wahr. Ich entdecke sie neu und erkenne sie doch als die eine Frau wieder, die zu mir gehört wie ich zu ihr.

»Hach, ist das romantisch«, sagt Kajus übertrieben zuckrig. »Aber wehe, ihr beiden treibt es in meinem Sarg.«

Agnethas Wangen werden heiß. Ich verdrehe kurz die Augen und murmele: »Verdammte Spanner-Bande«, bevor ich mich den anderen zuwende. »Geht gefälligst rein und mixt euch einen *Speed Demon* on the rocks. Schnitzt ein paar Pflöcke. Häkelt Topflappen, aber gönnt uns etwas Privatsphäre. Bitte.«

Grinsend, kichernd und mit schmutzigen Bemerkungen verschwinden sie nach drinnen. Sogar Lucius lässt sich zu einem Augenbrauenzucken herab.

»Was für einen Eindruck hast du von ihm?«, frage ich Agnetha, als sie alle außer Sichtweite sind.

»Er setzt Hoffnungen in dich und er mag dich, auch wenn er das nie zugeben würde, weil jegliche Emotionen für einen Mann der Legion unangemessen sind. Aber er kann sehr kreativ fluchen.« Sie schmiegt sich mit ihrem ganzen Körper an mich und ich werde noch härter, als ich es ohnehin schon bin Ich ertrinke in Begierde nach ihr.

»Er ist jetzt offiziell Ex-Legionär«, bringe ich hervor. Aus meinem Kopf sackt das Blut in die tieferen Regionen, ich habe Mühe, nicht den Gesprächsfaden zu verlieren. Wieso reden wir überhaupt noch? Ich will Agnetha auf der Stelle vögeln! »Der Rat hat einen Todesbefehl gegen ihn ausgesprochen. Wir werden auf ihn aufpassen müssen.«

»Aber vorher fahren wir raus, um deinen Vater zu holen.«

»Später«, murmele ich und hebe sie hoch. »Hast du es schon mal in einem Beiboot getrieben?«

»Es hört sich unbequem an.« Sie schlingt ihre Beine um meine Hüften und reibt ihren heißen Schritt an meinem.

»Ich verspreche dir, du wirst dir keine Gedanken darum machen.«

Dieses Versprechen halte ich.

Ich lasse sie auf den Boden des Bootes sinken und falle mit meinem Mund über sie her, will jeden Zentimeter ihrer Haut kosten, die ich nach und nach entblöße. Sie fühlt sich perfekt an unter meinen Fingern, meinen Lippen. Sie zieht mich an sich, wird unter mir ganz weich und zugleich immer gieriger und gibt mir das Gefühl, der einzige Mensch auf der Welt zu sein, der zählt. Obwohl ich mich kaum beherrschen kann, lasse ich mir viel Zeit, ihren Körper aus den Klamotten zu schälen (die jemand ohne Modegeschmack besorgt haben muss. Sie sind überhaupt nicht Agnethas Stil).

Ich verliere mich in ihr, mit jedem Stoß, jedem Kuss, jeder hitzigen Berührung. Sie lässt sich fallen, nimmt mich auf, windet sich voller Ekstase unter mir. Die Nacht ist kühl, aber wir haben unser eigenes Feuer entfacht. Immer wieder verändern wir unsere Position. Ich will einfach alles mit ihr ausprobieren, und sie will noch mehr. Ich bringe sie zum Höhepunkt, zweimal, dreimal und ich könnte die ganze Nacht so weitermachen. Ihre Zähne kratzen über meine Kehle, knabbern an meinem Hals. Die kleinen Bisse heizen unsere Begierde an. Ich will, dass sie von mir trinkt, ich will gleichzeitig ihr Blut schmecken. Als sie das dritte Mal kommt, beißt sie zu und ich umfasse ihren Hinterkopf, presse ihren Mund an meinen Hals, spüre ihre kitzelnde Zunge, ihre gierig saugenden Lippen. Gleich darauf folge ich ihr und bohre meine spitzen Zähne in ihre Schulter, lecke die Blutstropfen auf, die aus ihr herausfließen. Blitze schießen durch uns hindurch, entfachen Explosionen, setzen neue Energien frei. Ich versinke in einem goldenen Rausch aus Leidenschaft und Glückseligkeit.

Aber ich bin noch lange nicht fertig mit ihr. Meine Erregung flacht nicht ab, sondern steigt sogar noch höher. Ich kann und will mich nicht von ihr lösen. Wieder und wieder versenke ich meinen Schwanz in ihr, spüre, wie ihre Muskeln ganz eng werden, mich festzuhalten versuchen, wenn ein weiterer Schauer durch sie rinnt.

Allmählich wird ihr Körper schwer, der Schweiß auf ihrer Haut kühlt sich ab. Ich bleibe in ihr, solange ich kann, und lausche ihrem Atem, der langsam zur Ruhe kommt, bis unsere Herzen wieder im Gleichtakt schlagen.

»Wenn ich nicht vorher schon tot war, dann bin ich es jetzt definitiv«, murmelt sie und tastet nach ihrem T-Shirt, das im Eifer des Gefechts am Hals aufgerissen ist. »Auf diese Weise würde ich gern öfter sterben.«

Ich helfe ihr, das Shirt anzuziehen, und betrachte grinsend das Motiv.

»The *Lost Boys?*«, frage ich, ziehe sie auf meinen Schoß und wickle meinen Mantel um uns beide.

»Kajus hat einen sehr fragwürdigen Modegeschmack«, erwidert sie mit schweren Lidern. »Er hat einen Haufen peinlicher Shirts bei

Amazon bestellt und schickt den armen Walker los, um sie von der Poststation abzuholen. Ich bin gespannt, was ich morgen anziehen darf.« Sie zieht eine Schnute, setzt an, etwas zu sagen, schweigt dann aber doch.

»Du denkst an deine Eltern«, sage ich. »Dein Zuhause.«

»Es war kein richtiges Zuhause, nur das Eingeständnis meines Scheiterns.« Jäh schreckt sie hoch und schaut mich entsetzt an. »Oh, mein Gott! Ich muss sie anrufen! Ich habe sie vollkommen vergessen!« Und schon strampelt sie sich von mir fort, zieht hastig im wackligen Boot ihre restlichen Sachen an und stürmt davon.

»Mistfuck«, murmele ich voller Gewissensbisse in die schwarze Nacht.

Wie lange hat sie sich jetzt nicht bei ihren Eltern gemeldet? Zwei Wochen? Drei? Ich habe sie vollkommen vereinnahmt mit meinem Revolutions-Shit. Eilig streife ich meine Jeans über und folge ihr in die überfüllte, überhitzte Kajüte. Lucius lernt anscheinend gerade, was es heißt, beim Monopoly auf der Schlossstraße zu landen, auf der Lavinia Hotels gebaut hat. Diabolisch lächelnd winkt sie mit den Fingern. »Gib mir all dein Geld, Mann der Legion.«

»Dieses Spiel ist dumm!« Ungehalten schiebt er seinen Spielgeld-Stapel über den Tisch. »Ein Vampir zahlt keine Miete! Das ist würdelos!«

»Soll ich dir sagen, was würdelos ist?«, erwidert der alte Caine. »Einen Bastard in unsere Nachtschicht zu stecken und uns dazu zu verdonnern, seine Babysitter zu spielen. Das warst doch du, der damals Jon angerufen hat, oder nicht?«

»Ich habe dafür extra ein Telefon benutzen müssen«, sagt Lucius naserümpfend. »Erzähl mir also nichts von Würdelosigkeit.«

»Du musst dich auch nicht von aromatisiertem Kunstblut ernähren, wie ein normaler Mensch arbeiten gehen und so tun, als wärst du bloß ein Freak. Ich würde auch viel lieber über Hausdächer laufen und Angst und Schrecken säen!«

Ich erblicke Agnetha hinten in der Kombüse, wo sie ein Handy an ihr Ohr gepresst hält und leise redet, ohne den aufkeimenden Streit am Tisch zu beachten. Es würde mich nicht wundern, wenn Caine und Lucius inzwischen Lieblingsfeinde geworden sind.

»Hey, Damien«, sagt Armand mit schmutzigem Lächeln. »Ich muss neidlos anerkennen, dass du mich vom Sexgott-Thron gestoßen hast. Es ist ein Wunder, dass wir nicht von neugierigen Pottwalen umzingelt wurden, so laut, wie ihr beide da draußen wart.«

Agnetha reckt ihren Mittelfinger und wird gleichzeitig rot.

»Es wird Zeit, dieses Schiff zu verlassen«, brumme ich. Flink dränge ich mich nach hinten durch, steige über Kajus hinweg, der summend Pailletten an ein Kleid näht, während eine Feuchtigkeitsmaske von seinem stoppeligen Kinn tropft. Geduldig warte ich, bis Agnetha ihr Telefonat beendet hat, dann noch ein wenig länger, denn sie sieht verstört aus. Ihre Augenränder sind gerötet, die Schultern bis zu den Ohren hochgezogen.

»Ist alles in Ordnung?« frage ich schließlich.

Sie schüttelt den Kopf. »Sie sind nicht mal auf die Idee gekommen, mich als vermisst zu melden. Ich hätte eines der Opfer vom Rathausplatz sein können …!«

Genau genommen bist du das auch.

»Sie haben Mike angerufen und gefragt, ob ich bei ihm wäre. Weißt du, was er gesagt hat? Er hat behauptet, dass ich nachts im Vergnügungsviertel fremde Kerle aufreiße und dass ich wahrscheinlich mit einem alkoholkranken Künstler durchgebrannt bin. Er hat mich als undankbare Schlampe hingestellt, die nicht weiß, was gut für sie ist: nämlich er. Und sie haben ihm den Mist geglaubt!« Ihre Unterlippe zittert vor Wut. »Meine Mutter dachte, ich wäre in Berlin und hätte angefangen, Drogen zu nehmen. Sie hat schon immer prophezeit, dass es mit mir ein schlimmes Ende nehmen wird, wenn ich nicht bald heirate und Kinder kriege. Sie denkt, ich hätte nur angerufen, weil ich pleite bin.« Agnetha atmet gezwungen durch. »Der letzte Punkt stimmt zumindest.«

»Du solltest es klarstellen. Immerhin sind sie deine Eltern. Lass uns morgen zu ihnen fahren und …«

»Einen Scheiß werde ich!« Ihre laute Stimme lässt die Gespräche verstummen.

»Hast du ihr gesagt …?«

»Dass ich von Vampiren durch ein leer stehendes Gefängnis gejagt wurde und beinahe auf einem Adelssitz als Hauptspeise geendet hätte? Dass ich getötet wurde und jetzt mit einem Mann zusammen bin, der gegen die reichste Familie der Stadt in den Krieg gezogen ist, und der …? Natürlich habe ich nichts dergleichen gesagt. Ich weiß ja nicht einmal, was du bist, Damien!«

Mit zwei Schritten bin ich bei ihr und fasse sie an den Schultern. »Wir finden es heraus, Agnetha.« Ihr innerer Aufruhr ist auch meiner, der Sex hat unsere Verbindung zueinander noch stärker gemacht. Ich ertrage es nicht, wenn es ihr nicht gut geht, weil es mir dann auch nicht gut geht. »Wichtig ist allein, dass wir beide wissen, wohin wir gehören.«

In ihren Augenwinkeln glitzert es verdächtig. »Mir muss etwas entgangen sein. Wohin gehören wir denn?«

»Nicht auf dieses Schiff«, sage ich mit einem finsteren Seitenblick zu Armand. »Ich weiß ja nicht, wie es dir geht, aber du bist mein Zuhause. Es ist nämlich kein Ort, sondern ein Gefühl.« Ich stocke. »Zu viel Kitsch, oder?«

»Haarscharf vorbei geschrammt, aber ich lasse es gelten.« Ihr Lächeln geht mir durch und durch. »Manchmal ist Kitsch sehr hilfreich, um sich gut zu fühlen.«

»Ihr könnt so lange bleiben, wie ihr wollt«, sagt Samael. »Wir haben das schon besprochen. Aber es gibt einen Putzplan, und der gilt für alle. Auch für den da.« Er zeigt auf Lucius.

Der lehnt sich zurück. »Ich putze nicht.«

Und schon wieder bricht ein Wortgefecht aus.

»Geht das die ganze Zeit so?«, frage ich Agnetha.

»Du machst dir keine Vorstellungen.« Sie legt eine Hand meine

Brust, dort, wo mein Herz schlägt. »Wir müssen über die Zukunft reden.«

»Oh ja, klar.«

Ich möchte ungern mit der Tür ins Haus fallen und ihr mitteilen, dass ich mir in den letzten Tagen allerhand Gedanken über genau dieses Thema gemacht habe. Nicht nur das – ich habe einen Anwalt aufgesucht, um das Treuhandkonto aufzulösen, das ich in meinem kindischen Trotz nie hatte anrühren wollen. Jetzt besitze ich ein hübsches neues Konto mit einer noch hübscheren fetten Summe darauf. Ich habe darüber nachgedacht, die WG-Wohnung zu kaufen, bin aber schnell zu dem Schluss gekommen, dass das keine gute Idee ist. Denn ich war dort. Eigentlich wollte ich nur ein paar Sachen zusammenpacken. Doch dort hat mich alles viel zu sehr an Lennart erinnert, sogar RoboCop, der Staubsaugerroboter. Der Tod hing in den verlassenen Räumen, er roch nach Patchouli, und ich drohte, den Verstand zu verlieren. Nach zehn Minuten bin ich aus dem Haus geflüchtet, ohne auch nur einen Gegenstand mitzunehmen. Meine Sehnsucht nach Agnetha zerrte mit aller Kraft an mir. Sie ist alles, was ich jetzt noch habe. Für sie werde ich die Welt aus den Angeln heben.

Sie haben Lennart eingeäschert und die Urne zu seiner Tante mit dem windschiefen Bauernhof und den bissigen Gänsen geschickt, weil sie seine Eltern nicht ausfindig machen konnten. Ich hatte nicht einmal Gelegenheit, mich angemessen von ihm zu verabschieden.

Etwas zu fröhlich frage ich: »Stehst du auf gotische Fenster und mannshohe Kamine oder sollen wir uns nach einem Penthouse hoch über der Stadt umschauen? Wir könnten auch ein knuffiges Häuschen im Grünen …«

»Ich rede nicht von einer neuen Einbauküche, sondern von deiner Bestimmung, Damien«, unterbricht sie mich. »Du musst uns sagen, was dein nächster Schritt sein wird. Die Großen Alten bereiten sich auf eine weitere Schlacht vor, die *Allianz* macht fleißig weiter mit ihrer Propaganda. Im Grunde haben wir gar nichts erreicht.«

»Glaubst du das wirklich?« Ich schaue sie eindringlich an. »Ich könnte schwören, dass wir einen der mächtigsten Clans in den Arsch getreten und ihre Pläne vereitelt haben. Natürlich werden sie irgendwann wieder Anlauf nehmen, aber je entschlossener wir uns ihnen entgegenstellen, desto schwächer werden sie. Wir müssen die Menschen von uns überzeugen und wir müssen die Vormachtstellung der großen Vampir-Clans brechen.«

»Was die Menschen betrifft, sind die Kids schon fleißig mit Überzeugungsarbeit beschäftigt«, sagt Armand. »Es wird dauern, bis man sie ernst nimmt. Aber nicht nur ich stelle mir die Frage, wie du die Clans von ihrem Thron stürzen willst. Benedicts Tod wird sich wie ein Lauffeuer durch ganz Europa verbreiten. Mit deinem Racheakt hast du sie nur noch mehr gestärkt, denn jetzt rücken sie enger zusammen und rüsten auf.«

»Sie rechnen mit einem offenen Frontalangriff.« Ich löse mich von Agnetha und stelle mich am Kopfende des Tisches auf. »Aber nicht mit einem Haufen wahnwitziger Freaks.«

»Was meint er damit schon wieder?«, murmelt Caine missmutig.

»Die Macht der Clans beruht einzig auf ihrem besonderen Blut, das sie seit Jahrhunderten – ach was, seit Jahrtausenden! – wie den Heiligen Gral hüten. Damit sortieren sie gnadenlos die Schwachen aus, sodass nur die stärksten Vampire einem Clan beitreten können. Ohne dieses Blut verlieren sie ihre Vormachtstellung und ihre Linie kann nicht fortbestehen.«

Das Unverständnis auf den Mienen meiner Freunde verändert sich, als sie verstehen, worauf ich hinaus will. Samael nickt nachdenklich, Kajus lüpft seine strichdünnen Brauen und Caine tippt sich an die Stirn.

Armand sagt: »Jetzt ist er vollkommen übergeschnappt.«

Lavinia bricht in Lachen aus. »Er stellt mal eben die gesamte Weltordnung der Vampire auf den Kopf.«

Walker murmelt: »Ich hätte auf meine Mutter hören und Jura studieren sollen.«

Nur Lucius zeigt ein feines Lächeln. Stumm nickt er mir zu.

Ich deute auf ihn. »Damit wir uns nicht falsch verstehen: Du bist mit dabei. Niemand kennt sich mit den Clans besser aus als du.«

»Was kein Wunder ist. Er war ja selbst mal einer von ihnen«, sagt Samael.

»Ist das so?«, fragt Agnetha erstaunt.

»Man kann der Legion nur beitreten, wenn man aus der Oberschicht der Vampire stammt«, sagt Lucius gedehnt. »Wir vollstrecken nicht nur die Urteile des Rats der Vampire, sondern wahren auch die Interessen der Clans. Viele Familien schicken Abkömmlinge zur Legion, die nicht ganz … Wie soll ich es sagen? Die etwas zu unbequem sind, nicht genug Ehrgeiz zeigen, die an Skrupeln leiden oder ihrem Patriarchen nicht genügend Respekt bezeugt haben. Solche wie Damiens Vater.« Er räuspert sich. »Oder mich.«

»Na so was«, sagt Caine mit einem listigen Lächeln. »Habe ich's doch immer geahnt.«

»Vom ehrbaren Legions-Mann zum gejagten Dieb: Was für eine Karriere«, murmelt Lucius.

»Du willst den Clans ihre Heiligtümer klauen?«, fragt mich Agnetha ungläubig. »Das ist … verwegen, um es mal höflich auszudrücken.«

»Unhöflich gesagt, ist es vollkommen wahnwitzig«, sagt Caine. »Wir werden alle dabei draufgehen.«

»Es klingt nach jeder Menge Spaß und Abenteuer. Nach totalem Irrsinn, aber für so etwas bin ich prädestiniert.« Agnetha schaut in die Runde. »Was ist mit euch, Leute? Hättet ihr Lust, kriminell zu werden und in die Familiensitze großer Clans einzubrechen, auf die Gefahr hin, mit Pflöcken durchbohrt und mit Silberkugeln abgeknallt zu werden?«

Kajus verdreht die Augen. »Immer dieser Unsinn mit den Silberkugeln. Wenn jemand Löcher in meine Roben schießt, werde ich sehr unfreundlich. Und überhaupt: Was zieht man denn zu so einem Coup an? In einer Sturmhaube sieht mein Gesicht fett aus.«

»In einem schwarzen Catsuit mit kniehohen Stiefeln wärst du eine Sensation«, sagt Agnetha.

»Danke, Schätzchen.« Kajus lächelt. »Ich könnte Strickmützen für uns alle häkeln, in Gedenken an Damiens Freund. Wir brauchen schließlich ein Markenzeichen, wenn wir eine Diebesbande sein wollen. Ihr dürft euch die Farben aussuchen.«

»Du meine Güte«, stöhnt Caine und streicht über sein wallendes weißes Haar. »Wir werden die lächerlichsten Diebe aller Zeiten sein.«

Ich muss zugeben, dass mich der Vorschlag rührt. »Die Clans werden lernen, uns zu fürchten. Sie werden sich nie wieder sicher fühlen.«

»Sie werden sich verbarrikadieren«, gibt Lucius zu bedenken. »Ihre Burgen und Schlösser in Festungen verwandeln.«

»Dann werden wir einen Weg finden, hineinzukommen«, sagt Agnetha entschlossen. »Ich habe zurzeit sowieso nichts anderes zu tun, außerdem liebe ich Herausforderungen.« Unbewusst reibt sie über die kleine Bissspur an ihrem Hals und sofort wird mein Mund trocken vor Begierde.

Die wenigen Blutstropfen, die wir im Rausch der Ekstase ausgetauscht haben, breiten sich langsam, aber stetig in mir aus, wirken ihre Magie und erfüllen mich mit Sternenlicht und Höllenfeuer. Meine Nerven kribbeln, mein Kraft wächst an.

Sie bemerkt meine Reaktion und in ihren Augen erwachen goldene Funken. Obwohl sie dicht neben mir steht, ist es nicht nahe genug. Ich schlinge den Arm um ihre Taille, mein Körper macht wortlose Versprechungen und mein Verstand bekräftigt sie. Ich weiß, dass sie spürt, was ich denke. Wir sind fest miteinander verwoben. Es gefällt mir, auch wenn die Intensität dieser Verbindung beängstigend ist.

»Seht euch die beiden an«, flüstert Lavinia. »Spürt ihr auch den dunklen Zauber, der sie umgibt? Eines Tages werden sie ein mächtiges Paar sein.«

»Oder tot«, merkt Caine trocken an. »Das will ich um keinen Preis verpassen. Ich bin dabei.«

»Ich habe nicht vor, noch einmal sterben.« Agnetha lehnt sich an mich. Sie ist erschöpft vom Sex und erfüllt von der gleichen schweren Glückseligkeit, die auch ich empfinde.

EPILOG

Agnetha

Wieso braucht Damien keinen Schlaf, ich aber schon? Wir beide teilen das gleiche Blut – gut, ich habe nur ein Schnapsgläschen seines Blutes in meinen Adern, aber es pulsiert und wirkt bis in den letzten Winkel meines Leibes.

Ich verschlafe fast einen ganzen Tag. Als ich auf der Pritsche erwache, liegt mein Kopf in Damiens Schoß. Gedankenverloren scrollt er auf seinem Smartphone durch das Internet und krault nebenher mein Haar. Noch nie bin ich mit einem solch überwältigenden Gefühl der Geborgenheit und des Glücks aufgewacht. Oder aber ich bin einfach nur frisch verliebt. Ich könnte mich daran gewöhnen, oh ja.

Doch im nächsten Moment fange ich Damiens Anspannung auf. Das Schiff stampft und schwankt, es herrscht hoher Wellengang, der Motor läuft auf Hochtouren.

Gähnend richte ich mich auf. »Wohin fahren wir?«

»Lucius hat uns die Koordinaten gegeben«, sagt er nur, ohne den Blick vom Display zu heben.

Sofort bin ich hellwach. »Wir suchen deinen Vater?«

»Mh.« Er ist abgelenkt von etwas, das er auf dem Bildschirm sieht. »Schau dir das an. Lennarts Youtube-Kanal ist wieder online.« Er dreht sein Handy so, dass ich es sehen kann. »Und soeben ist ein neues Video hochgeladen worden.«

»Das waren die Kids.«

Er schüttelt den Kopf. »Nein, ich habe vorhin mit Noah telefoniert. Sie waren es nicht.«

In dem Video werden Bilder von jener Nacht auf dem Rathausplatz gezeigt. Die panisch fliehenden Menschen, die Schemen, die sich scheinbar aus dem Himmel auf sie stürzen. Sehr viel ist von den Angreifern nicht zu erkennen, ihre Konturen wirken verschwommen, ihre Gesichter sind nur helle Flecken. Doch man sieht deutlich, was sie den Menschen antun, denn die Kamera zoomt auf die Opfer, die sich kreischend winden, während ihre Haut erbarmungslos in Fetzen gerissen wird. Man hört die schlürfenden Geräusche, das Gelächter, sieht das Grauen hautnah.

Die Kamera schwenkt zu Bardolf hinauf, ganz kurz ist sein teuflisches Lächeln zu sehen, bevor das Bild unscharf wird. Aber man konnte ihn eine Sekunde lang sehr deutlich erkennen. Hinter im leuchtet das Banner der Allianz. Es gibt keinen erklärenden Text zu dem Video, keine Stimme, nur diese Bilder.

»Ich dachte, Vampire können nicht gefilmt oder fotografiert werden«, murmele ich und überfliege die Kommentare.

»Eigentlich nicht. Die wenigen öffentlichen Bilder, die von meiner Familie existieren, wurden mithilfe von Photoshop und einer KI erstellt.«

»Dann ist es eine Fälschung?«

»Hältst du es dafür?«

Ich schüttele den Kopf. Bardolfs böses Lächeln hat sich tief in mein Gedächtnis gebrannt.

Wie erwartet halten auch andere Kommentatoren das Video für einen Fake, doch der Großteil nimmt es ernst. Darunter sind auch einige, die in jener Nacht dort gewesen sind und bisher nicht gewagt haben, über das zu reden, was sie erlebt haben. Sie wollten nicht für verrückt gehalten werden. Doch nun verliert die *Allianz* angesichts der grausamen Bilder immer mehr von ihrem Glanz.

»Von wem stammt das Video?«, frage ich.

»Von Lennart«, sagt Damien dumpf und tippt auf den Namen unter dem Video. »Es wurde vor wenigen Stunden hochgeladen. Komisch, dass es nicht sofort wieder gesperrt wurde, oder?«

Wir schauen uns an und ein kalter Schauer läuft mein Rückgrat hinab.

»Das ist unheimlich«, flüstere ich.

Jetzt grinst Damien. »Noch unheimlicher als alles, was du schon erlebt hast, kann es kaum sein.«

Ich schaue mich um. Die Kajüte ist leer bis auf Lavinia, die die Klinge eines Küchenbeils schleift. Armand ist oben im Steuerhaus, alle anderen sind draußen an Deck. Ihr lautstarker Streit über die beste Fahrtroute ist durch die geschlossene Tür zu hören.

»Hey, Lennart«, sage ich leise. »Falls du zufällig hier bist, gib uns ein Zeichen.« Angestrengt lausche ich.

Nichts geschieht.

»Schade«, sage ich mit einem peinlich berührten Lachen, aber auch erleichtert. Mit Geistern wäre ich hoffnungslos überfordert gewesen. »Es steckt wohl jemand anders hinter dem Vid…«

Das Deckenlicht flimmert und erlischt, die altmodische Petroleumlampe über der Kombüse flammt grell auf. Die Flamme tanzt wild hinter dem Glas, wird größer, wird kleiner und wieder größer. Das Radio über der Kombüse springt an und aus dem Lautsprecher kommt *In Hell I'll be in good Company* von The Dead South.

»Was ist denn jetzt los?« Lavinia hebt den Kopf. »Die Laterne wurde seit Jahrzehnten nicht mit Öl befüllt. Sie ist furztrocken, sie kann gar nicht brennen.«

Damien setzt sich auf und lauscht. »Das war eines von Lennarts Lieblingsliedern«, sagt er. »Er hat sein erstes Video damit unterlegt und wurde prompt wegen Urheberrechtsverletzung abgemahnt.«

Wir blicken zur digitalen Senderanzeige des Radios, die wild hin und her springt. Ein kühler Hauch streicht über meine bloßen Oberarme. Wieder bekomme ich eine Gänsehaut.

Doch Damien lächelt. »Wenn es jemanden gibt, der sich sogar aus dem Jenseits die Technik zunutze machen kann, dann ja wohl Lennart. Hey, Kumpel, schön, dass du dich mal wieder meldest.« Er neigt leicht den Kopf, dann nickt er. »Ja, ich passe auf sie auf. Danke, dass du für sie da warst … Ja, verdammt! Ich hab's kapiert!«

Das Radio verstummt, die Petroleumflamme erstirbt, die tröstlich helle Deckenlampe leuchtet wieder auf.

»Er hat nicht wirklich mit dir geredet«, sage ich.

»Und wenn doch?« Damien drückt mich an sich und haucht einen Kuss auf meine Stirn. »Ich fürchte, er mag dich. Wenn ich noch einmal Scheiße baue, wird er mich als Poltergeist bis in den tiefsten Kreis der Hölle verfolgen.«

Lavinia kichert und fährt fort, ihr Küchenbeil zu schleifen. Ich frage mich, wofür sie es benötigt. Vampire sind nicht als begeisterte Hobbyköche bekannt.

»Ich brauche übrigens keinen Aufpasser«, murmele ich und bade in Damiens Wärme.

Er lacht leise. »Genauso wenig wie ich. Darum passen wir perfekt zusammen.«

Lavinia hebt ihren Kopf, sie schaut mich an. »Caine nennt dich *Hexenmädchen*. Wusstest du das, mein Kind?«

»Na klar. Er liebt es, andere Leute zu beleidigen.« Ich vergrabe meine Nase an der weichen, köstlichen Stelle, wo Damiens Schulter in seinen Hals übergeht.

»Hat er möglicherweise recht?« Ihr weiches Kinn wirft Falten, ihre Brauen wandern in die Höhe.

»Ich habe rote Haare – na und?«, fauche ich. »Die Zeiten, wo eine Frau deswegen auf dem Scheiterhaufen verbrannt wurde, sind lange vorbei.«

In diesem Augenblick brüllt jemand: »Wir sind da!«

Wasser pladdert von der Kranwinde, die das Objekt an einem armdicken Haken nach oben hievt. Der Scheinwerfer über der Steuerkabine beleuchtet die Szenerie, außerhalb des Lichtkegels herrscht stockfinstere Nacht. Wir bilden einen Kreis und schauen zu, wie die Seilwinde langsam die große metallene Kiste herablässt, die mit einem dumpfen Krachen auf dem Deck aufsetzt. Das dicke Drahtseil mit dem Karabiner entspannt sich. Eine Salzwasserpfütze breitet sich aus.

Lucius' Koordinaten waren so präzise, dass drei Versuche mit der Winde ausreichten, bis der Haken sich in den Ketten am Meeresgrund verfing und das übergroße Objekt an Bord hievte. Es ist rechteckig, so lang wie ein Sarg und mit Muscheln, Rost und Grünzeug überwuchert. Zwei altmodische, korrodierte Schlösser sichern die Riegel.

Lucius wischt über seinen Mund, ich kann hören, wie er tief einatmet, obwohl sein Organismus keinen Sauerstoff benötigt. Alte Gewohnheiten sterben wohl nie aus. »Brecheisen«, sagt er und streckt die Hand aus.

Walker reicht ihm das Werkzeug. Mit einem Knacken bersten die Schlösser und fallen zu Boden.

Lucius schaut Damien an. »Bereit?«, fragt er.

Damien nickt. Wir stehen dicht nebeneinander, seine Finger sind mit meinen verflochten. Äußerlich ist ihm nichts anzumerken, aber sein innerer Aufruhr überträgt sich auf mich und ich zittere vor Nervosität. Ich wünschte, ich könnte mehr tun, als nur an seiner Seite zu sein.

Lucius stemmt den Deckel hoch, wieder fließt Wasser heraus. Vorsichtig rücken wir näher, schauen in die lange Kiste hinein. Ich sehe ein Bündel in Menschenform, zerfledderten Stoff, ich sehe gefaltete Hände, dann ein symmetrisches Gesicht mit geschlossenen Augen. Die Haut ist weiß, aber völlig unversehrt. Die ausgeprägten Wangenknochen, die Form der Nase, der prägnante Schwung der Oberlippe sind mir vertraut. Damien hat die Gesichtszüge seines Vaters geerbt.

»Ich brauche Blut.« Lucius winkt mit den Fingern und Armand reicht ihm eine Flasche *Speed Demon*. Ehrfürchtig sinkt er neben der Kiste in die Knie, öffnet die Flasche und gibt einige Tropfen auf die farblosen Lippen.

Meine Finger drücken Damiens Hand, während wir warten.

Nichts geschieht.

Wir warten weiter.

Nichts.

Schultern sacken herab, enttäuschtes Gemurmel wird laut.

Dann, plötzlich, durchschneidet ein scharfer Laut die Nacht: »Pfui!«

Der Mann in der Kiste richtet sich auf. Seine Zunge schnellt hervor und leckt einen Tropfen auf, die Züge verzerren sich vor Ekel. »Seid ihr des Wahnsinns? Was ist das?«

»Das Beste, was wir zu bieten haben«, sagt Lucius. »Willkommen, Bertin. Dein Sohn ist hier.«

»Ach. Lucius.« Ein tiefer Seufzer bebt durch die Planken. »Sagte ich nicht, dass du ihn von mir und meiner Familie fernhalten sollst?«

»Damien ist starrsinniger als du.« Lucius streckt eine Hand aus. Der Mann in der Kiste ergreift sie und lässt sich hochziehen, als hätte er nur auf diesen Moment gewartet.

Bertin von Baro sieht auch in nassen, halb zerfledderten Klamotten überaus beeindruckend aus. Breite Schultern, schmale Hüften, eine respekteinflößende, abgeklärte Miene. Die Ringe an den Fingern sind nicht angelaufen; sie haben die gleiche Farbe wie der Quecksilberkranz um seine Pupillen. Sein Outfit ist schlicht, schwarz und grau. Hemd und Jackett sind makellos. Er wurde definitiv nie von einem Pflock durchbohrt.

Die Vorstellung, dass er freiwillig in diese Kiste gestiegen und am Grund des Meeres allmählich in eine Hungerstarre verfallen ist, lässt mich erschauern.

»Damien«, sagt er leise. »Mein Junge.«

»Schau einer an: Du lebst tatsächlich noch.« Damien rührt sich nicht von der Stelle. Er ist so groß wie sein Vater, doch sein Zorn ist tausendmal größer. Die Wunde in seiner Seele schwärt und wirft Blasen. »Ich hatte mich schon daran gewöhnt, allein zu sein.« Damiens Stimme klirrt vor Kälte – und vor verborgener Sehnsucht.

Bertin von Baros Blick fällt auf unsere miteinander verschränkten Hände. »Nicht ganz allein, wie ich sehe. Darf ich nach dem Namen deiner Freundin fragen?«

»Sie geht dich …«, setzt Damien an.

Ich löse meine Finger von seinen, um einen Schritt vorzutreten. »Agnetha Valentin«, antworte ich und zwinge mich, diesem fremden Mann vom Meeresboden in die Augen zu schauen.« Sie mögen ja zu den Großen Alten gehören, aber ich habe keine Angst vor Ihnen. Ich bin zufällig eine Hexe.«

»Seit wann das denn?«, murmelt Damien.

»Also bitte! Wie verhext muss man sein, um dich zu lieben?«, zische ich zurück.

Damiens Vater gluckst. Seine spröden Lippen verziehen sich, er deutet eine Verbeugung an. »Es freut mich, deine Bekanntschaft zu machen. Ich bin – wie du vermutlich schon mitbekommen hast – Bertin Beremund von Baro. Der leise Störenfried in meiner Familie und stolzer Vater eines sehr eigenwilligen Sohnes.« Seine Worte sind geschliffen, die Stimme so tief wie der Ozean. »Ein Sohn, der nicht glücklich darüber zu sein scheint, mich wiederzusehen. Die Wahrheit über mich war sicher nicht leicht zu verkraften.«

»Arschloch«, knurrt Damien.

»Könnte ich bitte ein Handtuch haben? Trockene Kleidung

würde ich auch begrüßen.« Er hebt die triefend nassen Arme. »Ich trage diese Sachen schon viel zu lang.«

Kajus reicht ihm ehrerbietig ein Badetuch. »Ich habe einige sehr hübsche Ensembles in Dunkelrot …

»Können wir kurz darüber reden, dass ich dich für tot gehalten habe?«, schnauzt Damien. »Und zwar jetzt, verdammt!«

»Sechs Jahre, Lucien!«, sagt Damiens Vater entgeistert, nachdem er das heutige Datum erfahren hat. »Warum hast du mich nicht eher zurückgeholt?«

»Es war nicht der richtige Zeitpunkt.« Lucien reicht ihm eine weitere Flasche *Speed Demon*. Inzwischen ist der Vorrat mächtig geschrumpft. In wenigen Tagen wird alles aufgebraucht sein, doch niemand redet darüber.

Damien ist draußen an Deck geblieben, um seinen inneren Aufruhr von der nächtlichen Meeresbrise abkühlen zu lassen, während sein Vater sich unten im Laderaum umzieht und von Lucius in groben Zügen erfährt, was in seiner Abwesenheit geschehen ist. Mein erster Impuls ist es, Damien nach draußen zu folgen, doch er braucht einen Moment für sich, um seine Gedanken zu klären und seinen brodelnden Verstand abzukühlen.

Jetzt trägt Bertin von Baro ein schwarzes Hemd und ein Paar schwarze Lederhosen aus Armands Kleiderschrank. Für einen adligen Mann, der jahrelang reglos auf dem Meeresboden gelegen hat, sieht er erstaunlich lässig aus.

Nach einer Weile kommt Damien wieder herein, gefasst und ohne sichtbare Emotionen. Er hat sich auf die Pritsche fallen lassen, so weit wie möglich von seinem Vater entfernt, und meine Hand genommen, um mich auf seinen Schoß zu ziehen. Ich spüre, dass er Halt braucht. Seine Wut echot auch durch mich hindurch. Ich möchte Bertin nicht sympathisch finden, andererseits ist er nun mal Damiens Vater. Ihm fehlt die kalte Abgebrühtheit seiner Familie, dafür sehe ich Neugier und sehr menschliche Fältchen in seinen Augenwinkeln.

»So leben also Wildlinge«, murmelt sein Vater, nachdem er die zweite Flasche geleert und sich umgeschaut hat. Seine Wangen bekommen Farbe. »Gar nicht mal so ungemütlich.«

»Willst du nicht wissen, wie es mir ergangen ist?« Damien zeigt seine Eckzähne.

»Ich will alles über dich wissen, mein Junge.« Er lächelt traurig und unbehaglich, aber auch stolz. »Du siehst gut aus. Und du hasst mich, nehme ich an.»

»Das sollte ich wohl.«

»Du weißt sicher, dass der Patriarch mir ein Ultimatum gestellt hast. Solange du nicht erfährst, was du wirklich bist, durftest du weiterleben. Im Gegenzug akzeptierte ich mein Todesurteil.« Er sagt es nüchtern und ohne jede Gefühlsregung. »Ich musste nicht lange überlegen.«

»Ich war überzeugt, dass du mich im Stich gelassen hast. Dass ich dir nichts bedeuten würde.«

»Du und deine Mutter, ihr wart mein Leben.« Sein Blick fällt auf Damiens Arme, die mich umschlungen halten. »Der Clan fürchtet emotionale Bindungen. Du weißt doch sicher, wie deine Mutter umgekommen ist?«

»Bei einem Autounfall.« Damien stockt. »Das ist zumindest die offizielle Version.«

Bertin von Baro wendet den Blick in die Ferne. »Sie war ein Wunderwesen«, murmelt er. »Warmherzig und tapfer und temperamentvoll. Genau wie du, Damien. Sie war eine Gefahr.« Er sieht mir direkt in die Augen. »So wie du, Agnetha.«

»Das schönste Kompliment, das man einer Frau machen kann«, sage ich trocken. »Eine Gefahr zu sein.«

»Niemand wird Agnetha je wieder anrühren«, erwidert Damien. »Weil wir beide zusammen gehören.«

»Wieder?«, fragt Bertin stirnrunzelnd.

»Dein lieber Neffe Benedict – mein dreimal verfluchter Cousin – hat sie ermordet.«

»Sie sieht äußerst lebendig aus. Hat sie womöglich den Dunklen Kuss bekommen?« Er stockt. »Von wem?«

»Von mir.

»Unmöglich! Als Dhampir bist du gar nicht in der Lage …«

»Da gibt es etwas, das du nicht weißt«, unterbricht Lucius. »Damien hat, nun, einige Veränderungen durchgemacht. Wir wissen nicht genau, was er jetzt ist, aber seine Kräfte sind stärker als sogar deine, Bertin. Oder meine. Oder jedes anderen Vampirs, den ich kenne.«

»Was bedeutet das im Klartext?«

»Dass ich ein verfluchter Freak bin. Eine Anomalie.« Damien stellt mich auf die Füße und erhebt sich. »Und weißt du was? Es gefällt mir ausnehmend gut. Ich brauche keine Familie, die mich ablehnt, keinen Vater, der spurlos verschwindet, wenn ich ihn am dringendsten benötige. Ich habe mir meinen Platz selbst erschaffen.«

Auch Bertin steht auf. Vater und Sohn schauen sich in die Augen. Der eine kühl und kontrolliert, der andere erschüttert.

»Erzähl mir von Benedict«, sagt Bertin leise.

»Er existiert nicht mehr. Er hat es gewagt, Agnetha anzugreifen und er hat meinen besten Freund umgebracht. Familienbande geht mir am Arsch vorbei, wenn die Familie jene bedroht, die mir etwas bedeuten.«

Bertin nickt langsam. »Ich war niemals wütend genug, Damien«, sagt er. »Ich war fest entschlossen, meinem Clan zu vertrauen. Das werde ich mir nie verzeihen.«

Damiens Züge werden schwarz. Er dreht sich um und geht hinaus an Deck.

»Ich habe ihn verloren, nicht wahr?«, murmelt sein Vater.

»Er hat Sie vergöttert.« Ich setze mich ihm gegenüber. »Sie haben seine Welt zum Einsturz gebracht und ihn in den Trümmern zurückgelassen.«

»Ja, das habe ich.«

»Und?«

»Nichts und.« Seine Züge werden weich. »Ich kann damit leben, dass er mich hasst. Wenn das der Preis für sein Überleben ist, dann zahle ich ihn gern. Ich wusste immer, dass er eines Tages stärker sein wird, als ich es jemals werden kann.«

»Sie haben ihn beschützt«, sage ich.

»Und du hast es offenbar auch getan. Du machst ihn unbesiegbar. Ihr beide seid ein interessantes Paar.«

»Sind Sie Experte?«

»Alle Götter: Ja! Ich war auch mit einer Sterblichen zusammen.« Er mustert mich. »Obwohl du das ja jetzt nicht mehr bist. Was genau bist du nun? Ich sehe keine Anzeichen von Vampirismus bei dir.«

»Leider habe ich keine Superkräfte bekommen und auch keine dunklen Schwingen. Ich muss auch kein Blut trinken.« Das ist nur eine winzige Lüge. Ich brauche nur das Blut einer einzigen, ganz besonderen Person. »Die einzige Veränderung, die ich festgestellt habe, ist eine gruselige, metaphysische Verbindung mit Damien.«

»Ja, ich spüre es. Aber wieso …?«

»Hat Lucius Ihnen das nicht erzählt?«

»Nein, er hat nur merkwürdige Andeutungen gemacht.«

»Tja, dann setzen Sie sich besser mal hin.«

Eine Viertelstunde später steht sein Mund immer noch offen. »Ist der Junge denn vollkommen verrückt?«

»Warten sie ab, bis Sie hören, was wir als Nächstes geplant haben.« Ich grinse. »Wir werden den Clans ihre unverdiente Macht rauben.«

»Ich habe immer schon vermutet, dass die wahren Kinder Babylons keine Vampire waren, sondern etwas sehr viel Größeres und Mächtigeres. Die Clans haben überhaupt kein Recht, diesen Status der Macht für sich zu beanspruchen. Das gilt auch für mich und meine Familie. Was für abscheuliche …« Er verstummt und schaut zur Tür hinaus. »Was sind wir nur für verkommene, verlogene Wesen.«

»Es wird sich vieles verändern«, sage ich. »Hoffentlich zum Guten.«

»Davon bin ich überzeugt. Damien ist viel mutiger als ich. Er hat seinen Weg gefunden, wie mir scheint. Aber er wird dich brauchen. Euch beiden stehen harte Zeiten bevor.« Er betrachtet den Siegelring mit dem Wappen derer von Baro, zieht ihn schließlich ab und reicht ihn mir. »Ich werde euch zur Seite stehen – wenn Damien einverstanden ist.«

Ich nicke und wiege das schwere goldene Schmuckstück in der Hand. Dann stehe ich auf und gehe hinaus an Deck.

Er steht am Bug, wo die Gischt am höchsten schlägt. Er sieht groß und stark und unbesiegbar aus, aber das ist nur seine Fassade. Ich trete hinter ihn, schlinge meine Arme um seine Mitte und presse meine Stirn gegen sein Rückgrat.

»Ich versuche, ihn zu verabscheuen, aber es gelingt mir nicht.« Er dreht sich zu mir um und schaut mich so verzweifelt an, dass mein Herz überfließt. »Sag mir, was ich tun soll.«

Damien: so groß und stark und außergewöhnlich, und dennoch nur ein Mann, der die richtigen Entscheidungen treffen will.

»Du weißt es doch längst.« Ich lege den Siegelring in seine Hand. »Dein Vater hat mit seiner Familie gebrochen. Besser spät als nie, oder? Ihr solltet euch miteinander versöhnen. Stell dir nur das schockierte Gesicht deines Onkels vor, wenn er erfährt, dass sein tot geglaubter Bruder noch lebt!«

»Ja, das wäre es wert.« Damien lächelt. »Eines Tages werde ich Haus Istrigo niederreißen und die Trümmer unter einer dicken Schicht aus erkalteter Asche begraben.«

»Wessen Asche?«

»Darauf brauchst du keine Antwort, Agnetha.« Er betrachtet den Ring, dann schleudert er ihn hinaus in das schwarze Meer, wo er lautlos untergeht. »Die Familie hat alles zertrümmert, was mir je wichtig war.« Er stößt ein Lachen aus, das ihm der Wind von den

Lippen reißt. Der Nachtwind streicht durch sein dunkles Haar. »Ich hatte nur diese eine Familie. Die Angehörigen meiner Mutter sind schon lange fort, sie war genau so auf sich allein gestellt wie ich, bis sie meinen Vater traf. Und jetzt habe ich dich.« In seinen dunklen Augen erwacht ein sanftes orangefarbenes Leuchte.

»Jetzt hast du mich«, bestätige ich. »Und noch so vieles mehr. Du hast Freunde, Unterstützer, die an dich glauben. Und du hast deinen Vater zurück. Eine Familie kann man sich nicht aussuchen. Seine Freunde aber schon.«

»Und ich habe dich: eine wunderschöne, verrückte Frau, die zusammen mit mir die Regeln bricht. Gute Voraussetzungen, um aus Trümmern etwas Neues zu errichten, nicht wahr?« Er nimmt mein Gesicht in seine Hände und küsst mich mit einer Hingabe, die keinerlei Zweifel an seinen Gefühlen für mich lässt.

PLAYLIST

Auch zu DARK DARK DARK habe ich eine passende Playlist zusammengestellt. Du findest sie auf Spotify unter diesem Link:
https://spoti.fi/3COfrnE

Witchz – The Magick
Five Finger Death Punch – Darkness Settles In
PHILDEL – Holes in Your Coffin
Badflower – Family
CASTILLO – Vampir
The Beefs – In The Blood
Palaye Royale – Tonight Is The Night I Die
Karliene – Become the Beast
Carl Orff – Carmina Burana
The Brothers Bright – Blood On My Name
Die Ärzte – Monsterparty
Paul Otten – Fight Like the Devil
The Dead South – In Hell I'll Be in Good Company
SYML – Where's My Love

CAST

Die Familie von Baro:

- **Damien** von Baro (*Halbblut/Dhampir wider Willen)*
- **Bertin** Beremund von Baro (*Damiens Vater; verschollen auf See)*
- **Benedict** Berend von Baro (*Damiens Cousin)*
- **Bardolf** Brun von Baro (*Damiens Onkel; Vater von Benedict und Benigna und Gründer der Allianz)*
- **Der Patriarch** Reichsfreiherr Berald Bernhelm von Baro (*offiziell tot)*
- **Benigna** Baldrun von Baro (*Damiens Cousine)*
- **Maria Lundberg** (*Damiens Mutter; starb bei einem Autounfall)*
- **Brünhild** Baldegunde von Baro (*Damiens Großmutter; leidet angeblich unter kutaner Porphyrie, einer Lichtallergie)*

Agnetha Valentin
(Journalistin und ehemals Volontärin beim AKUT; arbeitet jetzt als Anzeigensetzerin bei der Steenporter Post)

Lennart Bosse
(Damiens Mitbewohner und Verschwörungstheoretiker. Er betreibt einen Youtube-Kanal namens Der Durchblicker)

Mike Hoffmann
(Anhänger der Allianz und an Agnetha interessiert; leitet ein Autohaus seiner Eltern)

Lucius
(Angehöriger der berüchtigten Legion; er war mit Damiens Vater befreundet)

Die wilden Vampire:

- **Jon** (*Teamleiter der Nachtschicht)*
- **Caine** Cody (*ehemals Zirkusdirektor einer Westernshow und Nachkomme von Buffalo Bill)*
- **Samael** (*der älteste unter den Wildlingen, sieht aber aus wie der jüngste)*
- **Armand** (*früher hieß er Chris; Ex-Frontmann einer Rockband, tätowiert, blanker Schädel, exzentrischer Kleidungsstil)*
- **Lavinia** (*auch bekannt als Madame Frikadelle; Sängerin in einem Mitternachtskabarett)*
- **Kajus** (*auch bekannt als Coco LaRue; tritt als Drag Queen auf)*
- **Walker** (*menschlicher Helfer der Wildlinge; möchte eines Tages selbst ein Vampir sein)*

Die Gothic-Kids

- **Serenity** *(eigentlich Heike)*
- **Noah** (*Sohn des Bürgermeisters)*
- **Rasmus**

NACHWORT

Ich danke dir von Herzen, dass du dich auf diesen Roman eingelassen hast! Wenn du diese Zeilen liest, stehen die Chancen gar nicht schlecht, dass dir Damiens und Agnethas Geschichte gefallen hat.

Bist du bereit, andere Leser an deiner Erfahrung teilhaben zu lassen? Dann freue ich mich wahnsinnig über deine ehrliche Rezension, deine Bewertung oder deine Weiterempfehlung! Ohne dich erfährt nämlich niemand, dass dieses Buch existiert, dann wird es auch nicht gekauft und ich kann keine weiteren Bücher schreiben.

Deine Rezension muss kein eloquenter Essay sein. Zwei, drei locker-flockige Sätze reichen aus, sodass interessierte, aber unentschlossene Leser wissen, worauf sie sich einlassen.

Die Idee zu dem Roman kam mir bereits im letzten Dezember, als ich in der Nähe von Battambang (Kambodscha) dem Erwachen der Fledermäuse zugeschaut habe. Jeden Abend zu Sonnenuntergang flattern sie zu Millionen aus einer Höhle des Bootsberges, bilden eine lange, sich windende Schlange, die in den Himmel hinaufsteigt und über die Landschaft mit ihren endlosen Reisfeldern ausschwärmt. Ein wahrhaft mystischer Anblick!

Vielleicht stellte ich mir vor, wie es wäre, selbst eine Fledermaus zu sein und unbemerkt von den Menschen durch die Nacht zu tanzen. Von diesem müßigen Gedanken bis zu Damiens Geschichte brauchte es nur eine Flasche kambodschanisches Angkor-Bier (vielleicht waren es auch drei).

Zu diesem Zeitpunkt hatte ich mit dem ersten Teil einer epischen Dark Romance-Trilogie begonnen, die mir stellenweise sehr an die Nieren ging. Da kamen mir Damien und die Freaks gerade recht. Sie spukten uneingeladen in meinem Kopf herum und sorgten dafür, dass ich nicht vollends den Verstand verlor (soweit das überhaupt möglich ist, wenn man nachts von einer Horde Großstadt-Vampire heimgesucht wird).

Nachdem ich im April den ersten Teil der Trilogie beendet hatte, beschloss ich spontan, dass ich dringend eine Therapie brauche in Form eines abenteuerlichen kleinen Ausflugs nach Steenport. Ich schwöre, ich wollte nur ganz kurz schauen, wie Damien mit seinem neuen Dasein zurechtkommt.

Was als fluffiger Kurzroman geplant war, wuchs sich zu einem ungeahnt dicken Klopper aus, der mich knapp 90 intensive Schreibtage lang an die Tastatur fesselte. Ob es sich gelohnt hat? Keine Ahnung, aber zumindest konnte ich in dieser Zeit keinen Unsinn anstellen. Bislang hatte ich mit diesem Genre herzlich wenig Berührung, aber hey – Hauptsache, wir beide, du als Leser und ich als Autorin, hatten unseren Spaß!

Steenport, der Schauplatz dieses Romans, ist dir sicher schon in anderen meiner Bücher untergekommen. Es handelt sich um eine fiktive Großstadt irgendwo im Norden Deutschlands, in der, wie wir nun wissen, absolut alles möglich ist, im Guten wie im Schlechten.

Die historischen Anekdoten in diesem Roman (und einige

andere Dinge) beruhen auf der Realität, aber natürlich lag mein Hauptanliegen darin, eine fiktive Geschichte zu erzählen, die sich real anfühlt und dich für eine Weile aus dem Alltag entführt.

Ob es Vampire gibt, willst du wissen?

Das Gegenteil wurde jedenfalls noch nicht eindeutig bewiesen.

Auf meiner Autorenseite www.catalinacudd.de erfährst du mehr über mich und meine Bücher.

Du möchtest mir gern persönlich schreiben und mir mitteilen, wie dir das Buch gefallen hat? Dann schick mir eine E-Mail:

kontakt@catalinacudd.de

Ich freue mich auf deine Nachricht!

Werde VIP und abonniere meinen Newsletter!

Als Newsletter-Abonnent bleibst du nicht nur auf dem Laufenden zu aktuellen Projekten und Blogartikeln, sondern siehst neue Cover noch vor allen anderen und darfst dich auf die eine oder andere exklusive Überraschung freuen.

www.catalinacudd.de/newsletter

Ich melde mich nur, wenn ich auch etwas zu erzählen habe und werde dich selbstverständlich nicht mit Werbung zuspammen.

BÜCHER VON CATALINA CUDD

TALES FROM THE NIGHT MARKET:

- Exit
- Trouble (in Planung)

Die BULLHEAD MC-Serie:

- I – Lucky Bastard
- II – Forever Nomad
- III – Brother's Keeper
- IV – Naughty Night (Kurzroman)
- V – Demon Inside
- VI – Seven Sinners (Kurzroman)
- VII – Summer Haze
- VIII – Dominos Game (Novelle)
- IX – Shutdown Criminals (Kurzroman)
- X – Killing Saint
- XI – Nomad's Wrath

Die SILENT-Dilogie:

- Silent – Der Jäger
- Silent – Die Beute

THE PACK:

- Der Wolf in meinem Herzen
- Der Wolf kennt keinen Winterschlaf Kurzroman)

- Der Wolf in seiner Seele
- Der Wolf in unserem Blute

Die DEMONIZED-Serie:

- Demonized I – Dreizehn Tage
- Demonized II – Teufels Söhne
- Demonized III – Schwarzer Engel

- Die Farbe deiner Lügen
- Merry Mayhem
- Ode an die Nacht
- Die Armee der Tausend Söhne
- DARK DARK DARK

Kontakt und mehr:

www.catalinacudd.de

kontakt@catalinacudd.de

Facebook:

facebook.com/catalinacudd

Instagram:

instagram.com/catalina.cudd

Printed in Poland
by Amazon Fulfillment
Poland Sp. z o.o., Wrocław

26791790R00384